Jan Stressenreuter

Aus Wut

Kriminalroman

Querverlag

Das Ministerium für Familie, Kinder, Jugend, Kultur und Sport des Landes Nordrhein-Westfalen hat dieses Projekt mit einem Arbeitsstipendium gefördert. Der Autor bedankt sich an dieser Stelle für die freundliche Unterstützung.

Erste Auflage September 2011

Umschlag und grafische Realisierung von Sergio Vitale
unter Verwendung eines Fotos von PapadoXX (fotolia.de).
Gesamtherstellung: CPI Moravia
ISBN 978-3-89656-191-6
Printed in the Czech Republic.

Bitte fordern Sie unser Gesamtverzeichnis an:
Querverlag GmbH und Salzgeber & Co. Medien GmbH
Mehringdamm 33, 10961 Berlin
www.querverlag.de • www.salzgeber.de

Handschriftliche Notiz PP Eberswalde an Kriminalhauptkommissar Lutz Beerbaum, Leiter KK12

Habe in der besprochenen Sache ein Gutachten von einem Außenstehenden angefordert. Der Mann ist Spezialist für Traumata und schreibt auch hin und wieder allgemeinmedizinische Artikel für Zeitschriften und Zeitungen. Habe ihn gebeten, sein Memorandum so verständlich wie möglich zu halten. Vielleicht haben wir dann eine neue Entscheidungsgrundlage, wie wir mit unserem Problem umgehen. Werde Ihnen das Gutachten ggf. weiterleiten. Aber sehen Sie zu, dass nichts davon in den Akten erscheint.

Vertraulicher Bericht
z. Hd. Dr. Helmut Eberswalde, Polizeipräsident Köln

Betr.: Neubewertung der Geschehnisse beim Überfall auf die ARAL-Tankstelle, Cäcilienstraße, Köln, am 27. März 2005

Beauftragter Gutachter: Dr. med. Jens Hartung, Facharzt für Psychotraumatologie, Köln

Nach gründlicher Studie aller vorliegenden Unterlagen sowie aller – auch der aus Sicherheitsgründen unter Verschluss liegenden – Dokumente und einer Überprüfung der damals verfügbaren Zeugenaussagen erscheint es mir notwendig, die Ereignisse der Nacht vom 26./ 27. März 2005 neu aufzurollen und zu bewerten.

Gleich zu Beginn muss jedoch darauf hingewiesen werden, dass dieses Gutachten nur auf sekundären Quellen beruht – keine der an den Geschehnissen beteiligten Personen standen mir (aus den bekannten Gründen) zur direkten Befragung zur Verfügung.

Daher kann diese Beurteilung auch nur für den internen Gebrauch bestimmt sein und nur als zusätzliche Informationsquelle genutzt werden. Sie sollte in dem Sinne behandelt werden, wie sie angefordert wurde: ein Perspektivwechsel aus der Sicht eines unbeteiligten Fachmediziners.

Nach meiner Auffassung gibt es keine Anhaltspunkte, dass der Überfall auf die ARAL-Tankstelle und die daraus resultierenden Mordanschläge geplante Taten waren. Weder die vor Ort gesicherten Spuren noch die Aussagen der überlebenden Zeugen deuten in diese Richtung, auch nicht die Antworten auf den Fragekomplex zur Tatwaffe, den die Staatsanwaltschaft in ihrem damaligen Plädoyer meiner Meinung nach zu einseitig behandelt hat. Die Ereignisse der betreffenden Nacht scheinen sich eher zufällig entwickelt zu haben, wobei insbesondere das noch junge Alter des Haupttäters Hajo Webknecht und des Fahrers des Fluchtwagens, Andreas Schmidt-Werner, zu berücksichtigen ist. Beide waren zum Tatzeitpunkt 24 respektive 18 Jahre alt. Beiden ist während der Verhandlung ein geringer Reifegrad attestiert worden, tatsächlich scheinen mir beide Persönlichkeiten durch ausgeprägte psychische Störungen gekennzeichnet zu sein. Daher halte ich es für notwendig, meinen Erläuterungen zum Tathergang ein kurzes Psychogramm der Täter voranzustellen.

Webknecht ist bereits vor dem Überfall mehrmals polizeilich in Erscheinung getreten und sowohl bei der Justiz als auch bei den Sozialbehörden der Stadt aktenkundig. Seine Biografie ist aus der Sicht eines Psychologen ein erschreckendes Beispiel dafür, dass unsere Gesellschaft sich nicht mehr in der Lage sieht, ihren schwächeren Gliedern die Fürsorge und Unterstützung zukommen zu lassen, die sie benötigen, um ein regelkonformes Leben zu gestalten.

Webknecht entstammt einem zerrütteten Elternhaus und wächst zusammen mit drei Geschwistern bei einer allein erziehenden Mutter auf. Einen Vater, der als positives Rollenmodell wirken könnte, gibt es nicht. Ein jüngerer Bruder und die jüngste Schwester haben andere Väter. Die Mutter kommentiert ihre Unfähigkeit, eine langfristige Bindung einzugehen, beim Prozess gegen ihren Sohn vor Gericht folgendermaßen: „Ich bin immer an die Falschen geraten. So südländische Mackertypen, die waren schon immer mein Verhängnis, verstehen Sie? Keiner hat es länger als ein oder zwei Jahre ausgehalten, dann haben sie die Biege gemacht und mich mit den Blagen sitzen lassen. Sind zurückgegangen nach Algerien, Slowenien oder haben sich 'ne andere gesucht. Der Vater vom Hajo war auch so einer. Kam aus Marokko und ist abgeschoben worden, als der Junge zwei Jahre alt war. Irgendwas mit Drogen, weiß ich nicht mehr genau."

Abgesehen von der Tatsache, dass es unglaubhaft erscheint, dass sich die Mutter nicht mehr an die Gründe für die Abschiebung ihres damaligen Lebensgefährten erinnert, ist in den gesamten Aussagen der Mutter ihre Ich-Bezogenheit auffällig. Ihre Kinder erscheinen ihr als Last, als Bürde, die sie daran hindern, so zu leben, wie sie es sich wünscht. Alle Zeugen – Nachbarn, Bekannte –, soweit sie im Prozess gehört wurden, schildern ein Elternhaus, in dem Hajo und seine Geschwister am Rande der Verwahrlosung leben. Schläge und Gewalt scheinen an der Tagesordnung gewesen zu sein, laut Bericht der Schulbehörde ist Hajo mehrfach aufgefallen, als er versucht, anderen Kindern Essen zu stehlen, weil er hungrig zur Schule geschickt wurde. „Die Alte war nie vor zehn Uhr wach, wir durften sie auch nicht wecken, weil es sonst Prügel gab", beschreibt Webknecht im Prozess die häusliche Situation während seiner Kindheit. „Wir mussten morgens selber klarkommen. Und wenn nichts im Kühlschrank war, hatten wir eben Pech."

Trotzdem schaltet sich das Jugendamt erst ein, als der siebenjährige Hajo Webknecht zusammen mit einem Freund einen Klassenkameraden aufgrund einer Meinungsverschiedenheit während der Schulpause mit Tritten und Schlägen traktiert und ihm schwere Verletzungen zufügt. In der Folge kommt es immer wieder zu körperlichen Aggressionen gegenüber anderen Kindern. Dennoch sieht sich das Jugendamt scheinbar nicht in der Lage, der offensichtlich überforderten Mutter Unterstützung anzubieten oder das Sorgerecht zu entziehen. Zwar wird ihr formell ein Betreuer zur Seite gestellt, die Kontakte zur Familie sind jedoch sporadisch und ineffektiv. Die Vermerke der Behörde weisen eindeutig auf eine Gefährdung des Heranwachsenden hin, unternommen wird jedoch nichts. Kleinere kriminelle Vergehen wie

Zigarettendiebstahl, Urkundenfälschung, Vandalismus u.ä. bleiben aufgrund der Strafunmündigkeit des Kindes ungeahndet, ein Verfahren gegen den 14-jährigen Webknecht wegen Diebstahls in einem Supermarkt wird wegen Geringfügigkeit eingestellt. Ein Jahr später ist ein erster Verstoß gegen das Betäubungsmittelgesetz (BtmG) wg. Haschischkonsums aktenkundig. Einen Schulabschluss kann Webknecht nicht vorweisen, ebenso wenig eine Ausbildung. Stattdessen wird mit zunehmendem Alter sein Strafregister immer länger, bis es schließlich im Alter von 16 Jahren zu einer ersten Jugendstrafe von mehreren Monaten Jugendhaft wegen Raubes und räuberischer Erpressung kommt.

Protokolle der Kollegen aus der JVA Siegburg beschreiben den Jugendlichen als unzugänglich und renitent gegenüber Autoritäten. Interessant scheinen mir in diesem Zusammenhang die Notizen des Kollegen Dr. Günther, der sich mit Hajo Webknecht in dieser Zeit mehrfach gesprächsbegleitendend beschäftigt hat. Er charakterisiert den Jugendlichen als haltlosen Aufschneider, der es immer wieder versteht, sich mittels Großspurigkeit und seines Hangs zu Gewaltbereitschaft Respekt und eine gewisse Anhängerschaft unter ihm körperlich unterlegenen Mithäftlingen zu verschaffen – ein Muster, das sich später in seiner Zufallsbekanntschaft mit Andreas Schmidt-Werner zu wiederholen scheint. Der Kollege attestiert dem Jungen einen „gewissen Stolz, so nachhaltig durch die Maschen des Staates geschlüpft" zu sein. Seine Inhaftierung nehme er nur als unangenehmes, aber ihn nicht weiter berührendes Intermezzo wahr. Ferner wird er als sprunghaft, aufbrausend und emotionsgesteuert beschrieben. Nur am Rande sei hier darauf hingewiesen, dass seine Mutter ihn in der Zeit seiner Haft nur einmal besucht.

Nach seiner Entlassung wohnt Webknecht zwar erneut bei seiner Mutter, aber weder sie noch seine Geschwister bekommen ihn häufig zu Gesicht. Die Mutter hat inzwischen einen neuen Lebensgefährten, mit dem Webknecht sich nicht versteht. Der Junge scheint bei Freunden und Bekannten zu schlafen, geht keiner geregelten Arbeit oder Ausbildung nach und schließt sich einer Bande von Jugendlichen an, die sich auf das Aufbrechen von Autos und Diebstahl spezialisiert haben.

Nach dem Wechsel einiger Positionen im Jugendamt und einer halbherzigen Strukturreform innerhalb der Behörde scheint es, als wäre man danach zumindest zeitweise entschlossen gewesen, dem Heranwachsenden mehr Aufmerksamkeit zu widmen. Mit siebzehn wird er aus dem Haushalt der mittlerweile wegen Alkoholproblemen auffälligen Mutter entfernt und nach einem weiteren zweimonatigen Jugendarrest in ein städtisches Wohnprojekt gesteckt, zusammen mit anderen schwererziehbaren Jugendlichen. Mit Erreichen der Volljährigkeit entzieht er sich der Kontrolle der Jugendbehörden jedoch endgültig. Er hat keinen festen Wohnsitz, lebt – vermutlich – von Gelegenheitsjobs und – nachweislich – vom Handel mit weichen Drogen, wofür er im Verlauf der nächsten Jahre mehrfach polizeilich festgesetzt und einmal verurteilt wird, zu einer erneuten mehrmonatigen Haftstrafe. Ein weiterer Grund für die Haftstrafe war der Tatbestand illegalen Waffenbesitzes; für mich ein Hinweis, dass Webknecht zu diesem Zeitpunkt eine weitere Grenze überschritten hat auf einem Weg, der ihn fast zwangsläufig zu dem Abend in der ARAL-Tankstelle führen musste.

Andreas Schmidt-Werner hat einen völlig anderen sozialen Hintergrund. Der Fahrer des Fahrzeugs in jener Nacht entstammt einem behüteten, finanziell gut abgesicherten und konservativ geprägten Elternhaus. Der Vater arbeitet als Staatsanwalt in Köln, die Mutter ist Hausfrau und mit ehrenamtlichen Tätigkeiten bei diversen Wohltätigkeitsorganisationen ausgelastet. Beide haben wenig Zeit, sich um die Erziehung ihres Sohnes zu kümmern. Schmidt-Werner ist ein Einzelkind, das den Erwartungen seiner Eltern nicht entspricht. Er muss mehrere Klassen des Gymnasiums wiederholen und wird von seinen Klassenkameraden wegen seiner schwächlichen körperlichen Konstitution gehänselt. Zitat des Vaters, im Vorfeld des Prozesses gegen seinen Sohn: „Andreas hatte nie Freunde, er hat sich auch nie für Sport interessiert so wie ich in seinem Alter. Ich habe den Jungen einfach nicht verstanden. Wir haben Unsummen für Nachhilfelehrer bezahlt, und was hat es genützt? Er hat sein Abitur noch immer nicht in der Tasche – und wird es jetzt wohl auch nie bekommen."

Geradezu klassisch scheint mir hier das Ablehnen jeglicher Verantwortung elterlicherseits für das Versagen des Jungen. Weder die Mutter noch der Vater ließen im Vorfeld des Prozesses erkennen, dass sie sich für die Taten ihres Sohnes mitverantwortlich fühlen. Der Druck, unter dem Schmidt-Werner seitens des Elternhauses gestanden hat, muss enorm gewesen sein – zu hoch für einen pubertierenden Jugendlichen.

Wir wissen aus einem psychologischen Gutachten, im Auftrag der Verteidigung erstellt, dass Schmidt-Werner ein leicht zu beeinflussender Jugendlicher ist, der zu depressiven Verstimmungen neigt und noch dazu in seiner Entwicklung ein „Spätzünder" ist. So hatte er bis zum Zeitpunkt der Tat keinerlei sexuelle Erfahrungen. Die Verteidigung will eine latent homoerotische Anziehung in Bezug auf Hajo Webknecht festgestellt haben, eine These, die ich aus den mir vorliegenden Unterlagen nicht bestätigen kann. Tatsächlich scheinen mir die Interaktionen der beiden Täter von Schmidt-Werners Seite eher durch eine „Bewunderung" der Person Webknechts geprägt zu sein. Laut Aussage Schmidt-Werners vor Gericht hatte Webknecht „(...) es drauf. Der war so selbstsicher, der wusste, was er will und wie man es bekommt. Und ..." (laut Gerichtsprotokoll folgt hier ein längeres Schweigen) „... ich glaube, der hat sich nichts daraus gemacht, dass ich ein Krüppel bin."

Dieser Satz scheint mir entlarvend für die Beziehung zwischen Schmidt-Werner und Webknecht. Seit einem Unfall im Kindesalter, als er von einer Schaukel fiel und sich mehrere komplizierte Beinbrüche zuzog, hinkt Schmidt-Werner leicht. Unter seiner Behinderung hat er, wie schon erwähnt, in der Schule zu leiden. Er ist ein Außenseiter, der von seinen Klassenkameraden gemieden wird, nur eingeschränkt am Sportunterricht teilnehmen kann und der – so meine Hypothese – deshalb auch von seinen Eltern, wenn auch unbewusst, als mit einem Makel behaftet angesehen wird.

Die beträchtlichen Minderwertigkeitskomplexe hinsichtlich seiner Behinderung versucht er virtuell zu kompensieren. Im Laufe des Verfahrens stellte sich heraus, dass Schmidt-Werner sich mehrere Alter Egos erschaffen hat, mit denen er online in der Welt der Computerspiele unterwegs war. Die Figuren waren durchweg kraftstrotzende, kampferprobte und gewalttätige Killer. Nach eigenen Aussagen verbrachte er teilweise bis zu acht Stunden täglich vor dem Computer, womit sich die Frage nach einer Computersucht und einem erheblichen Realitätsverlust stellt. Dieser Themenkomplex ist jedoch während des Prozesses nur angeschnitten worden und hat bei der Urteilsfindung meines Wissens keine Rolle gespielt.

Die Wirklichkeit muss für jemanden mit Schmidt-Werners Hintergrund kalt, abweisend und kaum zu bewältigen gewesen sein. Er hungert nach Anerkennung, Akzeptanz und ist anfällig für Menschen und Situationen, die ihm Gelegenheit bieten, sich zu beweisen. Einen solchen Menschen traf er in der Nacht vom 26. auf den 27. März 2005 in der Gestalt von Hajo Webknecht, und die entsprechende Situation ergab sich, als die beiden im Verlauf dieser verhängnisvollen Nacht über die ARAL-Tankstelle „stolperten", in der es dann zu dem schrecklichen Blutbad kam.

Prolog

„Macht jetzt voran, ihr drei! Es ist schon nach halb acht!"

Hauptkommissarin Maria Plasberg, bekleidet mit einem übergroßen, fliederfarbenen Bademantel, schmierte hektisch ein paar Schulbrote und verteilte sie auf drei Tupperdosen.

„Ich ess das nicht! Das ist sooooooo peinlich!" Ruth, ihre neunjährige Tochter, beäugte das belegte Brot, während sie ihren Anorak überstreifte, und zog einen Flunsch. „Ich bin die Einzige in meiner Klasse, die so was von zu Hause mitbringt." Sie sah ihre Mutter anklagend an. „Alle meine Freundinnen kriegen Geld von ihren Eltern, um sich in der Pause was zu kaufen!"

„So weit kommt's noch!", schnaubte Plasberg und krempelte die Ärmel um, damit sie nicht ständig in der Butter hingen. „Du würdest das Geld doch nur in Gummibärchen und Schokolade investieren. Hier, das auch!" Sie drückte Ruth einen Apfel in die Hand und brüllte im selben Atemzug Richtung oberes Stockwerk, wo ihr siebzehnjähriger Sohn und dessen gleichaltrige Freundin noch immer mit der Morgentoilette beschäftigt waren. „Niklas! Nina! Seid ihr endlich so weit?"

Niklas kam im Sweatshirt, seiner Lieblings-Baggyjeans und ungeschnürten Turnschuhen die Treppe heruntergepoltert. Nina Sternbrück, großgewachsen und dunkelhaarig, folgte ihm langsamer. Jetzt, im fünften Monat, ließ sich ihre Schwangerschaft kaum noch verbergen, die Rundung unter ihrem Pullover war für geübte Augen nicht zu übersehen. Auch wenn ihre Eltern – die die ungeplante Schwangerschaft ihrer einzigen Tochter anfangs vehement abgelehnt und sie zu einer Abtreibung gedrängt hatten – mittlerweile begannen, sich in das Unvermeidliche zu fügen, fühlte sich das Mädchen in Plasbergs Patchwork-Familie noch immer wohler als in dem elitären Marienburger Bungalow, den ihre Familie besaß. Und so blieb sie, mit dem Einverständnis der Kommissarin, ein Dauergast in dem kleinen Reihenhaus in Köln-Porz.

„Vorsicht, Stufe!" Niklas griff nach der Hand seiner Freundin, um ihr über den letzten Treppenabsatz zu helfen.

Unwillig schüttelte Nina die Hand ab. „Ich bin schwanger, Niklas, nicht altersschwach!"

„Sorry, ich wollte doch nur ..." Plasbergs Sohn seufzte und sah seine Mutter hilfesuchend an.

Nina war schon seit Tagen unleidlich.

Die Kommissarin schüttelte fast unmerklich den Kopf. Sie konnte sich noch sehr gut an ihre eigenen Schwangerschaften erinnern und an die Phasen, in denen ihre Hormone verrückt spielten und sie ihren Ex-Mann wegen jeder Kleinigkeit angefaucht hatte. Es war besser, den Stimmungsschwankungen von Nina so wenig Beachtung wie möglich zu schenken; auch das würde vorübergehen. Von einigen Tagen mit Übelkeit und Erbrechen abgesehen war Ninas Schwangerschaft bisher erstaunlich komplikationslos verlaufen. Plasberg hoffte inständig, dass es so bleiben würde.

Sie räusperte sich, um den aufflackernden Streit der Jugendlichen zu überspielen. „Wenn ihr noch Kaffee trinkt, kommt ihr endgültig zu spät."

„Aber –"

„Nichts aber. Steht rechtzeitig auf, dann könnt ihr auch in Ruhe frühstücken. Und jetzt seht zu, dass ihr Land gewinnt!" Sie händigte den beiden ihre Tupperdosen aus und schob sie zusammen mit Ruth aus dem Haus. „Wir sehen uns heute Abend!"

In der zurückbleibenden Stille lehnte sich die Kommissarin für einen Moment an die Eingangstür und schloss die Augen. Das Frühstück der Kinder und ihren Aufbruch zur Schule zu organisieren war ein täglich sich wiederholender logistischer Großeinsatz. Doch das war es nicht, was sie jeden Morgen atemlos zurückließ. Da war noch immer eine leise, unterschwellige Unruhe, dass den Kindern wieder jemand auflauern könnte. Wie vor fünf Monaten, als sie stundenlang in Lebensgefahr geschwebt hatten – auf dem Weg von der Schule entführt von einem jungen Mann kaum älter als Niklas, der keinen anderen Ausweg gesehen hatte, sich vor den Ermittlungen der Kommissarin zu schützen, als ihre Kinder in seine Gewalt zu bringen. Alle Psychologen der Welt konnten ihr wieder und wieder sagen, dass es nicht ihre Schuld gewesen war – dass solche Dinge passierten. Sie, Maria Plasberg, wusste es besser. Sie hatte versagt. Weil sie ihren Job nicht richtig gemacht hatte, weil sie dem Täter nicht schnell genug auf die Spur gekommen war, hatten ihre Kinder Todesängste ausstehen müssen, waren geschlagen und mit Schusswaffen bedroht worden. Nur das beherzte Eingreifen ihres Kollegen Torsten Brinkhoff hatte Schlimmeres verhindert – und doch den Tod eines Menschen herbeigeführt, denn der Täter war durch seine eigene Kugel gestorben. Ruth und Niklas hatten erstaunlich schnell wieder in ihren Alltag zurückgefunden, aber sie … sie musste sich noch immer zwingen, eine Normalität vorzutäuschen, die sie so vielleicht niemals wieder empfinden würde – genau wie Brinkhoff. Der letzte Fall hatte bei ihnen beiden Narben hinterlassen.

Plasberg fuhr sich unwillig über die Augen und blickte auf die Uhr. Ihr Chef, Erster Kriminalhauptkommissar Heribert Eikner, hatte für diesen Montagmorgen um halb neun Uhr eine der regelmäßigen Besprechungen mit den Leitern der drei Mordkommissionen anberaumt. Kaum noch genug Zeit, um sich selbst in ein paar Klamotten zu werfen. Die Küche und den restlichen Haushalt konnte sie zum Glück Hatice Yilmaz überlassen. Ohne ihre resolute Putzkraft, die sie letzten Herbst engagiert hatte, um zwei Mal wöchentlich den Haushalt auf Vordermann zu bringen, wäre sie längst nicht mehr imstande, Beruf und Familie miteinander zu vereinbaren. Die Kommissarin hatte Yilmaz vor einigen Monaten bei Ermittlungen kennengelernt und sich gezwungen gesehen, viele ihrer Vorurteile über Migranten zu revidieren. Yilmaz nahm kein Blatt vor den Mund, führte ihr eigenes, erfolgreiches Reinigungsunternehmen und wurde dabei von ihrem Mann unterstützt.

Maria Plasberg hastete ins Schlafzimmer, schob die Tür ihres Kleiderschranks auf und runzelte die Stirn. Im Kollegenkreis war sie bekannt für ihre unorthodoxen Outfits; außerdem wurde hinter vorgehaltener Hand darüber getratscht, dass sie über fünfzig verschiedene Handtaschen ihr Eigen nannte – ein Gerücht, über das Plasberg nur lachen konnte. Tatsächlich waren es mittlerweile um die achtzig, verstaut in einer riesigen, mit Intarsien versehenen Eichentruhe aus dem 19. Jahrhundert, die sie von ihrer Urgroßmutter geerbt und die darin ihre Aussteuer aufbewahrt hatte. Um Platz für das Truhen-Monstrum zu schaffen, hatte die Kommissarin das Doppelbett an die Wand schieben müssen, aber nachdem

Eric vor einigen Jahren sie, Haus und Kinder verlassen hatte, um ein paar Straßen weiter mit seiner neuen Familie ein neues Leben anzufangen, war es nicht so wichtig, dass man nur von einer Seite ins Bett gehen konnte.

Die Truhe und deren Inhalt war Plasbergs ganz persönliche Schatzkiste und der einzige Luxus, den sie sich leistete. Andere Frauen kauften Schuhe oder gingen ins Fitnessstudio, wenn sie sich mit der Welt nicht im Einklang fühlten, die Kommissarin wechselte einfach jeden Tag ihre Handtasche. Nicht, dass es etwas half – Plasbergs Launen waren genauso sprichwörtlich wie ihre Kleiderauswahl –, aber solange die Aufklärungsraten der von ihr geleiteten Ermittlungen die höchsten im ganzen Rheinland waren, brauchte sich die 45-jährige Kommissarin keine Sorgen um ihre Außenwirkung zu machen. Hoffte sie jedenfalls.

Nach kurzem Zögern entschied sich Plasberg für ein weißes Kostüm mit feinen schwarzen Längsstreifen. Eine gleichfarbige Handtasche, allerdings mit Querstreifen, die Niklas ihr letzten Monat bei ebay ersteigert hatte, komplettierte ihr Erscheinungsbild. Ein eiliger Blick in den Spiegel, ein kleiner Moment des Zweifels, ob sie nicht vielleicht doch zu sehr wie ein Zebrastreifen aussah, und ein etwas hilfloses Herumzupfen an ihren kurz geschnittenen, feuerroten Haaren, dann war die Leiterin der Mordkommission 3 beim Kriminalkommissariat 11 der Kölner Kripo bereit für den Dienst.

Es war frisch draußen, die Märzsonne hatte noch nicht besonders viel Kraft, und Plasberg fröstelte, als sie vor die Tür trat. Aber immerhin, ein stahlblauer Himmel versprach einen trockenen, angenehmen Tag – endlich eine Abwechslung zu den letzten Wochen, in denen graue, gewitterschwere Wolken in einer schier endlosen Abfolge über das Rheinland gejagt waren und ihr die Stimmung vermiest hatten.

Auf der Regenrinne über der Tür tschilpte eine Amsel, als ob es für sie kein Morgen gäbe. Der Vogel suchte das Haus schon seit Tagen heim, pünktlich zu jedem Sonnenaufgang besetzte er eine erhöhte Stelle – den Dachfirst, die Antenne, den Kamin – und begann zu singen, was das Zeug hielt, mehrere Stunden lang.

Die Kommissarin klatschte in die Hände, aber die Amsel ließ sich nicht verscheuchen, im Gegenteil: Die schwarzgefiederte Nervensäge legte den Kopf schief, musterte sie mit undurchdringlichem Blick und setzte den Gesang umso energischer fort.

„Frau Plasberg?"

Sie fuhr zusammen, unterdrückte einen Fluch und bückte sich umständlich, um den Schlüsselbund vom Boden zu sammeln, der ihr vor Schreck aus der Hand gefallen war. Der Mann musste an sie herangeschlichen sein, sie hatte jedenfalls nicht bemerkt, dass er plötzlich hinter ihr stand.

„Ziehen Sie Leine. Ich kaufe nichts an der Haustür", gab sie missgelaunt zu Protokoll.

„Nein, ich … das ist ein Missverständnis …"

Die Kommissarin seufzte. „Ich hab's eilig. Was ist?"

„Mertens, Steffen Mertens, wir sind Nachbarn. Ich … wir wohnen zwei Häuser weiter." Der Mann drängte sich neben sie unter den Dachvorsprung und deutete auf ein weiß verputztes Einfamilienhaus schräg gegenüber, in dessen Vorgarten neben einem Beet voller Tulpen ein Pflaumenbaum die ersten Triebe des Frühjahrs in die Sonne reckte. „Clara und Ruth gehen in dieselbe Schule."

„Clara?"

„Meine Tochter."

Jetzt endlich fiel bei Plasberg der Groschen. Ruth war schon öfter drüben bei den Mertens' zum Spielen gewesen. Mit Heike Mertens, der Mutter von Clara, wechselte sie hin und wieder ein paar Worte, wenn sie sich im Supermarkt oder auf der Straße trafen, den Vater von Ruths pummeliger und etwas vorlauter Freundin hatte sie allerdings noch nie zu Gesicht bekommen. Sie glaubte zu wissen, dass er von Beruf Anlageberater oder etwas ähnlich Diffuses war.

„Hat Ruth etwas angestellt?" Es war das Naheliegendste; bei nachbarschaftlichen Gesprächen ging es meist um die Kinder, und fast immer hatte irgendwer irgendwas ausgefressen, wie sie aus leidvoller Erfahrung wusste.

Aber Mertens schüttelte den Kopf. „Es geht nicht um Ruth, es geht um …" Unwirsch schüttelte er den Kopf und setzte neu an. „Sie sind doch Polizistin, ja?"

Bei Plasberg schrillten alle Alarmglocken. Köln-Porz war ein Dorf, und im Laufe der Jahre hatte sich in der Siedlung zwangsläufig herumgesprochen, welcher Beschäftigung sie nachging. Leider setzten die meisten Anwohner Polizei mit der Zuständigkeit für Ruhestörung, Übertreten der Geschwindigkeitsbegrenzung oder ähnlichen Lappalien gleich und Plasberg hatte schon mehr als einmal klarstellen müssen, dass sie nicht der Schutzmann um die Ecke war, schon gar nicht in ihrer Freizeit. „Ich arbeite bei der Kripo. Mordkommission. Ich glaube nicht, dass ich Ihnen behilflich –"

„Ich werde bedroht", unterbrach Mertens sie schnell. „Jemand droht damit, mich umzubringen."

Erst jetzt musterte Plasberg ihr Gegenüber genauer. Steffen Mertens war vielleicht in ihrem Alter, glatt rasiert, seine dunklen, krausen Haare begannen sich zu lichten. Er überragte die Kommissarin um mehr als einen Kopf – aber das tat eigentlich fast jeder; sie hätte sonst was darum gegeben, wenigstens 1,70 Meter groß zu sein – und er erinnerte sie unwillkürlich an die grauen Herren aus *Momo*. Mertens sah aus wie der Prototyp eines Zeitdiebes: unauffällig bis zur Selbstverleugnung, ein weiches, merkwürdig konturloses Gesicht, das man schon nach wenigen Minuten vergessen hatte. Sie war sich nicht sicher, ob sie sein Äußeres am Abend korrekt hätte wiedergeben können. Tatsächlich trug er auch noch einen grauen, maßgeschneiderten Anzug, der darauf hindeutete, dass er sich auf dem Weg zur Arbeit befand. Nur ein heller Fleck auf der blauen Krawatte störte den seriösen Gesamteindruck. Plasberg tippte auf Joghurt. In Mertens' Hand befand sich eine schmale Aktenmappe, aus der er jetzt einen Briefbogen herauszerrte.

„Hier, sehen Sie? Ich bilde mir das nicht ein!" Seine Finger zitterten leicht, als er der Kommissarin den Zettel unter die Nase hielt.

Plasberg verabschiedete sich innerlich von dem Vorhaben, doch noch pünktlich zu Eikners Besprechung zu erscheinen, nicht jedoch von dem Vorsatz, den lästigen und irgendwie unangenehmen Nachbarn abzuwimmeln. Für einen Moment rätselte sie, woran es lag, dass sie Mertens auf Anhieb nicht mochte – vielleicht die wässrigen und trotz seiner Erregung fast ausdruckslosen Augen? –, dann wurde ihre Aufmerksamkeit auf das Papier gelenkt.

Du wirst für deine Schuld bezahlen.

Der Satz war mittig auf das DIN-A4-Blatt geschrieben worden, ohne Unterschrift oder jeden weiteren Hinweis auf den Absender. Das Papier entstammte offensichtlich einem x-beliebigen Tintenstrahldrucker, die Schrift war in gewöhnlichen Arial-Lettern gesetzt.

„Das ist keine Drohung, das ist eine Feststellung", rutschte es Plasberg heraus.

„Wie bitte?"

Die Kommissarin hätte sich ohrfeigen können, mit ihrer Bemerkung hatte sie den Mann nur noch nervöser gemacht. „Der Absender hat darauf verzichtet, den Satz in mehr als normaler Schriftgröße zu schreiben, auch Fettdruck hat er weggelassen", erklärte sie und klimperte ungeduldig mit dem Schlüsselbund, in der Hoffnung, Mertens würde ihren Wink verstehen. „Und am Ende des Satzes hat er einen Punkt verwendet, kein Ausrufezeichen."

Aber ihr Nachbar schien für subtile Botschaften nicht empfänglich zu sein. „Ist das gut oder schlecht?" Seine Verwirrung stand ihm ins Gesicht geschrieben. „Ich … meint er es ernst oder nicht?"

„Woher soll ich das wissen?"

„Aber –"

„Herr Mertens, was genau wollen Sie von mir? Ich muss zum Dienst und ich bin jetzt schon zu spät!" Plasberg schulterte ihre Handtasche und machte Anstalten, sich an dem Mann vorbeizudrängen. Mertens jedoch hielt sie fest, etwas, worauf Plasberg hochgradig allergisch reagierte. „Sie lassen mich sofort los!", fauchte sie ihn an.

Für einen Moment trafen sich ihre Blicke, dann ließ ihr Nachbar unwillig seine Hand fallen. Plasberg konnte die Abdrücke seiner Finger auf ihrem Arm spüren.

„Ich wollte nicht … Entschuldigung", stieß er hervor. „Aber ich weiß nicht, was ich machen soll."

Die Kommissarin ging zu ihrem Wagen, und Mertens folgte ihr wie ein Hund. Anscheinend hatte er nicht vor, sich abschütteln zu lassen. „Wann haben Sie den Brief denn bekommen?", fragte sie.

„Vor zwei Tagen, ganz normal mit der Post."

„Dann gehen Sie am besten mit dem Umschlag und dem Brief zur nächsten Polizeidienststelle und erstatten Anzeige gegen Unbekannt. Vielleicht sind ja Fingerabdrücke drauf." Die Kommissarin hielt es zwar für fast ausgeschlossen, dass sich auf einem solchen Untergrund Fingerabdrücke nachweisen lassen würden, aber diese Erkenntnis behielt sie wohlweislich für sich. Sollten sich doch die zuständigen Kollegen mit ihrem Nachbarn befassen. Sie hatte weiß Gott andere Dinge zu tun.

„Sie können mir nicht helfen?" Mertens stand schon wieder neben ihr, so dicht, dass sie seinen Atem auf ihrem Nacken spürte und sein Aftershave roch. Unwillkürlich wich sie einen Schritt zurück.

„Haben Sie denn einen Grund, sich zu fürchten?" Sie öffnete die Fahrertür ihres alten, verrosteten Golfs – entgegen aller Erwartungen war ihr Auto im Januar doch noch einmal durch den TÜV gekommen, allerdings erst, nachdem sie mehrere hundert Euro in die notwendigsten Reparaturen gesteckt hatte. „Ich meine, haben Sie irgendetwas verbrochen, dass jemand so wütend auf Sie ist?"

„Nein, natürlich nicht!" Der drängende Unterton in Mertens' Stimme war kaum zu überhören. Der Mann hatte wirklich Angst. „Ich habe keine Ahnung, was das soll!"

„Es gibt nichts, was man in irgendeiner Form als ‚Schuld' interpretieren könnte?"

Mertens schüttelte sofort den Kopf. „Ich habe mir in meinem ganzen Leben noch nie etwas zuschulden kommen lassen!"

Die Kommissarin hätte beinahe laut aufgelacht. Wenn jemand so energisch auf seine Tugend pochte, dann war meist etwas faul. Nicht einmal sie als Polizistin war vor Gesetzesübertretungen gefeit – oder besser gesagt, gefeit davor, ertappt zu werden. Erst letzte Woche hatte sie ein Knöllchen kassiert, als sie mit ihrem Wagen im Halteverbot gestanden hatte. Schuld war immer nur eine Frage der Definition.

„Hören Sie, Herr Mertens, ich kann Ihnen nicht helfen", versuchte sie das Gespräch zu einem Ende zu bringen. „Ich bin der falsche Ansprechpartner. Wir haben unsere Vorschriften, ich kann nicht einfach …" Sie seufzte erneut. „Sie müssen sich mit meinen Kollegen auf der Polizeiwache hier in Porz in Verbindung setzen. Ihre Anzeige wird aufgenommen, Ihre Aussage protokolliert und dann wird man sich darum kümmern. Im Übrigen würde ich mir an Ihrer Stelle nicht allzu viele Sorgen machen. Im Zweifelsfall ist das ein übler Scherz von ein paar übermütigen Kindern oder einem missgünstigen Geschäftspartner, im schlimmsten Fall vielleicht ein Erpressungsversuch und –"

„Erpressung? Wieso Erpressung?"

Plasberg deutete auf den Bogen Papier, den Mertens noch immer in der Hand hielt, stieg ins Auto und steckte den Schlüssel in das Zündschloss. „Steht doch da. Sie sollen für Ihre Schuld bezahlen. Könnte man doch auch als finanzielle Forderung interpretieren. Vorausgesetzt, an der ganzen Sache ist wirklich was dran, was ich damit nicht behaupten will." Plasberg ließ den Motor an und wollte die Fahrertür zuschlagen, aber Mertens hielt die Tür fest.

„Das ist keine Erpressung, da droht jemand, mich umzubringen!", sagte er. Wieder suchten seine Augen Plasbergs Blick. „Sie müssen mir helfen!"

„Ich muss gar nichts! Und dass Ihnen jemand nach dem Leben trachtet, halte ich nicht für erwiesen."

„Wie können Sie so etwas –"

Der Kommissarin platzte endgültig der Kragen. „Herrgott nochmal, Herr Mertens, wollen Sie mich nicht verstehen oder können Sie nicht? Ich bin erst zuständig, wenn Sie tatsächlich tot sind! Und jetzt lassen Sie die Tür los. Ich muss zum Dienst!"

Sie trat aufs Gaspedal und atmete erleichtert auf, als sie Mertens im Rückspiegel immer kleiner werden sah. Geistesabwesend rieb sie ihr schmerzendes Handgelenk. Am Abend würde sie mit Ruth reden müssen. Vielleicht war es besser, wenn sie sich in den nächsten Wochen nicht mit Clara zum Spielen verabredete. Dem Mann war es zuzutrauen, dass er seinen Ärger über die Abfuhr an ihrer Tochter ausließ.

Eins

Das Handy klingelte, als sich Torsten Brinkhoff am Dienstagmorgen vor dem Badezimmerspiegel rasierte und einen Beatles-Klassiker mitsummte, der aus dem kleinen Radio auf der Konsole ertönte. Es war das erste Mal seit Monaten, dass er einen Tag halbwegs ausgeglichen begann.

„Markus? Mein T-Telefon!“, rief der 32-jährige Oberkommissar Richtung Küche. „Ich hab das Gesicht voller Seife!“

„Was?“ Sein stämmiger, glatzköpfiger Lebensgefährte schlurfte nur mit Boxershort und T-Shirt bekleidet ins Bad, in der linken Hand ein angebissenes Brötchen. Brinkhoffs Mundwinkel verzogen sich zu einem unwillkürlichen Lächeln. Markus Clement und er wohnten noch nicht lange zusammen, genau genommen erst drei Wochen, und noch immer konnte der Kommissar sein Glück nicht fassen. Es hatte lange gedauert, bis er und Clement sich darüber klar geworden waren, dass sie es miteinander versuchen wollten, und die Monate bis zu dieser Entscheidung waren nicht ohne Komplikationen gewesen.

„T-Telefon!“, brüllte er gegen das Radio und den immer lauter werdenden Klingelton an.

Clement checkte das Display. „Plasberg am Morgen macht Kummer und Sorgen. Soll ich ihr sagen, dass du zurückrufst?“

„Nein, schon gut. Damit gibt sie sich sowieso nicht zufrieden.“ Brinkhoff wischte sich den Rasierschaum ab und drückte den Hörer ans Ohr. „W-Was gibt's?“

„Ich hoffe, Sie sind auf dem Weg ins Präsidium“, sagte seine Vorgesetzte ohne Vorgeplänkel.

„Sitze quasi schon im W-Wagen“, log der Kommissar. „Warum?“

Bereits wieder zurück auf dem Weg in die Küche, mischte sich Clement in das Gespräch ein und rief Brinkhoff über die Schulter zu: „Sag ihr, dass du noch nicht gefrühstückt hast und dein Dienst erst in einer Dreiviertelstunde beginnt!“

„Das habe ich gehört“, erwiderte Plasberg. „Machen Sie Ihrem Dings –“

„Freund", unterbrach Brinkhoff sie. „Er ist mein Freund." Die Kommissarin besaß eine unnachahmliche Art, durchblicken zu lassen, dass sie von Markus Clement nicht allzu viel hielt.

„Schön. Machen Sie Ihrem Freund endlich mal klar, dass es bei der Polizei keine geregelten Dienstzeiten gibt. Und dann kommen Sie nach Neuehrenfeld in die Liebigstraße, da gibt es eine Großschlachterei. Und zwar pronto!"

So wie sich seine Chefin an sein Stottern gewöhnt hatte, so vertraut war Brinkhoff mit ihrem rüden Umgangston. Plasberg hatte sich in der Männergesellschaft der Polizei eine harte Schale zulegen müssen. Auch jetzt verzichtete er darauf, seine Vorgesetzte daran zu erinnern, dass sie sich vorgenommen hatte, zumindest ihm gegenüber eine andere Tonart anzuschlagen. Immerhin hatten ihn Niklas und Nina als Taufpaten ihres ungeborenen Kindes vorgesehen, was bedeutete, dass der Kommissar schon fast zur Familie gehörte.

„Eine Schlachterei? Und w-was machen wir dort?" Mittlerweile hatte er das Handy zwischen Schulter und Hals geklemmt und angelte etwas umständlich nach dem Handtuch. Für seine über 1,90 Meter Körpergröße war das Bad entschieden zu klein. Schon mehrfach hatte er sich am Ellbogen blaue Flecke geholt.

„Bestimmt nicht zusammen Kaffee trinken. Die Leitstelle hat gerade einen Leichenfund gemeldet. Ach ja", fügte sie noch hinzu, „und Sie fahren besser nicht über die Deutzer Brücke, in den Verkehrsnachrichten ist gerade ein Stau durchgegeben worden."

Brinkhoff schwieg. Ein Leichenfund. Er wusste nur zu gut, was das bedeutete, und sein Magen zog sich zusammen. Es war der Moment, vor dem er sich in den letzten fünf Monaten gefürchtet hatte, der Moment, in dem sich entscheiden würde, ob er weiter für den Dienst in einer Mordkommission tauglich war oder nicht.

Seine Vorgesetzte deutete sein Schweigen korrekt. „Es gibt ein Problem. Habe ich recht?"

„Ja ... nein, ich ..." Der Kommissar wusste selbst nicht, was er sagen wollte. Plötzlich war sie wieder da, die Angst. Die Angst und die Bilder ihres letzten Falles. Die Verzweiflung in der Stimme des Jungen, weil sie ihn in die Enge getrieben hatten. Brinkhoffs Fuß auf dem Gaspedal des Autos, mit dem er den Jungen rammte, weil der eine Pumpgun auf Plasberg gerichtet hatte. Weil es keine andere Möglichkeit gab, ihn daran zu hindern, abzudrücken. Und dann der Augenblick, als die Welt mit einem Knall zerbarst und er den Jungen blutüberströmt vor seinem Auto liegen sah, sterbend, in Plasbergs Armen. Es hatte ein paar Sekunden gedauert, bis Brinkhoff verstand, was passiert war. Und danach war nichts mehr so gewesen, wie es hätte sein sollen.

Die Freistellung vom Dienst hatte der Kommissar kaum registriert, genauso wenig die Befragungen, die Gespräche mit dem Betreuungsteam und die wochenlangen, internen Untersuchungen, die unweigerlich immer dann folgten, wenn im Einsatz ein Mensch zu Schaden kam. Das alles passierte in einem Nebel aus Beruhigungsmitteln und Schlaftabletten, die er einwarf, um nicht verrückt zu werden, um nicht ständig das Gesicht des Jungen vor sich zu sehen, im Moment des Aufpralls, als er die Kontrolle über die Waffe verlor. Das fast kindliche Erstaunen in seinen Augen, als die Kugel der Pumpgun seine Halsschlagader zerfetzte.

Die Einstellung der Ermittlungen wegen Nothilfe hatte Brinkhoff nicht interessiert und schon gar nicht der Eintrag in seine Personalakte, weil er die Anordnungen des Einsatzleiters missachtet hatte. Aber auch die heimlichen Glückwünsche seiner Kollegen, weil durch seinen Einsatz ein fünffacher Mörder zur Strecke gebracht worden war, waren ihm egal gewesen. Alles wurde überdeckt von diesem schweren, schwarzen Schatten, der sich in seine Gedanken und seine Seele gefressen hatte und ihn lähmte. Das Einzige, was ihn erreichte, waren Plasbergs Dankbarkeit und die von Niklas und Ruth, denen er damit das Leben gerettet hatte. Doch war das genug? Rechtfertigte die Rettung dreier Leben die Auslöschung eines anderen? Durch seine Entscheidung war ein Mensch gestorben, nur das zählte für Brinkhoff. Und es machte ihn fertig.

Plasberg seufzte am anderen Ende der Leitung, als hätte sie seine Gedanken gelesen. „Sie tragen keine Schuld. Sie haben sich korrekt verhalten. Ich weiß nicht, wie oft wir das schon durchgekaut haben …“

„Zu oft. Ich will es nicht m-mehr hören.“

„Sie waren vier Wochen vom Dienst freigestellt und haben danach noch mal vier Wochen Urlaub von mir bekommen, um sich zu erholen. In den letzten zwei Monaten haben Sie nur Schreibtischarbeit zu erledigen gehabt. Und wir haben unzählige Gespräche geführt. Ich habe mir quasi den Mund fusselig geredet." Maria Plasberg klang genervt. „Ich weiß nicht, was ich Ihnen noch sagen soll. Wenn Sie Ihr seelisches Gleichgewicht noch immer nicht wiedererlangt haben, dann brauchen Sie professionelle Hilfe."

„Ich weiß, ich weiß." Als ob er die nicht schon längst in Anspruch genommen hätte! Stundenlang hatte er auf einer Couch gelegen, auf eine weiße Tapete gestarrt und die Stimme des Therapeuten hinter sich fragen hören, was „das" jetzt gerade mit ihm mache, wo seine Gedanken denn gerade seien.

„Brinkhoff, ich habe keine Lust, Sie als Kollegen zu verlieren, aber …"

„Ich will doch auch nicht –"

Brinkhoffs Versicherung hörte sich gequält an und Plasberg schnitt ihm das Wort ab. „Sind Sie einsatzfähig oder nicht? So leid es mit tut, aber … ich kann Sie nicht gebrauchen, wenn Sie nicht funktionieren." Der letzte Satz fiel ihr hörbar schwer, doch er konnte seine Vorgesetzte verstehen. Als Leiterin einer Mordkommission konnte und durfte sie auf die persönlichen Befindlichkeiten ihrer Mitarbeiter keine Rücksicht nehmen.

Für einen Augenblick spielte der Kommissar mit dem Gedanken, „nein" zu sagen. Er würde sich seiner Verantwortung nie wieder stellen müssen, er würde nie wieder in eine ähnliche Situation wie damals geraten. Die Vorstellung war verlockend, die Welt würde so viel einfacher werden.

Doch stattdessen antwortete er: „Ich kann es versuchen", und wusste selbst nicht, wie er zu dieser Entscheidung gelangt war.

„Gut", erwiderte Plasberg erleichtert. „Dann erwarte ich Sie vor Ort."

„Verstanden." Brinkhoff beendete das Gespräch und lief ins Schlafzimmer, um sich anzuziehen und anschließend wenigstens noch einen Schluck Tee zusammen mit seinem Freund zu trinken.

„Ein neuer Fall?", fragte Clement so beiläufig wie möglich. Sein Gesicht blieb hinter der Zeitung versteckt. Bombadil, Brinkhoffs mehr als übergewichtiger Kater, saß neben seinem Stuhl und hypnotisierte vergeblich die Salami auf Clements Brötchen.

„Hört sich so an."

„Und du bist sicher, dass du das machen willst?" Endlich legte Clement den *Kölner Stadt-Anzeiger* beiseite und sah seinen Freund an.

Torsten Brinkhoff hielt dem Blick nicht lange stand. Markus kannte ihn besser als jeder andere Mensch, eingeschlossen Maria Plasberg, und ohne ihn hätte er die letzten Monate nicht durchgestanden. Markus hatte seine Depressionen und seine Stimmungsschwankungen ertragen. Er hatte ihm Tee eingeflößt, als er tagelang nichts essen und trinken wollte und sich weigerte, das Bett zu verlassen. Er hatte ihm den Therapeuten besorgt, mit dem er über seine Ängste reden konnte. Er hatte Brinkhoffs Wutausbrüche, seine Tränen und sein Selbstmitleid wie selbstverständlich ausgehalten, etwas, was ihm Brinkhoff niemals zugetraut hätte. Markus hatte ihm Halt gegeben, als er das Gefühl hatte, den Boden unter den Füßen zu verlieren.

„Ich bin es P-Plasberg schuldig, es wenigstens zu versuchen", wich der Kommissar aus.

„Du schuldest ihr gar nichts, im Gegenteil."

„Ich b-bin es m-mir schuldig."

„Blödsinn." Sein Freund runzelte die Stirn. „Überschätz dich nicht. Nur weil du wie ein Brecher aussiehst, heißt das nicht, dass du einer bist. Das müsstest du doch eigentlich in den letzten Monaten gemerkt haben. Du bist nicht so hartgesotten wie Plasberg."

„Na schön. Ich v-verspreche dir, dass ich dir B-Bescheid sage, wenn ich nicht klar komme, okay?"

Clement nickte. „Okay. Damit kann ich leben."

Brinkhoff stahl einen Bissen von Clements Brötchen, ignorierte Bombadils beleidigten Blick und stand auf. „Ich muss los, Schatzi."

Sein Freund war schon wieder hinter der Zeitung verschwunden. „Ist gut. Und hör auf, mich so zu nennen."

„Wie denn?"

„Na, ‚Schatzi'. Das klingt total spießig. So nennt meine Mutter meinen Vater. Aber auch nur, wenn sie sauer auf ihn ist. Das hat dann so einen bedrohlichen Unterton."

„Ist g-gut, Schatzi", grinste Brinkhoff und kippte den Rest Tee aus seiner Tasse in die Spüle.

„Und erzähl mir später, was sie heute anhatte!“, rief Clement dem Kommissar hinterher.

Nach den Sonnenstrahlen am Tag zuvor war das Wetter in der Nacht umgeschlagen. Es hatte einen heftigen Regenguss gegeben, die Pfützen auf dem Asphalt spritzten auf, als sich Brinkhoff durch den morgendlichen Berufsverkehr friemelte. Immerhin klarte der Himmel schon wieder langsam auf.

Wie Plasberg empfohlen hatte, mied der Kommissar die Deutzer Brücke ins Zentrum und überquerte stattdessen die nördlicher gelegene Zoobrücke, über der die Gondeln der Rheinseilbahn sanft im Wind schaukelten. Doch auch hier gelang es ihm nicht, den alltäglichen Staus in und um Köln zu entkommen. Zwanzig Minuten bewegte er sich nur im Stop-and-go-Tempo Richtung Neuehrenfeld vorwärts, einem Bezirk der Rheinmetropole, den die Stadtplaner immer etwas stiefmütterlich behandelt hatten. Zwar gab es an einigen Ecken den Versuch, dem Viertel mittels neu gebauter und begrünter Wohnkomplexe ein schickes Lebensgefühl zu verpassen, und in den letzten Jahren hatten sich auch vermehrt Szenekneipen und das entsprechende studentische Publikum hier angesiedelt, doch in den Straßen abseits der Hauptverkehrsadern sah es noch immer ziemlich trostlos aus.

Brinkhoff hätte die Einfahrt auf den Schlachthof um ein Haar verpasst, erst im letzten Moment entdeckte er die hinter Bäumen hervorblitzende, schmucklose Reklame der *Fleischversorgung Köln*. Das riesige, mehrere tausend Quadratmeter große Areal war um die Wende zum 20. Jahrhundert entstanden, als die Belieferung der Bevölkerung mit Fleisch noch eine kommunale Aufgabe war. Mittlerweile befanden sich die auf dem Gelände ansässigen Betriebe in privater Hand; während Brinkhoff über die weitläufigen, unbewachten Parkplätze fuhr, machte er mindestens vier verschiedene Großmärkte aus, die sich hauptsächlich der Fleisch- und Fischverarbeitung verschrieben hatten, aber auch mit Obst und Gemüse handelten. Vor den Kühlhäusern standen Lkw mit geöffneten Laderampen, bereit, Ware und Bestellungen aufzunehmen; angrenzend an das Gelände des Schlachthofs konnte der Kommissar eine Trasse der S-Bahn ausmachen.

Maria Plasberg erwartete ihn vor einem Gebäude, neben dem mehrere Fahnen mit einem grün-weißen Firmenlogo im Wind flatterten.

„Sorry", sagte er zur Begrüßung. „Ihr T-Tipp war ein Schuss in den Ofen. B-Bin doch in einen Stau gekommen."

Die Firma lag am hinteren Ende des Schlachthofs, sodass die Polizeiarbeit noch weitgehend unbemerkt von neugierigen Blicken vonstattengehen konnte. Aber das würde nicht lange so bleiben. Die Einsatzfahrzeuge der Polizei, ein Notarzt- und ein Leichenwagen hatten sich vor dem Eingang zum Schlachthof aufgebaut, mehrere Beamte waren damit beschäftigt, die eintreffenden Kunden und Fahrer der Lieferwagen in Schach zu halten.

Die Kommissarin bemerkte Brinkhoffs erstauntes Gesicht. „Der Betrieb öffnet schon morgens um sechs. Sie beliefern Großkunden im ganzen Stadtgebiet und darüber hinaus. Deshalb ist hier auch schon die Hölle los."

In ihrer Begleitung befand sich eine junge Kollegin, die sich als Bettina Siener vorstellte und Plasbergs Einschätzung bestätigte. „Es war ein Albtraum, bis wir das gesamte Gebäude geräumt hatten. Der Tote ist erst nach der Öffnung des Großmarkts von einem Mitarbeiter gefunden worden. Wir haben einen hysterischen Geschäftsführer, den unter Schock stehenden Metzgermeister, der die Leiche entdeckt hat, dazu Fahrer, die ihre Bestellungen ausfahren wollen, und Kunden, die nicht mehr zu ihren Autos zurückkönnen, weil wir hier alles absperren mussten." Siener schien nicht gerade erfreut zu sein über den Einsatz. Sie strich sich durch ihre schulterlangen, blonden Haare und gähnte verstohlen. „Mein Sohn hat die Grippe", erklärte sie entschuldigend. „Ich hab die ganze Nacht kein Auge zugemacht."

„Wie alt?", fragte Plasberg. Eine Kollegin mit Kind! Sie war jedes Mal erfreut, wenn sie auf eine Schicksalsgenossin traf.

„Fünf. Ich bin froh, wenn er nächstes Jahr zur Schule kommt."

„Kann ich mir vorstellen. Arbeitsplätze, die sich mit der Betreuung von Kindern vereinbaren lassen, sind ja bei unserem Arbeitgeber Mangelware."

Siener nickte. „Wir haben noch nicht mal einen Kita-Platz für Daniel bekommen. Wir müssen jedes Mal auf eine Tagesmutter zurückgreifen, wenn wir weg wollen. Sie haben keine Ahnung, wie teuer das ist!"

„Ich unterbreche ja nur ungern, aber k-könnten wir uns vielleicht auf den Leichenfund konzentrieren?", sagte Brinkhoff. Plötzlich wollte er es nur hinter sich bringen.

„Typisch", frotzelte Plasberg, „nur weil Sie bei diesem Thema nicht mitreden können, wollen Sie uns den Mund verbieten."

„G-Ganz und g-gar nicht, ich wollte nur ..."

„Das war ein Scherz, Kollege! Nur ein Scherz!" Plasberg schüttelte den Kopf und ließ sich mit Brinkhoff durch die Absperrungen zum Eingang des Großmarktes führen.

„Die Leitstelle hat den Notruf um 6.22 Uhr durchgegeben, wir waren zehn Minuten später hier", erklärte Siener. „Es hat niemand etwas angerührt, zumindest nicht nach unserem Eintreffen. Ihre Kollegen von der Spurensicherung und der Notarzt sind schon vor Ort. Der Geschäftsführer will übrigens unbedingt wissen, wann der normale Betrieb wieder aufgenommen werden kann. Anscheinend glaubt er, wir transportieren einfach den Toten ab und dann kann er *business as usual* machen."

„Die Leute sehen sich einfach zu viele Krimis im Fernsehen an", antwortete Plasberg und tippte sich an die Stirn. „Wir sprechen nachher mit ihm. Halten Sie mir den Mann solange vom Leib. Zuerst will ich mit diesem Metzger reden."

„Und w-wo ...?", fragte Brinkhoff.

„Ach so, ja ..." Siener sah den Kommissar überrascht an. „Ich dachte, Sie wären schon informiert. In einem der Kühlhäuser. Sie gehen geradeaus und dann rechts."

Aus der geöffneten Tür des Kühlhauses schlug ihnen eiskalte Luft entgegen und wies den Weg in eine mehrere hundert Quadratmeter große Halle, die über und über mit Fleischteilen behangen war. Langgezogene Neonröhren erhellten den bis unter die Decke weiß gefliesten Raum. So weit das Auge reichte, baumelten riesige Tierkadaver in langen Reihen an Rollbändern von oben herab, Schweinehälften und halb zerlegte Kälber, die trotz der niedrigen Temperaturen den unverkennbaren Geruch von Blut ausströmten.

Auf metallenen Regalen an den Seiten stapelten sich weitere Unmassen von Fleisch.

„Hier?“, fragte Brinkhoff schwach. Sein Atem blieb als Nebel in der Luft hängen.

Plasberg zuckte mit den Schultern. „Ich mag mein Steak auch lieber, wenn es schon handlich verpackt im Kühlregal liegt. Sind Sie bereit?“

Er zog eine Grimasse. „Ich w-weiß ni –“

„Hier hinten!“, unterbrach sie eine männliche Stimme. „Sie müssen ganz durch kommen!“

Die Kommissare schlängelten sich entlang der mehr als mannsgroßen Tierkörper – wobei Brinkhoff darauf bedacht war, möglichst nicht mit dem Fleisch zu kollidieren –, bis sie den Notarzt entdeckten, eingezwängt zwischen zwei von der Decke hängenden Rinderhälften. Um ihn herum war ein ganzes Team von weiß gekleideten Kollegen der Spurensicherung eifrig damit beschäftigt, Fotos zu schießen. Dass es sich um einen Mord handelte, daran ließ der Zustand des Toten keinen Zweifel aufkommen.

„Scheiße“, flüsterte Brinkhoff und wünschte sich nichts mehr, als Plasbergs Aufforderung am Telefon abgelehnt zu haben. Trotz der Eiseskälte stand ihm plötzlich der Schweiß auf der Stirn. Seine Hände zitterten und er versteckte sie in den Hosentaschen.

Als wäre er zur Weiterverarbeitung vorgesehen, hing der Körper des Mannes wie ein Tierkadaver aufgespießt an einem Fleischerhaken, der ihm mit brutaler Gewalt durch den Nacken getrieben worden war. Die weit aufgerissenen Augen blickten starr geradeaus, die mit grauem Paketklebeband auf den Rücken gefesselten Hände des Toten waren bläulich verfärbt, ebenso sein Gesicht. Auch der Mund war mit Klebeband verschlossen. Auf der Stirn des Toten war ein Zettel befestigt, aber der Mann hing zu hoch, um die Schrift mit bloßem Auge zu entziffern. Das Opfer war mit einem grauen Anzug, einem rosafarbenen Hemd und einer blauen Krawatte bekleidet, das Jackett am Rücken blutrot verfärbt, und es trug nur noch den linken Schuh. Der rechte lag in einiger Entfernung in der Nähe der Laderampen.

„D-Das ist b-bestialisch!", stammelte Brinkhoff. Das Entsetzen stand ihm ins Gesicht geschrieben. „Wer so was tut, der k-kann doch keine m-menschlichen Gefühle mehr haben, oder?"

„Wer so was tut, hat nur noch ein einziges Gefühl", erwiderte Plasberg. „Wut. Grenzenlose Wut."

„Ach, Sie sind zuständig?", begrüßte sie der Notarzt, als die Kommissare sich mühsam von dem Anblick losgerissen hatten und näherkamen. Tatsächlich war Dr. Taucher ein alter Bekannter. Er besaß eine birnenförmige Gestalt, deren voluminöser Bauch von zwei spindeldürren Beinen getragen wurde, dazu einen in Relation zum Rest des Körpers viel zu kleinen Kopf, der direkt auf dem Oberkörper festgewachsen schien. Ein Anblick, der sich beiden Kommissaren ins Gedächtnis eingebrannt hatte, genauso wie der unsentimentale, fast respektlose Umgang des Arztes mit den Leichen, zu deren Begutachtung er gerufen wurde.

„Doktor", nickte Plasberg kommentarlos. Als sie die Leiche gesehen hatte, hatte sie erschrocken die Luft angehalten, jetzt betrachtete sie den Toten seltsam still, umkreiste ihn langsam und stellte sich dann mit gerunzelter Stirn neben Brinkhoff. „Ich kenne den Mann."

Obwohl Brinkhoff noch immer mit sich zu kämpfen hatte, sah er seine Vorgesetzte überrascht an.

„Das ist Steffen Mertens, ein Nachbar von mir. Ruth und seine Tochter gehen auf dieselbe Schule."

„Das soll wieder ein W-Witz sein, oder?"

Die Kommissarin schüttelte den Kopf und zog fröstelnd ihre Jacke enger um die Schultern. „Er hat mich gestern Morgen vor der Haustür abgepasst und mir gesagt, dass er bedroht wird. Hat um Hilfe gebeten. Und ich habe ihm nicht geglaubt. Er trägt sogar noch dieselben Sachen wie gestern."

„Wirklich?" Brinkhoff konnte es kaum glauben.

„Kollege, welcher Teil meiner Bemerkung war unverständlich für Sie?", fragte Plasberg unwirsch. „Die Tatsache, dass er mich um Hilfe ersucht hat oder dass ich seine Bitte abgelehnt habe?" Sie schien sich nicht wohl in ihrer Haut zu fühlen und Brinkhoff hob entschuldigend die Hände.

Der Notarzt räusperte sich und berichtete übergangslos von seinen bisherigen Erkenntnissen. „Das Opfer hängt schon mehrere Stunden hier. Wahrscheinlich die ganze Nacht. Ist schon fast tiefgekühlt. Reizendes Ambiente, um zu sterben."

„Und w-wie ha-hat man ihn da oben dran bekommen?", fragte Brinkhoff. Der Schock über den Anblick der Leiche saß tief, immer wieder kehrten seine Augen zu dem Toten zurück. „Ich meine, es muss doch viel Kraft erfordern, einen erwachsenen Mann an so ein Ding zu hängen."

Ein Kollege der Spurensicherung mischte sich ein. „Man kann die Haken an einem Gewinde bis auf den Boden ziehen. Gar nicht schwer." Er stand auf und demonstrierte es an einem leeren Fleischerhaken, der ein paar Meter entfernt von der Decke hing. Sobald er den Haken losließ, schnurrte das Gewinde wieder zusammen und ließ den Haken in seine ursprüngliche Position im Rollband zurückschnellen.

„D-Dann könnten wir es auch mit einem Einzeltäter zu tun haben. Ich dachte erst –"

„Todesursache?", fragte Plasberg dazwischen.

„Kann ich noch nichts zu sagen, solange er da oben hängt", erwiderte der Arzt. „Aber wenn die Herren von der Spurensicherung so weit sind?"

Die Kommissarin holte sich wortkarg das Einverständnis der Kollegen und wandte ihren Blick ab, während der Tote vom Fleischerhaken heruntergenommen wurde. Als er vor ihr lag, beugte sie sich über das Gesicht der Leiche, ließ sich von der Spurensicherung Gummihandschuhe geben und nahm den Zettel von der Stirn, ein großes, gelbes Post-it.

Niemand kann seiner Strafe entkommen.

Es war eine ähnliche Botschaft, wie die Kommissarin sie am Vortag auf dem Briefbogen gelesen hatte, mit dem Steffen Mertens zu ihr gekommen war. Dieselbe Computerschrift, eine ähnliche Aussage, in ihrer Einfachheit fast lakonisch. Erneut hatte Plasberg das irritierende Gefühl, nicht eine Drohung, sondern eine Feststellung zu lesen.

Brinkhoff schien den gleichen Eindruck zu haben. „Da ist sich jemand seiner Sache wohl sehr sicher“, sagte er.

„Und er ist auf eine gewisse Außenwirkung bedacht.“ Plasberg berichtete von dem Drohbrief, den Mertens ihr gezeigt hatte.

„Ja, aber diese Nachricht … ist die nicht eher für uns bestimmt?“

Plasberg zuckte mit den Schultern. „Man kann es genauso gut als abschließendes Urteil ansehen, das dem Toten posthum angehängt wurde. Auf jeden Fall von jemandem, dessen Gerechtigkeitssinn verletzt wurde.“ Sie bückte sich erneut und suchte die Hosentaschen des Toten ab. Nacheinander förderte sie Kaugummipapier und zwei abgebrannte Streichhölzer zutage, dann ein Schlüsselbund und ein Portemonnaie, das neben diversen Scheck- und Kreditkarten auch Bargeld und den Personalausweis von Steffen Mertens enthielt. „Das war jedenfalls kein Raubmord. Und der Mörder hat sich noch nicht einmal die Mühe gemacht, die Identität seines Opfers zu verschleiern.“

„Als ob es ihm recht w-wäre, dass wir sie schnell kennen“, sagte Brinkhoff. „U-Ungewöhnlich.“

Die Tür des Kühlhauses öffnete sich und zusammen mit einem Schwall wärmerer Luft kam Bettina Siener zu ihnen. „’tschuldigung, ich wollte nicht stören, aber wir haben gerade eine Vermisstenmeldung hereinbekommen, die auf das Opfer passen könnte. Eine Frau namens Heike Mertens vermisst seit gestern Abend ihren Mann …“

„Steffen Mertens. Wir wissen, wer es ist. Danke.“ Plasberg fuhr sich nachdenklich über die Schläfe, während die Kollegin wieder verschwand. „Also hat er irgendwann im Verlauf des gestrigen Abends seinen Mörder getroffen. Fragt sich nur, wo und wann genau.“

„Er hat kein Handy dabei“, bemerkte ihr Kollege plötzlich. „Alles, was eine Identitätsprüfung erleichtert, ist vorhanden. Nur nicht sein M-Mobiltelefon.“

„Er könnte keines besitzen oder es vergessen haben“, wandte Plasberg ein. „Zugegeben, ist eher unwahrscheinlich. Wenn sein Mörder es ihm abgenommen hat …“

„… dann aus einem bestimmten Grund“, beendete Brinkhoff ihren Satz. „Mertens hat mit dem Mörder telefoniert und das Handy würde uns die Nummer anzeigen.“

„Seine Frau müsste doch in der Lage sein, uns die Rufnummer seines Handys und das Fabrikat zu nennen. Dann kommen wir auch an die Verbindungsdaten und Standortbestimmungen seines Mobiltelefons heran.“

„Wie denn? Seitdem das Bundesverfassungsgericht das Gesetz zur Vorratsdatenspeicherung gekippt hat, wird doch alles gelöscht, was uns weiterhelfen könnte.“ Wie viele andere Polizeibeamte sah auch Brinkhoff in diesem Urteil eine die Polizeiarbeit erschwerende Hürde.

Doch Plasberg gab die Hoffnung noch nicht auf. „Die Daten werden bis zur Rechnungslegung von den Providern gespeichert. Aber wir brauchen eine richterliche Anordnung. Ich kümmere mich darum, sobald ich weiß, wer der für diesen Fall zuständige Staatsanwalt ist.“

Inzwischen hatte sich Dr. Taucher mühsam vom Boden aufgerappelt, wo er den Toten einer ersten Untersuchung unterzogen hatte. „Keine Schussverletzungen, keine Strangulationsmerkmale, keine Stichwunden. Das Klebeband hat auch nur ein paar oberflächliche Stauchungen an den Handgelenken hinterlassen“, schnaufte er. „Aber die Nackenwunde, die hat es in sich. Sehen Sie hier die schweren Verletzungen? Das Graue sind gesplitterte Knochen der Wirbelsäule. Der Fleischerhaken ist dem Opfer mit ziemlich brutaler Gewalt ins Fleisch getrieben worden, mehrere Wirbel sind gebrochen und der Mann hat eine Menge Blut verloren. Beides zusammen hat den Tod verursacht, einen ziemlich qualvollen Tod, wie ich anmerken möchte: Es muss ausgesprochen schmerzhaft gewesen sein. Allerdings ist es wohl auch ziemlich schnell gegangen. Ein gebrochenes Genick – das geht ruck, zuck.“

„Er war bei Bewusstsein?“, fragte Brinkhoff geschockt.

„Ich denke schon. Die Lippen weisen große Risse auf, die nicht vom Verkleben herrühren können, die Zunge ist blutig gebissen. Ich denke, unter dem Pflaster hat er geschrien wie am Spieß. Der Kollege in der Gerichtsmedizin wird wahrscheinlich in der Lunge Faserrückstände des Klebestreifens finden, vom Einatmen. Was den Todeszeitpunkt angeht, kann ich Ihnen allerdings kaum weiterhelfen. Die Kälte hier drin hat den Körper so weit heruntergekühlt, dass keine fachlich abgesicherte Aussage möglich ist, jedenfalls nicht ohne Obduktion. Aber wie gesagt, ein paar Stunden hängt er sicherlich schon hier. Nach der Leichenschau wird man Ihnen da mehr sagen können. Eines allerdings ist interessant … ich kann keine Spuren feststellen, die darauf hindeuten, dass er sich gewehrt hat."

„Er war gefesselt", warf Plasberg ein.

„Trotzdem … bei einer so massiven Gewalteinwirkung … ich hätte größere Hämatome an den Handgelenken erwartet, Spuren an den Fingern und Fingernägeln. Hier, sehen Sie? Als ob er gerade bei der Maniküre gewesen wäre. Nicht mal Hose oder Strümpfe sind verrutscht. Der hat sich nicht gewehrt. Ich könnte mir vorstellen, dass er betäubt war, und erst der Schmerz, der durch die Verletzungen der Nackenwirbel entstanden ist, hat ihn zu sich kommen lassen. Der Kollege in der Gerichtsmedizin …"

„… wird uns weiterhelfen. Schon gut", erwiderte Plasberg.

Der Notarzt packte seine Sachen zusammen. „Wenn Sie keine Fragen mehr haben?"

Die Kommissarin nickte geistesabwesend und winkte den Mediziner weg wie einen Lakaien, dessen Dienste sie nicht mehr bedurfte. Es blieb Brinkhoff überlassen, das schlechte Benehmen seiner Vorgesetzten auszumerzen und Dr. Taucher mit Handschlag zu verabschieden.

„Wirklich", monierte er anschließend, „bei ein bisschen mehr Freundlichkeit würde Ihnen kein Zacken aus der K-Krone fallen."

Aber die Kommissarin war schon viel zu sehr mit der Sichtung der unmittelbaren Umgebung des Tatorts beschäftigt, als dass sie Brinkhoffs Kritik registriert hätte. Ihr Interesse galt vor allen Dingen dem zweiten Schuh des Opfers, dessen Sohle sie eingehend betrachtete. „Warten Sie …" Plasberg winkte einen Mitarbeiter der Spurensicherung wegen einiger Fotos heran, dann nahm sie den Schuh in die Hand und kramte aus ihrer Handtasche eine Pinzette, mit der sie etwas von der Kante des Absatzes abkratzte. „Ein paar Erdkrumen." Sie ging zur Leiche und inspizierte die Sohle des anderen Schuhs. „Genau dasselbe. Hier ist sogar noch ein Grashalm dran."

„Schleifspuren? Dann ist er vielleicht wirklich betäubt und gefesselt hierher gebracht worden."

„Schon, aber wie? Moment …“ Plasberg deutete auf die Laderampe. „Bietet sich doch an, oder? Und während man ihn zum Fleischerhaken geschafft hat, hat er einen Schuh verloren.“ Sie wies die Kollegen der Spurensicherung an, sich die Rampe und den Weg von dort zum Fundort der Leiche genau anzusehen, ebenso das Gelände, das direkt zur Rampe führte. „Vielleicht gibt es ja Reifenspuren.“

„Wenn er mit einem Auto gebracht worden ist …“ Brinkhoff fiel ein, dass er am Eingang des Schlachthofes an einer Pförtnerloge vorbeigefahren war. „Sie war allerdings nicht besetzt. Aber vielleicht wird das Gelände ja nachts bewacht?“

Plasberg schüttelte den Kopf. „Glaube ich nicht. Warum sollte ein Nachtwächter dem Täter mitten in der Nacht Zugang zum Tatort gewähren? Das Häuschen steht bestimmt seit Jahrzehnten ungenutzt auf dem Gelände. Ist Ihnen nicht aufgefallen, wie baufällig es ist? Die umliegenden Firmen waren mit Sicherheit nur zu faul, es abzureißen. Vor dem Eingang gab es ein paar Metallgitter. Die werden wahrscheinlich einfach nach Betriebschluss aufgestellt, um das Gelände zu sichern.“

Auch der Kommissar erinnerte sich jetzt, ein paar schäbige Gitter – wie man sie zur provisorischen Sicherung von Baustellen benutzte – gesehen zu haben, seitlich der Einfahrt. „Na großartig“, murmelte er.

„Die einzelnen Firmen werden wohl jede für sich Sicherungssysteme haben. Warum sollten sie die umliegenden Parkplätze bewachen lassen, wenn sie sowieso nur während der Geschäftszeiten genutzt werden? Da ist so ein Bauzaun viel kostengünstiger. Aber wir werden das überprüfen müssen.“ Plasberg kratzte sich am Kopf. „Viel interessanter finde ich die Frage, wie sich der Täter Zutritt zum Kühlhaus verschafft hat.“ Sie trat an die metallenen Rollläden heran, die die Öffnung der Rampe verschlossen, und betrachtete den Schließmechanismus. „Sieht nicht so aus, als hätte da jemand Gewalt angewendet.“ Sie rüttelte am Griff. „Kommen Sie, ich brauche einen starken Mann!“

Brinkhoff beugte sich hinunter und zog den Rollladen mit einem Ruck nach oben, so weit, dass die Kommissare aufrecht unter dem Tor stehen konnten. „Nicht zugesperrt“, sagte er unnötigerweise. „Und am Schloss außen ist auch nichts zu sehen.“

„Also hatte der Täter einen Schlüssel."
„Oder jemand hat ihm geöffnet. Ein Helfer? Ein Mitarbeiter?"
„Möglich. Aber wozu?", dachte Plasberg laut nach.
„W-Wozu was?"
„Wozu Mertens woanders betäuben und ihn dann hierher schaffen, um ihn zu töten? Das muss doch irgendetwas zu bedeuten haben." Sie sah Brinkhoff erwartungsvoll an. „Stellen Sie sich vor, Sie wollten jemanden umbringen, und ... oh. Tut mir leid", unterbrach sie sich, als sie Brinkhoffs Gesichtausdruck sah. „Das war geschmacklos."
„A-Allerdings."
„Ich meinte es auch rein hypothetisch." Die Kommissarin trat von einem Bein aufs andere. Langsam, aber sicher kroch ihr die Kälte des Kühlhauses in die Glieder. „Warum würden Sie Ihr Opfer an einem anderen Ort betäuben, aber erst hier töten wollen?"
„Ich w-weiß nicht ..." Brinkhoff zögerte. „Es könnte viele Gründe geben. Vielleicht weil der Ort, an dem ich mein Opfer in meine Gewalt bringe, nicht für einen Mord geeignet ist. Ich könnte entdeckt werden oder ich habe nicht die Möglichkeit, es dort zu tun. Oder der Ort sagt etwas über mich als Täter oder den Mord aus. Oder weil das Kühlhaus irgendwie ein Symbol ist ... oder vielleicht alles zusammen."
Plasberg warf einen abschließenden Blick auf Mertens' Leiche und rieb ihre inzwischen eiskalten Hände. „Wenn ich das heute Morgen gewusst hätte, hätte ich Handschuhe mitgenommen. Ich muss hier raus, sonst krieg ich gleich Frostbeulen. Kümmern wir uns um die Zeugen. Außerdem brauche ich jemanden, der mir einen heißen Kaffee besorgen kann. Und am besten noch eine Heizdecke." Dann fügte sie hinzu: „Sie haben sich nicht schlecht geschlagen, Kollege. Ich weiß das zu schätzen."
Brinkhoff versuchte ein schmales Lächeln, aber es misslang.

Eine Heizdecke ließ sich zwar nicht auftreiben, aber wenigstens hielt die Kommissarin wenige Minuten später eine Tasse Kaffee in den Händen. Sie hatte kurzfristig den Pausenraum der Angestellten für ihre Befragung requiriert, ein schmuckloses Zimmer, das von tristen Neonleuchten erhellt wurde und außer einem lang gezogenen Tisch und ein paar Stühlen sowie einer Kaffeemaschine keinerlei Einrichtung besaß. Ein kugelförmiger Kaktus mit langen, gebogenen Stacheln fristete ein kümmerliches Dasein auf der Fensterbank.

Gegenüber der Kommissarin hatte Arno Meyer Platz genommen, gekleidet in weiße Hosen und einen weißen Schutzkittel – der Zeuge, der den Toten kurz nach Dienstbeginn gefunden hatte. Nur die Plastikhaube, die er aus Hygienegründen bei der Arbeit auf dem Kopf trug, hatte er abgezogen, sodass Brinkhoff, der hinter ihm stand, eine gute Sicht auf die Tätowierung hatte, die der Mann auf seinen Nacken hatte stechen lassen: eine stilisierte Rose.

Auf dem Tisch vor Meyer lag die neueste Ausgabe des *Express*, anscheinend die bevorzugte Pausenlektüre des Metzgers; der Aufmacher auf der Titelseite war mit Fettflecken garniert. Gedankenverloren überflog Plasberg die Schlagzeile: „Skandal um Polizeipräsident! Urlaub mit der Geliebten?“ Darunter ein dermaßen unscharfes Foto, dass man nach Ansicht der Kommissarin die abgebildeten Personen genauso gut für zwei Bergziegen halten konnte. Sie schüttelte den Kopf und widmete sich wieder ihrem ersten Zeugen.

Im Gegensatz zu der landläufigen Vorstellung, die Plasberg von Metzgern hatte – übergewichtig, rotgesichtig, jovial und mit kurzen, dicken Wurstfingern versehen –, war der 52-jährige Meyer dünn, fast ausgemergelt, ausgesprochen blass und sehr nervös. Die letzten beiden Eigenschaften mochten allerdings der Tatsache geschuldet sein, dass er noch nie zuvor in die Verlegenheit gekommen war, eine Leiche an einem seiner Fleischerhaken zu entdecken. Trotzdem bezweifelte die Kommissarin, dass seine mangelnde Körperfülle besonders verkaufsfördernd war. Von einem Metzger erwartete man doch einfach, dass man ihm ansah, wie gerne er aß, oder?

„Kurz nach sechs“, beantwortete Meyer gerade Plasbergs Frage nach dem Zeitpunkt, wann er den Toten gefunden hatte. „Ich bin wie jeden Morgen ins Kühlhaus, um die anliegenden Bestellungen durchzugehen, und da hing er dann. Zwischen den Rinderhälften aus der Eifel. Ich hab ihn erst gar nicht bemerkt, erst als ich das Rollband betätigt habe … er wurde nach vorne gefahren.“ Der

Metzger zappelte hektisch mit den Beinen und schüttelte den Kopf. „Hab ich noch nie erlebt, so was. Gruselig. Richtig gruselig."

„Das heißt, die Leiche hing zuerst gar nicht an dem Platz, wo wir sie heute Morgen gefunden haben?"

„Nein, mehr in der Nähe zur Rampe. Fünf Meter vielleicht. Danach hab ich aber alles so gelassen, wie es war, ehrlich!"

Plasberg gab Brinkhoff ein Zeichen, sofort die Spurensicherung zu informieren.

„Und Sie haben keine Erklärung, wie die Leiche dahin gekommen ist?" Die Kommissarin nahm einen Schluck Kaffee.

„Na, ich hab sie bestimmt nicht dahin gehängt!", fuhr Meyer auf.

Plasberg beobachtete ihn interessiert aus den Augenwinkeln. Wieso war der Mann dermaßen nervös? „Hab ich auch nicht behauptet. Woher wissen Sie übrigens, dass es Rinder aus der Eifel waren, zwischen die der Tote gehängt wurde?" Für sie hatten alle Tierkadaver im Kühlhaus gleich ausgesehen.

„Aus unseren Bestellungen beim Schlachter und den Herkunftsstempeln auf dem Fleisch natürlich." Meyer sah die Kommissarin an, als käme sie vom Mars. Gleich darauf erhellte sich seine Miene. „Stimmt, können Sie ja nicht wissen."

„Dann klären Sie mich auf", ermunterte Plasberg ihr Gegenüber.

„Es ist so …" Die Oberschenkel des Metzgers zuckten mittlerweile im Stakkato-Takt. Im gleichen Moment drückte er die Hände durch und dehnte die Finger. Das knackende Geräusch ließ die Kommissarin zusammenfahren. Ein fast verzweifeltes und sehr verkrampftes Grienen huschte über Meyers Gesicht. Dann fasste er Mut und beugte sich nach vorne. „Darf … darf ich mal austreten?", flüsterte er. „Es ist nur … Aufregung schlägt mir immer auf den Magen und dann … es ist wirklich dringend!"

Plasberg lehnte sich resigniert in ihrem Stuhl zurück. „Gehen Sie."

Während Meyer hastig das Zimmer verließ, sah die Kommissarin aus dem Fenster, durch dessen schmutzige Scheiben kaum etwas von der Morgensonne drang, die sich mittlerweile durch die letzten Regenwolken der Nacht kämpfte. Sie war froh, einen

Augenblick für sich zu haben. Der Tod von Mertens hatte sie mehr mitgenommen, als sie gegenüber Brinkhoff zugeben wollte. Seit sie die Leiche im Kühlhaus wiedererkannt hatte, war sie die Begegnung des gestrigen Tages nochmals durchgegangen. Hatte sie sich korrekt verhalten oder hatte sie sich von ihrer Antipathie verleiten lassen, die ganze Sache weniger dramatisch einzustufen, als sie im Nachhinein tatsächlich war? Objektiv betrachtet hatte sie sich nichts vorzuwerfen. Der Verweis auf die Kollegen der zuständigen Polizeidienststelle und der Rat, eine Anzeige gegen Unbekannt aufnehmen zu lassen – alles völlig in Ordnung. Aber Mertens hatte sie um Hilfe gebeten, sie persönlich, und sie hatte abgelehnt, weil sie ihren Nachbarn aufdringlich und unsympathisch fand. Und sie war auch noch ziemlich schroff gewesen bei ihrer Abfuhr. Plasberg biss sich auf die Lippen. Sie konnte sich zwar nicht mehr genau an ihre letzten Worte erinnern, aber besonders höflich war sie nicht gewesen. Unwirsch schüttelte sie den Kopf. Nein, sie hatte keinen Grund für ein schlechtes Gewissen. Dass ihre Einschätzung falsch und die schriftliche Drohung doch ernst gemeint war, hatte sie beim besten Willen nicht vorhersehen können. Mertens hatte sie gestern Morgen einfach auf dem falschen Fuß erwischt und nicht eben dazu beigetragen, ihr Vertrauen zu wecken. Sie hatte den Umständen entsprechend adäquat reagiert. Und trotzdem … ein kleiner, nagender Zweifel blieb zurück und verursachte Plasberg weiterhin Unbehagen.

Als Arno Meyer endlich mit einem sichtlich entspannteren Gesichtsausdruck zurückkehrte und wieder auf dem Stuhl vor ihr Platz nahm, war sie erleichtert, weitermachen zu können.

„Wir waren dabei, die Arbeitsabläufe im Kühlhaus zu klären", nahm die Kommissarin den Gesprächsfaden wieder auf.

„Ja, also …" Der Metzger schlug die Beine übereinander. „Wir schlachten eigentlich kaum noch selbst. Rentiert sich längst nicht mehr so wie früher. Die Tiere werden in Großschlachtereien aus der Umgebung – Eifel, Niedersachsen – geschlachtet, wir werden mit dem Fleisch beliefert und verarbeiten die Ware dann nur noch. Trotzdem kann ich Ihnen bei jedem Stück Fleisch, das wir ausliefern, sagen, von welchem Tier von welchem Hof aus welchem Landkreis es kommt. Da gibt's strenge EU-Richtlinien, die eingehalten werden müssen. Jeder einzelne Arbeitsschritt wird kontrolliert, protokolliert, abgestempelt, dokumentiert, ganz nach Vorschrift. Wollen Sie die Unterlagen einsehen?"

Plasberg winkte ab. „Ich bin nicht vom Verbraucherschutzministerium. Vielleicht später." Sie konnte sich nicht vorstellen, dass es besonders zielführend war zu wissen, woher die zwei Rinderhälften stammten, zwischen denen Mertens gefunden worden war.

„Ich dachte nur … nach den ganzen BSE- und Schweinepestskandalen und der Sache mit dem Gammelfleisch …"

„Ja, ja", murmelte die Kommissarin. Die ganze Angelegenheit wurde immer unappetitlicher, selbst der Kaffee verursachte ihr mittlerweile Sodbrennen. „Wann wird das Kühlhaus abends eigentlich verschlossen?"

„Grundsätzlich oder gestern?"

„Da gibt es einen Unterschied?"

„Na ja, üblicherweise, wenn die letzten Be- und Entladungen für den Tag abgeschlossen sind." Meyer legte die Stirn in Falten. „So gegen achtzehn Uhr. Aber gestern kam eine Lieferung verspätet an, der Fahrer ist in einem Stau auf der Autobahn stecken geblieben, ich hab dann so gegen neunzehn Uhr alles dicht gemacht."

„Sie sind von morgens sechs Uhr bis abends achtzehn Uhr vor Ort?", fragte Plasberg ungläubig.

Meyer warf einen Blick zur Tür, als wollte er sich vergewissern, dass sie tatsächlich ungestört waren. „Solche Dienstzeiten sind hier nicht ungewöhnlich. Letztes Jahr … der Chef hat alle Mitarbeiter entlassen und sie dann mit einem neuen Arbeitsvertrag zu wesentlich schlechteren Bedingungen wieder eingestellt. Über eine Leiharbeitsfirma, mit der er zusammenarbeitet. Ich krieg nur noch 75 Prozent des vorherigen Gehaltes – und Urlaubs- und Weihnachtsgeld gibt's auch nicht mehr."

„Reizend", bemerkte Plasberg. „Ich nehme an, die Stimmung in der Belegschaft ist ziemlich schlecht?"

Meyer hob die Schultern. „Was sollen wir machen? Die Lage auf dem Arbeitsmarkt … fast alle sind froh, dass sie überhaupt einen Job haben."

„Wir brauchen Namen und Adresse des Betriebes, der die letzte Ladung gestern angefahren hat."

„Kein Problem. Aber denken Sie etwa …"
„Im Moment denke ich noch gar nichts, Herr Meyer, ich stelle nur Fragen. Was genau bedeutet dicht machen?"
„Na ja, abschließen, natürlich."
„Die Rampe wird also zur Nacht verschlossen? Wer hat einen Schlüssel? Oder besser, wer hat Zugang zu dem Schlüssel?"
„Alle … alle, die hier arbeiten", erwiderte der Metzger zögernd. „Die Schlüssel hängen an einem Haken neben der Eingangstür zum Kühlhaus."
„Es gibt mehrere Schlüssel? Wie viele genau?"
„Keine Ahnung. Vier? Fünf? Man braucht für jede Rampe einen extra Schlüssel, und wenn mehrere Fuhren gleichzeitig be- oder entladen werden, sind mehrere Schlüssel in Gebrauch."
„Sensationell", murmelte Plasberg und rümpfte die Nase. „Großartige Sicherheitsvorschriften. Gibt es wenigstens ein Alarmsystem?"
„Schon, aber …"
„Aber was?"
„Es umfasst nur die eigentlichen Geschäftsräume, soviel ich weiß."
Frustriert ließ die Kommissarin den Kuli fallen, mit dem sie sich Notizen gemacht hatte. Sie würden die Alibis sämtlicher Mitarbeiter überprüfen müssen – und das waren nach der Liste, die ihr die Sekretärin der Geschäftsführung vor der Zeugenbefragung ausgehändigt hatte, knapp zwanzig –, aber selbst das würde ihnen nicht sonderlich weiterhelfen. Prinzipiell hätte jeder sich mit einem Nachschlüssel Zugang zum Kühlhaus verschaffen können. Theoretisch war es sogar für Kunden möglich, in die hinteren Betriebsräume zu gelangen und sich unbemerkt eines Schlüssels zu bemächtigen.
„Die Pförtnerloge an der Einfahrt war heute Morgen unbesetzt. Ist dort nachts jemand zum Wachdienst eingeteilt?"
„Diese Bruchbude?" Meyer lachte auf. „Da ist schon seit Jahren kein Mensch mehr drin gewesen!" Es war genau, wie Plasberg vermutet hatte.
„Ist Ihnen denn irgendetwas aufgefallen, als Sie heute Morgen den Betrieb betreten haben? Etwas, das anders war als sonst?"

„Sie meinen, außer dem Mann am Fleischerhaken?"

Plasberg sah den dürren Metzger scharf an. War es möglich, dass er sich über sie lustig machte? Aber Meyer ließ keine Anzeichen von Überheblichkeit erkennen. Nach wie vor zuckten seine Oberschenkel unkontrolliert und er schien nicht zu wissen, wohin mit seinen Gliedmaßen. Mal streckte er sie lang von sich, mal schlug er die Beine übereinander – der Mann war die personifizierte Unruhe. „Ja", sagte sie schließlich. „Außer dem Mann am Fleischerhaken."

Meyer schüttelte den Kopf. „Es war alles so wie immer. Ich bin kurz vor sechs Uhr gekommen, hab gestempelt, hab mich umgezogen –"

„Es gibt eine Stempeluhr?" Endlich ein Lichtblick! Damit ließen sich die Aufenthaltszeiten aller Mitarbeiter in den letzten Tagen feststellen. „Wo?"

„In der Umkleide. Der Raum direkt nebenan." Meyer deutete auf die rechte Wand.

„Und nachdem Sie sich umgezogen hatten?"

„Bin ich ins Kühlhaus."

„Haben Sie in dieser Zeit irgendjemanden getroffen?"

„Ja, natürlich ... die Kollegen, die zusammen mit mir anfangen. Die Frau Schneider, die Rita, den Olschewsky, den Faruk ... ich hab direkt um Hilfe gerufen, als ich den da ... die Leiche da hab hängen sehen."

Plasberg notierte sich alle Namen und verglich sie mit der Liste der Mitarbeiter, die vor ihr lag. „Gut", sagte sie anschließend. „Wir werden das alles überprüfen. Nur noch eine letzte Frage, und dann sind Sie fürs Erste entlassen, Herr Meyer. Wo waren Sie gestern nach Dienstschluss?"

Urplötzlich hörte das Gezappel vor ihr auf. „Sie ... Sie glauben, dass ich es war?" Der Metzger war wie vom Donner gerührt.

Plasberg rollte missmutig die Augen. „Nicht jeder, den wir das fragen, wird dadurch zum Verdächtigen. Das ist eine Routinefrage. Also?"

Meyer schien weiterhin besorgt zu sein. „Ich ...ehm ... ich war zu Hause."

Plasberg bemerkte das Zögern. „Allein?"

„Zumindest bis elf. Die Anna ist erst kurz nach elf Uhr aus dem Kino gekommen."

„Wer ist Anna?"

„Meine Frau. Montags ist Kinotag, da geht die schon mal ganz gern ins Kino."

„Sie nicht?"

„Nach zwölf Stunden Arbeit? Da bin ich froh, wenn ich meine Ruhe hab."

Plasberg nickte und beendete das Gespräch. Ob das Alibi des Metzgers ausreichte, würde sie wissen, wenn sich durch das Ergebnis der Obduktion ein genauerer Todeszeitpunkt eingrenzen ließ. Als die Tür hinter ihm ins Schloss gefallen war, kramte sie aus ihrer Handtasche ihr Handy heraus und beorderte die übrigen Kollegen der Mordkommission 3 zum Tatort: Karsten Vogt, Brinkhoffs gleichaltrigen Intimfeind; Jochen Hallstetter, übergewichtig und nur noch zwei Jahre von der Pensionierung entfernt; sowie Matthias Kayser, den hageren Blondschopf mit dem dröhnenden Bass. Dann machte sie sich auf die Suche nach Brinkhoff.

„Wir fahren", sagte sie, als sie ihn im Kühlhaus gefunden hatte.

„Wohin? W-Wir sind doch hier noch gar nicht fertig!"

„Die übrigen Zeugenaussagen werden von den Kollegen aufgenommen. Wir beide müssen Frau Mertens einen Besuch abstatten."

Zwei

Heike Mertens war damit beschäftigt, auf der Terrasse ihres Hauses diverses Spielzeug wegzuräumen. Als Brinkhoff und Plasberg vorfuhren, mühte sie sich gerade damit ab, das Kinderfahrrad von Clara in die Garage zu bugsieren, in der schon ein schwarzer Mini Cooper geparkt war. Während die Kommissarin das Gartentor öffnete, nahm ihr Kollege Plasbergs Nachbarin in Augenschein.

Er schätzte Mertens' Ehefrau auf Mitte vierzig, vielleicht ein oder zwei Jahre jünger. Ihre sportliche Figur steckte in Jeans und einem verwaschenen Poloshirt; die blonden, schulterlangen Haare hatte sie mit einem einfachen Gummi zu einem Pferdeschwanz zusammengebunden. Eine lang gezogene Nase, hohe Wangenknochen und schmale, fest aufeinander gepresste Lippen verliehen ihrem Gesicht etwas Abweisendes; kleine Falten über den Augenbrauen verstärkten diesen Eindruck noch: Es sah aus, als ob sie die Welt mit einem permanenten Stirnrunzeln betrachtete. Erst als Brinkhoff näherkam, entdeckte er auf ihrem rechten Arm eine großflächige, rotvernarbte Brandwunde, die sich vom Handgelenk bis zur Schulter zog.

„Seit wann hat sie das?", fragte der Kommissar. Noch waren sie nicht in Hörweite.

„Die Narben? Keine Ahnung. Jedenfalls sind die nicht jüngeren Datums. Ich kenne die Familie, seit sie hierher gezogen ist. Damals hatte sie die Narben schon."

„Hat sie nie was gesagt?"

Plasberg zog die Augenbrauen hoch. „Nein. Und ich hab auch nie gefragt. Wir sind nur Nachbarn, Brinkhoff, keine Freundinnen."

„Ich dachte nur, wenn Sie jahrelang quasi Tür an Tür leben …"

„Kann es sein, dass das Fernsehen auch Ihr Urteilsvermögen getrübt hat? Wir sind hier nicht bei ‚Desperate Housewives'!"

Brinkhoff fühlte sich ertappt. Woher wusste Plasberg, dass er alle Staffeln der Serie auf DVD besaß?

Seine Vorgesetzte schien seine Gedanken zu erraten. „Nina kennt auch alle Folgen. Sie hat mir gesagt, dass die Serie bei schwulen Männern Kult ist. Volltreffer?"

Brinkhoff nickte und wurde rot, während die Lippen der Kommissarin ein feines Lächeln umspielte.

Die Bemerkung ihres Kollegen hatte Plasberg jedoch nachdenklich gemacht. Wieso eigentlich war Heike Mertens in all den Jahren, die sie schon Nachbarn waren, nie ihre Freundin geworden? Abgesehen von der Tatsache, dass sie gar keine Zeit für Kaffeekränzchen und gemeinsame Shoppingtouren hatte. Sie waren beide im gleichen Alter, hatten Töchter, die befreundet waren – warum war sie gegenüber Heike Mertens immer auf Abstand geblieben? Je länger sie grübelte, desto stärker wurde das Gefühl, dass ein gewisser Neid sie abgehalten hatte. Neid auf eine Frau, die eine perfekte Ehe zu führen schien, die sich den „Luxus“ erlauben konnte, Hausfrau und Mutter zu sein, ohne diese Rollen mit einem Beruf in Einklang bringen zu müssen. Welche Gemeinsamkeiten sollten sie mit so einer Frau verbinden? Ihre Lebenswelten waren nur eine Straßenüberquerung und doch Lichtjahre voneinander entfernt.

„Frau Mertens?“ Die Kommissarin hob die Stimme und die Ehefrau von Steffen Mertens drehte sich um.

„Hallo, Frau Plasberg, was machen Sie denn um diese Zeit …“ Eben noch war in ihren Augen etwas aufgeblitzt, was man mit viel gutem Willen als freundliches Lachen interpretieren konnte, doch es dauerte nur einen Moment, bis es verschwand. „Sie sind dienstlich hier, oder? Es ist wegen Steffen. Haben Sie etwas gehört?“

Plasberg sah ihre Nachbarin mitleidig an. Es war nie einfach, einem Angehörigen eine Todesnachricht zu überbringen, schon gar nicht, wenn man noch am Anfang der Ermittlungen stand und keinen Tatverdächtigen präsentieren konnte. Die passende Mischung aus Mitgefühl und kritischer Distanz zu finden war schwierig, und es war einer der Aspekte ihres Berufs, den die Kommissarin gerne so weit wie möglich ausblendete. Sie suchte nach den richtigen Worten und wusste doch schon im Voraus, dass sie ihr nicht einfallen würden. „Vielleicht sollten wir ins Haus gehen?“

„Ins Haus?“ Heike Mertens' Hand fuhr verwirrt an ihre Schläfe. Dann begriff sie den Grund von Plasbergs Besuch. „Sie haben ihn gefunden?“, flüsterte sie. „Er ist tot?“

Die Kommissarin nickte. „Es tut mir leid.“

Aus Heike Mertens' Gesicht wich alle Farbe; sie suchte Halt an einem der seitlichen Garagenregale, die mit Blumentöpfen und Gartenwerkzeug vollgestapelt waren. „Wo? Wo haben Sie ihn gefunden?“

Brinkhoff übernahm den Rest der schlechten Nachricht. „Wir ha-haben Ihren Mann im Kühlhaus eines Schlachthofs gefunden. Heute morgen. Wir haben Grund zu der Annahme, dass er einem Gewaltverbrechen zum Opfer gefallen ist.“

„Gewaltverbrechen? Sie meinen … ermordet? Steffen?“ Die Frau schien die Aussage der Kommissare nur nach und nach zu begreifen. „Ich verstehe nicht … O mein Gott!“

„Frau Mertens, sollten wir vielleicht nicht doch besser ins Haus …? Mein Kollege Brinkhoff und ich müssen Ihnen noch einige Fragen stellen."

„Ja … natürlich." Heike Mertens ging unsicher voran, langsam und tastend, als ob sie sich auf einem Schiff bei hohem Seegang befände. Dann hielt sie plötzlich inne und drehte sich zu Plasberg. In ihren Augen spiegelte sich Panik wider. „Clara", stieß sie hervor. „Ich muss Clara holen!"

Plasberg legte ihrer Nachbarin die Hand auf den Arm. „Clara ist in der Schule, genau wie Ruth. Sie ist dort erst einmal gut aufgehoben."

Die Worte der Kommissarin schienen sie für den Moment zu beruhigen, denn sie führte sie in die Küche, wo sie mit weichen Knien auf einen Stuhl sank. „Aber das kann doch nicht … er kann doch nicht tot sein!" Der Schock kam mit einigen Minuten Verzögerung: Tränen liefen ihr über die Wangen und sie verbarg das Gesicht in ihren Händen.

„Sehen Sie zu, ob Sie irgendwo im Haus etwas Alkoholisches finden", raunte Plasberg Brinkhoff zu. „Einen Schnaps oder so was!" Der Kommissar nickte und kam kurz darauf mit einer halbvollen Flasche italienischem Grappa und einem Likörglas zurück.

Plasberg goss der Frau ein Glas ein und überredete sie zu trinken. Damit kehrte wenigstens ein bisschen Farbe auf die Wangen ihrer Nachbarin zurück.

„Wie … wie ist es passiert? Und wer hat ihn ermordet?"

Die Kommissarin und Brinkhoff nahmen Heike Mertens gegenüber Platz. „Es sieht aus, als hätte ihn jemand erhängt", begann Plasberg und verschwieg rücksichtsvoll die blutigen Details des Leichenfundes. „Und wir wissen noch nicht, wer es getan hat. Aber wir möchten versuchen, den gestrigen Tag so gut wie möglich zu rekonstruieren. Dazu brauchen wir allerdings Ihre Hilfe. Fühlen Sie sich in der Lage, ein paar Fragen zu beantworten?"

Mertens nickte zögernd, ihre Finger drehten selbstvergessen am Ehering an ihrer rechten Hand.

„Sie haben eine Vermisstenanzeige aufgegeben. Wann ist Ihr Mann verschwunden?"

„Gestern Abend. Er ist von der Arbeit nicht nach Hause gekommen. Normalerweise ist er zwischen sechs und sieben Uhr wieder hier. Kann … kann ich ihn sehen?"

Die Kommissarin schüttelte den Kopf. „Noch nicht. Er ist zur Obduktion in der Gerichtsmedizin."

Heike Mertens begann erneut zu weinen, ihre Schultern zuckten. Plasberg und Brinkhoff wechselten einen hilflosen Blick.

„Wo genau arbeitete Ihr Mann, Frau Mertens?", fragte Brinkhoff.

„Was? Wieso wollen Sie das …?", kam die überraschte Rückfrage. „Bei der Bank. Eine Filiale der *Deutschen Bank*. In der Innenstadt."

„Und wofür ist er da zuständig?"

„Kredite. Er ist für … die Finanzierung von Privat- und Geschäftskrediten verantwortlich. War", verbesserte sie sich. „War verantwortlich."

Aber Heike Mertens hatte kaum aufschlussreiche Antworten auf die Fragen der Kommissare. Immerhin, nach einiger Zeit konnten sie sich ein ungefähres Bild vom Tagesablauf ihres Mannes machen. Steffen Mertens hatte das Haus wie jeden Morgen gegen 7.45 Uhr verlassen. Das deckte sich mit Plasbergs Begegnung mit Mertens vor ihrer Haustür. Danach hatte er sich noch einmal aus dem Büro gemeldet. Seine Frau hatte zwar nicht auf die Uhr gesehen, aber Clara war zu dem Zeitpunkt noch nicht aus der Schule zurück, also musste es vor 15.00 Uhr gewesen sein. Er hatte angerufen, um Bescheid zu geben, dass ein Kollege sie beide für nächste Woche zum Abendessen eingeladen hatte. Das kam nicht allzu häufig vor, aber doch hin und wieder. Heike Mertens hatte sich anschließend um einen Babysitter für den Termin gekümmert. Danach hatte sie nichts mehr von ihrem Mann gehört. Als er gegen 19.00 Uhr noch immer nicht zu Hause war, hatte sie versucht, ihn über Handy zu erreichen, aber jedes Mal war die Mailbox angesprungen. Ab ungefähr zehn Uhr abends hatte sie begonnen, sich ernsthaft Sorgen zu machen. Sie hatte die Polizei verständigt, war aber informiert worden, dass man erst nach Ablauf einer bestimmten Frist eine Vermisstenanzeige aufnehmen könne. Sie solle sich am Morgen noch einmal melden.

„Gut." Plasberg hatte zwischenzeitlich einen Block und etwas zu schreiben aus ihrer Handtasche gekramt und sich Notizen gemacht. „Dann werden wir auf jeden Fall noch die Arbeitskollegen Ihres Mannes befragen. Vielleicht wissen die, wann er das Büro verlassen hat und mit welchem Ziel, ob er noch eine Verabredung hatte oder Ähnliches." Sie räusperte sich. „Wussten Sie, dass Ihr Mann bedroht wurde?"

Heike Mertens sah die Kommissarin entgeistert an. „Bedroht? Von wem?"

„Ich hatte gehofft, dass Sie uns das sagen könnten. Ihr Mann hat mich gestern Morgen auf dem Weg zur Arbeit abgepasst. Er hatte einen Zettel bei sich, auf dem sinngemäß stand, dass er für seine Schuld bezahlen müsste. Eine anonyme Drohung. Haben Sie eine Vermutung, welche Schuld gemeint war oder wer ihm diesen Brief geschickt hat? Hatte er Feinde? Hat er schon ähnliche Briefe bekommen in der Vergangenheit?"

„Ich habe keine Ahnung!" Heike Mertens' Verwirrung schien echt zu sein. „Ich weiß nichts von einem solchen … Ein Brief, sagen Sie?", unterbrach sie sich plötzlich verunsichert. „Vor vier Tagen ist ein Brief für meinen Mann gekommen, am Freitag, glaube ich. Einer ohne Absender. Ich habe mir nichts dabei gedacht, ich dachte, es sei ein Werbebrief. Briefe, die ausdrücklich an meinen Mann gerichtet sind, öffne ich nicht. Ich lege sie auf seinen Schreibtisch."

„Dann sollten wir uns den Schreibtisch Ihres Mannes ein wenig näher ansehen."

„Aber …" Erst jetzt begriff Plasbergs Nachbarin, was die Kommissarin gesagt hatte. „Wenn er Ihnen den Brief gestern gezeigt hat, was haben Sie unternommen? Sie haben doch etwas unternommen, ja?"

Plasberg hatte gehofft, dass Heike Mertens diesen Punkt überhören würde. „Ich habe Ihrem Mann gesagt, dass er sich mit dem Drohbrief an die Polizeiwache hier in Porz wenden soll. Ob er es getan hat … da müssen wir uns erst noch erkundigen." Sie seufzte innerlich. Ihre Antwort klang wie eine Ausflucht und nicht besonders überzeugend.

Heike Mertens schien das genauso zu sehen. „Sie haben ihm nicht geholfen", sagte sie ungläubig. „Und jetzt ist Steffen tot."

Torsten Brinkhoff versuchte seiner Vorgesetzten zur Seite zu springen. „Frau P-Plasberg hat getan, was sie konnte. Sie ha-hat Ihrem Mann gesagt, an wen er sich wenden muss. Es gibt Vorschriften … sie kann nicht einfach auf eigene Faust in ihrer privaten Zeit ermitteln."

„Dürfen wir uns jetzt den Schreibtisch Ihres Mannes ansehen?", ging Plasberg dazwischen, in der Hoffnung, die Unterhaltung wieder auf ungefährlicheres, weniger schwieriges Terrain lenken zu können.

Heike Mertens' Stimme klang plötzlich um einiges kräftiger und gefasster als zuvor, die schmalen Lippen waren fast blutleer. „Sie gehen jetzt besser, Frau Plasberg. Ich … von mir aus kann Ihr Kollege sich um den Schreibtisch von Steffen kümmern. Bitte … gehen Sie!"

Für einen Moment war Plasberg sprachlos. Mertens konnte sie doch nicht ernsthaft für den Tod ihres Mannes verantwortlich machen, oder? Was hätte sie denn tun sollen? Sie war versucht, ihrer Nachbarin zu widersprechen und ihr etwas über den Polizeialltag zu erzählen, der schon anstrengend genug war, aber dann riss sie sich zusammen. Die Frau war durcheinander und im Moment nicht zurechnungsfähig. Es führte zu nichts, wenn sie sich jetzt auf Diskussionen einließ. Sie stand auf, nickte Heike Mertens zu und verließ tief durchatmend das Haus.

Auf der Straße wühlte sie in ihrer Handtasche und kramte nach einigem Suchen eine zerfledderte Packung Notfallzigaretten heraus. Eigentlich hatte sie schon vor Jahren das Rauchen aufgegeben, aber hin und wieder schien ein Glimmstängel in Stresssituationen die einzige Rettung zu sein. Sie lehnte sich an die Seite ihres Golfs, zündete die Zigarette an und inhalierte gierig das Nikotin. Geistesabwesend fiel ihr Blick auf den Vorgarten der Mertens'. Wie gepflegt hier alles aussah! Der Rasen gemäht, das Tulpenbeet frisch geharkt, der aufblühende Obstbaum – genau deswegen hatte sie bisher um Heike Mertens einen Bogen gemacht. Diese Vorstadtidylle war wie ein bildgewordener Vorwurf und zeigte ihr tagtäglich ihre eigene Unzulänglichkeit. Plasberg kniff die Augen zusammen, während sie das vernachlässigte Grün ihres eigenen Vorgartens auf der anderen Straßenseite begutachtete. Die Hecke musste dringend geschnitten werden, die neuen Triebe des Frühjahrs rankten wild durcheinander. Und der Rasen bestand eigentlich nur noch aus Unkraut, durchsetzt mit Löwenzahn und Disteln. Da würde Niklas in den nächsten Tagen mal dran glauben müssen. Wo war noch mal der Rasenmäher? Plasberg meinte sich zu erinnern, ihn im Herbst im Schuppen neben der Terrasse hinter dem Haus gesehen zu haben. Dann seufzte sie verärgert. Richtig, er war ja kaputt! Der Motor war irgendwann im letzten Oktober verreckt und sie hatte vergessen, das Ding reparieren zu lassen. Verdammt! Sie würde wohl nicht drumherum kommen, einen neuen zu …

„Schlechtes G-Gewissen?“ Brinkhoff stand plötzlich neben ihr und starrte missbilligend auf ihre brennende Zigarette.

Plasberg trat sie hastig aus. „Nein, natürlich nicht!“, log sie. „Haben Sie was gefunden?“

Der Kommissar hielt ihr zwei DIN-A4-Bögen vor die Nase.

„Wo haben Sie die entdeckt?“

„In einer der Schubladen des Schreibtischs. Schön versteckt unter einem Stapel Kontoauszüge. Die Ehefrau sagt, sie habe keine Ahnung gehabt.“

Die Briefe befanden sich noch in ihren geöffneten Umschlägen und Plasberg studierte die Poststempel. „Beide in den letzten zwei Wochen abgeschickt.“ Die Kommissarin zog die Briefbögen heraus und hielt sie nebeneinander. Beide enthielten Wort für Wort dieselbe Drohung wie der dritte Brief, den Mertens ihr tags zuvor gezeigt hatte.

Du wirst für deine Schuld bezahlen.

„Dasselbe Briefpapier, derselbe Drucker, dieselbe Botschaft. Nicht sehr einfallsreich, oder?“

„Aber insistierend“, erwiderte Brinkhoff.

„Und warum hat mir Mertens gestern nichts von diesen ersten beiden Drohungen erzählt?“

„Haben Sie ihn denn gefragt, ob er schon früher welche bekommen hat?“

Plasberg schüttelte den Kopf. „Ich bin natürlich davon ausgegangen, dass er direkt mit dem ersten Brief zu mir gekommen ist.

Wenn ich das gewusst hätte, vielleicht …" Der Rest des Satzes blieb unausgesprochen. Plasberg hatte keine Ahnung, ob sie die Begegnung mit Mertens ernster genommen hätte, wenn ihr bewusst gewesen wäre, dass ihr Nachbar schon früher Morddrohungen erhalten hatte. Sie bildete sich ein, dass es so gewesen wäre, dass ihr Instinkt ihr gesagt hätte … hätte, wäre, könnte. Zu viele Konjunktive, die ihnen jetzt auch nicht weiterhalfen.

Plasberg warf die Briefe auf die Konsole und setzte sich ans Steuer.

„Wohin jetzt?", fragte Brinkhoff.

„Wir beide nehmen uns den Arbeitgeber und die Mitarbeiter in der Bank vor. Ich rufe die Kollegen an, und wenn die mit den Aufnahmen der Zeugenaussagen im Schlachthof fertig sind, treffen wir uns anschließend im Präsidium zu einer ersten Besprechung."

Der Kommissar nickte zustimmend und ging zu seinem eigenen Wagen, um Plasberg hinterherzufahren.

Es war später Nachmittag, als sich die Mordkommission 3 im Polizeipräsidium im rechtsrheinischen Köln-Kalk zusammenfand. Auch wenn die Sonne Ende März nicht vor acht Uhr unterging, lag eine Vorahnung der Abenddämmerung in der Luft. Von seinem Platz in einem der oberen Stockwerke hatte Brinkhoff eine gute und unbehinderte Sicht in alle Richtungen. Er gähnte und wünschte, er wäre jetzt irgendwo am Rheinpark und könnte joggen, um die Bilder des vergangenen Tages aus seinem Kopf zu vertreiben. Immer wieder kehrten seine Gedanken zu Mertens' Leiche zurück und dem Kühlhaus voller Rinder- und Schweinehälften. Was für ein grauenvoller Tod! Was mochte der Mann getan haben, dass jemand ihn zu einem solchen Ende verurteilt hatte? Brinkhoff fühlte sich plötzlich erneut unwohl, er sprang auf, um frische Luft in den stickigen Besprechungsraum zu lassen.

Direkt neben den *Köln Arcaden* gelegen, einem großen Shopping-Center, fiel der kantige Glas- und Betonklotz des Präsidiums nicht weiter ins Gewicht – die Gegend galt sowieso als verschandelt; ein weiteres Stiefkind unter den vielen vernachlässigten Stadtteilen Kölns. In den Jahrzehnten des Wiederaufbaus und auch noch darüber hinaus schien die Rheinmetropole ein städtebauliches Desaster nach dem anderen angezogen zu haben. Die Nord-Süd-Fahrt, die die Innenstadt wie eine hässliche Wundnarbe durchschnitt; die Oper aus den fünfziger Jahren, für die das alte, nur mäßig kriegsbeschädigte Opernhaus am Ring einfach abgerissen worden war; die Beton- und Asphaltwüste der Straßen unter der Domplatte, schlecht beleuchtet und ständig nach Urin stinkend; der Musical Dome, dessen blaue Plastikkuppel seit Jahren die Sicht auf die gotische Kathedrale verschandelte – die Liste konnte endlos fortgesetzt werden. Tatsächlich ließen sich dem Polizeipräsidium gegenüber diesen Bausünden schon fast wieder schöne Ansichten abgewinnen. Erst in letzter Zeit hatte sich in Köln die Erkenntnis durchgesetzt, dass es nützlich wäre, eine Art Masterplan für zukünftige städtebauliche Vorhaben zu entwerfen. Doch noch befand sich dieser Plan – ironischerweise ausgearbeitet von Albert Speer, dem Sohn von Hitlers gleichnamigen Minister für Rüstung und Kriegsproduktion – in den Mühlen der kommunalen Politik, und in welcher Form er dort wieder herausgespuckt werden würde, das würden erst die kommenden Jahre zeigen.

Maria Plasberg eröffnete die Sitzung, indem sie als Letzte den kärglich eingerichteten Besprechungsraum betrat, das Fenster, das Brinkhoff geöffnet hatte, wieder schloss und sich auf ihren Stuhl fallen ließ. „Gibt's noch Kaffee, Frau Keller?“

Die häufig verschreckt wirkende Sekretärin, die Eikners Kriminalkommissariat zugeteilt war, nickte beflissen, verschwand in ihrem kleinen Kabuff, das im Nachhinein zwischen die anderen Büros gequetscht worden war, und kehrte kurz darauf mit einer Kanne Kaffee und ein paar Tassen zurück. Nachdem sich alle bedient hatten, fasste die Kommissarin die Begegnung mit Heike Mertens zusammen und ließ die im Haus gefundenen Drohbriefe die Runde machen.

„Das dürfte dann wohl die letzten Zweifel beseitigen. Wir haben es mit einem Rachemord zu tun.“ Jochen Hallstetter wischte mit einem Taschentuch vereinzelte Schweißtropfen von der Stirn und schnaufte. Schon bei Temperaturen von fünfzehn Grad begann er unbotmäßig zu schwitzen, als besäße er aufgrund seines Übergewichts eine körpereigene Sauna, deren Anspringen er nicht kontrollieren konnte. Normalerweise zeichneten den 63-jährigen

Kommissar eine stoische Gemütsruhe und kölsche Jovialität aus, aber seit er vor drei Wochen von seinem Hausarzt auf strenge Diät gesetzt worden war, um einen drohenden Herzinfarkt zu vermeiden, war es damit vorbei. Griesgrämig missgönnte er den Kollegen jeden Biss ins Pausenbrötchen, jedes Stück Schokolade. Torsten Brinkhoff war schon dazu übergegangen, seine Snacks heimlich zu verzehren, um Hallstetters anklagenden, hungrigen Blicken zu entgehen.

„Schon möglich", erwiderte Plasberg. „Aber bislang haben wir kein Motiv."

„Wenn Heike Mertens behauptet, ihr Mann habe keine Feinde gehabt, dann stellt sich doch die Frage, warum das Opfer seiner Frau die Morddrohungen vorenthalten hat", warf Matthias Kayser mit dröhnender Stimme ein. Seine tellergroßen Handflächen lagen flach auf dem Tisch, während der 52-jährige, etwas linkische Kommissar nachdenklich vor sich hin starrte. „Wie sah denn die Ehe der beiden aus?"

Alle Augen richteten sich auf Plasberg, aber die zuckte lakonisch mit den Schultern.

„Und die Arbeitskollegen? Konnten die wenigstens irgendetwas Erhellendes über das Opfer sagen?" Karsten Vogts Frage klang wie ein Vorwurf. Der 33-jährige, von Aknenarben gezeichnete Kommissar saß etwas abseits von seinen Kollegen, symptomatisch für die Stellung, die er in der MK 3 innehatte. Er fühlte sich im Team schon lange nicht mehr wohl und geriet immer wieder mit Maria Plasberg aneinander. Es war ein offenes Geheimnis, dass er seine eigene Versetzung betrieb, bisher war er damit aber am Einspruch von Heribert Eikner gescheitert. Plasberg befand sich Vogt gegenüber in einer Zwickmühle. Nichts hätte sie lieber gesehen als die Versetzung ihres unliebsamen und Unruhe stiftenden Kollegen, andererseits konnte sie auf seine – fachlich meist einwandfreie – Mitarbeit schlecht verzichten. Aufgrund von Stellenstreichungen und Personalmangel würde seine frei werdende Position auf absehbare Zeit nicht neu besetzt werden.

Brinkhoff sprang Plasberg zur Seite. „In der B-Bank war M-Mertens unauffällig. Keiner schien etwas besonders Freundliches über ihn sagen zu können noch etwas Schlechtes." Er wühlte sich durch die Notizen, die er sich bei seinem und Plasbergs Besuch in der Filiale der *Deutschen Bank* gemacht hatte. „‚Unkompliziert' und ‚nett' waren die häufigsten Begriffe, mit denen er beschrieben worden ist. Die Kollegen haben anscheinend gern mit ihm zusammengearbeitet."

„Kann man bei Ihnen ja leider nicht behaupten."

Brinkhoff wurde rot. „Was w-wollen Sie damit sagen?" Er war überzeugt, dass Vogt Schwule aus Prinzip nicht ausstehen konnte, aber leider war sein Kollege zumindest so klug, ihm keine offizielle Angriffsfläche zu bieten. Stattdessen wandte er eine Taktik der Nadelstiche an: gemurmelte, verächtliche Bemerkungen hinter seinem Rücken, zweideutige Anspielungen, boshafte Spitzen.

„Herrschaften, bitte!" Plasberg klopfte mit ihrem Kuli auf den Tisch. Manchmal kam sie sich vor wie im Kindergarten. „Die Angestellten in der Bank haben zumindest bestätigt, dass Mertens gestern Morgen wie gewohnt zur Arbeit erschienen ist, eine Kollegin konnte das Telefonat bezeugen, das er gegen Mittag mit seiner Frau geführt hat. Ein anderer Kollege konnte die Einladung zum Abendessen bestätigen, wegen der Mertens mit seiner Frau gesprochen hat. Und ein dritter Kollege war mit ihm zwischen 12 und 13 Uhr in der Pause, wir haben die Angaben geprüft, er und Mertens waren bei einem Japaner in der Nähe vom Hauptbahnhof Sushi essen." Sie schüttelte sich unwillkürlich. Roher Fisch war etwas, was sie nicht einmal dann freiwillig aß, wenn man ihr Geld dafür bot. Schon gar nicht, wenn er auch noch in Seetang gerollt serviert wurde. „Keiner der Mitarbeiter hat etwas Ungewöhnliches an Mertens' Verhalten am gestrigen Tag festgestellt. Die Nervosität, die er am Morgen im Gespräch mit mir an den Tag gelegt hat, scheint er gegenüber seinen Kollegen gut überspielt zu haben. Er hat mehrere Kundengespräche geführt, über die schriftliche Protokolle existieren, war an einer zweistündigen firmeninternen Fortbildung über ‚Mezzanine Finanzinstrumente' beteiligt … weiß irgendjemand, was das eigentlich ist?" Plasberg sah kurz auf und blickte wie erwartet in ratlose Gesichter.

„Das sind … das hat was mit der Eigenkapitalfinanzierung von Unternehmen zu tun … glaube ich wenigstens", meldete sich eine leise Stimme zu Wort.

Fünf entgeisterte Augenpaare starrten Gesine Keller an, die in einer Ecke saß und dem Gespräch bisher stumm gelauscht hatte.

„Und woher wissen ausgerechnet Sie das, Kellerchen?“ In ihrer Überraschung entfuhr Plasberg Frau Kellers Spitzname, der sonst nur hinter vorgehaltener Hand in Gebrauch war. Hallstetter und Brinkhoff beeilten sich, ihr Grinsen zu verbergen.

„Mein Schwiegersohn ... er ist Fachanwalt für Finanzrecht.“ Die Sekretärin sah aus, als wäre sie am liebsten im Boden versunken. „Peter hat neulich beim Kaffeetrinken darüber gesprochen, als Anne und er zu Besuch ...“

Plasberg schüttelte ungläubig den Kopf. Kellers Einwurf hatte sie komplett aus dem Konzept gebracht und sie brauchte einen Moment, bis sie den Faden wiedergefunden hatte: „Gut ... ja. Nach der Fortbildung hat Mertens noch Büroarbeiten erledigt und mehrere Telefonate geführt. Das Büro hat er zur üblichen Uhrzeit verlassen, die Angaben schwanken etwas vage zwischen ... Moment ... 17.00 Uhr und 17.30 Uhr. Und dann verschwindet der Mann einfach von der Bildfläche, um heute Morgen an einem Fleischerhaken im Kühlhaus des Schlachthofs baumelnd wieder aufzutauchen. Wir haben keine Ahnung, was zwischen dem Verlassen der Filiale und seinem Tod passiert ist, aber irgendwann in diesem Zeitraum muss er seinem Mörder oder seinen Mördern begegnet sein.“

„Hat er eigentlich sein Handy bei sich gehabt?“, fragte Kayser.

Plasberg verneinte. „Schlüsselbund und Geldbörse waren da, aber das Handy fehlte, was den Verdacht nahe legt ...“

„... dass er mit seinem Mörder telefoniert hat und der es ihm nach seinem Tod abgenommen hat, damit wir der Nummer nicht habhaft werden können“, beendete Vogt voreilig den Satz.

„So weit w-waren wir auch schon“, bemerkte Brinkhoff mit hochgezogenen Augenbrauen.

„Und die Telefonate in der Filiale?“, fragte Hallstetter, bevor es Streit geben konnte. „Vielleicht geben die uns einen Hinweis.“

Plasberg sah auf einen Zettel, der oben auf ihren Unterlagen lag. Hallstetters Bemerkung hatte sie an etwas erinnert. „Ich habe zwischendurch mit Eikner telefoniert. Der für unseren Fall zuständige Staatsanwalt ist Rosenzweig.“ Sie konnte ein zufriedenes

Lächeln nicht verbergen. Mit Rosenzweig, dessen Sohn in Niklas' Alter war, hatte sie schon zusammengearbeitet und sie schätzte seine verbindliche und sachliche Art. „Ich habe ihn gebeten, die Herausgabe von Mertens' Handydaten beim Richter zu beantragen. Aber es kann ein paar Tage dauern, bis der Provider uns die Informationen zur Verfügung stellt. Und was die Festnetztelefonate aus der Bank betrifft: Ich habe den stellvertretenden Filialleiter aufgefordert, uns eine Liste mit den Gesprächsteilnehmern zukommen zu lassen, mit denen Mertens am Tag seines Todes telefoniert hat. Wird aber bis morgen dauern. Der oberste Vorgesetzte war leider nicht im Haus, sodass uns auch keiner sagen konnte, wo Mertens früher gearbeitet hatte. Die Kollegen hatten jedenfalls keine Ahnung."

„Ist das nicht schon ein wenig erstaunlich?", fragte Kayser. „Ich meine ... ich weiß von Ihnen allen, wo Sie vorher eingesetzt waren, und bei Mertens weiß es keiner?"

„Zumindest seine Frau müsste uns doch Näheres dazu sagen können. Und es muss in seiner Personalakte stehen. Brinkhoff und ich haben morgen schon einen Termin mit dem Filialleiter. Vielleicht wissen wir dann mehr. Dasselbe gilt übrigens für ein vorläufiges Gutachten der Spurensicherung und die ersten Erkenntnisse der Obduktion. Ebenfalls frühestens morgen. Im Moment sind wir auf uns selbst gestellt."

„Was wissen wir denn bisher konkret über das Opfer?", erkundigte sich Kayser.

„Nicht viel." Plasberg warf einen Blick auf ihre Notizen und fasste die bekannten Fakten für alle noch einmal zusammen. „Geboren in Gießen, seit zehn Jahren mit Heike Mertens verheiratet, eine achtjährige Tochter namens Clara. Die Familie wohnt bei mir schräg gegenüber. Soweit bekannt, keine Vorstrafen, nicht mal ein Knöllchen hat der Mann kassiert. Führte ein geregeltes Arbeitsleben und lebte bis gestern eigentlich völlig unauffällig ..."

„Und doch hat ihn jemand so gehasst, dass er ihn getötet hat", sagte Brinkhoff nachdenklich. „Wir müssen in seiner Vergangenheit graben."

Plasberg stimmte zu. „Wir werden Heike Mertens noch mal auf den Wecker gehen und uns eine Liste von Freunden, Bekannten,

Verwandten besorgen. Vielleicht hilft uns das weiter. Was war, bevor er seine Frau geheiratet hat? Eltern, Geschwister, Schulbesuch, Studium. Hobbys, Sport, Vereine. Irgendwo muss er doch Spuren oder Eindrücke hinterlassen haben." Damit wechselte sie erneut das Thema. „Was haben die Zeugenaussagen im Schlachthof ergeben?"

„Nichts von Belang", gab Vogt zu Protokoll. „Zumindest auf den ersten Blick gibt es keine Verbindung zwischen Mertens und dem Fundort seiner Leiche. Fast alle Mitarbeiter haben ein Alibi für die Tatzeit und niemand kannte den Toten. Eva Schneider, Kassiererin, hat zu Hause mit ihrem Mann vor dem Fernseher gesessen. Rita Kortschak, Metzgereifachverkäuferin, war mit ihrem Freund im *Pizza Hut*. Oleg Olschewsky, Metzgergeselle, hat seine pflegebedürftige Mutter besucht, Faruk al-Sibai, Aushilfskraft, hat mit Freunden abgehangen. Und das war nur ein Teil derjenigen, die mit Arno Meyer heute die Frühschicht hatten. Soll ich fortfahren?"

Plasberg winkte ab. „Aber Sie werden zusammen mit Hallstetter die Alibis überprüfen müssen. Alle. Auch die der anderen Mitarbeiter."

Vogt blickte empört auf. „Das sind mindestens zwanzig!"

„Ich kann es nicht ändern! Es *muss* eine Verbindung geben", beharrte Plasberg. „Irgendjemand hat gelogen. Irgendjemand hat dem Mörder eine Kopie des Schlüssels für das Kühlhaus gegeben oder ihn hereingelassen. Außerdem ist die Wahl des Kühlhauses zu theatralisch, zu demonstrativ, um zufällig zu sein." Sie seufzte unwillig. Wenn der Täter sich nicht direkt aus den Zusammenhängen am Tatort ermitteln ließ, waren die ersten Stunden nach dem Auffinden eines Mordopfers die Zeit, in der die Polizeiarbeit am undankbarsten war. Spuren konnten noch nicht zugeordnet werden, Hinweise waren noch zu vage, die Auswertung von Indizien ließ auf sich warten. Man fischte mehr oder weniger im Trüben und hoffte darauf, dass sich das Wasser klären würde. „Gibt es sonst noch was?"

„Wir haben uns noch die Stempeluhr des Betriebes angesehen", fuhr Vogt fort. „Ohne Ergebnis. Alle Daten der letzten Tage entsprechen den üblichen Dienstzeiten. Nur einmal gab es eine kleine

Besonderheit. Letzte Woche ist diese …", er suchte noch einmal den Namen hervor, „… Rita Kortschak früher als gewöhnlich nach Hause gegangen. Magen-Darm-Virus."

„Vergessen Sie nicht die Überwachungsanlage", erinnerte ihn Hallstetter, während sein Magen laut und vernehmlich rumorte.

„Ach ja. So was hab ich schon lange nicht mehr gesehen", sagte Vogt kopfschüttelnd. „Die ist selten dämlich installiert worden – man hätte sie auch direkt weglassen können."

„Wieso?"

„Bei einer Kamera ist die Bewegungsfunktion defekt, sodass sie immer denselben Ausschnitt aufnimmt, und die Kamera, die in der Nähe der Verbindungstür von Geschäfts- und Büroräumen beziehungsweise Kühlhaus hängt, ist so angebracht, dass die Tür in ihren toten Winkel fällt."

„Womit wir keine Möglichkeit haben zu überprüfen, ob sich vielleicht ein Kunde mal aus den Geschäftsräumen geschlichen hat, um an einen Schlüssel für die Rampe zu gelangen", ergänzte Hallstetter. „Und das Beste an der Sache war der Geschäftsführer. Es war ihm zwar unangenehm, als wir deswegen nachgefragt haben, aber verstanden hat er unseren Ärger nicht: Die Videokameras wären ja hauptsächlich installiert worden, um Kunden davon abzuhalten, Waren aus den Verkaufsräumen zu schmuggeln. Er könne sich dagegen nicht vorstellen, dass sich jemand mit einer Schweinehälfte aus dem Kühlhaus unbeobachtet aus dem Staub machen könnte."

„Großartig", brummte Plasberg und sah auf die Uhr. Dann beendete sie die Besprechung, indem sie auch die restlichen Aufgaben für den kommenden Tag verteilte. Da Heike Mertens nicht gut auf sie zu sprechen war, erhielt Kayser die Aufgabe, den privaten Hintergrund des Opfers auszuleuchten und der Ehefrau einen weiteren Besuch abzustatten. Außerdem bekam er den Auftrag, sich in der Nachbarschaft ein Bild von Steffen Mertens zu verschaffen. Brinkhoff und sie würden den ehemaligen Arbeitgeber besuchen, sobald sie ihn in Erfahrung gebracht hatten.

Üblicherweise fielen die Kinder dienstags in den Zuständigkeitsbereich ihres Ex-Mannes, aber da Eric mit seiner neuen Familie in

Südspanien Urlaub machte und erst in zwei Tagen zurückerwartet wurde, blieb es Maria Plasberg überlassen, ihre Tochter am frühen Abend vom Ballettunterricht abzuholen. Die Kommissarin hatte keine Ahnung, woher Ruth ihre Begeisterung fürs Tanzen hatte – von ihr sicherlich nicht. Nur einmal in ihrem Leben hatte sie einem klassischen Ballett beigewohnt – *Dornröschen* von Tschaikowski – und sich nach Ende der Aufführung ins kulturpolitische Abseits gestellt, als sie die Darbietung der Künstler als „unmotiviertes Herumgehopse" bezeichnete. Zudem war es einfach nicht logisch, dass Dornröschen tanzte. Sie war in einen hundertjährigen Schlaf verfallen! Logisch wäre gewesen, wenn sie nach dem Erwachen etwas gegen ihre Dehydrierung getan und einige Wochen unter medizinischer Obhut einen Trainingsplan zum langsamen Wiederaufbau ihrer Muskeln verfolgt hätte. Eric hatte sie nie wieder ins Ballett eingeladen.

Nach dem Ende des Unterrichts wurde Plasberg von ihrer Tochter sofort mit Fragen bestürmt. Anscheinend hatte Heike Mertens sich nicht an Plasbergs Ratschlag gehalten und Clara nach dem Gespräch mit der Kommissarin aus der Schule geholt – was bei ihren Klassenkameraden natürlich für Unruhe und Aufregung gesorgt hatte.

„Sina hat gesagt, Marie hat ihr erzählt, dass Claras Papa einen Unfall hatte und im Krankenhaus liegt. Stimmt das?" Ruth warf ihre Ballettsachen auf den Rücksitz und machte Anstalten, es sich auf dem Beifahrersitz bequem zu machen. „Stefan glaubt, dass er überfahren worden ist und nie wieder laufen kann, und heute Nachmittag hat Kayra angerufen und sie hat gesagt, dass ihre Mama heute Vormittag unser Auto vor Claras Haus stehen gesehen hat und Torstens Wagen war auch da, wenigstens glaube ich, dass es Torstens war, weil Kayra gesagt hat, es war ein weißer Toyota und –"

„Du gehst nach hinten!", unterbrach Plasberg den Redeschwall ihrer Tochter.

„Aber ich –"

„Kein Widerspruch! Kinder unter zwölf Jahren haben vorne nichts zu suchen! Und mein Kollege heißt Herr Brinkhoff und nicht Torsten."

Ruth verzog sich mit einem Schmollmund auf die Rückbank. „Ist gar nicht wahr. Er heißt auch Torsten. Außerdem wird er Taufpate von Niklas' und Ninas Baby. Wieso darf ich ihn dann nicht beim Vornamen nennen?"

„Weil ..." Plasberg nagte an ihrer Unterlippe. Die Wahrheit war, dass sie sich mit dieser Tatsache bisher kaum auseinandergesetzt hatte. Ihr Sohn und seine Freundin hatten sie mit ihrer Entscheidung in eine verzwickte Lage gebracht. Plasberg hatte prinzipiell nichts dagegen, dass Brinkhoff Taufpate wurde, auf der anderen Seite wurden dadurch berufliche und private Ebenen vermischt, etwas, das Plasberg nicht leiden konnte – und die Schwierigkeit, wie sie selbst in Zukunft ihren Kollegen ansprechen sollte, war nur das offensichtlichste Problem. Würde es Sinn machen, ihn privat zu duzen und im Dienst zu siezen? Sie war sich noch nicht einmal sicher, ob sie den Kommissar *überhaupt* duzen wollte. Oder war es einfach nur bescheuert, dass sie sich Gedanken darüber machte? Brinkhoff schien damit keine Probleme zu haben. Er ließ sich von den Kindern duzen und behielt wie bisher seine berufliche Distanz zu ihr. Aber noch war das Baby nicht auf der Welt, insofern bestand keine Notwendigkeit, dass die beiden Kommissare sich privat öfter trafen. Doch das würde sich in ein paar Monaten ändern. Dann würde sie offiziell zu Oma Maria und er zu Onkel Torsten. Es war ... verzwickt.

„Mama, was ist denn nun mit Claras Papa?" Ruths quengelnde Nachfrage ließ sie aus ihren Gedanken schrecken. „Warum warst du heute Vormittag bei Claras Eltern? Ist Claras Papa was passiert?"

Es hatte keinen Zweck, um den heißen Brei herumzureden. Ihre Tochter würde es früher oder später sowieso erfahren. Besser, sie hörte es wohldosiert aus dem Mund ihrer Mutter, als zu einer Sensationsnachricht aufgebauscht von Nachbarn. Plasberg drehte sich nach hinten. „Stimmt", sagte sie sanft. „Claras Vater ist etwas passiert. Er hatte einen Unfall und ist dabei gestorben."

Ruth schaute sie mit großen Augen an, die sich sofort mit Tränen füllten. „Gestorben?", flüsterte sie. „Aber ..." Wenn Plasberg gehofft hatte, mit dieser Halbwahrheit die Neugier ihrer Tochter befriedigen zu können, dann sah sie sich getäuscht. Hinter Ruths

Stirn arbeitete ihr kleines Gehirn auf Hochtouren. „Aber wenn er einen Unfall gehabt hätte, dann hättest du nichts damit zu tun. Du hast nur mit Verbrechern zu tun, mit Mördern. Ist Claras Papa umgebracht worden?"

Plasberg seufzte innerlich. Wieder einmal hatte sie ihre Tochter unterschätzt. „Ja", gab sie zu, „er ist ermordet worden."

Ruth schluckte tapfer ihre Tränen herunter. „Kann ich Clara besuchen? Ich könnte sie ein bisschen trösten."

„Dafür ist es noch zu früh, denke ich. Clara und ihre Mutter müssen jetzt erst mal alleine versuchen, damit klarzukommen. Vielleicht kannst du übermorgen mal anrufen."

„Dann kommt Clara morgen nicht zur Schule?"

„Ich weiß es nicht. Ich glaube nicht." Plasberg startete den Wagen, um endlich nach Hause zu fahren.

„Wie ist Claras Papa umgebracht worden? Hast du den Mörder schon gefangen?"

Die Kommissarin setzte das Auto aus der Parkbucht und ordnete sich in den Straßenverkehr ein. „Schätzchen, das geht dich nichts an."

Normalerweise gab sich Ruth mit so einer Antwort nicht zufrieden. In ihrer kindlichen Begierde, sich ordentlich zu gruseln, verlangte sie sonst immer genaue Details, wenn ihre Mutter in einem neuen Fall ermittelte – auch wenn Plasberg ihr nie den Gefallen tat. Diesmal jedoch lehnte sie sich ohne Protest zurück.

„Soll ich *Die Wilden Hühner* laufen lassen?" Plasberg begann, im Handschuhfach nach der Hörspiel-CD zu fahnden, die momentan zu Ruths Lieblingsrepertoire gehörte.

„Nein", erwiderte ihre Tochter und kaute selbstvergessen auf einer ihrer Haarsträhnen. „Das stört mich beim Nachdenken."

Wider Willen musste die Kommissarin lächeln.

„Brinkhoff?"

Der Kommissar drehte sich um, als er eine fremde Stimme seinen Namen rufen hörte. Nach dem Dienst war er zuerst joggen gewesen, aber entgegen seinen Erwartungen hatte er dadurch nicht abschalten können. Daher war er noch in die Stadt gefahren, um Einkäufe zu machen und durch ein paar Läden zu bummeln.

Markus war nach Feierabend direkt zu seinem Vater nach Gummersbach gereist, der sich im Krankenhaus von einer Prostata-Operation erholte, also schien sinnlos Geld auszugeben das Beste zu sein, um seine Gedanken von der im Schlachthof gefundenen Leiche zu lösen. Und dazu schien er eine Menge Geld zu brauchen. Brinkhoff hatte schon drei Bücher, mehrere CDs und einen fünfarmigen Kerzenleuchter erstanden und noch immer kreisten seine Gedanken um den Toten im Schlachthof. Gerade hatte er die Hoffnung endgültig aufgegeben und seine Schritte vom Friesenplatz Richtung Neumarkt gelenkt, um dort in eine Bahn nach Hause zu steigen, als die Stimme ihn innehalten ließ.

„Torsten Brinkhoff!"

Der Kommissar sah sich suchend um, ließ seine Blicke die Friesenstraße entlanggleiten, vorbei an den schmalen, eng gebauten Häusern, in denen früher einmal die Kölner Prostituierten ihre Dienste angeboten hatten. Jetzt herrschte im Friesenviertel jede Nacht die junge und hippe Kölner Partyszene und die legale Prostitution war in die Randbezirke oder Clubs wie das stadtbekannte *Pascha* abgedrängt worden.

Vor dem *Mercure*-Hotel spuckte ein Reisebus eine Gruppe asiatischer Touristen aus, ein Catering Service entlud große Schüsseln und mehrere Paletten Gläser neben den *Sartory*-Sälen und etwas weiter entfernt war ein Kellner eines der vielen kleinen Restaurants damit beschäftigt, Mülltonnen auf den Bürgersteig zu rollen. Erst als Brinkhoff das Brauhaus *Päffgen* ins Visier nahm, wurde er fündig. Neben einem zum Stehtisch umfunktionierten Bierfass stand ein kleiner, bulliger Mann mit Halbglatze und Bauchansatz in der geöffneten Tür zum Schankraum und winkte ihm verhalten zu. Vor ihm in der Sonne des späten Nachmittags stand ein leeres Kölschglas, das ohne Aufforderung von einer aufmerksamen Bedienung durch ein frisches ersetzt wurde. Zögernd und etwas ratlos ging Brinkhoff auf den Mann zu.

„Wusste ich es doch!" Der Fremde hielt dem Kommissar die ausgestreckte Hand hin, bis er dessen zweifelnden Gesichtsausdruck bemerkte. „Du kennst mich nicht mehr? Ist doch wohl nicht dein Ernst, Mann!" Die Hand sank nach unten.

Brinkhoff wollte gerade den Kopf schütteln, als er den Mann wieder einordnen konnte. „Achim F-Forsbach!“, sagte er überrascht. „Ich hätte dich f-fast nicht erkannt!“

Der Angesprochene grinste und klopfte verschämt auf seinen Bauch. „Ich hab ein bisschen zugelegt, glaube ich. Mir schmeckt das Essen zu gut.“

Und das Bier wohl auch, dachte Brinkhoff, als er sah, wie Forsbach das volle Kölschglas in einem Zug leerte und mit einer Handbewegung ins Innere des Brauhauses sofort ein neues bestellte.

Brinkhoff hatte Forsbach schon Ewigkeiten nicht mehr gesehen. Kennengelernt hatte er den ein paar Jahre älteren Mann während seiner Ausbildung zum Polizisten, beide hatten ihre Ausbildung auf derselben Dienststelle in Düsseldorf begonnen, an der Fachhochschule für öffentliche Verwaltung dieselben Hörsaalbänke gedrückt, hin und wieder ein gemeinsames Schießtraining absolviert.

Im Laufe der Monate hatten sie sich regelmäßig zum Squash verabredet, hatten entdeckt, dass sie gemeinsame Lieblingsmusik hatten – Mark Knopfler, den ehemaligen Frontmann der *Dire Straits* –, hatten eines von dessen seltener werdenden Konzerten besucht und waren hin und wieder ein Bier trinken gegangen. So war eine lockere und freundschaftliche Beziehung entstanden, wenn auch keine besonders enge. Ein paar Mal hatte sich Brinkhoff dabei erwischt, davon zu träumen, dass aus ihm und Forsbach etwas mehr werden könnte als nur Kumpel, aber der ältere Polizeianwärter war so heterosexuell, dass Brinkhoff ihm noch nicht einmal von seinem Schwulsein erzählt hatte. Nach Abschluss seiner Ausbildung war Forsbach nach Köln versetzt worden, während Brinkhoff in Düsseldorf geblieben war, und damit war der Kontakt mehr oder weniger abgebrochen.

Als Torsten Brinkhoff einige Jahre später selbst nach Köln kam und sich unter Lutz Beerbaum, dem Leiter des KK 12 – der Sitte –, seine ersten Sporen verdiente, hatte er ein paar Mal halbherzig versucht, herauszufinden, wo Forsbach denn mittlerweile seinen Dienst versah, aber schließlich zu seiner Überraschung feststellen müssen, dass sein ehemaliger Kumpel gar nicht mehr bei der Polizei war. Stattdessen war er zu einem privaten Sicherheitsdienst gewechselt.

„Wie … wie geht's dir?", fragte Brinkhoff jetzt etwas unbeholfen. Wie erneuerte man eine Bekanntschaft, wenn man sich aus den Augen verloren hatte? „Du siehst g-gut aus." Das war schon mal eine glatte Lüge, denn der Forsbach, den er gekannt und zu dem er auch irgendwie ein wenig aufgeblickt hatte, war zwar stämmig, aber durchtrainiert gewesen und hätte niemals eine so schmuddelige Cordjacke und eine so schlechtsitzende Jeans getragen. Der Mann sah definitiv ein wenig heruntergekommen aus.

Forsbach wischte mit dem Handrücken über seinen Mund, um den Bierschaum abzustreifen. „Könnte nicht besser sein", behauptete er mit etwas zu viel Überzeugung in der Stimme. „Auch ein Kölsch? Los, komm, eins auf die alten Zeiten!"

Eigentlich fand der Kommissar es noch zu früh für Alkohol und er hatte auch abgesehen von ein paar belegten Brötchen in der Mittagspause nichts mehr gegessen, aber ehe er ablehnen konnte, stand ein Glas Bier vor ihm und Forsbach prostete ihm zu.

Brinkhoff stellte die Tüten mit seinen Einkäufen auf den Boden. „N-Na schön, aber nur eins."

„Ach Quatsch, Mann, eins ist keins!" Forsbach hieb ihm auf die Schulter und Brinkhoff verschüttete die Hälfte seines Getränks. „Das muss gefeiert werden!"

Ging ihm die Kumpanei seines ehemaligen Kollegen erst jetzt auf die Nerven oder hatte er es früher ähnlich empfunden und nur verdrängt? Noch bevor er den ersten Schluck genommen hatte, war der Kommissar sicher, dass es ein Fehler gewesen war, auf Forsbach zuzugehen.

„Und, wie läuft es bei dir? Immer noch Bulle?" Forsbach kippte ein weiteres Kölsch hinunter und bestellte eine neuerliche Runde, diesmal inklusive zweier Schnäpse. Die schwachen Proteste des Kommissars ignorierte er einfach.

Brinkhoff nickte. „Hier in Köln. KK 11. MK unter Plasberg."

„Tötungsdelikte?" Forsbach schien noch immer auf dem Laufenden zu sein, was die Strukturen der Kölner Polizei anlangte, und hob anerkennend die Augenbrauen. „Aber der Name Plasberg sagt mir nichts." Er starrte für einen Moment das Schnapsglas an, bevor er es hinunterkippte. „Der ist wohl erst nach mir gekommen."

„Sie", berichtigte Brinkhoff. „Plasberg ist eine Sie."

Forsbach lachte erstaunt auf. „'ne Frau als Chef?" Er schüttelte den Kopf. „So was geht ja gar nicht."

„Wieso nicht?"

„Ach, komm …" Forsbach sah den Kommissar ungläubig an. „So 'n Job ist nichts für 'ne Frau. Der Stress, die Anforderungen …"

„Blödsinn!" Brinkhoff kippte den Schnaps hinunter in der Hoffnung, damit auch den aufkeimenden Unmut wegspülen zu können. Angeekelt verzog er das Gesicht, als der scharfe Alkohol seine Kehle hinunterrann. „Die Plasberg ist tougher als manch ein K-Kollege!", brachte er schließlich heraus.

„Ach, so eine!", machte Forsbach und grinste anzüglich. Der Alkohol schien ihm langsam zu Kopf zu steigen und färbte seine Wangen rot. Brinkhoff begann sich zu fragen, wie viel Forsbach am Tag wohl trank. Erst jetzt, bei näherem Hinsehen, fiel ihm die ungesunde Gesichtsfarbe seines ehemaligen Kumpels auf und dessen rotgeäderte Augäpfel. „Eine, die nur für den Job da ist! Wetten, dass sie keinen Kerl zu Hause hat?"

Brinkhoff unterdrückte seinen Ärger und goss ein weiteres Bier in sich hinein, das plötzlich vor ihm stand. „Und was machst du so?", fragte er, um das Thema zu wechseln, und stieß verstohlen auf. „Immer n-noch Sicherheitsdienst?" Umständlich nestelte er an seinem Hemdkragen.

„Du bist gut informiert."

Nun bemerkte der Kommissar auch, dass Forsbach unangenehm roch. Ein leichter Schweißgeruch wehte mit dem Wind zu ihm herüber, als hätte der Mann schon mehrere Tage einen großen Bogen um jede Dusche gemacht. Brinkhoff ging so unauffällig wie möglich einen Schritt zur Seite. „Als ich n-nach Köln versetzt wurde, hab ich mal versucht, Kontakt … aber da warst du schon weg", murmelte er verlegen. Verdammt, war das auf einmal warm! Die Sonne hatte plötzlich viel mehr Kraft als am Morgen. Noch ein Bier und er war betrunken. „W-Wieso hast du eigentlich deinen Dienst quittiert damals?"

Forsbach sah an ihm vorbei. „Desillusionierung“, antwortete er schließlich knapp. Brinkhoff wusste nicht, was er darauf antworten sollte, und eine peinliche Stille legte sich zwischen die beiden Männer, bis Forsbach wie zufällig auf die Uhr sah. „Scheiße, ich muss weg.“ Er trank hastig sein letztes Bier aus, klopfte dem Kommissar ein weiteres Mal auf die Schulter und sagte vage: „War nett, dich mal wieder zu sehen, Mann.“ Einen Augenblick später war er leicht schwankend Richtung Friesenplatz hinter einem vorbeifahrenden Lastwagen verschwunden. Brinkhoff blieb verdattert und ein wenig erleichtert zurück.

„Noch ein Kölsch?“ Der Kellner war zu ihm getreten, ohne dass der Kommissar etwas bemerkt hatte. Brinkhoff nickte geistesabwesend und starrte in die Richtung, in die Achim Forsbach so abrupt verschwunden war. Der Mann hatte sich eindeutig zu seinem Nachteil verändert. Auf einmal war er froh, dass der Kontakt damals eingeschlafen war. Rückblickend erschien die Vergangenheit wohl immer etwas rosiger, als sie tatsächlich gewesen war. Der Kommissar konnte nicht begreifen, was er früher an Forsbach gefunden hatte. Er blinzelte in den Abendhimmel und freute sich, dass er sich heutzutage immer seltener mit Männern vom Kaliber eines Achim Forsbach herumschlagen musste. Dann doch lieber eine Maria Plasberg.

„Zahlen, bitte!“, rief er nach hinten in den Schankraum.

Die Bedienung kam mit der Rechnung nach vorne und sagte: „Macht 28,70 €.“

„Bitte?“

Der Kellner zeigte ihm den Deckel, auf dem fein säuberlich in Strichlisten das Bier und die Schnäpse aufgelistet waren, die er und Forsbach vertilgt hatten.

„So viel haben wir nicht getrunken!“, protestierte der Kommissar.

„Der Kollege aber schon. Der hat ja hier schon knapp zwei Stunden gebechert, bevor Sie dazugekommen sind!“ Die Mundwinkel des Kellners umspielte ein süffisantes Grinsen. Anscheinend wusste er genau, dass Brinkhoff von Forsbach über den Tisch gezogen worden war.

Der Kommissar warf verärgert drei 10-Euro-Scheine auf den Tisch. „Stimmt so.“ Das würde ihm eine Lehre sein. In Zukunft würde er um unerwartete Begegnungen mit der Vergangenheit einen großen Bogen machen.

Als Brinkhoff nach Hause kam, empfing ihn der Geruch von Bratkartoffeln. Markus stand am Herd und ließ gerade ein paar Brocken Speck auf den Boden fallen, wo sie umgehend von Bombadil vertilgt wurden. „Wo warst du so lange? Ich bin schon vor einer Stunde aus Gummersbach zurückgekommen", sagte er. Und dann, als Brinkhoff auf ihn zusteuerte und ihm einen Kuss auf die Lippen drückte: „Bist du besoffen? Du hast eine gotterbärmliche Fahne!"

„Später, Schatzi", murmelte Brinkhoff. Auf einmal drehte sich alles in seinem Kopf und er war furchtbar müde.

„Du sollst nicht immer ..."

Der Kommissar winkte ab, ging ins Schlafzimmer und ließ sich aufs Bett fallen. Kurz darauf war er laut schnarchend eingeschlafen. Doch wenn er insgeheim gehofft hatte, der Alkohol würde die Gedanken an Steffen Mertens verdrängen, dann hatte er sich getäuscht. In der Nacht träumte er von rohem Fleisch, bergeweise rohem Fleisch, das über ihn geschichtet worden war und ihn zu ersticken drohte.

Drei

Am nächsten Morgen wachte Torsten Brinkhoff mit zwei mordsmäßigen Katern auf. Der eine lag schnurrend neben ihm, die fette Wampe in die Bettritze gezwängt, und starrte ihn mit großen, gelben Augen unverwandt an, der andere befand sich in seinem Schädel und schien darauf aus zu sein, sein Gehirn von innen zu sprengen. Ein pulsierender Schmerz zwischen Schläfen und Stirn ließ den Kommissar entmutigt aufs Kissen zurücksinken. Das Wetter war erneut umgeschlagen: An den Fensterscheiben rannen vereinzelte Regentropfen herunter, sammelten sich zu kleinen Lachen auf dem Fenstersims. Ein böiger Wind pfiff ums Haus.

Brinkhoff tastete mit verklebten Augen zur Seite, aber Markus' Betthälfte war leer. Zwar noch warm, aber leer. Also musste es nach sieben Uhr sein, Markus verließ die Wohnung um Viertel nach sieben, um gegen acht Uhr im Büro zu sein. Also … hatte er verschlafen. Der Kommissar setzte sich endgültig auf. Verdammt! Wieso hatte Markus ihn nicht geweckt?

Ein Zettel auf seinen Socken neben dem Bett gab ihm die Antwort. *Du hattest eine miserable Nacht und warst heute Morgen nicht wachzukriegen, Alter! Wie viel hast du denn gestern getankt?* Er hatte seit gestern Abend um acht geschlafen? Das waren elf Stunden! Und wieso miserable Nacht? Er konnte sich an nichts erinnern. Der Kommissar war sich zwar bewusst, dass er Alkohol schlecht vertrug, aber mit einer solch massiven Reaktion seines Körpers hatte er nicht gerechnet. Schnaps war ab sofort gestrichen. Bier am besten auch. Hin und wieder ein Glas Rotwein vielleicht … Stöhnend stolperte er aus dem Bett und wurde von Bombadil gestellt, der sich inzwischen mit anklagendem Blick in der Mitte der Schlafzimmertür platziert hatte.

„Hat Markus dir nichts gegeben, du Fressmaschine?" Brinkhoff beugte sich nach unten, um den Kater zu streicheln. Im gleichen Augenblick wurde ihm speiübel und er schaffte es gerade noch ins Badezimmer, wo er die nächsten Minuten damit verbrachte, seinen Mageninhalt der Kloschüssel zu überantworten. Bombadil sah ihm interessiert dabei zu. Brinkhoff rappelte sich aus seiner unbequemen Hocke nach oben und spülte sich am Waschbecken den widerlichen Geschmack aus seinem Mund. Vielleicht auch keinen Rotwein, jedenfalls nicht in den nächsten Tagen. Dann wankte er zum Telefon, um im Präsidium anzurufen und seine Verspätung anzukündigen. Nach einer ausgiebigen Dusche machte er sich mit wackeligen Beinen und einem nur unwesentlich weniger schmerzenden Schädel auf den Weg zum Dienst.

Maria Plasberg empfing ihren Kollegen mit einem genervten Gesichtsausdruck. „Wir hatten vor einer halben Stunde einen Termin bei Steffen Mertens' Vorgesetztem."

„W-Warum sind Sie nicht allein hingefahren?", wagte Brinkhoff einzuwenden.

Noch vor wenigen Monaten hätte Plasberg ihn für diesen Widerspruch zur Schnecke gemacht; es war ein Zeichen ihres wachsenden gegenseitigen Vertrauens, dass sie es bei einer verbalen Richtigstellung beließ. „Das ist nicht der Punkt, Kollege! Der Punkt ist, dass Sie zu spät kommen!"

„Tut m-mir leid, ich hab extra angeru… was *ist* das?" Etwas verspätet registrierte der Kommissar die heutige Aufmachung seiner Chefin. „Das sieht aus wie ein Teppich!" Anscheinend hatte Plasberg am Morgen ihre spanische oder mexikanische Phase eingeläutet, denn das, was sie trug, war rotbraun, mit primitiven geometrischen Figuren versehen und besaß Fransen an den Rändern. Brinkhoff hätte es sich gut als Bettvorleger vorstellen können, die Kommissarin jedoch schien ein Loch in die Mitte geschnitten zu haben, durch das sie ihren Kopf gesteckt hatte.

„Was das ist? Mir soll bloß keiner noch mal erzählen, dass schwule Männer modebewusst sind", knurrte Plasberg. „Das ist ein Poncho."

„Aha", machte Brinkhoff und hoffte inständig, dass es so neutral wie möglich klang. Seine Augen wanderten unwillkürlich zum Garderobenständer in ihrem gemeinsamen Büro. Ob sie auch einen Sombrero dabei hatte? Doch statt einer breitkrempigen, bunten Kopfbedeckung hing dort Fozzie Bär aus der *Muppet Show* am Haken. Wenn es um ihren Lieblingsfetisch ging, schien es für Plasberg keinen Abgrund zu geben, in den sie sich nicht bereitwillig stürzte. „Ist das, w-was ich d-denke, das es ist?", brachte er heraus.

„Wenn Sie wissen wollen, ob es eine Handtasche ist, dann lautet die Antwort ‚ja'", erwiderte Plasberg. „Übrigens Ruths Lieblingshandtasche … und die Einzige, die farblich zu dem Poncho passte", fügte sie hinzu.

„Kaum zu glauben", murmelte Brinkhoff. Plasberg sah ihn lauernd an und der Kommissar beeilte sich, so unschuldig wie möglich dreinzublicken. Wenn der Tag so weiterging, dann war er noch vor dem Feierabend mit den Nerven am Ende.

Er wollte gerade Gesine Keller einen Besuch abstatten und einen Kaffee abstauben, als ihn Plasbergs schneidende Stimme zurückhielt. „Was denken Sie, wo Sie hingehen?"

„Ich … eh …"

„Vergessen Sie's. Volker Brandkamp wartet nicht ewig auf uns." Plasberg hängte sich den wie ein Geistesgestörter grinsenden Fozzie Bär um die Schulter und kramte ihren Autoschlüssel aus seinen Eingeweiden.

Brinkhoff sah sie verwirrt an. „Und w-wer ist Volker Brandkamp?"

„Herrgott noch mal, der Vorgesetzte von Steffen Mertens! Was ist bloß los mit Ihnen heute Morgen?"

„Kopfschmerzen", gab Brinkhoff zu. „Ich hab zu viel getrunken gestern."

Plasberg seufzte. „Na schön. Dann bleiben Sie hier und gehen noch mal die Protokolle und Zeugenaussagen von gestern durch, vielleicht fällt Ihnen noch was auf. Müssten bei Vogt auf dem Schreibtisch liegen."

„Wo sind Vogt und die anderen überhaupt?"

„Sie gehen ihrer Arbeit nach", erklärte Plasberg mit einem vielsagenden Unterton. „Und lassen Sie sich von der Keller ein paar Schmerztabletten geben", schob sie im Gehen nach. „Ihr Zustand ist ja nicht zum Aushalten!" Er wollte gerade aufatmen, als Plasbergs Schritte noch einmal zurückeilten. „Und wenn Sie dann wieder fit sind, dürfen Sie der Rechtsmedizin mit einem persönlichen Besuch ein bisschen Dampf machen. Ich will endlich die genaue Todesursache von Mertens wissen."

Brinkhoff nickte geschlagen. Die Kommissarin verfügte über ein ganzes Arsenal subtiler Bestrafungen, mit denen sie ihre Mitarbeiter bedachte, wenn diese nicht so funktionierten, wie sie es sich vorstellte. Schon bei dem Gedanken an die neonbeleuchtete Sterilität der Pathologie der Rechtsmedizin und an dem durchdringenden Geruch nach Desinfektionsmittel wurde ihm wieder übel.

Die restlichen Stunden des Vormittags verbrachte der Kommissar mit dem stupiden Wälzen von Akten, dem mühsamen Entziffern und Aufbereiten von Karsten Vogts handschriftlichen Notizen und dumpfem Starren aus dem Fenster. Kurz vor dem Mittag begann sich der Schmerz in Brinkhoffs Kopf ein wenig zu lichten. Er stand gerade vor der großen Pinnwand, die seit dem Vortag mit mehren Fotos von Mertens' Leiche gespickt war, als es klopfte und Lutz Beerbaum den Kopf durch die Tür steckte. „Hunger?"

„N-Nicht wirklich. Ich m-muss gleich noch in die Rechtsmedizin. Wenn ich jetzt was esse, weiß ich nicht ..."

„Hab schon gehört, dass ihr einen neuen Fall habt." Sein ehemaliger Chef grinste. „Dann brauchst du erst recht eine feste Grundlage im Magen. Komm schon, keine Widerrede."

„Na schön." Seinem früheren Mentor und Freund konnte der Kommissar den Wunsch kaum abschlagen. Beerbaum hatte ihn von Anfang an gefördert und selbst nach seiner Versetzung in Eikners Kommissariat ein Auge auf seinen Schützling gehabt. Als Brinkhoff und Plasberg einen mehr als holprigen Start bei ihrer Zusammenarbeit erwischten und der Kommissar am liebsten alles hingeworfen hätte, war es Lutz Beerbaum gewesen, der Brinkhoff moralisch aufgerichtet und ihn zum Durchhalten ermuntert hatte. Außerdem, jetzt, wo Beerbaum ihn daran erinnerte, konnte der Kommissar plötzlich seinen Magen knurren hören. „Vielleicht kann ich ja eine Suppe essen oder so."

Beerbaum strahlte über das ganze Gesicht. Während die beiden zum Aufzug schlenderten, amüsierte sich der jüngere Mann wie immer insgeheim über den unkonventionellen Gang des Leiters des KK 12. Beerbaum, von Natur aus klein und unsportlich, hatte sich im Laufe seiner Karriere einen beträchtlichen Bauchumfang zugelegt, sodass er mehr und mehr eine Kugelform annahm. Wenn er seinen Körper mithilfe eines kaum erwarteten federnden Schritts in Bewegung setzte, so sah es unweigerlich so aus, als rollte ein überdimensionaler Gummiball durch die Gänge des Polizeipräsidiums.

In der Kantine zogen sich die Polizisten an einen Tisch im hinteren Bereich zurück, wo man abseits vom Klirren des Geschirrs an der Essensausgabe und dem Stimmengewirr der Kollegen ungestört reden konnte. In einiger Entfernung saßen Gesine Keller und Astrid Lammisch, die Sekretärin von Beerbaums Kommissariat, beim Mittagsessen.

„Ich bin so froh, dass die Lammisch wieder da ist", seufzte Beerbaum und nickte den beiden Frauen zu. „Du hast keine Ahnung, was bei uns in den letzten Wochen liegen geblieben ist."

„War sie im Urlaub?"

„Vierzehn Tage Teneriffa. Sieht man ihr das nicht an?"

Brinkhoff warf Lammisch einen kurzen Blick zu. Die Mittdreißigerin war tatsächlich tief gebräunt und ihre dunklen Haare waren von der Sonne gebleicht.

Beerbaum polierte das Kantinenbesteck mit einer Serviette und begann, sich seiner Mahlzeit zu widmen. „Also? Ich höre!"

„Hast du eine Ahnung, was dieses Essen mit deinen Cholesterinwerten macht?" Brinkhoff deutete vorwurfsvoll auf den Teller, der vor seinem ehemaligen Chef stand. Beerbaum hatte sich für eine riesige Portion *Himmel un Äd* entschieden, gebratene Blutwurst mit Zwiebelringen, Kartoffelbrei und Apfelmus, eine kölsche Spezialität. Der Kommissar dagegen gab sich mit einer Champignoncremesuppe und einem grünen Salat zufrieden.

„Es bringt mich einem Schlaganfall ungefähr zwei Stunden näher", erwiderte Beerbaum gleichmütig und schaufelte genüsslich eine Gabel voll Blutwurst in sich hinein. „Aber nicht, bevor ich das hier aufgegessen habe." Dann sah er Brinkhoff prüfend an, in seinen Augen war eine gewisse Sorge zu erkennen. „Kriegst du das gebacken mit dem neuen Fall?"

„Du meinst, ob ich der A-Aufgabe, Polizist zu sein, psychisch weiterhin gewachsen bin? Plasberg stößt ins selbe Horn." Brinkhoffs Erwiderung fiel schärfer aus, als er gewollt hatte.

„Ich will nur nicht, dass du unter die Räder kommst. Für den Tod eines Menschen mitverantwortlich zu sein, ist keine Kleinigkeit. Da haben schon ganz andere ihren Dienst quittiert."

„Ich hab gedacht, ich m-mach einen Tag nach dem anderen", antwortete der Kommissar. „U-Und am Ende sehe ich dann, wo ich steh."

„Gut." Beerbaum schob eine Gabel Kartoffelbrei in seinen Mund und sagte dann schmatzend: „Erzähl mir von euren Ermittlungen!"

Brinkhoff mümmelte lustlos an einem Salatblatt und berichtete Beerbaum vom Leichenfund im Schlachthof in Neuehrenfeld. „Jeder, der wollte, hatte Z-Zugang zu dem Kühlhaus. Damit kommt prinzipiell jeder in Frage, der auch nur entfernt mit dem Schlachthof zu tun gehabt hat. B-Bis wir da jedes Alibi überprüft haben, können Wochen vergehen."

„Kärrnerarbeit", nickte Beerbaum. „So ist Polizeidienst nun mal."

Brinkhoff spießte eine Radieschenhälfte auf. „Diese Botschaft an der Stirn des Toten ... Ich bin sicher, d-dass sie für uns bestimmt ist." Das Radieschen machte sich selbstständig und verschwand mit einem Platschen in der Champignonsuppe. Er wischte nachdenklich die Flecken von seinem Hemd. „Als wollte der Täter um jeden Preis Aufmerksamkeit auf seine Person ziehen. Plasberg sieht das allerdings etwas anders. Sie hält es eher für eine Art Urteilsverkündung."

„Beides interessante Theorien." Beerbaum hatte mittlerweile in einer unglaublichen Geschwindigkeit seinen Teller geleert und wischte sich zufrieden den Mund ab. „Wer ist denn das Opfer?"

„Steffen Mertens, o-originellerweise ein Familienvater aus Plasbergs Nachbarschaft, er hat als Banker gear –"

Beerbaum hob eine Hand. „Mertens ... Mertens. Irgendwas klingelt da bei mir. Obwohl, das kann nicht sein, das ist bestimmt zehn oder zwölf Jahre her ... wie alt war der Mann?"

„Sechsundvierzig, wieso?"

Beerbaum runzelte die Stirn. „Käme ungefähr hin, damals war er in den Dreißigern, glaube ich." Er sprang so schnell auf, dass er beinahe seinen Stuhl umgekippt hätte. „Komm mit in mein Büro, Junge."

„Aber ich war n-noch gar nicht fertig mit essen!"

„Die Suppe hätte dir sowieso nicht geschmeckt. Erstens gab es die schon vorgestern und zweitens war sie selbst da schon fade."

In seinem Büro, das ein Stockwerk unter denen des KK 11 lag, stellte sich der Leiter der Sitte vor sein ausuferndes Büroregal, in dem meterweise staubige Aktenordner aneinandergereiht waren. Das Regal besaß intern einen legendären Ruf. Natürlich waren alle polizeilichen Vorgänge schon Mitte der neunziger Jahre auf EDV umgestellt worden, aber Beerbaum hatte eine fast kauzige Distanz zu allem behalten, was mit Dateien, Festplatten, Bytes und Computern im Allgemeinen zu tun hatte. Er weigerte sich schlichtweg, sich der Digitalisierung auszuliefern, und sammelte alles, was nach Abschluss eines Falles nicht mehr benötigt wurde und was jeder andere rational denkende und effizient arbeitende Polizeibeamte irgendwann dem Schredder anvertraute: Gesprächsnotizen, Fotos, Anmerkungen zu längst vergessenen Telefonaten, selbst gedankenverlorene Kritzeleien auf Schmierpapier. Alles wurde in Klarsichthüllen gesteckt, sortiert, aktenmäßig erfasst und landete in Beerbaums persönlichem Regal. Der Kommissar rechtfertigte diesen Spleen mit dem Argument, dass Computer ausfallen, Hacker in das System der Polizei eindringen, ein Virus oder Trojaner alle Dateien zunichte machen konnten – dann hätte er zumindest noch sekundäre Unterlagen, auf die er im Notfall zurückgreifen konnte.

Das entgeisterte Gegenargument diverser Kollegen, Vorgesetzter und von Astrid Lammisch, niemand auf der Welt könne alle doppelt und dreifach gesicherten Daten der Polizei gleichzeitig zerstören und nicht einmal al-Qaida lasse ein solches Interesse erkennen, ließ er an sich abprallen. Stattdessen konterte er, dass er die Unterlagen auch dann heranziehen könne, wenn in einem aktuellen Fall Gemeinsamkeiten mit früheren Ermittlungen auftauchten. Das könnte doch unter Umständen ebenfalls Rückschlüsse auf den Täter zulassen. Auch hier ließ ihn die nicht von der Hand zu weisende Entgegnung kalt, dass es mittlerweile spezielle Software gebe, die im Bedarfsfall Ähnlichkeiten und Querverweise zu anderen Fällen aufzeige, genauso wenig zogen Hinweise auf das Archiv des Präsidiums. Und so wuchsen Beerbaums Aktenberge mit der Zuverlässigkeit des Wechsels der Jahreszeiten.

Natürlich kannte auch Torsten Brinkhoff die Sammelwut seines ehemaligen Chefs, doch er war nie so ganz schlau daraus geworden, ob Beerbaums Methode tatsächlich Erfolge zeitigte – aber wenn er etwas über Steffen Mertens zutage förderte, war er gewillt, sich nie wieder über Beerbaum lustig zu machen.

„Wenn es überhaupt derselbe Mann ist, dann liegt der Fall wirklich schon ewig zurück“, brummelte sein ehemaliger Chef jetzt und zog eine Akte heraus. „Irgendwann Anfang der Neunziger war das … oder doch eher Mitte?“ Er stellte den Ordner zurück, zog einen anderen aus dem Regal, blätterte ein wenig, schüttelte den Kopf und stellte ihn wieder zurück.

„Du glaubst, du kennst unser Opfer? Aber dann müsste es doch in einer unserer Datenbanken …“ Brinkhoff deutete vage auf

Beerbaums PC, aber sein ehemaliger Chef brachte ihn mit einem unwirschen Blick zum Schweigen.

Schließlich blieb seine Hand an zwei Aktenordnern hängen, die eine scheinbar willkürliche Buchstabenkombination trugen und die Jahreszahl 1998. „So kann man sich irren!“, sagte er zufrieden. „Im Nachhinein kommt es einem vor, als wäre es viel länger her gewesen. Es war Ende der Neunziger!“ Er ließ den Ordner respektlos auf den Schreibtisch fallen, zeigte auf einen Stuhl und Brinkhoff setzte sich, während Beerbaum ebenfalls Platz nahm und weiter in der Akte blätterte, bis er die richtige Stelle gefunden hatte. „Wir hatten damals einen ziemlich scheußlichen Fall“, begann er. „Gemeinsame Ermittlungen des KK 12 unter meiner Führung und des KK 11 unter Theo Janssen.“

„Eikners Vorgänger?“ Brinkhoff kannte nur seinen Namen und die Tatsache, dass er nach Dresden versetzt worden war, auf eigenen Wunsch.

Beerbaum nickte. „Eikner war damals noch nicht hier, der kam erst ein paar Jahre später. Auch die Plasberg war noch nicht in Köln. Kommissariatsübergreifend waren die Ermittlungen, weil unser beider Kompetenzen tangiert waren. Es ging um einen Sexualmord. Das Opfer war ein zehnjähriges Mädchen, Tatjana Berger. Ging damals durch alle Medien.“ Beerbaum schaute aus dem Fenster und schüttelte den Kopf. „Geht mir heute noch nahe, der Fall. Eine meiner Töchter war damals im selben Alter und ich dachte immer: ‚Was, wenn Andrea das Opfer gewesen wäre?‘ So was passiert so leicht …“ Er räusperte sich. „Jedenfalls, wir bekamen eines Tages einen Anruf, dass eine nackte Mädchenleiche gefunden worden war, in Köln-Stammheim, Buchholzstraße. Kennst du die Ecke?“

Brinkhoff verneinte.

„Da gibt es eine ganze Reihe von Häusern, die ursprünglich vom ehemaligen *Bayer*-Werk in Leverkusen für die Leitungsebene der Mitarbeiter errichtet worden sind, noch vor dem Krieg, wenn ich mich nicht irre. Sind eigentlich mehr so kleine Villen mit Gärten nach hinten raus, direkt hinter der Bahntrasse Köln-Leverkusen-Düsseldorf, damit die Herren Abteilungsleiter es nicht so weit zur Arbeit hatten. Früher war das also mal eine ganz gute Gegend, mittlerweile jedoch alles ziemlich vernachlässigt. Ein paar Meter weiter gibt es, glaube ich, inzwischen ein Wohnheim für Asylbewerber, schräg gegenüber hat sich ein Gebrauchtwarenhändler niedergelassen und allgemein lässt die Infrastruktur zu wünschen übrig. Noch bevor *Bayer* zu *Lanxess* wurde, hat der Konzern versucht, die Häuser zu veräußern, musste aber viele unter Wert verkaufen, weil da jahrelang nichts dran gemacht wurde und niemand mehr in der Ecke wohnen möchte."

„Und das K-Kind?", lenkte Brinkhoff Beerbaums Erzählung zurück zum eigentlichen Thema.

„Ja, das Kind ... die Beschreibung passte auf ein zehnjähriges Mädchen, das ein paar Tage zuvor von den Eltern als vermisst gemeldet worden war. Es war ... furchtbar. Der Täter hatte sein Opfer missbraucht, mit einer Drahtschlinge erwürgt und dann die Leiche hinter einer Hecke aus Brombeersträuchern versteckt, in der Nähe der Bahngleise." Beerbaum seufzte. „Die Familie hatte nur wenige hundert Meter weit entfernt gewohnt."

„Dann lag es also nahe, den Täter in der Nachbarschaft oder dem Umfeld der Familie zu vermuten", warf Brinkhoff ein

„Korrekt", stimmte der Leiter des KK 12 zu. „Aber wir haben ihn nie ermitteln können. Eine Zeitlang hatten wir den Freund des Babysitters in Verdacht, dann sogar den Vater des Mädchens, aber es hat nie für mehr als einen Verdachtsmoment gereicht."

Brinkhoff hob überrascht die Augenbrauen. „DNA-Spuren, Faserrückstände, Spermaspuren?"

„Alles ohne Ergebnis. Die Faserrückstände unter den Fingernägeln des Opfers passten zu keinem Kleidungsstück der Verdächtigen, auch nicht zu Polsterstoffen aus den Autos oder sonstigen Sachen. Wir haben bei allen Männern in der Nachbarschaft, der Verwandtschaft und allen anderen männlichen Kontaktpersonen Speichelproben entnommen, haben die Massentests später auf alle nördlich gelegenen rechtsrheinischen Kölner Stadtteile ausgeweitet. Niemals ein Treffer. Und was die Spuren von Ejakulat betrifft: Der Täter scheint ein Kondom benutzt zu haben. Trotzdem konnte die Vergewaltigung natürlich zweifelsfrei festgestellt werden, aufgrund der Verletzungen des Mädchens. Der Fall ist bis heute nicht aufgeklärt."

„Ein V-Vergewaltiger, der ein Gummi benutzt?“ Brinkhoff staunte nicht schlecht. „Und w-wo kommt Steffen M-Mertens da ins Spiel?“

Beerbaum blätterte in der Akte und zog nach einigem Suchen ein DIN-A4-Blatt heraus, auf dem das Schwarz-Weiß-Bild eines Fotos kopiert war. „Ist er das? Ist das eure männliche Leiche vom Schlachthof?“

Brinkhoff blickte in das Gesicht eines Mannes von Anfang dreißig. Die Gesichtszüge waren weicher als bei dem Opfer am Fleischerhaken, das Haar voller und mit einem anderen Schnitt versehen und der Mann trug einen Dreitagebart, aber es war Steffen Mertens. „Kein Zweifel, das ist er. W-Was hatte er mit dem F-Fall des Vergewaltigungsopfers zu tun?“

„Wohnte mit seiner Freundin im Haus gegenüber, in einer Dachgeschosswohnung. War damals Student, BWL oder so, und die Freundin hat in der Gastronomie gearbeitet.“

„Warte mal ... zwölf Jahre zurück, da muss er vierunddreißig gewesen sein ... und da war er noch immer Student?“

„Er hatte vorher eine andere Ausbildung gemacht, ich weiß allerdings nicht mehr, was, und erst spät angefangen zu studieren. Zweiter Bildungsweg, wenn ich mich recht erinnere.“

„Und weiter? W-Wieso taucht sein Name im Zusammenhang mit dem Fall Tatjana Berger auf?“

„Er war einer der Letzten, die das Mädchen lebend gesehen haben“, ließ Beerbaum endlich die Bombe platzen. Er wühlte erneut in der Aktenmappe und kramte die Kopie eines Vernehmungsprotokolls heraus, versehen mit handschriftlichen Anmerkungen von ihm. „Ich hab doch gerade gesagt, dass es bei niemandem im Auto Faserrückstände oder DNA-Spuren der Kleinen gegeben hat. Na ja, außer bei einem: Steffen Mertens. Er hat damals angegeben, Tatjana am Nachmittag ihres Verschwindens zu einer nahe liegenden Eisdiele gefahren zu haben, zu der auch er unterwegs war. Seine Freundin arbeitete dort und er wollte sie besuchen. Auf dem Beifahrersitz haben wir auch tatsächlich Haare von Tatjana gefunden und ein paar Fasern des blauen Kleidchens, das sie getragen hat. Wir haben schon gedacht, dass wir Mertens damit festnageln können. Das Problem war nur, dass Zeugen bestätigt haben, dass er zusammen mit Tatjana die Eisdiele betreten hat und die Kleine ohne ihn wieder gegangen ist, mit einem Eis in der Hand – danach ist sie verschwunden."

„Wer konnte das bestätigen?"

„Ein paar Jungs aus ihrer Klasse, die vor dem Eiscafé Rollerschuh fuhren, und Mertens' Freundin. Und damit war Mertens aus dem Schneider. Er hat ja zugegeben, dass er das Mädchen mitgenommen hat, und konnte mit einer plausiblen Erklärung aufwarten ..."

„Aber?" Brinkhoff kannte seinen ehemaligen Chef gut genug, um zu wissen, dass es noch ein „aber" gab.

„Ich bin sicher, dass er es war", antwortete Beerbaum. „Der Kerl war aalglatt, der hatte für alles eine Erklärung parat. Das passte alles zu genau. Aber wir konnten ihm nichts nachweisen. Wir haben sogar eine Wohnungsdurchsuchung genehmigt bekommen – und du weißt, dass das nicht so ohne Weiteres möglich ist –, aber in der ganzen Wohnung gab es auch nicht den kleinsten Anhaltspunkt dafür, dass er irgendwas mit der Ermordung von Tatjana Berger zu tun hatte."

„V-Vielleicht hat er ja tatsächlich die Wahrheit gesagt?"

Beerbaum schüttelte den Kopf. „Ich bin lange genug bei der Kripo, um zu erkennen, wenn jemand lügt oder nicht die ganze Wahrheit sagt. Und bei dem Mann haben sich mir regelmäßig alle Nackenhaare gesträubt."

„Was ist mit seinem Alibi für die Tatzeit? K-Könnte er das Mädchen nicht später wieder abgefangen haben?"

Beerbaum lächelte seinen ehemaligen Schützling dankbar an. „Siehst du, genau dasselbe haben wir damals auch gedacht! Aber er hatte ein hieb- und stichfestes Alibi. Er ist bis zum frühen Abend mit seiner Freundin bei deren Eltern in Dormagen zu Besuch gewesen. Erst für die Zeit ab zwanzig Uhr am Tatabend hat er für eine Stunde kein Alibi, da behauptete er, Joggen gewesen zu sein. Und laut Gerichtsmedizin war die kleine Tatjana zu diesem Zeitpunkt wahrscheinlich schon tot."

„Wahrscheinlich?"

Beerbaum lachte humorlos auf. „Eben. Du weißt selbst, dass sich der Todeszeitpunkt nur schwer eingrenzen lässt, wenn das

Opfer erst mehrere Tage später gefunden wird. Tatsache ist, dass sich der zuständige Richter aufgrund dieser Beweislage außerstande sah, einen Haftbefehl auszustellen. Es liege kein dringender Tatverdacht vor. Wir haben noch eine Weile gegen Mertens weiterermittelt, aber es ließen sich keine neuen Indizien oder Beweise gegen ihn auftreiben."

Brinkhoff schwieg eine ganze Weile und versuchte, alles sacken zu lassen. Schließlich fragte er: „Die Freundin … weißt du noch deren Namen? Den Vornamen, meine ich. Vielleicht Heike?"

Beerbaum zog die Stirn in Falten. „Heike? Wieso Heike?"

„Weil seine jetzige Frau so heißt."

„Du meinst, dass die beiden da vielleicht zusammen dringehangen haben?" Beerbaum beugte sich ein weiteres Mal über die Akte. „Nein. Die damalige Freundin hieß Angela. Angela Dorstadt."

„Mist." Brinkhoff fuhr sich durch seine widerspenstigen Haare. Dann sah er auf die Uhr und sagte ein zweites Mal: „Mist! Ich m-muss los, zur Rechtsmedizin! Ich rufe Plasberg von unterwegs an und informiere sie. Kannst du uns deine Unterlagen zur Verfügung stellen? Nur für den Fall, dass wir noch mal drauf zurückgreifen müssen?" Beerbaum nickte und Brinkhoff verabschiedete sich hastig.

Maria Plasberg parkte ihren Wagen im Halteverbot, direkt vor der *Deutschen Bank*-Filiale im Schatten des Doms. Parkplätze waren hier in der Innenstadt Mangelware und sie hoffte inständig, später kein Knöllchen unter den Scheibenwischer geklemmt vorzufinden. Vorsichtshalber warf sie einen Blick die Straße entlang, aber eine Politesse war nirgendwo zu sehen.

Der repräsentative Prachtbau der Bank aus ockerfarbenem Stein mit seinen hohen, geschwungenen Fenstern vermittelte ein Gefühl von Altehrwürdigkeit und Respektabilität, das auch bei der Kommissarin seinen Eindruck nicht verfehlte. Schon bei ihrem ersten Besuch am Vortag war ihr klar gewesen, dass dies eine der Vorzeigefilialen des Konzerns war. Wer hier arbeitete, empfand es wahrscheinlich als Auszeichnung und Sprung auf der Karriereleiter.

Öffentliche Aussagen zu Charakter und Privatleben der Mitarbeiter wurden als Nestbeschmutzung angesehen, wie etwas, das man nur mit spitzen Fingern und gerümpfter Nase anfasste – auch das hatten Brinkhoff und Plasberg schon gestern erfahren. Unverbindliche Höflichkeit und Diskretion war hier für alle Angestellten zu einer zweiten Haut geworden. Aber wenn jemand als „unkompliziert" oder „nett" charakterisiert wurde, dann wurde die Kommissarin sehr schnell sehr hellhörig. Unkomplizierte Menschen gab es ihrer Erfahrung nach nicht, und nett war – wie ihr Sohn zu sagen pflegte – die kleine Schwester von Scheiße. Sie würde Volker Brandkamp notfalls ein bisschen in die Ecke drängen müssen, um eine ehrliche Beurteilung Mertens' zu erhalten. Allerdings war ihr im Moment noch nicht klar, wie sie das anstellen sollte.

Der Filialleiter erwartete sie in einem dunklen Anzug mit weißem Hemd und dezent blaugestreifter Krawatte an der Tür zu seinem gediegenen, mit freundlichen weißen Sitzmöbeln ausgestatteten Büro. Plasberg selbst kam sich in diesem Ambiente und in ihrem Poncho wie ein exotischer, grellbunter Vogel vor, aber wenn Brandkamp einen ähnlichen Gedanken hegte, dann behielt er ihn für sich. Einzig an der Tatsache, dass seine Augen einen Tick länger als nötig an der Muppets-Handtasche der Kommissarin hängen blieben, ließ sich erkennen, dass Klienten wie Plasberg nicht jeden Tag zu Besuch kamen.

Brandkamp bot der Kommissarin einen Stuhl an und kam direkt zur Sache. „Ich habe leider nur noch ein paar Minuten, Frau Plasberg. Soweit ich mich erinnere, waren wir vor etwas mehr als einer Stunde verabredet?"

Hörte sie da stilvoll verpackte Kritik heraus? „Genau getaktete Terminkalender lassen sich mit polizeilichen Ermittlungen leider nicht immer vereinbaren", konterte sie. „Ich bin aufgehalten worden."

Brandkamp steckte die Entgegnung weg, ohne mit der Wimper zu zucken. „Sie möchten etwas zu Herrn Mertens von mir hören."

„Alles, was Sie mir sagen können", erwiderte Plasberg und begann in ihrer Handtasche nach Papier und Kuli zu wühlen.

„Bitte", unterbrach Brandkamp sie, eilte zu seinem Schreibtisch und reichte ihr einen Block mit dem Briefkopf *Deutsche Bank* und einen *Montblanc*-Kugelschreiber, „bedienen Sie sich." Dann griff er zu einer Kladde in einer Klarsichthülle. „Ich habe mir die

Unterlagen bereits herausgesucht, um unsere Unterhaltung zu beschleunigen. Herr Mertens hat seine Arbeit in unserer Bank 2005 begonnen, zum Jahresbeginn. Er war ein sehr beliebter und engagierter Kollege."

Plasberg hob die Augenbrauen. Kein Ausdruck des Entsetzens über Mertens' plötzliches Ableben? Kein Wort des Bedauerns über die Art und Weise, wie er zu Tode gekommen war? Sie setzte ihr zuckersüßes Lächeln auf, von dem jeder ihrer Mitarbeiter wusste, dass es eines nicht war: echt. „Das habe ich auch schon von Ihren Angestellten gehört. Von Ihnen erwarte ich mir eigentlich einen kleinen Blick hinter die Kulissen, wenn Sie so wollen. Wie ist Mertens zum Beispiel bei der letzten Personalbeurteilung weggekommen? So etwas haben Sie doch? Betriebsinterne Mitarbeiterbeurteilungen?"

Brandkamp lehnte sich mit abwehrender Haltung zurück in seinen Sessel. „Natürlich, aber das sind Angelegenheiten innerhalb des Hauses, wie die Bezeichnung schon sagt."

Plasberg seufzte. Wieder so ein Fuzzi, der sie mit dem Hinweis auf firmeninterne Interessen abwimmeln wollte. Was glaubten diese Leute eigentlich, wen sie vor sich hatten? Sie beschloss, Brandkamp ein wenig aus seiner Zurückhaltung zu schocken. „Wissen Sie, dem Mann, der gestern Morgen erhängt und fast tiefgefroren von uns am Fleischerhaken eines Schlachthofes gefunden wurde, wäre es wahrscheinlich sehr recht, wenn Sie etwas zur Erhellung der Tat beitragen könnten."

Brandkamp sah sie angewidert an. „Sie arbeiten mit harten Bandagen."

„Höflichkeit bringt mich in meinem Job nicht weiter", brummte Plasberg. „Sie sind der beste Beweis."

Brandkamp war anzusehen, dass es in ihm arbeitete, und die Kommissarin wartete ungeduldig, bis er den inneren Kampf ausgefochten hatte.

„Also schön", sagte er endlich. „Es gab Gerüchte … oder vielmehr Beobachtungen. Unangenehmer Natur."

„Inwiefern unangenehm?"

Der Filialleiter wand sich hin und her. Die ganze Sache schien ihm sichtlich peinlich zu sein. „Wir haben vor ein paar Monaten eine Kinderbetreuung eingerichtet, es ist nur ein Versuch, verstehen Sie? Wir sind damit zwar nicht Vorreiter im Konzern, es gibt schon einige Kita-Gruppen in Frankfurt, Leipzig und anderen Städten, aber der Bedarf steigt. Eine Idee des Betriebsrates, die von den entsprechenden Vorstandsgremien nach außen bejubelt wird, intern jedoch … Ich muss da als verantwortlicher Leiter der Filiale also sehr vorsichtig agieren. Trotzdem denke ich, dass es wichtig ist, unseren Mitarbeitern auch die Möglichkeit einer Kinderbetreuung anzubieten. Außerdem", er räusperte sich, „ist es gut für das Image der Bank. Sie verstehen … nach der Finanzkrise und allem …"

„Aha." Plasberg hatte nicht den blassesten Schimmer, worauf der Mann hinauswollte. „Und was hat das mit Mertens zu tun?"

„Nun ja, er … er scheint sich einigen Kindern genähert zu haben." Brandkamp lief rot an. „Ich weiß darüber auch nichts Genaueres, aber einige Kolleginnen sind vertraulich auf mich zugekommen und haben sich über Herrn Mertens beschwert. Es ist nichts Anstößiges vorgefallen, verstehen Sie mich bitte nicht falsch, dann hätte ich Mertens sofort entlassen! Aber es ist wohl der Eindruck entstanden, dass er nicht die … ehm …. nötige Distanz zu den Kindern wahrte. Dass er während der Arbeitszeit jede Gelegenheit nutzte, um in der Kita-Gruppe vorbeizuschauen. Ich wollte nächste Woche darüber ein Gespräch mit ihm führen."

„Interessant." Plasberg machte sich ein paar Notizen. „Vor allem, weil die Mitarbeiter doch gestern den Kollegen Mertens als so positiv dargestellt haben."

„Na ja, man sagt ja nicht gern etwas Schlechtes über einen Toten …" Brandkamp wischte sich mit einem Taschentuch über die Stirn und Plasberg musste sich ein zufriedenes Grinsen verkneifen. Wie schnell man doch Menschen zum Schwitzen bringen konnte!

„Wo ist die Kita-Gruppe?"

„Im dritten Stock."

„Und Herr Mertens' Arbeitsplatz war im Erdgeschoss?"

„Genau."

„Und es gab keinen anderen Anlass, zum Beispiel dienstlicher Natur, der ihn in den dritten Stock hätte führen können?"

„Nein."

„In welchem Alter sind die Kinder, die dort betreut werden?"

„Na ja, im Vorschulalter eben, soviel ich weiß. Da müssten Sie mit den Erzieherinnen sprechen, das habe ich nicht genau im Kopf."

„Werde ich", sagte Plasberg und steckte ihre Notizen ein. „Und mit den betroffenen Mitarbeiterinnen möchte ich auch ein paar Worte wechseln. Können Sie mich zu ihnen bringen?"

Brandkamp sah die Kommissarin schockiert an. „Das waren vertrauliche Mitteilungen. Sie können doch nicht erwarten, dass ich –"

Plasberg schnitt dem Mann das Wort ab, sie hatte genug gehört. „Bei Mord ist keine Mitteilung mehr vertraulich, Herr Brandkamp. Natürlich werde ich Ihre Mitarbeiterinnen befragen müssen."

Sie stand auf und wartete darauf, dass der Filialleiter ihr den Weg zeigte. Im selben Moment klingelte ihr Handy. Plasberg ging hinaus auf den Flur, um das Gespräch in Ruhe anzunehmen. Als sie das Telefonat beendet hatte, war sie über Torsten Brinkhoffs Recherche-Ergebnisse informiert. Was er über Steffen Mertens herausgefunden hatte, passte zu dem Bild, das ihr Volker Brandkamp von dem Toten vermittelt hatte. Waren sie durch Zufall dem Mordmotiv schon ein Stück näher gekommen? War es denkbar, dass der Vater, ein Onkel, ein Bruder des Mädchens späte Rache am mutmaßlichen Mörder von Tatjana genommen hatte? Plasberg entfaltete hektische Betriebsamkeit. Sie wies den Kommissar an, sofort Kayser anzurufen, damit dieser Mertens' Ehefrau fragen konnte, ob sie über den damaligen Verdacht gegen ihren Mann Bescheid wusste. Außerdem schob sie Brinkhoffs Besuch bei der Rechtsmedizin auf, bat ihn, auf ihren Rückruf zu warten, und setzte sich selbst mit Lutz Beerbaum in Verbindung. Nach ein paar Minuten war sie im Besitz der Adresse der Eltern von Tatjana Berger.

„Wir treffen uns in einer halben Stunde in Köln-Lindenthal, Wüllnerstraße Nummer … Moment …" Sie war kaum in der Lage, ihre eigene Schrift zu entziffern, als sie Brinkhoff wieder an der Strippe hatte. Sie nannte ihm die Hausnummer und fügte hinzu: „Das ist direkt am Stadtwald. Seien Sie pünktlich."

„Wir kreuzen da unangemeldet auf?“, fragte der Kommissar.

„So ist es“, sagte Plasberg, während ihre Absätze über den Marmorboden der Bankfiliale klackerten. Brandkamp und seine Mitarbeiter mussten warten. Es sah aus, als ob sie ein heißeres Eisen im Feuer hätten.

Der Stadtwald in Köln-Lindenthal war eine der grünen Lungen von Köln, ein fast quadratisches Stück Natur, angelegt zwischen zwei stark befahrenen Ausfallstrecken. Nur wenige Minuten vom Zentrum entfernt, hatte er sich zu einer begehrten Wohngegend entwickelt, die vor allen Dingen den gutbetuchten Mittelstand anzog. Die Immobilienpreise waren dementsprechend hoch und die Häuser außerordentlich gepflegt. Während die Kommissarin mit ihrem alten Golf durch die Seitenstraßen kroch, fiel ihr auf, wie still es hier war; vom Autolärm war schon nach wenigen Metern nichts mehr zu hören. Herausgeputzte Vorgärten und begrünte Unterstände für Mülltonnen wechselten sich ab mit verkehrsberuhigten Straßenzonen.

Eine junge Mutter, die mit einem kleinen Kind auf dem Babysitz des Fahrrads ihre Einkäufe tätigte, zwei ältere Damen, die mit Nordic-Walking-Stöcken bewaffnet im Wald verschwanden, zwei Jungen in Ruths Alter, die zwischen parkenden Autos Fußball spielten. Eine Idylle, die mit Köln-Porz nicht zu vergleichen war, schon gar nicht, was die zentrale Lage betraf. Einige Minuten schwelgte die Kommissarin in verführerischen Fantasien, die kurze und ungefährliche Schulwege für Niklas und Ruth beinhalteten, einen Bio-Supermarkt um die Ecke und abendliche Spaziergänge unter sonnendurchfluteten Bäumen zusammen mit einem aufgeregt hechelnden irischen Setter – bevor sie sich ruckartig der Tatsache bewusst wurde, dass sie zum einen nie Zeit hatte zum Spazierengehen und zum anderen Haustiere nicht ausstehen konnte. Außerdem war sie eindeutig zu alt für diese grün angehauchten Yuppie-Träume.

Sie bog in die Wüllnerstraße ein und hielt vor einem vierstöckigen, weißgetünchten Haus, das von einer riesigen Platane beschattet wurde. Als sie aus dem Auto kletterte, sah sie Brinkhoffs Toyota um die Ecke biegen.

Zusammen suchten sie die Klingelschilder des Hauses ab, bis sie den Namen Berger fanden. Plasberg drückte wiederholt den Daumen auf die Schelle, doch erst, als sich die Polizisten schon enttäuscht wieder abwenden wollten, gab es endlich eine Reaktion.

„Ja?" Eine blecherne Männerstimme quoll aus der Sprechanlage.

Die Kommissarin stellte sich und Brinkhoff vor. „Dürfen wir kurz mit Ihnen sprechen, Herr Berger?"

„Warum?" Die Frage klang brüsk und abweisend.

Plasberg drehte sich mit hochgezogenen Augenbrauen zu Brinkhoff. Dann sagte sie: „Es geht um Ihre Tochter."

Plötzliche Stille antwortete ihnen und dann wurde ohne ein weiteres Wort der Summer gedrückt.

Klaus Berger, ein Handy am Ohr, empfing sie an der geöffneten Wohnungstür in der zweiten Etage und winkte sie mit gerunzelter Stirn in den winzigen Flur einer Zwei-Zimmer-Wohnung, während er ungeduldig in sein Telefon sprach. „Nein … verschieben Sie den Termin auf 18.30 Uhr, ich muss erst noch … wenn Vossmann so scharf auf den Auftrag ist, wird er sich auch zehn Minuten gedulden …"

Die Kommissarin nutzte die Wartezeit, um Klaus Berger genauer in Augenschein zu nehmen. Der Mittfünfziger hatte die Statur eines ehemaligen Sportlers, dessen Figur langsam aus dem Leim zu gehen schien. Unter dem dunkelblauen Anzug ließ sich ein breites Kreuz erahnen, aber die Fettpolster am Bauch waren nicht zu übersehen. Graumelierte, kurz geschnittene Haare, dunkle Augen, die die Kommissare unter einer randlosen Brille verstohlen musterten, schmale, gepflegte Hände. Plasberg bemerkte die Abwesenheit eines Eherings. Berger besaß ein kantiges, von tiefen Falten zerfurchtes Gesicht, das er unter einem dunklen Vollbart verbarg.

Noch immer telefonierend, bedeutete er seinem Besuch, ins Wohnzimmer durchzugehen. Der lang gezogene Raum war unerwartet minimalistisch eingerichtet. Ein Flachbildschirm, ein dunkles Ledersofa, Parkettfußboden, die weißen Wände kahl. Außer einer afrikanischen Plastik in der hinteren Zimmerecke und einem schwarzen Bücherregal gab es nichts, was die Sterilität des Zimmers auflockerte. Alles machte den Eindruck eines Junggesellenhaushalts – ganz und gar nicht das, was die Kommissare erwartet hatten. Plasberg machte ihren Kollegen mit einer kurzen Kopfbewegung auf das einzige Foto aufmerksam, das auf dem Regal zu finden war: Das Bild eines etwa zehnjährigen, blonden Mädchens, das mit einem Teddy im Arm in die Kamera grinste.

Klaus Berger klappte endlich sein Handy zu und die Kommissarin nutzte die entstehende Stille, um zu fragen: „Ihre Tochter?"

Berger nickte kurz, ohne das Foto anzusehen. „Was wollen Sie von mir?" Er blickte demonstrativ auf seine Armbanduhr. „Mein Flug geht in neunzig Minuten. Ich habe also nicht viel Zeit."

Plasberg ließ sich nicht aus der Ruhe bringen und zückte ihre Dienstmarke. „Sie verreisen?", fragte sie beiläufig, während Berger ihren Ausweis überflog und sichtlich darum bemüht war, Plasbergs Betätigungsfeld mit ihrem äußeren Erscheinungsbild in Einklang zu bringen.

„Dresden. Geschäftsreise."

„Ah. Und in welcher Branche arbeiten Sie?"

„Unternehmensberatung."

„Und wobei genau beraten Sie Unternehmen?" Plasbergs Ton ließ eine gewisse Ungeduld erkennen. Sie hatte keine Lust, dem Mann jede Information aus der Nase zu ziehen.

„Personalfragen", erwiderte Berger knapp. Dann ließ er sich endlich zu einer näheren Auskunft herab. „Ich berate Firmen bei betrieblichen Umstrukturierungsmaßnahmen und zeige Wege auf, das Personal effizienter einzusetzen … warum wollen Sie das eigentlich wissen?"

Die Kommissarin zuckte mit den Schultern, während sich Brinkhoff diskret in den Hintergrund zurückzog. „Reine Routine. Ich weiß gerne, mit wem ich es zu tun habe. Ihre Frau ist nicht zu Hause? Ich würde auch gerne mit ihr ein paar Worte wechseln."

Ein Schatten huschte über Bergers Gesicht. „Dann werden Sie sich nach Flensburg bemühen müssen", antwortete er. „Wir sind geschieden. Also? Warum sind Sie hier? Nach all den Jahren? Wollen Sie mir etwa erzählen, dass Sie den Mörder gefunden haben?" Seine Mundwinkel verzogen sich zu einem bitteren Lächeln. Anscheinend hatte der Mann keinen besonderen Respekt vor der Arbeit der Polizei. Dann fügte er hinzu: „Oder sind Sie neu mit dem Fall betraut worden? Vorher war doch ein Herr … ehm … Birnbaum zuständig."

„Beerbaum", verbesserte Plasberg. „Kriminalhauptkommissar Lutz Beerbaum und Kriminalhauptkommissar Theo Janssen. Aber es hat …", sie zögerte und suchte nach der richtigen Formulierung, „es hat eine neue Entwicklung gegeben. Am Dienstagmorgen wurde Steffen Mertens tot aufgefunden. Ermordet. Sagt Ihnen der Name noch etwas?"

Bergers Reaktion war eindeutig. Seine Schultern strafften sich, seine Augen blitzten auf und sein Gesicht strahlte Genugtuung aus. „Es gibt also doch noch so etwas wie Gerechtigkeit", sagte er.

„Gerechtigkeit? Was meinen Sie damit?"

„Er hat meine Tochter getötet."

„Das ist bis heute nicht erwiesen. Soweit ich informiert bin, gab es damals keine ausreichenden Beweise, die ihn mit dem Tod Ihrer Tochter in Verbindung hätten bringen können. Es ist noch nicht einmal zur Anklage gekommen."

„Nur weil die Polizei damals nicht in der Lage war, ihn vor Gericht zu bringen, heißt das noch lange nicht, dass er unschuldig war!", brauste Berger auf. Plasberg konnte sehen, wie sein Puls am Hals pochte. „Er ist wirklich tot?" Seine Blicke sprangen zwischen Brinkhoff und Plasberg hin und her, als könnte er die Nachricht kaum glauben. „Ich hoffe, er hatte einen langsamen und qualvollen Tod."

Plasberg beobachtete Berger aufmerksam. Der Mann machte aus seinem Hass auf Mertens keinen Hehl. Wenn Steffen Mertens wirklich für den Tod seiner Tochter verantwortlich war, so konnte sie es ihm noch nicht einmal verübeln. Die Frage war nur, ob sein Hass ihn vielleicht selbst zu einem Mord getrieben hatte. Aber würde er dann seine Freude über den Tod des Mörders so offensichtlich zugeben? Das ergab keinen Sinn.

„Wieso sind Sie so sicher, dass es Mertens war, der Tatjana getötet hat?"

Es war, als hätte die Kommissarin mit dem Nennen des Namens ein Tabu gebrochen. Die Fassade des vielbeschäftigten Geschäftsmannes zerbröselte vor ihren Augen wie trockener Mörtel. Berger sank auf die Couch und vergrub das Gesicht in den Händen. „Warum sind Sie hier?", fragte er mit erstickter Stimme. „Nach all der Zeit! Haben Sie eine Ahnung, wie schwer es war, das alles hinter mir zu lassen? Sie kommen einfach hierher und …" Er nahm die Hände herunter und die Kommissare blickten in ein graues, vom Leid zerfressenes Gesicht. „Steffen Mertens hat mein Leben zerstört, meins und das meiner Familie."

„Es tut mir leid, wenn wir –"

Berger schien sie gar nicht zu hören. „Er hat meine Tochter getötet", murmelte er. „Meine Ehe ist daran zerbrochen, Katja und ich … wir haben es versucht, aber es ging nicht. Sie hat den Tod von Tatjana nicht verkraftet … und irgendwann … da war nichts mehr als Schmerz und Trauer." Er sah Plasberg an. „Wenn ich könnte, würde ich auf seinem Grab tanzen, glauben Sie mir! Ich weine Mertens keine Träne hinterher." Er räusperte sich und versuchte, seine Fassung wiederzuerlangen. „Wer … wer hat ihn denn umgebracht?"

„Das wissen wir noch ni –"

„Ach, deshalb sind Sie hier!", unterbrach Berger Plasberg leise und fing an zu lachen. „Natürlich. Sie glauben, ich hätte ihn auf dem Gewissen. Wie dumm von mir!"

„Und?", fragte Plasberg. „Waren Sie es?"

Klaus Berger schüttelte den Kopf, noch immer leise lachend. „Nein. Obwohl ich gestehen muss, damals oft daran gedacht zu haben. Auge um Auge, Zahn um Zahn, Sie verstehen schon." Seine Miene verfinsterte sich und seine Stimme klang plötzlich hart und kalt. „Ich hätte ihn gerne tot gesehen. Wissen Sie, dass ich seit Tatjanas … seit damals wieder für die Todesstrafe bin?" Er atmete tief durch. „Nein, es tut mir leid, ich muss Sie enttäuschen. Ich bin nicht der Mörder von Steffen Mertens. Wenn ich es getan hätte, dann hätte ich es sofort getan, direkt, nachdem Tatjana … und nicht erst jetzt."

Die Kommissarin nickte. „Trotzdem: Wo waren Sie Montagabend, Herr Berger?"

Er hielt ihrem Blick stand. „In Zürich. Ich bin gestern erst wiedergekommen. Meine Sekretärin wird Ihnen das bestätigen können. Und natürlich die Geschäftspartner, mit denen ich Termine wahrgenommen habe. Sie werden das überprüfen?"

„Selbstverständlich. Das gehört zu meinem Job."

„Ja, sicher." Berger sah hinüber zum Fenster und starrte ins Leere. „Mein Job ist ruhelos, Frau Kommissarin", sagte er, aber auch wenn die Worte an Plasberg gerichtet waren, sprach er mehr zu sich selbst. „Seit dem Tod ... seit damals bin ich entsetzlich ruhelos. Ich bin ständig auf Reisen. Genf, Brüssel, Kopenhagen ... es ist völlig egal. Nur nicht hier." Er deutete vage auf das unpersönlich eingerichtete Wohnzimmer. „Weil ... all das hier hat nichts mehr mit meinem Leben zu tun, verstehen Sie? Jedenfalls nicht mit dem, das ich einmal hatte. Das hat mir Mertens weggenommen."

„Warum sind Sie so sicher, dass es Mertens war, der Tatjana umgebracht hat?"

Berger zuckte mit den Schultern. „Ich weiß es einfach. Ich wusste es, als ich ihm nach Tatjanas Verschwinden zum ersten Mal in die Augen gesehen habe."

„Wann war das?"

„In der Nacht oder am späten Abend. Tatjana ..." Er schluckte, fing sich aber gleich darauf wieder. „Sie war abends nicht nach Hause gekommen. Katja und ich, wir hatten schon alle Freunde und Bekannten durchtelefoniert, ohne Ergebnis. Sie war wie vom Erdboden verschluckt. Katja wollte direkt die Polizei verständigen, aber ich ... ich habe gesagt, wir sollten noch etwas warten und alle Nachbarn abklappern, bevor wir ... Sie hat die Nachbarn auf unserer Straßenseite übernommen, ich die andere Straßenseite. Mertens wohnte damals schräg gegenüber, mit seiner Freundin. Ich weiß gar nicht mehr, wie sie hieß ..."

„Dorstadt", meldete sich Brinkhoff zu Wort. Bisher hatte er schweigend zugehört und das Feld Plasberg überlassen. „A-Angela Dorstadt."

Berger sah ihn an, als registrierte er seine Anwesenheit erst jetzt. „Ja", erwiderte er dann gedankenverloren. „Ja, richtig. Sie hat die Tür geöffnet und ich habe sie gefragt, ob sie Tatjana gesehen hätte, und sie hat verneint. Sie hat wohl gemerkt, dass etwas nicht stimmte, weil ich so aufgeregt war, und hat nachgefragt, was los wäre ... und dann kam Mertens dazu ... er war wohl gerade unter der Dusche gewesen, hatte nur ein Handtuch um ... ich brauchte gar nichts zu sagen … in dem Moment, wo er mich angesehen hat, da wusste ich es einfach."

„Er und seine Freundin ha-haben ausgesagt, dass sie den größten Teil des Abends in Dormagen bei den Schwiegereltern verbracht haben", sagte Brinkhoff. „Er hatte kaum die M-Möglichkeit, es zu tun."

„Das habe ich damals auch alles gehört von der Polizei! Aber ich weiß, dass er es war!", entgegnete Berger heftig. „Ich weiß nicht, wie und wann, aber er hat es getan!"

„Sie sind d-damals selbst eine Zeitlang in den Verdacht geraten, Ihre Tochter ermordet zu haben."

„O ja", antwortete Berger und die Bitterkeit in seiner Stimme war unüberhörbar. „Wie könnte ich das vergessen … aber es war niemals mehr als ein Verdacht und ist dann ziemlich schnell zu den Akten gelegt worden. Es war absurd. Ich hätte Tatjana nie …" Berger verstummte.

Plasberg und Brinkhoff warteten einen Augenblick, aber der Mann schien alles gesagt zu haben, was er sagen konnte – oder wollte. Und für den Moment hatten sie auch keine Fragen mehr an ihn. Natürlich würden sie sein Alibi überprüfen müssen, und wenn dann noch Unklarheiten verblieben, würden sie Berger ein wenig mehr unter die Lupe nehmen. Brinkhoff ließ sich Namen, Adressen und Telefonnummern von seiner Sekretärin und den Schweizer Geschäftspartnern geben.

„Na, schön …" Plasberg wollte sich gerade verabschieden, als es im Bauch ihrer Fozzie-Bär-Handtasche zu klingeln begann. Die Kommissarin kramte ihr Handy heraus und sah aufs Display. „Frau Keller, was gibt's?", fragte sie. „Ich stecke mitten in einem Gespräch!"

„Ich glaube, das sollten Sie abbrechen." Die Stimme der Sekretärin war angespannt. „Kriminalhauptkommissar Eikner hat sich gerade gemeldet. Es ist eine weitere Leiche gefunden worden."

„Was soll das heißen? Dann muss das eine andere MK übernehmen. Ich habe genug mit –"

„Sie haben mich missverstanden", wagte Keller zaghaft einzuwenden. „Die Umstände sind wohl so, dass es derselbe Täter wie bei Steffen Mertens gewesen sein könnte."

Soweit sich Tathergang und Vorgeschichte rekonstruieren lassen, hatten sich Hajo Webknecht und Andreas Schmidt-Werner erst wenige Stunden zuvor in einem Club auf dem Kölner Ring kennengelernt. Hajo Webknecht war dorthin gegangen, um, wie er ausgesagt hat, „'ne Frau aufzureißen. Das war da immer voll einfach. Erst recht samstagabends." Allerdings hatte er kaum Geld in der Tasche – die Phasen, in denen er in Geld schwamm, wechselten sich häufig mit Phasen ab, in denen er keinerlei finanzielle Mittel zur Verfügung hatte, es scheint immer abhängig davon gewesen zu sein, wie erfolgreich er seine letzten kriminellen Handlungen abschließen konnte. Schmidt-Werner dagegen hatte nie Geldsorgen, von seinen Eltern wurde er immer großzügig mit Taschengeld ausgestattet. „Ist mir direkt aufgefallen, dass der Typ Kohle genug hatte", so Webknechts Aussage. „Da hab ich mich an ihn drangehängt." Schmidt-Werner war an jenem Abend aus purer Neugier in den Club gekommen; kaum volljährig, war es einer seiner ersten Besuche in einer Diskothek überhaupt. Es habe ihn große Überwindung gekostet, so schildert er später seine Gefühle, „aber ich wollte doch auch mal sehen, wie das da so ist … trotz allem." Trotz allem – das bedeutet wohl in diesem Fall ein Bedürfnis nach gesellschaftlicher Teilhabe trotz seiner körperlichen Behinderung und seiner tiefsitzenden Schüchternheit. Es ist fast schon tragisch, dass er bei seinen ersten Schritten aus der selbstgewählten sozialen Isolation – eigentlich ein guter, mutiger Entschluss –, ausgerechnet auf Webknecht traf.

Der Verlauf des Abends in der Diskothek ist durch Zeugenaussagen glücklicherweise mehr als ausreichend belegt. Schmidt-Werner erfährt gleich zu Beginn eine Demütigung: Der Türsteher glaubt ihm nicht, dass er volljährig ist; er muss seinen Personalausweis vorzeigen. „Der sah aus wie sechzehn, maximum", so der betreffende Mitarbeiter, der für den Einlass verantwortlich war. „So 'n Milchreisbubi. Und Leute unter achtzehn lassen wir erst gar nicht rein. Viel zu mühsam, die um 24.00 Uhr wieder rauszuwerfen." Auch ist Schmidt-Werner scheinbar nicht klar, dass die Clubs erst zu später Stunde voll werden, daher ist er einer der ersten Gäste und drückt sich in eher schlecht einsehbaren Ecken der Diskothek herum. „Ich war noch nicht mal richtig fertig mit Gläser aufstellen, da war er schon da", erinnert sich Annika Schwarz, 27, eine der Mitarbeiterinnen an der Bar. „Wollte 'ne Cola, hat kaum den Mund aufgekriegt. Irgendwie hat er mir leidgetan, der Kleine. Ganz allein, und dann mit dem Hinken, der sah voll einsam aus." Webknecht dagegen trifft erst nach Mitternacht ein, ebenfalls allein, als der Club schon gut gefüllt ist. Auch an ihn kann sich Annika Schwarz erinnern. „Ja, der kam hin und wieder, an dem Abend auch. Ich fand den nicht so sympathisch, hat jedes Mal versucht, mich anzugraben."

Wie genau das Kennenlernen der beiden Männer vonstatten gegangen ist, lässt sich nicht mehr rekonstruieren, unzweifelhaft aber ist, dass Schmidt-Werner sich unter zunehmendem Alkoholeinfluss dem Habitus des Älteren angepasst zu haben scheint. Zeugenaussagen aus der Diskothek belegen, dass die beiden in den Stunden vor den Morden große Mengen Alkohol konsumiert haben – auf Schmidt-Werners Rechnung – und im Verlauf des Abends durch Pöbeleien und penetrante, aber wenig erfolgreiche „Anmache" unangenehm aufgefallen sind. „Voll Asi, der eine, der andere war eher von der stillen Sorte" war eine der Charakterisierungen, die eine Zeugin abgegeben hat. Worin die erste gegenseitige Anziehung der beiden Täter bestand, lässt sich im Nachhinein nur noch schwer ermitteln. Sowohl Webknecht als auch Schmidt-Werner sind diesbezüglich in ihren Aussagen vage geblieben.

Fakt ist, dass beide Täter zum ersten Mal gemeinsam gegen 00.45 Uhr bemerkt wurden. Der Barkeeper Sven Macher kann sich erinnern, dass er Hajo Webknecht um diese Uhrzeit zwei Whiskey-Colas ausgeschenkt hat und dass dieser schon zu diesem Zeitpunkt recht angeheitert schien. Macher konnte sich auch erinnern, dass Webknecht den zweiten Drink einem jungen Mann mit kurzen Haaren, blondem Oberlippenflaum und einer schwarzen Röhrenjeans in die Hand gedrückt hat. Eine Beschreibung, die genau auf Andreas Schmidt-Werner passt, der nach den Mordanschlägen im Fluchtfahrzeug bekleidet mit einer Röhrenjeans und einem dunkelroten T-Shirt gefasst wurde.

Es gibt noch weitere Zeugen für das auffallende Benehmen und die zunehmende Alkoholisierung der beiden Täter. Die erste

Zeugin diesbezüglich ist Michelle Heinzberg, 24, die zusammen mit einer Freundin in dem Club war. „Der Kleinere der beiden hat versucht, mit mir zu flirten. Sollte zumindest wohl darauf hinauslaufen. Er kam jedenfalls rüber zu mir und hat mich mit Stielaugen angeglotzt. War richtig peinlich, vor allen Dingen weil er kein Wort rausgekriegt hat. Der andere, der mit dem Löwentattoo auf dem linken Oberarm, kam dann kurz darauf dazu und hat mich vollgelabert, ob ich und Jessica mit ihm und seinem Kumpel nicht 'ne kleine Spritztour unternehmen wollten ... so was Bescheuertes! Der mit dem Tattoo hatte schon voll die Fahne und gegrapscht hat er auch. Jessy und ich sind dann gegangen. Deshalb weiß ich auch die Uhrzeit noch. Es war kurz vor halb zwei, wir sind dann in einen anderen Club."

Die nächste Zeugin unterstreicht den unverminderten Alkoholkonsum zumindest von Hajo Webknecht. Gegen 2.10 Uhr wird der junge Mann von der Toilettenfrau Angelika Ranstätter, 54, dabei erwischt, wie er sich in eines der Urinale auf der Herrentoilette übergibt. Sie erklärt, wie in solchen Fällen üblich, einen der Türsteher informiert zu haben, der die beiden späteren Täter dann postwendend des Hauses verwiesen hat. Muhammad Özkan, 34, hat sich in seiner Zeugenaussage noch sehr genau an die zwei erinnert: „Der eine roch total nach Kotze, richtig übel, und hat ziemlichen Stunk gemacht, als ich ihn rausgeschmissen hab. Wollte die Bullen rufen. Ich hab ihm gesagt, dass er das ruhig machen soll, die würden ihn direkt in eine Zelle zum Ausnüchtern mitnehmen. Dann hat er angefangen, mich zu beschimpfen: Scheiß-Türke, Kanake und so. Ich hab dann nur einmal meine Faust gehoben und dann war er still. Der andere ist ohne großes Aufsehen hinter ihm her. War wohl nicht ganz so besoffen wie der Erste." Özkan fügt in seiner späteren Aussage hinzu: „Wenn ich gewusst hätte, was die anschließend machen, hätte ich die Polizei gerufen. Ich mach mir echt Vorwürfe deswegen."

Tatsächlich wirft die letzte Bemerkung die interessante Frage auf, ob es zu irgendeinem Zeitpunkt im Verlauf des Abends eine Möglichkeit gegeben hätte, die spätere Tat zu verhindern, zum Beispiel durch ein verantwortlicheres Handeln der Zeugen. Ich glaube das nicht. Denn das setzte hellseherische Fähigkeiten aller in dieser Nacht involvierten Personen voraus. Damit beziehe ich mich allerdings ausdrücklich nicht auf die Rolle von Manfred Opitz, auf die später noch gesondert eingegangen werden muss.

Die Mordanschläge als solche resultierten aus einer Abfolge von Zufälligkeiten und nicht vorhersehbaren Aktionen, die kaum von außen zu beeinflussen waren. Insofern waren sie fast unvermeidbar. Özkan jedenfalls ist aus meiner Sicht kein Vorwurf zu machen. Sein Verhalten entspricht den üblichen Gepflogenheiten in der Clubszene. Unliebsame, alkoholisierte Gäste werden, solange sie noch fähig sind zu gehen, vor die Tür gesetzt und ihres Weges geschickt. Polizeieinsätze sind schon deswegen ungern gesehen, weil sie den Ablauf des Abends und damit den „Spaß" der anderen Gäste beeinträchtigen können.

Wir können also davon ausgehen, dass Hajo Webknecht und Andreas Schmidt-Werner gegen spätestens 2.30 Uhr des Lokals verwiesen wurden. Damit benötigten sie ungefähr knappe dreißig Minuten, um am Tatort einzutreffen. Auch diese halbe Stunde ist durch Zeugenaussagen gut dokumentiert.

Vier

Der neue Tatort befand sich in der Bonner Straße, einem weiteren zentralen Ausfallweg der Stadt. Die Gegend am Rande der Südstadt trug die Spuren vom Bau der neuen Nord-Süd-U-Bahn-Trasse wie ein Kriegsversehrter seine Narben: Eine ganze Armee von Baustellen, Fahrbahnverengungen und Umleitungen schien sich den hintereinander her fahrenden Kommissaren in den Weg zu stellen und sie daran zu hindern, ihr Ziel so schnell wie möglich zu erreichen.

Immer wieder drang durch das geöffnete Fenster an der Fahrerseite das infernalische Rattern von Presslufthämmern an Plasbergs Ohr, das Kreischen von Sägen und ein ohrenbetäubendes Getöse, wenn irgendwo in der Nähe ein Lkw eine Ladung Kies auf den Boden kippte. Die Kommissarin bedauerte die Anwohner und hoffte inständig, dass in den Planungsstäben der Stadt niemals jemand auf die Idee käme, ihrem Viertel auf der anderen Rheinseite ein solches Großprojekt aufzubürden.

Mehr jedoch beschäftigte sie die Nachricht ihrer Sekretärin, die die gesamten Ermittlungen über den Haufen zu werfen drohte. Wenn Steffen Mertens tatsächlich nicht das einzige Opfer ein und desselben Täters war, dann ergab ihre bisherige Strategie keinen Sinn, zuerst die am Tatort befindlichen Zeugen ins Visier zu nehmen, danach die Angehörigen und dann ihre Netze immer weiter auszuwerfen. Wenn es derselbe Täter war, dann war es nicht plausibel, ihn im familiären Umfeld des Opfers zu suchen. Es sei denn, es gäbe eine Verbindung zwischen Mertens und dem zweiten Opfer. Und was war mit „den Umständen" gemeint? Noch eine Leiche, die ähnlich furchtbar zugerichtet war? Gesine Keller hatte behauptet, nichts Näheres zu wissen, und Plasberg war sich nicht sicher, ob sie einen solchen Anblick ein zweites Mal innerhalb weniger Tage verkraften würde – geschweige denn Brinkhoff. Ob er deswegen getrunken hatte gestern Abend?

Nachdem sie endlich den neu errichteten Kreisverkehr am Chlodwigplatz passiert hatte, bog Plasberg auf die Bonner Straße ab und parkte zeitgleich mit ihrem Kollegen vor einem unscheinbaren Mietshaus aus den sechziger Jahren. Schon an der Haustür wurden sie von einem schnauzbärtigen, jüngeren Polizeibeamten empfangen.

„Machen Sie sich auf was gefasst", begrüßte er sie und es war offensichtlich, dass er sich überfordert fühlte. „Mir ist so was jedenfalls noch nicht untergekommen." Sein blasses Gesicht schien den Ernst der Lage zu unterstreichen, und Plasberg fragte sich, ob es das erste Mal war, dass der Mann mit einer Leiche im Dienst konfrontiert worden war. „Mein Kollege ist oben im zweiten Stock." Brinkhoff sah ihn verunsichert an, und die Kommissarin wusste genau, was in ihm vorging.

Plasbergs Befürchtungen bewahrheiteten sich, als sie die Wohnung betraten. Im Schlafzimmer erwartete die Beamten eine ähnlich gespenstische Szenerie wie im Schlachthof. Ein süßlicher, modriger Geruch schlug ihnen entgegen und die Kommissarin hielt schockiert im Türrahmen inne.

„O Mann", raunte sie.

Als hätte ein Geysir in einem einmaligen Ausbruch seine ganze eruptive Kraft verschleudert, waren die Wände, der Kleiderschrank, fast das gesamte Mobiliar von Blutspritzern getroffen, die dann in langen Schlieren zu Boden getropft waren. Der Großteil des Blutes konzentrierte sich jedoch auf das Bett, auf dem das Opfer lag. Die weibliche Leiche, die ihnen der zweite Polizeibeamte nervös zeigte, lag angekleidet auf dem Laken, Hände und Füße ausgestreckt und mit grauem Paketklebeband an die Bettenden gefesselt. Der Kopf war umgeben von einer eingetrockneten Blutlache, die untere Gesichtshälfte ebenfalls blutig verschmiert, genauso der gesamte Oberkörper. Zuerst konnte die Kommissarin nicht einordnen, woher all das Blut stammte, bis sie zögernd ein paar Schritte ins Zimmer trat und die Leiche näher in Augenschein nahm. Die Augen des Opfers strahlten namenloses Entsetzen aus, als hätten sie, bevor sie erstarrten, einen Blick in die Hölle geworfen. Was der Kommissarin jedoch eine Gänsehaut über den Rücken jagte, waren die dünnen, metallenen Spangen, die von den Mundwinkeln ins Mundinnere führten und mit deren Hilfe der Mund in eine weit geöffnete Stellung gezwungen worden war.

„Was zum Teufel …?"

Aber Brinkhoff kam ihr zuvor. „Die Zunge", flüsterte er fast unhörbar hinter ihr. „Er ha-hat ihr die Zunge herausgeschnitten!"

Plasberg schluckte. Ihr Kollege hatte recht. Der Täter schien mit brutaler Gewalt vorgegangen zu sein. Dort, wo im Mundinneren die Zunge hätte sein sollen, klaffte nur noch ein schwarzer Stummel Fleisch, auch der Gaumen schien beschädigt zu sein.

„Aber diese Stangen ... so was hab ich noch nie gesehen", brachte sie schließlich heraus. „Ist das irgendwas vom Zahnarzt?"

„Ich g-glaube, d-das ist eine M-Maulsperre." Brinkhoffs gestammelte Antwort war kaum zu verstehen. Er stand stocksteif da, sein Blick stierte auf die Leiche auf dem Bett. Zu viel! Es war zu viel! Hilflos leckte er über seine trockenen Lippen.

„Brinkhoff?"

Er schloss die Augen und sammelte sich. „Ich ... Ich ha-hab so was mal im Internet gesehen." Seine Stimme klang dünn, nicht wie seine eigene. „Da müsste irgendwo eine F-Feder sein und vielleicht ein kleines Rad oder etwas Ähnliches, mit dem man die W-Weite der Öffnung einstellen k-kann."

„Der Täter hat ihr also erst diese ... diese Maulsperre aufgezwungen und dann die Zunge abgetrennt?" Die Kommissarin wollte sich angeekelt abwenden, als ihr Blick auf das gelbe Post-it fiel, das dem Opfer wohl ursprünglich auf die Stirn geheftet worden, aber dann verrutscht war und nun halb von einigen Haarsträhnen bedeckt wurde.

Niemand kann seiner Strafe entkommen.

„Verdammt!" Für einen Moment vergaß sie alle Regeln der Sicherung eines Tatorts und ließ sich auf einen Stuhl neben dem Bett fallen, der glücklicherweise nicht besudelt war. „Mit was für einem Irren haben wir es bloß zu tun?"

„Ich weiß es n-nicht." Brinkhoff, dessen Atem die ganze Zeit schnell und flach gewesen war, holte Luft. „Frau Plasberg, ich glaube nicht, dass ich das –"

„Nein!", fiel sie ihm ins Wort. „Ich will das jetzt nicht hören! Sie werden sich zusammenreißen. Auf der Stelle!"

„Aber ..."

„Nein!“, blaffte sie ihn an. Er hatte ihr sein Wort gegeben, es zu versuchen! Sie konnte das hier jetzt nicht alleine bewältigen.

Brinkhoff sah seine Vorgesetzte mit großen Augen an. „Ich … also gut.“ Er atmete tief durch und bemühte sich, seine Gefühle unter Kontrolle zu bringen.

Der zweite Polizeibeamte, ein kleiner, sommersprossiger Mann mit roten Haaren unter der Dienstmütze, hatte die Reaktionen der Kommissare kommentarlos verfolgt. Jetzt räusperte er sich und machte Angaben zum Auffinden der Leiche.

„Die Tote heißt Ingrid Kirchner, ist fünfzig Jahre alt, alleinstehend und besitzt eine kleine Boutique für Damenwäsche ein paar Straßen weiter. Eine Mitarbeiterin hat die Polizei um 11.34 Uhr alarmiert, als Frau Kirchner heute Vormittag nicht in ihrem Laden erschien und auch auf Anrufe nicht reagiert hat. Der Kollege unten und ich waren am nächsten. Wir haben geklingelt und dann mithilfe eines Schlossers die Tür aufbrechen lassen. Dann haben wir … sie so gefunden.“ Er deutete mit kaum verhohlenem Abscheu auf die Tote.

„Ist irgendetwas angefasst worden?“

Der Beamte schüttelte den Kopf. „Bin doch nicht verrückt“, brummte er und zog sich erleichtert auf seinen Posten vor der Wohnungstür zurück, wo er die Kommissare in Empfang genommen hatte.

Plasberg betrachtete das Opfer genauer. Kirchner war ziemlich groß für eine Frau, sie war sicher, dass sie 1,80 Meter übertraf. Ihr ganzer Körperbau hatte etwas Grobschlächtiges, fast Maskulines: ein kantig geschnittenes Gesicht, breite Hüften, kräftige Arme … Plasberg hielt inne. „Dafür, dass ihr die Zunge herausgeschnitten wurde, hat sie noch ziemlich wenig Blut verloren. Die Zunge ist stark durchblutet, es müsste hier viel schlimmer aussehen.“

„Noch schlimmer?“ Der Kommissar kam einen Schritt näher. Seine Knie waren weich, er hätte sich gerne irgendwo abgestützt. „Ich weiß nicht. Aber wenn Sie m-meinen … ich finde, es sieht immer noch ziemlich …“ Seine Stimme plätscherte aus. „Mir ist schlecht.“

Die Kommissarin ignorierte ihn. Ingrid Kirchners aufgerissene Augen starrten an die Decke, als ob sie dort einen bestimmten Punkt fixierten. Sie war mit einer beigen, bequemen Stoffhose und einer geblümten Bluse bekleidet, die geschickt ein paar überflüssige Pfunde kaschierte. Die Fingernägel waren sorgsam manikürt, ein geschmackvoll gefasster Diamantring zierte den rechten Ringfinger, eine goldene Halskette verschwand in ihrem Dekolleté. Eine Frau, die auf ihr Äußeres geachtet hatte, auch außerhalb des Geschäfts. Und der Mörder war nicht auf Geld oder Beute ausgewesen; ein Raubmord war ausgeschlossen, genau wie bei Steffen Mertens. Aber wo war die Gemeinsamkeit mit ihm? Worin bestand der Zusammenhang? Etwas musste die beiden miteinander verbunden haben, ansonsten wären sie nicht demselben Täter zum Opfer gefallen. Und dass es derselbe Täter war, daran hatte Plasberg nicht den geringsten Zweifel.

„War der Notarzt schon hier?" Sie machte ein paar Schritte zur Wohnungstür.

Der angesprochene Polizeibeamte dort nickte und kehrte widerwillig ins Schlafzimmer zurück, wobei er den Blick so gut es ging von der Leiche abwandte. „Ist gegangen, kurz bevor Sie gekommen sind. Ich dachte, Sie wären ihm noch begegnet?"

„Dann würde ich wohl kaum fragen!" Nach dem ersten Schock fand Plasberg langsam wieder zu ihrer alten Form zurück.

Der Mann tat, als hätte er die Zurechtweisung nicht gehört. „Am wahrscheinlichsten ist Tod durch Ersticken."

„Ersticken? Ich hatte angenommen, sie wäre verblutet?"

„Haben wir auch gedacht, aber die Diagnose des Arztes war eindeutig. Der Täter hat ihr wohl die abgeschnittene Zunge in den Rachen ..." Er konnte nicht weitersprechen. „Spuren offensichtlicher Gegenwehr gibt es keine. Aber Näheres ..."

Plasberg schüttelte sich und winkte ab. „Ich weiß. Nach der Obduktion. Hat er eine Vermutung bezüglich der Tatwaffe? Womit ihr die Zunge herausgeschnitten wurde?"

„Ein scharfer, gezackter Gegenstand. In der Küche steht ein Messerblock, da fehlt das längste Messer."

„Der Täter hat es mitgenommen? Na, hervorragend. Todeszeitpunkt?"

„Wahrscheinlich irgendwann gestern am späten Abend."

Erschöpft zupfte die Kommissarin an ein paar Flusen ihres Ponchos. Sie musste zugeben, dass sie sich angesichts der so demonstrativ zur Schau gestellten Brutalität ein wenig hilflos fühlte. Derart blutrünstige Verbrechen hatte sie bislang mit den Auswüchsen der Drogenkriege in Mittelamerika oder einer Blutfehde der Mafia assoziiert; sicherlich war sie nicht darauf vorbereitet, etwas Ähnliches auf ihrem ureigenen Terrain vorzufinden. Langsam, aber sicher nahm sie diese Morde persönlich. „Sehen wir uns in der Wohnung um, bevor die Spurensicherung hier alles in Beschlag nimmt. Wo sind die überhaupt?"

„Unterwegs. Mehr weiß ich auch nicht", erwiderte der Polizeibeamte.

„Gut, dann hören Sie und Ihr Kollege sich jetzt bei den Nachbarn um, ob jemand etwas mitbekommen hat. Laut Klingelanlage gibt es ja nur drei weitere Mietparteien."

„Sollen wir wirkich vor dem Eintreffen der Spurensicherung loslegen?", fragte Brinkhoff.

„Wir verschaffen uns nur einen kurzen Überblick."

Plasbergs Handy unterbrach ihr Gespräch. Die Kommissarin schaute auf das Display, runzelte die Stirn und drückte den Anruf weg. „Eikner", sagte sie ungehalten zu Brinkhoff. „Der hat bestimmt schon Lunte gerochen. Zwei Morde innerhalb von 48 Stunden …" Sie seufzte. „Wir werden Druck bekommen."

Das beengte Zuhause von Ingrid Kirchner war in zwei etwa gleich große Zimmer aufgeteilt: das pastellgrün gehaltene Schlafzimmer, in dem sich außer dem Bett und dem Stuhl, auf den sich Plasberg hatte fallen lassen, noch ein großer Spiegelschrank, ein kleiner Frisiertisch mit allerlei Make-up-Utensilien und zwei Nachttischchen befanden; ein weiß verputztes Wohnzimmer mit Sofa, Sessel, einem überschaubaren Bücherregal und Fernseher; die Küche, mit schachbrettartig gekachelten Fliesen und einem großen Fenster, vor dem eine rot blühenden Orchidee stand; ein winziges Bad, in dem man sich kaum umdrehen konnte; ein Balkon, der vom Wohnzimmer ein paar Schritte nach draußen erlaubte und noch etwas einfallslos mit winterharter, halb vertrockneter Erika bepflanzt war. Seitlich an der Wand befanden sich ein zusammengeklappter Tisch und zwei Stühle. Kirchner hatte den Balkon in diesem Frühjahr anscheinend noch nicht genutzt.

Die Einrichtung entsprach der Vorstellung, die sich Plasberg von einer allein stehenden Frau mittleren Alters machte: ein bisschen spießig und unglaublich aufgeräumt. Die wenigen klassischen CDs, die Ingrid Kirchner besaß – Werke von Mozart, Bach und Sibelius –, waren fein säuberlich in einem CD-Turm gestapelt, die Fernsehzeitschrift mitsamt ein paar Klatschillustrierten in einem Zeitungsständer deponiert, die Schmutzwäsche lag in einem Bastkorb unter dem Frisiertisch, das dreckige Geschirr befand sich generalstabsmäßig sortiert in der Spülmaschine. Maria Plasberg stellte fest, dass sie Kirchner nicht leiden konnte: Menschen, die zu viel Muße hatten, sich um die Ordnung in ihren vier Wänden zu kümmern, waren ihr suspekt.

„Hier sieht's aus, als hätte sie jeden Moment in den Urlaub aufbrechen können", murmelte sie.

Brinkhoff streckte seinen Kopf aus dem Badezimmer. „Haben Sie was gesagt?" Im Gegensatz zu seiner Vorgesetzten ging es ihm noch genauso mies wie nach dem ersten Schock. Sein Herz raste und er fühlte kalten Schweiß auf seiner Stirn. Er musste das hier packen! Irgendwie. Er brauchte nur eine Ablenkung, irgendetwas, das ihm Distanz verschaffte und das Bild der Leiche aus seinem Kopf verdrängte. Verzweifelt sah er sich um und griff nach dem erstbesten Gegenstand, der ihm in die Hand fiel. „Was?" Plasbergs Stimme drang wie aus einem Nebel zu ihm, dumpf und aus großer Ferne.

„Ich sagte, nichts am Zustand der Wohnung lässt irgendwelche Rückschlüsse auf Kirchners Leben zu, ihre Vorlieben, Hobbys ..."

„Zumindest hatte sie eine Vorliebe für schwere, orientalische Parfums", fiel er ihr ins Wort und hielt ihr einen geöffneten Flakon unter die Nase. „Riechen Sie mal!"

Plasberg verzog das Gesicht. „Ist mir zu süßlich. Was ist das?"

„Christian Dior, *Hypnotic Poison*. Sie hat auch noch was von L-Lagerfeld und Estée Lauder. Gehen alle in dieselbe Richtung."

„Sie wird wohl kaum wegen ihres Duftes umgebracht worden sein, es sei denn, Jean-Baptiste Grenouille ist wiederauferstanden. Und dann würde ich nicht begreifen, warum er Mertens umgebracht hat."

Brinkhoff sah sie verständnislos an. „Jean wer?"

„Patrick Süßkind: *Das Parfüm*", klärte ihn Plasberg mit hochgezogenen Augenbrauen auf. „Der Mörder hat seine weiblichen Opfer ermordet, um aus ihrem Geruch das ideale Parfüm zu destillieren. Wirklich, Brinkhoff, nehmen Sie nie ein Buch in die Hand?"

„Ach, Sie wissen d-doch, wie wir schwulen Männer sind", grinste der Kommissar, „wir denken den ganzen T-Tag an Sex. Da bleibt für Kultur keine Zeit." Seine Mundwinkel zuckten, er begann idiotisch zu kichern und dann konnte er plötzlich nicht mehr aufhören, ein heiseres, hyänenhaftes Lachen drang aus seiner Kehle, das mehr und mehr in einen Entsetzensschrei überzugehen drohte. Seine Brust hob und senkte sich hektisch, Tränen schossen ihm in die Augen und sein Puls raste erneut.

„Brinkhoff!"

Der Schmerz kam unerwartet und beendete seinen hysterischen Anfall schlagartig. Plasberg rieb sich die Hand und Brinkhoff fuhr sich schockiert über die Wange.

„Tut mir leid, aber es ging nicht anders." Sie starrte ihn an. „Vielleicht sollten wir einen Augenblick an die frische Luft …?"

In diesem Moment wurden sie durch das Eintreffen der Kollegen des Erkennungsdienstes unterbrochen, die sich sofort an die Arbeit machten und die Wohnung in Beschlag nahmen. Plasberg entledigte sich der Einmalhandschuhe, die sie wie Brinkhoff beim Betreten der Wohnung übergestreift hatte, und entschied sich erleichtert für den Rückzug. „Warten wir die Ergebnisse der Spurensicherung ab. Vielleicht haben wir dann etwas, mit dem wir arbeiten können. Bei der Sauerei *muss* es einfach etwas geben, was uns zum Täter führt!" Sie warf Brinkhoff einen zweifelnden Blick zu. „Geht's wieder?"

Ihr Kollege murmelte etwas, das sie als Zustimmung interpretierte.

Auf dem Weg nach draußen schlossen sie sich mit den Polizeibeamten kurz, die die Leiche Kirchners entdeckt hatten, und wurden informiert, dass keiner der Nachbarn am gestrigen Abend irgendetwas gehört oder gesehen hatte. Kirchner sei allgemein eine stille und unauffällige Mieterin gewesen, über deren Privatleben keiner etwas Genaueres sagen konnte. Man habe sich im

Treppenhaus gegrüßt und hin und wieder ein paar Worte über das Wetter verloren – mehr nicht.

„Warum wundert mich das nicht?", brummte die Kommissarin. „Ich sag doch: eine Frau ohne Eigenschaften. Was ist mit der Wohnungstür?" Sie deutete auf die feinen Schleifspuren, die am Schloss zu sehen waren.

„Das war der Typ vom Schlüsseldienst", erklärte der rothaarige Polizist. „Die Tür war unbeschädigt. Entweder hat sie ihrem Mörder geöffnet oder er hatte einen Schlüssel."

Plasberg nickte unzufrieden. Fürs Erste gab es für sie hier nichts mehr zu tun. Die Kollegen würden den Tatort sichern, auf den Kopf stellen und anschließend absperren. Erst danach konnte sie jemanden aus der MK damit beauftragen, sich die Wohnung genauer anzusehen. Kirchners Leiche würde in der Gerichtsmedizin obduziert werden, und vielleicht – vielleicht! – hätten sie danach ein paar Hinweise, die ihnen einen Schritt weiterhelfen würden.

„Frau Plasberg?"

„Hm?" Die Kommissarin war so gedankenversunken gewesen, dass sie nicht zugehört hatte.

„Er w-wird wieder zuschlagen, oder?" Brinkhoff schluckte und sah aus, als erwartete er von ihr, dass sie seine Befürchtungen zerstreute. „Ich m-meine, das wird nicht das letzte Opfer gewesen sein, hab ich recht?"

Sie ließ die Fragen unbeantwortet und zückte stattdessen ihr Handy. „Ich muss Eikner auf den neuesten Stand bringen. Und danach unterhalten wir uns mit der Mitarbeiterin der Toten. Etwas anderes fällt mir im Moment nicht ein."

Nach dem Horror, der sich ihnen in Kirchners Wohnung offenbart hatte, empfanden beide Kommissare die wenigen Schritte bis zum Geschäft des Opfers als ausgesprochen wohltuend. Noch immer pfiff ein böiger Wind durch die Straßen, verfing sich in ihren Jacken und blähte sie auf. Plasberg senkte den Kopf, aber Brinkhoff hielt sein Gesicht in den Wind, bis ihm die Augen tränten und er wieder ruhiger atmen konnte. Beide waren sehr schweigsam; die Eindrücke vom Tatort ließen sie nicht so schnell los. Plasberg kramte eine ihrer Notfallzigaretten aus der Handtasche und sog das Nikotin gierig ein.

„Sie werden wieder zur R-Raucherin!“, kommentierte Brinkhoff, aber der Blick, mit dem er auf ihre Zigarette schielte, hatte etwas Neidisches.

„Kommt Ihnen diese Todesart nicht auch irgendwie symbolisch vor?“, fragte Plasberg und schnippte achtlos die Asche von der Kippe. „Eine herausgeschnittene Zunge – das muss doch irgendetwas zu bedeuten haben! Und wenn man dann den Tod von Mertens betrachtet, dann frage ich mich, ob der nicht auch …“

„Ich fand es vor allen Dingen widerw-wärtig. Und wahrscheinlich ausgesprochen qualv-voll.“

„Ja“, stimmte sie zu. „Die beiden sollten leiden.“ Mit einem Seufzer des Bedauerns warf sie die halb aufgerauchte Zigarette auf die Straße.

Der Laden von Ingrid Kirchner befand sich nur ein paar Fußminuten entfernt von ihrer Wohnung. Auch hier gab es eine rege Bautätigkeit, Straße und Bürgersteig vor dem Laden waren aufgerissen, der Fahrweg auf eine Spur verschmälert worden, wodurch sich auch hier ein langer Stau gebildet hatte. Dazu konnten die Straßenbahnen der Linien 15 und 16 die Stelle nur im Schneckentempo passieren. Plasberg und Brinkhoff schlängelten sich durch die Abgase der wartenden Autos. Der Stamm einer Kastanie am Straßenrand war mit einem grob gezimmerten Bretterzaun notdürftig vor den Bauarbeiten geschützt worden; *Kirchner Damendessous* selbst war nur durch eine kleine Rampe zugänglich, die über ein Loch von zwei Metern Tiefe führte, in dem zwei Arbeiter mit dem Verlegen von neuen Abwasserrohren beschäftigt waren.

Einer der Männer registrierte Plasbergs Poncho und rief von unten herauf: „He, Mexiko! Hast du auch ’ne Klampfe dabei? Dann spiel *La Cucaracha* für uns!“

Beide Arbeiter brachen in heiseres Gelächter aus, das allerdings abrupt endete, als Plasberg herumwirbelte und ihren Dienstausweis schwenkte. „Sie wissen, dass Rauchen auf offenen Baustellen polizeilich untersagt ist?“, schnauzte sie den Mann an und deutete auf die brennende Zigarette, die in seinem Mundwinkel hing.

„Machen Sie die Kippe freiwillig aus oder soll ich Ihnen einen Bußgeldbescheid ausstellen?"

Der Angesprochene beeilte sich, die Zigarette loszuwerden, und wandte sich mit einem unterdrückten Fluch wieder seiner Arbeit zu.

Plasberg richtete sich auf. „Na los, Kollege", sagte sie barsch. „Keine Maulaffen feilbieten!"

Brinkhoff öffnete den Mund, um zu protestieren, aber dann verkniff er sich eine Antwort. Wenn Plasberg ihre Launen hatte, wartete man besser ab, bis der Sturm sich gelegt hatte.

In der Auslage von *Kirchner Damendessous* waren drei Schaufensterpuppen zu sehen, die, in unnatürlichen Posen verharrend, vor einem schwarzen Hintergrund eine Wäschekollektion vorführten. An der Ladentür bimmelte eine kleine Glocke, die den Besuch der Polizeibeamten ankündigte. Das Geschäft war vielleicht fünfzig Quadratmeter groß und bot Damenwäsche in allen erdenklichen Größen, Farben und Ausführungen an. Büstenhalter, Mieder, String-Tangas, Schlüpfer, Slips, Korsagen, Reizwäsche – für Brinkhoff tat sich eine Welt auf, mit der er bisher noch nie in Kontakt gekommen war.

Die Kommissarin bemerkte seinen verwirrten Gesichtausdruck, als sie die langen Stangen abschritten, an denen Hunderte von BHs in Weiß, Schwarz, Grau und hin und wieder auch Rot aufgehängt waren. „Aufgeregt?", fragte sie mit einem süffisanten Lächeln. Sie schien wieder ganz die Alte zu sein.

„Eher überfordert", murmelte Brinkhoff und befingerte einen anthrazitfarbenen und mit Rosenstickereien versehenen BH, dessen Verschluss besonders kompliziert aussah. „Wie kriegt man den bloß auf?"

Aus dem Nichts tauchte plötzlich neben ihnen eine Verkäuferin von vielleicht Mitte dreißig auf, mit schwarzen, hochgesteckten Haaren, einem kirschrot bemalten Mund, bekleidet mit einer schwarzen Hose und einer cremefarbenen Seidenbluse. „Sie schauen noch?" Ohne eine Antwort abzuwarten, holte sie Brinkhoffs BH von der Stange. „Ein schönes Stück", sagte sie anerkennend. „Aus der Serie *Rose en Vogue* von Valisere. Ausgesprochen hochwertig, sehen Sie hier den glatten Cupabschluss? Und die kleinen Trenslo-Stäbchen in den Seitennähten sorgen für optimalen Halt."

Brinkhoff spürte, wie ihm die Schamesröte ins Gesicht stieg. „Eh… w-wir w-wollten …", stotterte er, aber die Verkäuferin ließ ihn nicht zu Wort kommen.

„Für Ihre Partnerin?" Sie musterte Plasbergs Oberweite mit einem kritischen Blick. „Wir hätten das Modell auch als Push-up da."

Bevor Maria Plasberg ein weiteres Mal in die Luft gehen konnte, beeilte sich der Kommissar, der Verwechslung ein Ende zu bereiten, und zeigte der Frau seine Dienstmarke. „Sind Sie Nicole Androsch? Torsten Brinkhoff, Kripo K-Köln. Und das ist Hauptkommissarin Plasberg."

Androsch hielt sich erschrocken die Hand vor den Mund. „O Gott, das tut mir leid … Sie sind wegen Frau Kirchner hier?"

„Genau."

„Was ist mit ihr? Ich hab mir richtig Sorgen gemacht heute Morgen. Normalerweise kommt Frau Kirchner zwischen zehn und elf Uhr ins Geschäft. Es ist einfach nicht ihre Art, nicht zu erscheinen und noch nicht einmal anzurufen."

Plasberg sah sich kurz um, aber außer ihnen war niemand im Geschäft. „Frau Kirchner ist tot."

Androsch formte ihre roten Lippen zu einem tonlosen Oh. „Tot?", brachte sie schließlich heraus. „Aber wieso? Was ist denn passiert? Ich meine … Sie war doch gestern noch ganz gesund!"

„Sie ist erm-mordet worden", klärte Brinkhoff die Verkäuferin auf. Jetzt, wo er nicht mehr mit dem direkten Anblick der Leiche konfrontiert war und auch den Tatort hinter sich gelassen hatte, fühlte er sich allmählich besser.

Der BH englitt Nicole Androschs Händen und segelte auf den Boden. „Ermordet? Von wem?"

„Das wissen wir noch nicht", erwiderte Plasberg. „Wir würden Ihnen daher gerne ein paar Fragen stellen."

„Gott, das ist ja furchtbar! Ich meine, ich kann gar nicht glauben …" Androsch geriet ins Stocken und verstummte.

„Wann haben Sie Frau Kirchner das letzte Mal gesehen?", erkundigte sich Plasberg.

„Gesehen?“ Androsch bückte sich, um den BH aufzuheben, und wischte ein paar unsichtbare Staubkörnchen von einem der Körbchen. „Gestern Abend. Hier im Laden. Ich habe mich verabschiedet, als ich Feierabend hatte. Wir schließen um halb sieben, ich habe noch ein wenig aufgeräumt … ich denke, es war kurz vor sieben, als ich gegangen bin.“

„Und Frau Kirchner?“

„Die wollte noch im Büro arbeiten.“

„Hat sie das öfter gemacht?“

„Zwei- bis dreimal die Woche, denke ich. Wieso?“

„Sie wissen also nicht, wann Frau Kirchner das Geschäft verlassen hat?“

Androsch schüttelte den Kopf. „Ist sie etwa auf dem Heimweg …?“

Die Kommissarin ließ die Frage unbeantwortet. Wichtig war jetzt, den Tatzeitpunkt möglichst genau einzugrenzen, wenn möglich zu rekonstruieren, wo Kirchner am Vorabend wann gewesen war, wer sie gesehen hatte. „Gibt es vielleicht eine Putzfrau, die sie danach noch angetroffen haben könnte?“

„Nein … ja, ich meine, natürlich gibt es eine Putzfrau, Frau Heimann, aber die kommt immer am frühen Vormittag, bevor wir um zehn aufmachen.“

Plasberg verzog enttäuscht das Gesicht.

„W-Wissen Sie vielleicht, ob Frau Kirchner am gestrigen Abend noch einen Termin oder eine Verabredung hatte?“, schaltete sich Brinkhoff ein. „Vielleicht ins K-Kino, Karten spielen, ein Essen mit Freunden?“

„Kino? Nein … ich meine, ich weiß es nicht. Sie hat nie viel …“

„Ist Frau Kirchner vielleicht bedroht worden? Hatte sie Feinde oder ist Ihnen in letzter Zeit aufgefallen, dass Ihre Chefin vor etwas Angst hatte?“, fragte die Kommissarin.

„Angst?“ Anscheinend besaß Androsch die irritierende Angewohnheit, einen Teil des zuletzt an sie gerichteten Satzes zu wiederholen. Plasberg war sich nicht sicher, ob es nur eine Macke war oder ob Ingrid Kirchners Mitarbeiterin damit Zeit schinden wollte.

„Angst“, bestätigte sie ungeduldig. „So wie in Furcht.“

Erneut schüttelte Androsch den Kopf. „Nein, das kann ich mir nicht vorstellen. Ich habe jedenfalls nichts davon gemerkt. Sie war so wie immer: Korrekt, aber ein bisschen förmlich, wenn Sie verstehen, was ich meine."

„Nein", antwortete die Kommissarin.

„Na ja, sehen Sie …" Androsch suchte nach den richtigen Worten. „Ich arbeite jetzt seit etwas mehr als acht Jahren für Frau Kirchner und eigentlich weiß ich nichts über sie – außer natürlich, dass Sie alleinstehend ist … war. Sie hat einfach nichts Privates über sich erzählt und das ist schon komisch, wenn man Tag für Tag im selben Laden arbeitet, oder? Da war immer eine Reserviertheit zu spüren, als wäre sie darauf bedacht, Distanz zu wahren."

„Wer arbeitet noch hier? Oder sind Sie Frau Kirchners einzige Mitarbeiterin?"

„Es gibt noch eine Angestellte, auf Vierhundert-Euro-Basis, die Frau Hönig, Bärbel Hönig. Sie übernimmt meist den Samstag … und wie schon gesagt die Putzfrau, auch in Teilzeit, Frau Heimann."

„Wir brauchen ihre Adressen und Telefonnummern. Wären Sie so freundlich?"

Die Frau nickte beklommen und führte die Polizeibeamten in einen kleinen Raum in hinteren Bereich des Geschäfts, der als Büro und Kaffeeküche diente. Ein Schreibtisch mit PC, Telefon, Faxgerät und Kopierer, zwei zusätzliche Stühle, ein Regal mit Akten, ein Garderobenständer. Viel gab es nicht zu sehen.

„Wohin geht's da?" Plasberg deutete auf eine schmale Tür in der rechten Wand.

„Lager und WC", antwortete Androsch, während sie den Kommissaren die gewünschten Informationen aufschrieb.

Brinkhoff öffnete die Tür und warf einen kurzen Blick in den Lagerraum, in dem sich Dutzende Kartons mit weiteren Dessous stapelten, ein ausrangierter Computermonitor, eine kaputte Bürolampe und weitere Akten.

Als er zurückkam, war seine Chefin noch immer mit der Personalsituation des Ladens beschäftigt. „Und mit diesem Personal decken Sie die gesamte Geschäftszeit ab?" Plasberg betrachtete den Zettel, den Nicole Androsch ihr in die Hand gedrückt hatte.

„Wir sind ein kleines Fachgeschäft. Frau Kirchner lebt für ihre Arbeit. Lebte“, verbesserte sie sich und schluckte. „Sie ist sowieso von morgens bis abends hier … und … na ja, ich denke, für mehr Personal wäre auch gar kein Geld da gewesen.“

„Ach, das Geschäft läuft nicht gut?“

Androsch wiegte den Kopf hin und her. „Nicht gut kann man nicht sagen … ich meine, ich kenne die Zahlen nicht genau, das hat immer Frau Kirchner gemacht. Aber ich sehe ja auch, wie hoch oder niedrig die Umsätze sind …“

„Und?“

Androsch seufzte. „Vor einem Jahr hatten wir jedenfalls mehr zu tun. Die Leute sind vorsichtiger geworden mit ihrem Geld. Und an Luxusartikeln wird als Erstes gespart. Da gehen die Kundinnen dann schon mal eher zur Billigkonkurrenz in die großen Kaufhäuser. Aber andererseits war es auch nicht so schlecht, dass ich mir Sorgen um meinen Arbeitsplatz –“ Androsch brach ab und sah die Kommissarin mit großen Augen an. Erst jetzt schien ihr bewusst geworden zu sein, was der Tod Ingrid Kirchners für sie persönlich bedeutete. „Das Geschäft wird geschlossen werden, oder?“

Maria Plasberg nickte. „Wenn es keine direkten Erben gibt, die den Laden weiterführen wollen …“

Androsch biss sich auf die Lippen. „Daran hatte ich noch gar nicht gedacht“, sagte sie verloren. Der Verlust ihres Jobs schien sie beinahe mehr zu berühren als die Ermordung ihrer Arbeitgeberin. Unschlüssig sah sie sich im Büro um. „Jetzt gleich? Ich meine, soll ich jetzt ein Schild ‚Wegen Todesfall geschlossen‘ in die Tür hängen und nach Hause gehen?“ Bei den letzten Worten begann ihre Stimme zu zittern.

Brinkhoff räusperte sich. „V-Vielleicht nehmen Sie sich erst mal den restlichen Tag frei, Frau Androsch. Angesichts der S-Situation ist das sicherlich das Beste.“

„Wir brauchen übrigens einen Schlüssel für das Geschäft“, sagte Plasberg. „Da Frau Kirchner auf unnatürliche Weise ums Leben gekommen ist, werden wir auch diese Räume durchsuchen müssen.“

Androsch schob zögernd eine Lade des Schreibtischs auf und holte einen Schlüssel hervor. „Und … und was wird jetzt aus mir?“, fragte sie stockend.

„Wir werden die Angehörigen von Frau Kirchner verständigen und die werden sich dann sicherlich mit Ihnen in Verb –"

„Aber es gibt keine Angehörigen!", unterbrach die Verkäuferin sie. „Frau Kirchner war allein stehend."

„Sie hatte auch keine weitergehende Familie?", hakte Plasberg überrascht nach. „Eltern, Geschwister, Nichten, Neffen?"

„Nicht, dass ich wüsste. Ihre Mutter ist vor ein paar Jahren gestorben. Das war eine schwere Zeit für Frau Kirchner … für uns alle."

Plasberg horchte auf. „Uns alle? Was hatten Sie denn mit Frau Kirchners Mutter zu tun?"

„Nichts, natürlich", beeilte sich Androsch zu versichern. „Aber Frau Kirchner hat ihre Mutter zu Hause gepflegt, die alte Dame war bettlägerig und litt an Alzheimer. Zum Schluss war Frau Kirchners Nervenkostüm ziemlich dünn, es war wohl doch alles zu viel." Sie beugte sich ein wenig nach vorn, als wollte sie der Kommissarin etwas Vertrauliches beichten. „Wir waren alle ziemlich froh, als es dann endlich vorüber war. Frau Kirchner eingeschlossen."

„Kann ich mir vorstellen", murmelte Plasberg. Sie war plötzlich mit ihren Gedanken schon einen Schritt weiter. „Sagen Sie, der Tod von Frau Kirchners Mutter – war der damals abzusehen oder kam er dann doch sehr überraschend?"

Nicole Androsch blickte die Kommissarin verstört an. „Überraschend?", wiederholte sie. „Ich weiß nicht, was Sie meinen. Sie war alt und krank und –"

„Schon gut." Plasberg winkte ab. „Wissen Sie zufällig, wer der Hausarzt von Frau Kirchners Mutter war?"

„Eh … nein, aber …" Androsch zögerte und griff dann erneut in eine Schublade des Schreibtischs. Diesmal zog sie ein abgegriffenes, dunkelblaues Büchlein heraus. „Das hier ist von Frau Kirchner. Ihre private Adressensammlung. Vielleicht finden Sie darin etwas."

Plasberg steckte das Notizbuch ein und bedankte sich. Ob Androsch noch mehr für sie tun konnte, bezweifelte sie. Je schneller sie sie loswürden, desto besser. Sie hielt die Hand auf. „Den Schlüssel, bitte."

Androsch ließ ihn in ihre Hand fallen und stand auf. „Tja, dann ...", sagte sie unschlüssig und nahm ihre Handtasche – im Gegensatz zu Plasbergs Tasche ein schlichtes, schwarzes Modell – und ihren Mantel von der Garderobe. „Dann gehe ich jetzt."

Es blieb Brinkhoff überlassen, die verunsicherte Frau aus dem Geschäft zu begleiten, ihr seine Karte in die Hand zu drücken und sie zu bitten, sich zur Verfügung zu halten, da im Verlauf der nächsten Tage sicher noch Fragen auftauchen würden.

„Aber ich bin doch nicht verdächtig, oder?", fragte Androsch. „Ich meine, Sie verdächtigen doch nicht mich, Frau Kirchner umgebracht zu haben!"

Brinkhoff machte eine beruhigende Geste. „Sie können m-mir doch bestimmt sagen, wo Sie gestern Abend gewesen sind."

„Allerdings." Androsch klang erleichtert und lächelte ihn an. Dann jedoch fiel ihr kirschrotes Lächeln in sich zusammen und ihre Mundwinkel zogen sich nach unten. „Aber es ist kein Alibi. Ich war zu Hause. Allein. Ich habe ein Bad genommen und bin früh ins Bett gegangen."

In diesem Moment ertönte Maria Plasbergs Stimme aus dem Büro. „Das Passwort", rief sie. „Ich brauche das Passwort für den Computer, Frau Androsch."

„Das kenne ich nicht. Nur Frau Kirchner hat ihn benutzt."

Die Verkäuferin nickte dem Kommissar zu, trat auf den Bürgersteig und mischte sich unter die vorbeihastenden Passanten. Kurz darauf war sie aus seinem Blickfeld verschwunden.

„Wenn Sie mit allen Zeugen so umgehen, w-werden wir nie weiterkommen", sagte er, als er wieder ins Büro zurückgekehrt war.

„Die Frau weiß nichts", antwortete Plasberg. „Da hätten wir noch Stunden fragen können und nichts Neues erfahren."

„Und was ha-haben Sie im Sinn gehabt, als Sie wegen Ingrid Kirchners Mutter nachgehakt haben?"

Die Kommissarin starrte noch immer frustriert auf den Bildschirm des PCs, der nach wie vor das Passwort einforderte. „Na ja", sagte sie. „Mertens hat vermeintlich Schuld auf sich geladen, weil er mit der Vergewaltigung und dem Tod von Tatjana Berger in Verbindung gebracht wurde."

„Dass das der Grund für seine Ermordung war, ist doch bisher nur eine Hypothese!“

Plasberg ließ sich nicht beirren. „Vielleicht ist unser Täter ja der Ansicht, dass Ingrid Kirchner eine Mitschuld am Tod ihrer Mutter hat.“

„Am Tod einer pflegebedürftigen, b-bettlägerigen Alzheimerpatientin? Ist das nicht ein bisschen weit hergeholt?“, erwiderte Brinkhoff zweifelnd. „Und selbst wenn: Wie ist er an entsprechende Informationen gelangt? Ich meine, die Namen der B-Beteiligten in einem medienträchtigen Kinderschänderskandal herauszubekommen, ist relativ einfach, aber hier …“

„Herrgott, abgesehen von der abgeschnittenen Zunge – mit der ich im Moment überhaupt nichts anfangen kann – ist es bisher der einzige Ansatzpunkt!“, schimpfte die Kommissarin. „Oder haben Sie eine bessere Idee?“

„Nein“, gab er zu. „Habe ich nicht.“

„Gut. Dann wollen wir hoffen, dass wir den damaligen Hausarzt von Kirchners Mutter ausfindig machen können. Ich gebe das Adressbuch gleich Frau Keller, die kann sich dann mal näher damit beschäftigen. Und den PC müssen dann die Kollegen von der Spurensicherung knacken. Hatten Sie nicht einen Termin in der Rechtsmedizin?“

„Da wollte ich hin, bevor Sie m-mich zu Klaus Bergers Wohnung beordert haben.“ Wenn Brinkhoff gehofft hatte, dass ihm der Besuch der Pathologie nun erspart bliebe, dann hatte er sich getäuscht.

„Dann … worauf warten Sie noch?“, sagte die Kommissarin. „Wir sehen uns im Präsidium. Ich muss jetzt zu Eikner. Und anschließend besprechen wir uns mit den Kollegen.“

Plasberg stand auf und verließ das Büro. Vor einem der mannshohen Spiegel im Geschäftsraum hielt sie kurz inne und musterte sich kritisch, bevor sie *Kirchner Damendessous* mit Brinkhoff im Schlepptau den Rücken kehrte. Der Kommissar hätte schwören können, dass er seine Vorgesetzte drei Worte hatte murmeln hören: „Push-up-BH? Unverschämtheit!“

*

Plasbergs Finger hatten kaum die Tür berührt, als Heribert Eikner mit scharfer Stimme „Herein!“ rief und ihr entgegenkam. Normalerweise ließ der Leiter des KK 11 sich Zeit, bevor er seine Mitarbeiter in sein Büro bat, egal, ob sie einen Termin hatten oder nicht. Sie draußen im Gang warten zu lassen, bis er ein vermeintliches Telefonat beendet oder eine Aktennotiz geschrieben hatte, schmeichelte seinem Ego. Es war eine kleinliche, leicht zu durchschauende Machtdemonstration, aber eine, auf die Eikner ungern verzichtete. Dass er es jetzt tat, ließ Plasberg vermuten, dass ihr Chef nicht alleine war.

Ihre Annahme wurde bestätigt, als sie Karl-Josef Kupka in einem der schwarzen Ledersessel erblickte, die mit einem dekorativen Beistelltisch aus Glas zu einer Sitzgruppe in einer Ecke des Raums zusammengestellt waren. Kupka, ein graubärtiger Endfünfziger mit Halbglatze, einer blässlichen Haut, auf der man jede einzelne Ader sehen konnte, und einem zerknautschten Mopsgesicht, war der Büroleiter des Polizeipräsidenten und galt als seine rechte Hand. Er tauchte immer dann auf, wenn es galt, die Wünsche von Eberswalde durchblicken zu lassen, ohne dass dieser sich die Hände schmutzig machen wollte. Natürlich besaß er das gleiche Parteibuch wie der Polizeipräsident und war diesem auf seinem Weg nach oben gefolgt. Die Beamten und Angestellten des Präsidiums hatten schon vor Jahren einen Spitznamen für Kupka gefunden: das Faktotum.

Es gab zwei Arten von Druck, die der Büroleiter ausübte. Die milde Form war ein Telefonanruf, in dem er sich erst launig nach dem Befinden seines Gesprächspartners und dessen Familie erkundigte, bevor er die Anregungen und Besorgnisse des Herrn Polizeipräsidenten kundtat, und dann gab es die verschärfte Form, ein Gespräch unter vier – in diesem Fall sechs – Augen, in dem er sofort und ohne Umschweife zur Sache kam. Immerhin verstand die Kommissarin jetzt, warum ihr Chef auf einem persönlichen Rapport bestanden hatte – die oberen Etagen waren an ihren Ermittlungen interessiert, warum auch immer.

Eikner sah auf seine Armbanduhr. „Sie sind zu spät, Frau Kollegin. Wir waren für sechzehn Uhr verabredet.“ Seine Hände nestelten an seiner schwarzen Hornbrille, schoben sie hektisch die

Nasenwurzel hinauf und hinunter – ein untrügliches Zeichen, dass er verärgert oder nervös war.

„So ist das nun mal bei Mordermittlungen." Schon das zweite Mal an diesem Tag, dass jemand sich an ihrer Unpünktlichkeit störte! Plasberg zwang sich, ruhig zu bleiben. „Ein ungeklärter Todesfall kann den Fahrplan ganz schön durcheinander wirbeln." Sie schob sich an Eikner vorbei ins Büro.

Als der Chef des KK 11 die Handtasche der Kommissarin entdeckte, weiteten sich seine Augen. „Wie sehen Sie überhaupt wieder aus?", zischte er ihr zu. „Dieser … Aufzug ist alles andere als angemessen!"

Maria Plasberg setzte ihr zuckersüßes Lächeln auf, durch das auch Eikner wusste, dass er sich von nun an auf dünnem Eis bewegte. „Darf ich Ihr Missfallen gegenüber der Gleichstellungsbeauftragten zitieren?"

Die Kommissarin und Heribert Eikner hatten sich in der Vergangenheit schon so manches Duell geliefert – aus persönlicher Antipathie, aufgrund der Tatsache, dass sie verschiedene Aufgaben im Polizeiapparat wahrnahmen. Hauptgrund ihrer Spannungen war jedoch, dass Maria Plasberg Eikner fachlich für eine glatte Fehlbesetzung hielt und Eikner der Meinung war, dass Frauen in herausgehobenen Positionen bei der Polizei nichts zu suchen hatten. Allerdings kam auch er nicht umhin einzugestehen, dass die MK 3 unter Plasberg sehr erfolgreich arbeitete – etwas, das ihn besonders wurmte.

„Dann handelt es sich bei der zweiten Toten also tatsächlich um Mord?" Karl-Josef Kupkas leise, aber schneidende Stimme unterbrach den aufkommenden Disput. „Kein Unfall? Keine Selbsttötung?" Er stellte die Kaffeetasse, an der er genippt hatte, lautlos auf die Untertasse. Weder schien er es für nötig zu halten, Plasberg zu begrüßen, noch schien er sich für ihre Kleidung zu interessieren.

Die Kommissarin registrierte seine Anwesenheit mit einem leichten Kopfnicken. „In der Tat", sagte sie so neutral wie möglich. Was, zum Teufel, wollte Kupka von ihr? „Sieht aus, als handelt es sich um denselben Täter."

„Und was bringt Sie zu der Auffassung?" Kupka lud die Kommissarin mit einer vagen Handbewegung ein, Platz zu nehmen, als wäre dies sein eigenes Büro. Heribert Eikner lehnte wie ein überflüssiger Statist an seinem Schreibtisch.

„Ingrid Kirchner und Steffen Mertens hatten beide einen Zettel auf der Stirn kleben mit der Botschaft, dass niemand seiner Strafe entrinnen kann. Glauben Sie, dass das ein Zufall war?"

Kupka strich sich durch seinen Bart und schlug die Beine übereinander. „Rückschlüsse zu ziehen fällt doch eher in Ihr Fachgebiet, verehrte Frau Plasberg."

„Mir wäre es auch lieber, wenn die zwei Todesfälle nichts miteinander zu tun hätten."

„Und es gibt keinen Raum für andere Interpretationen?" Fast hörte sich Kupka an, als machte er ihr einen Vorschlag.

Sie taxierte ihr Gegenüber scharf. „Darf ich fragen, wie der Polizeipräsident so schnell Kenntnis von dem zweiten Mordfall erhalten hat? Meine MK weiß selbst erst seit wenigen Stunden Bescheid. Ich komme gerade von der Besichtigung des Tatorts zurück."

Kupka schien durch sie hindurchzustarren. „Der Polizeipräsident ist generell sehr gut informiert. Es ist sozusagen die Grundvoraussetzung für die Ausübung seines Amtes."

„Ist das so?" Plasberg hatte das Gefühl, aus dem Lächeln gar nicht mehr herauszukommen. „Und ich dachte, er wäre im Urlaub." Gerade war ihr die Schlagzeile des *Express* vom Vortag eingefallen.

„Er ist seit einer Woche wieder zurück."

„Wie schön. Das wird seine Frau ja freuen." Sie konnte sich die Spitze nicht verkneifen. Kupka verzog das Gesicht, als hätte die Kommissarin ihn mit der Nase auf einen besonders übel riechenden Misthaufen gestoßen. „Sie dürfen nicht immer alles glauben, was in den Boulevardblättern steht. – Könnten wir vielleicht zurück zum Thema …?"

„Natürlich. Aber ich möchte schon gerne erfahren, welches besondere Interesse der Polizeipräsident an meinen Ermittlungen hat." Der oberste Chef ihrer Behörde hatte sich noch nie in einen ihrer Fälle gemischt.

„Was für eine merkwürdige Frage!", gab Kupka zurück. „Es scheint, als liefe ein Serientäter frei herum. Dass Dr. Eberswalde die Ermittlungen so schnell wie möglich zu einem erfolgreichen Abschluss gebracht sehen möchte, liegt doch wohl auf der Hand. So schnell und so diskret wie möglich." Die Betonung des Adverbs war kaum zu überhören.

Die Kommissarin entschied, dass es das Beste war, sich dumm zu stellen. Ansonsten würde es das Faktotum bei nebulösen Andeutungen belassen, und sie hatte keine Lust auf Spielchen. „Ich bin nicht sicher, ob ich Ihnen folgen kann."

Kupka seufzte. „Ich werde es Herrn Eikner überlassen, Ihnen die Details darzulegen. Meine Zeit ist knapp." Er stand auf, strich sein Jackett glatt, überprüfte den Knoten seiner Krawatte und verabschiedete sich. „Ich hoffe sehr, Sie enttäuschen mich nicht, Frau Plasberg. Wir wollen doch alle, dass Sie und Ihr Ermittlerteam Ihrem Ruf gerecht werden." Damit klappte die Tür hinter ihm zu.

Verblüfft sah die Kommissarin Kupka hinterher. „Was sollte denn das?", fragte sie Eikner. „Ich habe nicht den blassesten Schimmer, was er gemeint hat!"

„Wirklich nicht?" Eikner holte ein Taschentuch aus der Hosentasche und tupfte sich die Stirn ab. „Es bedeutet, dass der Politik daran gelegen ist, diesen Fall nicht zu sehr aufzubauschen."

„Und warum? Ehrlich, ich verstehe es nicht!"

Eikner nahm ihr gegenüber Platz. Zum ersten Mal seit Längerem schien er bereit zu sein, die Kommissarin als Kollegin zu betrachten, nicht als Untergebene. Kupkas unerwartete Einmischung hatte wohl einige Dinge in Bewegung gesetzt. „Der Polizeipräsident ist ein guter Freund des Oberbürgermeisters. Die beiden sind nicht nur in derselben Partei, sondern auch fest im Kölner Karneval verankert – eine Verbindung, die Sie in dieser Stadt niemals unterschätzen dürfen. Der eine ist Schriftführer bei der *Bürgergarde Blau-Gold*, der andere ist im Kleinen Rat der *Närrischen Insulaner*."

Plasberg runzelte verärgert die Stirn. „Ja, und?" Der kölsche Klüngel, der die kommunale Politik, die Wirtschaft, den Karneval und die Kirche wie ein gefräßiger Pilz miteinander verwob, war ihr immer fremd geblieben. Sie hasste es, mit seinen Sporen in Kontakt zu kommen. Da sorgte der Fraktionsvorsitzende der stärksten Partei im Rathaus dafür, dass einem Bauunternehmer ein Großauftrag der Stadt zugeschustert wurde, weil beide im Vorstand desselben Karnevalsvereins tätig waren; da erzielte die katholische Kirche beim Verkauf eines Grundstücks an die Stadt einen Verkaufspreis, der erheblich über dem Marktwert lag, weil ein enger Mitarbeiter des Kardinals und der Büroleiter des Stadtkämmerers dem Mitglied eines ehemaligen Dreigestirns nahe standen, das den Deal eingefädelt hatte – und in der nächsten Karnevalssession hingen sich alle schunkelnd in den Armen, behängten sich gegenseitig mit Orden und sangen zusammen *Dat Hätz vun der Welt, ja dat is Kölle …*

Eikner sah die Kommissarin durchdringend an. „Wenn die Medien Wind davon bekommen, dass es in Köln einen Serienmörder gibt, der sich noch dazu brüstet, vermeintliche, der Justiz durch die Lappen gegangene Mörder ihrer gerechten Strafe zuzuführen, werden wir ruck, zuck eine Debatte über die innere Sicherheit auf kommunaler Ebene bekommen."

„Das ist bisher nur eine Hypothese!", wandte Plasberg ein, aber ihr Chef ließ sich nicht beirren.

„Die regierende Koalition im Rathaus ist ausgesprochen fragil und der Polizeipräsident befürchtet, dass sie daran zerbrechen könnte."

„Und was hat das mit dem OB zu tun? Der ist doch unabhängig vom Kölner Rat gewählt! Für fünf Jahre, soviel ich weiß."

„Sechs", erwiderte Eikner. „Momentan ist seine Partei an der Macht im Kölner Rathaus. Und es wäre für ihn natürlich auch gut, wenn das so bleibt."

„Sagt der Polizeipräsident."

Eikner nickte zustimmend. „Sagt der Polizeipräsident."

„Um seinem Freund, dem OB, den Rücken freizuhalten." Plasberg konnte kaum glauben, was sie da hörte.

„So ist es."

„Und will mich damit bei meinen Ermittlungen unter Druck setzen."

Der Chef des KK 11 seufzte. „Nicht nur Sie, Frau Kollegin. Mich, Ihre Mitarbeiter in der MK – der Arm der Politik in dieser Stadt ist lang. Ein Serienmörder ist ein heißes Eisen. Wenn Sie nicht in der Lage sind, schnell den Täter ausfindig zu machen, kann es noch schneller passieren, dass Sie oder ich als Sündenbock herhalten müssen."

Plasberg schnaubte ungläubig auf. „Das ist doch absurd! Als ob wir nicht sowieso unser Bestes geben würden! Ich werde den Teufel tun und diesen Druck an meine Mitarbeiter nach unten durchreichen!" Nachdenklich zog sie den Reißverschluss ihrer Handtasche auf und zu. „Aber irgendwas stimmt da nicht", überlegte sie. „Das passt nicht zusammen ... woher weiß der Polizeipräsident von der zweiten Leiche? Haben Sie das Kupka gesteckt?" Sie musterte Eikner misstrauisch. Sie traute ihrem Chef einiges zu, auch eine Informationsweitergabe aus vorauseilendem Gehorsam – nur, um seinen eigenen Kopf zu retten. Aber säße Eikner dann hier, um sie vor Kupka zu warnen? Das ergab noch weniger Sinn.

Ihr Vorgesetzter schüttelte nur den Kopf. „Glauben Sie mir, Frau Kollegin, auch wenn wir nur selten einer Meinung sind – ich weiß, wem meine Loyalität gilt. Ich habe keine Ahnung, welche Quellen das Büro des Polizeipräsidenten für seine Informationen anzapft. Aber Sie wissen doch selbst, dass hier im Präsidium nichts lange geheim bleibt."

Die Tatsache, dass er nicht aus der Haut fuhr und ihre Anschuldigung fast gleichmütig zur Kenntnis nahm, beunruhigte Plasberg fast noch mehr als Kupkas Einflussnahme. Die ganze Situation hinterließ ein ungutes Gefühl bei ihr. Die Kommissarin kam sich vor, als wäre sie plötzlich in einem Landstrich ausgesetzt worden, der mit Tretminen gespickt war. Ein Schritt in die falsche Richtung, eine Unachtsamkeit, und alles um sie herum würde in die Luft fliegen. „Ich kann so nicht arbeiten", sagte sie schließlich. „Sie müssen mir den Rücken freihalten. Wenn ich mir bei den Ermittlungen ständig über die Schulter schauen muss, ob ich nicht auch noch durch *friendly fire* unter Beschuss komme, verschwende ich zu viel Kraft und Energie."

„Sie haben meine volle Unterstützung", erklärte Eikner.

„Wie erfrischend", sagte die Kommissarin und erhob sich. Kaum zu glauben, dass Eikner Hand in Hand mit ihr arbeiten wollte! Die bisherigen Gelegenheiten konnte sie an fünf Fingern abzählen. „Gibt es sonst noch was? Ich habe eine Besprechung mit meinen Mitarbeitern anberaumt."

„Ich werde Sie begleiten ... wenn Sie nichts dagegen haben."

Plasberg hob die Augenbrauen. Eikner hatte noch nie um ihre Erlaubnis gebeten, an einer Besprechung der MK teilzunehmen – und als Leiter des KK 11 musste er es streng genommen auch nicht. Trotzdem kam er seit einigen Monaten nur selten dazu; seitdem er letztes Jahr mit Plasberg mehrfach vor ihren Mitarbeitern aneinander geraten war, ließ er sich über die fortlaufenden Ermittlungen in ihrer und den zwei anderen Mordkommissionen lieber bei den regelmäßigen Besprechungen zusammen mit den anderen MK-Leitern unterrichten. Es gab also doch noch eine Steigerung an diesem Tag der Merkwürdigkeiten!

Am frühen Abend gingen im Polizeipräsidium nach und nach die Bürolichter an, bis das ganze Gebäude aussah wie ein von innen erleuchteter Rubik-Würfel. Plasberg machte einen Abstecher in ihr Büro und sichtete die Unterlagen, die während ihrer Abwesenheit eingegangen waren. Viel war es noch nicht; die Ermittlungen liefen zäh an. Sie hoffte inständig, dass ihre Mitarbeiter bessere Ergebnisse vorzuweisen hatten.

Schon bei zwei Morden würde es längere Zeit dauern, bis alle auf dem gleichen Kenntnisstand waren; wenn noch mehr Leichen dazukämen, würde der Informationsaustausch eine wahre Sisyphusarbeit. Wichtig war es jetzt, die Besprechungen straff zu führen, sich auf das Wesentliche zu konzentrieren, die anstehenden Ermittlungen möglichst effizient zu koordinieren. Trotzdem bereitete sie sich auf einen längeren Abend vor und rief zu Hause an, um ihren Kindern Bescheid zu geben, dass es spät werden würde. Niklas war alles andere als begeistert.

„Ich nehme an, ich soll wieder den Babysitter für Ruth spielen?"

„So ist es."

„Nina und ich wollten ins Kino!"

Plasberg konnte das Gesicht, das ihr Sohn zog, förmlich vor sich sehen. „Es tut mir leid, ich kann es nicht ändern, Niklas." Fast automatisch stellte sich ihr schlechtes Gewissen ein, wenn sie ihrem Sohn Aufgaben abverlangte, die eigentlich sein Vater hätte übernehmen müssen. Aber es gab schon seit Jahren keinen Vater mehr in ihrem Leben, jedenfalls keinen, der auf Abruf bereitstand. „Ihr könnt euch Pizza bestellen."

Es war ein mehr als mageres Friedensangebot und eines, das die Kommissarin in den letzten Jahren wahrscheinlich schon zu oft ausgereizt hatte, denn Niklas machte keine Anstalten, darauf einzugehen. „Ruth ist neun Jahre", maulte er. „Die kann doch auch mal alleine zu Hause bleiben! Wieso ziehe ich immer die Arschkarte?"

Maria Plasberg wurde ungeduldig. Sie hatte keine Zeit für Diskussionen. „Du wirst deine Schwester nicht den ganzen Abend allein lassen!", sagte sie. „Kommt nicht in Frage."

Niklas schien zu wissen, wann es aussichtslos war, Widerstand zu leisten. Der Form halber protestierte er noch einen Moment, dann hörte die Kommissarin, wie er die Hand über den Hörer legte. Gedämpfte Stimmen drangen an ihr Ohr. Gleich darauf war ihr Sohn wieder am Apparat. „Sushi!", sagte er.

„Was?"

„Sushi. Wir wollen japanisches Essen bestellen."

„Ruth will Sushi?", fragte Plasberg entgeistert. Bisher hatte ihre Tochter immer einen großen Bogen um rohen Fisch gemacht, genau wie sie selbst. Wenn sie genauer darüber nachdachte, hatte sie auch Niklas noch nie japanisch essen sehen. War das ein neuer Tick?

„Nina und ich wollen was vom Japaner. Ruth besorg ich 'ne Currywurst und Pommes."

Jetzt war es an Plasberg, sich geschlagen zu geben. „Also gut", willigte sie widerstrebend ein. „Und Ruth geht rechtzeitig ins Bett, verstanden?"

Ihr Sohn nuschelte etwas Unverständliches und die Kommissarin beendete das Telefonat. Sushi! Würden die Kinder jemals aufhören, sie zu überraschen?

Bis auf Matthias Kayser waren die Mitglieder der MK 3 schon im Besprechungsraum versammelt; Brinkhoff wirkte noch ein wenig blass um die Nase und Karsten Vogt sah müde aus. Während Maria Plasberg und Heribert Eikner ihre Stühle zurechtrückten und Gesine Keller alle mit Kaffee versorgte, schob sich auch der grobschlächtige Kayser durch die Tür.

„Sie wissen es bestimmt schon alle“, eröffnete sie dann die Besprechung, „es gibt eine zweite Leiche. Sieht aus, als hätten wir es tatsächlich mit einem Serientäter zu tun.“ So knapp wie möglich fasste sie die Tatortbesichtigung zusammen, erzählte von dem Zettel auf der Stirn des Opfers. „Es sollte mich nicht wundern, wenn wir morgen bei der Wohnungsdurchsuchung auch noch auf Drohbriefe stoßen – wie bei Mertens“, sagte sie abschließend.

„Wir s-sollten die Kollegen der Polizeiwachen in den Stadtteilen inf-formieren“, sagte Brinkhoff. „Wenn jemand kommt und von einer solchen Drohung erzählt, dürfen sie es nicht auf die leichte Schulter nehmen.“

Vogt meldete sich zu Wort. „Ist denn sicher, dass der Täter noch mal zuschlagen wird? Ich meine … vielleicht war's das ja auch? Und wenn es stimmt, dass sich die beiden Opfer etwas zuschulden haben kommen lassen – dann werden andere potenzielle Opfer bestimmt nicht die Polizei informieren.“

„Brinkhoff hat recht“, widersprach die Kommissarin. „Mertens hat sich schließlich auch an mich gewandt.“

„Wie wäre es mit einem Rundschreiben?“, schlug Eikner vor. „Ich –“

„Dauert mir zu lange“, bügelte Plasberg ihren Chef ab. „Frau Keller, Sie informieren die Kollegen. Schreiben Sie ein Fax.“ Im gleichen Atemzug besann sie sich eines Besseren. Vielleicht sollte sie Eikner nicht direkt vor den Kopf stoßen, jetzt, wo er seine Kooperation zugesagt hatte. „Und weisen Sie auf ein in Kürze eintreffendes Rundschreiben vom Leiter des KK 11 hin.“ Eikner sah erleichtert aus, dass er etwas zu den Ermittlungen beitragen konnte.

„Haben wir denn irgendwas in der Hand – außer den Zetteln auf den Köpfen der Leichen –, was untermauert, dass es tatsächlich ein Rachefeldzug ist?“ Jochen Hallstetter, der zusammen mit Vogt unterwegs gewesen war, war noch nicht über Brinkhoffs Gespräch mit Lutz Beerbaum im Bilde.

„N-Na ja, bei Mertens sieht es ganz danach aus.“ Der Kommissar unterrichtete die Kollegen, was der Leiter des KK 12 ihm zu Steffen Mertens' Vergangenheit erzählt hatte und über ihren anschließenden Besuch bei Tatjana Bergers Vater. Er erntete allenthalben hochgezogene Augenbrauen.

„Steffen Mertens war also ein Kinderschänder? Was für ein Abschaum!“ Jochen Hallstetter machte aus seinem Abscheu keinen Hehl. Jeder wusste, dass er zwei Enkel hatte, die ungefähr im Alter Tatjana Bergers waren.

„Moment!“, griff Plasberg ein. „Schön vorsichtig! Beerbaum hat damals keine Beweise gegen ihn gehabt. Und auch Berger konnte seinen Verdacht nicht untermauern. Es ist noch nicht mal zu einer Anklage gekommen.“ Einen flüchtigen Moment bedauerte sie es, dass Klaus Berger mit dem Auffinden von Ingrid Kirchners Leiche fast automatisch als Verdächtiger ausgeschieden war. Er hätte ein erstklassiges Motiv für die Ermordung von Mertens gehabt.

„Seine Frau glaubt auch nicht, dass an der Sache etwas dran ist“, erklärte Matthias Kayser. „Ich habe sie gefragt, nachdem Brinkhoff mich telefonisch informiert hat, und sie ist aus allen Wolken gefallen. Besteht darauf, dass kein Wort davon wahr ist. Und das ist noch milde ausgedrückt.“ Tatsächlich war es eine sehr unschöne Szene gewesen, die Kayser hatte bewältigen müssen. Heike Mertens hatte ihn beschuldigt, die Erinnerung an ihren Mann beschmutzen zu wollen, und ihn mit wutverzerrtem Gesicht aus dem Haus geworfen.

„Sie hat auch einen Anwalt eingeschaltet.“ Gesine Kellers Stimme war fast nicht zu hören. „Er hat angerufen, als Sie alle unterwegs waren, vor zwei Stunden etwa. Alle Kontakte mit ihr sollen in Zukunft nur noch in seiner Anwesenheit stattfinden. Er klang ziemlich aufgebracht und hat gefragt, ob die ermittelnden Behörden sich im Klaren darüber seien, dass Herr Mertens Opfer und nicht Täter wäre.“

Plasberg spitzte die Lippen. „Vielleicht ist er ja beides. Immerhin haben wir in seinem Fall einen Verdacht, warum er sterben musste. Was Ingrid Kirchner angeht, haben wir allerdings überhaupt kein Motiv. Abgesehen von dem Zettel, den der Täter ihr auf die Stirn geklebt hat.“

„Ich verstehe auch gar nicht, was das mit diesen Zetteln soll!“, sagte Vogt. „Ist das eine Art Spiel, das der Täter mit uns treibt? Will er die Polizei herausfordern? Oder sieht er sich als eine Art

Robin Hood, der über ungesühntes Unrecht richtet? Und wieso hängt er seine Opfer in Kühlhäusern auf oder schneidet ihnen die Zunge heraus? Wir brauchen dringend ein Täterprofil!"

„Wir brauchen einen Profiler", ergänzte die Kommissarin. „Was mich zum nächsten Punkt bringt." Sie sah ihren Vorgesetzten an. „Es geht nicht anders, Sie müssen mir mehr Personal zuteilen. Ein Team von zwei oder drei Mitarbeitern muss sich um diesen Vergewaltigungs- und Sexualmordvorwurf bei Mertens kümmern. Soweit ich Brinkhoff verstanden habe, ist der Kollege Beerbaum bereit, uns seine persönlichen Notizen zu überlassen. Bergers Alibi muss trotz allem überprüft werden, jemand muss sich mit seiner Ex-Frau in Verbindung setzen. Wir sollten versuchen, in die ganze Sache mehr Licht hineinzubringen."

Brinkhoff meldete sich. „Die Unterlagen von Beerbaum liegen auf meinem Schreibt-tisch."

„Gut. Ich nehme sie nachher mit und sehe sie mir zu Hause in Ruhe durch."

„Aber der Fall liegt mehr als zwölf Jahre zurück!", protestierte Vogt. Seiner Miene war anzusehen, dass er nicht derjenige sein wollte, der sich an das mühselige Aufwärmen einer alten, unaufgeklärten Tat begeben musste.

„Ich weiß!", herrschte ihn Plasberg an. „Aber solange wir keine heiße Spur haben, die zum Täter führt, wird uns wohl nichts anderes übrig bleiben, als uns mit den Opfern zu beschäftigen! Oder haben Sie einen besseren Ansatzpunkt? Ich bin ganz Ohr!" Als Vogt nicht antwortete und sich beleidigt in seinen Stuhl zurücksacken ließ, fuhr sie fort. „Außerdem brauche ich Leute, die die Wohnung und das Geschäft von Ingrid Kirchner durchsuchen, sich ihre Vergangenheit ansehen. Wenn sie sich irgendetwas zuschulden kommen lassen hat, will ich es wissen."

„Und wo sollen wir da einsteigen?" Kayser kaute selbstvergessen an seinen Fingernägeln. „Ich denke, sie war eine Einzelgängerin? Keine Familie, keine Freunde …"

Plasberg wiederholte ihren Vorschlag, den ehemaligen Hausarzt von Ingrid Kirchners pflegebedürftiger Mutter ausfindig zu machen. Dann drehte sie sich noch einmal zu Eikner. „Zurück zum Personal. Da wären dann noch ein Fallanalytiker und zwei, besser drei Mitarbeiter, die die eingehenden Erkenntnisse im Blick haben, bearbeiten und hoffentlich zusammenführen. Was ist mit den Kollegen aus den anderen Mordkommissionen?"

„Keine Chance", blockte Eikner ab. „Die haben eigene Ermittlungen."

„Genauso dringende wie ich? Die haben auch einen mutmaßlichen Serienmörder?"

„Nein, aber …" Der Leiter des KK 11 rieb sich griesgrämig durchs Gesicht. „Na schön, in Anbetracht der Lage … wie wäre es mit folgendem Vorschlag? Sie bekommen Ihren Profiler und zwei zusätzliche Mitarbeiter aus anderen Abteilungen. Keine Fachleute, aber immerhin. Mehr ist nicht drin."

Für einen Moment herrschte überraschte Stille. Dass der Chef des KK 11 den Forderungen Plasbergs fast widerstandslos nachgab, war ein noch nie dagewesenes Ereignis.

„Hab ich was verpasst?", raunte Hallstetter Kayser leise zu. „Seit wann läst sich Eikner so über den Tisch ziehen?"

„Dann will ich aber Wentrop im Team", sagte Plasberg. „Wen Sie mir sonst noch zuteilen, ist mir egal." Kriminalhauptkommissar Johannes Wentrop von der Organisierten Kriminalität hatte schon in einem zurückliegenden Fall in Plasbergs Team ausgeholfen, allerdings eher inoffiziell, in seiner Freizeit. Anscheinend hatte der Kommissarin die Zusammenarbeit mit dem schlaksigen Kollegen gefallen.

„Ich kann Ihnen nicht den Leiter eines benachbarten Kriminalkommissariats unterstellen!", protestierte Eikner vehement. „Wie stellen Sie sich das vor? Das ist gegen jede Vorschrift."

„Vorschriften! Ich brauche gute Leute, und Wentrop ist einer davon! Warum fragen Sie ihn nicht einfach?"

Wieder gab Eikner nach. „Also gut. Aber wenn die Ermittlungen dann durch Kompetenzgerangel erschwert werden, nehmen Sie das auf Ihre Kappe!"

„Und wir brauchen einen größeren Raum." Die Kommissarin entschloss sich, ihr Glück noch ein wenig mehr zu strapazieren. „Hier ist für so viele Menschen kein Platz, wir treten uns nur gegenseitig auf die Füße. Außerdem ist es ineffizient, wenn wir ständig zwischen unseren Büros und dem Besprechungsraum hin und her wandern müssen. Wir brauchen ein logistisches Zentrum. Was ist mit dem kriminalpolizeilichen Führungsraum im Erdgeschoss? Ist der zurzeit besetzt?"

Der Raum, den die Kommissarin im Sinn hatte, war ausgestattet mit dem neuesten technischen Know-how, wovon aktuellstes Kartenmaterial und die leistungsfähigsten Rechner nur einen Bruchteil darstellten. Er bot außerdem Arbeitsplätze für ein gutes Dutzend Polizeibeamte. Normalerweise wurde er für Einsätze genutzt, die die Koordinierung eines Großaufgebots von Kripobeamten im Kölner Raum nötig machten: Besuche bei der rechten Szene, Rauschgiftaushebungen oder Razzien in Bezug auf Kinderpornos. All das fiel eher in Wentrops Ressort, in den Bereich der organisierten Kriminalität. Plasberg hatte den Raum bisher nur selten betreten.

„Sie wollen den Führungsraum?", fragte Eikner nach. Es klang, als wollte er sich versichern, sich nicht verhört zu haben.

„Herrgott, wir sind hinter einem Mörder her und nicht hinter einer Supermarktverkäuferin, die ein paar Rabattmarken eingesteckt hat!"

„Das … das …" Ihr Vorgesetzter holte tief Luft und sie fürchtete schon, ihr Blatt überreizt zu haben. „… das kann ich nicht entscheiden. Das muss ich von oben absegnen lassen." Eikner schien fast in sich zusammenzusinken. „Ich sage Ihnen morgen Bescheid."

Plasberg lächelte zufrieden. Mittlerweile war sie beinahe dankbar für Kupkas Besuch. Wenn Druck von oben bewirkte, dass Eikner ihr aus der Hand fraß, dann hatte sie nichts dagegen, dass dieser Druck öfter ausgeübt wurde. „Hervorragend. Wenn jetzt die logistischen Grundvoraussetzungen geklärt sind, dann machen wir weiter mit den heutigen Ermittlungsergebnissen." Sie wandte sich an Brinkhoff. „Was sagt die Rechtsmedizin?"

Der Kommissar kramte in den Unterlagen, die vor ihm lagen. Dann unterrichtete er die Kollegen, dass Dr. Uhrmann, der Pathologe der Gerichtsmedizin, im Großen und Ganzen die ersten Untersuchungen des Notarztes bestätigt hatte. Steffen Mertens war infolge des Bruchs mehrerer Nackenwirbel gestorben. In seiner Lunge hatte der Mediziner Faserrückstände des Klebebandes gefunden, mit dem Mertens' Mund zugeklebt worden war, woraus er schloss, dass Mertens bei Bewusstsein gewesen sein musste. Allerdings hatte er auch die Verabreichung eines starken Narkosemittels nachgewiesen – Chloroform. Mertens war also tatsächlich vor der Tat betäubt worden, damit er sich nicht wehren konnte, und wohl erst durch die massive Gewalteinwirkung zu sich gekommen. Die Stauchungen an den Handgelenken stammten von den Fesseln, mit denen seine Hände zusammengebunden worden waren.

„Hat Uhrmann etwas Genaueres zum Todeszeitpunkt sagen können?"

„Er ha-hat mir einen langen und detaillierten Vortrag darüber gehalten, wie schwierig es ist, bei einer fast tiefgekühlten Leiche halbwegs eindeutige Aussagen zu m-machen." Brinkhoff erinnerte sich nur ungern an die Situation in den kalten und von Neonröhren gleißend hell erleuchteten Räumen der Pathologie. Der Gerichtsmediziner hatte ungerührt doziert, während der Kommissar alle Mühe hatte, seinen rebellierenden Magen zu beruhigen und nicht ständig auf die aufgeschnittene Leiche zu blicken, die auf dem metallenen Sektionstisch vor ihm lag. „Dann hat er g-gesagt, irgendwann zwischen 19.00 Uhr und Mitternacht am Montagabend."

„Sonst nichts?", fragte Plasberg enttäuscht. All das hatten sie schon, wenn auch noch vorsichtiger formuliert, im Kühlhaus des Schlachthofes zu hören bekommen.

„M-Moment! D-Doch. Uhrmann hat winzige Spuren von grauem Lack am Jackett des Opfers gefunden. Wie man ihn für die Lackierung von Autos verwendet."

„Grauer Autolack?", schaltete sich Vogt ein. „Dann haben wir das Fahrzeug, mit dem Mertens zum Tatort transportiert worden ist!"

Alle Augen richteten sich auf den von Aknenarben gezeichneten Kommissar.

„Wirklich?", fragte Plasberg. In Anbetracht der Möglichkeit, endlich einen Schritt voranzukommen, hellte sich ihre Miene weiter auf.

Aber Karsten Vogt musste die Erwartungen sofort wieder dämpfen. „Hallstetter und ich haben am Vormittag die Zeugenaussagen der Schlachthofmitarbeiter vervollständigt, ohne Ergebnis übrigens. Niemand hat irgendwas gesehen oder gehört, niemand hat den Schlüssel zum Kühlhaus an einen Fremden ausgehändigt. Jedenfalls hat es niemand zugegeben. Entweder hat sich der Täter also auf andere Art und Weise Zugang verschafft, oder wir werden angelogen. Danach haben wir uns mit der Spurensicherung in Verbindung gesetzt. Wir haben ziemliches Glück, dass es in der Nacht von Montag auf Dienstag geregnet hat, ansonsten hätte der Asphalt auf dem Gelände des Schlachthofs nicht viel hergegeben. Auch so sind die Kollegen ziemlich sicher, dass die meisten Reifenspuren vor der Anlieferungsrampe des Kühlhauses von Lastern stammen, vermutlich Speditionen, die mit der An- und Ablieferung des Fleisches beauftragt waren. Die gefundenen Reifenspuren von Pkw auf dem Gelände führen alle zum und vom Parkplatz des Geländes. Also uninteressant für unsere Ermittlungen. Mit einer Ausnahme: Ein Pkw hat in der fraglichen Nacht die Laderampe angefahren."

„Und das hilft uns inwieweit weiter?", fragte Matthias Kayser.

„Weil es ganz besondere Reifenspuren sind", grinste Jochen Hallstetter. „Es sind englische Autoreifen. Fragen Sie mich nicht, woran die Spurensicherung das erkennen kann, es hat wohl irgendwas mit Besonderheiten im Profilabdruck zu tun. Die Kollegen sind überzeugt, dass die Reifen in Großbritannien hergestellt wurden."

„Und wieso lässt das Rückschlüsse auf das Fahrzeug zu? Bei der Globalisierung hat das gar nichts zu sagen. Die können auch an jedem deutschen Fahrzeugtyp angebracht werden. Wir müssten uns alle Reifenimporteure in der Gegend vornehmen. Das kann Wochen dauern."

„Müssen wir nicht", sagte Vogt. „Wir haben nämlich auch ein bisschen Glück gehabt. Ich habe angenommen, dass die englischen Reifen mit relativ hoher Wahrscheinlichkeit auch zu einem englischen Fahrzeug gehören und mich mit der Kfz-Zulassungsstelle in Verbindung gesetzt. Es gibt in Köln und Umgebung mehrere hundert englische Pkw."

„Soll das heißen, dass unser Täter eine englische Automarke fährt?", fragte Plasberg.

„Da wäre zu schön, um wahr zu sein", gab Vogt zu. „Dann hätten wir ihn tatsächlich bald an der Angel. Ich bin aber sowieso davon ausgegangen, dass er ein bisschen cleverer ist, und habe mir die Anzeigen wegen Autodiebstahls in den letzten Monaten kommen lassen – und da haben wir einen Volltreffer gelandet. Vor drei Wochen ist im Kölner Norden ein grauer Vauxhall Combo gestohlen worden, das ist so ein Kastenwagen – eigentlich ist Vauxhall auch nur die englische Bezeichnung für Opel. Der Besitzer ist Brite, gebürtig aus Liverpool, arbeitet für eine englische Consultingfirma und benutzt den Wagen häufig für Angelausflüge übers Wochenende."

„Und wo ist er jetzt, der Wagen?", fragte die Kommissarin.

Vogt zuckte mit den Schultern. „Ich habe nie behauptet, dass wir ihn *gefunden* haben. Aber wenn Mertens tatsächlich Spuren von grauem Autolack am Jackett hatte, wissen wir jetzt immerhin, dass der Täter den Vauxhall mutmaßlich entwendet hat, um sein erstes Opfer damit zum Schlachthof zu transportieren."

„Haben Sie mit dem Besitzer schon gesprochen?"

Vogt schüttelte den Kopf. „Mache ich morgen."

„Na schön." Plasberg nickte Vogt ihre Anerkennung zu, dann schob sie den Stapel ihrer Unterlagen zusammen. „Wenn es das war?" Sie blickte in die Runde und sah in müde Gesichter. „Es ist spät. Wir machen Schluss für heute. Ich kann mich also darauf verlassen, dass wir morgen früh den Führungsraum und zusätzliche Mitarbeiter haben?" Sie wandte ihren Kopf zu Eikner, der als Antwort eine Grimasse zog. „Gut." Die Kommissarin stand auf und beendete die Besprechung. Allgemeines Stühlerücken folgte und nacheinander verließen die Polizeibeamten den kleinen, muffigen Raum.

Als Plasberg den Fahrstuhl nach unten betrat, quetschte sich im letzten Moment noch ein Arbeitskollege hinein. Sie kannte Dietmar Ostrop nur oberflächlich aus den routinemäßigen Besprechungen der MK-Leiter mit Eikner. Der kleine, schmächtige Mann mit Strubbelfrisur und Sommersprossengesicht leitete die Mordkommission 2 und war verwandtschaftlich mit dem Polizeipräsidenten verbunden. Bevor Plasberg vor wenigen Jahren die MK 3 übernommen hatte, war daher sein Team mit den heikelsten Fällen betraut worden, doch die Kommissarin hatte ihm schnell den Rang abgelaufen – wovor Ostrop auch seine persönlichen Beziehungen zu Eberswalde nicht bewahrten. Seither herrschte zwischen beiden Beamten ein kühles, distanziertes Arbeitsverhältnis. Insofern war sie nicht überrascht, dass es Ostrop auch jetzt bei einem leichten Kopfnicken beließ, während sie zusammen ins Erdgeschoss fuhren, und sich demonstrativ in einige Unterlagen vertiefte. Sie war sich bewusst, dass sich Ostrop durch ihren Aufstieg um die Früchte seiner langen Dienstzeit gebracht fühlte, sah aber keinen Grund, ihr Licht unter den Scheffel zu stellen. Wenn der Mann nicht ihre Klasse besaß, dann war das nicht ihr Problem.

„Neuer Fall?" Ostrops scheinbar desinteressierte, leicht quäkige Stimme schreckte sie aus ihren Gedanken.

„Mmh", gab sie vage zur Antwort. Dann hatte sie plötzlich eine Idee. Eikner hatte zwar abgelehnt, aber wenn sie es selbst versuchte? Vielleicht hatte sie ja dabei mehr Glück. „Sie haben nicht zufällig einen Beamten in Ihrem Team, den Sie eine Zeitlang an mich abstellen können?"

„Seit wann sind Sie unterbesetzt, Frau Kollegin?" Ostrop sah sie pikiert an. „Brinkhoff, Vogt, Hallstetter, Kayser …" Er zählte die Namen ihrer Mitarbeiter an den Fingern ab. „Ich habe nicht so viele Kräfte zur Verfügung, und dann soll ich Ihnen noch jemanden abtreten?" In der durch die enge Kabine des Aufzugs erzwungenen Nähe konnte Plasberg ein paar Schuppen auf Ostrops Pullover und in seinen Haaren erkennen.

„Gut, wir sind nicht unterbesetzt", gab sie schnippisch zu. „Aber die Ermittlungen gestalten sich komplexer als angenommen."

Ostrop konnte sich ein hämisches Lächeln nicht verkneifen. „Tja, dann bleibt mir nichts anderes übrig, als Ihnen viel Glück zu wünschen. Aber vielleicht brauchen Sie das ja auch gar nicht. Bei Ihrem Ruf als Ermittlerin …"

Im gleichen Moment erreichten sie das Foyer und die Tür des Fahrstuhls sprang auf.

„Arschloch", murmelte Plasberg, als Ostrop sie stehenließ, und hoffte inständig, dass der Kollege sie gehört hatte.

*

Es war kurz nach neun Uhr abends, als sie den Golf vor ihrem Reihenhaus in Porz parkte; eine trübe, durchgehende Wolkendecke versperrte die Sicht auf die Sterne. Während sie den Wagen abschloss, fielen die ersten Tropfen, feiner Sprühregen, der sich wie ein Film auf ihren Poncho legte und den Baumwollstoff klamm werden ließ.

Die Kommissarin war erschöpft. Schon im Auto hatte sie ununterbrochen gegähnt und Schwierigkeiten gehabt, die Augen offen zu halten. Dreizehn Stunden Arbeit am Stück waren einfach zu viel. Früher, als sie ihren Dienst bei der Polizei begann, hatten ihr die unregelmäßigen Dienstzeiten nichts ausgemacht. Schichtwechsel, Wochenendarbeit, Überstunden – sie hatte alles weggesteckt, ohne großartig darüber nachzudenken. Aber damals war sie auch erst Anfang zwanzig gewesen, jetzt, mit Mitte vierzig, stand sie kurz davor, Großmutter zu werden, und wünschte sich manchmal nichts sehnlicher als einen langweiligen Achtstundentag im Büro, an dessen Ende sie pünktlich um siebzehn Uhr den Bleistift fallen lassen konnte. Selbst in ihrer Ehe mit Eric war ihr Job nie ein Problem gewesen, es hatte immer Wege gegeben, Privat- und Berufsleben zu koordinieren. Zumindest in dieser Hinsicht war ihr Mann ein guter Partner gewesen. Wie selbstverständlich hatte er sich um die Kinder gekümmert, wenn sie im Dienst war – dass er ihre häufige Abwesenheit auch zu außerehelichen Aktivitäten nutzte, hatte sie erst viel später gemerkt.

Die Schwierigkeiten hatten nach ihrer Scheidung begonnen. Seitdem stand sie unter Dauerstress, war immer einsatzbereit. Wenn nicht im Beruf, dann zu Hause. Sie konnte sich nicht einmal mehr daran erinnern, wann sie das letzte Mal einen freien Tag ganz für sich gehabt hatte. Das letzte Mal im Kino gewesen war sie vor einigen Jahren, als Niklas und Ruth sie in irgendeinen Animationsfilm geschleppt hatten. Und immer wurde sie von ihrem schlechten Gewissen begleitet: Im Dienst plagten sie Selbstvorwürfe, dass sie die Kinder vernachlässigte, und wenn sie zu Hause war, wurde sie von einer inneren Unruhe überfallen, dass sie wertvolle Arbeitszeit vergeudete. Ein Teufelskreis, der kaum zu durchbrechen war.

Die Kommissarin wühlte in ihrer Handtasche nach dem Hausschlüssel. Hintereinander beförderte sie ein Paar Ohrringe, eine

Orange, einen Schal, ein kleines Make-up-Set, ein Paar Ersatz-Nylonstrümpfe und den seit einer Woche vermissten Abholzettel für die Reinigung an die Oberfläche, dann erst wurde sie fündig. Wie schafften Brinkhoff oder Kayser es bloß, all die überlebensnotwendigen Dinge, die man tagsüber brauchte, in ihren Jacken oder Hosentaschen zu verstauen? Waren Männer besser organisiert oder hatten sie nur primitivere Bedürfnisse? Grundsätzlich tendierte sie dazu, von Letzterem auszugehen.

Schräg gegenüber, im Haus der Mertens', brannte Licht, und Plasberg hielt inne. Heike Mertens hantierte am Herd; der Schein einer Lampe fiel auf ihren rechten Arm. Das Küchenfenster war gekippt, die Fetzen getragener Musik eines klassischen Radiosenders drangen auf die Straße. Die Kommissarin nagte unentschlossen an ihrer Unterlippe. Was, wenn sie auf einen Sprung hinüberging und versuchte … ja, was? Mit ihrer Nachbarin zu reden? Worüber? Dass es ihr leid tat, dass ihr getöteter Mann mit einem Sexualmord in Verbindung gebracht wurde? Wenn Heike Mertens die Wahrheit gesagt hatte und tatsächlich nicht über die mögliche Vergangenheit ihres Mannes im Bilde gewesen war, dann musste in den letzten zwei Tagen ihre gesamte Welt zusammengebrochen sein. Kein Wunder, dass sie mit Ablehnung und Wut auf die Ermittlungen reagierte. Ein Versuch, ihr zu verdeutlichen, dass die Polizei nur ihren Job machte, würde da wenig nützen. Schon gar nicht, wenn diese Erklärung aus dem Munde Plasbergs kam.

Die Tür in der Küche ging auf und die Kommissarin konnte Clara erkennen, die sich neben ihre Mutter stellte. Das Mädchen wirkte noch pummeliger, als Plasberg sie in Erinnerung hatte. Heike Mertens legte eine Hand auf die Schulter ihrer Tochter und drückte sie an sich. Nein, keine gute Idee, die beiden jetzt zu belästigen. Clara wand sich aus der Umarmung ihrer Mutter, redete auf sie ein. Anscheinend keine angenehme Unterhaltung, denn Plasberg konnte sehen, wie Heike Mertens ihre Tochter plötzlich mit großen Augen anstarrte. Ein heftiger Wortwechsel entbrannte und die Kommissarin ging unwillkürlich ein paar Schritte näher, als hoffte sie, im Schutz der Dunkelheit nahe genug heranzukommen, um das Gespräch mitzuhören. Sie konnte sehen, wie Heike Mertens eine Frage stellte, die Clara mit heftigem Kopfnicken beantwortete. Beide, Mutter und Tochter, schauten plötzlich auf und blickten zu Plasbergs Haus hinüber. Die Kommissarin zuckte zurück in den Schatten einer Gartenhecke. Hatten sie sie bemerkt oder war es in der Unterhaltung um sie gegangen? Was war hier los? Zu dumm, sie war noch nicht nahe genug … Plasbergs Neugier war endgültig entfacht und sie machte ein paar weitere, vorsichtige Schritte nach vorne. Hoffentlich wurde sie ihrerseits nicht von anderen Nachbarn beobachtet, die sie dann vielleicht für einen Einbrecher hielten. Sie duckte sich zwischen ein paar Mülltonnen und ließ keinen Blick mehr vom Küchenfenster. Heike Mertens sagte etwas und Clara brachte ihr das Telefon. Mutter und Tochter tauschten die Plätze. Während Clara einen Pfannenwender in die Hand nahm, tippte Heike Mertens eine Nummer ins Telefon. Maria Plasberg erschrak fast zu Tode, als sie das unverkennbare Klingeln ihres Handys vernahm. Hektisch kramte sie ihr Mobiltelefon hervor und sah auf das beleuchtete Display. *Familie Mertens.*

Sie nahm den Hörer ans Ohr. „Was kann ich für Sie tun, Frau Mertens?"

„Ich … es tut mir leid, wenn ich Sie so spät noch störe, aber meine Tochter …" Die Frau klang verstört, der abweisende, verbitterte Ton, den sie bei ihrem letzten Treffen in ihrer Stimme gehabt hatte, war verschwunden. Plasberg sah, wie Heike Mertens nur wenige Meter von ihr entfernt mit angespanntem Gesichtsausdruck auf einem Küchenstuhl Platz nahm. Sie registrierte gerade noch, wie Clara den Gasherd einschaltete – und dann brach plötzlich das Chaos aus.

Eine heftige Explosion erschütterte das Haus, Plasberg konnte Heike Mertens' Schrei durchs Telefon hören und glaubte im ersten Moment an eine Bombe. Es gab einen ohrenbetäubenden Knall und in der Küche zerbarsten die Fensterscheiben. Die Kommissarin wurde durch die Wucht der Detonation zu Boden geschleudert. Eine der Mülltonnen kippte um und sie musste zur Seite rollen, um nicht eingeklemmt zu werden. Sie hörte weitere Schreie und dann schoss eine meterhohe, grell leuchtende Stichflamme aus der Küche. Ringsum in der Nachbarschaft gingen schlagartig überall die Lichter an und die Menschen stürzten panisch nach draußen, auch Niklas, Nina und Ruth waren plötzlich auf der Straße.

„Zurück ins Haus!“ Plasberg musste schreien, um sich in dem Lärm verständlich zu machen.

„Was ist denn passiert?“ Ihr Sohn hatte noch ein Paar Essstäbchen in der Hand. Erschrecken und Überraschung spiegelten sich in seiner Miene wieder.

„Ihr sollt reingehen!“

„Bist du verletzt? Was ist denn los?“

„Verdammt, Niklas! Geht wieder ins Haus!“

Jemand musste geistesgegenwärtig den Notruf gewählt haben, denn ein paar Augenblicke später hörte Plasberg benommen Martinshörner näher kommen. Sie rappelte sich vom Boden auf und stürzte zum Haus der Mertens'.

Die Küche glich einem Inferno. Tisch und Stühle waren durch die Explosion durch den Raum geschleudert, ein Schrank von der Wand gerissen worden. Überall lagen zerbrochenes Porzellan, Besteck und Töpfe herum. Die schwarz verbrannten Überreste des Herdes waren kaum noch zu erkennen. Durch die zerborstenen Fenster konnte sie die Schemen von Clara und ihrer Mutter ausmachen. Das Mädchen lag regungslos auf dem Boden in der Mitte des Raums, mit schweren Brandverletzungen am ganzen Körper, Heike Mertens war durch die Explosion an die Wand geschleudert worden, kam aber gerade wieder zu sich. Wie durch ein Wunder schien sie nur leicht oder gar nicht verletzt zu sein. Plasberg entfernte vorsichtig ein paar scharfkantige Glasscherben aus dem Fensterrahmen, dann hievte sie sich in den Raum und roch sofort das Gas. Hastig zerrte sie ihren Schal aus der Handtasche und hielt ihn vor Nase und Mund, trat einen kleineren Flammenherd in der Mitte des Zimmers mit den Schuhen aus.

„Raus hier!“, schrie sie Heike Mertens durch den beißenden Qualm zu. „Sie müssen raus hier! Können Sie laufen?“

„Clara!“, keuchte Mertens und hustete. „Was ist mit Clara?“

„Ich nehme sie! Schnell, hier fliegt gleich alles in die Luft!“ Plasberg hob das bewusstlose Mädchen auf den Arm und lief hinter ihrer Nachbarin zur Tür hinaus. Kaum hatten sie den Garten erreicht, gab es eine weitere Explosion und die ganze Küche stand in Flammen.

Die nächsten Stunden waren ein einziger Albtraum. Die Feuerwehr traf mit einem Großaufgebot an Einsatzkräften ein, Polizei, Notarztwagen, die Clara und ihre Mutter nach einer Erstversorgung abtransportierten, während die Küche im Haus von Maria Plasbergs Nachbarin mehr oder weniger ein Raub der Flammen wurde. In letzter Minute konnte die Feuerwehr ein Übergreifen des Brandes auf andere Räume verhindern; die Gasleitung wurde nach einem Anruf bei den Gaswerken umgehend unterbrochen. Um die Unglücksstelle versammelten sich ängstliche Anwohner; keiner wusste, was eigentlich geschehen war.

Irgendwann tauchte Torsten Brinkhoff an Plasbergs Seite auf, sie konnte sich nicht einmal mehr daran erinnern, ihn angerufen zu haben.

„Niklas hat mir Bescheid gegeben. Er dachte, Sie könnten Unterstützung gebrauchen. Was ist denn passiert?"

„Ich habe keine Ahnung." Plasberg klopfte sich Ruß vom Poncho – ein erfolgloses Unterfangen, das Kleidungsstück war ruiniert. „Das Mädchen hat eine Flamme vom Gasherd aufgedreht und dann ist alles in die Luft geflogen."

„Eine beschädigte Gasleitung?"

Die Kommissarin zuckte mit den Schultern und ging zwei Feuerwehrleuten aus dem Weg, die einen weiteren Löschschlauch in Position bringen wollten. Inzwischen war die Straße taghell erleuchtet und für den gesamten Verkehr gesperrt. Blaulicht flackerte durch die gleißende Helligkeit. „Heike Mertens hat mich im Moment der Explosion angerufen. Ich weiß nicht, was sie wollte. Fahren Sie mit mir ins Krankenhaus?"

„Sind Sie v-verletzt?" Brinkhoff sah seine Vorgesetzte besorgt an.

„Nein, mir geht's gut. Ich will zu Frau Mertens. Ich will wissen, was sie mir sagen wollte. Ich …" Plasberg konnte selbst nicht erklären, wieso sie glaubte, dass Mertens' Ehefrau ihr etwas Wichtiges hatte mitteilen wollen, etwas, das den Mord an ihrem Mann betraf.

*

Heike Mertens und Clara waren ins nahe gelegene Krankenhaus Porz am Rhein transportiert worden, einem schmucklosen, lang gezogenen Betonkasten in Sichtweite des Flusses. Die Kommissare fanden Claras Mutter auf dem Flur vor der Notaufnahme. Ihr rechter Oberarm und ihre rechte Wade waren bandagiert und genau wie bei Plasberg war ihre Kleidung rußverschmutzt, ein paar Kratzer auf der Stirn waren desinfiziert worden. Sie kauerte auf einem Stuhl und starrte ins Leere.

Maria Plasberg kramte ihre Notfallzigaretten aus der Handtasche und bot Mertens eine an. „Hier gibt es bestimmt irgendwo eine Raucherecke“, sagte sie.

Aber Claras Mutter schüttelte den Kopf. „Steffen und ich haben vor Claras Geburt aufgehört.“

„Wie geht es Clara?“

„Sie … sie ist dadrin.“ Mertens' Stimme war mehr ein Flüstern. Sie deutete auf die Milchglastür, die die Notaufnahme vom Wartebereich trennte. „Ich … ich weiß nicht, wie es ihr geht. Sie lassen mich nicht zu ihr.“

„Sie wird es bestimmt schaffen“, sagte die Kommissarin und versuchte, aufmunternd zu klingen. „Kinder verkraften im Allgemeinen viel mehr, als wir ihnen zutrauen.“ Es war nur eine Floskel, aber sie konnte Mertens' Verzweiflung nachempfinden. Nichts brachte die Welt einer Mutter so sehr ins Wanken wie Lebensgefahr für das eigene Kind. Ein uralter Schutzinstinkt bahnte sich seinen Weg und blendete alle anderen Gefühle aus.

„Eben war der Arzt kurz da.“ Mertens klang verzweifelt und ein Schluchzen bahnte sich den Weg aus ihrer Kehle. „Sie wollen Clara erst weiter stabilisieren und dann … und dann in eine Spezialklinik überführen. Ihre Brandwunden sind wohl schlimmer als angenommen. Wahrscheinlich wird sie in ein künstliches Koma versetzt.“ Jetzt war es endgültig mit Heike Mertens' Fassung vorbei. Sie brach in Tränen aus und verbarg das Gesicht in ihren Händen, ihr ganzer Körper krümmte sich. „Sie wird so aussehen wie ich, nur viel schlimmer.“ Mertens fasste an ihren rechten, durch Brandnarben verunstalteten Arm. „Wenn sie überhaupt durchkommt. Ich … was ist, wenn sie stirbt?“

Plasberg und Brinkhoff wechselten einen hilflosen Blick.

„Gehen Sie uns was holen, Kollege."

„Bitte? W-Was denn?"

Plasberg rollte die Augen. „Irgendwas. Einen Kaffee, ein Wasser, egal." Sie wedelte mit der Hand, um ihren Kollegen loszuwerden. „Jetzt machen Sie schon!"

Während sich der Kommissar irritiert auf die Suche nach einem Kaffeeautomaten machte, wartete sie geduldig, bis Mertens sich wieder ein wenig beruhigt hatte. Als das Schluchzen langsam verebbte, reichte sie ihr ein Taschentuch.

„Wie sind Sie zu der Brandnarbe auf Ihrem Arm gekommen?", fragte sie. „Ich weiß, wir wohnen schon so viele Jahre in derselben Straße, aber ich habe nie gefragt..."

„Ein Autounfall."

„Ein Unfall?" Für einen Moment hatte die Kommissarin die irrwitzige Idee, dass der Unfall, Steffen Mertens' Tod und die Gasexplosion zusammenhängen könnten, aber Heike Mertens schien ihren Gedanken erraten zu haben und schüttelte den Kopf. „Ein Autounfall in meiner Kindheit, Frau Plasberg", sagte sie. „Meine Mutter ist zu schnell gefahren und hat die Kontrolle über den Wagen verloren. Dabei ist sie in einen Tanklastwagen voller Benzin gerast. Mich hat man gerade noch rechtzeitig aus dem Auto befreien können, meine Mutter ist dabei ums Leben gekommen."

„Das tut mir leid."

„Es ... es ist mir egal, wie Clara aussieht ... wenn sie nur ... durchkommt. Jetzt habe ich nur noch sie." Plasbergs Nachbarin starrte eine Weile ins Leere, die letzten Tage und Stunden waren einfach zu viel gewesen für sie. Dann sah sie die Kommissarin an. „Wieso waren Sie eigentlich so schnell bei uns?", fragte sie urplötzlich.

Die Kommissarin brauchte einen Augenblick, bis sie sich ihre Antwort zurechtgelegt hatte. „Durch Zufall", erwiderte sie schließlich. „Ich kam gerade vom Dienst und war dabei, den Wagen zu parken, als es passiert ist." Plasberg bog die Wahrheit ein wenig zurecht, aber sie sah keinen Grund, Mertens auf die Nase zu binden, dass sie vor ihrem Fenster regelrecht spioniert hatte. „Sie waren mit Clara in der Küche. Es sah ein bisschen so aus, als hätten sie sich gestritten?"

Mertens' schnäuzte sich lautstark die Nase. „Sie sind wohl nie außer Dienst, was?" Sie runzelte die Stirn. „Wir haben uns nicht gestritten."

„Aber ich habe doch gesehen –"

„Clara hat mir gesagt, dass sie Steffen vorgestern gesehen hat", wischte Mertens Plasbergs Protest beiseite.

„Am Tag seiner Ermordung? Wann? Wo?"

„Sie ist ... sie war am Nachmittag mit zwei Freundinnen zum Spielen verabredet – bei uns in der Nachbarschaft. Aber statt in der Nähe zu bleiben, sind die drei in die Stadt gefahren ... zum Eis-Essen. Clara weiß genau, dass sie das nicht darf, ohne mich vorher um Erlaubnis zu fragen, aber sie hat gedacht, ich merke es nicht." Je länger Heike Mertens sprach, desto gefasster wurde sie. Die Ablenkung tat ihr offensichtlich gut.

„Wo genau ist Clara hingefahren?"

„Mit der Linie 7 bis Heumarkt. Auf dem Alter Markt gibt es eine italienische Eisdiele, zu der wir ... wir sonst auch immer gerne gehen." Heike Mertens geriet ins Stocken und kämpfte erneut mit den Tränen.

Die Kommissarin wusste, von welcher Eisdiele Mertens sprach. Auf dem Renommierplatz der Stadt befanden sich gegenüber der Baustelle für die neue U-Bahn-Trasse mehrere Lokale und Kneipen mit Außengastronomie, deren Tische beim kleinsten Sonnenstrahl von den Kölnern genutzt wurden. Das Eis des Cafés war gut; Plasberg hatte im vergangenen Sommer Ruth dort ebenfalls hin und wieder eins gekauft. „Clara hat ihren Vater dort gesehen?"

Plasbergs Nachbarin holte tief Luft, um ihre Fassung wiederzuerlangen „Nebenan, an einem der Tische der anderen Lokale. Zusammen mit einem anderen Mann."

„Mit wem? Wann?" Plasberg merkte kaum, wie sich ihre Finger in die Oberschenkel gruben.

„Sie konnte die Uhrzeit nicht sagen. Sie wissen doch, wie Kinder sind. Und Clara hat sowieso kein Zeitgefühl."

„Und der Begleiter Ihres Mannes? Wer war das?"

„Ich weiß es nicht!", sagte Heike Mertens mit schriller Stimme. „Sie kannte ihn nicht!"

„Aber sie hat mit ihrem Vater nicht gesprochen?"

Mertens schüttelte den Kopf. „Sie hat gesagt, die beiden seien gerade im Aufbruch gewesen, sie hätte ihm gewunken und zugerufen, aber nur der fremde Mann hätte zu ihr herübergeblickt. Sie wollte zu Steffen hinüberlaufen, aber in dem Moment war sie gerade dran mit ihrer Eisbestellung, und als sie sich wieder umgedreht hat, waren beide verschwunden."

„Konnte sie den Mann beschreiben?"

„Sie …" Heike Mertens presste die Lippen aufeinander. „Sie wollte gerade damit anfangen, als … als …"

„Als es die Explosion gegeben hat?"

Plasbergs Nachbarin nickte stumm. „Als Clara mir davon erzählt hat, hab ich ihr gesagt, sie soll mir das Telefon bringen. Ich habe Sie angerufen, damit sie Ihnen eine Beschreibung durchgeben kann. ‚Nicht so groß wie Papa und auch nicht so dünn', hat sie gesagt, bevor … bevor …"

Die Kommissarin überlegte fieberhaft. War es möglich, dass Clara den Mörder ihres Vaters gesehen hatte? Steffen Mertens war in der Mittagspause essen gegangen, aber das kam zeitlich nicht hin, nach Aussage des Kollegen waren sie gegen dreizehn Uhr wieder zurück. Der betreffende Kollege war zwar kleiner als Steffen Mertens, aber auch sehr schlank – ihn konnte Clara also nicht gesehen haben. Außerdem waren die beiden in einer Sushi-Bar gewesen und so etwas gab es nicht am Alter Markt. Mertens musste also nach der Mittagspause noch einmal die Bank verlassen haben, ohne dass die Mitarbeiter in der Filiale es bemerkt hatten. War das möglich? Oder war er einfach früher gegangen? Es gab einen nachprüfbaren Anruf an seine Frau aus der Bank vor 15.00 Uhr. Die Fortbildung, an der er teilgenommen hatte, hatte den größten Teil des Vormittags beansprucht, dann die Mittagspause und dann … seine Kollegen hatten behauptet, er habe die Filiale zwischen 17.00 und 17.30 Uhr verlassen. Was, wenn sie nur *angenommen* hatten, dass er um diese Uhrzeit gegangen war? Hatte ihn jemand tatsächlich seinen Arbeitsplatz verlassen sehen, hatte er sich tatsächlich von jemandem verabschiedet? Oder war er in Wahrheit schon viel früher gegangen, um sich – ohne es zu ahnen – mit seinem Mörder zu treffen? Plasberg stockte. Eben gerade war ihr ein weiterer Gedanke durch den Kopf geschossen.

„Clara hat gesagt, der fremde Mann habe zu ihr herübergeblickt?", fragte sie nach.

„Ja, wieso? Ist das wichtig?"

Die Kommissarin nickte langsam. Wenn sich Steffen Mertens schon zu diesem Zeitpunkt in der Gesellschaft seines Mörders befunden hatte, dann war Clara eine Augenzeugin. Und dann war nicht auszuschließen, dass der Gasunfall kein Unglück, sondern ein gezielter Anschlag gewesen war, um das Mädchen zum Schweigen zu bringen. Das bedeutete, Clara Mertens war noch nicht außer Gefahr. Plasberg würde Eikner überzeugen müssen, Personenschutz für Clara bereitzustellen.

Es war weit nach ein Uhr nachts, als sie endlich nach Hause kam. Niklas und Nina dösten auf der Wohnzimmercouch, augenscheinlich hatten sie auf ihre Rückkehr gewartet und bestürmten sie mit Fragen, sobald sie ihre Handtasche im Flur abgelegt hatte.

„Es geht mir gut!", versicherte die Kommissarin, die den sorgenvollen Blick ihres Sohnes sah, als er die Rußspuren in ihrem Gesicht und auf ihrem Poncho bemerkte. Da war noch etwas anderes in den Augen ihres Sohnes, aber für den Moment konnte sie es nicht einordnen. „Mir ist nichts passiert." Dann berichtete sie so knapp wie möglich, was geschehen war. Um die Kinder nicht noch mehr zu schockieren, sparte sie die Details von Claras Verletzungen aus.

„Ist euch denn kurz vor der Explosion irgendetwas aufgefallen?" Plasberg öffnete den Kühlschrank und goss sich ein großes Glas Orangensaft ein. Plötzlich empfand sie einen ungeheuren Durst. „Wo wart ihr, als es geknallt hat?"

„Hier, in der Küche", erwiderte Nina. Ein Arm umfasste schützend ihren Bauch. „Wir waren gerade beim Essen."

Plasberg schaute aus dem Küchenfenster, das zur Straße hinaus ging und von dem man einen guten Blick auf das schräg gegenüberliegende Haus der Mertens' hatte. Die ganze Szene hatte etwas Gespenstisches. Noch immer waren dort Aufräumarbeiten im Gange und würden wohl auch noch einige Stunden andauern. Kabel und Wasserschläuche zogen sich vom Haus über die Straße zu den Wagen der Feuerwehr. Der Brand war zwar gelöscht, aber noch immer hasteten die Einsatzkräfte hin und her. Die Straße war nach wie vor gesperrt und taghell erleuchtet. Die Küche der Mertens' war ein großes, schwarzes Loch, der ehemals gepflegte Rasen im Vorgarten war zertrampelt und mit Löschwasserpfützen, zerstörtem Mobiliar und Dreck übersät, die Beete verwüstet. „Habt ihr vielleicht irgendjemanden gesehen, der versucht hat, sich Zutritt zum Haus zu verschaffen?"

„Du meinst, außer dir?", fragte Niklas mit belegter Stimme.

„Das habt ihr mitbekommen?"

„Du warst nicht zu übersehen, *Mum*. Deine gelbe Fozzie-Bär-Tasche hat im Dunkeln beinahe geleuchtet." Ihr Sohn wollte lächeln, aber seine Mundwinkel versagten ihm den Dienst. „Du hättest tot sein können!", brach es plötzlich aus ihm heraus. „Ein paar Meter näher dran, und es hätte dich auch erwischt! Mal wieder!" Seine Hände zitterten und er starrte seine Mutter wütend an.

„Niklas, ich –"

„Ach, Scheiße!", fuhr er ihr über den Mund. „Ruth war total hysterisch, als sie gesehen hat, wie du von der Explosion auf den Boden geschleudert worden bist! Weißt du eigentlich, wie sich das anfühlt, wenn man so was mitkriegt? Noch dazu bei der eigenen Mutter?"

„Aber das ist nun mal mein Job!"

„Und anstatt zu uns zu kommen, bist du direkt nach gegenüber gelaufen! Wie es uns geht, war dir doch scheißegal!", beschuldigte er sie.

„Das stimmt nicht!", versuchte sich Plasberg zu verteidigen. „Ich hab doch gesehen, dass es euch allen dreien gut ging, als ihr rausgelaufen seid! Im Haus der Mertens' waren Menschenleben in Gefahr! Hätte ich das ignorieren sollen?"

„Nein, natürlich nicht, aber …" Niklas brach ab und schlug mit der Faust gegen die Kühlschranktür. „Verdammt!", murmelte er.

Einige Minuten herrschte hilfloses Schweigen in der Küche. „Es … es tut mir leid", sagte Plasberg schließlich. „Es tut mir leid, dass ihr Angst gehabt habt und dass ihr durch meine Arbeit in Sachen hineingezogen werdet, vor denen ich euch eigentlich schützen müsste." Sie seufzte. „Aber ich weiß nicht, was ich dagegen tun soll! Ich bin nun mal bei der Kripo. Soll ich mir einen anderen Job suchen?"

„Ach, Quatsch ... es ist nur ... es ist anstrengend, dauernd Angst um dich zu haben, insbesondere für Ruth. Sie versucht das immer zu verbergen, aber ich merke, wie sehr sie damit zu kämpfen hat."

„Wo ist Ruth? Schläft sie?"

„Sie liegt bei dir im Bett. Sie wollte nicht alleine in ihrem Zimmer schlafen."

Kurz darauf gingen Niklas und Nina nach oben. Die Kommissarin räumte ihr schmutziges Glas in die Spülmaschine, schaltete das Licht im Wohnzimmer und in der Küche aus und starrte aus der Dunkelheit wieder hinaus auf das Haus der Mertens'. Sie konnte den Wutausbruch ihres Sohnes nur zu gut verstehen. Kinder sollten nicht mit Mord und Totschlag in Berührung kommen, mit Verrückten, die andere Menschen mit einer Pumpgun bedrohten, an Fleischerhaken aufhängten oder ihnen die Zunge herausschnitten. Gerade Niklas und Ruth, die schon immer mehr Verantwortung hatten schultern müssen als Kinder, die in einem „normalen" Elternhaus aufwuchsen, hatten mehr Rücksicht verdient. Das Problem war nur, dass sie keine Ahnung hatte, wie sie die beiden noch mehr schützen konnte. Die einzigen Alternativen bestanden darin, ihren Job aufzugeben oder ihre Kinder bei Eric aufwachsen zu lassen. Beides war für Plasberg unvorstellbar.

Müde fuhr sie sich mit den Händen durchs Gesicht. Sie konnte kaum noch die Augen aufhalten. Im Dunkeln lief sie durchs Haus, stieg die Treppe nach oben und öffnete leise die Tür zu ihrem Schlafzimmer. Ruth lag mitten im Bett, in einem gepunkteten Nachthemd, und hatte ungefähr ein Dutzend Stofftiere und ihre Schmusedecke um sich herum drapiert. Fest im Arm hatte sie ihr Lieblingskuscheltier, einen kleinen, schlappohrigen Hasen namens Möhre, dem die Nase fehlte. Plasberg zog die Laken, die ihre Tochter weggestrampelt hatte, wieder glatt und sah Ruth für einige Minuten gedankenverloren beim Schlafen zu. Dann zog auch sie sich um, putzte sich im Bad die Zähne und kroch zu ihrer Tochter unter die Decke.

*

Torsten Brinkhoff hatte ebenfalls mit häuslichen Problemen zu kämpfen, als er spät in der Nacht in seine Wohnung zurückkehrte. Markus Clement saß in Boxershorts und T-Shirt im Bett, seinen Laptop auf den Knien, und postete Neuigkeiten auf seinem *Facebook*-Profil. Im CD-Player lief Musik von Kate Bush. Der Kommissar konnte ihre Stimme nicht ausstehen, aber sein Freund war ein glühender Fan der Britin.

„Hallo, Fremder", sagte Clement, als Brinkhoff die Schlafzimmertür öffnete.

„Müssen wir die Heulboje hören?", bekam er missmutig zur Antwort.

„Du bist ein Banause. Katie ist die genialste Künstlerin der letzten dreißig Jahre und *Aerial* das beste Album, das sie je gemacht hat. Niemand sonst käme auf die Idee, ein Lied über seine Waschmaschine zu schreiben."

Brinkhoff knipste die Musik aus und ließ sich aufs Bett fallen. „Ich b-bin platt", murmelte er.

Clement klappte den Laptop zu. „Mann, hast du eine Laune! Wird das jetzt immer so sein?" Er sah seinen Freund verärgert an.

„Was?"

„Dass du mitten in der Nacht nach Hause kommst und wie gerädert bist. Und dass wir uns kaum sehen, wenn du einen Fall bearbeitest. Das letzte Mal haben ich dich gestern Morgen zu Gesicht bekommen."

„Stimmt d-doch gar nicht. Gestern Abend –"

„Gestern Abend warst du besoffen und bist sofort schlafen gegangen."

„Wir haben zwei T-Tote innerhalb von zwei Tagen und eine etwas dubiose Gasexplosion … ich hab viel um die Ohren im Moment." Brinkhoffs Ton war schärfer als beabsichtigt.

Zum Glück ging sein Freund nicht darauf ein. „Du hast vor allem Albträume." Clement erzählte Brinkhoff, dass er ihn in der letzten Nacht zweimal hatte wecken müssen.

Der Kommissar rollte sich auf die Seite und kuschelte sich an Clement. „Tut mir leid. Daran kann ich mich gar nicht erinnern."

„Kannst du dich wenigstens an die Träume erinnern?"

Brinkhoff schüttelte den Kopf. „Ich weiß nur noch, dass ich diesen ehemaligen Kollegen von mir in der Stadt getroffen habe und dann hab ich zu viel getrunken."

„Was für ein ehemaliger Kollege?" Clement klang plötzlich eifersüchtig und Brinkhoff grinste heimlich ins Kissen.

„Keine Sorge, der ist durch und durch hetero."

„Fällt er in dein Beuteraster?"

„Mein Beuteraster? W-Wie sieht das denn deiner Meinung nach aus?"

„Na ja, solche Männer wie ich zum Beispiel: stämmig, rasierter Kopf, kleiner als du …"

„Neunzig Prozent aller Männer sind kleiner als ich", erinnerte ihn Brinkhoff. „Aber stimmt, früher fand ich Forsbach mal ganz attraktiv."

„Früher?"

„Jetzt nicht mehr, er hat sich irgendwie gehen lassen." Er dachte an die Begegnung mit Forsbach zurück. „Und er hat so eine n-negative Grundeinstellung bekommen."

„Aber sich mit ihm zu besaufen, dazu hat es noch gereicht?"

Der Kommissar verzog das Gesicht. „M-Machst du mir jetzt eine Szene? Ich wollte ein bisschen Abstand b-bekommen. Man findet nicht jeden Tag eine tiefgekühlte Leiche an einem Fleischerhaken. Und die Leiche von heute …" Er verstummte kopfschüttelnd.

Clement ließ sich aufs Kissen zurückfallen. „Und du bist sicher, dass du diesen Job weitermachen willst?"

„Wir ermitteln gerade zwei Tage!"

„Und du musstest dich schon einmal betrinken und hast Albträume."

Brinkhoff stand auf und sah aus dem Fenster hinunter auf die Straße. Vier Etagen tiefer fuhr gerade die Linie 4 ratternd vorbei, um diese Uhrzeit waren die hell erleuchteten Waggons fast menschenleer. Im hinteren Abteil konnte er einen Obdachlosen mit seinem voll gepackten Einkaufswagen erkennen. Drei Sitze entfernt hatte es sich ein Pärchen bequem gemacht; die Frau hatte ihren Kopf auf die Schultern des Mannes gelegt. Der Kommissar sah der Bahn nach, die Richtung Mülheim entschwand.

„Ab morgen haben wir mehr Personal. Ich hoffe, dass es dann ein bisschen einfacher wird."

Clement schnaubte ungläubig auf und schüttelte sein Kopfkissen zurecht.

Brinkhoff fuhr herum. „G-Gestern Morgen hast du gesagt, du kannst damit leben, wenn es meine eigene Entscheidung ist!"

„Weiß ich selbst", knurrte sein Freund. „Es ist nur … ach, ich weiß auch nicht."

„Was denn?"

„Ich … ich hab doch gesehen, wie fertig du in den letzten Monaten warst! Ich bin einfach nicht sicher, ob du dieser Belastung gewachsen bist."

„Plasberg ist dem Stress auch gewachsen. Und die ist eine Frau!"

„Was soll denn *der* Scheiß jetzt? Das hat doch wohl eher was mit der individuellen psychischen Konstitution zu tun als mit dem Geschlecht."

„Und w-was willst du damit sagen? Dass meine P-Psyche nicht stark genug ist? Dass ich labil bin?" Erneut war Brinkhoff laut geworden. „Du redest wie Vogt."

„Ach, Schwachsinn! Ich sag am besten überhaupt nichts mehr!" Clement gab dem Kissen einen letzten Hieb und knipste die Leselampe neben seinem Bett aus. „Komm endlich schlafen."

Brinkhoff tastete sich im Dunkeln bis ins Bad, zog sich aus und starrte in den Spiegel über dem Waschbecken. Er war nicht labil. Niemand steckte zwei Tote innerhalb von zwei Tagen so einfach weg.

Zwei Tote. Er sah an sich herab und bemerkte, dass seine Hände zitterten. Die Wunden in Mertens' Genick, die herausgeschnittene Zunge von Ingrid Kirchner, der Ausdruck puren Grauens in ihren Augen. Und überall Blut. Das Zittern seiner Hände wurde stärker und er musste sich am Waschbecken abstützen. Sein Herz begann erneut zu rasen, die Luft in seinen Lungen … viel zu wenig, um atmen zu können. Mit hastigen Bewegungen durchsuchte er die Regale des Badezimmerschränkchens, riss Medikamentenschachteln auf und stopfte sie wieder zu. Tabletten gegen Durchfall, grippalen Infekt … verdammt! Wo war das Zeug? Kalter Schweiß auf seiner Stirn und im Kopf das Bild von Steffen Mertens am Fleischerhaken. Verzweifelt unterdrückte er ein Stöhnen. Bitte! Er hatte die Pillen doch … Gott sei Dank! Brinkhoff atmete erleichtert auf und zerrte den Riegel mit den Beruhigungstabletten heraus, den er vor Markus in einer Schachtel Vitamintabletten versteckt hatte. Offiziell hatte er die Tabletten vor Wochen abgesetzt, aber jetzt … Hastig drückte er zwei der blauen Dragees aus der Verpackung und spülte sie mit einem Schluck Wasser hinunter. Er wusch den Schweiß von seiner Stirn und wartete, bis sich sein Pulsschlag beruhigt hatte. Die Tabletten verstaute er in der Hintertasche seiner Hose.

Als er sich im Bett wieder an Markus kuschelte, fühlte er, wie sich dessen Hand auf den Weg zu seinen unteren Körperregionen machte. „Nicht jetzt“, murmelte er. „Bin m-müde.“

„Na super“, brummte Clement enttäuscht. „Ich seh dich kaum noch und Sex gibt's auch keinen mehr.“

Brinkhoff zwang ein Lächeln auf seine Lippen und zog seinen Freund fester an sich. „Halt die Klappe, Markus.“

Sein Freund boxte ihn sachte in die Rippen. „He, denkst du dran, dass wir für morgen Kinokarten haben? Wir treffen uns um kurz vor acht am *Cinedom*, okay?“

„Mmh“, erwiderte der Kommissar. Dann war er fest eingeschlafen.

Fünf

Maria Plasberg hatte eine schlechte Nacht. Ruth neben ihr schlief unruhig und ließ sie immer wieder hochschrecken. Sie wälzte sich hin und her, döste ein, wurde wieder wach. Die Gedanken an ihre Ermittlungen ließen sie nicht zur Ruhe kommen. Gegen vier Uhr war an Schlaf endgültig nicht mehr zu denken. Genauso gut konnte sie arbeiten. Die Kommissarin stand leise auf und drückte ihrer Tochter einen Kuss auf die Stirn. Sie schlüpfte in Bademantel und Pantoffeln, schlich in die Küche und setzte Kaffee auf, drückte die

Bilder von Ingrid Kirchners Leiche, die ihr noch immer durch den Kopf gingen, mit Macht beiseite. Dann holte sie aus ihrer Handtasche Beerbaums Unterlagen zum Fall Tatjana Berger, die sie beim Verlassen des Büros von Brinkhoffs Schreibtisch genommen hatte, und begann zu lesen. Kopien von Protokollen, Fotos der geschundenen Leiche des Mädchens, Zeugenaussagen, Beerbaums hingekritzelte Überlegungen zum mutmaßlichen Tathergang. Ein durch und durch widerlicher Fall. Der Täter hatte keinerlei Respekt vor menschlichem Leben gezeigt, Tatjana Berger als Objekt zur Befriedigung seines Triebes missbraucht, getötet und dann wie eine kaputte Puppe weggeworfen. Und immer wieder tauchte der Name Steffen Mertens auf.

Als sie nach etwas mehr als einer Stunde fertig war, klappte Plasberg das Dossier angeekelt zu. Sie konnte immer besser nachvollziehen, welchen Hass Klaus Berger auf den mutmaßlichen Peiniger seiner Tochter empfunden haben musste. Aber er war deshalb nicht zu seinem Mörder geworden, jedenfalls nicht nach den bisherigen Erkenntnissen. Und wie ließ sich die Vermutung, dass Mertens ein Kinderschänder war, vereinbaren mit dem Bild des unscheinbaren, vielleicht sogar liebevollen Familienvaters? Irgendetwas passte da nicht zusammen.

Mit einer frischen Tasse Kaffee stellte sie sich auf die nach hinten gehende Terrasse und betrachtete den heraufdämmernden Morgen. Glasklare, eisige Luft schlug ihr entgegen. Fast unmerklich begann der Himmel von Schwarz in ein dunkles Grau auszubleichen, wurde heller, bis seine Farbe schmutzigem Putzwasser glich und Plasberg die Stühle auf der Terrasse ausmachen konnte. Es hatte wieder gefroren in der Nacht, das Gras lag flachgedrückt am Boden, die Äste des Apfelbaums am Ende des Gartens waren mit Reif überzogen. Die Amsel vom Montag hatte sich auf dem höchsten Zweig niedergelassen und begann zu singen, als am Horizont der erste Streifen blauen Himmels von der aufgehenden Sonne in rotes Licht getaucht wurde. Wind raschelte im Laub des vergangenen Herbstes.

„Niemand kann seiner Strafe entkommen." Die Botschaft des Mörders schwirrte durch Plasbergs Kopf wie eine lästige Wespe um ein Stück Pflaumenkuchen. Wenn sich der Mann vorgenommen hatte, alle Menschen umzubringen, die seiner Meinung nach eines ungesühnten Verbrechens schuldig waren, dann hatte er eine Menge zu tun. Die Kommissarin war lange genug in ihrem Beruf, um zu wissen, dass es der Polizei nicht immer gelang, den Täter eines Vergehens zu fassen. Und selbst wenn, nicht in jedem Fall bedeutete das auch eine gerechte Strafe. Wenn Beweise nicht stichhaltig waren oder der Beschuldigte einen geschickten Anwalt besaß, konnte er unter Umständen mit einer sehr viel geringeren Strafe als angemessen rechnen, in manchen Fällen kam er sogar ohne Verurteilung wieder auf freien Fuß. Die Kommissarin konnte nur zu gut nachvollziehen, dass Berger und Beerbaum Mertens für schuldig gehalten hatten, aber Tatsache war auch, dass Letzterer keine Beweise für seinen Verdacht hatte vorlegen können – und die Indizien hatten nicht ausgereicht, nicht einmal für eine Anklage. Womit sich in diesem Fall die Frage nach der Gerechtigkeit des Justizsystems stellte. Wann war jemand schuldig? Wenn alles auf ihn hindeutete oder erst dann, wenn man hieb- und stichfeste Beweise vorliegen hatte? Die Rechtsprechung war eindeutig: im Zweifel für den Angeklagten.

Die Kommissarin war sich der Problematik bewusst; auch in Polizeikreisen gab es immer wieder Stimmen, die härtere Gesetze gegen bestimmte Straftaten forderten, genauso wie es immer wieder Unmut gegen vermeintlich zu liberal urteilende Richter gab oder ängstliche Politiker, die den Justizbehörden und der Polizei nur unzureichende Mittel an die Hand gaben, um die Strafverfolgung wirksam durchzusetzen. Aber kam das in diesem Fall zum Tragen? Nicht einmal die im Auto von Steffen Mertens gefundenen DNA-Spuren und Faserrückstände von Tatjana Berger hatten gereicht, um ihn zu überführen. Er hatte ja gar nicht geleugnet, die Kleine im Wagen mitgenommen zu haben, nur eben zu einem früheren Zeitpunkt als zur Tat – und dafür gab es Zeugen. Weitreichendere Strafen oder ein härteres Durchgreifen der Polizei hätten an der schwachen Beweismittellage rein gar nichts geändert.

Besonders schwierig wurde es, wenn sich die Medien einschalteten, die angeblich die öffentliche Meinung repräsentierten, diese aber ebenso sehr durch ihre Berichterstattung formten. Im Mittelalter war die Öffentlichkeit auf den Dorfplatz oder die Stadt beschränkt gewesen, in der ein Verdächtigter lebte. In den Zeiten des alles durchdringenden Internets war die Öffentlichkeit die ganze Welt. Es spielte keine Rolle mehr, ob jemand schuldig war oder nicht – selbst bei erwiesener Unschuld war das Leben eines Menschen zerstört, wenn er durch den Fleischwolf der öffentlichen Meinung gedreht worden war.

Nach Beerbaums Unterlagen schien Steffen Mertens diesem Schicksal nur deshalb entgangen zu sein, weil nicht einmal die Staatsanwaltschaft der Ansicht gewesen war, dass die Indizien gegen ihn ausgereicht hätten. Jeder halbwegs vernünftige Richter hätte den ermittelnden Behörden die Untersuchungsergebnisse vor die Füße geworfen. Wenn aber jemand im Fall der kleinen Tatjana zu demselben Schluss wie der Kollege Beerbaum gekommen war, war es dann nicht durchaus vorstellbar, dass er beschlossen hatte, die Bestrafung selbst in die Hand zu nehmen? Jemand aus dem Umkreis der Familie vielleicht, jemand anderes als der Vater? Oder vielleicht … Die Kommissarin, die gerade einen weiteren Schluck Kaffee hatte nehmen wollen, hielt so abrupt inne, dass der Kaffee überschwappte und eine braune Pfütze auf den Steinboden der Terrasse hinterließ. Was, wenn es jemand aus den Reihen der Polizei war – jemand, der so unzufrieden mit der Strafverfolgung in diesem Fall gewesen war, dass er die Bestrafung in die eigene Hand genommen hatte? Ein Akt von Selbstjustiz? Aber nein … das ergab keinen Sinn. Auch unter dieser Prämisse ließ sich keine Verbindung zu Ingrid Kirchners Ermordung herstellen, genauso wenig wie bei der These, den Täter im Kreis der Angehörigen zu vermuten. Kirchner war nie ins Visier polizeilicher Ermittlungen gelangt, hatte ein durch und durch bürgerliches und vollkommen straffreies Leben geführt. Sie hatte sich nichts zuschulden kommen lassen. Die Verbindung zwischen den beiden Morden musste eine andere sein. Außerdem kam dann der zeitliche Aspekt hinzu, über den die Kommissarin bisher noch nicht intensiv genug nachgedacht hatte. Tatjana Berger war seit mehr als zehn Jahren tot. Wieso sie erst jetzt rächen?

Plasberg sah auf die Uhr. Gleich halb sieben. Sie würde ihre Überlegungen verschieben müssen. Es war Zeit, die Kinder zu wecken und das Frühstück vorzubereiten. Sie warf einen letzten

Blick zum Himmel, den die aufgehende Sonne mittlerweile in ein gleißendes, stählernes Blau verwandelt hatte, und kippte den Rest ihres kalten Kaffees auf den Rasen.

Der erste Polizeibeamte, der Torsten Brinkhoff am Morgen über den Weg lief, war der 43-jährige Hauptkommissar Johannes Wentrop, Leiter des KK 57, zuständig für Organisierte Kriminalität.

„Sieht aus, als wären wir erneut ein Team!", begrüßte ihn der groß gewachsene und überaus dürre Kollege fröhlich, während er an einem Müsliriegel kaute. Brinkhoff konnte sich nicht erinnern, Wentrop jemals ohne etwas zu essen in Reichweite gesehen zu haben. Trotzdem blieb er ein Hungerhaken – anscheinend verbrannte er die Energie genauso schnell, wie er sie sich zuführte.

„Dann ha-hat Eikner Sie gefragt? Sie v-verstärken unser Team?"

Wentrop deutete auf die Papiere, die er in der Armbeuge balancierte, und verhinderte in letzter Sekunde, dass ihm der ganze Stapel herunterrutschte. „Hat er. Mache ich. Hab mich gerade eingelesen", grinste er. „In meinem Kommissariat ist momentan wenig los. Meine Mitarbeiter kommen auch ohne mich klar."

„Und Sie haben nichts dagegen, unter Plasbergs Kommando zu arbeiten?" Die Frage war Brinkhoffs Ansicht nach nicht überflüssig. Aufgrund ihrer schroffen Art zählte die Kommissarin nicht gerade zu den beliebtesten Kollegen. Karsten Vogts Probleme mit ihr waren nur die Spitze des Eisbergs. Außer ihm gab es im Präsidium eine ganze Reihe von Polizeibeamten, die alles daran setzen würden, nicht mit ihr zu arbeiten.

Wentrop zwinkerte Brinkhoff zu. „Glauben Sie mir, neben meiner Schwiegermutter wirkt Ihre Chefin wie die gute Fee aus einem Märchen der Gebrüder Grimm. – Stopp, wo wollen Sie hin?" Brinkhoff hatte gerade den üblichen Weg zum Aufzug eingeschlagen. „Hier geht's lang!" Wentrop deutete auf den Gang hinter dem Empfang, an dessen Ende der kriminalpolizeiliche Führungsraum lag.

„Wir haben den …? Aber Eikner hat doch gesagt …"

„Der Kollege Eikner ist ein gewiefter Taktiker – auch wenn er bei seinen Mitarbeitern häufig auf wenig Verständnis stößt."

Brinkhoff wurde rot. War das eine versteckte Kritik? Anders als die Kommissarin war er immer bemüht, seine Meinung über Heribert Eikner möglichst für sich zu behalten. Aber im Gegensatz zu Maria Plasberg konnte er ihm auch relativ problemlos aus dem Weg gehen.

Wentrop tat, als hätte er Brinkhoffs Reaktion nicht bemerkt. „Der Kollege Eikner hat sich noch gestern Abend meiner Unterstützung versichert. Und wenn der Leiter des KK 11 und der Leiter des KK 57 gemeinsam den Führungsraum einfordern, um für die Mitarbeiter eine professionelle Arbeitsgrundlage zu schaffen, dann kam man höheren Orts diesen Wunsch kaum abschlägig bescheiden", erklärte er immer noch grinsend und öffnete die Tür. Brinkhoff fiel vor Staunen die Kinnlade herunter, als er das Krisenzentrum in Augenschein nahm.

Der Führungsraum besaß eine breite Fensterfront, die einen Ausblick auf drei in voller Blüte stehenden Forsythienbüsche bot und auf Knopfdruck verdunkelt werden konnte. Die zwölf Arbeitsplätze ließen sich je nach Bedarf umgruppieren und ausstatten. Im Moment waren Techniker damit beschäftigt, an jedem Platz einen Computer und ein Telefon zu installieren, Kabel zu verlegen, Anschlüsse zu prüfen. Es gab ein Breitwand-Plasma-Fernsehgerät, eine Leinwand mit Videobeamer, Kopier- und Faxgeräte und eine riesige, detaillierte Straßenkarte von Köln, auf der die beiden Leichenfunde der letzten Tage schon mit Stecknadeln markiert waren. Gegenüber der Fensterseite befand sich eine lang gestreckte weiße Pinnwand, an der gerade Jochen Hallstetter und Matthias Kayser damit beschäftigt waren, die Notizen von der überfüllten Pinnwand in Plasbergs Büro eins zu eins zu übertragen. Brinkhoff machte außerdem mehrere Fotos der Leichen von Steffen Mertens und Ingrid Kirchner aus, die Plasberg von der Spurensicherung angefordert hatte. Im ganzen Raum herrschte eine Atmosphäre konzentrierter Betriebsamkeit. Jeder schien daran interessiert zu sein, das Krisenzentrum so schnell wie möglich einsatzbereit zu machen.

„Mann!", sagte der Kommissar. „Also hierhin f-fließen unsere Steuergelder!"

Gesine Keller steuerte auf sie zu und begrüßte die beiden Beamten mit einem strahlenden Lächeln. „Guten Morgen, die Herren. Kaffee?“ Auch ihr schien der neue Arbeitsplatz zu gefallen.

„Eh ... ja, b-bitte“, stotterte Brinkhoff.

„Und welchen?“

„Welchen was?“

„Kaffee natürlich“, erwiderte Keller. „Dahinten steht eine 1500 Euro teure Kaffeemaschine, mit der man sogar neue Rezepte aus dem Internet herunterladen kann. Also kommen Sie mir nicht mit ‚Kaffee‘. Latte Macchiato, Cappuccino, Espresso, türkischer Mokka oder –“

„Latte Macchiato“, sagte Brinkhoff schnell.

„Für mich trotzdem nur einfachen Kaffee, schwarz“, sagte Wentrop.

Gesine Keller runzelte die Stirn. „Ich weiß nicht, ob dieses Monstrum in der Lage ist, so etwas Simples herzustellen.“ Dann drückte sie Brinkhoff einige Unterlagen in die Hand. „Ein vorläufiger Bericht der Rechtsmedizin über Ingrid Kirchner. Kam gerade per Fax. Die wissen anscheinend auch schon, dass es brennt. Außerdem hat gerade der für den Einsatz im Haus von Steffen Mertens verantwortliche Brandschutzmeister angerufen, mit der dringenden Bitte um Rückruf. Telefonnummer ist hier.“ Sie deutete auf einen Zettel ganz oben auf den Unterlagen.

„Einsatz bei Steffen Mertens?“, fragte Wentrop dazwischen. „Hab ich da was verpasst?“

„Gestern Abend ist die Küche in Anwesenheit von Tochter und Ehefrau in die Luft geflogen“, informierte ihn Brinkhoff. „Frau Plasberg war direkt vor Ort. Nein“, fügte er rasch hinzu, als er Wentrops Blick sah. „Keine weiteren Todesopfer. Heike Mertens hat nur ein paar Schrammen abgekriegt, dem Mädchen geht es aber sehr schlecht. – Funktionieren die Telefone schon?“

„Seit einer halben Stunde“, nickte die Sekretärin des KK 11. Mit einem besorgten Blick auf die schlotternden Hosen von Wentrop fügte sie hinzu: „Hauptkommissar, ich habe frische Mandelcroissants besorgt. Möchten Sie?“

„Klar! Sie sind ein Engel, Frau Keller!“

„Und ich? B-Bekomme ich auch ein C-Croissant?“

Die Sekretärin war schon fast wieder außer Hörweite. „Sie? Ach so ... ja, natürlich.“

„Unglaublich“, murmelte Brinkhoff. Dann tippte er die Nummer des Brandschutzmeisters ein, während auf einer anderen Leitung ein weiteres Telefon zu klingeln begann. Wentrop nahm das Gespräch an. Beide Kommissare redeten nur kurz mit ihren jeweiligen Gesprächspartnern und legten fast gleichzeitig auf.

„Das U-Unglück war keines“, sagte Brinkhoff verstört. „Jemand hat die Gasleitung bei den Mertens' manipuliert.“

„Dann müssen wir dringend mit Clara Mertens reden. Sobald sie wieder ansprechbar ist“, sagte eine Stimme hinter ihm. „Sie hat vermutlich am Dienstag unseren Täter in Begleitung ihres Vaters gesehen.“ Der Kommissar fuhr zusammen; weder er noch Wentrop hatten bemerkt, dass Maria Plasberg inzwischen eingetroffen war.

Das Außergewöhnliche an ihrem heutigen Outfit bestand darin, dass es nicht außergewöhnlich war und dass sie gerade deshalb irgendwie verkleidet aussah. Plasberg trug eine Jeans, einen weinroten Pullover und schwarze Pumps. Brinkhoff war beinahe enttäuscht, so sehr hatte er sich an die Extravaganzen seiner Vorgesetzten gewöhnt. Aber bevor er etwas sagen konnte, brachte sie ihn mit einem Blick schon wieder zum Verstummen.

Wentrop schüttelte den Kopf. „Da können wir lange warten. Ich hatte gerade das Kinderkrankenhaus Amsterdamer Straße am Apparat. Clara Mertens ist noch in der Nacht dorthin verlegt worden. Da gibt's eine Spezialabteilung für Kinder mit schweren Brandverletzungen. Die Kleine ist nicht vernehmungsfähig. Sie haben sie bis auf Weiteres in ein künstliches Koma versetzt.“

„Verdammt!“ Die Kommissarin warf ihre Handtasche wie einen Fehdehandschuh auf den nächstbesten Tisch. „Ich hatte gehofft, dass die Ärzte uns noch vorher mit ihr sprechen lassen. Na ja, wenigstens hat das mit dem Personenschutz geklappt. Eikner hat drei Kollegen organisiert, die im Wechsel vor der Tür ihres Krankenzim –“

„Ist das etwa echt?“, wurde sie von Brinkhoff unterbrochen. Er hatte doch noch etwas Kommentierungswürdiges entdeckt: Plasbergs Handtasche. „Ist das Ding mit echtem Nerz besetzt?“

„Was? Nein, natürlich nicht. Meine Kinder würden mir den Kopf abreißen. Das ist ein Imitat."

Brinkhoff fuhr mit den Fingern über das seidenweiche, dunkelbraun glänzende Fell von Plasbergs Lieblings-Accessoire. „Fühlt sich aber echt an", sagte er misstrauisch.

Seine Vorgesetzte nahm ihm das Fax der Rechtsmedizin zur Autopsie von Ingrid Kirchner ab. „Die Pathologie bestätigt die Vermutung des Notarztes", murmelte sie, während sie das Schreiben überflog. „Kieferverrenkungen infolge von Überdehnung, vermutlich ausgelöst durch die Anwendung einer Maulsperre ... der Täter hat Kirchner die Zunge mit einem scharfen Gegenstand abgetrennt und ihr dann in den Rachen ... Tod durch Ersticken." Sie ließ den Zettel sinken. „Der Mann scheint zu allem entschlossen. Und unsere einzige Augenzeugin liegt im Koma." Erst jetzt nahm sie ihre Umgebung zur Kenntnis, inspizierte mit scharfen Blicken die Ausrüstung des Führungsraums. Anscheinend schien sie ihren Ansprüchen zu genügen, denn sie ließ sich kommentarlos auf einen der Stühle fallen. „Wo ist Vogt?", fragte sie dann laut.

„Hat einen Termin mit dem Besitzer des grauen Vauxhall!", rief Jochen Hallstetter zu ihnen herüber.

„Und die zwei zusätzlichen Kollegen, die Eikner mir versprochen hat?"

Als hätte er auf sein Stichwort gewartet, öffnete sich in diesem Moment die Tür des Führungsraums ein weiteres Mal und Heribert Eikner stieß zu ihnen, in Begleitung eines Mannes und einer Frau. Der Leiter des KK 11 sah übernächtigt aus, seine dünnen Haare waren zerzaust und sein Gesicht so zerknautscht, als hätte es jemand mit einem Sofakissen verwechselt. „Ich hoffe, Sie sind ausnahmsweise einmal zufrieden, Frau Kollegin", brummte er müde. „Ich musste mich ziemlich ins Zeug legen, um all das hier kurzfristig genehmigt zu kriegen." Er machte eine fahrige Handbewegung, die den ganzen Raum und alle anwesenden Personen einschloss, inklusive der noch immer handwerkelnden Techniker. „Das hier sind übrigens Aleksander Dimitrov, ein neuer Kollege, der Ihnen als Fallanalytiker zur Verfügung stehen wird ..." Er deutete auf den Mann an seiner Seite, einen wuschelhaarigen Endvierziger mit Nickelbrille und kaukasischen Gesichtszügen.

„Er ist vor zwei Wochen aus Baden-Württemberg nach Köln versetzt worden. Und das hier ist …"

„Frau Siener!", fiel ihm Plasberg überrascht ins Wort, als die junge Frau hinter Eikners Rücken hervortrat und sich verlegen lächelnd durch ihre blonden Haare fuhr.

„Kollegin Siener ist leider nur eine Notlösung. Außer Wentrop gab es niemanden in den anderen Kriminalkommissariaten, den ich hätte abziehen können", erklärte Eikner. „Osterferien. Aber ich dachte mir, da sie ja schon bei der ersten Leiche vor Ort war und quasi in den Fall eingearbeitet ist … außerdem war sie sofort verfügbar. Von daher …" Er sah Maria Plasberg fast entschuldigend an, aber die Kommissarin war durchaus erfreut, die Kollegin, die sie vor wenigen Tagen auf dem Schlachthof kennengelernt hatte, wieder zu sehen.

„Wie geht's Ihrem Sohn?", fragte sie. „Grippe überstanden?"

„Mehr oder weniger. Er hustet noch ein bisschen, aber das Fieber ist runter", erwiderte die junge Polizistin. „Hören Sie", fügte sie dann schnell hinzu, „ich weiß, dass ich nicht gerade Ihre Traumbesetzung bin. Ich bin völlig unerfahren, was Mordermittlungen angeht, aber …"

Plasberg winkte ab. „Wir werden Sie schon einarbeiten. Solange Sie logisch denken können und mit einigen Wochen unregelmäßiger Dienstzeiten klarkommen, kriegen wir das hin."

„Meine Mutter ist gerade zu Besuch und kann sich mit meinem Mann um Daniel kümmern. Sie wird ihn wahrscheinlich hoffnungslos verwöhnen."

Brinkhoff machte große Augen. So war es also, wenn Maria Plasberg mit jemandem zusammenarbeitete, den sie nicht als Bedrohung empfand! Er hatte noch nicht vergessen, wie schwierig sein eigenes Verhältnis zur Kommissarin am Anfang gewesen war. Einige Tage hatte er Plasbergs bissige Bemerkungen und Anspielungen ertragen, die seine Eignung als Polizisten in Frage stellten, dann war ihm der Kragen geplatzt. Er hatte all seinen Mut zusammengenommen und ihr auf den Kopf zugesagt, sie könne ihn nur aufgrund ihrer Vorurteile gegen schwule Männer nicht leiden – daraufhin hatte Plasberg ihn aus ihrem Auto geworfen. Damals wäre seine Mitarbeit in der Mordkommission um ein Haar ein kurzes Intermezzo geblieben. Er hatte die Brocken hinschmeißen wollen, und nur Lutz Beerbaums Intervention war es zu verdanken, dass er geblieben war. Jetzt war Brinkhoff fast eifersüchtig darauf, wie gut Plasberg mit Bettina Siener zurechtzukommen schien.

„Gibt es seit gestern neue Erkenntnisse?", fragte Eikner. „Die Leitstelle hat eine Gasexplosion gemeldet, hatte das irgendwas mit uns zu tun?"

„Allerdings", seufzte Plasberg. „Das war ein Anschlag auf das Haus von Steffen Mertens. Mutmaßlich, um seine Tochter zu töten."

Ihr Vorgesetzter wurde blass. „Ein Anschlag? Vom selben Täter?"

„Das können wir noch nicht bestä –"

„Wenn Kupka das hört!" Eikner schob seine schwarze Hornbrille hektisch die Nasenwurzel hinauf und hinunter und nestelte an seinem Hemdkragen, als bekäme er keine Luft mehr.

„Herrgott, Herr Eikner, wir tun, was wir können!", brauste Plasberg auf. „Geben Sie uns ein bisschen Zeit!"

„Zeit?", blaffte Eikner zurück. So etwas wie Panik machte sich in seinem Gesicht breit, er schien gar nicht zu hören, was die Kommissarin sagte. Die Übermüdung und Anspannung der letzten Stunden taten ihr Übriges. „Wir haben keine Zeit, Frau Kollegin! Haben Sie eigentlich den Ernst der Lage begriffen? Was glauben Sie, was da draußen in den nächsten Stunden losbricht, wenn auch noch das mit dem Gasanschlag publik wird! Dann habe ich die Presse im Nacken sitzen und dazu den Wachhund des Polizeipräsidenten, der sowieso fast stündlich anruft. Wir brauchen endlich eine brauchbare Spur!" Brinkhoff hatte den Chef des KK 11 selten so außerhalb seiner Rolle gesehen: bereit zur Zusammenarbeit mit Plasberg – oder war er das jetzt doch nicht mehr? –, übermüdet, angestrengt und jetzt auch noch ängstlich.

Aber Plasberg ließ sich nicht in die Ecke drängen. „Was soll ich denn Ihrer Meinung nach tun? Den Erstbesten von der Straße weg verhaften und Kupka und dem *Express* zum Fraß vorwerfen? Bisher haben wir keinen einzigen Fingerabdruck, geschweige denn abgleichfähiges DNA-Material! Ich kann mir doch nichts aus den

Rippen schneiden! Sie wissen ganz genau, dass die Ermittlungen in diesen Fällen zeitraubend sind. Zumal wenn die Augenzeugen so töricht sind, uns ihr Wissen nicht rechtzeitig mitzuteilen!"

„Aber Clara M-Mertens ist ein neunjähriges Kind", wagte Brinkhoff einzuwerfen. „Sie können doch nicht erwarten, dass –"

„Das weiß ich selber, Herr Kollege!", fauchte ihn Plasberg an. Brinkhoff duckte sich, wie um einem Schlag auszuweichen, und die Kommissarin wandte sich wieder Eikner zu. „Halten Sie mir Kupka und die Medien vom Leib, damit wir hier unsere Arbeit machen können! Das ist Ihre Aufgabe, ich habe Wichtigeres zu tun!"

Alle anderen hatten dem aufflackernden Streit zwischen Plasberg und Eikner peinlich berührt zugehört, jetzt jedoch mischte sich Wentrop ein. „Vielleicht sollten wir einfach alle unserer Arbeit nachgehen", schlug er vor. „Wir haben genug zu tun. Es ist unnötig, unsere Energie mit solchen Nebensächlichkeiten zu vergeuden." Er biss herzhaft in das Croissant, das ihm Gesine Keller gebracht hatte, und verstreute großzügig Krümel auf dem Boden. „'tschuldigung", murmelte er mit vollem Mund, wobei noch mehr Blätterteig herabrieselte. Plötzlich war die Situation entschärft. Eikner nutzte die Gelegenheit, um den Rückzug anzutreten und Maria Plasberg ließ sich an die Lehne ihres Stuhls zurücksinken.

Angestrengt rieb sie sich die Augen. „Tut mir leid, Brinkhoff", entschuldigte sie sich. „War nicht so gemeint."

Der Kommissar brachte ein knappes Lächeln zustande. „Schon gut." Seine Hand glitt fast von selbst in die Hintertasche seiner Hose und befingerte die Schachtel mit den Tabletten. Für den Moment war es genug zu wissen, dass sie da waren, wenn er sie brauchte.

„Ich hab so gut wie nicht geschlafen. Erst haben mir gestern Abend die Kinder die Hölle heiß gemacht, und dann haben mir die Ermittlungen keine Ruhe gelassen. Ich hab die halbe Nacht damit verbracht, mir Beerbaums Unterlagen über den Fall Tatjana Berger anzusehen." Sie drehte sich zu Aleksander Dimitrov, der die ganze Zeit etwas verloren am Rand gestanden hatte. „Sie sind Profiler?"

„Das ist korrekt." Er trat zu Plasberg und schüttelte ihr etwas förmlich die Hand. „Ich bin erfreut, Sie kennenzulernen, Frau Kommissarin", sagte er etwas steif. Sein kehliger, russischer Akzent war unüberhörbar.

„Wo kommen Sie her?"

„Karlsruhe."

„Ja ... nein, ich meinte, gebürtig."

„Moskau. Ich bin in einem Dorf in Nähe von Moskau aufgewachsen und vor zwei Jahren nach Deutschland gekommen. Meine Großeltern ... sie waren Russlanddeutsche." Dimitrov sprach langsam und konzentriert, bemüht, möglichst keine grammatikalischen Fehler zu machen.

Plasberg nickte. „Ich brauche von Ihnen so schnell wie möglich ein Täterprofil. Schnappen Sie sich die Kollegen Kayser und Hallstetter", sie deutete auf die beiden Kommissare, die gerade letzte Hand an die Notizen auf der weißen Pinnwand legten, „und lassen Sie sich von ihnen über die zwei Leichenfunde und die bisher vorliegenden Ermittlungsergebnisse informieren ... nicht, dass das besonders viel wäre", fügte sie grimmig hinzu. „Frau Siener, Sie dürfen sich dazugesellen, dann sind alle auf dem neuesten Stand. Anschließend werden Sie zusammen mit dem Kollegen Wentrop die Wohnung der Kirchner unter die Lupe nehmen, einverstanden? Gut. Brinkhoff und ich ..." Sie sah sich nach der Sekretärin um. „Haben Sie denn etwas für mich, Frau Keller?"

„Sie meinen das Adressbuch, das Sie mir gestern gegeben haben?" Gesine Keller eilte zu ihrem Schreibtisch und griff sich das blaue Adressbuch von Ingrid Kirchner und einen Bogen mit Notizen. „Ja, ich habe etwas herausgefunden. Die Visitenkarte klebte ganz hinten auf der letzten Seite. Der Name des Hausarztes von Frau Kirchners Mutter ist Dittrich, Dr. Erwin Dittrich. Allerdings ... er praktiziert nicht mehr. Ich habe heute Morgen in der Praxis angerufen. Er hat sich vor zwei Jahren aus dem Berufsleben zurückgezogen und die Praxis an einen Nachfolger übergeben."

„Mist", sagte Plasberg verärgert. „Und jetzt genießt er wahrscheinlich seinen Lebensabend an der Côte d'Azur?"

„Nein. In Köln-Esch. Hier ist die Adresse. Die Sprechstundenhilfe des neuen Arztes war so nett, sie mir zu geben."

„Perfekt!" Die Kommissarin schulterte ihre Handtasche und nahm den Zettel in Empfang. „Kommen Sie, Brinkhoff, wir werden dem Mann einen Besuch abstatten."

Ingeborg Dittrich hielt einen Schrubber in der Hand, als sie Plasberg und Brinkhoff die Haustür des Einfamilienhauses öffnete. Ihre Finger steckten in rosafarbenen Plastikhandschuhen und unterhalb ihres grauen Haaransatzes waren feine Schweißperlen zu sehen. „Putztag", erklärte sie unnötigerweise. Die Kommissare wiesen sich aus und die Ehefrau des pensionierten Mediziners stemmte demonstrativ die Hände in die Hüften.

„Ich hab Erwin schon hundert Mal gesagt, dass er in der verkehrsberuhigten Zone hier nicht so schnell fahren soll." Eine gewisse Genugtuung lag in ihrer Stimme. „War ja nur eine Frage der Zeit, bis man ihn erwischt."

„N-Nein", versuchte Brinkhoff das Missverständnis aufzuklären. „Wir sind nicht –"

„Kommen Sie ruhig durch!", schnitt ihm die resolute Frau das Wort ab. „Mein Mann ist hinten im Garten. Geschieht ihm ganz recht!" Sie begleitete die Kommissare durchs Haus zur Terrasse, die vor einer Rasenfläche endete, auf der ein untersetzter Mann mit dichten, schlohweißen Haaren die Reste des Herbstlaubs zusammenrechte. Neben ihm kaute ein Dackel hingebungsvoll auf einem Knochen. „Erwin, du hast Besuch! Polizei!"

„Polizei?" Der Arzt drehte sich überrascht um und machte ein paar Schritte aufs Haus zu.

„Denk nicht mal dran!", hielt ihn seine Frau zurück und deutete auf seine feuchten Gummistiefel, an denen Grashalme und Erde klebten. „Es macht den Herrschaften bestimmt nichts aus, ein paar Schritte zu dir zu kommen."

„Kripo Köln, Mordkommission", stellte die Kommissarin endlich den entstandenen falschen Eindruck richtig, während Ingeborg Dittrich sie allein ließ. „Ich bin Maria Plasberg und das ist mein Kollege Torsten Brinkhoff. Wir sind –"

Sie brach abrupt ab, denn während sie dem Arzt die Hand schüttelte, war sie vom steinernen Terrassenboden auf den Rasen getreten und versank gerade mit dem Absatz ihres linken Schuhs in der feuchten Erde. Energisch zog sie den Fuß aus dem Boden – vielleicht ein wenig zu energisch, denn sie knickte um. Dabei gab es plötzlich einen lauten Knacks und der Absatz brach ab. Die Kommissarin verlor das Gleichgewicht und ruderte einen Moment hilflos mit den Armen in der Luft. Beide Männer sprangen nach vorne und wollten ihr zu Hilfe eilen, aber es war zu spät: Maria Plasberg kippte in Zeitlupe nach hinten und landete auf dem Hosenboden. Jetzt war es um ihre Haltung endgültig geschehen. Wütend rappelte sie sich auf, stieß Brinkhoffs ausgestreckte Hand weg und hüpfte auf einem Bein zurück auf die Terrasse, wo sie sich lautstark schimpfend den kaputten Schuh vom Fuß riss.

„Ich fasse es einfach nicht! Erst vor vier Wochen gekauft. Das ist ein Original von *Christian Louboutin*! Wissen Sie, was die gekostet haben?“ Sie starrte den Arzt erbost an, als wäre er für ihr Missgeschick verantwortlich. „419 Euro! Und schauen Sie sich die Dinger jetzt an! Was ist das bloß für ein Tag heute!“

„Sie kaufen Schuhe für v-vierhundert Euro?“, platzte Brinkhoff ungläubig heraus.

„Das war mein Weihnachtsgeld. Kann Ihnen doch egal sein, was ich damit mache!“ Die Kommissarin hüpfte unbeholfen weiter zu einem der Gartenstühle, die unter der ausgefahrenen Markise standen, wo sie den abgebrochenen Absatz näher unter die Lupe nahm. „Total hinüber!“

„Und w-wenn Sie die Schuhe zum Schuster bringen?“

„Natürlich bringe ich sie zum Schuster!“, pflaumte Plasberg ihn an. „Glauben Sie, ich schmeiße ein Paar Pumps von *Christian Louboutin* einfach so auf den Müll?“ Sie griff in ihre Handtasche und warf dem Kommissar ihre Autoschlüssel zu. „Auf dem Rücksitz fliegen irgendwo noch ein Paar Turnschuhe rum. Holen Sie mir die!“

Erwin Dittrich kam sich seltsam überflüssig vor. Ob die beiden seine Anwesenheit vergessen hatten? Vorsichtshalber räusperte er sich. „Ehm ... gibt es einen bestimmten Anlass für Ihren Besuch, Frau Kommissarin? Oder haben Sie mich ausschließlich deshalb aufgesucht, um ein etwa acht Zentimeter tiefes Loch in meinen Rasen zu rammen?“ Er konnte sich ein Lächeln nicht verkneifen.

„Nein“, erwiderte Plasberg missmutig, während ihr Kollege ihr neues Schuhwerk besorgte, „das war schon die Zugabe. Könnten Sie vielleicht den Hund zurückpfeifen?“ Sie hielt den kaputten Pumps in die Luft, um ihn vor dem Zugriff des Dackels zu bewahren, der aufgeregt um sie herumsprang, in der irrigen Annahme, dass es gleich etwas zu apportieren gäbe.

„Sie hört nicht auf mich“, seufzte Dittrich. „Penny, geh zu Frauchen … Inge, ruf den Hund zu dir!“ Der Dackel verschwand in die Richtung, aus der die energische Stimme seiner Frau erschallte, und Dittrich setzte erneut an: „Also, worum geht es?“

„Eigentlich sind wir hier, um Ihnen ein paar Fragen über eine Ihrer ehemaligen Patientinnen zu stellen. Ingrid Kirchner“, erklärte Plasberg. „Das heißt, nicht sie war Ihre Patientin, sondern ihre Mutter.“

„Kirchner … Kirchner.“ Dittrich musste einen Moment nachdenken, dann hellte sich sein Gesicht auf. „Annemarie Kirchner. Jetzt erinnere ich mich. Sie ist vor ein paar Jahren gestorben.“

„Richtig. Und Ingrid Kirchner hat ihre Mutter zu Hause bis zu ihrem Tod gepflegt. Wissen Sie noch, in welchem Jahr die alte Frau Kirchner verstorben ist?“

„2005? 2006? Warum ist das wichtig?“

Plasberg drehte den abgebrochenen Absatz in der Hand. „Ingrid Kirchner ist gestern von uns tot in ihrer Wohnung aufgefunden worden. Ganz offensichtlich wurde sie Opfer eines Gewaltverbrechens.“

Der Arzt hob die Augenbrauen. „Sie ist ermordet worden? Wie furchtbar.“ Er ließ sich neben Plasberg in einen Gartenstuhl fallen. „Ich erinnere mich noch ganz gut an die Tochter von Frau Kirchner. Recht groß, etwas burschikose Figur?“

Plasberg nickte.

„Sie hat sich sehr liebevoll um ihre Mutter gekümmert.“

„Woran ist sie gestorben?“

Dittrich hob den Kopf. „Ehm … es tut mir leid, aber die Schweigepflicht …“

„Bitte!“ Plasberg sah ihn verärgert an. „Ersparen Sie mir das Vorgeplänkel. Beide Frauen sind tot, und so viel ich weiß, gibt es keine weiteren Angehörigen. Wir ermitteln in einem Mordfall und sind dringend auf Ihre Mitarbeit angewiesen."

Dittrich rieb sich unentschlossen die Wange. „Also schön", sagte er schließlich. „Aber es wird Ihnen kaum weiterhelfen, vermute ich. Annemarie Kirchner ist an einem Herzversagen gestorben. Und glauben Sie mir, das war für alle Beteiligten das Beste."

„Inwiefern?"

„Sie war ein Pflegefall. Sie hat niemanden mehr erkannt, weder mich noch ihr eigenes Kind. Gerade in den letzten Wochen war die Pflege besonders intensiv. Ich persönlich …" Dittrich zögerte einen Moment, „… ich hätte die Patientin wahrscheinlich in ein Pflegeheim gegeben. Aber davon wollte Frau Kirchner – also die Tochter – damals nichts wissen. Wir haben mehrmals darüber gesprochen, wenn ich mich recht entsinne. Aber sie wollte nicht. Um den Alltag zu bewältigen, hat sie damals eine Pflegekraft aus Polen engagiert, die die alte Frau Kirchner versorgt hat, während die Tochter arbeiten ging. Aber trotzdem …"

„Trotzdem was?"

„Trotzdem war sie am Ende mit den Nerven ziemlich fertig. Kein Wunder. Jemanden mit Altersdemenz und Parkinson zu Hause zu versorgen, noch dazu fast allein, verlangt fast übermenschliche Kräfte."

„Und trotzdem hat sie es getan …" Die Terrassentür öffnete sich und Torsten Brinkhoff kehrte mit Plasbergs Turnschuhen zurück. Die Kommissarin nahm sie ihm ohne ein Wort des Dankes ab. „Gab es damals irgendwelche Zweifel an der Todesursache?"

Dittrichs Augen blitzten auf. „Wie meinen Sie das?"

„So, wie ich es gesagt habe. Gab es Anhaltspunkte, die Sie an einem natürlichen Tod der alten Frau Kirchner haben zweifeln lassen?"

„Wie kommen Sie denn darauf? Natürlich nicht!" Der Arzt räusperte sich ungehalten. „Ich habe die Leichenschau persönlich vorgenommen. Frau Kirchner ist ganz friedlich eingeschlafen. Es gab keinen Grund anzunehmen, dass irgendetwas nicht mit rechten Dingen zugegangen wäre."

Brinkhoff ergriff das Wort. Plasberg hatte ihm wie einem Bediensteten ihr kaputtes Paar Schuhe in die Hand gedrückt, jetzt stand er etwas unschlüssig hinter ihrem Stuhl und ließ die Pumps in seinen Fingern baumeln. „Uns liegt eine Zeugenaussage vor, dass Frau K-Kirchner sehr erleichtert war, als ihre Mutter endlich gestorben war.“

„Verständlicherweise. Und das kann man auch niemandem übel nehmen. Sie waren wahrscheinlich noch nie in der Situation, einen Angehörigen über einen längeren Zeitraum pflegen zu müssen?“

Brinkhoff dachte an den qualvollen Krebstod seines Vaters, den er als Kind miterlebt hatte. Aber sein Vater war im Krankenhaus versorgt und gepflegt worden, er selbst hatte die Besuche nur noch als unangenehme und beunruhigende Schatten in Erinnerung. „N-Nein“, gab er zu.

„Dann lassen Sie es sich von mir gesagt sein: Das ist sehr, sehr anstrengend und sowohl körperlich als auch seelisch eine große Belastung. Die alte Frau Kirchner lag seit Monaten im Bett; es war ein langes Siechtum. Da kann man es ihrer Tochter wohl kaum verdenken, wenn sie eine gewisse Erleichterung verspürt hat, als ihre Mutter es geschafft hatte.“

Plasberg kam nicht umhin, dem Mann insgeheim recht zu geben. Es war durchaus möglich, dass Ingrid Kirchner sich etwas anderes hatte zuschulden kommen lassen, auf das sich der Mörder mit dem Zettel auf ihrer Stirn bezog. Und trotzdem, der Tod ihrer Mutter war das Naheliegendste. Wenn man davon ausging, dass der Täter mit der Ermordung von Steffen Mertens den Tod der kleinen Tatjana Berger hatte rächen wollen, dann hatte er Ingrid Kirchner wohl kaum wegen Falschparkens oder unzureichender Mülltrennung umgebracht. „Kam der Tod von Annemarie Kirchner denn überraschend?“, fragte sie.

„Überraschend? Herrgott, Sie stellen Fragen! Das ist schon so lange her, wie soll ich mich da … haben Sie wirklich den Verdacht, dass Frau Kirchner ihre Mutter umgebracht haben könnte? Das ist völlig absurd!“

„Wieso?“, fragte Plasberg, während sie ihre Schnürsenkel zuband.

„Weil... weil ...“ Dittrich schienen die Worte zu fehlen. „Weil sie ihre Mutter geliebt hat. Da bin ich ganz sicher. Niemand, der sich so aufopfernd um seine Mutter kümmert, wäre in der Lage, sie zu töten.“

„Vielleicht hat sie ja auch nur ein bisschen ... nachgeholfen?“

„Wie bitte?“

„Hätten Sie zum Beispiel bemerkt, wenn Frau Kirchner ihrer schwachen, kranken Mutter einfach ein Kissen ins Gesicht gedrückt hätte? Ich meine, hätten Sie den Unterschied zu einem natürlichen Tod bei der Leichenschau erkannt?“

„Aber das ist doch lächerlich!“, erwiderte Dittrich empört. Doch dann räumte er ein: „Nein, zugegebenermaßen wahrscheinlich nicht. So etwas könnte man nur im Rahmen einer Obduktion ... wie kommen Sie überhaupt darauf?“

Plasberg dachte gar nicht daran, Dr. Dittrich über die näheren Todesumstände von Ingrid Kirchner zu informieren. Stattdessen beließ sie es bei einer vagen Aussage. „Sagen wir einfach, dass es Hinweise gibt, dass Frau Kirchner sich in ihrer Vergangenheit etwas zuschulden hat kommen lassen, für das ihr Mörder sie büßen lassen wollte.“

„Und Sie glauben, dass das mit dem Tod ihrer Mutter in Verbindung stehen könnte?“

„Wir haben keine anderweitigen Hinweise.“

„Dann steht Ihre Vermutung aber auf sehr wackeligen Beinen“, erklärte Dittrich mit leisem Spott.

Maria Plasberg nickte. „Kann schon sein. Aber irgendwo müssen wir mit unseren Ermittlungen ja anfangen.“ Sie erhob sich und verabschiedete sich zusammen mit Brinkhoff, wobei sie dem Arzt ihre Karte in die Hand drückte und ihn aufforderte, sie jederzeit anzurufen, falls ihm noch etwas einfiele.

„Ach so ...“, sagte sie beinahe schon im Gehen. „Der Name der polnischen Helferin. Erinnern Sie sich zufällig an den?“

Der Arzt schüttelte bedauernd den Kopf.

„Wäre auch zu schön g-gewesen“, seufzte Brinkhoff, als sie wieder im Auto saßen.

Plasberg nahm ihm die Pumps ab und warf sie auf die Rückbank. „Was denn?“

„Na, wenn der Mann uns etwas W-Wichtiges zu sagen gehabt hätte."

„Ja", erwiderte die Kommissarin und startete den Motor. „Sieht ganz nach einer Sackgasse aus."

Mit spitzen Fingern hob Brinkhoff eine angebrochene, klebrigbunte Verpackung hoch, die Plasberg auf der Mittelkonsole deponiert hatte. „Was ist das?", fragte er angewidert.

„Schokoriegel. Erdbeer-Joghurt. Ich hab noch mehr davon im Handschuhfach. Wollen Sie?"

„Ich wünschte, ich wäre mit meinem eigenen Wagen gefahren", seufzte er.

In diesem Moment klingelte Plasbergs Handy. Die eine Hand am Steuer, die andere in der Handtasche, wühlte sie ihr Mobiltelefon heraus. „Was gibt's? Was? Aber … nein, kommt nicht in Frage!" Brinkhoff sah, wie sich die Miene seiner Vorgesetzten zusehends verfinsterte. „Das ist doch Ihre Aufgabe … auf keinen Fall! Dann lassen Sie es Wentrop … Das ist mir egal … Pressekonferenz? Völlig ausgeschlossen! Dann schon lieber … Herr Eikner, also bitte! … Herrgott noch mal … ja … und das geht auf Ihre Verantwortung!" Wütend beendete sie das Gespräch. „Hatte ich nicht heute Morgen ausdrücklich gesagt, Eikner soll mir die Presse vom Leib halten?", fragte sie Brinkhoff. „Jetzt hat er mir ein ‚Hintergrundgespräch' mit Wendsteiner aufs Auge gedrückt! Ausgerechnet Wendsteiner! Ich fasse es nicht!"

Wütend trat sie aufs Gaspedal und ihr Golf schoss mit quietschenden Reifen aus der Parklücke. Brinkhoff klammerte sich mit beiden Händen am Sitz fest.

Nach ihrem Rauswurf aus dem Club scheint bei Hajo Webknecht und Andreas Schmidt-Werner eine kurzzeitige Phase der Ernüchterung eingetreten zu sein. Gegen 2.30 Uhr werden die beiden von einer Gruppe junger Erwachsener bemerkt, die auf dem Ring zwischen Friesenplatz und Rudolfplatz unterwegs sind – wie allgemein bekannt, ist gerade dieser Straßenabschnitt in der Kölner Innenstadt am Wochenende ein zentraler Treffpunkt junger Leute: eine hohe Konzentration von Tanzclubs, Fastfoodläden, Kinos, Restaurants und Bars. Veysel Demirkaya, 20, Abdullah Celik, 21, und Sascha Kröger, 19, standen gerade an einem Döner-Imbiss an, als ihnen die späteren Täter auffielen. „Die waren direkt vor uns in der Schlange“, so Demirkaya in seiner Zeugenaussage im Prozess gegen Webknecht und Schmidt-Werner. „Der da (er zeigt dabei auf Webknecht) war ziemlich besoffen und roch nach Kotze. Voll Asi. War aber noch so klar, dass er den anderen angemacht hat, Kohle für Zigaretten abzudrücken. Er ist dann kurz abgeschoben und kam dann mit ’ner Schachtel Marlboro zurück, hatte ’ne Kippe schon im Mundwinkel. Da sah er dann schon wieder nüchterner aus.“

Alle drei jungen Männer berichten übereinstimmend, dass Webknecht derjenige war, der mit den Provokationen begann. „Er hat angefangen, Stunk zu machen. Ist über Ausländer hergezogen, sodass meine Kumpel es mithören konnten“, so Sascha Kröger. „‚Kanaken‘, ‚Knoblauchfresser‘ und so …“ Wer von den jungen Männern zuerst die Beherrschung verloren hat, ist im Nachhinein nicht mehr nachzuvollziehen, weitere Zeugen der Auseinandersetzung haben sich leider nicht gemeldet. Unstrittig jedoch scheint zu sein, dass nicht mehr viel fehlte, bis es zu einer Prügelei gekommen wäre. Sowohl Abdullah Celik als auch Hajo Webknecht wurden von ihren Freunden bzw. Umstehenden daran gehindert, aufeinander loszugehen. „Klar wollte ich dem ein paar aufs Maul hauen“, so Celik. „Der hat mich und meine Familie beleidigt. Aber die anderen haben mich ja nicht gelassen. Gut, dass die beiden Wichser sich dann verpisst haben.“

Wenig erstaunlich, dass Webknecht es anders sieht. Er hat während des Prozesses angegeben, provoziert worden zu sein, auf Nachfrage konnte er jedoch keine Angaben machen, wie oder von wem.

Einige Minuten später werden Webknecht und Schmidt-Werner bei dem vergeblichen Versuch beobachtet, an einem Kiosk Dosenbier zu kaufen. „Ich weiß genau, dass es zwanzig vor drei Uhr war", so Alina Tscherpova, 25, eine Zeugin im Prozess. „Julia, also meine Freundin, und ich, wir hatten nämlich gerade unsere Bahn verpasst und mussten eine halbe Stunde auf die nächste warten und sind deshalb noch ein bisschen rumgelaufen – Kinoplakate gucken, bei Mägges (McDonald's) 'nen Cheeseburger essen und so. Und da waren die beiden am Kiosk. Der eine ist mir sofort aufgefallen, weil der hinkte, als er auf mich zukam."

Auch der Kioskbesitzer, Michael Ladenstieger, 35, erinnert sich an den Zwischenfall. „Der Kleinere wollte das Bier mit einem Hunderteuroschein bezahlen. Mach ich grundsätzlich nicht. Dann hab ich ja kein Wechselgeld mehr in der Kasse. Außerdem, man weiß ja nie wegen Falschgeld. Er hat dann versucht, bei zwei jungen Frauen, zwei Passantinnen, das Geld zu wechseln, aber ohne Erfolg. Der andere, der Ältere, hat noch den Dicken rausgekehrt und gesagt, dass er mir gleich über die Theke kommt, wenn ich denen kein Bier gebe. Dann hab ich gesagt, dass sie verschwinden sollen, weil ich sonst die Polizei rufe." Diese Zeugenaussagen werden später bei der Festnahme Schmidt-Werners insoweit bestätigt, als die Polizeibeamten tatsächlich einen Hunderteuroschein und nur wenige 10- und 20-Cent-Münzen in seiner Tasche vorfanden. Das letzte Münzgeld, so Schmidt-Werner, hatte er für die Zigaretten von Webknecht ausgegeben.

Ich habe die vorangegangen Zeugenaussagen deshalb so detailliert wiedergegeben, weil sie zwei Dinge belegen. Zum einen den Grund, warum Webknecht und Schmidt-Werner sich überhaupt auf den Weg zur Tankstelle gemacht haben: nicht mit dem Vorsatz, „sinnlose Gewaltfantasien auszuleben" (so der Staatsanwalt in seinem damaligen Plädoyer), sondern in der banalen Hoffnung, dort endlich mit dem Hundert-Euro-Schein Bier kaufen zu können. Zum anderen belegen die durch Zeugen bestätigten Ereignisse der Nacht, dass sich in diesen Stunden vor den Mordanschlägen insbesondere bei Webknecht eine immer größer werdende Wut angestaut haben muss: Er wird von Schmidt-Werner ausgehalten – auch wenn er es so darstellt, als hätte es ihm Spaß gemacht, auf Kosten des Jüngeren einen angenehmen Abend zu verbringen. Beide hatten erhebliche Mengen Alkohol konsumiert – Webknechts Blutprobe wies laut späterem Polizeibericht 2,3 Promille aus, Schmidt-Werners 1,4 Promille. Bei einem solchen Alkoholpegel sind die Hemmschwellen massiv herabgesetzt und eine Zurechnungsfähigkeit nur noch in begrenztem Maße vorhanden. Beide werden im Laufe des Abends wiederholt von Frauen zurückgewiesen oder gar nicht beachtet – was das Selbstwertgefühl beider erheblich beeinträchtigt haben dürfte. Die Verhinderung der Gewalttätigkeiten am Döner-Stand trägt dann bei Webknecht noch einmal zur Steigerung seiner Aggressionen und Frustrationen bei. Zum Schluss kommt der gescheiterte Versuch hinzu, am Kiosk Bier zu kaufen. Vermindertes Selbstwertgefühl, sich ständig steigernde Aggressionen, Frust und Alkoholkonsum – brisante Katalysatoren, deren Zusammentreffen ausreichend Hinweise darauf gibt, wieso es wenig später an der ARAL-Tankstelle zu einer derartigen Eskalation der Gewalt kommen konnte.

Sechs

Obwohl es als Leiterin der MK 3 zu ihren Aufgaben gehörte, Kontakte zur Presse zu pflegen, war allgemein bekannt, dass Maria Plasberg nicht viel von einer Zusammenarbeit mit den Medien hielt. Sie war der Ansicht, dass Journalisten, Redakteure und Fotografen meist schlampig recherchierten, an den Fakten einer Falles wenig interessiert waren, dafür umso mehr daran, Tatsachen so zurechtzubiegen, dass sie für eine schlagzeilenträchtige Story taugten. Erleichtert, diesen Aufgabenbereich an Heribert Eikner abgetreten zu haben, war sie nun umso verärgerter, dass ihr Chef ihr einen Strich durch die Rechnung gemacht hatte. Tatsächlich gab es nur wenige Journalisten, die ihr Vertrauen genossen. Einer davon war Arnold Stumping, Lokalredakteur beim *Kölner Stadt-Anzeiger*. Wer jedoch mit Sicherheit nicht dazu gehörte, war Heinrich Wendsteiner, Stumpings Vorgesetzter und Chefredakteur beim selben Blatt. Beide Männer warteten auf sie in Eikners Büro.

Der kettenrauchende, 53-jährige Wendsteiner war nur unwesentlich größer als die Kommissarin, trug einen mit Aschеflecken verzierten Anzug, in dem sein ausgemergelter Körper versank, als wäre er in einen Stoffballen gefallen. Seine Haut hatte durch den übermäßigen Zigarettenkonsum einen fahlen, ledrigen Teint angenommen, seine Zähne waren nikotinverfärbt, und er hatte die Angewohnheit, seine wenigen verbliebenen Haare lang wachsen zu lassen und sie dann von einer Kopfseite zur anderen zu kämmen, noch immer nicht abgelegt. Doch die Kommissarin ließ sich von seinem abstoßenden Erscheinungsbild nicht täuschen, sie wusste aus Erfahrung, dass Wendsteiner einen überaus scharfen Verstand besaß. Mehrfach waren die beiden in der Vergangenheit aneinander geraten und machten aus ihrer gegenseitigen Antipathie keinen Hehl.

Arnold Stumpings äußeres Erscheinungsbild hob sich wohltuend von dem seines Vorgesetzten ab. Der Endvierziger war einen halben Kopf größer als Plasberg, schlank, trug einen Dreitagebart, ein modisches Sakko und Jeans. Im Gegensatz zu Wendsteiner war er schon immer gut mit Plasberg ausgekommen. Seit ihrem ersten Zusammentreffen vor gut einem halben Jahr, als er die Kommissarin bereitwillig mit Informationen über einen ermordeten ehemaligen Kollegen versorgte, die ihr halfen, den Fall aufzuklären, waren sich die beiden immer mal wieder über den Weg gelaufen. Stumping war hervorragend in der Stadt vernetzt, kannte Gott und die Welt und verfügte über Kontakte, die Plasberg immer wieder nützlich gewesen waren. Außerdem besaß er ein gutmütiges und fröhliches Wesen, das ihn in die Lage versetzte, über die ruppige Art der Kommissarin hinwegzusehen.

„Was soll das werden?", zischte Plasberg Eikner zu, während ihr Chef die Journalisten einlud, in seiner Sitzecke Platz zu nehmen und sich mit Mineralwasser und Kaffee zu bedienen. „Haben Sie gleich eine inoffizielle Pressekonferenz einberufen?"

„Es ging nicht anders", murmelte Eikner. „Weil Sie die Ermittlungen leiten, hat Wendsteiner darauf bestanden, mit Ihnen zu reden."

„Ach, und da haben Sie sofort gekuscht? Was soll ich den beiden erzählen? Wir haben noch so gut wie nichts in der Hand!"

„Dann verkaufen Sie Ihnen ein paar Allgemeinplätze. Und lassen Sie um Himmels willen *einmal* Ihren Charme spielen!" Eikner wrang förmlich die Hände. „Was wir gerade jetzt nicht gebrauchen können, ist auch noch eine schlechte Presse."

Die Kommissarin machte ein Gesicht, als hätte sie an fauligem Blumenwasser gerochen. Dann setzte sie ihr falsches Lächeln auf und begrüßte die Journalisten.

„Schöne Tasche!", sagte Stumping und grinste Plasberg mit einem Blick auf ihre fellverzierte Handtasche an. „Echter Nerz?"

„Natürlich", entgegnete Plasberg, ohne mit der Wimper zu zucken. „Selbst erschlagen und gehäutet."

Stumping brach in schallendes Gelächter aus, Wendsteiner dagegen schien Plasbergs Worte für bare Münze zu nehmen und schüttelte ihr die Hand mit zusammengepressten Lippen.

„Was kann ich für Sie tun, meine Herren?" Die Kommissarin kam direkt zur Sache.

Der Chefredakteur auch. „Sie könnten uns sagen, was die Polizei tut, um diesen gemeingefährlichen Mörder hinter Schloss und Riegel zu bringen."

„Arbeiten", schoss Plasberg zurück. „Das, was wir immer machen."

Nur für sie sichtbar, machte Stumping eine beruhigende Handbewegung. „Fangen wir doch einfach beim Grundsätzlichen an", sagte er. „Natürlich sind wir dankbar, dass Sie uns einen Einblick in die Polizeiarbeit gewähren. Aber warum dieser Weg eines vertraulichen Gesprächs anstelle einer Pressekonferenz?"

„Wir stehen noch am Anfang der Ermittlungen", antwortete die Kommissarin. „Sehen Sie, der erste Mord ist vor drei Tagen geschehen. Wir haben einfach noch nicht genug Fakten, um sie auf einer Pressekonferenz zu präsentieren. Weder sind die endgültigen Berichte der Gerichtsmedizin eingetroffen, noch können wir auf die Abschlussberichte der Spurensicherung zurückgreifen. Und eine heiße Spur haben wir auch nicht. Was also sollte ich auf einer Pressekonferenz sagen?"

„Sie geben also zu, dass Sie im Moment ratlos sind?", fragte der Chefredakteur. Ohne zu fragen, zündete er sich eine Zigarette an und sah sich irritiert nach einem Aschenbecher um.

„Rauchen ist im gesamten Gebäude untersagt, Herr Wendsteiner. Auch für Sie!", bemerkte Plasberg.

„Ist schon in Ordnung!" Eikner warf ihr einen beschwörenden Blick zu, kramte aus einer Schreibtischschublade einen Aschenbecher und stellte ihn auf den Tisch.

Sie seufzte unwillig. „Ich gebe gar nichts zu! Und jetzt tun Sie bitte nicht so, als hätten Sie keine Ahnung von unserer Vorgehensweise, Herr Wendsteiner. Wir sind uns erst seit gestern darüber im Klaren, dass wir es mit einem Serientäter zu tun haben. Darauf haben wir ausgesprochen schnell reagiert mit der Aufstockung des Personals. Zaubern können auch wir nicht!"

„Stimmt es denn, dass der Mörder immer einen Zettel an die Stirn seiner Opfer heftet?" Arnold Stumping sah die Kommissarin aufmerksam an.

Aber wenn sie über Stumpings Wissen überrascht war, dann ließ sie sich nichts anmerken. „Kein Kommentar."

„Und dass es sich jeweils um einen Fall von Selbstjustiz handelt?"

„Kein Kommentar."

Der Chefredakteur warf die Hände in die Luft und verstreute achtlos Zigarettenasche über Eikners schwarze Lederpolster. „So geht das nicht! Sie müssen uns schon ein paar Fakten an die Hand geben! Es gibt so was wie ein Recht auf Information!"

„Ein Recht auf Information!", höhnte die Kommissarin. „Wenn ich das schon höre!"

„Frau Plasberg, bitte …", versuchte Eikner zu beschwichtigen.

Aber die Kommissarin kam gerade erst in Fahrt. „Zum jetzigen Zeitpunkt gibt es vor allen Dingen ermittlungstaktische Überlegungen!", sagte sie. „Ich bin doch nicht so dumm, der Presse brühwarm unsere bisherigen Ergebnisse zu präsentieren und damit dem Täter eventuell einen Wissensvorsprung zu geben!"

Wendsteiner plusterte sich auf und bekam einen hochroten Kopf. Doch bevor er Plasberg in aller Schärfe antworten konnte, schaltete sich Eikner erneut ein, um die Situation nicht noch weiter eskalieren zu lassen. „Lassen Sie mich einen Vorschlag zur Güte machen", sagte er zu Wendsteiner gewandt. „Ich geben Ihnen einige Informationen über die Opfer und Frau Plasberg nimmt Herrn … eh … Stumping mit nach unten in den kriminalpolizeilichen Führungsraum, wo er sich einen Einblick über die Arbeit der MK verschaffen kann. Würde das Ihrem Interesse an Informationen aus erster Hand entgegenkommen?"

Stumping sah seinen Vorgesetzten zustimmend an und dieser rang sich schließlich ein Nicken ab. „Also schön … aber glauben Sie ja nicht, dass wir Ihre Arbeit nicht kritisch unter die Lupe nehmen!" Er hielt der Kommissarin einen drohenden Zeigefinger entgegen. „Gerade bei einem Serientäter hat die Öffentlichkeit ein gesteigertes Interesse an –"

„Ja, ja", murmelte Plasberg und stand auf. Ohne sich von Wendsteiner zu verabschieden, verließ sie mit Stumping das Büro. Als sie die Tür hinter sich geschlossen hatten und vor dem Aufzug standen, atmete sie tief durch. „Wie halten Sie es bloß aus, unter diesem aufgeblasenen Wichtigtuer zu arbeiten?"

„Dasselbe könnte ich Sie in Bezug auf Ihren Chef fragen", erwiderte Stumping.

„Touché." Sie betraten den Aufzug und Maria Plasberg lehnte sich an die Kabinenwand, während sie nach unten fuhren.

„Sie sehen aus, als stünden Sie ziemlich unter Druck", sagte Stumping und kratzte sich am Kinn.

Plasberg schnaubte auf. „Ich verstehe ja, dass bei einem Serientäter alle verrückt spielen, aber …" Sie räusperte sich. „Das bleibt jetzt bitte unter uns, verstanden?" Stumping nickte. „Der Polizeipräsident hat sich in den Fall eingeschaltet und sein persönliches Interesse signalisiert … und das ist noch sehr fein ausgedrückt. Er hat das Faktotum vorbeigeschickt und –"

„Wen?"

„Kupka. Die rechte Hand des Polizeipräsidenten. Und der hat Eikner Dampf gemacht", fuhr sie fort, während Stumping einen erneuten Heiterkeitsanfall unterdrückte. „Offensichtlich hat Eberswalde Angst, dass der aktuelle Fall sich negativ auf die politische Zukunft seines Duzfreundes, des Oberbürgermeisters, auswirken könnte. Eikner hat mir hinterher gesteckt, dass die beiden dick im Karneval engagiert sind und –" Sie brach ab und musterte Stumping. „Sie sind doch auch in einem dieser Vereine."

„Ja, allerdings bei den *Blauen Funken* … und dann natürlich noch passives Mitglied bei der *Nippeser Bürgerwehr*. Der Polizeipräsident und der OB hingegen sind bei der *Bürgergarde Blau-Gold* und bei den –"

„Ich hätte nicht fragen sollen", seufzte Plasberg genervt.

„Nein, nein", erwiderte Stumping. „Aber kommt Ihnen das nicht auch merkwürdig vor? Die nächsten Bürgermeisterwahlen sind erst in ein paar Jahren."

„Genau das habe ich zu Eikner gesagt." Die Kommissarin berichtete ihm über die Befürchtungen der Amtsträger, dass die Mehrheit im Rat verloren gehen und die Arbeit zwischen OB und Ratsmehrheit schwieriger werden könnte.

Als sie fertig war, betrachtete der Journalist nachdenklich seine Schuhe. „Das ist lächerlich", sagte er schließlich. „Und deshalb hat Eberswalde Druck auf Eikner ausgeübt?"

„Ja."

„Da muss noch etwas anderes dahinterstecken. Der Polizeipräsident und der Oberbürgermeister können sich nämlich nicht ausstehen."

Die Kommissarin starrte ihn an. „Wie bitte? Ich denke, sie gehören derselben Partei an?"

Stumping lachte leise. „Gerade drum ... Sie haben wirklich keine Ahnung vom Treibsand der Kommunalpolitik, oder? Eberswalde und Neuner sind seit Jahren Intimfeinde. Beide waren vor Jahren scharf auf den Posten des Fraktionsführers ihrer Partei – immer ein Sprungbrett für noch höhere Weihen. Neuner hat den Job damals bekommen und Eberswalde auf den Posten des Polizeipräsidenten weggelobt. Damit war der Weg für ihn frei zur Kandidatur zum Oberbürgermeister, die Wahl hat er ja bekanntlich gewonnen. Er hat Eberswalde eiskalt abserviert. Das hat der ihm nie verziehen. Er hat überhaupt keinen Grund, Neuner zu schützen."

„Und warum schickt Eberswalde dann Kupka mit genau dieser Intention zu Eikner?"

„Keine Ahnung." Stumping runzelte die Stirn. „Das ergibt überhaupt keinen Sinn. Es ist allerdings ein offenes Geheimnis, dass der Stuhl des Polizeipräsidenten seit einiger Zeit wackelt. Eberswalde gilt als nicht besonders durchsetzungsfähig und ist schlecht vernetzt."

„Und dann hat er sich auch noch mit seiner Geliebten erwischen lassen", ergänzte Plasberg.

„Ja, dumme Geschichte für ihn, kommt wirklich zur Unzeit. Er braucht dringend einen Erfolg. Vielleicht ist das eher der Grund für den Druck, den Kupka ausübt." Er zwinkerte Plasberg zu. „Ich werde mich mal dahinterklemmen, einverstanden?"

Johannes Wentrop durchbrach das Siegel, mit dem die Spurensicherung die Wohnung von Ingrid Kirchner versperrt hatte, und ließ Bettina Siener den Vortritt.

„Wonach genau suchen wir eigentlich?", fragte die junge Polizistin.

„Sie haben noch nie eine Wohnungsdurchsuchung gemacht?"

„Na ja, zumindest nicht bei einer Toten."

„Wir suchen nach etwas, das uns Aufschluss über den Mord, Hinweise zum Täter oder Hintergründe zum Mordopfer geben könnte. Das kann alles sein. Ein Buch, ein Haar auf einem Kissen, persönliche Unterlagen, Fotos ... es hat ein bisschen was von der Suche nach einer Stecknadel im Heuhaufen. Erste Regel – aber das haben Sie doch bestimmt in der Ausbildung gelernt – Handschuhe überziehen, um den Tatort nicht zu verunreinigen.“ Wentrop griff in die Tasche seines Mantels und zerrte zwei Paar Einmalhandschuhe heraus und reichte eines an Siener weiter. „Teilen wir uns auf: Sie das Schlafzimmer, ich das Wohnzimmer?“

Siener nickte und betrat den Raum, in dem Ingrid Kirchner gestorben war. Ihr war ein wenig mulmig; sie kam sich vor wie ein Eindringling, der die Totenruhe störte. Sie hörte, wie Wentrop sich nebenan geräuschvoll die Nase putzte, dann, wie er sich an den Bücherregalen von Kirchner zu schaffen machte. Nur um seinem Aktivismus etwas entgegenzusetzen, hockte sie sich auf den Boden, vorsichtig die Blutflecken vermeidend, und sah unters Bett. Nichts. Nicht mal eine Staubflocke auf dem Teppich. Kirchner musste entweder eine sehr ordentliche Person gewesen sein oder sie hatte zu viel Zeit besessen, um alles so penibel aufzuräumen und sauber zu halten. Unter *ihrem*, Sieners, Ehebett sah es ganz anders aus, da lagerten alte Bilderrahmen, Daniels ausgemusterte Spielsachen und alle wichtigen Familiendokumente: Geburts- und Heiratsurkunden, Impfpässe, Mietvertrag und sogar die Urkunde, die ihr Sohn bekommen hatte, als er im Kindergarten einen Malwettbewerb gewonnen hatte. Die Polizistin lächelte. Das dazugehörige Bild hing in ihrer Küche am Kühlschrank – ein Bauernhof, auf dem die Hühner genauso groß wie die Schweine waren und Kühe und Pferde kicherten, als hätten sie Haschischkekse zu fressen bekommen.

Sie musste sich eingestehen, dass sie Schwierigkeiten hatte, sich das Leben der Toten vorzustellen. Nach dem, was sie bisher von ihr erfahren hatte, musste die Frau ein sehr einsames, zurückgezogenes Leben geführt haben; abgesehen von ihrem Geschäft schien sie keine Interessen gehabt zu haben. Ob sie unglücklich gewesen war? Unwillkürlich verglich Siener die Eintönigkeit mit ihrem eigenen Leben, in dem es jeden Tag neue Herausforderungen zu meistern gab: die Grippe ihres Sohnes, letzte Woche das Auslaufen der Spülmaschine, der Besuch ihrer Mutter. Kein Tag war wie der andere, manchmal hatten die Tage nicht genug Stunden für das, was sie sich vorgenommen hatte. Und trotzdem, wenn sie ehrlich war, dann mochte sie ihr jetziges Leben – das einer Ingrid Kirchner dagegen war ihr fremd, und es machte ihr auch Angst. Wie hatte die Frau das Alleinsein ausgehalten? Wie konnte es sein, dass jemand weder Familie noch Freunde hatte und nur für sich selbst existierte, wie in einem Vakuum? Womit hatte Kirchner ihre Feierabende, ihre Sonntage, ihre Freizeit ausgefüllt? Hatte sie sich nach Geschäftsschluss ein Fertiggericht in der Mikrowelle aufgewärmt und den Rest des Abends in einem Sessel vor dem Fernseher verbracht, um am nächsten Tag genau dieselben Rituale zu durchlaufen?

„Schon was gefunden?"

Wentrops Ruf ließ sie zusammenschrecken. „Hm? Nein. Noch nichts."

Sieners Hand strich gedankenverloren über den Frisiertisch an der Wand. Wenigstens hatte Kirchner Geschmack gehabt, wenn auch einen etwas altbackenen. Sie selbst hätte sich so ein Ding wahrscheinlich nicht ins Schlafzimmer gestellt, aber sie musste anerkennen, dass es ein schönes Möbelstück war. Offensichtlich handgefertigt, dunkles, auf Hochglanz poliertes Holz – ob das Kirsche war? – und die rötlich-graue Marmorplatte, auf der Kirchner ihr Make-up gelagert hatte, ihre Lippenstifte, Mascara, Hautcremes, Eyeliner, war auch nicht von schlechten Eltern. Nicht zu vergleichen mit den *Ikea*-Möbeln, die in ihrem eigenen Schlafzimmer dominierten. Aber was nützte einem ein schönes Möbelstück oder auch ein so wuchtiges, ebenfalls offensichtlich von Hand gefertigtes Bett, wenn man niemanden hatte, der es mit einem teilte? Siener stellte fest, dass sie Kirchner bedauerte, und plötzlich wurde ihr auch klar, warum. Da war natürlich der grausame Tod, aber das war es nicht – jedenfalls nicht nur. Die Einsamkeit, in der Kirchner gelebt hatte, war ihr schon beim Betreten der Wohnung entgegengeschlagen, hatte sie eingehüllt wie ein nicht riechbares Gas. Sie war in der abgestandenen Luft der Räume zu spüren, war förmlich vom Holz der Möbel aufgesogen worden, in die Tapete gekrochen, hatte sich mit dem Geruch der Bettwäsche vermischt. Bettina Siener war sich auf einmal sicher, dass Ingrid Kirchner eine sehr unglückliche Frau gewesen war. Sie rief sich die Fotos in Erinnerung, die ihr Jochen Hallstetter und Matthias Kayser von der Toten gezeigt hatten. Schon im Führungsraum hatte sie dieses unbestimmte Gefühl gehabt, als sie die stumpfen Augen von Kirchner betrachtete, aber sie hatte es nicht einordnen können. Jetzt wusste sie, was es gewesen war: Hinter der Angst um ihr Leben hatte die Einsamkeit sie aus den Fotos angestarrt; sie war in Kirchners Gesicht eingegraben gewesen, in ihren schmalen, weit aufgerissenen Lippen, in den Fältchen am Mundwinkel, in den Krähenfüßen an den Augenpartien.

Und doch war sie nicht einsam genug gewesen – irgendjemandem musste sie im Laufe ihres Lebens begegnet sein, der ihr so sehr den Tod wünschte, dass er den Wunsch schließlich in die Tat umgesetzt hatte. Dass jemand wie Mertens Opfer eines Mordanschlags wurde, konnte Siener nach dem *Briefing* durch die Kollegen nachvollziehen. Jeder schien zu glauben, dass er tatsächlich dieses Mädchen vergewaltigt und umgebracht hatte. Es lag nahe anzunehmen, dass der Grund für seinen gewaltsamen Tod damit zu tun hatte. Aber wo lag das Mordmotiv bei Ingrid Kirchner?

„Ha!“ Wentrops Ausruf brachte sie erneut zurück in die Realität. Einen Moment später stand er mit einem aufgeschlagenen Aktenordner neben ihr. „Wenn die Kirchner ihre Mutter umgebracht hat, fresse ich einen Besen“, sagte er. „Plasberg ist da schief gewickelt. Ingrid Kirchner war anscheinend eine sehr ordnungsliebende Frau. Sterbeurkunde, Kontoauszüge, Rechnungen, Versicherungskorrespondenzen, alles hier drin.“ Er tippte auf den Aktenordner. „Ihre Mutter hatte noch nicht mal eine Sterbeversicherung, sie hat die Beerdigung aus eigener Tasche bezahlen müssen. Auf Annemarie Kirchners Sparbuch waren genau 753,21 €, das war alles, was sie bei der Kontoauflösung ihrer verstorbenen Mutter erhalten hat. Und einen Teil davon hat sie dazu benutzt, um das überzogene Girokonto ihrer Mutter auszugleichen. Es gibt keine Wertpapiere, keine Aktien, keine Sparverträge. Sieht aus, als hätte die Mutter eine kleine Rente erhalten, die gerade so zum Leben reichte. Aus Habgier hat sie sie jedenfalls nicht um die Ecke gebracht.“

„Ja, aber dann …“ Siener sah sich zweifelnd im Schlafzimmer um. „Welches Motiv könnte sie denn sonst gehabt haben? Warum bringt man einen Menschen um?“

„Warum?“, fragte Wentrop und klappte den Aktenordner zu. „Da sollten Sie eher die Kollegen der MK fragen, ich bin da kein Experte. Aber aus meiner Erfahrung hat Mord immer was mit großem Kino zu tun, mit großen Gefühlen. Hass, Rache, Habgier, Eifersucht, Angst – wobei ich jetzt nicht von Mord im Affekt rede. Das ist was anderes. Aber geplanter Mord, so wie hier, da sind immer hollywoodreife Verwicklungen im Spiel.“

„Ich kann mir Ingrid Kirchner nicht als Hauptfigur eines Blockbusters vorstellen. Dafür erscheint sie mir zu ... langweilig.“

„Ja“, sagte Wentrop plötzlich nachdenklich. „Sie wirkt irgendwie nicht wie der Typ dafür, finde ich auch. Aber ihr Mörder, der hat das Potenzial, da bin ich mir sicher. Übrigens ist mir noch was aufgefallen. Ein Aktenordner scheint zu fehlen. Da ist eine Lücke im Regal, in die genau ein Aktenordner mittlerer Größe passen würde.“

„Und was sagt uns das?“

„Dass da vermutlich mal ein Ordner gestanden hat. Was damit passiert ist, kann ich Ihnen nicht sagen. Da können Sie genauso gut spekulieren wie ich.“

„Ein Ordner, der etwas Belastendes über den Mörder enthalten hat, und er hat ihn nach der Tat aus der Wohnung entwendet?“

Wentrop zuckte mit den Schultern. „Es wird Frau Plasberg vielleicht interessieren. Auch wenn ihr die Information nichts nützt, solange wir den Inhalt des Ordners nicht kennen.“

Der Fund des Kriminalhauptkommissars spornte Siener an, etwas mehr Energie an den Tag zu legen. Fast zwei Stunden lang durchforstete sie die Nachttische, nahm das Bett auseinander, öffnete den großen Spiegelschrank, der fast die gesamte Breite einer Wand einnahm, und wühlte sich erfolglos durch Ingrid Kirchners Unterwäsche, Nylonstrümpfe, Blusen, Kleider und Kombinationen. Alles war fein säuberlich in Fächern gestapelt und zusammengelegt, hing straff gezogen auf Bügeln. Jedes Fach war mit einem Lavendelsäckchen ausgestattet, um Motten abzuwehren, die Böden der einzelnen Bretter waren mit Zeitungspapier ausgelegt.

Zum Schluss klappte sie die Türen des Schranks zu und widmete sich den Schubladen der Frisierkommode. Noch mehr Schminkutensilien rollten ihr entgegen. Kajalstifte, Make-up-Entferner, Nagellack, Feuchtigkeitscremes, Gesichtsmasken.

Doch dann, in der zweiten Schublade, wurde die Polizeibeamtin endlich fündig. Versteckt unter einem Stapel Reisebroschüren über Alaska, Island und Nordschweden befanden sich drei sorgsam aufbewahrte DIN-A4-Bögen, in deren Mitte jeweils ein einziger Satz zu lesen war.

Du wirst für deine Schuld bezahlen.

Siener schluckte. Es war seltsam, die Blätter in der Hand zu halten. Das Minimalistische der Aussage machte den Satz einschüchternd, endgültig. Selbst sie, die offensichtlich nicht der Adressat war, konnte sich seinem Bann nicht entziehen. Hier fühlte sich jemand als Richter und Henker zugleich.

„Herr … Herr Wentrop?“ Ihre Stimme hörte sich piepsig an und sie musste sich räuspern, bis sie ihre normale Tonlage wiedergefunden hatte. „Ich hab hier was.“

Der Kommissar kam aus dem Bad, sah ihr über die Schulter und pfiff dann leise durch die Zähne. „Bingo! Der Kerl macht keine halben Sachen. Genau wie bei Mertens. Erst Bedrohung und Einschüchterung, dann die Durchführung der Tat. Gleiches Schema, genau ausgearbeitet.“ Er sah Siener an. „Was würden Sie empfinden, wenn Sie einen solchen Brief bekämen?“

„Ich?“ Sie brauchte nicht lange nachzudenken. „Ich hätte Angst. Es klingt so … definitiv. Auf jeden Fall würde ich die Drohung nicht auf die leichte Schulter nehmen. Frau Kirchner ist nicht zur Polizei gegangen, oder? Komisch.“

„Ganz meine Meinung. Gab es sonst noch was? Umschläge vielleicht?“

„Nein. Die Briefbögen. Das ist alles.“

„Vielleicht hat sie die Umschläge weggeworfen.“ Er rieb sich den Nacken. „Sind Sie fertig hier?“

Siener nickte.

„Gut. Dann gehen wir jetzt was essen.“

„Jetzt?“ Bettina Siener spürte, wie sich ihr Magen zusammenkrampfte. Anscheinend brauchte man bei einer Mordkommission eine gehörige Portion Abgebrühtheit – die sie leider noch nicht besaß.

„Ja. Ich habe Hunger." Wentrop grinste schuldbewusst. „Ich habe eigentlich immer Hunger." Dann holte er eine Plastiktasche aus seiner Jacke und tütete Aktenordner und Briefbögen ein. „In der Küche und im Bad habe ich nichts gefunden, was uns weiterbringen könnte. Wenn sich die Kirchner in der Vergangenheit etwas hat zuschulden kommen lassen, dann ist es nicht in ihrer Wohnung versteckt."

„Ich kann jetzt nichts essen", protestierte Siener.

„Sie werden sich noch dran gewöhnen." Wentrop klopfte ihr aufmunternd auf die Schulter. „Kommen Sie, hier um der Ecke gibt's einen Chinesen, der macht eine hervorragende Ente süßsauer."

Maria Plasberg starrte frustriert auf den Bodensatz ihres doppelten Espresso und bezweifelte, dass es eine gute Idee gewesen war, ihn bei Gesine Keller zu bestellen. Das Koffein, das nun ihren Puls beschleunigte, schien die Enttäuschung, die sie empfand, nur noch zu vergrößern. Mühsam unterdrückte sie den Impuls, aufzuspringen und im Führungsraum hin- und herzulaufen. Am späten Nachmittag war die Mordkommission noch immer keinen entscheidenden Schritt weiter, im Gegenteil. Verteilt über die letzten Stunden waren mehr und mehr negative Nachrichten eingetrudelt.

Die Hoffnungen, die die Kommissarin in den Hausarzt von Ingrid Kirchners Mutter gesetzt hatte, waren verpufft. Bettina Siener hatte zwar Drohbriefe bei Kirchner gefunden und die Mutmaßungen über den fehlenden Aktenordner waren interessant, halfen ihr aber nicht weiter.

Inzwischen hatte sich auch der Netzbetreiber von Steffen Mertens' Handy gemeldet, doch die Auskünfte, auf die Plasberg insgeheim gezählt hatte, führten ebenfalls nur in eine Sackgasse. Alle angeforderten Daten waren nach Versand der Rechnung gelöscht worden – einen Tag nach Mertens' Tod. Der Netzbetreiber hatte es sich nicht nehmen lassen, darauf hinzuweisen, damit den aktuellen Datenschutzbestimmungen nachzukommen. Ein vielleicht ungewollter Seitenhieb, dessen Ironie der Kommissarin nicht verborgen blieb. Was sie zusätzlich verbitterte, war die Tatsache, dass Mertens, aus welchen Gründen auch immer, darauf verzichtet hatte, sich die Einzelgesprächsnachweise auf seiner Rechnung aufstellen zu lassen, sodass die Daten unwiederbringlich verloren waren und damit auch jede Hoffnung, herauszufinden, ob Steffen Mertens an seinem Todestag mit seinem Mörder telefoniert hatte.

Weitere schlechte Nachrichten hatte Brinkhoff zu vermelden gehabt. Während Plasberg sich mit dem Chefredakteur des *Kölner Stadt-Anzeiger* und Arnold Stumping auseinandersetzte, hatte er sich an die Überprüfung von Klaus Bergers Alibi begeben. Seine Sekretärin hatte den Geschäftstermin in Zürich bestätigt und die schweizerischen Geschäftspartner hatten seine Anwesenheit in der Bar eines renommierten Züricher Hotels bezeugt, in die man sich nach Abschluss der Besprechungen zurückgezogen hatte. Klaus Berger konnte Steffen Mertens nicht ermordet haben.

Doch Brinkhoff hatte noch mehr zutage gefördert. Auch Katja Rossmeier, Bergers geschiedene Ehefrau, kam als Täterin nicht in Betracht – es war zwar nur eine theoretische Möglichkeit gewesen, aber eine, die die Kommissare zumindest hatten ausschließen müssen. Die Mutter von Tatjana Berger lebte mit ihrem zweiten Mann Peter Rossmeier in Flensburg. Als Brinkhoff sie telefonisch über den Tod von Mertens unterrichtete, war sie ebenfalls alles andere als traurig gewesen. Genau wie ihr Ex-Mann empfand sie Genugtuung über seine Ermordung. Aber auch sie hatte ein Alibi. Am Montagabend hatte sie die Vernissage eines befreundeten Malers besucht und war von gut einem Dutzend Bekannter gesehen worden.

Immerhin, Vogt hatte Neuigkeiten gehabt, die sie vielleicht ein wenig voranbrachten. Er war inzwischen von seinem Termin mit dem Besitzer des grauen Vauxhall zurückgekehrt. Geoffrey Gordon hatte angegeben, dass ihm der Wagen vor drei Wochen, also Anfang März, während eines Frisörbesuchs gestohlen worden war. Er hatte den Vauxhall auf einem regulären Parkplatz in der Nähe abgestellt, und als er vom Haareschneiden zurückkam, war das Auto weg gewesen. Als sich Vogt den Ort des Diebstahls ansah, fiel ihm auf, dass der Parkplatz gegenüber einer Sparkasse lag und von einer Überwachungskamera erfasst wurde. Mit ein bisschen Glück bestand also die Möglichkeit, dass der Diebstahl auf Band festgehalten worden war. Daraufhin hatte der Kommissar die zuständige Sicherheitsfirma ausfindig gemacht und sich die Aufnahmen überspielen lassen, die den Tag des Autodiebstahls betrafen. Seitdem hingen er und Hallstetter vor dem Computer und werteten die Bilder aus. Leider hatte sich Gordon nicht mehr an den genauen Zeitpunkt des Diebstahls erinnern können, auch ein Rückruf beim Frisör brachte nur eine vage zeitliche Eingrenzung, da Gordon ihn ohne Termin aufgesucht hatte. Und das Protokoll der Diebstahlsanzeige lag noch bei der zuständigen Polizeiwache. Vogt hatte zwar schon telefonisch Dampf gemacht, aber das versprochene Fax ließ auf sich warten. All das bedeutete, dass sie sich den gesamten Vormittag des betreffenden Tages anschauen mussten, eine zeitraubende und ermüdende Aufgabe. Plasberg konnte das leise Gemurmel der beiden Kollegen im Hintergrund hören und hin und wieder ein unterdrücktes Gähnen.

Sie seufzte missmutig. Der ganze Tag entwickelte sich alles andere als vielversprechend. „So kommen wir nicht weiter!", brach es plötzlich ihr heraus. „Wie kann es denn sein, dass dieser Kerl keine Fingerabdrücke und noch nicht mal DNA-Spuren hinterlässt?" Sie starrte auf die gelben Forsythien vor dem Fenster, aber nicht einmal deren ausladende Blütenpracht konnte ihre Stimmung aufbessern. „Wir haben rein gar nichts in der Hand! Alle Spuren, denen wir nachgehen, führen ins Leere! Ich habe das Gefühl, wir jagen einen Geist!"

„Wir sollten einfach in Ruhe das Ergebnis der Spurensicherung in Kirchners Wohnung und Geschäft abwarten." Vogt versuchte unauffällig einen seiner Pickel auszudrücken, während er gelangweilt auf den Monitor schaute, auf dem gerade eine alte Frau mit einem Rollator im Schneckentempo an der Sparkasse vorbeischlich, vor der der Vauxhall noch immer gut sichtbar parkte. Gordon hatte ihn laut Zeitindex der Kamera um 10:21:09 Uhr dort abgestellt. „Ich meine, irgendwann wird der Täter einen Fehler machen. Zwangsläufig. Wir sitzen am längeren Hebel."

„Fragt sich nur, wie viele Menschen er bis dahin auf seinem Gewissen hat", murrte Plasberg.

„Wir sind gleich soweit!“, meldete sich Matthias Kayser von einem der Computerplätze, an dem er seit mehreren Stunden mit Aleksander Dimitrov hockte. Er klickte ein letztes Mal mit der Maus, der Drucker an seinem Arbeitsplatz begann zu rattern und bedruckte Seiten auszuspucken, die Kayser an seine Kollegen verteilte. Alle bis auf Jochen Hallstetter, der weiter das Video im Auge behielt, versammelten sich um den Tisch, den Plasberg belegt hatte.

„Dann lassen Sie mal hören, Dimitrov.“ Die Kommissarin überflog die Punkte, die der Profiler auf Papier zusammengefasst hatte. Sie hatte bisher keine Zeit gehabt, sich näher mit ihrem neuen Mitarbeiter zu beschäftigen, und keine Ahnung, wie sie seine Fähigkeiten einschätzen sollte. Zumindest äußerlich machte er keinen besonders vertrauenerweckenden Eindruck. Die schmächtige Figur, die Wuschelhaare und die Nickelbrille verliehen ihm trotz seiner vierundvierzig Jahre ein studentenhaftes, fast jugendliches Aussehen. Auch die Wahl seiner Kleidung – braune Cordhose und eine dunkle Lammfelljacke, die er die ganze Zeit anbehielt, vermittelten den Eindruck, eine Zeitmaschine hätte ihn aus den APO-Zeiten der späten sechziger Jahre direkt ins 21. Jahrhundert katapultiert.

„Der Kollege Kayser hat mir alles gesagt, was ich wissen muss über die Toten und die bisherigen Ermittlungen, dafür vielen Dank“, begann er umständlich und räusperte sich. „Ich habe alle Informationen verwertet und einfließen lassen in das Profil eines möglichen Täters. Richtig?“ Er sah in die erwartungsvollen Gesichter der Polizeibeamten und rieb sich nervös durch die Stoppeln seines Dreitagebarts. Wentrop nickte ihm aufmunternd zu und Dimitrov machte mit festerer Stimme weiter. „Ich glaube, dass der Täter ein Profi ist. Er macht seine Arbeit sehr geschickt. Hinterlässt keine Spuren.“

„Super“, murmelte Vogt mit einem spöttischen Grinsen. „Was für Neuigkeiten.“

„Die Taten sind … wie sagt man … präzise und genau vorbereitet, wahrscheinlich gab es eine wochenlange Planung im Vorfeld. Sehen Sie das Beispiel Steffen Mertens: Der Täter muss das Opfer vorher ausspioniert haben, er muss die Lebensumstände geprüft haben, die Lebensgewohnheiten. Wann geht Mertens arbeiten, wann geht er nach Hause, wann ist die beste Gelegenheit, ihn zu schnappen. Der Diebstahl des Autos passiert Wochen vor dem eigentlichem Mord. Das Besorgen der Betäubungsmittel braucht Zeit. Der Täter muss den Tatort ausgekundschaftet haben – wann ist der beste Zeitpunkt, Mertens ins Kühlhaus zu schaffen, wie kommt man hinein, wie kommt man an einen Schlüssel? Alles genau durchdacht, alles genau geplant und ausgeführt. Ähnliche Anhaltspunkte gibt es bei Leiche Nummer zwei, wobei die Durchführung der Tat hier leichter war. Ingrid Kirchner hat keine Familie, sie lebt allein. Es ist kein Problem, sie in der Wohnung umzubringen. Es gibt keine potenziellen Zeugen."

„Wollen Sie damit sagen, dass er Mertens nur deshalb im Schlachthof ermordet hat, weil er ihn nicht im eigenen Zuhause umbringen konnte?" Diese Erklärung schien Plasberg zu simpel.

„Ja und nein", erwiderte Dimitrov. Je länger er redete, desto mehr gewann er an Sicherheit. „Die Familie zu Hause ist ein Punkt. Ein anderer Punkt ist die Todesart."

„Bitte?"

„Sehen Sie, wir sind uns einig, dass der Täter auf einem Rachefeldzug ist, eine Art Vendetta. Aber der zentrale Zusammenhang zwischen den Morden ist nicht die mögliche Verwicklung des einen Opfers in einen Fall von Kindesmissbrauch und beim anderen nicht die Rache für das Nachhelfen beim Tod der Mutter. Mord ist immer ein sehr persönliches Verbrechen. Kein Mörder tötet um allgemeiner Gerechtigkeit willen – so wie Batman."

„Und wenn er geisteskrank ist? Was weiß ich ... schizophren oder paranoid vielleicht? Er könnte Stimmen hören, die ihm befohlen haben, Mertens und Kirchner umzubringen", sagte Vogt.

„Dafür gibt keine Anhaltspunkte."

„Und was ist mit den Post-its, die der Täter seinen Opfern auf die Stirn pappt? Für mich klingt das ziemlich nach einem Verrückten, der einen fast messianischen Eifer an den Tag legt." Vogt drehte sich zu seinen Kollegen, als suchte er Verbündete für seine Vermutung.

„Dann brauchen Sie eine Erklärung, warum der Täter in seinem Wahn ausgerechnet diese Opfer ausgewählt hat!", verteidigte sich Dimitrov. „Können Sie die geben?"

Der Kommissar musste zwar passen, dennoch ließ er nicht locker. „Nur weil wir die Erklärung noch nicht parat haben, muss die These nicht falsch sein", murmelte er.

„Herrgott, Vogt, lassen Sie den Mann doch erst mal seine Theorie erklären!", ging Plasberg dazwischen. „Dann können wir immer noch entscheiden, ob wir sie verwerfen oder nicht!"

Dimitrov warf der Kommissarin einen dankbaren Blick zu und fuhr fort. „Der Kollege liegt gar nicht so falsch, wenn er auf die Botschaften des Mörders hinweist. Aber der Täter will ein Unrecht rächen, das ihm persönlich in der Vergangenheit widerfahren ist. Möglich, dass er den Hass gegen seine Opfer schon lange hegt, vielleicht schon Jahre, aber ich glaube, erst vor Kurzem hat es einen Auslöser gegeben, der den Täter bewogen hat, seinen Plan in die Tat umzusetzen. Eine private Krise oder beruflicher Misserfolg vielleicht. Das hat das Fass zum Überlaufen gebracht und jetzt er schlägt zurück, weil er das Unrecht nicht länger ertragen kann. Er muss sich wehren, um sein inneres Gleichgewicht wiederzuerlangen. Nur wenn das Unrecht gesühnt wird, ist seine Welt nicht mehr aus den Fugen. Der Täter ist sehr, sehr wütend. Aber", im Eifer des Gefechts hob Dimitrov seinen Zeigefinger wie ein Lehrer, der versucht, ein paar begriffsstutzigen Schülern eine offensichtliche Schlussfolgerung zu vermitteln, „es ist eine kalte, kanalisierte Wut. Sonst wäre er nicht in Lage, seine Emotionen so effektiv in Taten umzusetzen. Aber das noch nicht alles." Dimitrov holte tief Luft. „Ich glaube, dass der Täter noch nicht fertig ist. Sehen Sie, er zählt."

„Wie bitte?"

Der Profiler legte zwei Fotos auf den Tisch, die von der Spurensicherung an den jeweiligen Tatorten stammten. Das erste Foto zeigte zwei abgebrannte Streichhölzer, das zweite drei.

Plasberg biss sich auf die Unterlippe. „Verdammt!"

Ihr war sofort klar, worauf Dimitrov hinauswollte. Die ersten beiden Streichhölzer hatte sie selbst aus Steffen Mertens' Hosentasche befördert, kurz nachdem die Leiche vom Fleischerhaken abgenommen worden war. Zusammen mit einem zerknüllten Kaugummipapier hatte sie sie für Abfall gehalten, der nichts mit dem Mord zu tun gehabt hatte. Aber Mertens war Nichtraucher gewesen, seine Frau hatte es ihr im Krankenhaus gesagt, als sie die Notfallversorgung von Clara abwartete. Jetzt fiel ihr auch ein, dass er keine Streichholzschachtel bei sich getragen hatte; eine Tatsache, die ihr im Kühlhaus entgangen war. Und die drei anderen Streichhölzer – Plasberg hatte die Fotos der Spurensicherung aus Kirchners Wohnung noch gar nicht gesehen. „Wo waren die Streichhölzer, die bei der Kirchner gefunden wurden?"

„In der linken Hosentasche."

Plasberg fuhr sich verärgert durch die Haare. Ihr war ein grober Schnitzer unterlaufen und er war nicht durch die Müdigkeit und Erschöpfung zu erklären, die sie verspürte, weil sie letzte Nacht nicht geschlafen hatte. „Und dass die Streichhölzer abgebrannt sind, bedeutet, dass ein Leben ausgelöscht wurde?"

„Ja. Aber wir haben ein Problem. Normalerweise fängt man bei eins an zu zählen: erst eins, dann zwei, dann drei …"

„Und uns fehlt das erste Streichholz", erwiderte die Kommissarin. „Soll das heißen …"

„… dass es irgendwo in Köln eine Leiche gibt, die wir noch nicht gefunden haben", beendete Dimitrov ihren Satz. „Die erste, mit der der Mörder begonnen hat."

Einen Augenblick herrschte schockiertes Schweigen im Raum. Sie hatten es mit einem Serienmörder zu tun, der kaltblütig seine Opfer zählte – abhakte wie auf einer Strichliste, und ihnen mitteilte, dass er noch nicht fertig war.

„W-Wie viele noch?", fragte Brinkhoff schließlich. „Wie viele werden noch f-folgen?"

Dimitrov zuckte mit den Schultern. „Ich fürchte, dass das niemand genau sagen kann. Aber stellen Sie sich folgende Frage: Ab wann macht es Sinn, eine Liste anzulegen und zu zählen? Doch erst ab mindestens drei. Eher mehr."

„Drei oder mehr Leichen?", stöhnte Vogt auf. „Um Himmels willen! Was ist denn das für ein Kerl?"

Vogt hatte es zwar anders gemeint, aber Plasberg ergriff die Gelegenheit und forderte Dimitrov auf, den Täter möglichst etwas näher zu beschreiben.

„Ein Mann", erwiderte der Profiler. „Wahrscheinlich ein starker Mann. Nicht unbedingt groß, aber stark. Er brauchte viel Kraft, um den Fleischerhaken durch den Nacken von Mertens zu treiben. Vielleicht dreißig, vierzig Jahre alt. Er glaubt, er hat nichts mehr zu verlieren, diese Vendetta ist ein letztes Aufbäumen gegen das Leben. Die Taten sind so konsequent ausgeführt, dass es kein Zurück für ihn gibt. Und ich glaube, dass der Täter sich sehr gut informiert hat über die Polizeiarbeit. Vorher. Eine Vermeidung von Fingerabdrücken ist leicht, er muss nur Handschuhe überziehen. Eine Vermeidung von DNA-Spuren dagegen ist sehr schwer. Der Täter muss nach dem Mord Tatort und Leichen von Spuren gesäubert haben, eine sehr aufwändige und konzentrierte Arbeit. Insbesondere bei Kirchner, weil sie viel Blut verloren hat. Allerdings ist es relativ einfach, sich über diese Dinge zu informieren. Das Internet macht heute alles leichter. Ich fürchte, dass der Täter sehr schwer zu fassen sein wird, aber unmöglich ist es nicht."

„Was soll das heißen?", fragte Kayser.

„Wie der Kollege Vogt zu Beginn gesagt hat: Jeder Plan hat Fehler. Nein, nicht Fehler", verbesserte sich Dimitrov. „Ich meine etwas anderes. Wie sagt man ... Sachen, die man nicht vorhersehen kann?"

„U-Unwägbarkeiten?", schlug Brinkhoff vor.

„Ja, genau. Danke. Unwägbarkeiten. So etwas ist dem Täter schon passiert. Er hatte die Entführung und den Mord an Mertens gut geplant, aber er hatte auch ein Problem. Und dieses Problem ist ihm beinahe zum Verhängnis geworden."

„Ich verstehe kein Wort", sagte Vogt und schüttelte den Kopf.

Dimitrov schnalzte ungeduldig mit der Zunge. „Sehen Sie, das Problem war die Überbrückung des Zeitraums vom Moment der Entführung am Nachmittag bis zur Ermordung am Abend. Ich glaube, der Täter wollte Mertens unbedingt im Kühlhaus umbringen wegen der symbolischen Grausamkeit der Tat. Das Kühlhaus ist aber erst ab abends unbeobachtet. Doch er musste Mertens schon am Nachmittag in seine Gewalt bringen, weil Mertens am Abend schon wieder bei seiner Familie gewesen wäre. Dort war kein Zugriff möglich. Er lockt also Mertens nach der Arbeit aus der Bank, vielleicht unter einem Vorwand. Das Treffen findet auf dem Alter Markt statt, vielleicht um bei Mertens keinen Anfangsverdacht zu erregen. Und da passiert der Fehler."

„Clara Mertens läuft ihm über den Weg“, sagte Plasberg.

Dimitrov nickte heftig. „Wenn die Aussage der Ehefrau stimmt, dann begreift der Täter erst im letzten Moment, dass Clara die Tochter von Mertens ist. Er lockt den Vater blitzschnell vom Alter Markt weg und beschließt, dass die Tochter auch sterben muss, weil sie ihn, den Täter, gesehen hat. Der Gasanschlag war improvisiert. Vielleicht hat der Täter beim Ausspionieren des Hauses mitbekommen, dass dort Gasleitungen liegen. Aber erst muss er Mertens töten.“

„Das heißt, der Täter hat einfach verdammtes Glück gehabt, dass Clara Mertens mit ihrem Verdacht, den Mörder ihres Vaters gesehen zu haben, erst am nächsten Tag zu ihrer Mutter ging.“ Plasberg sah ihre Theorie bestätigt und fühlte sich ein wenig besser.

„Genau. Hätte ebenso gut schief gehen können. Und ist ja auch irgendwie schief gegangen. Entgegen dem Plan ist Clara nicht tot, sondern liegt im Koma. Der Plan, also der Gasanschlag, war nicht präzise genug, nicht so präzise wie der Mord an Mertens und Kirchner.“

Vogt war dagegen noch nicht überzeugt. „Aber mundtot gemacht hat er sie trotzdem.“

„Schon“, argumentierte Plasberg. „Aber der Täter weiß, dass sie lebt. Sie wäre nicht der erste Mensch, der wieder aus einem Koma erwacht. Also hat er Angst. Und wer Angst hat, macht auch weitere Fehler.“ Innerlich gratulierte sie sich zu der Entscheidung, Eikner gedrängt zu haben, Clara Mertens im Krankenhaus bewachen zu lassen. Vielleicht machte sie doch nicht alles falsch.

„Es gibt noch einen letzten Punkt, auf den ich hinweisen möchte“, sagte Dimitrov langsam. „Ja, die Möglichkeit, dass der Täter weitere Fehler macht, ist jetzt größer. Aber auch die Möglichkeit, dass er schnell wieder zuschlägt. Ich glaube, dass der Plan sowieso war, die Morde so schnell wie möglich hinter sich zu bringen. Zwischen dem Mord an Mertens und dem Mord an Kirchner liegt nur ein Tag. Aber vielleicht wollte er auch danach eine kurze Pause machen. Vorbereitungen kosten Zeit. Aber Clara Mertens hat das Konzept vielleicht durcheinandergebracht.“

„Sie glauben, dass er bald wieder zuschlägt?“, fragte Bettina Siener, die den Ausführungen des Profilers fasziniert zugehört hatte. „Ein weiterer Mord – abgesehen von der Leiche, die wir noch nicht gefunden haben?"

„Er wird sehr bald wieder töten", bestätigte Dimitrov. „Vielleicht schon heute Nacht. Der erste Mord ist für einen Täter immer am schwierigsten. Wenn die Hemmschwelle zu einem solchen Verbrechen erst einmal überschritten ist, fallen weitere Morde leichter."

Die Polizeibeamten schwiegen erneut betroffen.

Im nächsten Moment gab es einen wütenden Aufschrei aus dem hinteren Teil des Führungsraums. Alle Köpfe fuhren herum und nahmen Jochen Hallstetter ins Visier, der mit der flachen Hand auf den Tisch schlug und fassungslos auf seinen Monitor starrte. „Das gibt's doch nicht", fluchte er. „Der Vauxhall ist weg!"

„Was?" Plasberg und Brinkhoff stürzten zu Hallstetters Computerplatz. Ihr Kollege tippte auf ein paar Tasten, ließ die Aufzeichnung der Überwachungskamera sechzig Sekunden zurückspulen und deutete dann auf das Bild. „Also direkt weg jetzt nicht", schränkte er ein. „Aber man kann nicht erkennen, wer den Wagen fährt."

Plasberg und Brinkhoff sahen, wie ein heller Lieferwagen auf der Fahrspur genau neben dem parkenden Vauxhall hielt und die Sicht auf das Auto verdeckte. Ein Mann stieg aus dem Lieferwagen, öffnete die Hecktüren und begann, Paletten mit Bananen und Salatköpfen abzuladen.

„Vogt, gibt es neben der Sparkasse einen Lebensmittelladen oder einen Supermarkt?", fragte die Kommissarin.

Ihr Kollege dachte einen Moment nach. „Direkt daneben ist ein Mietshaus … aber zwanzig Meter weiter ist ein kleines türkisches Geschäft, das Obst und Gemüse verkauft", sagte er schließlich. „Ich hab mir da noch einen Apfel geholt."

„Dann ist das ein gottverdammter Zufall", fluchte Plasberg. „Noch einer!"

Auf dem Video tauchte ein zweiter Mann auf, half dem Besitzer des Lieferwagens beim Ausladen und verdeckte die Sicht auf den dahinter stehenden Vauxhall noch weiter. Plötzlich sah man das graue Heck des englischen Autos hinter dem Lieferwagen hervorrollen. Der Fahrer war, unsichtbar für die Kommissare, im Schutz des vor ihm parkenden Lieferwagens eingestiegen und machte nun Anstalten, auszuparken und wegzufahren.

„Er hat den Wagen aufgebrochen, während die beiden M-Männer direkt daneben mit dem Obst hantieren?“, fragte Brinkhoff überrascht. „Der hat vielleicht Nerven!“

„Je offensichtlicher, desto unauffälliger“, erwiderte Plasberg. „Ein Auto aufzubrechen kostet einen Profi nur ein paar Sekunden. Und es geht relativ unspektakulär vonstatten. Zoomen Sie näher ran, Hallstetter!“

Für einen kurzen Augenblick war die Frontscheibe des Vauxhall direkt im Visier der Überwachungskamera, die letzte Möglichkeit für die Kommissare, einen Blick auf den Mann auf dem Fahrersitz zu erhaschen – doch in diesem Moment lief einer der Obsthändler mit einer Palette Auberginen um die Frontseite des Vauxhalls herum, und dann war der Augenblick vorbei. Der Fahrer des grauen Vauxhalls gab Gas und verschwand aus dem Blickfeld der Kamera, ohne dass die Kommissare auch nur den Hauch einer Chance gehabt hätten, sein Gesicht hinter der Windschutzscheibe zu erkennen.

„So ein M-Mist“, seufzte Brinkhoff.

Aber Plasberg war schon wieder einen Schritt weiter. „Hallstetter, Kayser, machen Sie sich auf den Weg zu diesem Obsthändler. Erkundigen Sie sich, wer an dem Tag den Lieferwagen gefahren und entladen hat. Vielleicht können sich die beiden Männer auf dem Videoband an den Fahrer des Vauxhalls erinnern. Und die Angestellten der Sparkasse können Sie direkt mit befragen. Eventuell ist denen an diesem Tag etwas aufgefallen. Vielleicht hat jemand bemerkt, wer an dem Vauxhall herumhantiert hat.“

„Jetzt? Die Sparkasse hat doch schon längst zu!“, protestierte Jochen Hallstetter. „Außerdem hab ich meinen Enkeln versprochen, heute Abend mit ihnen –“

„Erstens ist mir das völlig egal“, fuhr ihn Plasberg an, „und zweitens haben die Banken donnerstags meist längere Öffnungszeiten. Wir sind vielleicht so kurz davor, eine Personenbeschreibung zu ergattern.“ Sie presste Daumen und Zeigefinger zusammen und hielt sie dem Kollegen vor die Nase. Hallstetter murmelte etwas Unverständliches, stand auf, griff nach seiner Jacke und kurz darauf klappte die Tür des Führungsraums hinter ihm und Matthias Kayser zu.

„Gut", sagte die Kommissarin. „Wir gehen also jetzt davon aus, dass die Morde an Mertens und Kirchner zusammenhängen und in der Vergangenheit des Täters begründet sind. Die Frage ist, wie und wonach genau suchen wir?"

„Wenn ich einen Vorschlag machen dürfte?", fragte Dimitrov. „Wie groß ist das Archiv der Kölner Polizei?"

„Sehr groß", seufzte Plasberg und ahnte, worauf der Profiler hinauswollte. Es käme einer Sisyphusarbeit gleich.

„Wenn der Täter große Wut empfindet, dann liegt es nahe, dass es auch ein großes Unrecht gegeben hat. Und beide Opfer stammen aus Köln. Möglich, dass in den Akten der Polizei Fälle vorhanden sind, in denen die Beschuldigten sehr milde bestraft wurden oder ohne Strafe davongekommen sind. In denen Unbeteiligte sehr unter den Taten gelitten haben. Dort müssen wir suchen. Vielleicht tauchen die Namen von Mertens und Kirchner in einem Zusammenhang auf, den wir bisher nicht vermutet haben."

„Wissen Sie eigentlich, wie viele Fälle das sein könnten?", fragte Vogt. „Wir wissen ja noch nicht mal genau, wonach wir suchen sollen und auf welches Jahr wir uns beschränken sollen."

„Wir können uns auf kein bestimmtes Jahr beschränken", erwiderte Plasberg. „Wir müssen uns ... sagen wir, die letzten zwanzig Jahre vornehmen."

„Was?", rief Vogt. „Das ist doch Irrsinn! Da mache ich nicht mit!"

„Ach, nein?" Plasberg fixierte den Kommissar mit einem kalten Blick. „Es steht Ihnen natürlich frei, einen Versetzungsantrag zu stellen. Darin dürften Sie ja mittlerweile Übung haben."

Vogt starrte verärgert zu Boden.

Es war nach halb zehn Uhr, als Torsten Brinkhoff die Wohnung aufschloss. Er war müde und konnte das Gähnen kaum sein lassen. Eigentlich hatte er sich vorgenommen, nach dem Dienst noch zum Sport zu gehen, ein paar Gewichte zu stemmen, einige Kilometer auf dem Laufband zu rennen; aber er hatte den inneren Schweinehund nicht überwinden können. Seine Beine fühlten sich an wie Blei, in seinem Kopf wirbelten die Gedanken um die Ermittlungen umher. Ein Abend vor der Glotze erschien ihm nach diesem Arbeitstag einfach zu verführerisch. Bombadil erwartete ihn schon im Flur und strich ihm mit erhobenem Schwanz um die Beine. Brinkhoff hob den Kater auf seine Arme und kraulte ihm den Nacken, während er in die dunkle Küche lief.

„Markus? Bist du da?"

„Schön, dass du auch mal kommst." Clements Begrüßung bestand aus herzlichen Worten, der Tonfall war es jedoch nicht.

Brinkhoff zuckte zusammen, er hatte nicht bemerkt, dass sein Freund am Küchentisch saß. „Wieso sitzt du im Dunkeln?" Er wollte ihm einen Kuss auf die Lippen drücken, aber Clement drehte sich weg. „Ist was?"

„Ich habe über unsere Beziehung nachgedacht." Clement schaltete das Licht ein und legte zwei Kinokarten auf den Tisch.

„Scheiße." Brinkhoff ließ die Schultern hängen. „Ich hab's v-vergessen."

„Hab ich gemerkt." Clement sah ihn verärgert an. „Ich hab am *Cinedom* gestanden und auf dich gewartet."

„T-Tut mir l-leid. Es war so viel zu tun …"

„Hättest du mir nicht wenigstens Bescheid sagen können, dass du es nicht schaffst? Dann hätte ich die Kartenreservierungen verfallen lassen und mir was anderes vorgenommen! Du warst noch nicht mal übers Handy erreichbar."

Brinkhoff erinnerte sich, sein Mobiltelefon während der Besprechung ausgeschaltet zu haben, danach hatte er vergessen, es wieder einzuschalten. Reflexartig holte er es nach. „Ich geb dir das G-Geld wieder!"

„Darum geht es nicht!" Clements Stimme war laut geworden und Brinkhoff ließ sich auf einen Küchenstuhl fallen.

„Worum geht es denn dann?"

„Darum, dass ich keinen Bock darauf habe, mich jeden Abend wie ein Idiot zu fühlen, wenn du einen neuen Fall hast. Vorgestern warst du besoffen, gestern warst du zu müde zum Sex und heute hast du unsere Verabredung vergessen. Da kann ich mir ja ausmalen, wie unsere Beziehung aussieht, wenn ihr den Kerl in zwei Monaten noch immer nicht geschnappt habt!"

„Wir stehen ziemlich unter Druck im –"

„Ach, Scheiße!", unterbrach ihn Clement und wischte die Entschuldigung, die Brinkhoff formulieren wollte, mit einer ärgerlichen Handbewegung beiseite. „Ich will das gar nicht hören. Im Moment bin ich viel zu sauer, um mich mit dir zu unterhalten!" Dann stand er auf und nahm im Flur seine Jacke vom Haken. Erst jetzt bemerkte der Kommissar, dass sein Freund die ganze Zeit schon Schuhe angehabt hatte. „Ich geh ein Bier trinken. Du brauchst nicht auf mich zu warten." Damit schlug die Wohnungstür hinter ihm zu und Brinkhoff blieb mit einem verdatterten Gesichtsausdruck zurück.

Bombadil maunzte und sprang ihm auf den Schoß, rieb den Kopf an seiner Hand und forderte weitere Streicheleinheiten. Während Brinkhoffs Finger durch das Fell des Katers glitten, starrte er geistesabwesend auf die Straßenbeleuchtung unten vor dem Haus.

Was, bitte schön, erwartete Markus von ihm? Feierabend pünktlich um siebzehn Uhr? Okay, den Kinobesuch hatte er vermasselt, aber Markus konnte doch nicht allen Ernstes erwarten, dass er bei laufenden Ermittlungen regulären Dienst schob! Markus hatte doch gewusst, worauf er sich einließ! Es war ja nicht so, dass sie sich erst vor vier Wochen kennengelernt hatten! Schon letztes Jahr, als Markus noch nicht mehr als eine Thekenbekanntschaft war, hatte er gewusst, dass er, Brinkhoff, bei der Kripo arbeitete. Wie konnte es dann sein, dass ihn das jetzt störte? Und was war das mit den Schuhen? Wenn die Entscheidung, ein Bier trinken zu gehen, einer spontanen Laune geschuldet war, wieso hatte Markus dann quasi schon seine Jacke in der Hand gehabt, während er auf seine Rückkehr wartete? War die Verärgerung nur vorgeschoben? Eine Ausrede, um irgendwo einen Quickie aufzureißen? Markus war kein Kind von Traurigkeit und hielt es mit der Treue nicht so genau – wer sollte das besser wissen als er? Als es vor einem halben Jahr zwischen ihnen gefunkt hatte, war Markus noch in einer anderen Beziehung gewesen und er hatte keinerlei Skrupel gehabt, mit ihm ins Bett zu gehen. Er hatte ihm noch nicht einmal *erzählt*, dass er einen Freund hatte! Erst hinterher, nach drei Tagen, hatte er Brinkhoff reinen Wein eingeschenkt.

Der Kommissar rieb sich mit den Händen durchs Gesicht. War Markus gerade dabei, in alte Verhaltensmuster zurückzufallen? Das ganze Gerede über seine, Brinkhoffs, angebliche Überforderung, seine Labilität und die Vernachlässigung ihrer Beziehung – alles nur, um sein schlechtes Gewissen im Vorfeld zu beruhigen?

Der Kommissar schubste Bombadil von seinem Schoß und stand auf, lief unentschlossen um den Küchentisch herum, drehte ein schmutziges Glas aus der Spüle in seinen Fingern. Wenn er Markus jetzt nachlief, würde er sich zum Affen machen? Und was, wenn er Markus tatsächlich irgendwo in den Armen eines anderen Kerls vorfand? Wie sollte er reagieren? Eine Szene in aller Öffentlichkeit? Brinkhoff fühlte, wie sich sein Puls beschleunigte.

Fast automatisch griff er zum Wohnungsschlüssel, und ehe er sich überhaupt darüber klar wurde, was er eigentlich wollte, befand er sich schon auf dem Weg Richtung Innenstadt. An der Haltestelle Deutzer Freiheit sprang er in die Linie 1, um sich über die Deutzer Brücke fahren zu lassen; den angestrahlten Dom und die hell erleuchtete Silhouette der Altstadt nahm er kaum wahr. Mit jeder Weiche, über die die Bahn fuhr, wuchsen sein Ärger auf Markus und seine düsteren Vorahnungen. Ungeduldig und mit hämmerndem Herzen verließ er die Bahn an der nächsten Station. Markus zu finden, durfte kein Problem sein, er war mit Sicherheit im *Hombres*, einer schwulen Kneipe am Heumarkt, die er und Markus schon öfter besucht hatten. Markus mochte die ungezwungene Atmosphäre, den Wirt, die Musik, das *Hombres* war quasi zu seiner Stammkneipe geworden.

Brinkhoff lief ein paar Meter die Pipinstraße entlang, vorbei an den verdunkelten Räumen des *Checkpoint*, dem Info- und Gesundheitsladen für Schwule und Lesben, dessen Schaufenster mit Regenbogenfähnchen geschmückt waren, und stand gleich darauf vor der Eingangstür der Kneipe. Die Scheiben waren beschlagen; er konnte den Schankraum nicht einsehen. Die Tür wurde von innen geöffnet, ein Typ mit Dreitagebart und roten Haaren verließ lachend die Bar, rief ein paar Worte über seine Schulter und verschwand Richtung Haltestelle. Brinkhoff hielt die Tür fest, holte tief Luft und ging hinein.

Es war nicht sonderlich voll, ein mäßig besuchter Donnerstagabend. Zigarettenqualm waberte in der Luft, aus den Boxen dröhnte Discomusik und übertönte die Stimmen der Gäste. Brinkhoff suchte die Theke ab, die einen Großteil des Raums ausmachte, und die Barhocker, die an drei Seiten um sie herum aufgestellt waren. Markus war nirgendwo zu sehen. Frustriert bestellte er ein Kölsch. Wenn Markus nicht hier war, wo war er dann? Nebenan, in der *Baustelle* oder im *Station 2b* die Straße hoch, wo wochentags Fetischabende wie Underwear- oder Naked-Sex-Partys stattfanden? Aber Markus war kein Freund von nackten Tatsachen ... jedenfalls nicht zu Anfang, er hatte gerne etwas zum Auspacken.

Brinkhoff fuhr zusammen, als sich plötzlich von hinten eine Hand auf seine Schulter legte. „Ich fühle mich geschmeichelt, dass du mir nachgerannt bist, aber gib's zu“, raunte ihm Clement ins Ohr, „du hast gedacht, du findest mich hier mit einem Kerl knutschend vor!“

„Wo warst du?“, lenkte Brinkhoff ab und versuchte, sich seine Erleichterung nicht anmerken zu lassen. „Ich dachte, du bist gar nicht hier.“

„Pinkeln.“ Clement deutete auf die Toiletten hinter sich. „Ach ja, und ich hab es auf der Klappe mit einem Rothaarigen getrieben.“

Brinkhoff gefror das Lächeln im Gesicht. „M-Mit einem Rothaarigen? Der, der gerade rausgegangen ist?“

Clement stöhnte auf. „Mann, Torsten, das war ein Scherz!“

Er nickte. Ein Scherz. Aber war es das wirklich gewesen, nur ein Witz? Seine Zweifel und sein Misstrauen schienen sich in seinen Augen zu spiegeln, denn Clement zog seine Hand weg. „Na, großartig. Was für ein beschissener Abend! Erst versetzt du mich und dann glaubst du wirklich, ich habe nichts Besseres zu tun, als es dir heimzuzahlen, indem ich mit dem erstbesten Kerl eine schnelle Nummer schiebe.“

„Wäre nicht das erste Mal, dass du fremdgehst“, murmelte Brinkhoff und wünschte sofort, er hätte es nicht gesagt.

Clement sah ihn verletzt an. „Ist das wieder eine Anspielung auf die Art und Weise, wie wir zum ersten Mal miteinander ins Bett gegangen sind? Weißt du was, Torsten? Du kannst mich mal!“ Abrupt zahlte er seinen Deckel und nickte dem Wirt zu. Im Gehen wandte er sich erneut an seinen Freund. „Sieh zu, dass du eine gute Entschuldigung auf Lager hast, wenn du nach Hause kommst.“

Nachdem Clement verschwunden war, beugte sich der Wirt zu Brinkhoff über den Tresen. „Geht mich ja nichts an, aber –“

„Genau. Tut es nicht“, erwiderte Brinkhoff knapp. Markus hatte recht. Was für ein beschissener Abend. Die Laune des Kommissars war endgültig verdorben. Es sah aus, als hätte er dringend etwas gutzumachen.

In diesem Moment begann sein Handy in der Hosentasche zu vibrieren. In der Hoffnung, seinen Freund am Apparat zu haben, nahm er das Gespräch an, ohne das Display zu checken. „Markus? Es t-tut mir l-leid, es ist mir nur so rausgerutscht. Ich wollte das ni–“

„Aachener Straße 22, das ist schräg gegenüber vom Millowitsch-Theater“, unterbrach ihn Maria Plasbergs angespannte Stimme. „So schnell wie möglich. Wir treffen uns da.“

„W-Wieso? W-Was ist denn …?“

Aber Plasberg hatte schon aufgelegt. Fluchend klappte der Kommissar sein Mobiltelefon zu und machte sich auf den Weg.

Sieben

Brinkhoff sah die Absperrungen der Polizei schon von Weitem, als er am Rudolfplatz aus der Linie 1 sprang und die Aachener Straße entlanghastete. Der Bürgersteig schräg gegenüber dem Theater war mit rot-weißem Band für Passanten unzugänglich gemacht worden, die rechte Fahrspur von der Polizei und einem Notarztwagen blockiert. Das zuckende Blaulicht der Einsatzwagen vermischte sich mit der Straßenbeleuchtung und erhellte die Nacht. Vor den Absperrungen sammelte sich eine stetig wachsende Anzahl von Schaulustigen, die von zwei Streifenbeamten mühsam zurückgedrängt wurden. Zentrum der Aufmerksamkeit war ein Altbau in unmittelbarer Nachbarschaft zum kleinen *Theater im Bauturm*, der im Erdgeschoss ein Café beherbergte. Wenn das dreigeschossige Haus einmal eine Stuckfassade besessen hatte, dann war sie mutmaßlich nach dem Krieg abgeschlagen worden, jetzt dominierte rotgestrichener Putz die glatte Fassade. Der Besitzer des Cafés stand auf dem Bürgersteig und diskutierte ungehalten mit einem Polizisten, weil aufgrund der Absperrungen niemand mehr Zutritt zu seinem Café hatte. Brinkhoff hörte ein paar Fetzen der Unterhaltung, in der die Worte „Zumutung" und „Regressansprüche" fielen. Die Sicherung eines Tatorts konnte ein undankbarer Job sein.

Hinter den Sprossenfenstern brannte in allen Wohnungen Licht, aus dem ersten und dritten Stock sahen Menschen auf die Straße hinunter und beobachteten neugierig das Treiben der Einsatzkräfte, die aus dem Treppenhaus auf den Gehweg und wieder ins Haus eilten. Die Jalousien in der dazwischen gelegenen Etage waren heruntergelassen. Neben den uniformierten Beamten bemerkte der Kommissar auch die weiß gekleideten Mitarbeiter der Spurensicherung – die Untersuchung des Tatorts war also schon in vollem Gang. Am Rande der Absperrung erkannte er Maria Plasbergs alten Golf, seine Chefin war somit ebenfalls bereits vor Ort.

Brinkhoff wies sich gegenüber einem der Streifenbeamten aus und schlüpfte unter der Absperrung hindurch.

„Zweiter Stock", bestätigte der Kollege seine Vermutung.

„Wissen Sie, was genau p-passiert ist?"

Der Polizist zuckte mit den Achseln. „Leichenfund, mehr kann ich Ihnen auch nicht sagen. He, Sie!", wandte er sich dann barsch an einen jungen Mann mit Strickmütze, der eine Flasche Kölsch in der Hand hielt und sich in das Absperrband lehnte, „zurückbleiben, bitte!" Brinkhoff nickte dem Kollegen aufmunternd zu und betrat das schmale Treppenhaus. Die Tür zur Wohnung stand sperrangelweit offen und wurde von einem weiteren Streifenbeamten bewacht, der Brinkhoff nach Sichtung der Dienstmarke Einlass gewährte. Für einen Augenblick hatte der Kommissar das irritierende Gefühl, den Kartenabreißer einer Kinovorstellung zu passieren, aber dieser Gedanke erinnerte ihn an seine Auseinandersetzung mit Markus und er schob ihn frustriert beiseite.

Was ihn im Wohnzimmer der bürgerlich, fast spießig eingerichteten Wohnung erwartete, würde den Kommissar in den nächsten Tagen kaum schlafen lassen.

„Tür zu!“, war das das Erste, was er von Plasberg in scharfem, gedämpftem Tonfall hörte, als er eintrat.

Extrem starker Fäulnisgeruch schlug Brinkhoff entgegen und nahm ihm fast den Atem. Händeringend und würgend kramte er ein Taschentuch aus seiner Hosentasche und hielt es sich vor Mund und Nase. „Was, um alles ...?“ Weiter kam er nicht, dann bemerkte er angewidert die unzähligen Fliegen, die im Wohnzimmer herumschwirrten und sich immer wieder auf der am Boden liegenden männlichen Leiche niederließen, vor der Maria Plasberg und Aleksander Dimitrov standen, ebenfalls mit Taschentüchern bewaffnet. Der Profiler war fast grün im Gesicht vor Ekel und auch die Kommissarin wirkte sichtlich um Fassung bemüht. Um sie herum knipsten zwei Mitarbeiter der Spurensicherung eifrig Fotos; auch sie waren mit Mundschutz ausgerüstet. Über die Leiche gebeugt, sodass Brinkhoff nur den eingefallenen Kopf des Toten sehen konnte, war die birnenförmige Gestalt von Dr. Taucher, dem Notarzt, der schon die Leiche von Steffen Mertens begutachtet hatte. Plasberg warf Brinkhoff nur einen flüchtigen Blick zu, dann widmete sie sich wieder der Analyse des Arztes.

„... auf jeden Fall vier bis fünf Tage“, sagte Taucher gerade und krabbelte ächzend ein Stück zur Seite – und Brinkhoff bekam das gesamte Ausmaß des Grauens zu Gesicht. Schockiert taumelte er einen Schritt zurück.

Die Leiche des übergewichtigen, vielleicht 55-jährigen Mannes lag auf dem Rücken, in einer riesigen Blutlache, die in den Teppich gelaufen und dort getrocknet war. Die geöffneten Augen des Opfers waren starr nach oben gerichtet, die Beine eingeknickt. Das Gesicht hatte ein wächsernes, glänzendes Aussehen, die Haut war im Tod straff gezogen wie eine Maske. Wie bei Mertens war sein Mund mit grauem Paketklebeband verschlossen. Ungepflegtes, mittellanges Kopfhaar, das einer fortschreitenden Glatze Platz machte, klebte am Schädel des Mannes. Auf der Stirn war ein gelbes Post-it befestigt, mit der schon bekannten, lakonischen Botschaft:

Niemand kann seiner Strafe entkommen.

Doch das war bei Weitem nicht das Schlimmste. Der linke Arm des Mannes war ausgestreckt, die Hand deutete auf das braungemusterte Sofa an der rechten Wand. Der rechte Arm dagegen war angewinkelt und lag auf dem Bauch des Opfers – aber dort, wo sich die rechte Hand hätte befinden müssen, gab es nur noch einen blutüberströmten Stumpf. Die Hand war abgetrennt worden und befand sich neben der Leiche, was ihr ein merkwürdiges Eigenleben verlieh – als wäre sie ein für sich existierendes, bizarres Lebewesen, ein Fremdkörper, der nur zufällig und auf mysteriöse Weise an seinen Platz neben dem Opfer geraten war. Was dem Kommissar jedoch den kalten Schweiß auf die Stirn trieb und ihn veranlasste, Sekunden später die Flucht nach hinten anzutreten, waren die vielen weißlichen Maden, die sich in den faulenden Stumpf und durch die Augen in den Körper der Leiche gebohrt hatten, ihr zuckend und sich windend in die Nase krochen und sogar am Paketband vorbei in die Mundwinkel, um sich an dem verwesenden, feuchten Gewebe sattzufressen.

Brinkhoff stolperte stöhnend nach draußen, fand gerade noch rechtzeitig das Badezimmer und übergab sich hustend und würgend in die Toilettenschüssel. Maden! Noch nie in seinem Leben war er mit so einem Anblick konfrontiert worden. Das war widerwärtig! Erneut drehte sich ihm der Magen um.

Es dauerte eine Weile, bis er sich beruhigt und der Brechreiz nachgelassen hatte. Ohne sich um eventuelle Tatort-Verunreinigungen zu scheren, wusch er am Waschbecken sein Gesicht und spülte den Mund aus. Wenn der Täter genauso sorgsam vorgegangen war wie bei Mertens und Kirchner, würden sie sowieso keine Spuren von ihm sicherstellen können. Im Spiegel über dem Waschbecken betrachtete er sein bleiches Gesicht. Am liebsten hätte er sich im Badezimmer eingeschlossen, bis jemand diese Leiche entfernt hatte. Mit zitternden, kaltschweißigen Händen suchte er seine Hosentaschen ab, bis er die Beruhigungstabletten fand. Hektisch brach er zwei Pillen aus der Verpackung und schluckte sie hinunter. Als er die Tür öffnete, stand plötzlich Maria Plasberg vor ihm.

„Geht's wieder?", fragte die Kommissarin.

Brinkhoff nickte nervös. Er war nicht sicher, ob sie etwas gesehen hatte, die Badezimmertür war nur angelehnt gewesen. Wenn, dann vermied sie jeden Kommentar und ließ sich nichts anmerken.

Blass und mitgenommen machte er einen großen Bogen um das Wohnzimmer und folgte ihr in die Küche, wo kurz darauf Dimitrov zu ihnen stieß. Plasberg legte wortlos eine durchsichtige, kleine Plastiktüte auf die Anrichte, in die sie ein einzelnes abgebranntes Streichholz gepackt hatte.

„W-Wo haben Sie es gefunden?"

„Linke Hosentasche. Wie bei Mertens und Kirchner."

Allen drei Beamten schien es danach die Sprache zu verschlagen; an den großen Tisch oder die Arbeitsflächen neben dem Herd gelehnt, starrten sie vor sich hin, sichtlich bemüht, das gerade Gesehene erst einmal zu verdauen. Ein paar Fliegen waren aus dem Wohnzimmer entwischt und summten nun um die Küchenlampe. Brinkhoff schlug um sich, wenn sie sich ihm näherten. Die Vorstellung, dass sie sich von den Körperflüssigkeiten des Toten ernährt und ihre Eier in den Leichnam abgelegt hatten, bereitete ihm erneute Übelkeit.

Nach einer Weile gesellte sich der Notarzt zu den Kommissaren. „Ich bin soweit fertig. Von mir aus können Sie den Mann in die Gerichtsmedizin bringen lassen." Seine Stimme klang belegt, auch als Notarzt bekam man nicht jeden Tag eine verwesende Leiche zu sehen. „Die meisten Maden sind die Nachkommenschaft der Calliphora vicina, der Blauen Schmeißfliege, die häufig in der Stadt anzutreffen ist. Die Maden messen um die achtzehn Millimeter. Wenn man die Raumtemperatur und einige andere Faktoren berücksichtigt, mit denen ich Sie jetzt nicht langweilen will, deutet also vieles darauf hin, dass der Mann vor vier bis fünf Tagen gestorben ist." Dr. Taucher zog geschäftsmäßig die Handschuhe aus und entsorgte sie in einem Plastikbeutel. Seine Stimme wurde zunehmend fester, je länger er sich auf dem vertrauten Territorium der Analyse bewegte. „Dafür spricht auch, dass es noch nicht viele Puparien gibt, was wiederum darauf schließen lässt, dass es sich um die erste Generation Maden handelt, die nach erfolgter Eiablage geschlüpft sind."

„Was sind Puparien?", fragte der Profiler mit großen Augen. Er hatte die Hände in den Hosentaschen vergraben und die Arme eng an den Körper gelegt, als wäre ihm kalt.

„Eine Art Kokon. Die Maden wandern nach Abschluss des Wachstums vom Leichnam ab, um sich zu verpuppen, und entwickeln sich in rund vier Wochen zu Fliegen."

Brinkhoff verzog das Gesicht.

„Wusste gar nicht, dass Sie ein Fachmann für Insekten sind", sagte Plasberg. Es klang, als wäre sie bemüht, wenigstens den Anschein von Normalität wiederherzustellen.

„Fortbildung ist in unserem Beruf alles, Frau Kommissarin. Ich habe vor einigen Jahren an einem Seminar über forensische Entomologie teilgenommen … faszinierend!"

„Tatsächlich", brummte sie. „Todesursache?"

„Herz-Kreislaufversagen aufgrund des hohen Blutverlustes."

„Nicht die abgehackte Hand?", fragte der Profiler überrascht.

Dr. Taucher wiegte den Kopf hin und her. „Na ja, das kann man so und so sehen. Natürlich ist die Abtrennung der Hand der Grund für den hohen Blutverlust, aber als alleinige Ursache ist die Mutilation für den Tod nicht verantwortlich. Sehen Sie, auch bei einer solchen Wunde beginnen die roten Blutkörperchen sehr schnell zu verklumpen und verschließen die abgetrennten Adern, mit der Folge, dass es irgendwann aufhört zu bluten. Der Tod ist bei einer solchen Wunde keinesfalls zwingend. Aber bei unserem Opfer haben Herz und Kreislauf die zweifellos große Belastung und den Stress, den die Mutilation ausgelöst hat, nicht verkraftet. Der Mann ist an Herzversagen gestorben. Ich bin sicher, dass der Kollege in der Gerichtsmedizin es genauso sieht."

„Was ist mit weiteren Hinweisen auf Gewalteinwirkung?", erkundigte sich die Kommissarin.

Dr. Taucher schüttelte den Kopf. „Jedenfalls keine offensichtlichen. Aber gut möglich, dass man in der Pathologie da noch etwas findet. Als Tatwaffe kommt übrigens ein scharfer, kantiger

Gegenstand in Frage, die Arterien sind sauber und fast geradlinig abgetrennt. Könnte ein Beil oder eine Axt gewesen sein. Die Abtrennung der Hand erfolgte mit einem einzigen Hieb, da bin ich mir fast hundertprozentig sicher. – Kann ich sonst noch was für Sie tun?"

„Nein, danke", seufzte Plasberg. „Mir reicht das fürs Erste."

„Dann noch einen schönen Abend", verabschiedete sich der Notarzt mit einem fast mitleidigen Lächeln. An der Tür drehte er sich jedoch um und kam zurück. „Vergessen Sie bitte nicht, dem Kollegen in der Gerichtsmedizin ein paar lebende Exemplare der Fliege mitzuliefern. Und ein paar von den Maden. Er wird beide zur vollständigen Untersuchung und Verifizierung des exakten Todeszeitpunktes benötigen."

„Wir sollen Fliegen fangen?", fragte Dimitrov entgeistert nach.

„So ist es."

Damit war der Notarzt endgültig verschwunden.

„Ich könnte jetzt Wodka gebrauchen", sagte der Profiler in die nachfolgende Stille. „Viel Wodka! Ein großes Glas, oder besser noch eine ganze Flasche!" Er schüttelte sich und deutete Richtung Wohnzimmer, hinter dessen verschlossener Tür noch immer die Spurensicherung zugange war. „Das da ist ekelhaft!"

„W-Wer ist das Opfer überhaupt?", fragte Brinkhoff.

Plasberg kramte einen Notizblock aus ihrer Handtasche. „Manfred Opitz, 55 Jahre, verheiratet, ein erwachsener Sohn. Von Beruf Finanzbeamter. Seine Frau hat ihn gefunden, als sie von einem einwöchigen Besuch bei ihrer Schwester in Passau zurückkam. Sie hat einen Schock, ist von Taucher sediert und ins Krankenhaus verfrachtet worden. Zumindest bis morgen früh nicht vernehmungsfähig. Die Kollegen, die von ihr alarmiert wurden, haben kaum etwas aus ihr herausbekommen, sie war völlig hysterisch. Kein Wunder bei dem Anblick. Der Sohn wohnt mit seiner Lebensgefährtin in irgendeinem Eifelkaff und führt einen ökologischen Bauernhof. Er ist schon verständigt und wird morgen Vormittag in Köln erwartet. Ich kann auch nichts dafür!", sagte sie, als sie den Blick ihres Kollegen bemerkte. „Er muss wohl erst die Tiere versorgen. Jedenfalls …" Sie nahm erneut den Notizblock zu Hilfe, „die Leitstelle hat den Notruf um 22.44 Uhr erhalten, und als die vor Ort eingetroffenen Kollegen dann Verstärkung angefordert haben, sind Dimitrov und ich direkt hierher."

„Sie waren bis vorhin im P-Präsidium?"

Plasberg nickte und fuhr sich abgespannt durchs Gesicht. „Eikner wollte noch einen persönlichen Bericht. Das Faktotum sitzt ihm nach wie vor im Nacken." Sie unterdrückte mühevoll ein Gähnen. „Dimitrov hatte sich angeboten, bei dem Gespräch dabeizusein."

„W-Was sagen die N-Nachbarn? Dieses …", er schluckte, „dieses Handabhacken kann doch nicht geräuschlos vonstatten gegangen sein!"

„Sollte man annehmen. Außer dem Café, das gegen zehn Uhr vormittags öffnet, gibt es drei weitere Mietparteien im Haus. Aber keiner hat etwas gesehen oder gehört." Die Kommissarin klang frustriert. „Das Ehepaar Opitz gilt als ruhig und unauffällig, ein bisschen spießig. Warten Sie …" Sie blätterte weiter in den Notizen, die sie mithilfe der zuerst am Tatort eingetroffenen Kollegen zusammengetragen hatte. „In der Dachgeschosswohnung gibt es eine kleine Studenten-WG, zwei junge Männer. Der eine hat sich darüber lustig gemacht, dass Opitz Mitglied in einem Schützenverein ist oder zumindest war. Es hörte sich an, als wäre das eine Sache der Vergangenheit."

„Wusste er, in welchem?"

„Nein, da müssen wir auf die Aussage der Ehefrau oder des Sohnes warten." Sie verstaute den Block wieder in der Handtasche. „Das ist alles, was wir bisher haben." Dann wandte sie sich an den Profiler. „Können Sie noch irgendetwas Erhellendes beitragen? Was hat es mit der abgehackten Hand auf sich?"

„Ich kann nur eine Vermutung anstellen bisher", entschuldigte sich Dimitrov. „Es gibt zu wenig Informationen." Im grellen Licht der Küchenlampe verflüchtigte sich der jugendliche Eindruck, den er im Führungsraum des Präsidiums gemacht hatte. Jetzt waren deutlich feine Falten um die Augenwinkel und den Mund zu sehen, die sein tatsächliches Alter verrieten, und Brinkhoff bemerkte in seinem Lockenkopf graue Haare. „Ist reine Spekulation, aber vielleicht haben die Todesursachen etwas mit der Schuld zu tun, die die Opfer auf sich geladen haben."

„Sie meinen …"

„Hand abhacken war im Mittelalter auch eine symbolische Strafe für Diebstahl. Dem Dieb wurde die Hand abgehackt, mit der er gestohlen hatte."

„Opitz hat etwas geklaut, und dafür wollte ihn der Mörder bestrafen?", fragte Plasberg verwirrt.

„Oder er hat etwas anderes getan mit der Hand. Etwas, wofür ihn der Täter verantwortlich macht."

„Und d-die anderen Leichen? Mertens und K-Kirchner?" Brinkhoff konnte sich keine Vergehen vorstellen, für die man aufgehängt oder erstickt werden könnte.

Der Profiler dachte angestrengt nach. „Kirchner wurde die Zunge herausgeschnitten …" Er zuckte mit den Achseln. „Vielleicht ist sie bestraft worden für etwas, das sie gesagt hat? Oder sie hat gelogen? Bei Mertens … nein, tut mir leid, zu einem Fleischerhaken fällt mir keine … wie sagt man? … keine Analogie ein. Vielleicht morgen. Jetzt bin ich einfach zu müde, zu überfordert."

„Das sind wir wahrscheinlich alle", erwiderte die Kommissarin. „Machen wir Schluss hier. Ich sage den Kollegen Bescheid, dass der Leichnam in die Gerichtsmedizin geschickt werden kann, und wir durchkämmen die Wohnung dann morgen früh in Ruhe." Sie warf einen grimmigen Blick auf die Fliegen, die noch immer um die Küchenlampe surrten, und fügte hinzu: „Vielleicht gibt's dann auch schon weniger von dem Viehzeug hier!"

„Und was ist mit dem Einsammeln der …" Brinkhoff schluckte. Bei dem Gedanken, einige Maden anfassen zu müssen, bekam er einen Kloß im Hals.

„Das überlassen wir der Spurensicherung", erwiderte Plasberg.

Aber wenn die Beamten gedacht hatten, dass an diesem Abend keine weiteren unangenehmen Überraschungen mehr auf sie warteten, dann wurden sie eines Besseren belehrt, als sie vors Haus traten. Kaum hatte die Kommissarin die Eingangstür aufgezogen, als ihr ein Blitzlichtgewitter von Kameras und Fotoapparaten entgegenschlug, das sie für einen Moment lang regelrecht blendete. Ein Dutzend Mikrofone wurden ihr und ihren Kollegen entgegengereckt. Sat1, RTL, N24, öffentlich-rechtliche Sender: Alle wichtigen Medienanstalten schienen vertreten zu sein – über den neuesten Leichenfund ins Bild gesetzt durch Abhören des Polizeifunks oder interne Informanten. Die Streifenbeamten, mittlerweile zu sechst, hatten Mühe, die Reporter im Zaum zu halten.

„Stimmt es, dass die Polizei eine weitere Leiche gefunden hat?"

„Haben wir einen Serienmörder in Köln?"

Tumultartige Szenen spielten sich an der Absperrung ab, jeder wollte der Erste sein, der ein Statement von der Polizei ins Mikrofon diktiert bekam.

„Verdammt!", zischte Plasberg ungehalten. „Diese Aasgeier!"

„Frau Kommissarin, wie sieht es mit der Sicherheit für die Bürger aus? Haben Sie schon einen Verdächtigen?"

„Dem Toten soll der Kopf abgeschlagen worden sein! Können Sie das bestätigen?"

Plasberg musterte den Reporter, der den letzten Satz von sich gegeben hatte, mit einem abschätzigen Blick. „Wo haben Sie denn diesen Mist aufgegabelt? Anstatt hier unsere Arbeit zu erschweren, sollten Sie mal die Seriosität Ihrer Quellen überprüfen! Und wenn –"

Bevor sich die Kommissarin weiter ereifern und in ihrem Unmut über die Presse etwas sagen konnte, was sie später vielleicht bereute – auch wenn Letzteres kaum zu vermuten war –, drängelte sich plötzlich der Leiter des KK 11 durch die Menge. Eikner war außer Atem und seine Haare standen in alle Himmelsrichtungen ab, als er neben den Ermittlern ankam.

„Die Leitstelle hat mich informiert, dass es hier eine Situation gibt", murmelte er Plasberg und den anderen zu.

„Eine Situation?", schnaubte sie. „So kann man es auch nennen!"

„Seien Sie still. Ich regele das!" Eikner hob die Arme, und die Fragen der wartenden Reporter verstummten. „Meine Damen und Herren, bitte! Ihre Informationen sind insoweit korrekt, als dass die Polizei eine leblose Person im Haus vorgefunden hat. Mehr kann ich Ihnen aus ermittlungstaktischen Überlegungen zurzeit leider nicht sagen. Fragen werden jetzt nicht beantwortet. Aber morgen Mittag um 13.00 Uhr wird es im Polizeipräsidium eine Pressekonferenz geben, an der auch Kriminalhauptkommissarin Plasberg teilnehmen wird, die die Ermittlungen leitet. Dann können Sie Ihre Fragen stellen! Bis dahin möchte ich Sie um Geduld bitten, und lassen Sie bitte unsere Beamten ihre Arbeit machen! Danke!"

Ein kollektiver Seufzer aus Enttäuschung und Resignation aus dem Kreis der Journalisten antwortete ihm, aber die meisten gaben sich vorerst mit diesen spärlichen Informationen zufrieden und zogen ab. Einige versuchten, noch ein paar O-Töne der Anwohner zu erhalten; insbesondere der Besitzer des Cafés schien ein begehrter Interviewpartner zu sein, und Brinkhoff fragte sich, was der Mann wohl zum Besten gab.

Maria Plasberg dagegen sah aus, als hätte Eikner den unmittelbar bevorstehenden Weltuntergang verkündet. „Eine Pressekonferenz? Sind Sie wahnsinnig geworden, Herr Eikner?"

„Sie wissen genau, dass wir jetzt nicht mehr drum herumkommen, Frau Kollegin. Nicht nach den heutigen Ereignissen."

„Aber wir hatten ausgemacht, dass Sie sich um die Presse kümmern!"

„Sie leiten die Ermittlungen in diesem Fall! Ich kann Sie da nicht außen vor lassen."

„Und was soll ich den Pressefuzzis erzählen? Dass ein irrer Serienmörder frei herumläuft und wir bisher nicht die geringste Spur vorweisen können? Wir haben ja noch nicht einmal alle endgültigen Autopsie-Ergebnisse vorliegen!"

„Sie werden den Journalisten so viel wie nötig und so wenig wie möglich erzählen", erwiderte Eikner genervt. „Und Sie werden freundlich sein, haben wir uns verstanden?" Die Kommissarin verzog das Gesicht, als hätte sie Zahnschmerzen. „Nehmen Sie von mir aus einen Ihrer Mitarbeiter zur Unterstützung mit", fügte er hinzu.

Plasbergs Miene hellte sich minimal auf. „Brinkhoff, dann werden Sie mit mir in den sauren Apfel beißen!"

„I-Ich?"

„Bei allem Respekt", lehnte Eikner ab, „aber der Kollege Brinkhoff kommt nicht in Frage. Ihr Sprechfehler … nichts für ungut, aber dann steht übermorgen in der Zeitung, dass die polizeilichen Ermittlungen in den Händen eines Stotterers liegen."

„Das werden die nicht wagen!", brauste Plasberg auf.

„Nicht wortwörtlich“, stimmte Eikner zu. „Aber es wird zwischen den Zeilen herauszulesen sein.“

Brinkhoff nickte mit rotem Kopf. „Herr Eikner hat r-recht, Frau Plasberg! Ich b-bin dafür nicht geeignet. Nehmen Sie Dimitrov.“

„Und was soll er der Medienmeute erzählen? Es ist doch kontraproduktiv, in alle Welt hinauszuposaunen, welche Gedanken wir uns bezüglich des Täters und seines Charakters bisher gemacht haben.“

„Niemand hat gesagt, dass er ins Detail gehen soll“, sagte Eikner. „Es geht mehr darum, den Eindruck zu vermitteln, dass die ermittelnden Behörden alles tun, was in ihrer Macht steht, dem Täter so schnell wie möglich beizukommen.“

„Das ist doch die reine Augenwischerei!“

„Das ist Öffentlichkeitsarbeit!“

Die Kommissarin gab sich geschlagen. „Na schön, dann eben unser Profiler.“

Der Chef des KK 11 wechselte erleichtert das Thema: „Zum Stand der Dinge: Hat unser Mörder tatsächlich wieder zugeschlagen?“

Plasberg wollte ihren Vorgesetzten gerade patzig auf die morgige Pressekonferenz verweisen, besann sich aber in letzter Sekunde. „Ja, hat er“, gab sie zu, noch immer etwas ungnädig. „Opitz ist der, mit dem unser Mann seinen Rachefeldzug begonnen hat. Wir haben das obligatorische Post-it auf seiner Stirn und ein einzelnes Streichholz in seiner Hosentasche gefunden. Genau dasselbe Schema wie bei Mertens und Kirchner.“

Eikner stöhnte auf und zückte umständlich sein Handy.

„Wen rufen Sie denn jetzt an?“, fragte die Kommissarin.

„Na, wen schon? Kupka. Er hat um sofortige Informierung gebeten, wenn sich eine neue Sachlage ergibt.“ Plasberg öffnete den Mund, um zu protestieren, aber Eikner würgte sie ab. „Tut mir leid, Frau Kollegin, aber die Sache hat mittlerweile auch eine politische Dimension.“ Er klang fast ein wenig zerknirscht. „Ich *muss* das Büro des Polizeipräsidenten auf dem Laufenden halten.“

Während Eikner einen Schritt zurücktrat, um in Ruhe zu telefonieren, löste sich aus dem Pulk der abziehenden Reporter eine

Gestalt und kam auf die Kommissare zu. „Stumping!“, sagte Maria Plasberg. „Ich habe Sie gar nicht gesehen!“

Der Redakteur des *Kölner Stadt-Anzeiger* zog sie beiseite, sodass sie außer Hörweite der anderen waren. „Keine gute Woche für Sie, habe ich den Eindruck.“

„Sie machen sich keine Vorstellung. Fast täglich taucht irgendwo eine neue Leiche auf. So was habe selbst ich noch nicht erlebt.“

„Es tut mir leid, wenn ich die Sachlage noch verkompliziere. Aber wir sollten uns unterhalten, bevor Sie morgen Ihre Pressekonferenz geben“, erwiderte er leise. „Ich habe Neuigkeiten, was den Polizeipräsidenten und Kupka betrifft.“

Trotz der späten Stunde war Plasbergs Interesse geweckt. „Wie wäre es, wenn Sie mir jetzt ein paar Einzelheiten verraten? Ich könnte ein paar Informationen gebrauchen, die mir weiterhelfen.“

Arnold Stumping schmunzelte. „Nein. Laden Sie mich zum Frühstück ein.“

„Aber …“

„Ich muss erst noch ein paar Dinge überprüfen, bevor ich sicher bin, was da läuft. Morgen früh weiß ich mehr.“

Sie fuhr sich abgespannt durch die Haare. „Also gut. Aber dann sehr früh. Ich hab einen Haufen Arbeit. Acht Uhr?“

Stumping prustete amüsiert los. „Sie sind manchmal wirklich nicht von dieser Welt, Frau Kommissarin, oder? Die wenigsten Cafés haben um diese Zeit schon geöffnet … okay, zugegeben, ich kenne jedenfalls keins.“

Plasberg zögerte nur kurz. „Dann kommen Sie meinetwegen zu mir. Meine Kinder müssen um halb acht zur Schule, dann haben wir unsere Ruhe.“

„Ist das nicht ein wenig … irregulär?“ Stumping warf einen vorsichtigen Blick zu Eikner, der sich mittlerweile von Brinkhoff und Dimitrov über die Details des letzten Leichenfunds informieren ließ. „Ich will nicht, dass Sie Schwierigkeiten bekommen.“

„Eikner möchte doch, dass ich gute Kontakte zur Presse pflege“, erwiderte sie. „Und was er nicht weiß, macht ihn nicht heiß.“

Stumping grinste.

Nachdem die letzten Medienvertreter endlich verschwunden waren, verabschiedete sich auch ein bedrückt wirkender Heribert

Eikner. Ein Leichenwagen fuhr vor, und nachdem die Spurensicherung ihre Arbeit beendet hatte, wurde Manfred Opitz' Leichnam in die Gerichtsmedizin transportiert. Die letzten Schaulustigen auf dem Bürgersteig zerstreuten sich und die Streifenbeamten entfernten das Absperrband um den Hauseingang, nachdem der Tatort versiegelt worden war. Im Café nebenan gingen die Lichter aus – anscheinend hatte der Betreiber es aufgegeben, auf Gäste zu hoffen.

Torsten Brinkhoff und Maria Plasberg begleiteten den Profiler die wenigen Meter zum Taxistand am Rudolfplatz und sahen anschließend dem Wagen nach, der über die Ringe in den Kölner Norden entschwand, wo Dimitrov zu Hause war. Die Nacht war kühl geworden und Brinkhoff knöpfte fröstelnd seine Jacke zu. Kleine Gruppen von Nachtschwärmern, meist junge Leute auf dem Weg zu einem Clubbesuch, kamen ihnen lachend und vergnügt entgegen.

„W-Was für ein Tag", sagte er. „Mir brummt der Schädel."

„Ich mag gar nicht daran denken, was uns noch bevorsteht, wenn Dimitrov mit seinen übrigen Vermutungen recht hat und die Liste des Mörders noch länger ist", bemerkte Plasberg, bevor auch sie sich von ihrem Kollegen verabschiedete und zu ihrem Auto zurücklief. Der Kommissar brachte nicht einmal ein notdürftiges Lächeln zustande.

Doch der lange Abend war für sie noch nicht zu Ende. Kaum hatte sie den Motor angelassen, schrillte ihr Handy in den Tiefen ihrer Handtasche.

„Plasberg hier", meldete sie sich müde.

„Guten Abend, Frau Hauptkommissarin." Die Stimme von Karl-Josef Kupka drang scheppernd in ihr Ohr.

Sie presste die Lippen zusammen. Eine Unterhaltung mit dem Faktotum war das Letzte, woran sie jetzt interessiert war. Was, zum Teufel, wollte der Mann von ihr? Einen Augenzeugenbericht? Ein paar gruselige Details, die ihm Eikner nicht hatte bieten können?

„Und was verschafft mir die Ehre Ihres späten Anrufs?", sagte sie, ohne sich darum zu scheren, ob Kupka die Ironie in der Frage heraushörte oder nicht.

„Die Sorge um die Sicherheitslage in der Stadt. Ich habe eben einen Anruf von Herrn Eikner erhalten, dass es einen weiteren Mord gegeben hat." Der Büroleiter des Polizeipräsidenten machte eine Kunstpause, als wollte er Plasberg die Gelegenheit bieten, diese Information zu bestätigen. Als sie schwieg, fuhr er irritiert fort. „Sie haben noch niemanden festgenommen?"

„Nein."

„Warum nicht?"

„Warum nicht? Weil es niemanden gab, den wir hätten festnehmen können!", fuhr Plasberg auf. „Der Täter hat leider nicht auf uns gewartet. Die einzige Person am Tatort war die Ehefrau des Toten und sie kommt als Täterin nicht in Frage."

„Warum nicht?"

Die Kommissarin kam sich vor, als führte sie eine Unterhaltung mit einem fünfjährigen Kind. Von Kupka hätte sie mehr Vertrauen in ihre Einschätzung der beteiligten Personen erwartet. Entsprechend ungehalten war ihre Reaktion. „Weil sie zum Tatzeitpunkt nachweislich nicht in Köln war und auch für die vorangangenen Mordfälle nicht in Betracht kommt. Wir suchen einen Serientäter – oder ist Ihnen das entfallen?"

Kupka ging nicht darauf ein. „Und der Täter hat wieder keine Spuren hinterlassen?"

„Abgesehen von dem üblichen, selbstgerechten Post-it auf der Stirn des Opfers? Nein. Jedenfalls nichts Offensichtliches. Aber wenn er genauso professionell wie bei Mertens und Kirchner vorgegangen ist … wir werden die Ergebnisse der Spurensicherung abwarten müssen."

„Und das kann dauern." Kupka klang unzufrieden. „Über welche Informationen verfügen Sie das Opfer betreffend?"

Plasberg klemmte den Hörer ans Ohr und begann in ihrer Handtasche nach einem Bonbon zu suchen. „Bisher wissen wir noch wenig. Der Name lautet Manfred Opitz …" Sie leierte Alter, Beruf und Familiensituation des Toten herunter. Anschließend fragte sie: „Was soll das, Herr Kupka? Eikner hat Ihnen doch sicherlich alles Notwendige gesagt. Wieso interessieren Sie sich für die Einzelheiten dieses Falles?"

Doch auch jetzt hielt sich das Faktotum bedeckt. Die Kommissarin wurde das Gefühl nicht los, dass Eberswaldes Vertrauter eine ganz eigene Agenda verfolgte. „Wenn Sie bei der Suche nach dem Täter auf der Stelle treten, ist es vielleicht ratsam, die Lebensumstände der Opfer zu überprüfen“, sagte er.

Plasberg hätte beinahe laut aufgelacht. „Tatsächlich? Wollen Sie mir jetzt vorschreiben, wie ich meine Arbeit zu tun habe? Natürlich werden wir das tun – wie immer in solchen Fällen! Aber das braucht seine Zeit! Ich verstehe nicht –“

„Ich will ganz offen mit Ihnen sprechen, Frau Plasberg“, schnitt ihr Kupka plötzlich das Wort ab. „Ab spätestens morgen wird in allen Medien – Rundfunk, Fernsehen, Zeitungen und Internet – von einem Serienkiller in Köln die Rede sein. Und natürlich wird auch die Kompetenz der Polizei – und damit die des Polizeipräsidenten persönlich – in Frage gestellt werden, weil es Ihnen bisher noch nicht gelungen ist, eine heiße Spur aufzutun, geschweige denn, der Öffentlichkeit einen Verdächtigen zu präsentieren.“

Für einen Moment glaubte Plasberg sich verhört zu haben. Dann dämmerte ihr, woran Kupka tatsächlich gelegen war. Er suchte vorsorglich einen Sündenbock, jemanden, der verantwortlich gemacht werden konnte, falls es eng wurde für Eberswalde. Eikner hatte recht gehabt mit seiner Warnung. „Ach, jetzt ist es plötzlich meine Schuld, wenn der Polizeipräsident von seiner miserablen Presse in den letzten Wochen eingeholt wird?“ Sie konnte kaum fassen, dass sie für die privaten Verfehlungen von Eberswalde geradestehen sollte. „Mir ist völlig egal, mit wem Ihr Chef seinen Urlaub verbringt, aber wenn Sie glauben, dass ich den Blitzableiter für seine außerehelichen Eskapaden spiele, dann haben Sie sich geschnitten!“

„Meine liebe Frau Plasberg!“ Kupkas Stimme klang so süßlich, dass sie sich am liebsten übergeben hätte. „Hier geht es in keinster Weise um das Privatleben des Polizeipräsidenten. Es geht um die innere Sicherheit in der Stadt und die hohe Verantwortung, die der Polizeipräsident trägt. Und wenn *Sie* glauben, dass er nicht in der Lage ist, einige Beamte von diesem Fall abzuziehen – vorausgesetzt, es stellt sich heraus, dass deren Kompetenz nicht ausreicht

–, dann seien Sie versichert, dass er dazu sehr wohl in der Lage ist. Habe ich mich deutlich ausgedrückt?“

„Allerdings“, erwiderte die Kommissarin steif.

„Gut. Dann noch etwas: Da Sie bisher keinen Verdächtigen haben, den wir den Medien präsentieren können, schlage ich vor, dass Ihr Profiler Sie auf die Pressekonferenz begleitet. Dann können wir den Journalisten wenigstens etwas an Informationen anbieten.“

„So weit haben wir auch schon gedacht. Ich habe nur noch einige Bedenken, was die Genauigkeit seiner Ausführungen angeht. Aus ermittlungstaktischen Erwägungen sollten wir –“

„Das lassen Sie mal meine Sorge sein“, unterbrach Kupka sie erneut. „Im Umgang mit den Medien hat das Büro des Polizeipräsidenten erheblich mehr Erfahrung – und ein wenig mehr Fingerspitzengefühl – als Sie. Daher werde ich ebenfalls an dem Gespräch mit der Presse teilnehmen. Sie, Ihr Profiler und ich. Um die Position des Polizeipräsidenten klarzustellen und seine Sorge um die Sicherheit der Bürger dieser Stadt zu verdeutlichen.“ Plasberg schloss die Augen und atmete tief durch. Das hatte ihr gerade noch gefehlt. Aber Kupka war noch nicht fertig. Als ob es einer weiteren Warnung bedurft hätte, fügte er hinzu: „Sehen Sie zu, dass Sie zügig vorankommen mit Ihren Ermittlungen. Wir brauchen Ergebnisse.“ Dann beendete er das Gespräch grußlos.

Die Kommissarin hieb mit der Faust wütend auf das Lenkrad ihres Wagens.

Es war fast zwei Uhr morgens, als Torsten Brinkhoff zum zweiten Mal an diesem Abend nach Hause kam. Die Wohnung war dunkel, wie schon Stunden zuvor, als Clement in der Küche auf ihn gewartet hatte. Der Kommissar knipste das Licht über dem Herd an. Bombadil registrierte beiläufig seine Rückkehr, hob einmal kurz den Kopf, blinzelte ihn mit gelben Augen an und rollte sich mit einem Seufzer wieder in seinem Körbchen zusammen. Markus schien im Bett zu sein, die Tür zum Schlafzimmer war geschlossen.

Der Kommissar war so erschöpft, dass er sicher war, nicht zur Ruhe finden zu können. Er machte sich einen heißen Kakao, setzte sich an den Küchentisch und glotzte reglos in die dampfende Tasse. Die Bilder der vergangenen Stunden tauchten wie in einem Kaleidoskop in seinem Kopf auf, zerfielen und setzten sich zu neuen zusammen. Brinkhoff vergrub das Gesicht in seinen Händen und stöhnte. Die vergangenen Tage waren wie eine Fahrt mit der Geisterbahn – um jede Ecke lauerte ein neuer Grusel, auf den er nicht vorbereitet war. Nur dass bei ihren Ermittlungen im Gegensatz zur Geisterbahn ein Ende nicht absehbar war.

Der Kommissar hatte plötzlich das Gefühl, dass er mehr Zeit brauchte, um die Eindrücke zu verarbeiten. Die Morde passierten zu schnell, um sie richtig zu erfassen und zu hinterfragen – es war, als prasselte ein kontinuierliches Trommelfeuer auf ihn ein, vor dem man sich nur in einen Graben werfen konnte, die Hände schützend über dem Kopf verschränkt, das Gesicht in die Erde gedrückt, ohne auch nur den Hauch einer Chance zu haben, die Richtung des Angriffs zu lokalisieren. Geschweige denn zur Gegenwehr übergehen zu können.

Es nützte auch nichts, sich zu sagen, dass die Ermittlungen sich mit Ereignissen beschäftigten, die im Leben anderer Leute passierten – denn auch mit ihm machten diese Morde etwas, auch ihn beeinflussten und veränderten sie.

Je länger Brinkhoff sich während der laufenden Ermittlungen beobachtete, desto mehr musste er sich eingestehen, dass er im vergangenen Winter zusammengebrochen war. Und dass er in diesen Wochen und Monaten des posttraumatischen Schocks und der Depressionen etwas verloren hatte, etwas, das für die Arbeit eines Polizeibeamten von entscheidender Wichtigkeit war: die Fähigkeit, innerlich einen Schritt zurückzutreten, Distanz herzustellen, die Dinge nicht an sich heranzulassen. Stattdessen fühlte er sich hilflos und ohnmächtig in Anbetracht der Effizienz und kalten Wut, die der Mörder an den Tag legte. Die Selbstgerechtigkeit, die in seinen Botschaften zu lesen war – so kalkuliert gegenüber der Polizei und voller Verachtung gegenüber den Opfern – ließ Brinkhoff innerlich erstarren. Die Mordlust des Täters überwältigte ihn beinahe und beeinträchtigte seine Fähigkeit, logisch zu denken, Rückschlüsse aus den vorliegenden Tatsachen zu ziehen. Mehrfach hatte er sich heute im Führungsraum dabei erwischt, wie er auf den Computermonitor oder ein Blatt Papier geblickt hatte, ohne zu wissen, womit er sich gerade beschäftigte. Und selbst wenn er im Außeneinsatz mit Maria Plasberg unterwegs war, fühlte er sich wie eine Marionette, fremdgesteuert, nicht Herr seiner Sinne, unfähig, einen eigenen Beitrag zur Aufklärung der Taten zu leisten. Ein unnützes Anhängsel an Plasbergs Rockzipfel, das sich vor den auf ihn einprasselnden Eindrücken am liebsten unter der Bettdecke verstecken würde. Und jetzt war er nicht einmal indirekt zu etwas nütze: Eikner hatte zu Recht darauf hingewiesen, dass er als Unterstützung für Plasberg bei der Pressekonferenz ungeeignet war.

Der Kommissar wurde aus seinen trüben Gedanken gerissen, als die Schlafzimmertür aufging und Clement mit zerknautschtem Gesicht auf ihn zukam, den Schlaf aus den Augenwinkeln reibend. „Bist du jetzt erst nach Hause gekommen?"

Brinkhoff nickte.

„Dann musst du aber eine wirklich gute Entschuldigung parat haben." Clement klang feindselig, er hatte ihm also noch nicht verziehen. Aber Brinkhoff war zu erschöpft, um sich zu streiten, selbst zu ein paar Worten der Verteidigung fehlte ihm die Energie.

„Du wirst es morgen, spätestens übermorgen, in a-allen Zeitungen lesen können", sagte er stattdessen und wünschte sich nichts mehr, als dass Markus die Kluft zwischen ihnen überwinden und ihn einfach in den Arm nehmen würde.

Aber sein Freund blieb auf Distanz und lehnte mit verschränkten Armen am Küchenherd. „Was soll das heißen?", fragte er.

„Eine neue Leiche. P-Plasberg hat mich angerufen, als du aus dem *Hombres* gestürmt bist." Brinkhoffs Mundwinkel begannen zu zittern und er spürte, wie seine Augen feucht wurden.

Clement schien davon nichts mitzubekommen. „Wie schön, dass du wenigstens ihre Anrufe entgegennimmst", erwiderte er schnippisch.

„Du Arsch", flüsterte Brinkhoff und brach in Tränen aus.

Erst jetzt schien Clement der Zustand seines Freundes klar zu werden. Zögernd kam er auf ihn zu und strich ihm über die Haare. „So schlimm?", murmelte er.

Aber seltsamerweise fühlte sich Brinkhoff durch diese Geste nicht getröstet. Er schluckte seine Tränen hinunter und räusperte sich. „Geht schon wieder", sagte er dann. „Geh wieder ins Bett. Ich komme gleich n-nach."

Clement sah ihn an, dann zuckte er mit den Schultern und verschwand wieder im Schlafzimmer. Brinkhoff blieb noch ein paar Minuten in der Küche und trank seinen Kakao aus. Dann ging er ins Wohnzimmer und deckte sich mit einer Decke auf dem Sofa zu. Es fühlte sich nicht richtig an, neben Markus einzuschlafen. Er wusste bloß noch nicht, ob das nur für diese Nacht oder für alle folgenden Nächte gelten würde.

Acht

Maria Plasberg wurde am nächsten Morgen noch vor dem Weckerklingeln von durchdringendem Vogelgesang geweckt. Schlaftrunken fuhr sie hoch und sah aus dem Fenster auf einen betongrauen, trüben Frühlingsmorgen, der erneut Regen versprach – und auf ihren ganz persönlichen Quälgeist. Die Amsel hockte auf dem Rand des Blumenkastens, starrte ins Zimmer und krakeelte gegen die Fensterscheibe mit einer Lautstärke, die man dem kleinen Vogelkörper nicht im Entferntesten zugetraut hätte.

„Typisch", murmelte die Kommissarin und ließ sich missgelaunt aufs Kopfkissen zurückfallen. „Wenn man mal eine Knarre braucht, hat man keine zur Hand." Ihre Dienstwaffe befand sich wie immer in ihrem Büro.

Für einen Augenblick spukten das mehr als unangenehme Gespräch des letzten Abends mit Karl-Josef Kupka und die bevorstehende Pressekonferenz durch ihren Kopf, aber sie wischte die Gedanken daran energisch beiseite. Ihr Zorn auf den Büroleiter des Polizeipräsidenten hatte sich über Nacht gelegt und war einem Gemütszustand gewichen, den sie einer Mücke entgegenbrachte, die in der Dunkelheit um ihren Kopf summte und sie vom Schlafen abhielt. Kupkas Einmischung war lästig, allenfalls ärgerlich, aber es war müßig, sich Sorgen um ihre Karriere zu machen, solange sich das Faktotum mit rhetorischen Drohgebärden zufrieden gab.

Dann erst bemerkte sie, dass Ruth neben ihr lag – den Hasen Möhre fest an sich gedrückt und die Fäuste geballt. Sie musste in der Nacht aufgewacht und zu ihrer Mutter ins Bett gekrochen sein. Zum zweiten Mal diese Woche. Plasberg begann sich langsam Sorgen zu machen. Ihre Tochter war eigentlich eine gefestigte kleine Persönlichkeit; dass sie so demonstrativ mütterlichen Schutz suchte, war eher ungewöhnlich.

Sie drückte Ruth einen Kuss auf die Wange und sagte leise: „Schätzchen, aufwachen! Zeit zum Aufstehen!"

Ihre Tochter brummelte etwas Unverständliches und versuchte, sich noch tiefer in die Decke zu verkriechen. Sie blies ihr sachte ins Ohr – eine Stelle, an der Ruth besonders kitzelig war – und ihre Tochter schlug quietschend die Augen auf.

„Nicht! Das ist gemein!"

Plasberg lachte und drückte sie an sich. Ruth roch nach Schlaf und dem Pyjama, den sie trug.

Manchmal konnte sie kaum glauben, wie unfassbar groß ihre Liebe zu Ruth war, diesem Kind, das ihr so gar nicht ähnelte, weder vom Aussehen noch vom Charakter. Plasberg kannte niemanden, der fröhlicher und ausgeglichener war. Von ihrer Mutter hatte sie diesen Wesenszug jedenfalls nicht geerbt. Schon als Kleinkind war Ruth fröhlich gewesen, hatte selten geweint oder gar geschrien, stattdessen viel gelacht – als ob die Welt ein Ort war, an dem man nichts als pure Lebensfreude empfinden wäre. Alles hatte sie begeistert und zu ausgelassenem Krähen veranlasst: die Form einer träge umherschwebenden Seifenblase; das klackernde Geräusch, das entstand, wenn man einen Bauklotz in die leere Trommel der Waschmaschine fallen ließ; das geheimnisvolle Funkeln einer Kette aus Strasssteinen um den Hals ihrer Mutter.

Niklas dagegen war als Kind immer ernst gewesen – als hätte er geahnt, dass er schon früh Verantwortung tragen müsse. Plasberg konnte sich noch gut an den verkniffenen und konzentrierten Gesichtsausdruck ihres Sohnes erinnern, als er seine ersten Schritte machte. Da war nichts von kindlicher Begeisterung über die Entdeckung einer neuen Fortbewegungsart zu erkennen gewesen, stattdessen eher so etwas wie Erleichterung, dass er den nächsten Punkt einer Liste von Anforderungen abhaken konnte, die ihm das Leben in die Wiege gelegt hatte.

Ruth kuschelte sich schläfrig an den Körper ihrer Mutter, und Plasberg genoss den vertrauten Moment. Natürlich liebte sie ihren Sohn genau so wie ihre Tochter, aber in seinem Alter war Niklas kaum noch empfänglich für Beweise ihrer Zuneigung. Eine Umarmung oder gar einen Kuss empfand er als eher peinlich, vor allen Dingen in Gegenwart von Nina. Und auch Ruth würde diese demonstrativen Liebesbezeugungen nicht mehr lange zulassen, dafür würde in spätestens ein paar Jahren schon die Pubertät sorgen.

„Gut geschlafen, mein Liebling?", fragte Plasberg.

Ihre Tochter spitzte die Lippen zu einem Schmollmund. „Zuerst nicht. Als ich zu dir ins Bett gekrabbelt bin, schon. Wo warst du so lange?"

Plasberg runzelte die Stirn. „Arbeiten. Wir haben ... viel zu tun." Es war nicht gut, Ruth am frühen Morgen damit zu konfrontieren, dass die Polizei eine weitere Leiche gefunden hatte. „Hast du schlecht geträumt?"

Ruth nickte und schwieg.

„Wovon?"

Kopfschütteln antwortete ihr.

Plasberg seufzte. „Und warum bist du nicht zu Niklas und Nina gegangen, wenn du Angst hattest?"

Ihre Tochter sah sie empört an und setzte sich auf, warf mit großer Geste die Haare nach hinten. „Zu Niklas und Nina? Nachts? Ich bin doch nicht blöd! Die könnten gerade Sex haben!"

„Wie war das?" Plasberg traute ihren Ohren nicht. „Was weißt du denn über Sex?"

Ruth rollte die Augen – eine Angewohnheit, die sie, ohne es zu merken, von ihrer Mutter übernommen hatte. „Ich bin neun", erklärte sie würdevoll. „Ich weiß eine ganze Menge von Sex. Es ist bestimmt voll eklig!"

„Na ja ... so eklig nun auch wieder nicht. Es ist halt eher was für Erwachsene." Plasberg war sich nicht sicher, ob sie einem Aufklärungsgespräch gewachsen war, bevor sie ihre erste Tasse Kaffee getrunken hatte.

Ruth drehte sich zum Ohr ihrer Mutter. „Gestern habe ich heimlich zugeguckt, wie Nina und Niklas geknutscht haben ... mit Zunge!“, flüsterte sie. „Und als sich ihre Münder getrennt haben, das hat sich genauso angehört, wie wenn Hatice mit dem Gummipfropf den verstopften Abfluss in der Badewanne saubermacht.“ Sie steckte den Zeigefinger in den Mund und machte ein Plopp-Geräusch, dann beendete ein Kicheranfall ihr Geständnis.

Plasberg entschied sich, sicherheitshalber das Thema zu wechseln. „Sag mal, hat sich dein Vater eigentlich gemeldet? Der wollte doch gestern aus Spanien zurücksein.“

„Hat er.“ Ruth machte wieder ein unzufriedenes Gesicht. „Ich war gestern Abend noch kurz da. Ein paar doofe Muscheln hat er mir mitgebracht, sonst nichts. Aus einem Geschäft am Flughafen, nicht mal selbst gesammelt.“

Plasberg schüttelte unmerklich den Kopf. Das sah ihrem Ex-Mann ähnlich. „Los, wir laufen schnell ins Bad“, versuchte sie ihre Tochter abzulenken. Außerdem war es wirklich höchste Zeit, aus den Federn zu kommen. „Wenn dein Bruder und seine Freundin zuerst drin sind, blockieren sie es wieder eine Stunde lang.“

Im Vorbeilaufen registrierte sie, dass die Amsel zwar mit dem Gesang aufgehört hatte, dafür aber nun mit dem Schnabel die Erde im Blumenkasten durchwühlte, kurz den Kopf hob, ins Schlafzimmer spähte und dann den Vandalismus an Plasbergs Narzissen fortsetzte.

„Ich schwöre, sie macht das mit Absicht“, murmelte die Kommissarin.

Während sich Ruth die Zähne putzte und das Gesicht wusch, sprang sie schnell unter die Dusche. Die heißen Wasserstrahlen waren eine wahre Wohltat, die Müdigkeit nach der viel zu kurzen Nacht schien zusammen mit Duschgel und Shampoo im Ausguss weggespült zu werden.

Noch im Bademantel war sie etwas später in der Küche mit den Vorbereitungen fürs Frühstück beschäftigt. Als Niklas und Nina endlich die Treppe heruntergepoltert kamen, hatte sie bereits einen Auftrag für ihren Sohn. „Kannst du schnell ein paar Brötchen holen?"

Er sah sie erstaunt an. „Wozu das denn? Wir essen doch Müsli morgens."

„Ich krieg Besuch zum Frühstück." Das Schmieren der Schulbrote bedurfte plötzlich Plasbergs intensiver Aufmerksamkeit. Salami für Niklas, Frischkäse für Nina, Bärchenwurst für Ruth. Lautstark klapperte sie mit den Tupperdosen.

„Besuch? Musst du nicht zum Dienst?"

„Es ist ein Arbeitsfrühstück." Sie war sicher, dass sie rot wurde. „Also gehst du jetzt oder muss ich es selber tun?"

„Schon gut. Wie viele Brötchen willst du denn haben?"

Die Frage brachte die Kommissarin für einen Moment aus dem Konzept. War Stumping ein guter Esser oder hatte er morgens eher keinen Appetit? Sie hatte keine Ahnung. „Bring mal fünf mit", erwiderte sie schließlich unsicher. „Und zwei Croissants vielleicht?"

Genau wie seine Schwester die Augen verdrehend, schnappte sich Niklas Plasbergs Geldbörse und seine Jacke, dann fiel die Tür hinter ihm ins Schloss.

„Wer kommt zu Besuch?" Ruth hampelte mit den Füßen unter dem Tisch und sprach mit vollem Mund.

„Ein Journalist."

„Ein Mann?" Die Überraschung in Ruths Stimme war nicht zu überhören. Kein Wunder – wenn Plasberg genau darüber nachdachte, hatte seit Eric kein Mann mehr die Schwelle ihres Hauses übertreten, außer Brinkhoff, und der zählte irgendwie nicht richtig, weil er erstens als Taufpate vorgesehen und zweitens schwul war. Was sie letztendlich doch zu der Frage führte, die sich zu stellen sie seit gestern Abend tunlichst vermieden hatte: Was hatte sie veranlasst, Stumping zu sich nach Hause einzuladen? Ein vertrauliches Gespräch hätte sie schließlich genauso gut in seinem Büro beim *Stadt-Anzeiger* oder sogar übers Telefon führen können. Der Mann war verheiratet! Nein, entschied sie verärgert, sie war zu alt, um sich darüber Gedanken zu machen, ob sich hinter ihrer Einladung Motive verbargen, die sie besser nicht an die Oberfläche zerrte. Für jemand anderen war in ihrem Leben sowieso kein

Platz und sie war die letzten Jahre auch prima ohne männliche Gesellschaft zurechtgekommen. Davon hatte sie genug während ihrer Arbeitszeit.

„Ja, ein Mann. Er hat vielleicht Informationen, die wichtig sein können für den Fall, an dem ich gerade arbeite“, stellte sie klar.

„Aha.“

„Mach dir keine Sorgen.“ Nina boxte Ruth in die Rippen. „Hatice kommt doch um halb neun zum Putzen. Dann haben die beiden einen Anstands-Wauwau.“

Plasberg hielt überrascht inne. Heute war Freitag! Sie hatte völlig vergessen, dass ihre Putzfrau den üblichen Donnerstags-Termin diese Woche um einen Tag verschoben hatte, weil einer ihrer Söhne Geburtstag feierte. Dann schüttelte sie unwillig den Kopf. Die Kinder machten sie ganz konfus. Es war völlig unerheblich, ob Hatice Yilmaz bei ihrem Gespräch mit Stumping anwesend war oder nicht. Es war – wie sie innerlich noch einmal betonte – nur ein Arbeitsfrühstück.

Trotzdem erwischte sie sich eine halbe Stunde später, als die Kinder endlich auf dem Weg zur Schule waren, dass sie für die Auswahl ihrer Garderobe besonders viel Zeit benötigte. Sie entschied sich für eine schwarze Hose, die ihren Hintern betonte – Gott, was war sie berechnend! – und als Ausgleich dazu für eine weiße Seidenbluse, die an Ärmeln und Dekolleté mit Rüschen besetzt war und ihr das Aussehen einer etwas prüden Gouvernante gab.

Unzufrieden und voller Zweifel zupfte sie an ihren Haaren, als es kurz nach acht Uhr klingelte. Die Kommissarin rannte nach unten und öffnete.

Arnold Stumping stand mit einem Bund Tulpen im Arm im Türrahmen und strahlte sie an. „Morgen, Frau Plasberg, ich habe mir erlaubt …“ Er hielt ihr die Blumen vor die Nase.

„Herrgott, Stumping, es ist ein Arbeitstreffen und keine Verabredung!“ Plasbergs Irritation über ihre Unfähigkeit, souverän mit der ungewohnten Situation umzugehen, machte sich in einem Ausruf Luft, der schärfer klang, als sie beabsichtigt hatte.

Stumping lachte. „Keine Sorge, das Bund hat 2.99 € gekostet. Und meine Frau hat die Blumen besorgt.“

„Ah … ja, dann …“ Die Kommissarin hatte keine Ahnung, ob sie sich erleichtert oder beleidigt fühlen sollte.

„Bin ich zu früh?“ Stumping deutete auf ihre Füße und Plasberg bemerkte, dass sie statt der vorgesehenen Pumps noch Pantoffel trug. Sie war wirklich schon zu lange aus dem Rennen, um noch ernsthaft mithalten zu können.

„Kommen Sie rein.“ Sie führte den Journalisten in die Küche und begann, die Frühstücksutensilien ihrer Kinder wegzuräumen und Geschirr für sich und Stumping herauszusuchen. „Ich bin leider nicht zum Einkaufen gekommen“, entschuldigte sie sich. „Sie müssen Vorlieb nehmen mit dem, was da ist.“ Sie sah in den Kühlschrank. „Salami, Frischkäse und Bärchenwurst. Und Himbeermarme –“

„Was ist denn Bärchenwurst?“ Nachdem sich Stumping neugierig in der Küche umgesehen hatte, nahm er auf einem der Stühle Platz.

„Fleischwurst in Form eines Teddybären. Meine Tochter schwört darauf.“

„Ah … Fleischwurst: böse Fette! Her damit.“ Er begann, ein Brötchen zu schmieren und griff gierig zu der angebotenen Wurst.

„Böse Fette?“

„Meine Frau hat mich zu einer Ernährungsberatung geschleppt, weil meine Cholesterinwerte erhöht sind. Dort sind alle Lebensmittel in gute und böse Fette eingeteilt worden. Schokolade: böse Fette. Wurst: böse Fette. Chips: böse Fette.“

„Und was sind gute Fette?“

„Soweit ich das verstanden habe, alles, was ich nicht mag. – Nein“, wiegelte er dann ab. „Oliven zum Beispiel und Nüsse haben auch gute Fette. Aber seitdem finde ich im Kühlschrank kaum noch etwas, für das es sich lohnt, den Mund aufzumachen, und zur Sportschau bekomme ich immer Pinien-, Pistazien- und Sonnenblumenkerne hingestellt statt meiner Chips. Ich fühle mich schon wie ein Wellensittich.“

„Sie sollten sich mal mit Hallstetter zusammensetzen. Der beklagt sich auch ständig über die Diät, auf die ihn sein Hausarzt gesetzt hat. Sie wären ein gutes Team.“ Plasberg kramte eine Blumenvase aus einer Schublade, stopfte die Tulpen hinein und wässerte sie. „Kaffee oder Tee?"

„Kaffee. Übrigens, ich hab Ihnen noch etwas mitgebracht. Es wird Sie allerdings nicht sonderlich freuen." Aus seiner Jackentasche zog Stumping die neueste Ausgabe des *Express*. Ein leicht unscharfes Foto von Manfred Opitz zierte die Titelseite, daneben war in dicken Lettern die Schlagzeile zu lesen:

DAS 3. OPFER DES KILLERS VON KÖLN!

„Der Killer von Köln?" Sie rümpfte die Nase. „Da waren Ihre Kollegen auch schon mal origineller."

Sie überflog die wenigen Zeilen Text unter dem Foto und las dann auf Seite sechs einen mageren Artikel, der hauptsächlich die „ungenügende Information der Öffentlichkeit durch die Polizei" anprangerte. Daneben war sie sogar selbst auf einem kleinen Foto abgebildet, mit der Unterschrift: „Die Leiterin der Mordkommission M. Plasberg (48). Ist sie überfordert?"

„Das ist ja wohl eine Frechheit!", erklärte sie wütend. „Ich bin weder achtundvierzig noch überfordert! Wer hat diesen Mist zusammengeschrieben?" Sie deutete auf das Ende des Artikels, unter dem nur das Kürzel JR zu lesen war.

„Jutta Reibach", klärte Stumping sie auf.

„Na ja, bei dem Namen ... wie kommt diese Frau dazu, mir zu unterstellen, ich wäre überfordert? Wir arbeiten ganze fünf Tage an dem Fall! Vier, wenn man es genau nimmt! Und wie kommt sie so schnell an ein Foto von Opitz?"

„Bekannte, Freunde, Nachbarn ..." Stumping zuckte die Schultern. „Eine der leichtesten Übungen für einen Journalisten. Und soviel ich weiß, ist Reibach neu in der Stadt, sie war vorher bei der *Berliner Morgenpost*."

„Sie meinen, sie will direkt eine Marke setzen?"

„Das werden Sie auf der Pressekonferenz herausfinden. Reibach wird bestimmt auch dort sein." Er grinste schelmisch. „Vielleicht nehmen Sie vorher ein paar Baldriantropfen."

„Jetzt fangen Sie nicht auch noch an! Warum sind alle so versessen darauf, mich an meine guten Manieren zu erinnern?"

Das Schlagen der Haustür unterbrach ihre Unterhaltung. Plasberg hörte Schritte im Flur und gleich darauf stand Hatice Yilmaz in der Küche. Die brünette, sportliche Mittvierzigerin hatte ihre Haare wie immer zu einem Pferdeschwanz zurückgebunden und trug Jeans, Turnschuhe und ein verwaschenes Sweatshirt. Als sie die Kommissarin und Arnold Stumping sah, blitzte Überraschung in ihren Augen auf. „Tut mir leid, ich hatte keine Ahnung, dass Sie Besuch haben! Ich hab mich schon gewundert, dass die Tür nicht abgeschlossen war."

Plasberg stellte die beiden einander vor. „Könnten Sie vielleicht die Küche zum Schluss machen?"

„Kein Problem. Ich fange im oberen Stockwerk an." Yilmaz' Blick blieb an dem Strauß violetter Tulpen hängen, den die Kommissarin auf dem Tisch deponiert hatte, und sie ergänzte: „Ich werde bestimmt nicht stören."

Plasberg hörte den belustigten Unterton in ihrer Stimme und fühlte sich erneut genötigt, auf den dienstlichen Charakter von Stumpings Besuch hinzuweisen.

„Übrigens …" Yilmaz war schon dabei, die Tür zu schließen, als sie ihren Kopf noch einmal in die Küche steckte. „Was ist mit dem Haus schräg gegenüber passiert? Sieht aus, als wäre dort was in die Luft geflogen!"

Auch Stumping sah Plasberg interessiert an und die Kommissarin musste sich daran erinnern, dass sie in seiner Gegenwart – auch wenn er ihr Vertrauen genoss – Vorsicht walten lassen sollte bei dem, was sie sagte. „Vermutlich ein Gasleck", erklärte sie so neutral wie möglich. Die Putzfrau schien ihre Zurückhaltung richtig zu deuten und fragte nicht weiter nach, und Plasberg widmete sich wieder dem Redakteur des *Kölner Stadt-Anzeiger*. „Also, was haben Sie für mich? Sie waren ja sehr geheimnisvoll gestern Nacht!"

Stumping lehnte sich zurück und nahm einen Schluck Kaffee. „Es geht um Kupkas Verhältnis zu Eberswalde."

„Das Herrchen und seine Bulldogge", sagte sie und dachte an das nächtliche Telefongespräch. Selten hatte sie erlebt, dass sich ein Mitarbeiter so schützend vor seinen Vorgesetzten gestellt hatte.

„Ja, der liebe Herr Kupka gilt allgemein als recht beißwütig", bestätigte Stumping. „Die Frage ist nur, in wessen Auftrag er mittlerweile beißt oder zu welchem Zweck." Plasberg sah ihn verständnislos an und er grinste in sich hinein. „Wir hatten doch neulich davon gesprochen, wie besorgt der Polizeipräsident um die politische Zukunft von Oberbürgermeister Neuner ist, obwohl die beiden sich eigentlich spinnefeind sind. Nun, die Sachlage scheint ein wenig komplizierter zu sein, als selbst ich vermutet hatte."

Plasberg seufzte. „Muss ich Ihnen die Würmer einzeln aus der Nase ziehen?"

„Nein, aber Sie könnten mir wenigstens die Genugtuung eines großen Auftritts gönnen", erwiderte er verschmitzt. „Es gibt schon seit einiger Zeit Gerüchte um Eberswalde, Neuner und insbesondere Kupkas Verhältnis zu den beiden. Bisher galt Kupka immer als Eberswaldes Mann fürs Grobe. Wie war noch mal sein Spitzname bei Ihnen?"

„Das Faktotum."

„Genau." Stumping rieb sich die Hände. „Ich wünschte, ich dürfte Sie damit zitieren."

„Eher fällt Schnee in der Sahara", winkte die Kommissarin ab.

„Hatte ich befürchtet. Wie dem auch sei ... ich habe mich nach unserem Gespräch ein wenig in Neuners Umgebung umgehört, genauer gesagt, in seinem Beraterstab, meine Informationen sind also durchaus glaubwürdig. Da wurde mir zugetragen, dass Kupka in letzter Zeit mit der Amtsführung seines Chefs nicht besonders glücklich ist und Eberswalde für entscheidungsschwach und wenig durchsetzungsfähig hält. Dass Neuner Eberswalde nicht ausstehen kann, hatte ich ja bereits erwähnt. Nun sieht es so aus, als hätte Kupkas Unzufriedenheit mit der Amtsführung seines Chefs eine Annäherung zwischen Kupka und dem OB herbeigeführt. Kupka hat heimlich die Seiten gewechselt. Meine Quelle hat mir gesteckt, dass es eine mündliche Absprache zwischen Kupka und dem Oberbürgermeister gibt: Neuner wird im Falle von Eberswaldes Ausscheiden aus dem Amt Karl-Josef Kupka als nächsten Polizeipräsidenten vorschlagen."

Plasberg, die gerade in ihr Brötchen hatte beißen wollen, machte den Mund wieder zu. „Aber das ergibt noch immer keinen Sinn", erklärte sie verwirrt. „Kupka übt in Eberswaldes Namen massiven Druck auf meine Ermittlungen aus. Er hat mich gestern Nacht noch angerufen. Warum sollte er das tun, wenn er nicht mehr in Eberswaldes Team spielt?"

„Wenn Sie die Sache um drei Ecken betrachten, dann passt das vielleicht doch. Politiker spielen gerne über Bande. Ich erklär's Ihnen gleich. Erst noch eine andere Sache, die meine These von einer Intrige untermauert. Wissen Sie, woher meine Kollegen vom *Express* die Story von Eberswaldes heimlichem Urlaub mit seiner Geliebten haben?"

Plasberg schüttelte den Kopf. „Der Glücksgriff eines Paparazzo?"

Stumping lachte. „Nein, so wichtig, dass er ständig von einer Pressemeute verfolgt wird, ist der Polizeipräsident von Köln nun auch wieder nicht. Das Ganze war eine gezielte Indiskretion aus dem Umfeld des Oberbürgermeisters. Die Presse hat einen Tipp bekommen, wo, wann und mit wem der Polizeipräsident auf Abwegen spaziert."

„Na schön, aber Sie haben doch selbst gesagt, dass Neuner und Eberswalde sich nicht riechen können! Was hat das mit Kupka zu tun?"

Der Redakteur des *Stadt-Anzeiger* freute sich wie ein Schneekönig über Plasbergs Ahnungslosigkeit. „Er war derjenige, der dem Umfeld des OBs die Information über Eberswaldes Aufenthalt zugespielt hat. Als Vertrauter des Polizeipräsidenten und seine rechte Hand hat er die Reise persönlich arrangiert – und dann die Einzelheiten dem Büro des Oberbürgermeisters ‚vertraulich' mitgeteilt, das natürlich nichts Besseres zu tun hatte, als die ganze Sache an den *Express* durchsickern zu lassen. Kupka sägt am Stuhl seines Vorgesetzten!"

Aus der oberen Etage drang das monotone Summen des Staubsaugers durch die geschlossene Küchentür. „Und da sind Sie sich ganz sicher?" Plasberg war fassungslos über den moralischen Sumpf in der Kommunalpolitik, der sich vor ihr ausbreitete, aber völlig überzeugt war sie nicht.

„Ich habe die Notizen gesehen, die sich ein Referent des OBs über das entsprechende Gespräch mit Kupka gemacht hat. Leider", Stumping machte ein betrübtes Gesicht, „durfte ich sie nicht behalten oder kopieren, sodass ich keinen schriftlichen Beweis habe. Und ich musste versprechen, den Namen meiner Quelle nicht preiszugeben."

„Womit Sie keine Story haben", sagte Plasberg.

Stumping nickte. „Nur ein bestätigtes Gerücht, das Wendsteiner niemals abdrucken würde."

„Aber ..." Die Kommissarin begriff immer noch nicht ganz. „Was hat Neuner davon, Eberswalde loszuwerden? Er hat ihn doch selbst auf den Stuhl des Polizeipräsidenten weggelobt! O, warten Sie ... Wenn Kupka auf dem Stuhl sitzt, hat Neuner dort jemanden, der in seiner politischen Schuld steht und ihm treu ergeben ist."

„Genau. In der Politik geht es immer um Macht. Um Geld natürlich auch, aber vor allem um Macht. Andere Leute spritzen Heroin oder rauchen Crack. Politiker atmen Macht."

„Hm. Und wieso übt Kupka dann immer noch einen solchen Druck auf meine Ermittlungen in Eberswaldes Namen aus? Wenn das alles so stimmt, dann müsste Kupka doch eher ein Interesse daran haben, dass ich scheitere und das Ganze als ein weiteres Versagen von Eberswalde gewertet wird."

„Wie gesagt, Frau Plasberg, Sie dürfen nicht so geradlinig denken. Was ist denn, wenn Kupka den Druck ausübt, um Sie und Eikner in die Ecke zu drängen – in der Hoffnung, dass Sie unter dem Druck zusammenbrechen und schnell einen Tatverdächtigen präsentieren, gegen den sich die Verdachtsmomente nach einer Weile als haltlos erweisen? Was glauben Sie, was das für einen öffentlichen Aufschrei nach sich zöge! Die Polizei verhaftet einen Unschuldigen und der wahre Täter ist noch immer auf freiem Fuß! Damit wäre Eberswalde ebenfalls erledigt, weil er die politische Verantwortung für Ihren Fehler übernehmen müsste."

„Und ich oder Eikner oder alle beide wären ein Bauernopfer." Die Kommissarin zog nachdenklich die Stirn in Falten. Plötzlich hatte sie keinen Appetit mehr und selbst der Kaffee hatte einen bitteren Nachgeschmack. „Trotzdem ...", begehrte sie auf. „Irgendwie passt da noch was nicht zusammen." Ihr Instinkt sagte ihr, dass Stumpings Informationen zwar Hand und Fuß hatten, aber dass die Schlussfolgerungen, die er gezogen hatte, nicht richtig zu Ende gedacht waren. Kupkas Drängen schien ernst gemeint zu sein. Sie war sicher, dass er ein ehrliches Interesse daran hatte, dass sie ihre Ermittlungen zu einem erfolgreichen Abschluss brachte. Über seine Motive konnte sie allerdings nur spekulieren. Daher wollte sie Stumpings These, die sie zu einer Marionette in einer politischen Intrige degradierte, auch nicht vollständig überzeugen. Stumpings Erkenntnisse waren wertvoll und ließen sie für die Zukunft im Umgang mit Kupka noch vorsichtiger werden, aber sie waren nicht der Weisheit letzter Schluss. Irgendetwas fehlte noch.

Die Kommissarin traf am späten Vormittag im Präsidium ein, zerstreut und unkonzentriert. Noch immer war sie in Gedanken bei dem Gespräch mit Stumping und ärgerte sich, dass sie den Kopf für wichtigere Dinge nicht freibekam. Der Himmel hatte mittlerweile seine Drohung wahrgemacht – feiner Sprühregen ging nieder, den sie wie Staub von ihrer Jacke wischte, nachdem sie ihren Wagen auf dem rutschigen Parkplatz abgestellt hatte.

Im Führungsraum dauerte es einen Moment, bis die schlechten Nachrichten, mit denen sie bestürmt wurde, zu ihr durchdrangen. Zum einen waren endlich weitere Ergebnisse der gerichtsmedizinischen Untersuchung von Ingrid Kirchners Leichnam eingetroffen. Als Todeszeitpunkt hatte der Pathologe einen Zeitraum zwischen neun Uhr und Mitternacht am Dienstagabend eingegrenzt. Kleine Hämatome an den Handgelenken waren alles, was unter dem Begriff Gegenwehr zusammengefasst werden konnte. Der Täter hatte keine Spuren am Leichnam hinterlassen, die Rückschlüsse auf seine Identität zuließen; eine Einschätzung, die vom Bericht der Spurensicherung – den Kayser Plasberg unter die Nase hielt – bestätigt wurde. Weder in der Wohnung noch im Geschäft von Ingrid Kirchner hatte es verwertbare Fingerabdrücke oder DNA-Reste gegeben, auch nicht auf ihrem Körper, der Maulsperre oder sonst wo. Angesichts des hohen Blutverlustes, den Kirchner erlitten hatte, hatte Plasberg darauf gewettet, dass es etwas zu finden gab, aber sie musste ihre Hoffnungen begraben.

Ein ähnliches Bild bot der Bericht, den Karsten Vogt und Bettina Siener über die erneute Tatort-Besichtigung von Manfred Opitz' Wohnung ablieferten. Nachdem sie am Morgen im Präsidium von Dimitrov über den dritten Mord informiert worden waren, hatten sie sich bereiterklärt, die anstehende gründliche Wohnungsdurchsuchung zu übernehmen. Die junge Polizistin sah noch ein wenig blass aus, als sie Plasberg erzählte, dass man außer den fast schon erwarteten Drohbriefen in einer Schublade von Opitz' Schreibtisch keine detaillierteren Anhaltspunkte zum Mord hatte finden können. Die Blutlache auf dem Teppich und einige zurückgebliebene Fliegen und Maden hatten ihr sichtlich zugesetzt. Die Kommissarin war sicher, dass auch die Putzkolonne von *Tatort Clean* – eine Reinigungsfirma, die sich auf die Beseitigung der Spuren von Tat-, Unfall-, und Leichenfundorten spezialisiert hatte – ihre helle Freude daran haben würde, bis die letzten Maden aus den Ritzen der Fußleisten entfernt und die letzten Fliegen aus der Wohnung verscheucht worden waren. Immerhin hatten Siener und Vogt einige Aktenordner aus Opitz' Wohnung mitgenommen, um sie nach etwas Brauchbarem zu durchforsten – aber das würde noch Stunden, wenn nicht Tage dauern. Auf den abschließenden Bericht der Spurensicherung und ein Gutachten des Pathologen – das wusste Plasberg – würde die MK aufgrund des Zustands der Leiche und der Wohnung einige Tage warten müssen.

Hallstetter und Kayser hatten kurz einen Bericht über ihren Besuch bei dem Obstgeschäft abgegeben, vor dessen Tür der Vauxhall gestohlen worden war. Aber weder die Mitarbeiter des Obst- und Gemüsehändlers noch die Angestellten der Bank gegenüber konnten sich an den Wagen erinnern, geschweige denn an denjenigen, der den Wagen aufgebrochen und gestohlen hatte – obwohl das Ganze in nächster Nähe und mehr oder weniger vor ihren Augen passiert war. Angesichts fehlender Alternativen hatten sich die beiden Kommissare danach ins Archiv begeben, wo sie sich – so zitierte Brinkhoff schwach lächelnd den Kollegen Hallstetter – „auf der blödsinnigen Suche nach alten Fällen mit großem Unrecht" durch alte Aktenberge wühlten. Plasberg bezweifelte, dass die Kollegen ihr in den nächsten Tagen überhaupt zur Verfügung stehen würden.

Die Bezeichnung „Archiv" war in diesem Zusammenhang auch eher euphemistischer Natur. Tatsächlich lagerten die polizeilichen

Ermittlungsakten aller im Präsidium ansässigen Kommissariate – Tötungsdelikte, Organisierte Kriminalität, Sexualstraftaten, Finanzdelikte und weiterer Abteilungen – in einem Keller des Gebäudes, unbeheizt und schlecht belüftet. Bestenfalls waren sie in staubigen Kartons gestapelt, meist in losen Ordnern auf Regalwänden zusammengepfercht, deren ursprüngliche Ordnung im Laufe der Zeit zu wünschen übrig ließ. Die meisten dieser Akten betrafen nicht abgeschlossene Fälle, Ermittlungen, bei denen der Täter nicht ausfindig gemacht werden konnte – diese Unterlagen wurden bis zu zwanzig Jahre archiviert. Bei abgeschlossenen Fällen war die Sachlage etwas anders. Üblicherweise wurden sie maximal zwei Jahre aufbewahrt und dann entsorgt. Allerdings – und das wusste Plasberg wie alle Polizeibeamten in leitender Funktion nur zu gut – klafften Anspruch und Realität wie so häufig auch hier auseinander. Für die Entsorgung war niemand wirklich zuständig, und wenn die Akten einmal ihren Weg ins Archiv gefunden hatten, verschwanden sie auch sehr schnell aus dem Gedächtnis der Behörde. Es lag also durchaus im Bereich des Möglichen, dass sich dort für ihre Ermittlungen relevante Dokumente befanden, in denen die Namen von Mertens, Kirchner und nun auch Opitz auftauchten. Und sie konnte es sich nicht leisten, diese Möglichkeit außer Acht zu lassen.

Was die Personalsituation in der Mordkommission noch verschärfte, war, dass sich zu allem Überfluss Gesine Keller mit einem Magen-Darm-Virus krankgemeldet hatte, was bedeutete, dass Plasberg einen Kollegen abstellen musste, um den Führungsraum zu besetzen und Telefondienst zu schieben. Zuerst dachte sie an Siener, doch nachdem sie Brinkhoff gesehen hatte, entschied sie sich anders.

Ihr Kollege hing mit blutunterlaufenen Augen und geschwollenen Lidern über seinem Schreibtisch und schien zu keinem klaren Gedanken fähig.

„Was ist los mit Ihnen?“, fragte Plasberg. „Hat Ihnen Opitz’ Leiche so zugesetzt?“

„Ja … n-nein. Ich hab B-Beziehungsstress. Kaum geschlafen letzte Nacht.“

Plasberg seufzte. Noch ein Problem mehr, mit dem sie eigentlich nichts zu tun haben wollte. Erst Kupka und der Nebenkriegsschauplatz seiner politischen Ränkespiele, dann die unerfreuliche Aussicht auf eine Pressekonferenz, jetzt Brinkhoff mit persönlichen Problemen. Warum konnte sie nicht einfach an ihrem Fall arbeiten?

„Schön", entschied sie. „Vogt wird sich Kayser und Hallstetter im Archiv anschließen, Dimitrov kann die Erkenntnisse vom Opitz-Mord in sein Täterprofil einarbeiten, Sie und Wentrop nehmen sich die Fälle vor, die schon EDV-mäßig erfasst wurden. Vielleicht haben Sie ja Glück. Und Sie hüten nebenbei das Telefon."

„Und Sie?", fragte Brinkhoff mit hängenden Schultern. Er sah wirklich furchtbar aus, Plasberg bezweifelte, dass er den Arbeitstag durchstehen würde.

„Ich werde mit Frau Siener der Ehefrau von Manfred Opitz einen Besuch im Krankenhaus abstatten." Sie warf einen Blick auf ihre Armbanduhr. „Die verdammte Pressekonferenz ist um eins, das schaffen wir gerade noch. Hat sich der Sohn inzwischen gemeldet?"

„Er ist auf dem Weg zu seiner Mutter."

„Hervorragend, dann ist das ja ein Aufwasch. Wenn Eikner oder das Faktotum mich sprechen wollen – ich bin *incommunicado*, verstanden?" Sie wollte endlich einmal ihre Ermittlungen ohne eine Störung von außen voranbringen.

Brinkhoff nickte und wandte seinen Blick wieder nach vorne, um auf den Bildschirmschoner zu stieren. Plasberg seufzte leise. Was sollte sie bloß mit ihm machen?

Der Krankenwagen hatte Helga Opitz in die Unikliniken gebracht, einem der nächstgelegenen Krankenhäuser, nur einen Katzensprung vom Tatort in der Aachener Straße entfernt – vom Präsidium aus aber eine fünfzehnminütige Autofahrt, die die Beamten auf die andere Rheinseite führte und beiden Frauen genug Zeit ließ, sich über den gestern entdeckten Mord zu unterhalten.

„Geht es bei Ihnen immer so zu?" Bettina Siener hatte auf dem Beifahrersitz Platz genommen, ohne sich über den Müll in Plasbergs Wagen aufzuregen; die Kommissarin nahm den Unterschied zu Brinkhoffs fortlaufender Meckerei angenehm überrascht zur Kenntnis.

„Wie meinen Sie das?“ Die Kommissarin drückte aufs Gaspedal und schoss bei Gelb über eine Kreuzung. Siener zuckte mit keiner Wimper.

„Na ja, drei Leichen in einer Woche … ich weiß nicht, ob ich das auf die Dauer verkraften würde. Das geht doch ganz schön an die Nerven.“

Die Kommissarin warf ihr einen raschen Blick zu. „Das ist auch für eine Mordkommission eine außerordentliche Situation. Einen Serientäter hatte ich noch nie. In der Regel …“ Sie bog auf die Zufahrtsstraße zur Deutzer Brücke ab und nahm einem Lkw die Vorfahrt. „In der Regel wird ein Mord im Affekt begangen. Jemand wird bis aufs Blut gereizt und weiß nicht mehr, was er tut, aus Hass, aus Rache, aus Wut. Geldgier ist eher selten, Eifersucht dagegen ist ein starkes Motiv. Aber da die meisten Morde ohne Planung ablaufen, ist es auch recht einfach, den Täter zu ermitteln. Ohne das verallgemeinern zu wollen: Man schaut sich am besten im engsten Familien- oder Freundeskreis um; dort wird man dann meist schnell fündig.“

„Fast so wie bei Missbrauchsfällen.“

Plasberg dachte einen Moment darüber nach. Konnte man den Täterkreis in beiden Situationen miteinander vergleichen? Sie musste zugeben, dass es auf den ersten Blick überraschende Parallelen gab – aber ob dieser Eindruck einer wissenschaftlichen Untersuchung standhielt? Sie wagte es zu bezweifeln. Schließlich sagte sie zurückhaltend: „Kann ich nicht beurteilen. Da fragen Sie besser den Kollegen Brinkhoff, der war vorher bei der Sitte unter Beerbaum.“

Jetzt war es Siener, die Plasberg verstohlen taxierte. „Er macht keinen besonders zufriedenen Eindruck.“

„Wer? Brinkhoff?“ Die Kommissarin seufzte. Sie gab dem vor ihr über die Brücke schleichenden Fahrzeug Lichtzeichen und fuhr gefährlich nahe auf. „Er hat es nicht leicht“, verteidigte sie ihren Kollegen. „Sie haben den Tratsch bestimmt auch schon mitbekommen, oder? Als Sie heute Morgen mit Vogt Opitz’ Wohnung durchsucht haben, hat er doch bestimmt die eine oder andere Andeutung fallenlassen.“

„Dass Oberkommissar Brinkhoff homosexuelle Neigungen hat?“, antwortete Siener verlegen.

Plasberg schmunzelte über die etwas gestelzte Ausdrucksweise. Ihre Kollegin schien darauf bedacht zu sein, sich auch nicht den Anschein eines Vorurteils unterstellen lassen zu wollen. „Dass er schwul ist, genau. Und dass er stottert, ist ja offensichtlich. Zwei Dinge, die einer Polizeikarriere sehr hinderlich sein können. Wie übrigens die Tatsache, dass Sie eine Frau sind, das kann ich Ihnen aus eigener Erfahrung sagen."

Die Kommissarin bemerkte, dass sie sich warm redete. Die Möglichkeit, sich mit einer Berufskollegin offen auszutauschen, hatte sie nicht oft. Wahrscheinlich half es zusätzlich, dass sie die junge Frau umso sympathischer fand, je länger sie mit ihr zusammenarbeitete. Siener war wissbegierig, gab ohne Scheu zu, unerfahren auf ihrem neuen Arbeitsgebiet zu sein, ihre verbindliche und unkomplizierte Art hatte etwas Erfrischendes. Vielleicht gehörte sie einer neuen Generation von Polizeibeamten an, die ohne Machtspielchen auskamen, ohne das Bedürfnis, sich und die eigenen Erfolge bei jeder Gelegenheit ins rechte Licht zu rücken. Vielleicht war sie die Vorhut einer Spezies von Polizisten, die mehr an die Durchsetzung von Recht und Ordnung dachten als an die Verfolgung ihrer persönlichen Karrierepläne. Vielleicht … Plasberg registrierte gerade noch rechtzeitig, dass ihre Gedanken ins Utopische abdrifteten. Weder sich noch Siener tat sie einen Gefallen, wenn sie zu viele Erwartungen auf die junge Frau projizierte. Im Moment reichte es wahrscheinlich völlig aus, wenn sie die Arbeit der Kollegin wohlwollend, aber kritisch beobachtete.

„Torsten Brinkhoff hat viele Qualitäten, die ich sehr an ihm schätze", kehrte sie zum eigentlichen Thema zurück. „Er hat eine schnelle Auffassungsgabe, ist ein guter Beobachter und er ist loyal." Plasberg schwieg einen Moment, dann setzte sie hinzu: „Und vor ein paar Monaten hat er meinen Kindern und mir das Leben gerettet. Das werde ich ihm nie vergessen."

„Dann müsste er doch eigentlich sehr zufrieden mit sich sein", erwiderte Siener.

Die Kommissarin lachte humorlos auf. „Ja. Eigentlich schon. Das Problem ist nur, dass dabei ein anderer Mensch getötet wurde und sich der Kollege Brinkhoff eine Mitschuld an dessen Tod gibt, egal, was ich ihm auch sage."

„Hatte er denn Schuld?“

„Er hat den Geiselnehmer meiner Kinder angefahren, worauf sich aus dessen Waffe ein Schuss gelöst hat, der zum Tode des Täters führte. Brinkhoff vergleicht es gerne mit der Schuld, die ein Polizeibeamter bei einem finalen Rettungsschuss auf sich lädt.“

„Ist das nicht etwas völlig anderes? Er hat doch gar nicht selbst geschossen!“

„Seiner Ansicht nach hat er sein Auto wie eine Waffe gebraucht. Eine Perspektive, die ich ihm nicht ausreden kann und die ausgesprochen ungesund für ihn ist. Außerdem war der Geiselnehmer gerade zwanzig Jahre alt.“

Bettina Siener schwieg und starrte aus dem Seitenfenster. „Ich habe mich immer gefragt, wie es wohl wäre, wenn ich im Dienst von meiner Waffe Gebrauch machen müsste und einen Menschen erschieße. Was man dazu in der Ausbildung gesagt bekommt ...“

„... wird Sie nie von dem Dilemma befreien, in dem der Kollege Brinkhoff sich jetzt befindet“, beendete Plasberg den Satz. „Ich kann ihn sogar bis zu einem gewissen Grad verstehen. Das Schlimme daran ist, dass ich letztendlich keine Rücksicht auf seine Skrupel nehmen kann. Ich kann niemanden gebrauchen, auf dessen volle Einsatzfähigkeit ich mich nicht mehr verlassen kann. Die Frage, die ich mir als Leiterin einer Mordkommission stellen muss, lautet: Was passiert, wenn der Kollege ein weiteres Mal in eine ähnliche Situation kommt?“

„Und wissen Sie die Antwort?“

Plasberg trat hart auf die Bremse und kam gerade noch rechtzeitig vor einer roten Ampel zum Stehen. Ohne es mitzubekommen, hatten sie die ersten Gebäude der Universität hinter sich gelassen und waren an der Mensa vorbeigerauscht. Jetzt lagen Hauptgebäude und Philosophikum der Uni zu ihrer rechten Seite. Der hässliche Turm des Bettenhochhauses der Unikliniken war schon in Sichtweite.

Plötzlich war sich die Kommissarin bewusst, wie ihre Antwort lauten musste – und genauso war sie sich mit einem Mal darüber im Klaren, dass Bettina Siener diese Antwort nichts anging, schlimmer noch: dass sie, Plasberg, einen erheblichen Mangel an Loyalität gegenüber Brinkhoff im Gespräch mit Siener hatte erkennen lassen. Sie hatte sich einlullen lassen von dem Gefühl weiblicher Verbundenheit – oder wie immer man das nennen mochte, was sich zwischen der jungen Polizistin und ihr entsponnen hatte – und Dinge über Brinkhoff nach außen dringen lassen, die sie so nicht einmal mit Eikner besprechen würde.

„Sie werden unsere Unterhaltung vertraulich behandeln", sagte sie schroff und starrte geradeaus durch die Windschutzscheibe. „Das ist eine dienstliche Anweisung, verstanden?"

Siener sah Plasberg irritiert an. „Natürlich", murmelte sie.

„Wir sind gleich da", wechselte die Kommissarin das Thema und ließ allein schon durch ihren Tonfall deutlich werden, dass sie keine Vertraulichkeiten mehr preisgeben würde. „Sehen Sie irgendwo einen Parkplatz?"

Helga Opitz war eine mausgraue, unscheinbare Frau in den Fünfzigern, die mit bleichem Gesichtsausdruck und matten Augen in einem weißbezogenen Krankenbett lag, das viel zu groß für sie zu sein schien. Ihre schmalen, kleinen Hände waren blass und wanderten ruhelos über die Bettdecke – als ob sie damit beschäftigt wäre, imaginäre Falten auf der Wäsche glatt zu streifen. Die Ärzte hatten auf dem rechten Handrücken einen Venenzugang gelegt und neben ihrem Bett stand ein Infusionsständer mit einem Beutel Glukose, um ihrem Körper Flüssigkeit zuzuführen. Als Plasberg und Siener eintraten, hob Opitz kurz den Kopf, um ihn gleich darauf wieder teilnahmslos sinken zu lassen. Ihr war nicht anzumerken, ob der Besuch willkommen war oder nicht. An der Wand hing ein Fernseher, der Ton der gerade laufenden Seifenoper war abgestellt; ansonsten gab es nur kahle, weiße Wände zu betrachten.

Die Beamtinnen wiesen sich aus, bekundeten ihr Beileid und sahen sich nach einer Sitzmöglichkeit um. Es gab nur einen Stuhl in dem kärglich eingerichteten Krankenzimmer und über dessen Lehne hing ein pinkfarbener, geblümter Morgenmantel. Die Kommissarin legte ihn kurzerhand aufs Bett und nahm Platz. Bettina Siener lehnte sich an die Fensterbank. Nach Plasbergs plötzlichem Stimmungsumschwung hatte sie beschlossen, sich im Hintergrund zu halten.

„Sie können sich sicherlich denken, warum wir hier sind“, begann die Kommissarin behutsam. „Wir würden Ihnen und Ihrem Sohn gerne ein paar Fragen stellen … wo ist er überhaupt? Ich dachte –“

„Peter holt sich einen Kaffee“, erwiderte Helga Opitz. Sie vermied den direkten Blickkontakt und ihre Stimme klang so schwach und teilnahmslos, dass Plasberg vermutete, dass sie noch unter der Wirkung von Beruhigungsmitteln stand. Ob es überhaupt Sinn machte, die Frau jetzt zu befragen? Aber wenn sie Informationen haben wollte, musste sie es wenigstens versuchen. „Er kommt gleich wieder. Bestimmt kommt er gleich wieder.“ Es hörte sich fast wie ein Flehen an und Plasberg stellte sich auf ein schwieriges Gespräch ein.

„Sie haben Ihre Schwester in Passau besucht?“

Helga Opitz nickte kaum merklich. Ihre Hände suchten nach einem Glas Wasser auf dem Nachttisch. Nachdem sie daran genippt hatte, sanken ihre Arme kraftlos zurück auf die Bettdecke. „Margot hatte Geburtstag. Ich besuche sie jedes Jahr um diese Zeit.“

„Und Ihr Mann ist nicht mitgekommen?“

„Er kommt nie mit nach Passau. Er … er fühlt sich da nicht wohl.“

„Warum nicht?“

„Meine Schwester ist allein stehend und die Wohnung ist ja auch so klein. Was soll er da?“

Aus der ausweichenden Antwort schloss Plasberg, dass Manfred Opitz sich entweder mit seiner Schwägerin nicht besonders verstanden oder ihm die Gesellschaft der Schwestern nicht behagt hatte. Wahrscheinlich waren die beiden Frauen ausführlich bummeln oder Kaffee trinken gegangen, hatten in Jugenderinnerungen geschwelgt – Dinge, mit denen ein Mann wie Opitz wohl nichts anfangen konnte.

„Wie lange waren Sie in Passau?“

„Eine Woche. Aber das habe ich doch schon gesagt, den anderen … Ihren Kollegen.“

Plasberg ging nicht auf den zaghaften Protest ein. „Sie haben doch sicherlich in der Zeit bei Ihrer Schwester hin und wieder mit Ihrem Mann telefoniert, oder?“

„Ich …“ Helga Opitz schluckte und schaute zur Tür, als hoffte sie, durch die Rückkehr ihres Sohnes von dem Gespräch erlöst zu werden. Die Fragen der Kommissarin steuerten auf einen Punkt zu, vor dem sie sich zu fürchten schien. „Natürlich“, sagte sie schließlich leise. „Ich habe noch gleich am Abend mit ihm gesprochen, als ich bei Margot angekommen war.“

„Und das war …?“

„Letzte Woche Donnerstag.“

„Und klang er da irgendwie anders als sonst … besorgt vielleicht?“

Helga Opitz sah sie überrascht an. „Besorgt? Warum sollte er das sein?“

„Weil er Drohbriefe erhalten hat. Wir haben sie in einer Schublade seines Schreibtisches gefunden.“

„Aber …“ Manfred Opitz’ Frau strich sich mit einer fahrigen Handbewegung durch die Haare. „Sie waren bei uns zu Hause?“ Die Wohnungsdurchsuchung schien sie mehr zu verwirren als die Tatsache, dass ihr Mann Drohbriefe erhalten hatte.

„Das ist ganz normal nach einem Kapitalverbrechen“, erwiderte Plasberg. „Haben Sie von den Drohbriefen gewusst?“ Ein langsames Kopfschütteln antwortete ihr. „Und nach dem Donnerstag, haben Sie da noch mal mit Ihrem Mann telefoniert?“

„Am … Samstag, denke ich. Ja, Samstagnachmittag. Er war ungehalten, weil ich vergessen hatte, dass er um diese Zeit immer im Radio die Fußballreportagen hört.“ Helga Opitz wischte über ihre rotgeränderten Augen und zog die Beine an.

„Also haben Sie immer im Abstand von zwei Tagen miteinander gesprochen?“

Die andere Frau schüttelte stumm den Kopf. „Nein, danach nicht mehr. Ich …“ Es klang fast entschuldigend. „Mein Mann ist nicht besonders gesprächig. Er telefoniert nicht gerne.“

Plasberg zog die Stirn in Falten. Sie hatte darauf gesetzt, den Todeszeitpunkt von Opitz mithilfe der Angaben seiner Frau ein wenig enger eingrenzen zu können. „Sie haben danach nichts mehr von ihm gehört?“, fragte sie.

Eine einzelne Träne lief Helga Opitz über die Wange und ihre Lippen zitterten. „Ich konnte doch nicht wissen, dass … ich meine, wer denkt denn …" Ein Schluchzen bahnte sich den Weg aus ihrer Kehle und es dauerte einen Moment, bis sich die Frau gesammelt hatte. „Am Abend, bevor ich aus Passau abgereist bin, habe ich versucht, ihn anzurufen, aber er ist nicht ans Telefon gegangen. Ich wollte ihn daran erinnern, wann ich Donnerstag … also gestern … nach Hause komme. Er sollte mich vom Bahnhof abholen."

Die Blicke von Plasberg und Siener trafen sich. Mittwochabend war Manfred Opitz definitiv nicht mehr in der Lage gewesen, ans Telefon zu gehen, weil er tot auf dem Wohnzimmerteppich gelegen hatte.

„Und Sie haben sich keine Sorgen gemacht, als er nicht zu erreichen war?"

„Doch, natürlich", gab Helga Opitz zu, „aber was hätte ich denn tun sollen? Ich meine …"

Plasberg wollte die Frau unterbrechen und sie auf die Möglichkeit eines Anrufs bei der Polizei hinweisen. Sie hätten Opitz' Leiche schon einen Tag früher gefunden und wertvolle Zeit gewonnen. Aber es brachte nichts, Helga Opitz jetzt noch Vorwürfe zu machen.

„Ich habe Manfred dann aufs Band gesprochen. Dass etwas nicht stimmt, habe ich erst gedacht, als er auch am Donnerstag nicht ans Telefon gegangen ist. Ich habe im Zug versucht, ihn anzurufen. Und als er auch nicht am Bahnhof war …" Die Stimme der Ehefrau plätscherte hilflos aus.

Plasberg seufzte frustriert. Die Erkenntnisse, die sie aus der Unterhaltung mit Helga Opitz gewinnen konnte, schienen mehr als mager zu sein. „Kommen wir zu dem Moment, als Sie die Wohnung betreten haben. War da –"

„Bitte … muss das sein?", flüsterte die Ehefrau mit erstickter Stimme. Sie war noch blasser geworden und Plasberg konnte den Puls an ihrer Halsschlagader flattern sehen.

„Ich versuche, es kurz zu machen", erwiderte sie. „Ist Ihnen etwas aufgefallen, als Sie nach Hause gekommen sind? Abgesehen von … von dem, was im Wohnzimmer war? Gab es irgendetwas, das anders war als sonst? Stand vielleicht die Wohnungstür offen? Gab es umgeworfene Möbelstücke oder Dinge, die nicht an ihrem

Platz waren? Gehen Sie den Augenblick noch einmal Schritt für Schritt durch.“

Helga Opitz schloss die Augen, als versuchte sie, sich zu erinnern. Vielleicht war es aber auch nur ein Ausdruck ihres Bemühens, nicht die Fassung zu verlieren. „Nein“, antwortete sie schließlich fast unhörbar. „Da war nichts. Ich habe meinen Schlüssel aus der Handtasche geholt, bin die Treppe hoch.“ Ihre Stimme wurde für einen Moment wieder kräftiger. „Der Koffer war schwer, ich weiß noch, dass ich verärgert war, weil Manfred sonst immer die Koffer hochgetragen ... ich konnte doch nicht wissen ...“

„Und dann?“

Helga Opitz schüttelte den Kopf. „Ich habe den Koffer im Flur abgestellt, war dabei, mir den Mantel auszuziehen, und habe seinen Namen gerufen. Und dann ... und dann ...“

„Sind Sie ins Wohnzimmer gegangen.“

Eine Kopfbewegung, die Plasberg als Zustimmung deutete, antwortete ihr. „Und dann habe ... habe ich geschrien.“

In diesem Moment wurde die Tür des Krankenzimmers aufgestoßen und ein kleiner, schwammiger Mann mit rosigen Pausbäckchen und schütterem, sandfarbenem Haar, der zwei Kaffeetassen in der Hand balancierte, kam herein. „Hier, ich hab dir auch einen ...“ Peter Opitz' Blick blieb überrascht an den beiden Beamtinnen hängen, aber seine Miene verfinsterte sich augenblicklich, als er bemerkte, dass seine Mutter am ganzen Körper zitterte. „Wer sind Sie? Was wollen Sie hier?“

Der 33-jährige wirkte erheblich älter und erinnerte Plasberg im ersten Moment an einen viel zu voluminös geratenen Teddybären – was nicht nur an seiner Körperfülle lag, sondern auch daran, dass in seinem roten Gesicht ein strohfarbener Vollbart spross und seine nackten Unterarme von dichten, blonden Haaren überzogen waren, sodass man kaum die Haut darunter sehen konnte. Noch mehr blonde Haare ragten aus dem Ausschnitt seines karierten Hemdes, als wären die Nähte des Teddybären unter der Kleidung geplatzt und die Strohfüllung nach außen gequollen. Trotzdem hinterließ Peter Opitz bei Plasberg keinen sympathischen Eindruck, denn dort, wo ein Teddybär schwarze Knopfaugen besaß, hatte Opitz wässrige, hellblaue Augen, das Weiße um die Pupillen war mit roten Äderchen durchsetzt, und seine Stimme war unnatürlich hell, fast wie die eines Kindes. Einen Öko-Bauern hatte sie sich jedenfalls ganz anders vorgestellt.

„Sie sollten nicht hier sein", sagte Opitz und spitzte die Lippen in einer merkwürdig obszön anmutenden Geste, nachdem die Kommissarin die Situation aufgeklärt und sich und Bettina Siener vorgestellt hatte. „Meine Mutter ist noch immer sehr aufgewühlt. Hat das nicht ein paar Tage Zeit?"

„Nein, hat es leider nicht", antwortete Plasberg. „Ihr Vater war nicht das erste Opfer des Täters. Deshalb sind wir dringend auf jede Information angewiesen, die Sie uns geben können."

„Informationen? Ich verstehe nicht. Was denn für Informationen?"

Die fiepsige Stimme begann ihr auf die Nerven zu gehen. Erst jetzt bemerkte sie außerdem dunkle Schweißflecke, die sich unter den Achselhöhlen von Opitz abzeichneten, und musste an sich halten, um sich ihre Aversion nicht anmerken zu lassen. „Alles, was Ihnen einfällt", sagte sie. „Hatte Ihr Vater … Ihr Ehemann vielleicht Feinde?"

Mutter und Sohn schüttelten gleichzeitig den Kopf. „Mein Mann hat im Finanzamt gearbeitet", erwiderte Helga Opitz, als schlösse der Beamtenstatus ihres Ehemannes schon per Definition jegliche Möglichkeit eines Feindes aus und erkläre gleichzeitig seine eigene Harmlosigkeit.

„Es gab nie Streit mit Nachbarn oder Bekannten? Jemand, der einen Groll gegen Herrn Opitz gehabt haben könnte?"

„Nein."

Auch seinem Sohn hatte Manfred Opitz die Existenz der Drohbriefe verschwiegen. Er konnte nur mit dem Kopf schütteln, als er darauf angesprochen wurde. Tatsächlich reagierte er fast unwirsch auf die Neuigkeit und tat die Drohbriefe als „Unsinn" ab – als wäre es eine Zumutung, seinen Vater mit etwas derartig Unappetitlichem in Verbindung zu bringen. Plasberg fühlte sich an Heike Mertens erinnert, die ebenfalls aus allen Wolken gefallen war. Wieso hatten die Opfer die Drohbriefe vor ihren Angehörigen geheim gehalten? Aus Sorge, sie vielleicht unnötig zu belasten und in etwas hineinzuziehen? Aus Angst? Oder vielleicht aus einem schlechten Gewissen?

„Hören Sie, Frau Blasbach …"

„Plasberg." Die Kommissarin setzte ihr zuckersüßes Lächeln auf und Peter Opitz runzelte die Stirn. Die Antipathie schien auf Gegenseitigkeit zu beruhen.

„Mein Vater hat nie jemandem etwas zuleide getan. Wenn es einen Grund für dieses abscheuliche Verbrechen gibt, dem er zum Opfer gefallen ist, dann sollten Sie ihn beim Mörder meines Vaters suchen. Allein die Umstände der Tat … das kann doch nur ein geistesgestörter Irrer getan haben! Und wenn Sie jetzt fertig sind – meine Mutter braucht Ruhe!" Opitz trat ihr mit entschlossener Miene entgegen und Plasberg und Siener blieb nichts anderes übrig, als sich vorerst zu verabschieden.

„Eine weitere Sackgasse", fasste Siener das Ergebnis ihrer Unterhaltung mit den Opitz' zusammen, während sie durch die Gänge des Krankenhauses liefen.

„Sieht ganz so aus", brummte die Kommissarin. „Die Ehefrau ist ein bisschen einfältig und der Sohn ein Arschloch."

Sie traten zur Seite, um eine Krankenschwester vorbeizulassen, die ein Pflegebett schob, in dem ein kleines Mädchen mit eingegipstem Bein lag. Plasberg winkte ihm verstohlen zu und erinnerte sich plötzlich daran, dass sie sich über den Zustand von Clara Mertens hatte informieren wollen. Sie wühlte ihr Handy aus der Handtasche, um die Nummer des Kinderkrankenhauses Amsterdamer Straße herauszusuchen. Doch Clara Mertens' Zustand war unverändert, sie lag noch immer im Koma. Plasbergs einziger Augenzeuge war nach wie vor nicht ansprechbar.

„Kollege?"

„Hm?" Torsten Brinkhoff fuhr auf, er fühlte sich ertappt. Johannes Wentrop stand neben seinem Schreibtisch. In seiner Hand befand sich schon wieder etwas zu essen; dem Kommissar stieg der Geruch von gebratenem Hackfleisch in die Nase und er fragte sich, woher Wentrop jetzt eine Frikadelle organisiert hatte. „Was?"

„Ob Sie einen Kaffee wollen."

„N-Nein, danke.“ Er rieb sich durchs Gesicht, seufzte und sackte wieder gegen die Stuhllehne. Zwecklos. Selbst wenn er versuchte, sich zusammenzureißen, brachte er keine arbeitseifrige Miene zustande. Er hatte keine Ahnung, wie lange er schon auf den Bildschirm starrte, ohne etwas von dem zu registrieren, was er vor sich hatte. Sein Kopf fühlte sich wirr an, als wäre er nicht fähig, auch nur einen Gedanken länger als eine Sekunde festzuhalten. Wenn er die Augen schloss, wurde ihm tatsächlich schwindelig. Zwischendurch war er zur Toilette gegangen und hatte heimlich zwei Beruhigungstabletten geschluckt. Ob Wentrop etwas gemerkt hatte? Unauffällig wischte er seine schweißigen Hände an der Hose ab.

Der Hauptkommissar räusperte sich. „Sie sehen miserabel aus. Vielleicht wäre es besser, wenn Sie nach Hause gehen und sich ins Bett legen?“

„Jetzt?“, murmelte Brinkhoff. „Frau Plasberg springt im Dreieck, wenn ich mich jetzt krank melde.“

„Aber hier kriegen Sie nichts zustande, das sehe ich doch.“ Wentrop lächelte, um ihm zu zeigen, dass die Beobachtung nicht als Vorwurf gemeint war. „Und unproduktiv können Sie auch zu Hause sein. Da fällt es dann wenigstens nicht auf“, fügte er mit einem Augenzwinkern hinzu. „Na los, gehen Sie schon, ich bekomme das hier auch alleine hin. Und ich regele das mit Plasberg. Sie haben plötzlich Magen-Darm-Probleme.“

„Ha-habe ich?“, stammelte Brinkhoff. Er fühlte sich völlig kraftlos und passiv, wie ein Kind ließ er Wentrop für sich entscheiden.

„Frau Keller hat den Virus doch auch. Sie schlafen sich zu Hause aus und morgen sind Sie dann wieder ganz der Alte.“

Das bezweifelte Brinkhoff zwar, aber er widersprach nicht. Schwerfällig stand er auf und griff nach seiner Jacke. „Gut. Dann gehe ich. Vielleicht ist es wirklich besser, wenn …“

Wentrop gab ihm einen freundschaftlichen Klaps auf die Schulter. „Wird schon wieder“, sagte er. Brinkhoff nickte wortlos und schleppte sich an den anderen Schreibtischen vorbei. An der Tür des Führungsraums wurde er von Wentrop noch aufgehalten. „Es geht mich ja nichts an, aber …“, der Hauptkommissar zögerte, „wenn ich Ihnen einen Rat geben darf: Wenn es im Beruf hektisch wird, dann ist es ganz hilfreich, wenn das private Umfeld intakt ist."

Brinkhoff blieb stehen, ohne sich umzudrehen. „Was m-meinen Sie?"

„Ich habe zufällig Ihr kurzes Gespräch mit Plasberg heute Morgen mitangehört … dass Sie Beziehungsstress haben. Vielleicht sollten Sie das in Ordnung bringen."

„Ja, natürlich", sagte Brinkhoff mehr zu sich selbst und schob die Tür auf.

Mit hochgeschlagenem Kragen lief er durch das Foyer und schloss auf dem windigen Parkplatz seinen Wagen auf. Zwar hatte der Sprühregen vom Morgen inzwischen aufgehört, aber die wenigen Wolkenlücken, die Hoffnung auf besseres Wetter hatten aufkeimen lassen, waren nicht mehr zu sehen. Der Himmel war erneut dicht bewölkt.

In Ordnung bringen! Wentrop war witzig. Leider gehörten dazu immer zwei, und im Moment sah es nicht so aus, als ob Markus bereit wäre, irgendetwas in Ordnung zu bringen. Und selbst wenn … Brinkhoff hatte nicht das Gefühl, dass damit alle seine Probleme aus der Welt geschafft wären. Dieser schwere, schwarze Schatten, der im Winter auf ihm gelastet hatte und jede Bewegung, jeden Gedanken zu einer Anstrengung hatte werden lassen, war plötzlich wieder da und lähmte ihn. Fast unmerklich war er im Laufe der Woche näher geschlichen, wie ein Raubtier auf der Jagd, lauernd, den günstigsten Moment abwartend, und jetzt, seit letzter Nacht, hatte er sich Brinkhoffs Seele erneut bemächtigt und es gab nichts, was er dagegen tun konnte.

Der Kommissar hatte keine Ahnung, wie er den Wagen nach Hause gefahren hatte, aber eine halbe Stunde später fand er sich in seiner Wohnung wieder, zu einer völlig ungewohnten Zeit, in der nicht einmal sein Kater mit ihm rechnete. Bombadil lag zusammengerollt neben der Heizung im Wohnzimmer und blinzelte ihn kurz an, bevor er weiterschlief. Es war still in allen Räumen, Brinkhoff konnte das Geräusch seines eigenen Atmens hören.

„Markus?" Aber das war dumm, Markus war natürlich arbeiten, es war unsinnig, darauf zu hoffen, die Stimme seines Freundes zu hören. Trotzdem spürte Brinkhoff erneut Tränen der Enttäuschung in sich hochsteigen. Was war bloß mit ihm los? Würde jetzt alles von vorne anfangen? Die Lethargie, diese bodenlose Traurigkeit, die ihn den ganzen Winter wie ein dichtes, klebriges Spinnennetz gefangen gehalten hatte? Diese Unfähigkeit, sich mit der Realität auseinanderzusetzen? Die andauernde Müdigkeit in seinen Knochen, als hätte er sich den ganzen Tag durch feinen Wüstensand gequält? Widerwillig sah der Kommissar auf sein Bett, in dem er im Winter ganze Tage zugebracht hatte, ohne die Kraft aufbringen zu können, aufzustehen. Und doch beobachtete er sich dabei, wie er sich auszog, achtlos seine Kleidung auf den Boden warf, sich auf dem Laken zusammenrollte und dann die Bettdecke über den Kopf zog, die Dunkelheit wie einen alten Bekannten begrüßend. Dies war der einzige Platz auf der Welt, wo er sicher war. Wo nichts ihm etwas anhaben konnte. Wo er jede Verantwortung abstreifen konnte. Keine Fragen, keine Zweifel, keine Entscheidungen. Nur Ruhe. Ruhe und Dunkelheit.

Aber nicht ganz. Unter dem Wust aus Kissen und Bettdecke hörte er plötzlich den Klingelton seines Handys. Verdammt! Ob er es ignorieren konnte? Für einige Sekunden verharrte er reglos, lauschte dem lauter werdenden Klingeln in der Hoffnung, der Anrufer würde von selbst aufgeben. Wie lange dauerte es, bis die Mailbox sich einschaltete? Fünfzehn, sechzehn Klingeltöne? Nein, er war noch nicht in der Lage, den Ruf zu überhören, aus seinem Bewusstsein auszublenden. Er war zu laut, zu schrill, zu fordernd.

Mühsam rappelte er sich auf, hangelte das Mobiltelefon aus der Tasche seiner Jacke und sah auf das Display. „Was willst du?"

„Hören, wie es dir geht!", erwiderte Clement. „Du warst nicht gerade in bester Verfassung letzte Nacht. Und du hast auf dem Sofa geschlafen."

Brinkhoff schwieg.

„Torsten? Bist du noch dran?"

„Ja." Er ließ sich auf das Kissen zurückfallen und schloss die Augen. Lauschte erneut seinem eigenen Atem.

„Du klingst merkwürdig. Bist du nicht im Büro?"

„Ja … N-Nein." Es war so anstrengend, sich zu artikulieren, sich auf das Gespräch mit Markus zu konzentrieren. Er wollte nur schlafen.

„Und wo bist du? Jetzt lass dir nicht jedes Wort aus der Nase ziehen!"

„Zu Hause", murmelte Brinkhoff. „Ich bin zu Hause."

„Zu Hause? Um diese Uhrzeit?" Er registrierte mit kindlicher Befriedigung, dass Clements Stimme auf einmal besorgt klang. „Habt ihr euren Fall gelöst? Habt ihr den Täter überführt?"

Brinkhoff schüttelte sich und zog die Bettdecke höher. Er wollte jetzt nicht an die Ermittlungen denken. „Nein. Haben wir nicht."

„Und wieso … was machst du zu Hause, Torsten?"

„W-Wentrop hat mich weggeschickt. Ich soll m-mich ausschlafen", nuschelte er. Seine Augenlider flackerten auf und zu. Mit letzter Kraft drückte er das Gespräch weg, dann rollte er sich auf die Seite und hieß die Dunkelheit willkommen, die ihm Vergessen und Sicherheit versprach.

Das Nächste, was er wusste, war, dass ihn ein Schwall Wasser mitten ins Gesicht traf und er sich prustend und protestierend aufsetzte. „Scheiße! W-Was soll das?" Seine Haare, sein T-Shirt, sein Kopfkissen – alles nass!

Clement stand vor dem Bett, in Anzug und Krawatte, einen leeren Zahnputzbecher in der Hand. „Aufstehen, los!" Er riss die Decke vom Bett, bevor Brinkhoff reagieren konnte. Der Kommissar rollte sich zu einer Kugel zusammen und versteckte den Kopf unter dem feuchten Kissen. Aber auch das nahm Clement ihm unbarmherzig weg.

„Lass das! L-Lass mich in Ruhe!"

„Ich denke gar nicht daran. Ich hab keinen Bock, diese ganze Scheiße noch mal durchzumachen!"

„Welche Scheiße denn?"

Clement hielt ihm die halbleere Medikamentenschachtel mit Beruhigungsmitteln entgegen. „Die hab ich gerade in deiner Hosentasche gefunden. Dabei hast du mir versprochen, dich zu melden, wenn du nicht klarkommst! Also: Müssen wir das noch mal durchmachen?"

Brinkhoff traute sich nicht, ihn anzusehen. „Zwingt d-dich doch k-keiner. Du kannst doch gehen. Ich w-will dich sowieso nicht mehr hierha-haben!"

Doch wenn er gedacht hatte, seinen Freund damit loszuwerden, hatte er sich getäuscht. Anstatt sich auf dem Absatz herumzudrehen und wütend aus der Wohnung zu stürmen, begann Clement zu lachen. „Das würde dir so passen! Weißt du eigentlich, wie du dich anhörst? Wie ein kleines, trotziges Kind. Komm jetzt, steh auf!"

Er begann, an Brinkhoff zu zerren, und schaffte es tatsächlich, den sehr viel größeren Mann aus dem Bett zu schleifen. Ächzend richtete er ihn auf, legte wie bei einem Betrunkenen seinen Arm um dessen Schulter und lief zusammen mit ihm ins Bad. Dort schubste er seinen Freund in die Duschkabine und stellte das Wasser an, ohne sich darum zu kümmern, dass Brinkhoff noch seine Unterwäsche trug. Als das Wasser seinen Körper wie mit Nadeln stach, schnappte Brinkhoff hörbar nach Luft. „Kalt!", brüllte er. „Kalt!"

„Dann dreh das heiße Wasser auf!"

Der Kommissar kurbelte an den Armaturen, bis das Wasser eine erträgliche Temperatur erreicht hatte, und hielt den Kopf unter den Wasserstrahl. Langsam kam er wieder zu sich. Er kämpfte sich aus dem nassen T-Shirt und der Unterhose und kickte sie in eine Ecke. „Scheiße", fluchte er. „Scheiße! Was machst du überhaupt hier?"

„Es war kaum zu überhören, dass du eine Krise hast", antwortete Clement über das Prasseln der Dusche hinweg. „Deshalb bin ich vom Büro direkt hierher gefahren."

„Ich dachte, d-du bist noch immer sauer auf mich."

„Bin ich auch. Aber das heißt doch nicht, dass –"

„Ich b-bin auch noch sauer auf dich!", gab Brinkhoff zu Protokoll und war ziemlich sicher, dass Clement auf der anderen Seite der Milchglasscheibe grinste.

„Wenn du stinkig auf mich bist, wäre es vielleicht ganz gut, wenn du mir das sagst, anstatt dich schmollend auf die Wohnzimmercouch zu legen und den Frust in dich hineinzufressen."

„Du warst schlafen gegangen."

„Du hättest mich wecken können."

„U-Und dann?"

„Dann hätten wir darüber geredet, *warum* du sauer auf mich bist."

Brinkhoff hatte auf einmal einen Kloß im Hals. „Ich war nicht sauer, ich war …“ Die Traurigkeit, die sich in den letzten Stunden und Tagen auf seine Seele gelegt hatte, fand endlich ein Ventil. Tränen schossen ihm in die Augen und er begann wie ein Schlosshund zu heulen, kauerte sich in die Duschkabine und verbarg den Kopf in seinen Armen. „Ich kann das n-nicht mehr … ich kann das nicht mehr!“, stammelte er. „Es ist z-zu viel.“

Clement schob die Tür der Kabine auf und hockte sich zu ihm, ohne auf das Wasser zu achten, das nun auch ihn samt seiner Kleidung völlig durchnässte. Er schloss seinen Freund in seine Arme und wiegte ihn sanft hin und her.

„Schon gut“, murmelte er. „Schon gut.“

„Ich will … ich will nichts mehr davon wissen, dass ein Mensch einem anderen die Hand abhackt“, brachte Brinkhoff schluchzend heraus. Er klammerte sich an Clement wie ein Bergsteiger an das Notseil, das ihn vor dem sicheren Absturz bewahrt. „Ich will … n-nicht mehr sehen, wie jemand mit einem F-Fleischerhaken durchbohrt wird, wie ein K-Kind durch eine Gasexplosion in die Luft gesprengt wird … wie jemand mit herausgeschnittener Zunge aussieht. Ich will keine Waffe mehr tragen müssen und ich will …“, er atmete tief durch, „nicht mehr für den Tod eines anderen Menschen verantwortlich sein.“

„Dann musst du deinen Job quittieren“, erwiderte Clement leise. Er strich Brinkhoff die nassen Haare aus dem Gesicht und unterließ es für den Moment, ihn darauf hinzuweisen, dass er diese Verantwortung für den Rest seines Lebens tragen würde. Weil er diese Tat nicht ungeschehen machen konnte.

„Hinschmeißen? Und was soll ich stattdessen machen? Polizist sein ist alles, w-was ich gelernt habe!“

„Dann lern etwas anderes. Glaubst du, du bist der erste Polizeibeamte, der vor dieser Entscheidung steht?“

„Nein“, schniefte Brinkhoff. „Wahrscheinlich nicht. Aber d-das ist alles nicht so einfach. Ich meine … mein Beamtenstatus … meine P-Pension …“

Clement sah ihn mit hochgezogenen Augenbrauen an. „Das ist dir wichtiger als dein Seelenfrieden?“

„N-Nein. Aber ich k-kann doch nicht so einfach alles –“

„Die Frage ist nur, ob du die Kraft findest, diesen Fall zu Ende zu bringen oder ob du sofort hinwirfst. Plasberg wird sicherlich einen Ersatz für dich finden."

„Ich weiß nicht." Brinkhoff rappelte sich auf und drehte das Wasser ab. „Ich kann das nicht entscheiden. Nicht jetzt. Ich b-bin so müde."

„Kein Wunder. Diese Pillen sind ein echter Hammer." Clement angelte nach einem Handtuch und rubbelte seinen Freund trocken. „Dann geh wieder schlafen. Und wenn dieses Beruhigungsmittel aus deinem System raus ist, reden wir noch mal, okay?"

„B-Bleibst du hier?" Brinkhoffs Frage hörte sich beinahe nach Betteln an.

Clement deutete auf seine eigenen nassen Klamotten. „Glaubst du, ich kann so wieder ins Büro?"

Karsten Vogt sah auf seine schmutzigen Finger und verzog verärgert das Gesicht. Es war völlig zwecklos. Seit Stunden wühlte er sich durch staubige Akten, die lose oder in staubigen Kartons verpackt auf staubigen Regalen lagerten, teilweise vor Jahren dort deponiert und seitdem nie wieder hervorgeholt, ohne jedes System, ohne jedwede Archivierungsnummer. Hin und wieder waren die Ordner mit einer Jahreszahl beschriftet, ab und zu mit einem Namen, dann wieder mit einer Zahlen- und Buchstabenabfolge, deren Sinn sich ihm nur ungefähr oder gar nicht erschloss. Genauso die Kartons, in denen manchmal drei, vier oder fünf Akten gesammelt worden waren. Hinter einem Karton hatte er Mäusekot gefunden, auf einem anderen bräunliche Ringe von einem Leck in einem der Wasserrohre, die an den Wänden entlangliefen und sich an der Decke des Kellers zu einem dicken Strang vereinigten.

Die Akten selbst waren meist in einem recht guten Zustand. Zusammengepfercht auf Tausenden von Seiten und in Klarsichthüllen für die Ewigkeit abgeheftet, gab es Kopien von Ermittlungsprotokollen, Zeugenaussagen, Berichten der Spurensicherung, forensischen Gutachten, Mitschriften interner Besprechungen, Observierungsprotokollen, hausinterner Post, Dienstanweisungen – und das alles nicht nur von einem Kriminalkommissariat, sondern von allen im Präsidium ansässigen Dienststellen. Die Liste der Möglichkeiten, nach etwas zu suchen, war fast unendlich; die Wahrscheinlichkeit, etwas zu finden, das mit ihrem jetzigen Fall in Zusammenhang stand, umso geringer. Wenn sie auf Unterlagen stießen, die mit ihren Ermittlungen zusammenhingen, dann war es dem puren Zufall zu verdanken. Immerhin hatte Vogt entdeckt, dass die Sammelwut größtenteils Dokumente der letzten zehn Jahre betraf, davor war die Aktenlage erheblich dünner und betraf nur noch die nicht abgeschlossenen Fälle. Vielleicht hatte ein Kollege tatsächlich irgendwann einmal, wie vorgesehen, den Schredder angeworfen und alles vernichtet, was über das letzte Jahrzehnt hinausging. Trotzdem, auch so war ihr Unternehmen ein hoffnungsloses Unterfangen.

Was seine Laune zusätzlich verschlechterte, waren die Arbeitsbedingungen: Der Keller war ungeheizt, fensterlos und durch grelles Neonlicht erhellt. Es gab keine Sitzmöglichkeit und die Luft war trocken und genauso staubig wie die eingelagerten Aktenberge. Im Grunde war er nicht mehr als eine überdimensionierte Rumpelkammer.

„Kein Wunder, dass hier nie jemand herkommt", ließ sich Hallstetter vernehmen. „Das ist ja die reinste Strafarbeit." Tatsächlich waren sie die ganze Zeit allein. Nur als sie das Archiv betreten hatten, war ihnen Dietmar Ostrop, der Leiter der MK 2, entgegengekommen, hatte etwas von Aktenentsorgung gemurmelt und schien sichtlich erleichtert gewesen zu sein, das unwirtliche Archiv wieder verlassen zu können.

Der Staub kribbelte in Vogts Nase und er unterdrückte einen Niesreiz. „Das ist doch Mist!", knurrte er mit kaum verhohlener Wut. „Warum macht die Plasberg diesen Scheiß nicht selbst?"

Jochen Hallstetter, der auf einer Trittleiter im nächsten Gang stand und einen Karton aus einem der oberen Regale hangelte, schnaubte belustigt auf. „Das ist der Unterschied zwischen der Leiterin einer Mordkommission und einem einfachen Kommissar. Man kann die Drecksarbeit delegieren." Er ließ den Karton auf die Erde knallen, wischte sich mit einem Taschentuch den Schweiß von der Stirn und betrachtete die schwarzen Schlieren, die auf dem hellen Stoff zurückblieben. „Ob das wieder rausgeht? Die Heidi wird ganz schön meckern."

Matthias Kayser, zwei dunkelgraue Aktenordner im Arm, schlenderte hinüber zu seinem Kollegen und betrachtete das verschmierte Taschentuch. „Sag deiner Frau, dass die Plasberg schuld ist."

„Ich verstehe sowieso nicht, warum das hier nicht ein paar Praktikanten erledigen können."

„Weil die nicht wüssten, wonach sie suchen sollten …."

„Als ob wir das wüssten!", rief Vogt dazwischen.

Hallstetter seufzte und verstaute sein Taschentuch wieder in der Hosentasche. „So oder so haben wir jedenfalls die Arschkarte gezogen. Hast du was entdeckt mittlerweile?"

Kayser schüttelte den Kopf. „Vorhin hatte ich eine Akte in den Fingern, da dachte ich erst … aber der Beschuldigte hieß Martens, nicht Mertens, und es hatte was mit Verdacht auf Steuerhinterziehung zu tun, ansonsten … Fehlanzeige."

„Wie wär's, wenn wir Mittagspause machen?" Jochen Hallstetter sah auf seine Uhr. „Ist schon nach zwölf. Ich muss mal raus aus diesem Loch, sonst bekomme ich Klaustrophobie."

„Die Kiste hier noch", erwiderte Kayser. „Dann gehen wir." Er wuchtete den Pappkarton seines Kollegen auf ein Regal in Brusthöhe, zog den Deckel ab und nahm sich die zuoberst liegende Akte vor. „Nein", sagte er, während seine Finger durch die Unterlagen blätterten, „wieder ein Griff ins Klo. Ermittlungen gegen einen Kerl wegen Zuhälterei … das muss eine Akte aus Beerbaums KK sein."

„Wenn es organisierte Kriminalität ist, dann fällt es in Wentrops Bereich, ins KK 57", wandte Hallstetter ein und kratzte sich am Bauch. „Ist doch auch egal. Kommen die Namen unserer Opfer irgendwo vor?"

Matthias Kayser schüttelte den Kopf, während er versuchte, die Berichte querzulesen. „Stammt alles aus 2002. Hat nichts mit uns zu tun." Er legte die Akte beiseite und griff zur nächsten. „Na toll", sagte er nach einer Weile. „Wieso ist das jetzt im selben Karton wie die Sache mit der Zuhälterei? Hier geht's um Autodiebstähle, Hehlerei und Drogenschmuggel."

„Ich sag doch: Organisierte Kriminalität. Das ist ein Karton aus Wentrops KK."

„Aber aus dem Jahr 2007!“ Kayser raufte sich die Haare. „Was zum Teufel haben zwei Akten aus unterschiedlichen Jahren in ein und demselben Karton zu suchen? Was macht es für einen Sinn, das Zeug aufzuheben, wenn man sowieso nichts wieder findet? So werden wir nie fertig!“

Hallstetter gähnte desinteressiert. „Können wir jetzt essen gehen? Ich hab Hunger!“

„Du bist auf Diät“, murmelte sein Kollege, während er die dritte Akte in dem Karton durchsah. „Du darfst sowieso nur an die Salatbar.“

„Ich wollte heute mal sündigen. Ich hab gesehen, dass es Reibekuchen gibt. Meine Frau muss das ja nicht erfah –“ Er unterbrach sich, als Kayser eine Hand hob. „Hast du was gefunden?“

„Vogt!“, rief Kayser. „Wie hieß unser letztes Opfer mit Vornamen?“

„Manfred. Manfred Opitz. Wieso?“

„Aachener Straße 22?“

„Genau. Sagen Sie bloß, Sie haben was gefunden!“ Vogt legte den Ordner beiseite, den er durcharbeitete, und kam zu seinen Kollegen.

„Hab ich“, sagte Kayser triumphierend und tippte mit dem Finger auf eine Klarsichthülle. Ungeduldig zerrte er die Unterlagen heraus und sah die einzelnen Seiten durch. Während er die Dokumente überflog, wurde sein Gesicht jedoch lang. „Nur eine Lappalie“, brummte er schließlich enttäuscht. „Hat bestimmt nichts mit uns zu tun. Ermittlungen wegen Verdachts auf Verstoß gegen § 42 des Waffengesetzes. Sieht so als, als ob unser Opfer Sportschütze gewesen ist. Er hat seine Sportwaffe im Handschuhfach seines Autos liegenlassen und dann ist ihm der Wagen geklaut worden.“

„Und die Waffe?“, fragte Vogt.

„Geht nicht daraus hervor …“, murmelte Kayser. „Doch, hier steht ein Querverweis: ‚Ermittlungen gegen Täter unter Verantwortung KK 11.‘“

Die drei Kommissare sahen sich an.

„Was soll das denn heißen?“, fragte Hallstetter. „Unter unserer Verantwortung? Welcher Täter? Was für Ermittlungen?“

Kayser starrte ratlos auf die Seiten. „Ich habe keine Ahnung.“

„Okay. Eins nach dem anderen. Es geht um zwei verschiedene Verfahren, richtig?", fragte Vogt. „Wer ist der ermittelnde Kollege in der Sache gegen Opitz gewesen?"

„Guido Schmid, Oberkommissar, KK 57", erwiderte Kayser, als er den Namen gefunden hatte.

„Sagt mir nichts. Kennt den einer von euch?", sagte Hallstetter.

Die beiden anderen schüttelten den Kopf.

„Das muss nichts heißen", meinte Vogt. „Oder kennen Sie alle Kollegen aus allen Kommissariaten mit Namen?"

„Natürlich nicht." Hallstetter lachte auf. „Dafür sind es zu viele. Vielleicht ist es ja auch vor unserer Zeit gewesen. Aus welchem Jahr sind die Ermittlungen gegen Opitz?"

Kayser sah nach. „2005."

„Also wenn es um irgendwelche Ermittlungen aus dem Jahr 2005 geht, dann bin ich aus dem Schneider", sagte Hallstetter mit einer gewissen Erleichterung. „Da war ich fast die ganze Zeit entweder krank oder in der Reha wegen meiner Bandscheibe."

„Ich bin erst 2006 aus Münster gekommen", sagte Kayser.

„Jetzt bringen Sie doch nicht alles durcheinander! Mit den Ermittlungen gegen Opitz hatten wir doch gar nichts zu tun. Das lief unter Wentrops KK." Vogt klang ein wenig schnippisch.

„Schon, aber dieser Querverweis! Was sollen das für Ermittlungen gegen den Täter unter Verantwortung des KK 11 sein?"

„Was weiß ich! Ist denn in den Unterlagen die Rede von der Zusammenziehung einer Mordkommission?", fragte Vogt.

Kayser überflog die Akten. „Nein. Sieht nicht so aus."

„Dann hat das KK 11 vielleicht im Rahmen eines anderen Delikts ermittelt."

„Und was machen wir jetzt damit?" Hallstetter war noch immer nicht besonders an ihrem Fund interessiert.

„Ich schlage vor, Sie informieren die Plasberg darüber, was wir entdeckt haben", wandte Vogt sich an Kayser, „und Hallstetter und ich fragen Wentrop, ob er sich an die Ermittlungen gegen Opitz erinnern kann."

„Und meine Reibekuchen?", beschwerte sich Hallstetter. „Schon gut", fügte er verschnupft hinzu, als er die Gesichter seiner Kollegen sah, „war ja nur eine Frage."

*

Plasberg war gerade dabei, ihren Golf aufzuschließen, als Matthias Kayser sie telefonisch über den Zufallsfund unterrichtete. Sie bat Bettina Siener, am Auto zu warten, drehte sich auf dem Absatz um und stürmte zurück ins Krankenhaus. Peter Opitz veranschiedete sich von seiner Mutter, als sie die Tür zum Zimmer aufstieß.

„Haben Sie etwas vergessen?" Die hohe, fiepsige Stimme des Sohnes berührte sie erneut unangenehm.

„Nein, es scheint eher so zu sein, dass Sie vergessen haben, mir etwas mitzuteilen." Plasberg war wütend. Wie konnten diese Leute erwarten, dass sie den Mord an Manfred Opitz aufklärte, wenn ihr ein Teil der Fakten einfach vorenthalten wurde?

„Ich verstehe nicht." Der Sohn musterte sie erstaunt. Helga Opitz jedoch schien sich noch kleiner machen zu wollen, als sie sowieso schon war, und wich dem Blick der Kommissarin aus.

„Ich glaube, Sie verstehen sehr gut. Wir sind auf eine Ermittlungsakte aus dem Jahr 2005 gestoßen. Ihr Mann – beziehungsweise Ihr Vater – ist damals wegen Verstoßes gegen § 42 des Waffengesetzes rechtskräftig verurteilt worden. Ist Ihnen das eben entfallen oder wollten Sie es mir vorsätzlich verschweigen?"

„Lappalie!", schnaubte der Sohn. Wenn es ihm peinlich war, nicht ganz die Wahrheit gesagt zu haben, dann ließ er sich das nicht anmerken. „Er hat eine Geldstrafe bekommen, das war alles. Und es hat bestimmt nichts mit … mit dieser Sache jetzt zu tun."

„Was eine Lappalie ist oder nicht, werde ich entscheiden und nicht Sie! Was glauben Sie eigentlich –"

„Manfred musste seine Pistole abgeben", unterbrach Helga Opitz leise und starrte zusammengesunken auf ihre Bettdecke. Sie sah plötzlich sehr alt aus. „Und der Waffenschein ist ihm entzogen worden."

„Mutter …"

„Nein, lass gut sein, Junge. Ich verstehe ja auch nicht, was diese Sache mit dem Tod deines Vaters … aber …" Sie sah Plasberg verloren an.

„Was ist damals passiert?", fragte die Kommissarin. „Ich weiß, es kann manchmal schwierig sein, Zusammenhänge zu sehen …"

„Nichts weiter ist passiert!“, mischte sich der Sohn erneut ein. „Das war alles! Mein Vater hat eine kleine Unachtsamkeit begangen und ist dafür bestraft worden, weiter nichts. Sehen Sie nicht, dass es meiner Mutter nicht gut geht? Warum lassen Sie uns nicht einfach in Ruhe?“

Die Kommissarin hatte jetzt endgültig genug. Sie baute sich vor dem Mann auf. „Jetzt passen Sie mal gut auf, Herr Opitz! Ich leite die Ermittlungen in einer Serie von Kapitalverbrechen, denen bisher drei Menschen auf ziemlich bestialische Art und Weise zum Opfer gefallen sind. Ich stehe unter großem Druck und mir eilt der Ruf voraus, dass ich ziemlich ungenießbar werden kann. Und ich kann es auf den Tod nicht ausstehen, wenn mir jemand Fakten vorenthält, die für mich von großer Wichtigkeit sein können. Ich schlage vor, Sie erzählen mir, was damals passiert ist, oder ich kriege Sie dran wegen Behinderung polizeilicher Ermittlungen!“, bluffte sie, wohl wissend, dass es ein solches Delikt gar nicht gab. „Habe ich mich klar ausgedrückt?“

Mutter und Sohn wechselten einen Blick. „Es war wirklich keine große Sache“, sagte Opitz schließlich und ließ sich schnaufend auf den Besucherstuhl fallen. „Mein Vater war jahrelang Mitglied in einem Schützenverein. Mit Leib und Seele. Das war sein einziges Hobby. Es hat ihn tief getroffen, als er seine Waffe abgeben musste.“

„Mein Mann stammt aus Franken“, ergänzte seine Mutter. „Da ist man noch stärker in solchen Traditionen verankert als hier im Rheinland. Der Schützenverein war … wie ein Stück Heimat für ihn.“

„Einmal im Jahr gibt es ein großes Schützenfest, alle Mitglieder putzen sich heraus, legen ihre Uniform an, es finden Schießwettbewerbe statt und dann wird der Schützenkönig ermittelt, anschließend gibt es noch einen Umzug mit Blaskapelle. 2005 gab es sogar einen Schießwettbewerb mit einem befreundeten Schützenverein, also eine richtig große Sache. Mein Vater war natürlich dabei. Er war schon Wochen vorher aufgeregt, hat von nichts anderem mehr gesprochen. Daran können Sie sehen, wie wichtig ihm sein Hobby war … und wie sehr ihn die Strafe getroffen hat.“

„Könnten wir das ein wenig abkürzen?", fragte Plasberg ungeduldig. Im Moment war sie nicht an Manfred Opitz' damaligen Befindlichkeiten interessiert, sie wollte endlich ein paar Fakten.

„Mein Vater hat ein bisschen zu viel getrunken an dem Abend. Als er zurückgefahren ist ..."

„Er ist dann noch gefahren?"

„... hat er versehentlich seine Waffe im Handschuhfach seines Autos vergessen. Über Nacht."

„Aha", sagte die Kommissarin verdutzt. Opitz machte den Eindruck, als wäre er fertig, aber sie hatte das Gefühl, dass er sie nur die Spitze des Eisbergs hatte sehen lassen. Fahrlässiger Umgang bei der Aufbewahrung einer Waffe war sicherlich eine ernstzunehmende Sache, aber im Gegensatz zu den Dingen, mit denen sie sich zurzeit beschäftigte, ein Bagatelldelikt. Es sei denn ... „Und weiter?", fragte sie.

„Nichts weiter", erwiderte Peter Opitz mürrisch. „Das war alles, dessen sich mein Vater schuldig gemacht hat." Er blickte die Kommissarin fast herausfordernd an und Plasberg war sicher, dass da noch mehr war, dass er ihr die Hauptsache verschwieg. Sie konzentrierte sich wieder auf Helga Opitz. „Vielleicht wären Sie so nett, mir mehr zu erzählen?"

Helga Opitz schloss die Augen und ihre Antwort fiel so leise aus, dass Plasberg sie kaum verstehen konnte „Der Wagen wurde gestohlen."

„Das weiß ich bereits. Wann wurde er gestohlen? Und von wem?"

„Ein paar Stunden später. Noch in derselben Nacht." Helga Opitz schlug die Hände vors Gesicht und begann zu schluchzen. „Sie ... Sie müssen mir glauben, mein Mann hat es wirklich bereut, dass er die ... die Pistole liegengelassen hat. Es war doch nur ein Versehen, er konnte doch nicht ahnen, dass jemand zu Tode kommt ... Er hat sich andauernd Vorwürfe gemacht. Er hatte Schlafstörungen und ..."

Der Rest des Satzes ging in bitteren Tränen unter. Peter Opitz sprang auf, nahm seine Mutter in den Arm und strich ihr hilflos über den Kopf. „Schluss jetzt!", quiekte er die Kommissarin mit vor Aufregung noch höherer Stimme an. „Sie werden jetzt damit aufhören! Meine Mutter steht unter Schock!“ Er drückte entschlossen auf den Schwesternruf. „Wenn Sie uns weiter belästigen, werde ich mich über Sie beschweren! Meine Mutter hat gerade ihren Mann verloren und Sie kommen daher und bohren in der Vergang –“

Die Tür öffnete sich und eine Krankenschwester kam herein. Sie erfasste die Situation mit einem Blick. Mit schmalen Augen sah sie die Kommissarin an. „Wer sind Sie? Was wollen Sie hier?“

Plasberg zückte ihre Dienstmarke. „Ich wollte Frau Opitz und ihrem Sohn ein paar Fragen stellen, und Sie unterbrechen mich gerade in einer dienstlichen –“

„Frau Opitz ist nicht vernehmungsfähig! Wie sind Sie überhaupt hier hereingekommen? Sie hätten sich anmelden müssen!“ Sie packte die Kommissarin am Arm und zog sie Richtung Tür.

Plasberg schüttelte ungehalten ihre Hand ab. „Herrgott, Sie können doch nicht einfach –“

„Und ob ich das kann! Ärztliche Anordnung! Sie verlassen auf der Stelle dieses Zimmer oder ich hole den Arzt! Was denken Sie sich eigentlich?“ Die Schwester steuerte die überrumpelte Kommissarin aus dem Raum und schloss energisch die Tür hinter ihr. „Erkundigen Sie sich telefonisch nach dem Gesundheitszustand der Patientin. Der zuständige Arzt wird Ihnen dann mitteilen, ob und wann Frau Opitz Ihnen für Ihre Fragen zur Verfügung steht.“

„Dann lassen Sie mich wenigstens mit dem Sohn sprechen!“

Die Schwester verschränkte die Arme vor der Brust und blies entrüstet Luft durch ihre Nase. „Glauben Sie wirklich, es ist das erste Mal, dass wir hier mit der Polizei zu tun haben? Ich hatte nicht den Eindruck, dass Herr Opitz mit *Ihnen* sprechen will, und solange Sie keine richterliche Vorladung vorweisen können …“ Sie baute sich demonstrativ vor der Tür auf und Plasberg blieb keine Wahl, als den Rückzug anzutreten. Am Aufzug sah sie sich noch einmal um, aber die Krankenschwester hatte sich nicht vom Fleck gerührt und verfolgte ihren Abgang mit Argusaugen.

Leise fluchend fuhr Plasberg nach unten.

„Und?“, fragte Bettina Siener, als sie den Wagen erreichte. „Haben Sie was herausbekommen?“ Die junge Polizistin hatte sich in der Zwischenzeit am Krankenhauskiosk Lakritz besorgt und schob sich drei Stück in den Mund.

„Ja und nein", erwiderte die Kommissarin verärgert und bediente sich an der Tüte, ohne zu fragen. „Im Zusammenhang mit dem Autodiebstahl und der Waffe im Handschuhfach hat es einen Toten gegeben." Sie setzte Siener kurz ins Bild und berichtete ihr von ihrem Rauswurf. „Ich muss mit StA Rosenzweig telefonieren. Wir brauchen eine richterliche Vorladung für Peter Opitz." Dann sah sie auf ihre Uhr. „Verdammt! Ich komme zu spät zur Pressekonferenz!"

Neun

Eigentlich hatten Polizeimeister Karsten Schwendt und seine Kollegin Corinna Hermin vorgehabt, bei der Dönerbude in der Frankfurter Straße in Mülheim vorbeizufahren. Es war kurz vor zwölf Uhr, Zeit für eine kleine Mittagspause. Sie waren dort Stammgäste, Mehmet, der Besitzer, wusste ganz genau, was die beiden Beamten am liebsten aßen: Schwendt einen Maxi-Döner mit Hammelfleisch, extra scharf und ohne Zwiebeln, Hermin eine vegetarische türkische Pizza, mit extra Zwiebeln, nur um Schwendt zu ärgern.

Streifendienst, polizeiliche Präsenz zeigen, Bürgernähe: Für die beiden Beamten war das Polizeialltag. Sie waren im rechtsrheinischen Gebiet eingesetzt, ihr Bereich beinhaltete die Kölner Stadtteile Mülheim, Stammheim und Flittard, den nördlichsten Stadtteil Kölns auf dieser Rheinseite, der an Leverkusen angrenzte, wo man in einiger Entfernung schon das *Bayer*-Kreuz sehen konnte. Problembezirke mit einer hohen Kriminalitätsrate, hoher Arbeitslosigkeit, und einem hohen Ausländeranteil. Trotzdem – es war nicht der schlechteste Job.

Schwendt, ein breitschultriger, junger Mann mit freundlichen, braunen Augen und einem dunklen Dreitagebart, wusste sich mühelos Respekt zu verschaffen. Sobald er durchblicken ließ, dass Kickboxen und MMA – *Mixed Martial Arts*, eine Sportart, die die Schlag- und Tritttechniken des Boxen und Kickboxens mit den Bodenkampftechniken des Jiu-Jitsu und Judo verband – zu seinen Freizeitaktivitäten gehörte, hatte er bei vielen der Jugendlichen, auf die die beiden Polizisten ein besonderes Auge hatten, schon gewonnen. So waren aus manchen Gesprächen, die mit Ermahnungen begannen, nicht herumzupöbeln, regelrechte Fachsimpeleien entstanden, in denen Schwendt den türkischen, marokkanischen oder deutschen Kids, die beispielsweise auf dem Wiener Platz ihre Zeit totschlugen, Tipps gab, wie sie ihre Techniken beim Training verbessern konnten.

Und Corinna Hermin war, wie man in Amerika sagen würde, *streetwise*. Die dunkelblonde, etwas pummelige Enddreißigerin war mit fünfzehn von zu Hause ausgerissen, weg von einem alkoholkranken Vater, der ihre Mutter verprügelte, hatte ein paar Jahre auf der Straße gelebt, eine Affäre mit einem Gitarrespielenden Straßenmusiker gehabt und war mit ihm durch halb Europa gefahren, bevor sie ihr Heimweh nach Deutschland und in ihre Heimatstadt Köln zurücktrieb, wo sie drei Jahre als Putzfrau gejobbt, nebenbei ihren Realschulabschluss nachgeholt und sich dann bei der Polizei beworben hatte.

Natürlich gab es auch unschöne Seiten bei ihrem Dienst. Hermin war schon mehrfach als „deutsche Fotze" beschimpft worden und Schwendt hatte letztes Jahr einen Messerstich in den Oberarm kassiert, als er einen minderjährigen Drogendealer festnehmen wollte, der die Schüler einer städtischen Hauptschule mit Hasch und Speed versorgte. Doch beide verstanden es, diese negativen Erlebnisse nicht persönlich zu nehmen und als Berufsrisiko zu verbuchen.

Schwendt hatte gerade den Streifenwagen Richtung Frankfurter Straße gewendet, als per Funk die Nachricht hereinkam, dass die Mutter von zwei spielenden Kindern die Polizei verständigt hatte.

„Angeblich haben die Kinder ein Auto im Rhein entdeckt. Stammheimer Ufer, in der Nähe der Uferböschung", dirigierte sie die Leitstelle. „Sie sind mit Ihrem Wagen am nächsten dran, Kollegen. Fahren Sie vorbei und verschaffen Sie sich einen Überblick über die Lage."

„Na super", sagte Hermin naserümpfend. „Ich habe Hunger!"

Schwendt grinste mitleidlos. „Du wirst eben noch einen Moment warten müssen, bis du mit deinem Zwiebelgeruch meine Atemluft verpestet."

„Das tue ich nur, damit ich dein fürchterliches Aftershave nicht mehr riechen muss. Du stinkst wie ein Mastochse auf einem Testosterontrip."

Ihr Kollege lachte. „Saskia hat sich noch nie beschwert."

„Deine Freundin hat keine Ahnung. Weiß sowieso nicht, was sie an dir findet: ein großer, tumber Bulle, der den größten Teil seiner Freizeit damit verbringt, sich mit anderen Männern auf einer Gummimatte herumzuwälzen!"

„Ein bisschen mehr Sport könnte dir auch nicht schaden, Hermin", stichelte Schwendt und riskierte einen anzüglichen Blick auf die ausladenden Hüften seiner Kollegin.

„Pass auf, was du sagst!" Corinna Hermins Gewichtsprobleme waren ihr wunder Punkt. „Und du musst hier links abbiegen, du Niete!"

Das Stammheimer Ufer war eine kleine, lang gezogene Straße, die mehrere Kilometer direkt parallel zum Rhein verlief. Hier, abseits der Innenstadt, gab es keine Promenade mehr, auf der sich Sonntagsspaziergänger am Rheinpanorama erfreuen konnten. Stattdessen standen dort sanierungsbedürftige Mietshäuser, die bei Hochwasser mit überfluteten Kellern zu kämpfen hatten, es gab einen Streifen Sand, an dem sich abends Teenager trafen, um heimlich Zigaretten zu rauchen, ein paar mickrige Sträucher auf unbebautem Land, an denen Hundebesitzer ihre Tiere unbeobachtet ihr Geschäft machen ließen, und einen Flecken bröseligen Asphalts, der sich mehr und mehr zu einer illegalen Müllkippe auszuwachsen drohte.

Schwendt und Hermin zockelten im Schritttempo das Ufer entlang und hielten Ausschau. Gerade als ihr Kollege sich beschweren wollte, dass die Leitstelle bei ihren Ortsangaben ein wenig genauer sein könnte, deutete Hermin nach vorne. Eine kleine Gruppe Menschen hatte sich am Niemandsland der Uferböschung versammelt, an einer Stelle, wo der nach der Schneeschmelze der letzten Wochen jetzt Hochwasser führende Fluss nur noch durch eine kleine Anhöhe von der asphaltierten Straße getrennt war. Die Polizeibeamten ließen den Wagen ausrollen und stiegen aus. Eine Frau in Hermins Alter, in Jeans, einem fleckigen Sweatshirt und mit einem Kleinkind auf dem Arm, kam ihnen entgegen.

„Wurde ja auch Zeit", sagte sie zur Begrüßung. „Wir stehen hier schon eine halbe Stunde!"

Schwendt ignorierte die versteckte Beschwerde. „Sie haben die Kollegen angerufen?"

Die Frau nickte. „Doris Schmidt. Meine Jungs hier", sie deutete auf zwei vielleicht sieben- oder achtjährige Kinder, die gebannt Richtung Rhein starrten, „der Marco und der André, die haben draußen gespielt und das Wrack entdeckt."

„Was für ein Wrack?", fragte Hermin und nahm missbilligend zur Kenntnis, wie sich Schmidt eine Zigarette anzündete und den Rauch ausblies, ohne darauf zu achten, dass der Qualm ihrem jüngsten Kind ins Gesicht wehte.

„Na, das Autowrack da! Da im Fluss!"

Schwendt und Hermin bahnten sich einen Weg durch die Menschen und nahmen die Stelle in Augenschein. „Ist ja der Hammer!", entfuhr es dem Polizisten. Ein paar Meter im Wasser ragte aus dem angeschwollenen Strom unübersehbar der rechte Kotflügel eines Autos, der Rest des Wagens war vom Fluss verschluckt worden. Ein paar Wasserwirbel hatten sich um das Wrack gebildet, weißbraune Gischt schäumte um das Hindernis.

„Großartig", murmelte Corinna Hermin und verabschiedete sich endgültig von ihrer türkischen Pizza. „Das kann dauern." Zu allem Überfluss begann in diesem Moment auch noch Nieselregen einzusetzen – und es sah nicht danach aus, als ob er bald wieder aufhören würde.

Sie ging zurück zum Wagen, um Meldung zu machen und Verstärkung anzufordern. Dann leitete sie die ersten Schritte ein, um das Autowrack mithilfe von Abschleppdienst und technischem Gerät aus dem Wasser zu ziehen, und gab der Leitstelle die Standortinformationen durch, damit die Wasserschutzpolizei den Uferbereich des Flusses absperren konnte.

Ihr Kollege befragte inzwischen die beiden Kinder von Doris Schmidt. „Ihr habt das Auto da vorhin im Fluss entdeckt?“ Er ging in die Hocke, um mit den Jungen auf Augenhöhe sprechen zu können.

„Ja, cool, oder?“ Marco, der aufgewecktere der beiden, war ganz aufgeregt und grinste Schwendt durch zwei Zahnlücken an. Sein jüngerer Bruder schien durch Schwendts Dienstuniform ein wenig eingeschüchtert zu sein und nickte nur stumm.

Durch geduldiges Fragen konnte sich Schwendt bald ein Bild machen, wie die Kinder zu ihrem Fund gekommen waren. Beide hatten unerwartet früh unterrichtsfrei gehabt, weil eine Läuseepidemie in ihrer Grundschule grassierte, und waren von ihrer Mutter nach draußen zum Spielen geschickt worden. Sie waren zum Rhein gelaufen, um „Hochwasser zu gucken und Steine zu flitschen“, und dabei hatten sie das Auto entdeckt. Beide Jungen schworen Stein und Bein, dass das Auto am Abend vorher noch nicht da gewesen war, denn auch da waren sie am Hochwasser vorbeigekommen, als sie Django, den Hund der Familie, Gassi geführt hatten.

Schwendt bedankte sich ernst bei den beiden und fügte hinzu, dass sie der Polizei einen wichtigen Dienst erwiesen hatten, dann befragte er die übrigen Menschen. Aber niemand konnte Angaben machen, wann und wie das Auto seinen Weg in den Rhein gefunden hatte.

„Was denkst du?“, fragte er, als er sich zum Wagen zurückzog, um mit Hermin auf die Verstärkung zu warten. „Jemand, der in der Nacht seine alte Schrottkarre loswerden wollte?“

Seine Kollegin warf einen prüfenden Blick auf die umliegende Gegend. „Schon möglich. Wäre nicht schwer, ein Auto hier unbeobachtet in den Rhein rollen zu lassen.“

„Hoffentlich kriegen wir das Ding überhaupt wieder an Land.“

Hermin spitzte die Lippen. „Das kann nicht so tief sein, wenn der Kotflügel noch rausragt. Wahrscheinlich kann man sogar dahin waten. Man muss sich nur vor den Stromschnellen in Acht nehmen, die sind bei Hochwasser unberechenbar.“

„Hoffentlich war’s kein Besoffener, der im Rausch von der Straße abgekommen ist“, brummte Schwendt. „Wenn da noch einer hinterm Steuer klebt, dann kriegen wir heute nie Feierabend.“

Sie boxte ihren Kollegen auf die Schulter. „Jetzt hör auf, den Teufel an die Wand zu malen, Karsten! Ich hab heute noch was vor.“

„Ach ja, was denn?“

„Zwei Freunde kommen zum Essen. Ich wollte Lasagne machen.“

„Ha! Dann kann man ihnen nur wünschen, dass wir hier tatsächlich eine Leiche haben!“

„Wir werden's gleich rausfinden“, seufzte Hermin. „Da kommt unsere Verstärkung!“

Karsten Schwendt sollte an diesem Tag noch häufiger seine prophetische Gabe verfluchen. Denn nachdem der graue Vauxhall mithilfe eines Abschleppwagens, technischen Hilfsgeräts und sogar zwei Tauchern aus dem Wasser gezogen worden war – eine Aktion, die aufgrund der professionellen Arbeitsweise aller Beteiligten erheblich zügiger vonstatten ging, als man erwarten konnte –, wurde schnell klar, dass Corinna Hermins Freunde an diesem Tag tatsächlich auf die Kochkünste der Polizistin verzichten mussten.

„Scheiße“, fluchte Schwendt, als das Auto an die Oberfläche gezogen wurde und die Wassermassen aus dem Inneren des Wagens fluteten. „Ruf die Leitstelle an. Die sollen die Kripo vorbeischicken.“

Hinter dem Lenkrad kauerte die Leiche eines jungen Mannes. Aber er war keineswegs betrunken in die Fluten gefahren, denn seine Handgelenke waren mit grauem Paketklebeband ans Steuer des Vauxhalls gefesselt.

Es war Karl-Josef Kupkas Idee gewesen, die Unterrichtung der Medienvertreter direkt neben dem Führungsraum abzuhalten. „Gibt der Meute das Gefühl, nahe an den Ermittlungen zu sein“, hatte er seine Entscheidung in einer E-Mail an Heribert Eikner begründet. Der Chef des KK 11 und Maria Plasberg waren nicht um ihr Einverständnis gebeten worden. Kupkas Vorhaben hatte jedoch zur Folge, dass seit elf Uhr, zwei Stunden vor Beginn der Pressekonferenz, im Führungsraum jegliche Polizeiarbeit zum Erliegen gekommen war. Hammerschläge und das Geräusch von Bohrern drangen durch die Wand.

„Ich kann meine eigenen Gedanken nicht hören!“, stöhnte Wentrop an seinem Computerplatz, ließ seinen Stift fallen und sprang auf, um nachzusehen, was den Lärm vor der Tür verursachte.

Techniker strömten in den Raum nebenan, verlegten Kabel und installierten Mikrofone, Handwerker bauten ein Behelfspodium auf, rückten Tische zur Seite, setzten Stuhlreihen zusammen und veranstalteten allgemein ein Heidenspektakel, das normales Arbeiten letztendlich unmöglich machte. Und es sah nicht so aus, als würde in nächster Zeit Ruhe einkehren.

„Na, super!“, brummte Wentrop. Eine Weile versuchte er noch gegen den Krach anzuarbeiten, aber schließlich beschränkten sich er und der Profiler, die einzigen im Führungsraum verbliebenen Mitglieder der Mordkommission, darauf, den Kaffeeautomaten zu bedienen und die Techniker mit heißen Getränken zu versorgen, während sie den Fortschritt der Arbeiten beobachteten.

An der Wand hinter dem Podium wurde eine weiße Leinwand mit dem Schriftzug „Polizei Köln“ und dem dazugehörigen Logo aufgezogen – zwei stilisierte Domtürme in den Landesfarben grün und rot; jemand platzierte drei Schilder mit den Namen des Büroleiters, der Hauptkommissarin und des Profilers auf dem Podiumstisch.

„Das ist grotesk“, murmelte Wentrop, während er im Führungsraum einen Latte Macchiato für einen Mann zubereitete, der ein T-Shirt mit dem Konterfei der *Rolling Stones* trug, und versuchte herauszufinden, warum es bei den Mikrofonen andauernd zu Rückkopplungen kam. „Da draußen läuft ein gewalttätiger Psychopath frei herum und ich rühre Zucker in den Kaffee für einen Tontechniker.“

Dimitrov grinste, während er vor der Tür den Lieferschein einer Palette Mett- und Käsebrötchen zur Verköstigung der Journalisten abzeichnete, die ihm jemand in die Hand gedrückt hatte. „Vielleicht hat der Polizeipräsident andere Prioritäten“, sagte er. Dann erspähte er den Getränkelieferanten, der mehrere Kästen Wasser und Orangensaft direkt neben den Heizkörpern ablud, und rief: „Nein, nicht da, bitte schön! Niemand will lauwarmes Wasser trinken!“

„Ich bezweifle, dass Eberswalde mit den Details der Pressekonferenz vertraut ist." Wentrop leckte einen Tropfen Kaffee von seinem Daumen. „So was fällt in die Kompetenz von Kupka. Hoffen wir, dass nachher keiner auf die Idee kommt zu fragen, ob die Arbeit der Mordkommission auch während der Pressekonferenz weiterläuft." Die Tasse vor sich her tragend, schielte er zu einem der Mettbrötchen. „Meinen Sie, es fällt auf, wenn ich ...?"

„Wo zum Teufel sind alle? Und wieso sind Sie nicht bei der Arbeit?" Heribert Eikners nervöse Stimme ließ Wentrop zusammenzucken und er legte das Brötchen schuldbewusst aufs Tablett zurück. In dem Durcheinander hatte niemand die Ankunft des Chefs des KK 11 bemerkt.

„Zum Letzteren: Bei dem Krach kann kein Mensch arbeiten. Zum Ersten: Plasberg und Siener befragen die Angehörigen von Manfred Opitz, Vogt, Hallstetter und Kayser sind im Archiv, Frau Keller hat sich schon heute morgen mit einem Magen-Darm-Virus krank gemeldet und Brinkhoff habe ich mit den gleichen Symptomen vorhin nach Hause geschickt", zählte Wentrop auf. „Kaffee?"

„Die Keller ist krank?" Eikner schob seine Hornbrille die Nasenwurzel hinauf und hinunter und ignorierte das Angebot seines Kollegen. „Sie sollte eigentlich das hier managen." Er sah sich hilflos im improvisierten Presseraum um. „Was für ein Chaos! Ich hatte ja keine Ahnung ..." Der Rest seiner Worte ging unter, als einer der Handwerker seine Werkzeugkiste fallenließ. Eikner zerrte an seinem Hemdkragen, während sich auf seinen Wangen hektische, rote Flecken abzeichneten. „Das ... das geht so nicht! Ich werde mit Kupka telefonieren. Wenn was ist, ich bin in meinem Büro!"

„Aber ..."

Doch so schnell, wie er aufgetaucht war, verschwand Eikner wieder. Es sah fast aus wie eine Flucht. Wentrop seufzte. Als Chef seines eigenen Kriminalkommissariats kannte er Eikners Verantwortlichkeiten und die Probleme, die sich durch Kupkas Einmischung in den aktuellen Fall für ihn ergaben. Allerdings war er auch in der Lage, Eikners Fähigkeit zu beurteilen, die Interessen der Mordkommission – reibungslose und schnelle, zielführende

Ermittlungen – und die Wünsche des Polizeipräsidenten – eine positive Darstellung der Ermittlungsarbeit nach außen – miteinander zu vereinbaren. Natürlich befand sich Eikner dabei in einem Dilemma; Wentrop bezweifelte jedoch, dass sein Kollege die richtigen Prioritäten setzte. Er selbst hätte sich diese Pressekonferenz, vor allem aber diesen Ort, nicht aufschwatzen lassen, doch es stand ihm nicht zu, Eikners Leitung des KK 11 zu kritisieren. Trotzdem: Eikner tat sich letztendlich keinen Gefallen, wenn er Kupka nach Gutdünken schalten und walten ließ. Er lief Gefahr, seine Autorität zu verlieren. Andererseits fragte sich Wentrop, wie es überhaupt um Eikners Autorität bestellt war. Es war ein offenes Geheimnis im Präsidium, dass er seine Leute nicht im Griff hatte. Mit Maria Plasberg im Team hatte Eikner eine formidable Gegnerin in den eigenen Reihen. So sehr Wentrop die Kommissarin auch schätzte, er war froh, dass sie nicht in seinem KK 57 arbeitete.

„Herr Wentrop?"

Der Kommissar wurde aus seinen Überlegungen gerissen, als Vogt und Hallstetter auf ihn zukamen. Hinter ihnen trudelten die ersten Journalisten ein, ein paar Kameraleute begannen ihr Equipment aufzubauen. Der Geräuschpegel im Presseraum stieg weiter an.

„Was gibt's?" Wentrop konnte der Versuchung nicht länger widerstehen, er stahl sich ein Mettbrötchen und begann zu kauen.

Vogt wischte seine schmutzigen Finger an der Hose ab und hielt ihm eine staubige Akte unter die Nase. „Guido Schmid. Sagt Ihnen der Name etwas?"

„Einer meiner ehemaligen Mitarbeiter. Wieso?"

„Dann ist er nicht mehr hier?" Hallstetters Stimme klang enttäuscht.

„Ist vorletztes Jahr nach Thüringen versetzt worden. Seine Frau hat in Erfurt einen Job bekommen und … ist was mit ihm?"

„Er hat 2005 gegen Manfred Opitz ermittelt, Verstoß gegen § 42 Waffengesetz."

„Wirklich? Darf ich mal sehen?" Wentrop legte das Brötchen beiseite und blätterte die Akte durch, während immer mehr Menschen in den Presseraum strömten. Das Medieninteresse schien groß zu sein – kein Wunder angesichts dreier Toter, die derart zugerichtet worden waren. Einen solchen Fall hatte es in Köln und wahrscheinlich im ganzen Rheinland seit Jahren nicht gegeben.

Je länger sich der Kommissar in die Akte vertiefte, desto stärker zogen sich seine Augenbrauen zusammen. Es bestand kein Zweifel, die Ermittlungen waren im KK 57 durchgeführt worden, Schmid war derjenige, der sich damit beschäftigt hatte, ein guter Mann, Wentrop hatte ihn nur ungern gehen lassen – und wie es aussah, war er auch der Einzige aus seinem Team gewesen, der damit zu tun gehabt hatte. Das ließ darauf schließen, dass es keine große Sache gewesen war und das wiederum erklärte, warum er, Wentrop, keinerlei Erinnerung an den Fall hatte. Im Laufe der Jahre blieben nur die großen, komplizierten Fälle hängen, diejenigen, die wochen- oder sogar monatelangen Einsatz erfordert und viel Personal gebunden hatten oder gefährlich gewesen waren. Kleine Fische wie Opitz gerieten da schnell in Vergessenheit.

„Tut mir leid", sagte er schließlich. „Ich kann Ihnen nichts dazu sagen. Möglich, dass Schmid mich über die Ermittlungen in dem Fall unterrichtet hat, aber ich hab da nichts abgespeichert." Er tippte sich an seinen Kopf. „Wenn Sie wollen, rufe ich Schmid an. Irgendwo hab ich seine Nummer notiert. Vielleicht kann er sich an die Sache erinnern."

Vogt nickte. „Was wir nicht verstehen, ist dieser Zusatz hier. Sehen Sie? ‚Ermittlungen gegen Täter unter Verantwortung KK 11'. Aber weder ich noch Hallstetter können uns an irgendwelche Ermittlungen erinnern, in die Opitz verstrickt war."

„Ich war in der Reha zu dem Zeitpunkt", wiederholte Hallstetter vorsorglich und erntete dafür einen unwilligen Blick von Vogt.

„Haben Sie Frau Plasberg schon gefragt?"

„Wir haben die Akte ja eben erst entdeckt … und wenn wir uns nicht an den Fall erinnern können, wird die MK 3 nichts mit dem Fall zu tun gehabt haben."

„Vielleicht eine andere Mordkommission. Fragen Sie Eikner!"

„Wo ist der überhaupt? Müsste der nicht irgendwo hier …" Vogt sah sich suchend um, aber Wentrop winkte ab.

„Wir haben jetzt sowieso keine Ruhe mehr hier." Auch wenn dies eine viel versprechende Spur war, so blieb ihnen tatsächlich im Moment keine andere Wahl, als abzuwarten.

Gut zwei Dutzend Journalisten hatten sich mittlerweile im Presseraum eingefunden, dazu eine nicht unerhebliche Anzahl von Fotografen und Kameraleuten. In Abwesenheit der ordnenden Hand von Gesine Keller hatten sich die Medienvertreter auf die belegten Brötchen gestürzt und sich an den Getränken bedient, während sich die Kommissare in eine Ecke zurückgezogen hatten. Wentrop sah auf seine Uhr. „Gleich eins. Wieso ist Frau Plasberg noch nicht hier? Und Kupka fehlt auch …“

Im selben Moment öffnete sich die Tür und der Büroleiter des Polizeipräsidenten betrat den Presseraum. Wentrop musste zugeben, dass Kupka eine gute Figur machte. Ihn umgab eine Aura von Autorität und Kompetenz, sein Gesicht strahlte gleichzeitig Ernsthaftigkeit und Besorgnis aus, aber auch Führungsstärke, alles Dinge, von denen Kupka wohl annahm, dass sie Eindruck auf die Jounalisten machten. Er schüttelte ein paar Hände, nickte nach links und rechts bekannten Gesichtern zu und Wentrop wurde schlagartig klar, dass Kupka seinen Auftritt in vollen Zügen genoss. Es gefiel ihm, im Mittelpunkt zu stehen und die Aufmerksamkeit auf sich zu ziehen. Und er war immer davon ausgegangen, dass Kupka seine Berufung als der Mann hinter Eberswalde, als Strippenzieher hinter den Kulissen, gesehen hatte! So konnte man sich täuschen.

„Wir sollten anfangen“, begrüßte Kupka die Mitglieder der MK 3, nachdem er sich einen Weg zu ihnen gebahnt hatte. „Sind Sie soweit, Dimitrov? Geben Sie keine Details aus den Ermittlungen preis. Erzählen Sie lieber was Generelles über die Aufgaben eines Profilers. Wo ist Plasberg? Macht sie sich auf der Toilette noch ein wenig zurecht?“ Er lachte und klopfte Vogt auf die Schulter. Der Kommissar setzte eine säuerliche Miene auf.

„Plasberg ist noch nicht hier“, erwiderte Wentrop.

Kupkas Lächeln fiel in sich zusammen wie ein missglücktes Soufflé. „Das ist nicht Ihr Ernst, oder?“

Der Kommissar hob die Schultern.

„Aber …“ Kupka schienen die Worte zu fehlen. „Ich habe doch ausdrücklich gesagt, um dreizehn Uhr –“

„Es ist ja noch nicht ganz eins. Sie kommt bestimmt jeden Moment.“

Doch die Kommissarin tat ihnen den Gefallen nicht. Zehn Minuten später war von ihr und Bettina Siener noch immer nichts zu sehen, und Karl-Josef Kupkas Laune hatte sich dementsprechend verschlechtert. Die wartenden Journalisten wurden langsam unruhig, immer öfter drehten sich die Köpfe nach hinten zu den Polizeibeamten. Kupka musste einsehen, dass er die Pressekonferenz nicht länger hinauszögern konnte, und schob Dimitrov vor sich her. Umständlich nahmen beide auf dem Podium Platz.

Der Büroleiter des Polizeipräsidenten klopfte ans Mikrofon, räusperte sich und begrüßte die Medienvertreter. Blitzlichtgewitter flackerte durch den Raum, Aufnahmegeräte wurden ihm entgegengereckt. Er schien sich gut vorbereitet zu haben, Wentrop konnte einen Bogen Papier vor ihm liegen sehen, den Kupka bei seinen einleitenden Worten hin und wieder zu Rate zog. Er begann mit den obligatorischen Beileidsbekundungen an die Angehörigen der Opfer, drückte ihnen das Mitgefühl der Polizei und ihres Präsidenten aus, der die Ermittlungen genauestens verfolge. Zuerst schienen die Journalisten ihm auch interessiert zuzuhören, als jedoch klar wurde, dass Kupka sich hinter allgemeinen Phrasen versteckte, nur generell über die Bemühungen der Polizei referierte, die Ernsthaftigkeit, mit der die Ermittlungen vorangetrieben wurden, und auf die Einzelheiten der drei Morde mit keiner Silbe einging, kam sehr schnell ungehaltenes Murmeln auf.

„Gibt es schon Hinweise, wer der Täter ist?“ Ein erster Zwischenruf ließ die Unruhe eskalieren.

„Welche Spuren hat die Polizei bisher?“

„Stimmt es, dass die Mordkommission unterbesetzt ist?“

Kupka hob die Hand. „Meine Damen und Herren, bitte, eins nach dem anderen!“ Mit Mühe gelang es ihm, Fassung zu bewahren. „Fragen zu den Ermittlungen wird Ihnen gleich unser Profiler, Herr Aleksander Dimitrov, beantworten.“ Es klang, als wäre die Hinzuziehung eines Fallanalytikers etwas ganz Außergewöhnliches – Kupka spekulierte auf die Unwissenheit der Journalisten. Doch die einsetzenden Fragen gaben der Pressekonferenz eine Wendung, mit der Kupka nicht gerechnet hatte.

„Es gibt Gerüchte, dass der Polizeipräsident nach dem Skandal um seinen Urlaub nicht mehr die volle Unterstützung des Oberbürgermeisters hat. Stimmt es, dass jetzt aufgrund der schleppenden Ermittlungen sein Rückzug erwogen wird?"

„Das Privatleben des Polizeipräsidenten steht hier nicht zur Debatte", bügelte er die Frage ab. „Und von schleppenden Ermittlungen kann keine Rede –"

„Wo ist Frau Plasberg? Was hat es zu bedeuten, dass Sie die PK ohne die Leiterin der Mordkommission abhalten?" Die Stimme der Journalistin klang gereizt, in ihrer Frage schwang die Vermutung mit, dass die Presse mit Allgemeinplätzen abgespeist werden sollte. Die Information der Medienvertreter schien mehr und mehr aus dem Ruder zu laufen.

Kupka wand sich irritiert hin und her. „Kriminalhauptkommissarin Maria Plasberg ist …"

„… anwesend."

Als hätte sie nur auf ihr Stichwort gewartet, riss Plasberg in diesem Moment die Tür des Presseraums auf und eilte durch die Stuhlreihen nach vorne. Bettina Siener, die mit ihr hereingekommen war, blieb an der Tür stehen. Wentrop verkniff sich ein Schmunzeln. Seine Kollegin hätte für ihren Auftritt keinen besseren Zeitpunkt abpassen können. Die gesamte Aufmerksamkeit der Medien richtete sich auf sie. Erneut klickten die Kameras, und auch wenn Kupka sich aufatmend über die Stirn wischte, war ihm doch eine gewisse Enttäuschung anzumerken, dass Plasberg ihm die Show stahl. Seine Hand deckte das Mikrofon ab und Wentrop sah, dass er mit unterdrückter Stimme auf die Kommissarin einredete, während sie Platz nahm. Plasberg nahm Kupkas Ärger scheinbar unbeeindruckt zur Kenntnis.

„Tag zusammen", wandte sie sich anschließend mit dünnem Lächeln an die Presse. „Ich weiß, dass Sie alle von der Polizei erwarten, dass wir Ihnen so schnell wie möglich den Täter präsentieren, aber die Ermittlungen gestalten sich äußerst schwierig." Sachlich referierte sie die bisher vorliegenden Fakten und umschrieb die Umstände mit unterkühlter Präzision, sodass Mertens', Kirchners und Opitz'Tod der Beigeschmack des Sensationellen verloren ging, ohne dass sie den Ernst der Lage herunterspielte. Anschließend begann sie zu improvisieren; anstatt einzugestehen, dass die Ermittlungen bisher kaum Ansatzpunkte ergeben hatten, stellte sie die übliche Vorgehensweise der Behörden in den Mittelpunkt ihrer Ausführungen. Wentrop schaute sich um. Der Kommissarin war es gelungen, Ruhe in die Veranstaltung zu bringen. Die Journalisten hörten ihr entweder aufmerksam zu oder machten sich Stichworte.

„... momentan konzentrieren wir uns auf die Befragung der Angehörigen und den Freundeskreis der Opfer. Ich weiß, das klingt nicht nach viel, aber ich kann nur immer wieder betonen, dass wir leider erst am Anfang der Ermittlungen stehen. Wir sind nicht auf einem Sendeplatz im Privatfernsehen, wo solche Verbrechen innerhalb einer Stunde gelöst werden, sondern wir befinden uns in der Realität." Plasberg warf einen Blick zu Dimitrov, der neben ihr saß. „Ich möchte es aus ermittlungstaktischen Gründen vermeiden, allzu viel zum Täterprofil preiszugeben, zugegebenermaßen stellt uns die Erarbeitung eines Profils aber vor einige Herausforderungen, da wir bisher noch keine Fingerabdrücke oder DNA-Spuren sichern konnten."

„Jens Hoffmann, *Rheinische Post*. Handelt es sich bei dem Täter Ihrer Vermutung nach um einen Profi?" Es war die erste Zwischenmeldung nach einem zehnminütigen Monolog der Kommissarin.

„Ich weiß nicht, was Sie unter einem Profi verstehen, Herr Hoffmann", erwiderte Plasberg und nahm einen Schluck aus ihrem Wasserglas. „Aber es handelt sich ganz sicher um jemanden, der seine Taten außerordentlich gut und gewissenhaft, fast generalstabsmäßig vorbereitet hat."

„Die Morde wurden also von langer Hand geplant?"

„Es sind sicherlich keine Taten im Affekt", kommentierte die Kommissarin trocken. „Und da wir anscheinend im Frage-Antwort-Teil angekommen sind: Gibt es weitere Fragen?"

Die Journalistin, die zu Beginn der Pressekonferenz Kupka aufs Korn genommen hatte, meldete sich. „Jutta Reibach, für den *Express*. Eine persönliche Frage, Frau Plasberg: Ihre Ermittlungsmethoden gelten allgemein als unkonventionell. Trotzdem scheint Sie das hier noch nicht weitergebracht zu haben. Glauben Sie, dass Sie die Richtige für diesen Fall sind?"

Ein allgemeines Raunen ging durch die Reihen der Journalisten. Es war völlig unüblich, die polizeilichen Ermittlungsergebnisse nach so wenigen Tagen zu kritisieren; Plasbergs Eignung in Frage zu stellen, war in diesem Zusammenhang fast unverschämt. Allerdings gab es auch ein paar Gesichter, auf denen eine gewisse Vorfreude zu erkennen war. Nicht wenige der Anwesenden waren in der Vergangenheit mit Plasberg aneinandergeraten. Sie war für ihre Abneigung gegenüber der Presse bekannt und Reibach hatte ihr gerade eine Steilvorlage geliefert, einen Frontalangriff zu starten.

Die Kommissarin, die sich bis zu diesem Zeitpunkt selbst gratuliert hatte, wie souverän sie mit den ungeliebten Medienvertretern umging, hatte bei der Nennung des Namens aufgehorcht. Jetzt nahm sie die dunkelhaarige Fragestellerin und deren blutrot lackierte Fingernägel mit schmalen Augen ins Visier. „Frau Reibach, ich habe Ihren kleinen Artikel heute Morgen mit einiger Verwunderung zur Kenntnis genommen."

Wentrop bemerkte, wie Kupka neben der Kommissarin zusammenschreckte und Anstalten machte, ihr ins Wort zu fallen. Anscheinend befürchtete auch er einen von Plasbergs Ausfällen.

Reibach sah die Kommissarin überrascht an. „Verwunderung? Wieso das denn?"

„Ich fand es schon erstaunlich, mit welch einer Chuzpe Sie die Arbeit der mit den Ermittlungen betrauten Stellen in Frage stellen, obwohl Ihnen zu diesem Zeitpunkt noch keinerlei Fakten vorgelegen haben ..."

Plasberg setzte ihr falsches Lächeln auf und Wentrop hörte Vogt neben sich murmeln: „O Gott, jetzt legt sie los!"

„Kann es sein, dass Ihnen die Ermittlungen um den ‚Killer von Köln'," Plasberg verzog die Lippen zu einem spöttischen Grinsen, „gerade recht kommen, um sich einen schlagzeilenträchtigen Einstand in Ihrem neuen Aufgabengebiet zu sichern?"

Auf dem Podium vergrub Kupka das Gesicht in seinen Händen und Reibach starrte die Kommissarin mit offenem Mund an. „Sie werfen mir Sensationsjournalismus vor?"

„Bezweifeln Sie meine fachliche Kompetenz?", fragte Plasberg zurück, doch bevor sie nachlegen konnte, fiel ihr Karl-Josef Kupka ins Wort, sichtlich um Schadensbegrenzung bemüht.

„Wenn es keine weiteren Fragen gibt, dann möchte ich jetzt an den Kollegen und Profiler Aleksander Dimitrov übergeben, der

Ihnen für weitere Einzelheiten zu den laufenden Ermittlungen und den bisherigen Bemühungen um ein Täterprofil –"

Weiter kam er allerdings nicht, denn in diesem Moment wurde erneut die Tür des Presseraums aufgerissen, und Heribert Eikner drängte schwitzend und rotgesichtig zum Podium. Plasberg beugte sich über den Tisch und nahm den Zettel in Empfang, den er ihr entgegenstreckte. Einen Moment starrte sie ungläubig auf die Nachricht, dann sah sie zu ihren Kollegen im hinteren Teil des Raumes hinüber.

„Die … es tut mir leid, aber die Pressekonferenz ist hiermit beendet", brachte sie schließlich heraus. „Es hat neue Entwicklungen gegeben, auf die wir sofort reagieren müssen."

In dem entstehenden Tumult warf sie Wentrop einen Blick zu, der unmissverständlich war.

„Was soll denn das jetzt?" Hallstetter, der sich gerade einen Apfelsaft eingegossen und Eikners Unterbrechung nicht mitbekommen hatte, sah halb erstaunt, halb belustigt um sich. „Hat sie's endgültig versaut?"

„Es gibt eine neue Leiche", erwiderte Wentrop.

„Das war ein komplettes PR-Desaster!" Kupka hielt Plasberg auf dem Podium zurück, während die Journalisten schwatzend und aufgeregt dem Ausgang entgegenströmten, den Aufhänger für den nächsten Bericht in der Tasche. „Sind Sie wahnsinnig? Sie können sich doch nicht öffentlich während einer Pressekonferenz mit einer Journalistin anlegen!"

„Natürlich kann ich", entgegnete Plasberg und schulterte ihre Handtasche. „Außerdem war es *Ihre* Idee, mich auf dieses Podium zu setzen."

„Das wird Konsequenzen haben!" Kupka fuchtelte mit den Armen in der Luft. „Ich darf gar nicht an die Schlagzeilen morgen denken. Wahrscheinlich kann man Ihren Ausraster in ein paar Stunden im Internet bewundern. Das fällt doch alles auf Eberswalde zurück! Am liebsten würde ich Ihnen den Fall entziehen!"

„Ich glaube nicht, dass das in Ihrer Kompetenz liegt. Und wenn Sie mich jetzt entschuldigen würden – ich habe Wichtigeres zu tun!" Sie winkte Wentrop zu sich. „Eine weitere männliche Leiche, am rechten Rheinufer zwischen Mülheim und Stammheim. Die Leitstelle hat Eikner gerade informiert. Ich fahre mit Brinkhoff hin und Sie –"

„Brinkhoff ist krank. Magen-Darm-Virus. Ich hab ihn vorhin nach Hause geschickt."

Plasberg runzelte die Stirn. „Na schön, dann eben Sie. Und Dimitrov will ich auch wieder dabei haben. Vogt, Hallstetter? Was machen Sie überhaupt hier? Gehen Sie wieder an die Arbeit im Führungsraum oder ins Archiv, anstatt hier herumzustehen."

„Moment! Wir müssen noch was mit Ihnen klä –"

„Jetzt nicht!" Sie ignorierte Vogt einfach und eilte nach draußen zu ihrem Wagen, den Profiler und Johannes Wentrop im Schlepptau.

Um schneller zum Fundort der Leiche zu gelangen, verzichtete Plasberg darauf, den kürzesten Weg über die A3 zu nehmen. Freitagnachmittags den Autobahnring um Köln zu nutzen, bedeutete fast immer Stau. Stattdessen wählte sie eine innerstädtische Route, doch auch hier konnten die Kommissare dem einsetzenden Berufsverkehr nicht entkommen, der durch Wochenendurlauber verstärkt wurde. Erst nach quälenden fünfundvierzig Minuten trafen sie am Stammheimer Ufer ein.

Als sie aus dem Auto sprangen, war der Regen dichter geworden und tropfte in dünnen, stetigen Bindfäden vom asphaltgrauen Himmel. Am Horizont türmten sich weitere dunkle Wolken auf, ein Gewitter schien sich anzukündigen. Das schlechte Wetter hatte jedoch die Anwohner nicht abgeschreckt, sich in noch größerer Zahl am mittlerweile breitflächig abgesperrten Rheinufer einzufinden. Die Nachricht von der Autoleiche hatte sich in der Nachbarschaft wie ein Lauffeuer verbreitet und die Beamten mussten sich durch ein Meer von Regenschirmen kämpfen. Die Menschen reckten die Hälse, um besser sehen zu können, und drängelten sich um die Absperrungen, ein paar hielten ihre Handys in die Luft, um einen guten Schnappschuss zu ergattern.

„Gaffer!", murmelte die Kommissarin ungehalten und setzte ihre Ellenbogen ein.

Mit einem Blick erfasste sie das Aufgebot, das nötig gewesen war, um den Wagen aus dem Wasser zu ziehen. Neben der Feuerwehr, einem Notarztwagen und drei Einsatzwagen der Polizei waren das THW ebenso vor Ort wie ein Abschleppfahrzeug des ADAC. In Höhe der Fundstelle konnte Plasberg auf dem Rhein zwei Schiffe der Wasserschutzpolizei erkennen. Scheinwerfer waren installiert worden und illuminierten die gespenstische Szene am Flussufer in gleißendem Licht. Aber die Arbeit der Rettungsdienste war getan, THW und Feuerwehr waren schon dabei, ihre Gerätschaften zu verstauen. Inzwischen hatten die Kollegen des Erkennungsdienstes den Fundort übernommen. In Regenschutzkleidung vermummt hielten sie das Autowrack und die Leiche aus allen Blickwinkeln fotografisch fest und suchten die Umgebung nach Spuren ab.

Am Ufer wurde die Kommissarin von Corinna Hermin in Empfang genommen. Plasberg wies sich aus und stellte ihre Kollegen vor.

„Wir haben die Leiche erst entdeckt, als der Wagen aus dem Wasser gezogen wurde", sagte Hermin. „Sonst hätten wir Sie schon früher verständigt."

„Wer ist wir?"

„Polizeimeister Schwendt und ich." Hermin nickte zu ihrem Kollegen hinüber, der sich ein paar Schritte entfernt mit dem Einsatzleiter des THW unterhielt.

„Ist das der Wagen, den wir suchen?" Plasbergs Kenntnisse von Automarken waren rudimentär, trotz der Videoaufnahmen hätte sie nicht mit Sicherheit sagen können, ob es sich um das gleiche Modell handelte.

Dimitrov wischte den Regen von seiner Brille und nickte. „Das ist der Vauxhall. Ich bin sicher." Er hüllte sich enger in seine Jacke und schlug den Kragen hoch. In der Ferne zuckte ein erster Blitz über das Firmament.

„Verdammt", schimpfte Plasberg, „ich kann jetzt kein Gewitter gebrauchen!"

Den Regen ignorierend, lief sie zu dem Auto und öffnete die Fahrerseite, um sich die Leiche anzusehen. Braunes, ölig riechendes Brackwasser schwappte ihr entgegen. Das Opfer war ein junger Mann, eher schmächtig und nicht besonders groß. Sie schätzte ihn auf Anfang zwanzig, höchstens Mitte zwanzig, mit dunkelblonden Haaren, die ihm nass am Kopf klebten. Schmutz und

Algen hatten sich im Haar verfangen. Das Gesicht war glatt, ein weicher Flaum über der Oberlippe war der einzig nennenswerte Bartwuchs. Der Oberkörper war auf dem Steuerrad zusammengesunken, als wäre der Mann während der Fahrt eingeschlafen, aber die aufgerissenen, dunklen Augen, der geöffnete Mund und die blutleeren, bläulichen Lippen ließen keinen Zweifel aufkommen, dass er tot war. Plasberg registrierte die ans Steuer gefesselten Hände, ansonsten waren keine offensichtlichen Zeichen äußerer Gewalteinwirkung zu erkennen. Keine Schussverletzungen, keine Messerstiche, keine Würgemale. Ungewöhnlich war die Kleidung, die er trug: eine schwarze Livree, wie man sie von Kellnern in guten Restaurants kannte, und ein weißes Hemd, dazu passende schwarze Halbschuhe und schwarze Socken.

„Wer ist der Mann?“, fragte sie.

Hermin zuckte mit den Schultern. „Wir haben sicherheitshalber noch nichts angefasst, nur der Notarzt hat formell den Tod festgestellt.“

Die Kommissarin holte sich das Okay der Kollegen von der Spurensicherung, dann drückte sie den Oberkörper der Leiche vorsichtig zurück in den Sitz, von der Beifahrerseite kam ihr Wentrop zu Hilfe. Zusammen durchsuchten sie die Hosentaschen. Doch anstelle der erwarteten Brieftasche griffen Wentrops Hände etwas anderes: eine wasserdichte Klarsichthülle, so groß wie eine Geldbörse. Er zog sie heraus – und starrte auf ein gelbes Post-it.

Niemand kann seiner Strafe entkommen.

Dazu hatte der Mörder vier abgebrannte Streichhölzer gelegt.

„Scheiße!“, fluchte Plasberg, als ihr der Kommissar die Klarsichthülle reichte. „Verdammte Scheiße!“ Ruckartig richtete sie sich auf, stieß sich dabei den Kopf am Dach des Vauxhalls und fluchte noch lauter. „Das kann doch gar nicht sein! Ich glaube das einfach nicht!“

Heftiger Platzregen setzte ein und verwandelte die Uferböschung vor dem Wagen in Sekundenschnelle in einen Morast. Ein weiterer Blitz zuckte über den Himmel, diesmal begleitet von leisem Donner. Die ersten Zuschauer begannen das Interesse zu verlieren und flüchteten ins Trockene. Plasberg wischte sich mit dem Ärmel ihrer Jacke durchs Gesicht, ohne den Regen zu registrieren, und reichte das Mäppchen grimmig an Dimitrov weiter. Corinna Hermin organisierte von irgendwoher einen Schirm und hielt ihn schützend über Plasberg, während die Kommissarin die völlig durchnässten Westentaschen der Leiche durchwühlte. Sie verzichtete auf Handschuhe; nach einer Nacht im Wasser und bei dem Gewitter waren die Chancen, verwertbare Fingerabdrücke oder gar DNA-Spuren zu sichern, gleich Null. Die linke Westentasche war leer, kein Schlüsselbund, kein Handy, nichts, was eine Identifizierung erleichtert hätte, doch in der rechten wurde sie endlich fündig. Ein schmales Portemonnaie mit einem Zwanzigeuroschein, ein bisschen Kleingeld und einem Personalausweis.

„Der Mann heißt Andreas Schmidt-Werner, ist vierundzwanzig Jahre alt und wohnt in der Nähe der Ulrepforte." Der Regen trommelte aufs Autodach und Plasberg musste fast schreien, um sich verständlich zu machen.

„Er ist ertrunken!", brüllte ihr eine Stimme ins Ohr. Sie fuhr zusammen, sie hatte nicht gemerkt, dass der Notarzt sich ihr genähert hatte. „Ich habe ihn zwar noch nicht gründlich untersucht, weil ich erst Ihr Eintreffen abwarten wollte, aber die Todesursache steht fest."

Der Arzt stellte sich als Dr. Herbst vor, ein älterer Mann mit dunklen Augen, grauen Haaren und einem riesigen, offensichtlich sehr schweren Arztkoffer, denn er stellte ihn schnaufend neben sich auf dem regennassen Boden ab. „Der Kollege in der Pathologie wird mit Sicherheit Wasser in den Lungen finden, und sehen Sie hier …" Er beugte sich unter Plasbergs Schirm und deutete umständlich auf eine Schwellung am Hinterkopf des Opfers, „anscheinend hat er einen Schlag mit einem schweren Gegenstand erhalten. Vielleicht war er bewusstlos, als er ertrunken ist. Wahrscheinlich sogar, denn ich habe an den Handgelenken keine Schürfspuren gefunden, die darauf hinweisen, dass er versucht hätte, sich loszureißen. Und glauben Sie mir, wenn er bei Bewusstsein gewesen wäre, hätte er das versucht, wie aussichtslos das Unterfangen auch immer gewesen wäre."

„Wie lange ist er tot?" Plasberg richtete sich wieder auf und stellte sich neben die Fahrertür. Die Heftigkeit des Gewitters nahm noch einmal zu, außer Plasberg waren inzwischen fast alle Einsatzkräfte bis auf die Knochen durchnässt, und dann, ebenso plötzlich, wie es begonnen hatte, ging das Gewitter wieder in harmlosen, feinen Nieselregen über.

Der Notarzt klopfte sich das Wasser von der Kleidung. Es war zwecklos, ebenso gut hätte er die Sachen auswringen können. „Wie lange? Kann ich nicht genau sagen. Die Leichenstarre hat sich noch nicht vollständig zurückgebildet und man muss auch bedenken, dass die Wasserkälte das Eintreten der Leichenstarre verzögert hat ... seit gestern Abend vielleicht."

Plasberg runzelte unwillig die Stirn. So weit war sie auch ohne Aussage des Mediziners durch Hermins knappe Ausführungen schon gewesen.

„Wir haben aber noch was anderes herausgefunden", mischte sich die Polizeimeisterin ein. „Schauen Sie sich die Kupplung an: Die steht im Leerlauf. Und der Motor war ausgeschaltet. Sie sehen ja selbst: Von hier aus geht es zwei Meter etwas steiler bergab, aber dahinter, das, was jetzt schon vom Hochwasser überflutet wird, ist eigentlich alles flacher Uferbereich. Der Wagen ist von der Böschung hier in den Rhein gerollt, das Hochwasser hat ihn wahrscheinlich ein paar Meter weitergetragen, und da ist er dann untergegangen." Sie zeigte auf die Stelle im Fluss, an der sie und Schwendt den Wagen entdeckt hatten. „Selbst wenn man die gefesselten Hände außer Acht lässt: Das war kein Unfall. Das war Mord."

Plasberg verzichtete darauf, der Polizeimeisterin zu sagen, dass sie das bereits wusste. „Sie meinen, der Täter hat sich das Hochwasser zunutze gemacht?"

„Ja. Ansonsten wäre der Wagen gar nicht so weit in den Fluss gerollt. Er wäre im Schlamm stecken geblieben. Das ist normalerweise zu flach hier."

Plasberg wandte sich an den nächststehenden Kollegen der Spurensicherung. „Der Wagen muss von irgendwem ins Rollen gebracht worden sein. Gibt es Fußspuren oder Spuren von einem anderen Wagen?"

„Nein. Auf dem Asphalt bleiben keine Spuren zurück, tut mir –"

Ein überraschter Ausruf von Wentrop unterbrach den Mann. Der Kommissar hatte sich eine Brechstange besorgt und den Kofferraum des Vauxhall aufgebrochen. Er griff hinein und holte einen schwarzen Neoprenanzug heraus, komplett mit einer Kapuze für den Kopf, die nur einen runden Ausschnitt für das Gesicht freiließ.

„Jetzt wissen wir auch, wieso wir nie DNA-Spuren gefunden haben: Die Leiche von Mertens wurde gesäubert, das wissen wir ja, aber bei Kirchner, Opitz und dem hier hat er den Neoprenanzug getragen“, sagte Wentrop. „Wird auch gerne von Surfern benutzt. Und hier ist noch mehr.“ Er griff erneut in den Kofferraum und förderte eine scharfkantige Axt, ein Handy sowie ein scharfes, gezacktes Messer zutage. „Die Tatwaffen bei Opitz und Kirchner. Und das Telefon … wetten, dass es das Handy von Mertens ist? Nach einer Nacht im Wasser finden wir da auch nichts mehr drauf. “

„Aber wenn er den Anzug jetzt im Kofferraum abgelegt hat“, überlegte Plasberg, „braucht er ihn dann nicht mehr? Und das Entsorgen von Tatwaffen und Handy … heißt das, er ist fertig mit seinem Rachefeldzug? Schmidt-Werner war das letzte Opfer? Und wieso den Anzug überhaupt im Kofferraum verstecken? Er muss doch gewusst haben, dass wir ihn da finden werden!“

„Vielleicht wollte der Täter, dass wir den Anzug entdecken“, sagte Dimitrov.

„Und wieso?“

Dimitrov starrte den Neoprenanzug an, als wollte er ihn hypnotisieren. „Vielleicht will der Täter, dass wir nicht nur den Anzug, sondern auch ihn finden“, sagte er langsam.

„Nachdem er sich so viel Mühe gemacht hat, jedwede Spuren zu vermeiden? Das glauben Sie ja selbst nicht!“ Plasberg schnaubte ungläubig auf. „Dann hätte er sich auch einfach stellen können! Das würde uns jede Menge Zeit und Arbeit ersparen!“

Aber der Profiler blieb bei seiner Meinung, auch wenn er sie nicht logisch begründen konnte. „Es ist ein Bauchgefühl“, sagte er fast trotzig.

„Vielleicht wollte er auch nur Beweismaterial loswerden. Sein Opfer in den Vauxhall zu setzen und ihn und den Neoprenanzug im Rhein verschwinden zu lassen, ist ein ziemlich cleverer Schachzug. Wir werden keine Spuren im Wagen finden, weder von ihm, noch von dem Toten, noch von Mertens, jedenfalls keine brauchbaren. Andererseits ... ich bin sicher, er wollte, dass wir Schmidt-Werners Identität rasch kennenlernen", gab Wentrop zu bedenken. „Warum sonst hat er ihm den Personalausweis belassen? Er hätte uns die Identifizierung des Opfers ziemlich erschweren können."

„Ja, aber wieso?" Plasberg seufzte. Die Serie der Mordanschläge bereitete ihr mehr und mehr Kopfzerbrechen. Wie sollten sie diesen Irren bloß aufhalten? Er hatte einen Plan, so viel war sicher. Ratlos drehte sie sich zu Dimitrov, der in der Zwischenzeit die Klarsichthülle mit dem Post-it und den Streichhölzern eingehend unter die Lupe genommen hatte. „Irgendwelche Vorschläge, warum der Täter dieses Opfer ertränkt hat?"

„Sie meinen, so wie bei Kirchner die Bestrafung einer Lüge und bei Opitz die eines Diebstahls?" Er betrachtete den bleichen, tropfnassen Leichnam auf dem Fahrersitz. „Nein. Vielleicht ist meine Fantasie nicht so groß wie die des Mörders."

„Diebstahl?" Wentrop machte große Augen, als hätte er gerade eine Erleuchtung gehabt. „Moment! Und wenn Opitz nicht dafür bestraft wurde, dass er etwas gestohlen hat, sondern dass ihm etwas abhanden gekommen ist ... eine Waffe zum Beispiel? Eine Waffe, die man normalerweise mit der rechten Hand bedient?"

„Das würde nur einen Sinn ergeben, wenn ..."

„... hinterher jemand mit dieser Waffe eine Straftat begangen hat", fiel Wentrop Plasberg ins Wort. „Opitz ist wegen Verstoßes gegen das Waffengesetz verurteilt worden. Jemand hat sein Auto und seine Waffe gestohlen ..."

„... und dabei hat es einen Toten gegeben", murmelte die Kommissarin mehr zu sich selbst.

„Was?", fragten Dimitrov und Wentrop wie aus einem Mund.

In dem Durcheinander nach dem Abbruch der Pressekonferenz hatte Plasberg ganz vergessen, ihre Kollegen über das Gespräch mit Manfred Opitz' Sohn zu unterrichten. Zumindest in groben Zügen holte sie dies nun nach.

„Damit ergibt auch diese Notiz in Opitz' Akte einen Sinn!" Wentrop war plötzlich ganz aufgeregt. Endlich passten ein paar Versatzstücke in ihren Ermittlungen zusammen; das versenkte Auto und der Tote, der darin saß, schienen fast ein wenig in den Hintergrund zu treten. Als Plasberg den Kommissar fragend ansah, fügte er hinzu: „Deshalb wollte Vogt Sie noch dringend sprechen. In den Unterlagen aus dem Archiv zu Manfred Opitz gibt es einen Querverweis, der auf Ermittlungen des KK 11 hinweist."

„Aber ..."

„Ich weiß, ich weiß!", Wentrop winkte ab. „Dasselbe haben Vogt und Hallstetter gesagt. Sie können sich auch an keine Ermittlungen Ihres Kommissariats erinnern. Sind Sie sicher?"

„Natürlich bin ich sicher!", schnaubte Plasberg. „Glauben Sie, ich hätte mich an Opitz' Namen nicht sofort erinnert, wenn ich schon mal gegen ihn ermittelt hätte?"

„Nein, nein!", mischte sich Dimitrov nun ein. „Hier passiert ein Denkfehler. Es gibt Ermittlungen gegen Opitz wegen des Verstoßes gegen das Waffengesetz – unternommen vom KK 57. Und es gibt Ermittlungen gegen einen unbekannten Täter – unter Federführung des KK 11. Wenn es, wie Sie sagen", dabei wandte er sich an Plasberg, „nach dem Diebstahl der Waffe einen Toten gegeben hat, dann ist es logisch zu vermuten, dass der Tote mit der Waffe von Opitz erschossen wurde."

„Dann müssten wir also alle Altfälle des KK 11 überprüfen, ob irgendwo ein Mord mit der Waffe von Manfred Opitz verübt wurde?", fragte Plasberg.

„Alle Altfälle seit 2005", berichtigte Wentrop. „Haben Vogt und Hallstetter eigentlich etwas über die Waffe herausgefunden?"

Dimitrov zuckte mit den Schultern und Plasberg holte ihr Handy aus der Handtasche. „Kurzfeuerwaffe. Eine Glock 17", sagte sie nach kurzer Rücksprache mit Vogt.

Die halbautomatische Pistole war bei Sportschützen sehr beliebt, weil sie zum einen ein leichtes Gewicht hatte und zum anderen vergleichsweise preiswert zu kaufen war. Aber auch die GSG 9 und andere Spezialeinheiten der Polizei waren mit dieser Waffe ausgerüstet.

Die Kommissarin starrte auf die gefesselte, hinter dem Steuer des Vauxhalls kauernde Leiche. „Und wenn", sagte sie plötzlich, „das alles hier mit diesem unbekannten Toten zu tun hat? Mertens, Kirchner, Opitz, Schmidt-Werner ... wenn sie alle irgendwas mit den damaligen Ermittlungen zu tun haben?"

Zwei weitere Zeugenaussagen erhellen zumindest indirekt, wie Schmidt-Werner und Webknecht zu dem Fahrzeug gekommen sind, mit dem sie kurz darauf an der ARAL-Tankstelle auftauchen. Der Ford Fiesta mit Kölner Kennzeichen war in einer Parkbucht auf der Aachener Straße geparkt, schräg gegenüber dem Millowitsch-Theater, und damit fußläufig nur ein bis zwei Minuten von dem Kiosk entfernt, an dem sich die beiden Täter in diesem Moment aufhielten. Der Besitzer des Fahrzeugs, Manfred Opitz, 49, hat gegenüber den ermittelnden Behörden bestätigt, dass er den Wagen am Abend des 26. März dort abgestellt hat.

Auch wenn beide Täter ab diesem Zeitpunkt keine zum Tathergang relevanten Aussagen mehr machten, scheint es logisch, Aufbruch und Diebstahl des Fahrzeugs Hajo Webknecht zuzuordnen – aufgrund seiner kriminellen Vorgeschichte besaß er die erforderlichen Fähigkeiten und die notwendige kriminelle Energie. Hans Kohlscheider, 43, war zur fraglichen Zeit in der Nähe, um mit seinem Hund einen verspäteten Abendspaziergang zu unternehmen. Auch wenn seine Aussagen zu vage sind, als dass sie im Prozess eine Rolle spielten, so ist doch davon auszugehen, dass er die beiden Täter beim Diebstahl des Wagens beobachtete. „Genau kann ich es nicht sagen, weil es dunkel war", so Kohlscheider im vorab erstellten Polizeiprotokoll. „Aber es waren zwei junge Männer oder Jugendliche, die in den Wagen eingestiegen sind. Weiß ich deshalb so genau, weil ich kurz vorher meinen Pedro (der Terrier des Augenzeugen, Zusatz im Polizeiprotokoll) vom Hinterreifen des Fiesta wegziehen musste. Der wollte nämlich da dranpinkeln. Im Weggehen hab ich noch gedacht: ‚Mann, Glück gehabt, die beiden hätten Ärger gemacht, wenn sie den Pedro an ihrem Wagen gesehen hätten.' Dann hab ich im Weitergehen die Alarmanlage des Autos gehört, die dann aber sofort abgewürgt wurde. Deshalb hab ich mir auch nichts dabei gedacht. Erst als ich am Montagmorgen die Bilder von der Tanke, den Opfern und dem Ford in der Zeitung gesehen habe, hab ich eins und eins zusammengezählt." Da Kohlscheider aber keine verwertbare Personenbeschreibung abliefern konnte und auch eine Gegenüberstellung erfolglos verlief, wurde seine Aussage vor Gericht nicht verwertet.

Natürlich ist seitens der Medien und auch während des Prozesses hinreichend darauf hingewiesen worden, dass es ohne das Auffinden der Waffe im Innenraum des Ford Fiesta niemals zu einem solchen Blutbad gekommen wäre. Trotzdem muss in diesem Zusammenhang noch einmal dezidiert auf die erhebliche Mitschuld des oben erwähnten Manfred Opitz eingegangen werden, der seine Sorgfaltspflicht sträflich vernachlässigt und damit gegen § 42 Waffengesetz (WaffG) verstoßen hat. Seine Schuld ist in einem gesonderten Verfahren verhandelt worden.

Tatsache ist, dass Opitz am Abend des 26. März 2005 alkoholisiert von einer Feier seines Schützenvereins im Kölner Norden zurückkehrte, einer Feier, bei der der unmittelbar vorausgegangene Sieg bei einem Schießwettbewerb über einen befreundeten Schützenverein feucht-fröhlich begangen wurde. Opitz war also rechtmäßig im Besitz seiner Waffe, für die er einen gültigen Waffenschein vorweisen konnte, und hatte auch einen Grund, die Waffe mit sich zu führen. Unentschuldbar, dass er sie im Handschuhfach seines Autos vergaß. Fatal, dass Hajo Webknecht und Andreas Schmidt-Werner ausgerechnet dieses Auto stahlen. Außerdem erscheint es mir in diesem Zusammenhang notwendig, auf die laufende politische Diskussion zu verweisen, inwieweit Waffenbesitz und Aufbewahrung in privaten Haushalten miteinander zu vereinbaren sind. Nicht umsonst wurde gerade dieser Fall in den Medien mehrfach als Beweis für die unzureichende Sicherheit in den momentan geltenden gesetzlichen Bestimmungen ins Feld geführt.

Fakt ist, dass die Waffe, mit der Webknecht die Morde beging, identisch ist mit der Waffe, die sich im Besitz von Manfred Opitz befand. Auch wenn Webknecht sich nicht zum Tathergang geäußert hat, ist erwiesen, dass er und Opitz sich vor Tatbeginn nicht kannten. Daher muss davon ausgegangen werden, dass Webknecht die Waffe im Handschuhfach des Autos zufällig entdeckte und so erst die Gelegenheit bekam (und in die Versuchung geriet), sie auch zu benutzen.

Der Weg von Andreas Schmidt-Werner und Hajo Webknecht zur ARAL-Tankstelle lässt sich anhand eines letzten Zwischenfalls und einer Zeugenaussage ausreichend rekonstruieren.

Ingrid Kirchner, 44, die in dem Prozess gegen die beiden jungen Männer als Zeugin der Anklage auftritt, befand sich gegen 2.50 Uhr am frühen Morgen des 27. März 2005 an der Fußgängerampel Richard-Wagner-Straße/Habsburger Ring; einer Straßenkreuzung in unmittelbarer Nähe des Rudolfplatzes, die auch Schmidt-Werner und Webknecht in dem gestohlenen Wagen von Manfred Opitz auf dem Weg zur ARAL-Tankstelle überqueren mussten. In ihrer Aussage vor Gericht gab Kirchner an, dass sie aufgrund der häuslichen Pflege ihrer schwerkranken Mutter unter Schlafstörungen leide und deshalb „häufiger zu ungewöhnlichen Zeiten einen Spaziergang (mache), um den Kopf frei zu bekommen, um mich müde zu laufen."

Kirchner beschreibt, dass sie an der menschenleeren roten Fußgängerampel gestanden hat, als sie einen Wagen bemerkte, der ebenfalls auf Grün wartete. Zwar konnte sie keine Angaben zum Typ und Aussehen des Fahrzeugs machen, außer dass es schwarz war, da sie aber aufgrund der nachfolgenden Ereignisse die Geistesgegenwart besaß, sich das Autokennzeichen einzuprägen und eine recht detaillierte Personenbeschreibung ablieferte, konnte zweifelsfrei geklärt werden, dass es sich um Schmidt-Werner und Webknecht handelte. Beide jungen Männer machten zu dem Zwischenfall kaum Angaben, daher sind wir bezüglich des Ablaufs fast ausschließlich auf die Schilderung der Zeugin angewiesen.

„Ich weiß mit hundertprozentiger Sicherheit, dass ich die Straße erst überquert habe, als die Ampel auf Grün umsprang, und ich weiß ebenso sicher, dass die beiden im Auto Rot hatten", so Kirchner, die während ihrer Befragung laut Gerichtsprotokollen einen sehr selbstbewussten Eindruck hinterließ. „Die beiden haben sich gestritten, das konnte man deutlich sehen, weil der eine (dabei deutete sie auf Webknecht) auf den anderen einredete und ziemlich wütend aussah. Vielleicht hat das den Fahrer abgelenkt, jedenfalls gab er plötzlich Gas und hat mich angefahren. Ich habe mich zu Tode erschrocken."

Laut medizinischem Gutachten von Dr. Erwin Dittrich, dem Hausarzt der Zeugin, der sie allerdings erst am Montag untersuchte, also mehr als 24 Stunden nach dem Vorfall, trug Frau

Kirchner nur eine kleine Schürfwunde an der Hüfte von dem Aufprall davon. Weniger die Verletzung als vielmehr die Schrecksekunde dürften daher für ihre Reaktion verantwortlich gewesen sein. „Nachher, also als dann die Polizei da war, habe ich gar nicht mehr an die Verletzung gedacht, ich war viel zu aufgebracht. Sonst hätte ich das natürlich zu Protokoll gegeben, das war ja Körperverletzung. Leider ist es mir erst wieder eingefallen, als ich schon zu Hause war."

Ihren Angaben zufolge hat sie sich an die Beifahrerseite begeben (also die Seite, auf der Hajo Webknecht ziemlich angetrunken saß) und so energisch ans Fenster geklopft, dass dieser sich schließlich genötigt sah, das Fenster herunterzukurbeln. „Er hatte eine Alkoholfahne, die man zehn Meter gegen den Wind riechen konnte", so Kirchner. „Er hat sich überhaupt nicht für mich interessiert und ob ich mir irgendwas getan hatte. Es war ihm völlig egal. Er hat mich angestiert und so ein arrogantes Grinsen auf den Lippen gehabt, und das hat mich natürlich erst recht wütend gemacht."

In der Folge scheint es einen heftigen Wortwechsel gegeben zu haben, bei dem beide Seiten einander hochgeschaukelt haben. „Ich gebe zu, dass ich ein wenig die Beherrschung verloren habe", gestand Kirchner während ihrer Zeugenaussage ein, „aber ich war am Ende mit meinen Nerven. Meine Mutter war die zwei Tage zuvor furchtbar unruhig gewesen, und ich hatte kaum geschlafen. Da hat mir dieser Unfall den Rest gegeben."

„Sie hat mich einen Verkehrsrowdie genannt, und ob wir noch alle Tassen im Schrank hätten. Wir seien eine Gefahr für die Allgemeinheit. Gift und Galle hat die Alte gespuckt", so Webknecht in seiner kurzen Auslassung zu dem Zwischenfall. „Dabei hatte die überhaupt nix. Der Andy hat die doch nur angestupst mit dem Kotflügel. Und irgendwann bin ich dann auch ausgerastet und hab ihr gesagt, dass sie sich verpissen soll. Ich lass mich doch nicht von so 'ner Alten anmachen!"

Abgesehen von dem fehlenden Unrechtsbewusstsein, sowohl die Verkehrsregeln missachtet als auch einen Unfall mit Personenschaden (wenn auch einem glimpflichen) verursacht zu haben, möchte ich in diesem Zusammenhang darauf hinweisen, dass Webknecht sich vor allen Dingen durch die verbalen Angriffe von Ingrid Kirchner provoziert fühlte, sich in seiner Ehre verletzt sah und nun seinerseits mit Worten attackierte – anfänglich.

„Er hat mich wiederholt beleidigt, wirklich unflätige Beschimpfungen, die ich hier vor Gericht gar nicht wiederholen möchte. So etwas ist mir wirklich noch nie passiert“, so Kirchner in ihrer Aussage. „Und irgendwann ist es mir dann zu bunt geworden. Ich habe mein Handy genommen und den beiden gesagt, dass ich jetzt die Polizei hole.“

Rekonstruieren lässt sich anhand Kirchners Angaben folgendes Szenario, dem allerdings anderslautende Behauptungen Webknechts entgegenstehen, und das insofern vorsichtig zu bewerten ist:

Kirchners Drohung scheint für Webknecht zu viel gewesen zu sein. Er verliert völlig die Beherrschung, schreit sie an, dass er sie „alle machen“ würde, und hält ihr die im Handschuhfach gefundene Waffe vors Gesicht. Natürlich ist die Zeugin daraufhin so eingeschüchtert, dass sie das Handy sinken lässt. Andreas Schmidt-Werner, der laut Kirchner während ihrer Auseinandersetzung mit Webknecht nicht ein einziges Wort gesagt hat, nutzt diesen Moment, aufs Gaspedal zu treten und den Unfallort fluchtartig zu verlassen.

Nachdem sich Ingrid Kirchner gesammelt hat, tätigt sie einen Notruf bei der Polizei, doch bis Täter- und Fahrzeugbeschreibung aufgenommen und in Umlauf gebracht worden sind, ist es schon zu spät. Hajo Webknecht und Andreas Schmidt-Werner haben die ARAL-Tankstelle, die nur drei Autominuten vom Rudolfplatz entfernt ist, längst erreicht. Webknecht hat während des Prozesses immer verneint, Kirchner mit der Waffe bedroht zu haben. Er habe „nur mit dem Ding herumgespielt. Ich hab überhaupt nicht auf die Alte gezielt.“ Ob dies der Wahrheit entspricht und Kirchner nur den subjektiven *Eindruck* hatte, dass sie bedroht wird, spielt dabei wohl eine eher untergeordnete Rolle.

Worauf ich mit der detaillierten Zeugenaussage dieses letzten Zwischenfalls vor den Ereignissen in der ARAL-Tankstelle hinausmöchte, ist die Bedeutung des Gemütszustandes von Hajo Webknecht für die spätere Tat.

Die Auseinandersetzung mit Ingrid Kirchner hatte ihn in einen Zustand höchster Wut versetzt und seine Aggressivität noch einmal verstärkt. Es ist sicherlich nicht unproblematisch, darauf hinzuweisen, dass die völlig verständlichen verbalen Attacken von Frau Kirchner und ihre Drohung mit der Polizei durchaus eine Rolle dabei gespielt haben könnten, dass Webknecht dann wenige Minuten später die Waffe tatsächlich eingesetzt hat. Trotzdem kann man darüber spekulieren, ob die nachfolgenden Ereignisse nicht weniger dramatisch und tragisch verlaufen wären, wenn Ingrid Kirchner den Zwischenfall auf sich hätte beruhen lassen.

Zehn

Der Rest des Freitags verging in hektischer Betriebsamkeit. Genau wie Johannes Wentrop war Maria Plasberg von dem euphorischen Gefühl erfasst worden, endlich ein oder zwei Puzzleteile in ihren Ermittlungen gefunden zu haben, die zueinander passten. Sie überließ Wentrop und Dimitrov die Aufgabe, die Situation am Flussufer abzuwickeln: mithilfe der Polizeimeister Schwendt und Hermin die Zeugen zu befragen und die Umstände zum Auffinden der Leiche von Schmidt-Werner so genau wie möglich zu protokollieren. Wentrop war ein erfahrener Kollege; wenn es wichtige Neuigkeiten gab, würde er sie informieren. Am liebsten hätte sie eine kurze Besprechung ihrer Mordkommission einberufen, aber so wie die Dinge lagen, hatte sie dazu keine Zeit. Hallstetter und Kayser waren von ihr daher kurz telefonisch über den neuesten Leichenfund, ihr Gespräch mit Opitz' Angehörigen und ihre damit zusammenhängenden Vermutungen ins Bild gesetzt worden. Danach hatte sie die beiden dazu abkommandiert, die Wohnung von Schmidt-Werner zu durchsuchen. Möglich, dass sie dort wie bei den bisherigen Opfern Drohbriefe fanden. Nein, korrigierte sich Plasberg, während sie ihren Wagen zurück Richtung Präsidium lenkte, nicht möglich, sondern wahrscheinlich.

Mit Vogt und Siener war sie notgedrungen ähnlich verfahren. Die beiden hatten den Auftrag erhalten, sich erneut ins Archiv zu begeben und die Nachforschungen nach einer Akte zu forcieren, über die sie nicht mehr sagen konnte, als dass sie nach dem Jahr 2004 angelegt worden war, aus dem KK 11 stammen musste und wahrscheinlich Informationen zu einer Tat enthielt, die mit Opitz' Sportwaffe begangen worden war. Vogts Reaktion war entsprechend wütend ausgefallen – offensichtlich hatte er keine Lust, weitere Stunden im staubigen Archiv zu verbringen, und Plasberg hatte ihre gesamte Autorität als Leiterin der MK 3 in die Waagschale werfen müssen, bevor er murrend nachgab. Sie selbst war auf dem Weg zu Heribert Eikner. Wenn es jemanden gab, der ihr etwas über die fraglichen Ermittlungen erzählen konnte, dann doch wohl der Chef des KK 11. Er koordinierte die Aufgaben seiner Mitarbeiter, hatte alle Fälle im Blick, die seine drei Mordkommissionen bearbeiteten.

Als sie auf dem Stammheimer Ufer parallel zum Rhein entlangfuhr, betrachtete Plasberg geistesabwesend das braune Wasser neben sich. Der Fluss mochte Hochwasser haben, aber es war wahrscheinlich das letzte, bevor die Schneeschmelze des Frühjahrs beendet war. Im Winter war der Rhein über die magische Marke von zehn Metern angeschwollen und hatte große Teile von Rodenkirchen sowie der innerstädtischen Uferpromenade unter Wasser gesetzt. Jetzt schien die Lage bei Weitem nicht so bedrohlich, nicht einmal die Schifffahrt war eingeschränkt worden: Plasberg sah einen lang gezogenen Frachtkahn mit einer Ladung Teer flussabwärts gleiten. Nur für Andreas Schmidt-Werner war dieses Hochwasser zu einer tödlichen Falle geworden.

Nachdenklich kaute sie auf ihrer Unterlippe. Seit sie eine Verbindung zwischen den jetzigen Mordfällen und einer alten Ermittlungssache in Betracht zog, zermarterte sie sich das Gehirn, ob sie während der routinemäßigen Besprechungen zwischen Eikner und den drei Leitern der Mordkommissionen – also ihr, Dietmar Ostrop und dem Kollegen van der Heyden, der die MK 1 leitete – irgendwann in den letzten Jahren etwas über eine gestohlene Glock 17 im Zusammenhang mit einem anschließend verübten Mordanschlag erinnern konnte. Sie war sicher, dass die Ermittlungen nicht von ihrer MK eingeleitet oder durchgeführt worden waren, aber leider musste ihr Gedächtnis passen, was die beiden anderen Mordkommissionen betraf. Oder sollte sie statt mit Eikner besser direkt mit van der Heyden und Ostrop reden? Bei dem Gedanken an Dietmar Ostrop kräuselten sich ihre Mundwinkel. Der Mann würde ihre Bitte um Hilfe bis ins Letzte auskosten und sie so lange wie möglich zappeln lassen. Außerdem … hatte sie ihn nicht bei ihrer letzten Begegnung „Arschloch" genannt? Wenn sie doch wenigstens hin und wieder ihr Temperament zügeln könnte! Nein, dann doch lieber ein Gespräch mit Eikner.

Plasberg folgte der Straße, die sie über den Wiener Platz Richtung Kalk führte, tastete auf dem Beifahrersitz nach ihrem Handy und schob es in die Freisprechanlage, die sie sich letztes Jahr zum Geburtstag selbst geschenkt hatte. Notgedrungenermaßen, denn seitdem das Telefonieren mit einem Handy im Auto verboten war, hatte es intern mehrere Rundschreiben gegeben, die auf die Vorbildfunktion der Polizei hinwiesen und alle Kollegen streng ermahnten, sich an das neue Verbot zu halten. Plasberg bezweifelte heimlich den praktischen Nutzen des Handyverbots, denn wie sie aus eigener Erfahrung wusste, lenkte Einschalten des Freiprechgeräts und die Wahl einer Nummer ähnlich stark vom Verkehr ab. Außerdem vergaß sie das Freisprechgerät mindestens genauso häufig, wie sie daran dachte, das Mobilgerät dort anzuschließen.

„Plasberg hier", sagte sie, als sie die Nummer ihres Kollegen im Kurzwahlspeicher gedrückt hatte. „Was macht Ihr Magen?"

„Mein M-Magen?" Brinkhoff hörte sich verwirrt an. „O, mein Magen! Ja … ehm … n-nicht so gut."

„Sie sind gar nicht krank", erwiderte sie verärgert. „Wentrop hat mir ein Märchen erzählt!"

„Es war seine Idee", verteidigte sich der Kommissar. „Mir ging's schlecht und er hat mich netterweise nach Hause gehen lassen!"

„Und was haben Sie nun wirklich? Mir geht es auch häufig nicht gut, und ich komme trotzdem zum Dienst!"

„Ich … brauche eine Auszeit. Es tut m-mir –"

„Auf keinen Fall!", unterbrach sie ihn. Sie war plötzlich ziemlich sicher, welche Entschuldigung Brinkhoff jetzt hervorstammeln würde. Und sie war es ziemlich leid, auf die Befindlichkeiten ihres Kollegen Rücksicht zu nehmen. „Wir haben alle unser Päckchen zu tragen, Herr Oberkommissar! Ich will nichts mehr hören von Ihrer ausgebrannten Psyche, Ihren Selbstzweifeln oder Ihrem allgemeinen Weltschmerz!" Die letzte Bemerkung hätte sie am liebsten sofort zurückgenommen, aber sie war es wirklich satt, sich mit Brinkhoffs Depressionen herumzuschlagen. „Wir haben gerade eine vierte Leiche aus dem Rhein gezogen und wir haben zum ersten Mal eine Spur, die ein wenig Erfolg versprechend aussieht! Sie werden sich jetzt sofort an Ihren Arbeitsplatz –"

„Das wird er nicht tun", fiel ihr jemand ins Wort.

Plasberg sah erstaunt auf ihr Handy. Hatte Brinkhoff etwa einfach sein Telefon an jemand anders weitergereicht? „Wer spricht denn da?"

„Markus Clement. Torsten ist nicht länger diensttauglich."

„Ach", ereiferte sie sich, „und das können Sie beurteilen?"

„Ich habe ihn fast katatonisch im Bett liegend vorgefunden, als ich nach Hause gekommen bin. Außerdem scheint er wieder Beruhigungsmittel zu schlucken – ohne ärztliche Anordnung. Haben Sie das nicht gemerkt?"

Plasberg zögerte. Sofort fiel ihr ein, wie Brinkhoff sich in Manfred Opitz' Wohnung übergeben hatte. Durch die angelehnte Badezimmertür hatte sie gesehen, wie seine Hand danach etwas aus der Hosentasche hervorgeholt hatte, etwas silbrig Glänzendes. Sie hatte sich nichts weiter dabei gedacht – oder hatte sie sich nur nichts denken wollen? „Nein", sagte sie, aber sie hörte sich in ihren eigenen Ohren nicht sehr überzeugend an.

Markus Clement schien das genauso zu beurteilen. „Sie wissen, dass Sie eine Fürsorgepflicht gegenüber Ihren Mitarbeitern haben?", bemerkte er spitz.

Plasberg glaubte, sich verhört zu haben. „Wie bitte? Ich werde doch mit Ihnen nicht über die Art und Weise meiner Mitarbeiterführung diskutieren! Sie holen mir sofort wieder den Kollegen Brinkhoff ans Telefon!" Sie hatte diesen Clement noch nie leiden können! Die zwei oder drei Mal, die sie ihn, zusammen mit Brinkhoff, gesehen hatte – einen stämmigen, glatzköpfigen Kerl, der fast immer Springerstiefel trug –, hatte sie sich gefragt, was ihr Kollege an diesem Exemplar Mann eigentlich fand. Zumal er Brinkhoff nach Strich und Faden betrogen hatte, soweit sie sich erinnern konnte. Aber vielleicht war das bei schwulen Männern so – vielleicht brachten die eine gewisse Art von Masochismus mit in ihre Beziehungen, der befriedigt werden wollte. Sie hatte sich so was von ihrem Mann jedenfalls nicht bieten lassen! Nur eine kleine, nagende Stimme in ihrem Hinterkopf erinnerte sie daran, dass Eric sie hatte sitzen lassen und nicht umgekehrt.

„Torsten hat am Montag einen Arzttermin", erwiderte Clement gelassen. „Er wird sich erst mal krankschreiben lassen. Bis dahin gehen wir beide, Sie und ich, weiter davon aus, dass er einen Magen-Darm-Virus hat."

„Das ist lächerlich! Ich werde ein ärztliches Gegengutachten veranlassen!" Plasberg klang trotzig und ihre Antwort war völlig überzogen, aber sie ahnte plötzlich, worauf das Gespräch mit Clement hinauslaufen würde, und sie wollte es nicht wahrhaben.

Brinkhoffs Freund seufzte. „Ich kann Sie davon nicht abhalten, Frau Kommissarin. Aber ich möchte Sie bitten, Torsten diesen Streit zu ersparen. Letztendlich werden Sie es nicht verhindern können."

„Was verhindern können?"

„Dass er seinen Dienst bei der Polizei quittiert." Er schwieg einen Moment. „Er kann das einfach nicht mehr, Frau Plasberg. Und Sie müssten das eigentlich am besten wissen."

Clement beendete das Gespräch und sah auf seinen Freund hinab, der sich wieder ins Bett verkrochen hatte.

„Weiterschlafen?", fragte er.

Brinkhoff nickte träge mit geschlossenen Augen. Clement schaltete das Handy aus und dann zog er den Stecker des Festnetzanschlusses aus der Steckdose. Sicher war sicher. Er war nicht überzeugt davon, dass Plasberg schon aufgegeben hatte.

Andreas Schmidt-Werners Wohnung in der Nähe der Ulrepforte, einem weiteren mittelalterlichen Überbleibsel der einstigen Stadtmauer am Rande der Südstadt, lag in einem anonymen Apartmentkomplex. Matthias Kayser nahm den Kollegen Hallstetter in seinem Auto mit, aber der Berufsverkehr verstopfte die Straßen noch immer, sodass sie mehr als eine halbe Stunde zum Ziel brauchten.

„Ich hasse die Kölner Innenstadt an einem Freitagnachmittag", sagte Hallstetter, als sie geschlagene fünfzehn Minuten auf der Severinsbrücke standen, ohne auch nur einen Schritt vorwärtszukommen.

„Laut *Google* brauchen wir für die viereinhalb Kilometer vom Präsidium bis zur Ulrepforte acht Minuten." Kayser zeigte ihm die Karte auf seinem iPhone. „Ich hab's gerade im Routenplaner eingegeben."

„Pfh!", machte Hallstetter. „Wann haben die die Zeit gemessen? Nachts um drei? Und seit wann hast du ein iPhone?"

„Seit einer Woche. Man muss mit der Zeit gehen. Ich komme nur noch nicht mit diesen Sensortasten zurecht." Er hielt dem

Kollegen seine grobschlächtige Hand vors Gesicht. „Ich berühre immer zwei auf einmal."

„Dafür gibt's doch so 'n kleinen Stift. Damit kannst du –"

„Ach, dafür war der? Ich dachte, das wäre ein Werbegeschenk."

Hallstetter deutete kopfschüttelnd nach vorne. „Es geht weiter! Gib Gas! Ich will ankommen, bevor ich in Pension gehe."

Mittels eines Schlüsseldienstes verschafften sie sich Zugang zur Wohnung des Toten. Einen Augenblick wurden sie stutzig, als sie bemerkten, dass Schmidt-Werner die Tür nur zugezogen hatte, doch in der Wohnung deutete nichts auf einen Einbruch hin. Es waren keine Papiere auf dem Boden verstreut, keine Kleidung aus den Schränken gezerrt, nur das Bett war nicht gemacht. Vielleicht hatte der Tote einfach keine Notwendigkeit gesehen, sein Hab und Gut zu schützen. Viel war es sowieso nicht, was er besaß.

„Studentenbude", brummte Hallstetter, als er einen ersten Blick in das Einzimmerapartment geworfen hatte. „Ölsardinen haben mehr Platz in ihren Büchsen." Tatsächlich war der Wohn- und Schlafraum kaum größer als dreißig Quadratmeter, in einer Ecke befand sich dazu noch eine Kochnische mit zwei Kochplatten, einem kleinen Kühlschrank und ein paar Regalen für Geschirr und Töpfe. Ein renovierungsbedürftiges, gelb gekacheltes Bad, in dem man sich kaum bewegen konnte, ging von einer Tür nach rechts ab. „Da ist Schimmel an den Fugen", bemerkte er angewidert. „Und schau dir mal den Duschvorhang an. Der lebt ja beinahe." Er zog Einmalhandschuhe aus der Tasche und gab seinem Kollegen auch ein Paar. „Hier sind wir in einer halben Stunde durch."

„Aber der Mann war kein Student", wandte Kayser ein. Seine Bassstimme dröhnte durch den Raum und ließ beide Polizisten zusammenfahren.

„Plasberg vermutet doch anhand seiner Kleidung, dass er als Kellner gearbeitet hat. Und dann wird er kaum mehr Kohle gehabt haben als ein Student, die kriegen doch auch nur einen Hungerlohn. Da reicht's dann nur für so eine Bruchbude."

Kayser nahm den Raum näher in Augenschein. Das Fenster an der hinteren Wand gab den Blick frei auf einen fast identischen Wohnkomplex genau gegenüber; die meisten Fenster waren mit Gardinen verhängt. An der linken Wand stand ein schmales Bett, und erst, nachdem er einen Moment darauf gestarrt hatte, fiel dem Kommissar auf, was ihn am Anblick dieses Bettes störte.

„Was war deine erste Anschaffung, als du von zu Hause ausgezogen bist?", fragte er.

Hallstetter, der gerade die dürftigen Bestände des Kühlschrankes inspizierte, schaute mit einem verklärten Lächeln auf. „Ein Farbfernseher. Ich wollte endlich die Bundesliga in Farbe sehen und bei uns zu Hause gab's nur dieses kleine Schwarz-Weiß-Gerät. Das war noch echte deutsche Wertarbeit. Das war einfach nicht kaputtzukriegen. Heidi wollte einen neuen Küchentisch, aber ich habe mich durchgesetzt. Wieso fragst du?"

„Also, ich habe mir ein Doppelbett gekauft. Von meinem ersten festen Gehalt als Polizist. Ich wollte endlich Platz haben, um mit meiner Freundin …" Kayser grinste.

„Das haben Heidi und ich von meinen Schwiegereltern zur Hochzeit geschenkt bekommen. Die Matratze war viel zu weich und ich hatte nach zwei Tagen Rückenschmerzen." Erst jetzt begriff Hallstetter, worauf Kayser hinauswollte. „Hier steht nur ein Einzelbett!", sagte er.

„Genau."

„Und was schließt du daraus?"

„Dass Schmidt-Werner keine Freundin hatte … kein Interesse an Sex …"

„… oder einfach nur kein Geld", winkte Hallstetter ab. Er ließ sich ächzend auf einem der zwei Stühle nieder, die an einem kleinen runden Tisch standen, der anscheinend als Ess- und Schreibtisch gedient hatte. Ein paar Brotkrümel waren auf der Tischplatte verstreut, daneben lagen eine Strom- und Gasrechnung, ein Messer, an dem noch ein Rest Leberwurst klebte, die vertrockneten Schalen einer Mandarine. Der Kommissar gähnte und sah verstohlen auf die Uhr. „Meinst du, wir können anschließend Feierabend machen? Ich hab heute meinen Skatabend und wollte mich vorher noch eine Runde aufs Ohr hauen."

„Ich würde nicht darauf wetten." Kayser widmete sich der anderen Wandseite, an der ein Flachbildfernseher, eine Hi-Fi-Anlage und eine schwarze Kommode standen. Die drei Schubladen der Kommode enthielten alles, was Schmidt-Werner an Kleidung zu besitzen schien: Unterwäsche, Strümpfe, ein paar Jeans, T-Shirts, ein paar Sweatshirts und relativ viele weiße Hemden. „Das ist alles?“, murmelte er.

Er war zwar nicht auf dem neuesten Stand, was gerade bei jungen Leuten im Trend lag, aber er war ziemlich sicher, dass die allermeisten viel Wert auf Klamotten legten und entsprechend größere Summen dafür ausgaben. Nicht umsonst gab es in der Innenstadt so viele Bekleidungsgeschäfte, die sich auf die Modebedürfnisse der jungen Generation spezialisiert hatten, *GAP, H&M, Pimkie* und wie sie alle hießen. Aber was Schmidt-Werner an Kleidung zu bieten hatte, war ausgesprochen spartanisch, um nicht zu sagen armselig.

„Die Schuhe!“, schnaufte Hallstetter plötzlich. Er hatte sich gebückt – kein leichtes Unterfangen bei seinem Übergewicht – und einen Haufen Stiefel, Halb- und Turnschuhe in Augenschein genommen, die kunterbunt durcheinander gewürfelt neben dem Tisch lagen. „Bei allen Halbschuhen hat der rechte Schuh eine etwas dickere Sohle als der linke. Und alle rechten Turnschuhe haben eine Einlegesohle. Er muss ein verkürztes Bein gehabt oder gehinkt haben.“

„Und ich weiß jetzt auch, warum er keine Klamotten oder Interesse an Frauen hatte“, sagte Kayser triumphierend. Er war mittlerweile in einer Nische angelangt, die rechts neben der Fensterfront abging und von dem Fernseher halb verdeckt worden war. „Schau dir das an! Hier steht das ganze Trinkgeld.“

Die Nische des Zimmers bot Platz für einen Computertisch, auf dem drei große Monitore aufgebaut waren, mit drei dazugehörigen leistungsstarken Rechnern und ebenso vielen Tastaturen. Der Tisch war übersät mit CD-Rohlingen und Computerspielen, Kopfhörern, einer XBox, zwei Playstations und diversen Joysticks, dazwischen eine Tüte mit Gummibärchen, die Plastikverpackung eines Hamburgers und die schalen Reste einer Cola. „Der Kerl war ein Computerfreak. Kein Wunder, dass er keine Kohle oder kein Interesse für was anderes hatte.“ Seitlich auf dem Schreibtisch, halb verborgen hinter einem Drucker, war ein Ablagesystem aufgebaut aus ineinander geschachtelten Schubladen, Kayser konnte nur die Aufschrift der zwei obersten Ablagen lesen, in krakeligen Druckbuchstaben: „PC, Internet“ und „Arbeit“. Erstere war zum Bersten voll gestopft mit Unterlagen, hauptsächlich Computerausdrucken und einigen wenigen Briefen. Die zweite Ablage schien dünner bestückt zu sein, Kayser meinte eine Klarsichthülle mit einem Arbeitsvertrag zu erkennen. In der Ablage darunter konnte er gerade noch das Formular einer Steuererklärung ausmachen, die unterste Ablage schien leer zu sein. Er wollte das ganze Ablagesystem gerade zur besseren Einsicht hervorholen, als Hallstetter ihn unterbrach. Er hatte sich einige Hüllen der Computerspiele angesehen.

„Alles Kampfspiele“, sagte er verächtlich. „Ich versteh ja nichts davon, aber da scheint's nur um Ballern zu gehen.“ Er ließ seinen Blick über die ansonsten karg eingerichtete Wohnung streifen. „Mann, was für ein Leben! Ich versteh diese Typen einfach nicht.“

Kayser hatte inzwischen noch etwas entdeckt. Ein Telefon, versteckt hinter einer Lautsprecherbox. „Der AB hat drei Nachrichten aufgezeichnet“, sagte er und drückte auf die Wiedergabetaste.

„Andreas, Junge“, ertönte eine ältere, vorwurfsvolle Frauenstimme, „wir haben seit zwei Wochen nichts von dir gehört. Du weißt, dass es nicht gut für dich ist, wenn du dich so verkriechst. Melde dich bitte.“

„Bestimmt die Mutter“, sagte Hallstetter.

Die nächste Nachricht war von einer männlichen, sehr energisch klingenden Stimme aufgesprochen worden. „Andreas, deine Mutter macht sich wirklich Sorgen. Also ruf uns umgehend an ... Herrgott, es wird doch nicht zu viel verlangt sein, dass du dich wenigstens ab und zu meldest! Wir hatten eine Abmachung, falls du dich erinnerst!“

„Was für eine Abmachung?“, fragte Hallstetter. Leider lieferte der Anrufbeantworter keine Zeitangabe mit, sodass die Kommissare keine Möglichkeit hatten zu überprüfen, wann die Nachrichten festgehalten worden waren. „Er hatte also Stress mit seinen Eltern, einen Gehfehler und hat viel vor dem Computer gehockt.“ Seufzend fügte er hinzu: „Wir werden der Spurensicherung sagen müssen, dass hier eine ganze Menge technisches Zeugs herumsteht, das sie mitnehmen sollen.“

„Pst! Da kommt noch die dritte Nachricht.“

Erneut ertönte eine Männerstimme. Jünger und nervöser als die erste, aber auch offizieller. „*Dom Hotel*, Plenert hier. Herr Schmidt-Werner, mir ist klar, dass sie heute Ihren freien Tag haben, aber Sie werden sich um 17.00 Uhr zu einem klärenden Gespräch bei mir einfinden und zu dem Vorfall am gestrigen Abend Stellung nehmen. Ansonsten sind Sie die längste Zeit als Kellner in unserem Haus angestellt gewesen, unabhängig davon, welche Absprachen zwischen Ihrem Vater und der Geschäftsführung bestehen."

„Aha", sagte Kayser. „Also hatte Plasberg recht."

„*Dom Hotel*. Das ist ein verdammt nobler Schuppen", merkte Hallstetter an. „Aber was für ein Vorfall?"

„Und er scheint den Job nur über Beziehungen bekommen zu haben. Wenn der letzte Anruf von heute stammt, dann werden die sich wundern, wieso Schmidt-Werner nicht auftaucht. Ist gleich fünf." Kaysers Stimme hörte sich etwas dumpf an. Er war inzwischen in die Hocke gegangen und unter den Tisch gekrochen.

„Kannst du mir verraten, was du da machst?", fragte Hallstetter.

„Ich hab da gerade was ..." Sein Kollege hustete. „Staubig ist's hier. Gibt's da oben irgendwo eine Lampe?"

Hallstetter drehte die Schreibtischlampe, sodass Kayser besser sehen konnte. Kurz darauf kroch sein Kollege rückwärts wieder ins Freie. In der rechten Hand hielt er einen Briefumschlag. „Der muss nach hinten gerutscht sein", sagte er. „Ich hab nur eine helle Ecke auf dem Boden gesehen." Er richtete sich auf und öffnete den unbeschrifteten Umschlag. Darin steckte ein weißer Bogen Papier. In der Mitte des Bogens war ein einziger Satz zu lesen.

Du wirst für deine Schuld bezahlen.

Hallstetter pfiff leise durch die Zähne. „Nur dieser eine Brief?"

Kayser nickte. „Ansonsten nur Staub und Wollmäuse." Er klopfte die Knie seiner Hose und die Ellbogen ab. „Gut. Ich denke, wir –" Stocksteif blieb er stehen und seine Augen weiteten sich. „Die Lampe!", stieß er dann hervor. „Hast du die eingeschaltet, als du mir die Ecke ausgeleuchtet hast?"

„Ich … nein, die war … Scheiße!", fluchte Hallstetter. Unwillkürlich griff seine Hand zur Dienstwaffe in seinem Hosenbund. „Dann war also doch jemand hier!"

Kayser hatte schon sein Handy in den Fingern und gleich darauf bestätigte ihm Wentrop, der noch immer mit Dimitrov am Flussufer war, dass an der Leiche von Schmidt-Werner kein Schlüsselbund gefunden worden war.

„Der Täter ist also gleich nach dem Mord an dem Jungen hierhin. Und was hat er hier gesucht?", fragte Hallstetter und kratzte sich am Kopf.

„Das hier!", sagte Kayser und hielt die unterste, leere Ablagelade hoch. An der Seite war in ungelenker Handschrift das Wort „Prozess" zu lesen.

Hallstetter sah seinen Kollegen verständnislos an.

„Mann, Jochen, jetzt sei nicht so schwer von Begriff! Wir finden im Archiv eine Akte mit Ermittlungen gegen Manfred Opitz wegen Verstoßes gegen § 42 Waffengesetz, dazu einen Querverweis auf Ermittlungen unseres KKs. Opitz ist eine Glock 17 gestohlen worden und er und drei andere Opfer liegen jetzt mit kleinen Post-its auf der Stirn in der Gerichtsmedizin. Ich glaube, die Plasberg hat recht: Was liegt näher, als zu vermuten, dass alle Morde, inklusive der an Schmidt-Werner, mit dem Stehlen der Waffe in Zusammenhang stehen? Opitz' Sohn und Ehefrau haben davon gesprochen, dass durch die gestohlene Waffe jemand zu Tode kam. Wir ermitteln aber nur bei Mordverdacht. Also ist es logisch zu vermuten, dass jemand mit Opitz' Waffe umgebracht wurde."

„Ich bin ja nicht blöde!", protestierte Hallstetter. „Hat Plasberg nicht gesagt, dass das auch unser Profiler vermutet? Aber wieso lenkt der Täter unsere Aufmerksamkeit mit dem Personalausweis auf die Wohnung des Opfers, wenn er gleichzeitig nicht will, dass wir irgendwas finden!"

„Es ist wie bei einer Schnitzeljagd", sagte Kayser.

Hallstetter hörte ihm gar nicht zu. „Und ich verstehe immer noch nicht, was jetzt aus Schmidt-Werners Ablage entwendet wurde!"

„Vielleicht Unterlagen, die bei Opitz' Prozess benutzt wurden?"

„Und warum sollte Andreas Schmidt-Werner die hier aufbewahren? Was hat er mit Opitz zu tun?"

„Vielleicht war er derjenige, der mit der Glock jemanden umgebracht hat."

„Und Kirchner und Mertens? Die haben auch jemanden damit getötet? Das glaubst du ja selbst nicht!"

„Schön", gab Kayser zu. „War ja auch nur eine Vermutung. Vielleicht können uns die Eltern von Schmidt-Werner weiterhelfen. Opitz ist 2005 verurteilt worden. Da war Schmidt-Werner schätzungsweise ... wie alt?"

Hallstetter rief sich die Informationen ins Gedächtnis, die er telefonisch zum Fund von Schmidt-Werners Leiche bekommen hatte und rechnete nach. „Wahrscheinlich gerade volljährig."

„Dann hat er damals bestimmt noch zu Hause gewohnt." Kayser zückte sein Handy erneut, um es sofort enttäuscht wieder sinken zu lassen. „Mist, die Keller ist ja krank. Hatte ich ganz vergessen."

„Was willst du denn von ihr?"

„Sie sollte für uns rausfinden, wo die Eltern von Schmidt-Werner wohnen."

„Dann ruf die Auskunft an. So viele Leute mit dem Namen wird es in Deutschland wohl nicht geben." Hallstetter schüttelte den Kopf und brummelte etwas, das sich anhörte wie: „Und mir unterstellen, ich sei schwer von Begriff ..."

„Sie wohnen sogar in Köln!" sagte sein Kollege kurz darauf. „Es gibt nur noch einen Eintrag für Köln. Draußen in Esch. Wentrop kann sich um diesen Herrn Plenert im *Dom Hotel* kümmern und wir besuchen die Eltern von Schmidt-Werner. Ich sag eben noch der Plasberg Bescheid."

Hallstetter seufzte. „Dann kann ich meinen Skatabend wohl vergessen, was?"

Als sich Maria Plasberg am späten Nachmittag im Büro ihres Vorgesetzten wiederfand, regnete es noch immer leicht. Das Wasser hatte den Schmutz auf Eikners Fenstern in braunen Schlieren heruntergewaschen, die Lichter der Kalker Hauptstraße zu ihren Füßen waren nur verschwommen zu erkennen. Wie durch ein Prisma spiegelten und verschoben sie sich ineinander.

Der Chef des KK 11 war allerdings nicht allein, ihm gegenüber in einem Sessel der Besucherecke saß erneut Karl-Josef Kupka, eine Tasse Kaffee auf seinen Knien balancierend, eine braune Aktenmappe auf dem Sitz neben sich. Vor ihm auf dem Tisch stand ein aufgeklappter Laptop. Plasberg hängte ihre Handtasche und Jacke an den Garderobenständer und seufzte innerlich. Hatte der Mann nichts Besseres zu tun? Seine ständige Einmischung kostete die Mordkommission wertvolle Zeit und sie persönlich eine ganze Menge Nerven. Außerdem wollte sie mit Eikner unter vier Augen reden.

„Herr Kupka! Was verschafft mir die Freude eines so baldigen Wiedersehens?" Ohne auf eine Einladung zu warten, bediente sie sich an der Kaffeekanne und nahm Platz.

„Sie können sich Ihren Sarkasmus sparen, Frau Hauptkommissarin!" Kupka setzte seine Tasse klirrend ab. Auch er schien kein Vergnügen über ihr erneutes Treffen zu empfinden. „Ich bin nicht einer Ihrer Mitarbeiter. Der Polizeipräsident ist ausgesprochen verärgert über den Verlauf der Pressekonferenz. ‚Stümperhaftes Auftreten' war dabei noch seine mildeste Wortwahl."

„Ist das so?" Plasberg kniff die Augen zusammem und Eikner sah sie beschwichtigend an. „Und was genau meint er damit? Ihren Auftritt oder meinen? Soweit ich mich erinnern kann, lag die Verantwortung für die Pressekonferenz doch in Ihren Händen!"

Kupka wurde feuerrot im Gesicht und eine Zornesader zog sich über seine Halbglatze. „Jetzt versuchen Sie bloß nicht, mir die Verantwortung für Ihr Verhalten in die Schuhe zu schieben! Sie waren es, die sich mit der Reibach angelegt hat! Nur weil die Frau Ihr übergroßes Ego gekitzelt hat! Mit Ihrem Frontalangriff haben Sie sich und der Polizei einen Bärendienst erwiesen. Man legt sich nicht vor laufenden Kameras mit der Presse an!"

„Mein übergroßes Ego?", wiederholte Plasberg empört, aber Kupka beachtete sie gar nicht.

Er drückte ein paar Tasten auf seinem Laptop, dann drehte er den Bildschirm in ihre Richtung. „Das ist vor zwei Stunden auf *YouTube* hochgeladen worden. Inzwischen ist es schon über 10.000 Mal angeklickt worden. Eine Katastrophe!“

Plasberg sah eine Frontalansicht des Podiums, auf dem Dimitrov, sie und Kupka saßen, vor sich eine Vielzahl von Mikrofonen, hinter sich das Logo der Kölner Polizei. Die Bild- und Tonqualität waren erstaunlich gut; man konnte jedes Husten, jedes Fußscharren hören. Das Video setzte ein mit Plasbergs Referat über die bisherigen Morde, ihre zugegebenermaßen dürftigen Ermittlungsergebnisse und dann folgte der Frage-und-Antwort-Teil, bei dem es zum Eklat zwischen Jutta Reibach vom *Express* und Plasberg gekommen war. Als Plasberg die Frage der Journalistin nach ihrer persönlichen Eignung ignorierte und ihr stattdessen eigennützige Motive bei der Berichterstattung unterstellte, brach lautstarke Unruhe unter den versammelten Presseleuten aus und die Kamera zoomte auf Kupka, der verzweifelt das Gesicht in seinen Händen verbarg. Das knapp fünfzehnminütige Video endete mit dem abrupten Ende der Pressekonferenz, als Eikner zum Podium stürmte und Plasberg kurz darauf die Unterrichtung der Medien abbrach.

„Die Rüschenbluse war ein Fehler“, kommentierte die Kommissarin und goss sich heißen Kaffee nach. Seit sie am Rheinufer gewesen war, fror sie. „Ich hätte sie schon vor Jahren in die Altkleidersammlung geben sollen.“

„Ist das alles, was Sie zu sagen haben?“, fragte Kupka. „Sie blamieren uns vor der gesamten Öffentlichkeit, und das Einzige, worüber Sie sich Gedanken machen, ist ihr modisches Erscheinungsbild? Haben Sie mal einen Blick auf die Kommentare geworfen?“

Plasberg scrollte auf dem Bildschirm nach unten und überflog einige der abgegebenen Meinungen.

Da läuft ein Serienmörder frei herum, und was tut die Polizei? Verliert sich in Schaukämpfen mit einer Journalistin! Armes Deutschland!

Totale Inkompetenz. Man sollte die alle feuern!

Wenn das alles ist, was die Polizei aufzubieten hat, na dann gute Nacht! So was kann auch nur in Köln passieren.

Die Frage der Journalistin war auch ziemlich gemein. Ich fand die Kommissarin schlagfertig.

Plasberg sah auf und zuckte mit den Schultern. „Ja, und? Es gibt also auch positive Bewertungen.“

„Ja, vielleicht zwei von zehn!" Kupkas Stimme wurde lauter. „Wir haben jedes Vertrauen der Bevölkerung verspielt und das ist allein Ihre Schuld, Frau Hauptkommissarin! Weil Sie sich nicht am Riemen reißen können und sich in eine persönliche Auseinandersetzung haben ziehen lassen!"

Plasberg schoss genauso scharf zurück. „Ich lasse mir doch nicht von einer dahergelaufenen Pressetante fachliche Inkompetenz vorwerfen! Noch dazu, wenn ich aus sicherer Quelle weiß, dass der Dame schon im Vorfeld vor allem daran gelegen war, eine Schlagzeile zu produzieren. Es ging ihr doch gar nicht um die Mordserie!"

„Wenn Sie es vorher wussten, warum haben Sie dann überhaupt auf die Provokation reagiert? Sie hätten die Reibach einfach abblitzen lassen können! Aber nein, die Frau Hauptkommissarin liefert sich mit ihr lieber eine Schlammschlacht vor allen Medienvertretern!" Kupka warf gereizt die Arme hoch. „Und mir bleibt es dann überlassen, die Wogen zu glätten – was mir im Übrigen nicht gelungen ist. Der *Express* wird morgen die Pressekonferenz als Aufmacher benutzen. Ich darf gar nicht daran denken, wie Eberswalde reagieren wird, wenn er den Bericht liest!"

„Frau Plasberg! Herr Kupka!" Eikner versuchte, schlichtend einzugreifen, aber der Kommissarin riss der Geduldsfaden. Eine Diskussion über ihr Verhältnis zur Presse zum jetzigen Zeitpunkt war völlig irrelevant. Der Büroleiter des Polizeipräsidenten ging ihr gehörig auf die Nerven.

„Es war doch Ihre Idee, diese verdammte PK abzuhalten!", erklärte sie wutschnaubend. „Das ist doch nicht auf meinem Mist gewachsen! Glauben Sie, ich habe nichts Besseres zu tun, als mich mit diesen Medienfuzzis herumzuschlagen? Ihre Art von Öffentlichkeitsarbeit, lieber Herr Kupka, kostet mich und meine Mitarbeiter nur Zeit und Energie, die wir erheblich besser auf die laufenden Ermittlungen konzentrieren könnten! Selbst unser jetziges Gespräch – unnütz und nebensächlich! Die Meinung der Presse interessiert mich nicht und auch das Bild, das die Polizei in der Öffentlichkeit abgibt, ist mir piepegal im Moment. Meine Aufgabe ist es, diesem Psychopathen endlich das Handwerk zu legen. Darf ich Sie daran erinnern, dass Sie derjenige waren, der darauf bestanden hat, die Pressekonferenz direkt neben dem Führungsraum abzuhalten und mich und Dimitrov einzubinden? Mein gesamtes Team hat wegen der Vorbereitungen der PK fast einen ganzen Arbeitstag verloren. Also erzählen Sie mir nicht, welche Prioritäten ich zu setzen habe!"

Kupka hatte sie während ihres Ausbruchs mit offenem Mund angestarrt. Jetzt räusperte er sich und sagte: „Wissen Sie, Frau Plasberg, langsam, aber sicher bekomme auch ich den Eindruck, dass Sie dem Druck dieser Aufgabe tatsächlich nicht gewachsen sind. Vielleicht wäre es sinnvoller, die Ermittlungen den Händen eines anderen Kollegen anzuvertrauen?" Dabei sah er Eikner fragend an.

Doch jetzt wurde Plasberg richtig böse. „Mischen Sie sich nicht in Dinge ein, von denen Sie keine Ahnung haben, Herr Kupka! Ihre Aufgabe mag es sein, dem Polizeipräsidenten den Hintern abzuwischen, meine Aufgabe ist es, für Recht und Ordnung zu sorgen!" Bei Plasbergs Wortwahl zuckten beide Männer zusammen, aber sie ließ sich nicht beirren. Im Moment waren ihr die Folgen für ihre Karriere egal, aber ihr Versagen vorzuwerfen, war einfach unfair, und das wusste Kupka ganz genau. „Wir haben einen Serientäter, der es fertiggebracht hat, innerhalb einer Woche vier Menschen auf mehr oder weniger bestialische Art zu töten, gezielt und nach einem ausgeklügelten Plan. Der Mann ist ein Profi, er macht so gut wie keine Fehler, hinterlässt keine Spuren, und Sie werfen mir vor, dass ich ihn nicht innerhalb von ein paar Tagen festsetzen kann? Dann engagieren Sie doch *Superman*! Denn ich bezweifle stark, dass die Kollegen Ostrop und van der Heyden eine andere Vorgehensweise an den Tag legen als ich!"

Sie fühlte ihren Puls rasen, als sie ihre Tirade beendet hatte, und war sicher, dass Kupka Eikner nun vor ihren Augen auffordern würde, ihr den Fall zu entziehen. Wahrscheinlich würde er sogar versuchen, ein Disziplinarverfahren gegen sie einzuleiten. Letzteres war ihr egal, sie hatte schon Schlimmeres überstanden, und am Ende würde wahrscheinlich alles nur auf eine förmliche Entschuldigung hinauslaufen, zu der sie sich dann irgendwann zähneknirschend bereit fand. Aber den Fall abgeben? Das würde sie unter gar keinen Umständen mit sich machen lassen, wie sie erstaunt feststellte. Im Moment ihres Wutausbruchs war ihr klar geworden, dass sie die Anschläge auf Mertens, Kirchner, Opitz und Schmidt-Werner mittlerweile als einen Angriff auf ihre Integrität und ihre Fähigkeiten als Ermittlerin empfand. *Sie* würde diesen Irren zur Strecke bringen und niemand anders.

Doch zu ihrer – und Eikners – Überraschung reagierte Karl-Josef Kupka über die Maßen zurückhaltend auf ihren Ausbruch. Tatsächlich umspielte plötzlich ein feines Lächeln seine Lippen. „Sie unterschätzen mich und meine Fähigkeiten, Frau Plasberg", sagte er leise und fuhr sich durch seinen Vollbart. „Handlangerdienste, wie Sie sie angedeutet haben, fallen schon längst nicht mehr in mein Ressort. Aber seien Sie vorsichtig. Noch bin ich Ihnen wohlgesonnen. Allerdings wird sich das ändern, wenn Sie diesen Fall nicht schleunigst lösen."

Plasberg starrte ihr Gegenüber fassungslos an. „Sie … Sie sind mir wohlgesonnen?", brachte sie schließlich heraus. Sie war völlig perplex. Sollte sie jetzt lachen? „Hab ich da gerade was verpasst?"

Doch Kupka tat, als hätte er ihre Fragen nicht gehört. Stattdessen sammelte er Laptop und Aktenmappe zusammen, zog an der Garderobe umständlich seinen Mantel über und verabschiedete sich von den beiden Kommissaren mit einem knappen Nicken. „Ich werde dem Polizeipräsidenten ausrichten, dass Sie die Ermittlungen noch intensiver vorantreiben als bisher. Tun Sie Ihre Pflicht, Frau Hauptkommissarin."

Nachdem die Tür hinter Kupka zugefallen war, ließ sich Eikner stöhnend in seinen Sessel zurückfallen. „Das mit dem Hintern abwischen hätten Sie nicht sagen dürfen, Frau Kollegin. Das war völlig unangebracht."

„Ja, aber …" Plasberg hatte sich noch immer nicht gefangen. „Ich dachte, er reißt mir den Kopf ab! Stattdessen ist er mir ‚wohlgesonnen'? Was sollte das? Ich werde einfach nicht schlau aus dem Mann."

Eikner schüttelte den Kopf. „Ich habe keine Ahnung. Für mich klang das eher nach einer Drohung."

„Dieser Fall macht mich wahnsinnig", murmelte Plasberg und rieb sich abgekämpft die Augen.

„Was ist jetzt mit dem neuen Opfer?", fragte Eikner. Auch an ihm war die Auseinandersetzung zwischen Kupka und Plasberg nicht spurlos vorbeigegangen. Geistesabwesend knetete er seine Hände. „Derselbe Täter?"

Die Kommissarin nickte. „Diesmal hat er einen 24-jährigen Kellner des *Dom Hotels* im Rhein ertränkt. Dasselbe Schema: ein gelbes Post-it und vier abgebrannte Streichhölzer. Aber es gibt eine Abweichung. Der Täter hat sich eines Teils der Tatwaffen entledigt … nein, nicht ganz korrekt – er hat den Kellner in dem Vauxhall ertränkt, mit dem er Mertens zum Schlachthof transportiert hat. Und wir wissen jetzt auch, warum er nie Spuren hinterlassen hat. Im Kofferraum des Autos hat Wentrop einen Neoprenanzug gefunden."

„Was schließen Sie daraus?"

Die Kommissarin seufzte. „Ich kann nur hoffen, dass das bedeutet, dass er am Ende seiner Todesliste angekommen ist."

„Das hoffe ich für uns alle." Eikner stand auf, in der Annahme, das Gespräch sei beendet, aber sie hielt ihn zurück. „Gab es 2005 ein Tötungsdelikt im KK 11, in das Mertens, Kirchner, Opitz und Schmidt-Werner irgendwie verwickelt waren?" Sie berichtete Eikner von dem Querverweis, den Vogt und die anderen Kollegen in der Akte Opitz aus Wentrops Kommissariat im Archiv gefunden hatten. „Ich weiß, dass ich einen solchen Fall in meiner MK nicht hatte", schob sie nach. „Aber mir ist auch aus den Besprechungen mit den Kollegen Ostrop und van der Heyden nichts in Erinnerung. Allerdings habe ich auch nicht an jeder Besprechung teilgenommen. Fällt Ihnen dazu etwas ein?"

Der Leiter des KK 11 schob nachdenklich seine Brille die Nasenwurzel hoch und runter. „Schmidt-Werner … Schmidt-Werner … ist das der Name des jungen Kellners?"

„Ja."

„Irgendwas klingelt da bei mir … aber …" Eikner zögerte. „Kann ich Ihnen aus dem Stehgreif nicht beantworten. Warum schicken Sie nicht einen Ihrer Mitarbeiter ins Archiv?"

„Schon erledigt. Vogt und Siener kümmern sich darum. Aber bisher wussten sie ja noch nicht mal, welchem Namen die Ermittlungsakte zugeordnet sein könnte und Sie wissen ja selbst, wie sauber sortiert unser Archiv ist. Sind Sie sicher? Dieser Schmidt-Werner hatte was auf dem Kerbholz?"

„Sicher bin ich mir nicht“, gab Eikner zu. „Aber ich habe den Namen in diesem Büro schon einmal gehört … glaube ich wenigstens. Wenn mir etwas Greifbareres einfällt, melde ich mich.“

„Ich könnte natürlich die Kollegen van der Heyden und Ostrop selbst fragen …“

„Ostrop ist im Urlaub auf Hawaii.“

„Wie bitte? Seit wann?“

„Seit gestern. Der sitzt jetzt mit seiner Familie im Flieger. Den werden Sie so schnell nicht erreichen.“

„Und wieso weiß ich davon nichts?“

„Weil ich es bis gestern selbst nicht wusste. Er hat“, Eikner zog eine Grimasse, „seine persönlichen Beziehungen zu Eberswalde spielen lassen.“

„Verdammt!“ Plasberg kam das ein wenig merkwürdig vor, aber im Moment konnte sie an der Situation auch nichts ändern. „Und van der Heyden?“

„Bitte.“ Eikner deutete auf sein Telefon.

Sie wählte die Nummer ihres Kollegen, aber van der Heyden war nicht mehr im Büro und auch zu Hause über Festnetz und übers Handy war er nicht erreichbar. Sie hinterließ eine kurze Nachricht mit der Bitte um Rückruf auf der Mailbox.

Als sie schon in der Tür von Eikners Büro stand, fiel ihr noch etwas ein. „Frau Keller und Brinkhoff haben sich heute krank gemeldet. Magen-Darm-Virus. Die Keller wird wohl morgen wieder fit sein, aber Brinkhoff …“

Etwas in ihrer Stimme ließ Eikner aufhorchen. „Ist was Ernsteres mit ihm?“

„Ich … nein. Ich denke nicht.“ Für einen Augenblick war sie versucht gewesen, Eikner von ihrem Gespräch mit Markus Clement zu erzählen, aber im letzten Moment besann sie sich eines Besseren. Trotz allem verspürte sie eine gewisse Loyalität zu Brinkhoff und – auch wenn sie es nicht zugeben wollte – noch immer einen Rest Hoffnung, dass er seine Entscheidung, den Dienst zu quittieren, revidieren würde.

Sie nahm Jacke und Handtasche von der Garderobe und wünschte ihrem Chef einen angenehmen Feierabend.

*

Während die Kommissarin nach Hause fuhr, war Johannes Wentrop auf dem Weg in die Innenstadt. Nach dem Anruf von Kayser hatte er Dimitrov am Stammheimer Ufer zurückgelassen – es gab sowieso nicht mehr viel zu tun. Schmidt-Werners Leiche war inzwischen zur Gerichtsmedizin abtransportiert worden und der Abschleppdienst hatte den Vauxhall für die Spurensicherung verladen und weggefahren. Der Fallanalytiker würde mit dem Rest alleine fertig werden.

Das *Dom Hotel*, eines der besten Hotels in Köln, lag inmitten der Altstadt, direkt neben der Kathedrale am Roncalliplatz, das Römisch-Germanische Museum in Sichtweite, Oper und Philharmonie nur einen Katzensprung entfernt, ebenso das Museum Ludwig mit seiner modernen Architektur und Kunstsammlung des 20. Jahrhunderts. Zugegebenermaßen wirkte der pompöse, an den Klassizismus angelehnte Bau gegenüber den neueren Luxushotels wie dem *Hyatt* auf der anderen Rheinseite oder dem *Maritim* an der Deutzer Brücke ein wenig altbacken, doch kaum ein anderes Hotel der Stadt konnte sich damit brüsten, schon um die Wende zum 20. Jahrhundert ein Treffpunkt der Hautevolee gewesen zu sein. Gekrönte Häupter, Premierminister, Präsidenten – insbesondere während der Kaiserzeit war man stolz auf eine illustre Gästeschar gewesen. Im Krieg war es fast vollständig zerstört und erst nach und nach wieder aufgebaut worden. Dennoch sah man sich gerade dort der Tradition verpflichtet – und eine Leiche passte in diesem Zusammenhang in keinster Weise in die Außendarstellung, wie Johannes Wentrop schnell bemerken sollte.

Das hoteleigene ‚Le Mérou' war eindeutig ein Restaurant der gehobenen Kategorie. Dicke, rote Teppiche dämpften Wentrops Schritte, als er an den festlich eingedeckten Tischen vorbeilief. Geputztes Silberbesteck blitzte neben reinweißem, edlem Porzellan auf hellblauen und gestärkten Tischtüchern. Um diese Uhrzeit waren nur wenige Tische besetzt, es war noch zu früh für ein Abendessen. Wie von selbst wurde sein Blick auf die Terrasse gelenkt, von der aus man den Dom sehen konnte. Allerdings war sie geschlossen, auch Ende März war es noch zu kühl, um im Freien zu essen – ganz abgesehen davon, dass das Gewitter den ganzen Platz unter Wasser gesetzt hatte. Wentrop begnügte sich mit einem Blick durch die deckenhohen, regennassen Fenster, als ihn ein Kellner abpasste. Er trug dieselbe Livree wie die Leiche am Rheinufer.

„Kann ich Ihnen weiterhelfen? Hatten Sie eine Reservierung?" Ein kritischer, unterkühlter Blick des Kellners sagte dem Kommissar, dass legere Kleidung – noch dazu feuchte – im ‚Le Mérou' nicht angebracht war.

Er zückte seinen Dienstausweis. „Ich möchte mit Ihnen und Ihren Kollegen über Andreas Schmidt-Werner sprechen."

Wie aus dem Nichts tauchte plötzlich ein wieselgestaltiger Mann mit stark gegelten Haaren und einem gehetzten Blick hinter einer Ecke auf und stellte sich als Michael Plenert vor, stellvertretender Geschäftsführer des Hotels. „Und Sie sind wer?"

„Kripo Köln, Kriminalhauptkommissar Johannes Wentrop."

Plenerts Hände spielten mit dem Ehering an seiner rechten Hand. „Hat Herr Schmidt-Werner wieder was ausgefressen?"

„Wieder? Heißt das, dass er früher mal mit dem Gesetz in Konflikt gekommen ist?"

Plenert sah ihn verwirrt an. „Ich verstehe nicht ganz. Ich dachte, es geht um den Vorfall von gestern Abend ... aber das würde ja keinen Sinn ergeben ..."

„Wir haben seine Leiche gerade aus dem Rhein gefischt", erklärte Wentrop stirnrunzelnd. „Als meine Kollegen die Wohnung des Toten durchsucht haben, sind sie auf dem Anrufbeantworter auf eine Nachricht des *Dom Hotels* –"

„Tot? Schmidt-Werner ist tot?"

„Ja. Ihr Mitarbeiter wurde ermordet."

Plenert wirkte fassungslos; in einer etwas hilflos anmutenden Geste leckte er sich über die trockenen Lippen. „Ich habe ihm heute Morgen auf Band gesprochen", murmelte er. „Eigentlich waren wir für siebzehn Uhr verabredet. Ich habe mich schon gewundert, warum er nicht erschienen ist, aber wenn ... na ja ..." Seine Augen irrten vom Kommissar zu dem Kellner, als suchten sie ein Objekt, an dem sie sich festhalten konnten. „Und ... eh ... warum wollen Sie jetzt mit den Mitarbeitern sprechen? Es ... Sie werden doch keinen der Angestellten verdächtigen, oder?" Er lachte gequält.

„Reine Routine“, erwiderte Wentrop.

„Ah. Also gut.“ Plenert warf einen Blick nach hinten. „Aber nicht vor den Gästen. Wenn Sie mir in mein Büro folgen würden?“

Der Kommissar hatte gar nicht bemerkt, dass in der Bar nebenan in Hörweite ein Tisch mit drei Gästen besetzt war: asiatische Geschäftsleute, die mit fast identischen Anzügen und Krawatten ausgestattet waren, Bänder mit einem Firmenlogo um den Hals trugen und einen vorabendlichen Drink nahmen.

„Wenn ich sage, dass ich zuerst die Kollegen des jungen Mannes befragen möchte, dann meine ich das auch so“, beharrte Wentrop. „Für Sie habe ich dann anschließend Zeit, Herr Plenert.“ Er hatte nicht vor, sich die Art und Weise seiner Erkundigungen diktieren zu lassen.

„Die Mitarbeiter im Restaurant sind beschäftigt, wir haben durchgehende Küche und –“

„Im Moment ist es doch noch relativ ruhig, wie ich sehe. Aber wenn ich die Kollegen von Herrn Schmidt-Werner erst nachher befrage, hat das sicherlich weitreichende Folgen für den Restaurantbetrieb des heutigen Abends. Ist Ihnen das lieber?“ Wentrop wurde langsam ungeduldig. Was glaubte der Mann, wen er vor sich hatte? Einen Dienstboten?

Plenert erblasste. „Nein. Natürlich nicht. Dann bitte hier durch.“ Widerstrebend ging er voran und zeigte dem Kommissar den Weg in die Küche, in der trotz der wenigen Restaurantgäste eine Atmosphäre geschäftiger Betriebsamkeit herrschte. Sieben oder acht weiß gekleidete Angestellte waren an geräumigen, blitzenden Arbeitsflächen zugange, putzten Gemüse, schälten Kartoffeln, klapperten mit Töpfen und Pfannen. Soßen wurden angerührt, Desserts vorbereitet. Wentrop dachte an seine Frau, eine begeisterte Hobbyköchin, die sich ständig über den Platzmangel und fehlendes Arbeitsgerät in ihrem Haushalt beschwerte. Bei dieser Küchenausstattung würde Anne sicher grün vor Neid werden. Einer der Angestellten war damit beschäftigt, Tauben mit einer Kräuterpaste einzureiben, deren Duft Wentrop in die Nase stieg. Aus einer Pfanne schoss eine Stichflamme empor, die von einem weiteren Mitarbeiter mit Weißwein abgelöscht wurde. Wentrops Magen begann zu knurren.

Plenert klatschte in die Hände, um Aufmerksamkeit zu erlangen, und stellte den Kommissar und den Grund seiner Anwesenheit vor, dann überließ er ihm das Feld, allerdings nicht, bevor er bedeutsam auf seine Armbanduhr getippt hatte. Der Küchenchef war ebenfalls nicht begeistert von der Unterbrechung.

„Wir haben einen engen Zeitplan!", wandte er ein. „Um 18.30 Uhr haben wir die ersten Reservierungen. Sie können nicht einfach –"

„Und ich habe einen toten Kellner", würgte Wentrop ihn unfreundlich ab. Was hatten diese Leute für Prioritäten? War für die gebrutzeltes Geflügel wichtiger als der Tod eines Kollegen?

Er gab den Küchenangestellten einen groben Abriss, wann und unter welchen Umständen Andreas Schmidt-Werner gefunden worden war. „Wir wissen nicht, wann er seinem Mörder begegnet ist, deshalb möchten wir in erster Linie den gestrigen Tag so genau wie möglich rekonstruieren. Außerdem interessiert die Polizei natürlich alles, was Sie mir über Ihren Kollegen sonst noch so sagen können."

Mehrheitlich schaute er in desinteressierte Gesichter, nur zwei oder drei Angestellte machten einen betroffenen Eindruck.

Ein junger Mann mit streng gescheitelten, kurzen Haaren und einem dunklen Kinnbart traute sich als Erster aus der Deckung. „Der Andreas war eigentlich ganz okay." Dank seiner Livree konnte ihn Wentrop ebenfalls als Kellner einordnen. „Aber er war fehl am Platz hier."

Kopfnicken reihum und zustimmendes Gemurmel bestätigte seine Einschätzung.

„Und Sie heißen?"

„Martin Schröder. Wir hatten gestern Abend zusammen Dienst."

„Und wieso war Schmidt-Werner hier fehl am Platz?"

„Er hat gehinkt", murmelte Schröder und senkte den Blick. „Deswegen hauptsächlich. Hier geht es abends schon mal turbulent zu, er konnte mit dem Tempo nicht Schritt halten. Manche Gäste haben ungehalten reagiert. Ich meine, er konnte ja nichts dafür, aber …"

„Er war ziemlich verschlossen." Eine Frau in den Dreißigern, deren blonde Haare unter ihrer Kochmütze hervorquollen, meldete sich zu Wort. Sie hielt eine Suppenkelle fest umklammert. „Andrea Schütz, Sous-Chefin. Ich meine, wenn man hier Tag für Tag miteinander arbeitet, dann lernt man sich auch irgendwie kennen, verstehen Sie? Aber der Andreas … oder wisst ihr groß was über ihn?“ Eine Haarsträhne fiel ihr ins Gesicht und sie strich sie mit einer ungeduldigen Geste wieder hinters Ohr.

Die meisten schüttelten den Kopf.

„Er hatte wohl ein schlechtes Verhältnis zu seinen Eltern“, erklärte ein weiterer Kellner. Sahid el Farrak hatte rabenschwarze Haare, einen karamellfarbenen Teint und offensichtlich einen persisch-asiatischen Hintergrund. Wie sein Arbeitskollege trug auch er eine schwarze Livree. „Hat er mir jedenfalls mal in einer Kaffeepause erzählt. Und er mochte *Take That*.“ Der junge Mann grinste herablassend.

„Bitte?“

„Die Boygroup? Robbie Williams? Er hatte alle Songs von denen auf seinem MP3-Player. Voll schwul.“

„Sie meinen, er hatte Beziehungen zu anderen Männern?“

El Farrak lachte. „Nein, keine Ahnung. Schwul im Sinne von scheiße. Ich weiß nicht, mit wem er ins Bett gestiegen ist. Ich kann mir nicht vorstellen, dass überhaupt jemand mit ihm … na ja, ist ja auch egal.“

„Er war also kontaktarm“, stellte Wentrop fest. „Wissen Sie sonst noch etwas über sein Privatleben? Hobbys? Freunde? Sport?“

„Er hat gehinkt. Wie sollte er denn da Sport machen?“

Der Kommissar zuckte mit den Schultern. „Im Fitnessstudio beispielsweise.“

El Farrak und Andrea Schütz sahen sich an. „Nein, bestimmt nicht. Der war nicht sportlich. Mit Computern kannte er sich ganz gut aus, glaube ich. Er hat mal den PC hier in der Küche repariert, als der sich nicht mehr hochfahren ließ.“

„Und von Ihnen war niemand privat mit ihm befreundet?“

Alle verneinten.

„Na, super“, murmelte Wentrop und machte ein paar Notizen über die spärlichen Erkenntnisse. „Ein Einzelgänger.“ Er konnte nur hoffen, dass Hallstetter und Kayser bei den Eltern des Opfers mehr Glück hatten. „Reden wir über den gestrigen Abend.

Kollegen von mir – und Ihr Chef – haben angedeutet, dass es einen ‚Vorfall' gegeben hat. Wenn vielleicht nur die Personen hier bleiben, die etwas darüber wissen oder daran beteiligt waren? Die anderen können dann an ihre Arbeit zurückgehen. Vielen Dank für Ihre Hilfe." Der Chefkoch nickte ihm erleichtert zu und verzog sich mit den meisten seiner Mitarbeiter wieder hinter diverse Regale und Herdplatten. Der Geräuschpegel in der Küche, der während Wentrops Erkundigungen auf ein Minimum reduziert worden war, stieg wieder an.

Zurück blieben die Sous-Chefin Andrea Schütz, Martin Schröder und ein weiterer livrierter Kellner namens Kevin Farbling, ein junger, etwas linkisch wirkender Bursche mit knallroten Haaren.

„Sie hatten zusammen Dienst?", fragte er.

Farbling nickte. „Die Schicht bis um 23 Uhr." Er lispelte ein wenig beim Sprechen, was ihn noch jünger wirken ließ.

„Dann war Schmidt-Werner also bis zum Schluss hier im Restaurant?"

„Ja, natürlich." Farbling sah ihn verwundert an. „Er kann doch nicht einfach früher gehen! Meist wird es auch noch etwas später, es kommt drauf an, wie lange die letzten Gäste bleiben. Aber gestern war es relativ ruhig, ich durfte um viertel vor elf Feierabend machen."

„Und Schmidt-Werner?"

„Auch so um den Dreh."

„Haben Sie ihn das Restaurant verlassen sehen?"

„Ja … nein …"

„Was denn nun?"

„Na ja, wir sind eigentlich zusammen rausgegangen, aber ich musste dann noch mal kurz zurück, weil ich mein Käppi vergessen hatte. Als ich wieder rauskam, war der Andy schon weg."

„Und Sie haben niemanden gesehen, der vielleicht auf ihn gewartet oder ihn abgeholt hat?"

„Auf den hat nie jemand gewartet oder …" Farbling stockte. „Sie meinen, dass der, der ihn umgebracht hat, vielleicht …?"

Wentrop zuckte mit den Schultern. „Wir wissen bisher nicht, ob Ihr Kollege nach Dienstschluss nach Hause gekommen ist oder was er überhaupt danach gemacht hat. Was war das denn nun für ein Vorfall?“

„Es war ein bisschen merkwürdig.“ Die Sous-Chefin kämpfte wieder mit einer losen Haarsträhne. „Es gab wohl einen Streit mit einem der Gäste … so gegen zehn Uhr. Das Restaurant begann sich langsam zu leeren. Geschirr wegräumen, Rechnungen erstellen, den Gästen einen Digestif anbieten – es war ziemlich viel los, und in der Küche bekommt man vom Restaurant sowieso nicht allzu viel mit. Man ist mehr mit den Speisen beschäftigt …“

„Da war ein Mann an Tisch 7, das war einer der Tische, die Andy bedient hat –“, sagte Martin Schröder.

„Keine Vorspeise, und Pasta als Hauptgang. Kein Dessert“, fiel ihm die Sous-Chefin ins Wort.

„Ich bin auch erst darauf aufmerksam geworden, als es lauter wurde“, ergänzte Farbling. „Andy stand mit der Rechnung am Tisch und der Gast hat wütend auf ihn eingeredet. Der Andy war ganz blass. Als hätte er ein Gespenst gesehen. Nein, Moment … der Gast hat ihm ein Foto gezeigt, glaube ich, und dabei ist der Andy ganz blass geworden, genau.“ Während Farbling versuchte, sich den Vorfall ins Gedächtnis zurückzurufen, bildete sich eine Falte über seiner Nasenwurzel.

„Und vorher? Also während dieser Mann gegessen hat und Ihr Kollege ihn bediente, da war alles noch in Ordnung?“, fragte Wentrop nach. „Die Szene hat sich erst abgespielt, nachdem er das Foto gezeigt hat?“

Farbling überlegte. „Ich denke schon … vorher ist mir jedenfalls nichts aufgefallen.“

„Was war das für ein Foto?“

Der junge Kellner zuckte mit den Schultern. „Keine Ahnung. Ich war auf der anderen Seite des Raums.“

„Aber Sie haben erkannt, dass es ein Foto war? Aus dieser Entfernung?“

„Es war ein großes Foto. So wie ein Buchcover.“

„Und Sie haben nicht erkennen können, was für ein Motiv auf diesem Foto war? Eine Landschaft? Eine Person?“

„Nein! Sag ich doch“, murrte Farbling.

„Okay. Und dann?"

„Ein paar Gäste haben sich umgedreht, weil der Mann immer lauter wurde."

„Haben Sie hören können, was er gesagt hat?"

Farbling schüttelte den Kopf. „Aber er war wütend. Andy hat ihm die Rechnung auf den Tisch gelegt und wollte weg, aber der Gast hat ihn am Ärmel festgehalten. Der Andy hat sich losgerissen und ist in die Küche gestürmt, er war total panisch. Der hatte richtig Angst. Der Kerl ist aufgesprungen und hat hinter ihm hergebrüllt."

„Und was?"

„Bitte?"

„Was hat er ihm hinterher gebrüllt?"

„Dich krieg ich auch noch."

„‚Auch noch'? Sind Sie sicher?"

„Ganz sicher."

„Er hat gezittert, der Andy, als er in die Küche kam. Am ganzen Körper", fiel die Sous-Chefin ein. „Ich hab ihn gefragt, was los ist, aber er hat nur den Kopf geschüttelt. ‚Ärger mit einem Gast', hat er gesagt. Und dann kam auch schon Kevin hinterher und hat mich gebeten, dass ich mich um den Gast kümmere. Das machen wir immer so, wenn es Ärger im Restaurant gibt. Jemand aus der Küche – also ich oder der Chef – geht raus und versucht, die Situation zu beruhigen. Klappt eigentlich immer."

„Und?", fragte Wentrop, der inzwischen eifrig mitschrieb.

„Und nichts. Der Gast saß am Tisch und hatte das Geld für die Rechnung schon parat liegen."

„Er hat bar bezahlt?"

„Ja."

„Mist!", fluchte Wentrop mit unterdrückter Stimme. Eine Kreditkartenabrechnung wäre zu schön gewesen, um wahr zu sein. Die Polizei wäre des Mannes in kürzester Zeit habhaft geworden. „Das war's?"

„Ich habe ihn gefragt, ob es ein Problem gebe, und er hat geantwortet, dass es sich um ein Missverständnis gehandelt habe. Er hat gezahlt, allerdings kein Trinkgeld gegeben und ist gegangen. Damit war für mich die Sache erledigt."

Wentrop wandte sich an den anderen Kellner. „Haben *Sie* Ihren Kollegen gefragt, worum es ging?“

„Andy hat gesagt, der Gast hätte ihn wohl verwechselt. Er hat die ganze Sache runtergespielt“, erklärte Schröder. „Er wollte auch nicht darüber reden. Wäre alles okay, hat er gesagt.“ Er zuckte mit den Schultern. „Solche Sachen kommen schon mal vor. Ist nichts Außergewöhnliches.“

Wentrop bezweifelte stark, dass dieser Vorfall nichts Besonderes war, im Gegenteil. Er war fest davon überzeugt, dass Schmidt-Werner im Restaurant seinem Mörder begegnet war. „Wenn es ein fast alltäglicher Vorfall war, wieso, glauben Sie, hatte die Geschäftsführung ein Gespräch mit Schmidt-Werner für heute anberaumt?“

Andrea Schütz und die beiden Kellner wechselten einen unbehaglichen Blick. „Der Andy stand unter besonderer Beobachtung der Geschäftsführung. Insbesondere Herr Plenert hat ihn auf dem Kieker gehabt.“

„Und wieso?“

„Keine Ahnung. Das müssen Sie ihn schon selbst fragen.“

„Werde ich tun“, erwiderte der Kommissar. „Können Sie den Gast beschreiben?“

„Nicht so groß wie Sie“, sagte Schütz. „Vielleicht 1,75 Meter?“ Sie wirkte unsicher. „Dick.“

„Nein“, widersprach Schröder, „nicht dick, eher stämmig.“

„Wie alt?“

„Puh“, machte Farbling und kratzte sich am Kopf. „Älter. So um die vierzig?“

Trotz des ernsten Hintergrunds konnte sich Wentrop ein Grinsen nicht verkneifen. ‚Älter‘ war immer eine Frage des Standpunktes. Er persönlich fand jemanden um die vierzig keineswegs alt, aus dem Blickwinkel eines Kellners von Anfang zwanzig schien man in diesem Alter jedoch fast schon ein Methusalem zu sein.

„An was können Sie sich noch erinnern? Denken Sie genau nach. Jedes Detail könnte wichtig sein. Hatte er einen Bart? War er glatt rasiert? Glatze? Volles Haar?“

„Schütteres, dünnes Haar“, sagte die Sous-Chefin zögernd. „Grau.“

„Grau? War das nicht eher braun?“, fragte Farbling. „Und er hatte eher so eine Halbglatze, wenn ich mich richtig erinnere.“

Wentrop seufzte innerlich. Das war das Problem mit Augenzeugen. Je mehr es von ihnen gab, desto unterschiedlicher waren ihre Erinnerungen über das, was sie gesehen hatten. Der Mensch war nicht darauf geschult, sich Dinge wie Kleidung und Aussehen einzuprägen, und ein alltäglicher Moment oder eine alltägliche Begegnung setzte sich im Kurzzeitgedächtnis nicht fest. Wenn man dann darauf angewiesen war, die Erinnerung an ein vorher als unbedeutend eingestuftes Ereignis erneut abzurufen, erwies sich das Gedächtnis als äußerst unzuverlässig.

„Welche Kleidung trug der Gast?“

Die drei schauten ihn ratlos an.

„Eine dunkle Jeans“, sagte Schröder. „Oder eine dunkle Stoffhose. Jedenfalls was Dunkles.“

„Ein Hemd? Eine Krawatte?“

„Keine Krawatte.“ Darin waren sich die drei sofort einig, aber über die Frage, ob der Gast ein Hemd oder einen Pullover getragen hatte, konnten sie keine Übereinstimmung erzielen. Für sie war der Mann nur ein ganz gewöhnlicher, wenn auch kurzzeitig ausfallend werdender Gast gewesen, und nachdem sich die Situation mit ihm wieder in Wohlgefallen aufgelöst hatte, war die Erinnerung an ihn rapide verblasst.

„Ich würde Sie gerne aufs Präsidium einladen“, sagte Wentrop. „Wir haben da Leute, die aus Ihren Angaben vielleicht ein Phantombild zeichnen können.“

„Aber nicht mehr heute“, sagte die Sous-Chefin. „Freitagabend? Was meinen Sie, was hier gleich los ist. Wir haben Reservierungen für fast alle Tische.“

„Na schön“, gab Wentrop zögernd nach und klappte seine Notizen zu. „Aber dann morgen früh. Gegen acht Uhr. Es ist wichtig.“

„Ich kann immer noch nicht glauben, dass dieser Kerl den Andy getötet hat“, sagte Farbling. „Der sah so normal aus.“

„Ich habe nicht gesagt, dass er tatsächlich der Täter war“, antwortete Wentrop. „Aber es ist eine Spur, der wir auf jeden Fall nachgehen müssen. Bitte“, sagte er eindringlich. „Schlafen Sie eine

Nacht drüber und versuchen Sie, sich an jedes Detail zu erinnern, das Ihnen einfällt. Es ist wirklich wichtig. Denn wenn der Mann wirklich der Täter ist, dann hat er nicht nur Ihren Kollegen auf dem Gewissen."

Die Sous-Chefin sah überrascht an. „Ist er dieser Serientäter, von dem heute in der Zeitung die Rede war? Der ‚Killer von Köln'?"

„Die Möglichkeit können wir zumindest nicht ausschließen", erwiderte der Kommissar ernst und verabschiedete sich.

Als er sich auf den Weg zu Michael Plenerts Büro machte, kam Andrea Schütz hinter ihm hergelaufen. „Sie haben gesagt, jedes Detail könnte wichtig sein", sagte sie atemlos. „Mir ist gerade noch was eingefallen, aber ich weiß nicht …"

„Ja?", ermunterte Wentrop sie.

„Als der Mann sein Portemonnaie weggesteckt hat … an der Unterseite der Börse klebte ein Packen Notizzettel, diese gelben Klebedinger … Sie wissen schon, etwas größer als eine Scheckkarte. Wahrscheinlich hat er sie beim Herausholen des Portemonnaies versehentlich mit herausgezogen und es nicht gemerkt. Aber es war ihm offensichtlich unangenehm, denn er hat sie ganz hastig wieder in seiner Tasche verstaut."

„Danke", sagte Wentrop und biss sich auf die Unterlippe. Jetzt war er sicher, dass sie eine heiße Spur hatten.

Doch der Abend bot für den Kommissar noch eine weitere Überraschung und nährte sein Gefühl, dem Täter einen entscheidenden Schritt nähergekommen zu sein. Michael Plenert eröffnete ihm, dass Schmidt-Werner nur aufgrund von Beziehungen die Stelle als Kellner im *Dom Hotel* bekommen hatte – so, wie der Kollege Kayser am Telefon vermutet hatte. Sein Vater, ein Staatsanwalt, und der Geschäftsführer des *Dom Hotels*, Hans-Jochen Kraushaar, waren Mitglieder im selben Tennisclub. Schmidt-Werners Vater hatte Kraushaar um den Gefallen gebeten, seinen Sohn im Hotel unterzubringen.

„Das heißt, Andreas Schmidt-Werner hat gar keine Ausbildung als Kellner?", fragte Wentrop.

„Doch, doch", erwiderte Plenert hastig. „Wir stellen in diesem Bereich doch keine ungelernten Kräfte ein! Es ist nur … der Junge hatte eine Vorgeschichte. Ohne die Fürsprache seines Vaters hätten wir ihn nie genommen."

„Was für eine Vorgeschichte?"

„Er war vorbestraft."

„Ach, deshalb Ihre Reaktion vorhin! Weswegen war er vorbestraft?"

Plenert zuckte die Achseln. „Das entzieht sich meiner Kenntnis. Ich bin in die Absprache zwischen Herrn Kraushaar und Herrn Schmidt-Werner nicht eingebunden gewesen. Ich habe nur den Auftrag bekommen, ein Auge auf den Jungen zu haben."

„Kann ich mit Ihrem Chef sprechen?"

„Nicht dieses Wochenende", bedauerte Plenert. „Er ist auf einer Fachtagung in der Nähe des Bodensees und wird nicht vor Sonntagabend zurückkommen."

„Aber er hat doch sicher ein Mobiltelefon, oder?"

„Schon ... das Problem ist nur, dass es da unten ein Funkloch zu geben scheint. Ich habe auch schon versucht, ihn anzurufen, um ihn über die Ereignisse zu unterrichten. Mehr als eine Nachricht an der Hotelrezeption mit einer dringenden Bitte um Rückruf habe ich nicht erreicht."

Wentrop überlegte kurz. Wenn er nicht über Kraushaar an Informationen über die Absprache zwischen ihm und dem alten Schmidt-Werner herankam und auch nicht über die Art der Vorstrafe des Sohnes, dann mussten es Kayser und Hallstetter von der anderen Seite her versuchen. Er verabschiedete sich eilig von Plenert und wählte Kaysers Mobilnummer, um ihn auf den neuesten Stand zu bringen.

„Ich hasse Überstunden", sagte Hallstetter trübsinnig, als Kayser und er vor dem Haus der Familie Schmidt-Werner anhielten. Der Nachmittag ging langsam in den Abend über. Inzwischen hatte es aufgehört zu regnen, der Geruch von nassem Gras lag in der Luft.

„Jetzt mecker nicht ständig. Du machst seit dreißig Jahren Überstunden – die zwei Jahre bis zur Rente wirst du auch noch schaffen. Ich weiß sowieso nicht, was du mit der ganzen Freizeit anfangen willst, die du dann hast."

„Ich spiele gerne mit meinen Enkeln!"

„In fünf Jahren wollen die aber nicht mehr mit dir spielen, weil sie dann zu groß sind. Und was machst du dann?"

„Ich … eh …" Hallstetter sah überrascht aus. Von dieser Warte aus hatte er noch nie auf seinen Ruhestand geblickt.

„Du brauchst ein Hobby", sagte Kayser.

„Du meinst, so was wie Briefmarken sammeln oder Rosen züchten?"

„Du brauchst etwas, was dir und deiner Frau Spaß macht. Etwas, das ihr zusammen unternehmen könnt."

„Zusammen?" Hallstetter kratzte sich am Kopf. „Seit Heidi das Buch von dem Kerkeling gelesen hat, liegt sie mir ständig damit in den Ohren, auch mal diesen Jakobsweg entlangzupilgern."

„Zu Fuß?" Kayser sah auf den Bauch seines Kollegen und fing an zu lachen. „Ich seh dich schon nach dem fünften Kilometer mit einem Kreislaufkollaps irgendwo am Wegesrand liegen. Außerdem ist das eine Reise und kein Hobby. Ich dachte eher an so was wie Paartanz für Senioren oder zusammen eine neue Sprache lernen."

„Warum soll ich mit 65 noch eine neue Sprache lernen?"

„Damit du in Santiago de Compostela nach einem Orthopäden fragen kannst, der sich um die Blasen an deinen Füßen kümmert!", grinste Kayser. Er stellte den Motor ab, stieg aus dem Wagen und sah sich um. „Nett hier."

Das dreistöckige, mit kleinen Erkern und Türmen versehene Haus von Andreas Schmidt-Werners Eltern lag in einer schmalen Sackgasse am Rande einer gepflegten Wohnsiedlung am oberen Zipfel des Nördlichen Escher Sees, dessen Ufer nur von ein paar Laubbäumen verborgen wurde. Über dem See jagten Vögel nach Insekten, in der Ferne bellte ein Hund, ansonsten war es ruhig und friedlich. Auf der Straße war kein Mensch zu sehen, vom Seeufer stieg Dunst auf. Esch, im Nordosten von Köln, gehörte zu den besseren Vierteln der Stadt. Eigenheime mit Gartengrundstücken prägten das Gesicht des Stadtteils; die vor den Garagen geparkten Dienstwagen wiesen darauf hin, dass die Bewohner wohlhabend waren. Rosenbüsche und Magnolien blühten in den Vorgärten.

„Hier kann man im Sommer bestimmt schön grillen", stellte Hallstetter fest.

„Hier grillt man nicht, hier gibt man Cocktailpartys. Oder man lässt grillen, von einem Catering-Service."

Die Villa der Schmidt-Werners war weiß verputzt und lag ein Stück von der Straße zurückgesetzt. Im abgezäunten Vorgarten wuchsen Birken und Rhododendrensträucher. Steinplatten erlaubten einen Gang durch den Garten, ohne den Rasen betreten zu müssen. In der Mitte war ein Goldfischteich angelegt worden, an dessen Rand eine verwitterte Holzbank stand. Im Hintergrund war das beruhigende Plätschern einer Wasserpumpe zu hören.

„Ich will gar nicht wissen, wie der Garten hinter dem Haus zur Seeseite aussieht", brummte Hallstetter, während sie über den gepflasterten Weg liefen. „Wahrscheinlich haben die auch noch einen eigenen Bootsteg."

„Sozialneid?", neckte ihn sein Kollege.

„Blödsinn. Allein schon deshalb nicht, weil es hier wahrscheinlich nirgendwo eine Eckkneipe gibt, in der ich abends mal ein gepflegtes Kölsch trinken kann. Und bei Bootsfahrten werde ich seekrank."

Als sie vor der Haustür angekommen waren, fragte Kayser: „Bereit?"

Hallstetter nickte. Es würde ein schwieriger Besuch werden. Schlimm genug, dass sie der Familie eine Todesnachricht überbringen mussten – eine Aufgabe, die nie leicht und bei allen Polizisten unbeliebt war –, sie waren auch gezwungen, in der offensichtlich kriminellen Vergangenheit des Sohnes herumzustochern.

Eine Frau mit kurzen Haaren, dezentem Make-up und in Abendgarderobe öffnete ihnen. Obwohl sie merkwürdig faltenfreie und straffe Gesichtszüge besaß, schätzten die Kommissare sie auf Anfang fünfzig; Kayser vermutete, dass sie sich hatte liften lassen. Trotz allen Wohlstandes war ihr anzusehen, dass ihr Leben nicht sorgenfrei war. Es war irgendetwas in ihren Augen, die die Kommissare mit einer Mischung aus Vorsicht und Resignation musterten.

Hallstetter und Kayser zückten ihre Dienstausweise und wiesen sich aus, und ein Schatten flog über das Gesicht von Annette Schmidt-Werner. „Es ist wieder was mit Andreas, oder?" Es war mehr eine Feststellung als eine Frage und sie klang eher ungehalten als angstvoll. „Hat das nicht Zeit bis morgen? Mein Mann und ich wollten gerade in die Oper …“

„Ich fürchte nicht“, sagte Kayser. „Dürfen wir hereinkommen?“

Sie zuckte mit den Schultern. „Paul?“, rief sie nach hinten und trat zur Seite. „Wir haben Besuch!“

Annette Schmidt-Werner folgend, gingen die Kommissare ins Wohnzimmer, einem großen Raum, dessen Schmalseite von einem offenen Kamin dominiert wurde und dessen Terrassenfenster einen Blick auf den hinteren Garten freigab: eine weitläufige Rasenfläche, an deren Rand Ahornbäume und Eiben standen. Daran schloss sich abrupt das Seeufer an. Hallstetter schmatzte triumphierend mit den Lippen, als er einen kleinen Holzsteg im Wasser ausmachte.

Paul Schmidt-Werner, der kurz darauf zu ihnen stieß, war fast einen Kopf kleiner als seine Frau, hatte graumelierte Haare und einen Bauch, über dem sich die Jacke seines dunklen Anzugs spannte. Wache braune Augen studierten die Kommissare und die Dienstausweise, die sie erneut zückten.

„Von der Kripo, so, so“, war sein erster Kommentar. „Dann ist es ja wohl was Ernstes.“ Mit einer ähnlichen Mischung aus Verärgerung und Resignation wie seine Frau bot er den Polizeibeamten Plätze an. „Mein Sohn ist erneut in Schwierigkeiten?“

Hallstetter räusperte sich. „Ich … es tut mir leid …“ Für einen Moment verließ ihn seine Routine. Wie brachte man Eltern den gewaltsamen Tod ihres Kindes bei? Gab es eine Möglichkeit, den Schmerz und Schock dieser Botschaft abzumildern? Es war nicht das erste Mal, dass er im Laufe seiner Karriere vor diesen Fragen stand, aber eine passende Antwort schien es nicht zu geben. „Wir haben leider eine schlechte Nachricht für Sie. Ihr Sohn ist heute Nachmittag tot aufgefunden worden.“

Die Kommissare schwiegen respektvoll und warteten, bis die Nachricht ins Bewusstsein der Eltern eingedrungen war.

„Tot?“, flüsterte Annette Schmidt-Werner. Sie ließ sich in einen der Sessel fallen. „Andreas lebt nicht mehr? Aber …“ Sie schloss die Augen und ihre Brust hob und senkte sich, die Finger ihrer Hände krallten sich in das Polster des Sessels. Ihr Mann ging zu ihr und legte ihr eine Hand auf die Schulter. Mit einer abwehrenden Geste kam sie wieder zu sich. „Wann? Wo?“

„Seine Leiche wurde heute Nachmittag entdeckt. In einem Fahrzeug, das aus dem Rhein geborgen wurde am Stammheimer Ufer."

„Ich habe einen Bericht im Radio gehört, dass der Schiffsverkehr durch die Bergung eines Autowracks behindert gewesen ist ... das war Andreas?" Die Frage kam leise, aber mit fester Stimme.

Hallstetter und Kayser wechselten einen unauffälligen Blick. Keine Tränen, kein Zusammenbruch: Das Verhältnis zwischen Eltern und Sohn schien nicht besonders gut gewesen zu sein. Oder war das einfach der Schock? Trauer setzte dann erst später ein.

„Hier muss ein Missverständnis vorliegen", sagte Paul Schmidt-Werner. Seine Stimme war ebenfalls klar und deutlich. Wenn er durch die Nachricht vom Tode seines Sohnes getroffen war, dann konnte er seine Gefühle gut verbergen. „Mein Sohn besitzt kein Auto ... oder ist er bei jemandem mitgefahren? Ist noch jemand ums Leben gekommen?"

„Ihr Sohn hat seinen Personalausweis bei sich gehabt."

„Ich glaube Ihnen kein Wort! Vielleicht hat er ihn verloren oder er wurde gestohlen, und derjenige, den Sie aus dem Rhein gefischt haben, war der Dieb." Er griff in seine Hosentasche und zückte sein Handy. „Ich werde ihn anrufen und –"

„Herr Schmidt-Werner", unterbrach ihn Kayser ungewohnt sanft. „Dunkelblonde Haare, schmächtiger Körperbau? Er hat mit dem rechten Bein gehinkt?"

Der Vater des Opfers ließ sein Handy sinken und sackte auf die Armlehne des Sessels, in dem seine Frau saß. „Ja", sagte er leise. „Er hinkt seit dem sechsten Lebensjahr. Wissen Sie, er ist von einer Schaukel gefallen damals ... über sechs Monate hat er im Krankenhaus gelegen ..." Verloren starrte er vor sich hin. Dann jedoch richtete er sich wieder auf, ein Ruck ging durch seinen Körper. Die Kommissare konnten förmlich spüren, wie er seine persönlichen Gefühle zur Seite schob. „Hat er getrunken? Ist er von der Straße abgekommen?"

„Paul ... du weißt doch, er hat nie wieder etwas angerührt, seit er –"

„Annette, ich regele das!" Ihr Mann schnitt ihr barsch das Wort ab.

Die Kommissare sahen sich erneut an. Hier war definitiv keine Trauer zu erkennen. Die Reaktion der Eltern ließ eher den Eindruck aufkommen, sie seien – enttäuscht. Aber das ergab keinen Sinn, oder? Schließlich sagte Kayser: „Nein, nichts dergleichen. Ihr Sohn ist Opfer eines Gewaltverbrechens geworden. Er wurde ermordet." Er sah schnell zu Annette Schmidt-Werner hinüber, ob sie die Details der Tat ertragen würde. Aber früher oder später würden die Eltern sie doch erfahren. Besser jetzt von der Polizei als aus der Presse. „Seine Hände waren ans Lenkrad gefesselt. Der Wagen ist absichtlich in den Fluss gerollt worden."

Jetzt endlich gab es eine Reaktion, die die Kommissare einordnen konnten. Schmidt-Werner taumelte zurück, als wäre er angeschossen worden. „Ermordet?", keuchte er. „Ermordet?"

Diesmal war es seine Frau, die Haltung bewahrte. „Paul!", sagte sie scharf. „Reiß dich zusammen!" Sie verließ das Wohnzimmer und kehrte kurz darauf mit zwei Gläsern Wasser zurück. „Hier, trink das", befahl sie und drückte ihrem Mann ein Glas in die Hand, das andere trank sie selbst.

Seltsamerweise schien diese alltägliche Handlung einen beruhigenden Effekt auf ihren Ehemann zu haben, denn als er das Glas absetzte, hatte er sich wieder im Griff. Hallstetter und Kayser gaben sich keine Mühe mehr, ihr Erstaunen zu verbergen. Was ging hier vor?

„Ich nehme an, Sie oder Ihre Kollegen sind dabei, sich ein Bild von meinem Sohn zu machen?", fragte Paul Schmidt-Werner. Er klang auf einmal sehr geschäftsmäßig. „Waren Sie schon bei seinem Arbeitgeber?" Es hörte sich fast an, als sondierte er das Terrain, als wollte er in Erfahrung bringen, was genau die Polizei schon wusste.

„Wenn Sie die Vorstrafe Ihres Sohnes meinen: Ein Kollege hat schon mit dem stellvertretenden Geschäftsführer des *Dom Hotels*, einem Herrn Plenert –"

„Der weiß gar nichts!", unterbrach ihn Schmidt-Werner. „Nur Kraushaar weiß Bescheid. Er schuldete mir einen Gefallen, deshalb hat er meinen nichtsnutzigen Sohn eingestellt, nachdem der sein Leben verpfuscht hatte." Er wandte sich an seine Frau, die ihm beschwörend eine Hand auf den Arm gelegt hatte. „Sie werden es sowieso herausbekommen, Annette."

„Was werden wir herausbekommen?", fragte Kayser dazwischen.

Schmidt-Werner holte Luft und sah dem Kommissar in die Augen. „Mein Sohn ist verurteilt worden, weil er in einen Mord verwickelt war. Und wenn er jetzt umgebracht worden ist, dann kennen wir auch seinen Mörder. Hajo Webknecht."

„Wer?", fragte Hallstetter.

„Einen Mord?", fragte Kayser. Als sie von der Vorstrafe des Sohnes erfahren hatten, waren beide von einem Delikt wie Autodiebstahl oder schlimmstenfalls einer Körperverletzung ausgegangen, aber Mord?

„Ich verstehe kein Wort", sagte Hallstetter. „Vielleicht erzählen Sie uns, wovon Sie überhaupt sprechen."

„Da gibt es nicht viel zu erzählen", erklärte Schmidt-Werner. „2005 hat Andreas zusammen mit einer Zufallsbekanntschaft, einem Mann namens Hajo Webknecht, eines nachts ein Auto aufgebrochen. Beide waren betrunken. Mein Sohn hat sich hinters Steuer gesetzt. Im Handschuhfach des Wagens haben die beiden eine Waffe entdeckt. Sie sind zu einer Tankstelle gefahren und Webknecht hat dort zwei Frauen erschossen. Mein Sohn ist mit einer Bewährungsstrafe davongekommen, weil er erstens das Auto nicht verlassen hat und damit nicht direkt am Tatort war, zweitens nach Jugendstrafrecht verurteilt wurde und drittens …" er zögerte einen Moment, „… weil ich meine Beziehungen habe spielen lassen. Webknecht ist allerdings zu mehreren Jahren Gefängnis verurteilt worden. Andreas hat damit nicht nur sein, sondern auch das Leben meiner Frau und mir ruiniert. Wegen einer einzigen Nacht im Vollrausch."

„Ihr Leben?"

Schmidt-Werner lächelte gequält. „Was, glauben Sie, hat es für Auswirkungen auf meinen Beruf als Staatsanwalt, wenn mein Sohn wegen Beihilfe zum Mord verurteilt wird?"

„Und … und wieso sollte ihn dieser Hajo Webknecht jetzt töten wollen?"

„Um sich zu rächen, natürlich!" Schmidt-Werner starrte Kayser erstaunt an. „Er war der Ansicht, dass mein Sohn viel zu billig davongekommen ist."

„Aber …“ Hallstetter konnte die Informationen, die Paul Schmidt-Werner ihnen so beiläufig vor die Füße warf, gar nicht schnell genug verwerten. Die Waffe – da war die Verbindung zu Opitz. Das Auto – die Verbindung zu Schmidt-Werner. War es wirklich möglich, dass auch die anderen Opfer in diesen Mordfall verwickelt waren? Er hatte Plasbergs Vermutungen nicht für voll genommen, aber jetzt schien plötzlich alles möglich zu sein. „Sagen Ihnen die Namen Steffen Mertens, Manfred Opitz und Ingrid Kirchner etwas?“, fragte er.

Beide verneinten, aber Paul Schmidt-Werner hob plötzlich den Kopf. „Hat das vielleicht irgendwas mit den drei anderen Mordanschlägen zu tun, die diese Woche begangen worden sind?“

„Wir vermuten ein und denselben Täter“, gab Kayser notgedrungen zu. „Und wenn Sie jetzt bestätigen, dass Ihr Sohn und Manfred Opitz – dem mutmaßlich das Auto und die Waffe gehörten, die Ihr Sohn und Webknecht damals entwendet haben – in den Fall von 2005 verwickelt waren, dann liegt es nahe, die anderen Opfer auch in diesem Zusammenhang zu vermuten.“

„Es sind damals unendlich viele Zeugen gehört worden“, sagte Schmidt-Werner. „Vielleicht waren sie darunter. Ich weiß es nicht mehr. Meine Frau und ich … wir versuchen, diese Zeit möglichst zu vergessen. Meine Frau hatte danach einen Nervenzusammenbruch. Es hat uns viel Kraft gekostet, das alles hinter uns zu lassen.“ Er schluckte. „Mein Sohn und ich hatten nie ein gutes Verhältnis. Er war immer … eine Enttäuschung. Er war nie derjenige … den ich mir gewünscht habe.“ Das Eingeständnis kostete ihn einige Überwindung. „Ich habe ihm zwar den besten Anwalt besorgt, den ich bekommen konnte, aber seitdem sehen wir uns kaum noch. Diese Stelle im *Dom Hotel* … es war mein letzter Versuch, ihm zu helfen.“

Hallstetter hörte gar nicht richtig zu. „Aber wenn dieser Hajo Webknecht zu einer Gefängnisstrafe verurteilt worden ist“, sagte er mehr zu selbst, „dann muss er doch noch einsitzen!“ Kayser sah ihn strafend an. Solche Überlegungen führte man grundsätzlich nicht in Anwesenheit von unbeteiligten Zeugen – das gehörte zum Einmaleins eines jeden Polizeibeamten. Auch Hallstetter hatte seinen Fauxpas bemerkt. „Tut mir leid“, murmelte er.

Schmidt-Werner machte eine wegwerfende Handbewegung. „Meine Herren“, sagte er. „Wir alle kennen doch unser Justizsystem. Webknecht ist damals ebenfalls nach Jugendstrafrecht verurteilt worden, obwohl er fünf Jahre älter als mein Sohn war. Inzwischen ist eine ganze Reihe von Jahren vergangen. Wenn er sich gut geführt hat …“

„… könnte er gerade wieder entlassen worden sein“, vollendete Kayser den Satz. „Scheiße.“ Beide Kommissare verabschiedeten sich hastig. Noch auf dem Weg zum Auto begannen sie zu telefonieren. Es würde eine lange Nacht werden.

„Eine Akte mit wessen Namen?“, schnaubte Vogt ins Telefon. „Allmählich reicht's aber!“ Seitdem er am Nachmittag zusammen mit Bettina Siener zurück in diesen gottverdammten Keller geschickt worden war – dessen Bezeichnung als „Archiv“ der Kommissar bei der vorherrschenden Unordnung mehr und mehr lächerlich fand –, hatten sie sich durch Dutzende Akten gewühlt, ohne einen Schritt weiterzukommen. Vogt fühlte sich abgeschnitten von den tatsächlichen Ermittlungen, degradiert zu einer Aufgabe, die unter seiner Würde war, und der vorbildliche Eifer, mit dem Siener an die Sache heranging, hatte seine Laune nur noch verschlechtert. Stoisch zog die Polizeimeisterin eine Akte nach der anderen aus dem Regal, arbeitete sich methodisch von oben nach unten durch, blätterte aufmerksam durch die Unterlagen, stellte die Akte wieder weg und zog die nächste heraus – und das alles, ohne sich auch nur einmal so etwas wie Unmut anmerken zu lassen.

Zwei Stunden lang waren sie komplett ungestört gewesen, das Rascheln der Seiten und seine unterdrückten Flüche als einzige Geräuschkulisse. Der Kommissar war sogar zweimal nach draußen gegangen, weil er befürchtete, im Keller keinen Netzempfang zu haben. Aber es hatte wirklich niemand versucht, sich mit ihnen in Verbindung zu setzen.

Dann, am frühen Abend, gerade als Vogt seiner Kollegin vorschlagen wollte, für heute Schluss zu machen, war der Anruf von Plasberg eingegangen. Schmidt-Werners Name war im KK 11 nicht unbekannt, Eikners Ansicht nach war er irgendwann einmal gefallen, im Zusammenhang mit anderen Ermittlungen.

Schon allein diese vage Aussage hatte Vogt fast zur Verzweiflung getrieben. Wie sollte man anhand solcher Angaben eine bestimmte Akte finden? Und die Tatsache, dass Plasberg sich mit dem Anruf in den Feierabend verabschiedete, stimmte ihn nicht gerade fröhlicher.

„Eine Stunde!“, hatte er gesagt. „Danach gehen wir nach Hause!“

Dreißig Minuten später war Wentrop am Apparat gewesen, um Vogt über seine Ermittlungen im *Dom Hotel* auf dem Laufenden zu halten und seine und Sieners Aufmerksamkeit weiter auf den Namen Schmidt-Werner zu fokussieren. „Aber es gibt keine Akte Schmidt-Werner!“, hätte er Wentrop am liebsten zusammengestaucht. Jedenfalls waren sie auf ihrer Suche bisher auf nichts dergleichen gestoßen – weder der Name des jüngsten Opfers war ihnen untergekommen noch Unterlagen, die sich mit Manfred Opitz beschäftigten. Genauso gut hätten sie einen Sack Reis in China suchen können.

Und jetzt hatte er Kayser in der Leitung, der auf einmal etwas von Ermittlungen gegen einen Mann namens Webknecht faselte.

„Wenn weder Ostrop noch van der Heyden zu erreichen sind, warum warten wir dann nicht einfach bis Montag?“, fragte er mit mühsam unterdrücktem Ärger. „Die Staatsanwaltschaft muss die regulären Ermittlungsakten vorliegen haben. Und sie hat sie wahrscheinlich ordnungsgemäß archiviert“, fügte er sarkastisch hinzu. „Ich habe wirklich die Schnauze voll hier unten!“

„Jetzt reißen Sie sich zusammen, Vogt!“, erwiderte Kayser am anderen Ende des Telefons. „Hallstetter und ich sind unterwegs zum Präsidium.“

„Wieso das denn? Hat das nicht alles bis morgen Zeit?“

„Wir müssen zumindest klären, ob Webknecht noch einsitzt oder ob er wirklich schon freigelassen worden ist.“

Vogt drückte das Gespräch weg und sah sich nach seiner Kollegin um. „Also, wir suchen jetzt nach einer Akte Webknecht.“

„Aha.“ Siener hockte sich auf den Boden und machte sich am untersten Brett des Regals zu schaffen, das sie von oben nach unten durchgearbeitet hatte. Sie sah auf und grinste ihn an. „Sind ja nur noch ungefähr 100 Meter Akten.“

Wider Willen musste Vogt ebenfalls lächeln. Die Schicksalsergebenheit, mit der sie ihre Aufgabe anpackte, nötigte ihm Respekt ab. „Sind Sie das nicht langsam leid?"

„Was? Das hier?" Sie deutete auf den neuen Schub Akten, den sie herausgezogen hatte, und wischte ihre staubigen Finger an der Hose ab. „Na ja, besonders spannend ist es nicht, das muss ich zugeben, aber ich sehe das so: Wir packen alle an verschiedenen Enden der Ermittlungen an. Dass wir beide gerade das mühseligste Ende erhalten haben, ist Pech. Aber das heißt noch lange nicht, dass unsere Arbeit weniger wertvoll ist als die der Kollegen."

„Und Sie wären nicht lieber bei einem der Außeneinsätze dabei?"

Siener zuckte mit den Schultern. „Außeneinsätze habe ich sonst jeden Tag. Das hier zeigt mir, dass es auch andere Seiten bei Ermittlungen in einem Mordfall gibt. Es rückt die Dinge ein wenig zurecht."

Vogt verstand, was sie meinte. Auch innerhalb der Polizei wurden die Mitglieder einer Mordkommission ein wenig beneidet. Selbst wenn alle Beamten wussten, dass die Rolle eines Schimanski oder eines Wallander nur eine verzerrte Realität widerspiegelte, so konnten sie sich von den Bildern, die diese Figuren hervorriefen, nicht freimachen. Dass die Arbeit einer Mordkommission oft mühselig und langwierig war und in den seltensten Fällen mit wilder Action und Schießereien endete, wurde dabei häufig verdrängt.

„Na schön", seufzte er und wandte sich ebenfalls einem neuen Stapel Akten zu, „machen wir weiter."

Bettina Siener gab einen zustimmenden Laut von sich und legte den Schwung Unterlagen beiseite, den sie gerade herausgezogen hatte. Mit zusammengekniffenen Augen linste sie in die dunkle Lücke, die im Regal entstanden war, dann verschwand ihr gesamter Oberkörper, während sie auf Knien in den Hohlraum hineinrutschte.

„Was tun Sie da?", fragte Vogt.

„Da ist irgendwas zwischen Regalbrett und Wand gerutscht", kam die dumpfe Antwort von unten. „Können Sie das ganze Regal mal ein bisschen nach vorne rücken?"

„Nicht, wenn Sie da drin stecken."

„Auch wieder wahr", schnaufte Siener und krabbelte heraus. Ihre Klamotten waren starr vor Staub und Schmutz. „Ich sehe aus wie Sau. Mein Mann wird fragen, ob ich zur Müllabfuhr gewechselt bin."

Zusammen hoben sie die Füße des Regalsystems an und schoben es ein paar Zentimeter nach vorne. „Müsste reichen", sagte Siener. Dann zwängte sie sich erneut in die Lücke und zerrte schimpfend an etwas herum. Kurz darauf kam sie niesend und mit einer Akte in der Hand wieder hervor. „Nie und nimmer ist das von allein in diese Ecke gerutscht", erklärte sie. „Das war richtiggehend da reingequetscht." Sie hielt die fingerdicke Akte waagerecht und wischte den Staub vom Einband. „KK 11, MK 2, 2005, Schmidt-Werner/Webknecht", las sie vor. „Volltreffer!"

„Ostrops MK", sagte Vogt. „Wie merkwürdig. Und Sie glauben …?"

„Die Unterlagen sind da auf keinen Fall von alleine nach hinten gefallen."

„Plasberg hat am Telefon gesagt, dass Ostrop unerwartet in den Urlaub geflogen ist. Nach Intervention des Polizeipräsidenten. Über Eikners Kopf hinweg."

„Aber warum sollte einer der beiden ein Interesse daran haben, diese Akte verschwinden zu lassen?"

„Keine Ahnung", murmelte Vogt. „Und wieso haben sie sie dann nicht vollständig verschwinden lassen?"

„Hat der Polizeipräsident Zugang zum Archiv?"

Vogt sah Siener erstaunt an. „Sicherlich. Aber der kommt nicht unbeobachtet hier rein. Was glauben Sie, was das für ein Tamtam ist, wenn der hier persönlich in den unteren Etagen vorbeischaut."

„Dann bleibt nur Ostrop."

Vogt fiel plötzlich etwas ein. „Als ich das erste Mal mit Hallstetter und Kayser hier war … da ist uns Ostrop entgegengekommen. Aus diesem Gang hier. Vielleicht wollte er die Akte entfernen, aber wir haben ihn dabei gestört und deshalb hat er sie nur nach hinten gequetscht."

„Das erklärt immer noch nicht, warum. Und ich verstehe die Verbindung zwischen Ostrop und dem Polizeipräsidenten nicht."

Vogt klärte sie über das offene Geheimnis auf, dass Ostrop aufgrund seiner persönlichen Beziehungen ein Protegé von Eberswalde gewesen war, bis sein Stern durch Plasbergs Erfolge zu verblassen begann.

„Was denn für persönliche Beziehungen?", fragte Siener. „Ein einfacher Leiter einer Mordkommission und der Polizeipräsident von Köln?"

„Ostrops Sohn und Eberswaldes Tochter sind miteinander verheiratet."

„Uh oh", machte Siener. „Kölscher Klüngel." Sie legte die Stirn in Falten. „Nur mal rein hypothetisch: Könnte es nicht sein, dass Eberswalde Ostrop gesagt hat, er soll die Akte verschwinden lassen, und der hat im letzten Moment kalte Füße bekommen und sie nur außer Sichtweite geschafft? Um sich nicht vollends in irgendwas hineinzureiten?"

„Dann bleibt immer noch die Frage, worum es eigentlich geht", sagte Vogt und schlug die Akte auf. Zusammen beugten sich die beiden Ermittler über die Unterlagen. Je länger sie sich in die Dokumente vertieften, desto mehr geriet jedoch die Frage nach Eberswalde und Ostrop in den Hintergrund. Vogt vergaß sogar, dass er sich abgeschoben fühlte. Sie waren auf Gold gestoßen.

Als sie fertig waren, klappte er die Akte langsam zu. „O Mann", sagte er. Seine Stimme war mehr ein Krächzen und sein Gesicht schimmerte blass im grellen Neonlicht des Kellerraums. Beiden war während des Lesens klar geworden, dass der Mörder seine Liste noch nicht abgearbeitet hatte – und sie hatten eine ziemlich gute Vorstellung davon, wer sein letztes Opfer werden würde.

„Wir müssen Frau Plasberg anrufen", sagte Siener nervös.

„Und Brinkhoff", ergänzte Vogt. Mit schweißnassen Händen zückte er sein Handy.

Siener hob die Augenbrauen. „Brinkhoff? Was hat der denn damit zu tun?"

„Mehr, als Sie ahnen."

Maria Plasberg stellte den Wagen vor ihrem Haus ab und warf einen Blick auf das Haus der Mertens' schräg gegenüber. Der Regen des Nachmittags hatte den zertrampelten Vorgarten endgültig in einem Morast verwandelt, von dem Rasen war kaum noch etwas zu sehen. Die Schäden durch die Gasexplosion im Küchenbereich waren noch immer großflächig abgesperrt, aber immerhin war das Fenster mittlerweile ersetzt worden. Im Wohnzimmer brannte Licht; Heike Mertens schien zu Hause zu sein.

Die Kommissarin hatte im Lauf des Tages ein weiteres Mal im Krankenhaus angerufen, daher wusste sie, dass Clara Mertens noch immer im künstlichen Koma lag. Für einen Moment war sie versucht, bei ihrer Nachbarin vorbeizuschauen, eine Stippvisite, um ihr Mitgefühl zu zeigen. Aber das hätte Fragen nach dem Stand der Ermittlungen nach sich gezogen, was Plasberg unternommen hatte, um den Mörder von Steffen Mertens zu finden, und die Kommissarin wollte endlich abschalten. Sie war jetzt zehn Stunden ohne Pause im Dienst, sie hatte das Recht auf ein Privatleben – insbesondere dann, wenn das Wochenende auch schon ins Wasser fiel. Und was hätte sie Heike Mertens sagen können? Dass die Polizei weiter an der Sache arbeitete? Dass ihr Mann nur eines von vier Opfern eines Serientäters war? Das wusste sie wahrscheinlich schon aus der Zeitung und es würde den Verlust in keinster Weise mildern.

Plasberg öffnete ihre Haustür, streifte die Pumps mit einem Seufzer der Erleichterung ab und warf ihre Handtasche achtlos in die Ecke.

„Niklas! Ruth! Nina! Ich bin zu Hause!"

Im oberen Geschoss knallte eine Tür und ihre Tochter kam die Treppe heruntergeflogen.

„Du sollst nicht auf Socken die Treppe runterlaufen!", sagte Plasberg. „Wie oft hab ich dir schon gesagt, dass du Pantoffeln anziehen sollst? Du brichst dir noch mal ein Bein!"

Ruth hüpfte auf und nieder und wedelte ihrer Mutter mit einem DIN-A4-Heft vor der Nase herum. „Eine Eins!", sagte sie atemlos. „Ich hab eine Eins in Mathe geschrieben!"

„Super!" Plasberg lächelte und strich Ruth durch die Haare. „Zeig mal." Pflichtbewusst blätterte sie die Klassenarbeit durch und machte anerkennende Geräusche. „Und was ist mit dem Diktat? Solltet ihr die Arbeit nicht auch diese Woche zurückbekommen?"

Ruths fröhliche Miene fiel in sich zusammen. „Eine Vier", sagte sie und ließ den Kopf hängen, während sie die Deutscharbeit hinter ihrem Rücken hervorholte.

Plasberg seufzte. Ihr war völlig schleierhaft, woher ihre Tochter die jetzt schon erkennbare Begabung für Mathematik und Naturwissenschaften hatte, während sie im Lesen und Schreiben eher unterer Durchschnitt war. Sie selbst hatte jedenfalls in Sprachen und Geschichte ihre besten Noten bekommen. Schön, damals, mit dreizehn Jahren, war sie auch unsterblich in ihren Geschichtslehrer verknallt gewesen, das hatte ihren Arbeitseifer verdoppelt ... wie war bloß sein Name gewesen? Schaller? Schuller? Hosen mit Schlag hatte er getragen, afromäßige Wuschelhaare und einen Schnäuzer – für sie damals der Inbegriff von Unangepasstheit.

„Mama?"

„Hm?"

„Du hältst das Heft falschrum!"

„Oh, entschuldige."

Schon mehrmals hatte sie überlegt, ob sie für Ruth Nachhilfe organisieren musste, aber ihre Klassenlehrerin hatte sie beruhigt: Es war noch zu früh, um in Panik zu verfallen. Ruths Schwächen im Lesen und Schreiben konnten durch intensive Beschäftigung mit Literatur im elterlichen Zuhause durchaus wettgemacht werden. Seitdem hatte Plasberg sich bemüht, Ruth noch mehr vorzulesen. Zusammen hatten sie sich durch die ersten vier Harry-Potter-Bände gekämpft – die letzten Teile fand sie für eine Neunjährige zu düster –, waren auf Astrid Lindgren umgestiegen und momentan bei Cornelia Funkes *Emma und der Blaue Dschinn* gelandet. Das Problem war nur, dass Plasberg viel zu wenig Zeit hatte, um ihren mütterlichen Pflichten nachzukommen. Hin und wieder sprang Niklas ein, und wenn Eric die Kinder hatte, dann tat auch ihr Ex-Mann das Seine – aber war das alles genug? Ruths Noten hatten sich jedenfalls dadurch nicht spürbar verbessert.

„Ist schon okay", sagte sie aufmunternd und gab das Heft zurück. „Wir kriegen das hin. Wo sind Niklas und Nina?"

„Oben", erwiderte Ruth. „Sie schieben das Bett von Niklas um."

„Bitte?"

„Na, wegen dem Loch in der Decke." Ruth hüpfte in die Küche und goss sich ein Glas Milch ein.

„Was für ein Loch?"

Ihre Tochter rollte die Augen. „Geh gucken, dann siehst du es."

Aber das brauchte Plasberg nicht zwei Mal gesagt zu bekommen. Sie rannte die Treppe hinauf und riss die Tür zu Niklas' Zimmer auf. Ihr Sohn und seine Freundin waren tatsächlich damit beschäftigt, Niklas' Bett von der Zimmermitte an die rechte Wand zu verschieben.

„Da oben!", sagte Niklas zur Begrüßung und deutete auf die Schräge. Er klang genervt. „Bei dem Platzregen heute Nachmittag ist es bis auf das Bett heruntergetropft. Das Dach ist undicht."

„Nina, du nicht!", sagte Plasberg automatisch. „Lass mich das machen." Sie half ihrem Sohn, bis das Bett in der neuen Position stand, dann begutachtete sie den Wasserschaden an der Decke. Ein riesiger, hässlicher, brauner Fleck hatte sich dort gebildet, die Tapete war feucht und hatte sich gewellt. „Großartig", sagte sie. Eine Dachreparatur hatte ihr gerade noch gefehlt.

Plasberg hasste es, wenn irgendetwas an ihrem Haus nicht so funktionierte, wie es sollte. Zum einen waren da die Kosten für die Reparaturen, aber was sie viel mehr aufregte, waren die Umstände, die diese Reparaturen verursachten. In diesem Fall war es ein Termin mit einem Dachdecker, der wahrscheinlich nur vormittags Zeit hatte, was bedeutete, dass sie sich einen halben Tag freinehmen musste, dann, in ein paar Wochen, wenn der Fleck getrocknet war, musste die alte Tapete entfernt, eine neue angebracht und anschließend gestrichen werden. Und sie steckte bis über beide Ohren in Arbeit.

Plasberg stemmte verärgert die Arme in die Hüften und sah auf die Uhr. Nach sechs – typisch! So was passierte immer am Wochenende. Jetzt würde sie bis Montag keinen Handwerker mehr erreichen, es sei denn, sie wollte die horrenden Aufpreise für einen Wochenend-Notdienst bezahlen.

Nina schien ihre Gedanken gelesen zu haben. „Keine Sorge, Niklas hat schon alles geregelt", sagte sie. Sie setzte sich aufs Bett und umfasste ihren Bauch.

„Wirklich?“ Plasberg warf ihrem Sohn einen überraschten Blick zu. „Du hast einen Dachdecker angerufen?“

„War doch klar, dass du keine Zeit hast“, erklärte Niklas mit einer Mischung aus Verärgerung über die bekannten Unzulänglichkeiten seiner Mutter und heimlichen Stolz über das Lob von Nina. „Ich hab Hatice Bescheid gesagt.“

„Was hat die denn damit zu tun?“

„Der Schwager von Hatice ist Dachdecker und hat einen eigenen Betrieb.“

„Das wusste ich gar nicht.“

„Weil du nie Zeit hast!“, erwiderte Niklas ungeduldig. „Wenn du dich mal ein bisschen mehr mit den Leuten um dich herum beschäftigen würdest, dann wüsstest du so was!“

Plasberg war verletzt, sie wusste sehr gut, dass sie keine perfekte Mutter war. Es war unfair von Niklas, es ihr unter die Nase zu reiben. Sie wollte ihren Sohn zurechtweisen, aber im letzten Moment verkniff sie sich eine scharfe Entgegnung. „Und wann kommt Hatices Schwager nächste Woche?“, fragte sie stattdessen.

„Nicht nächste Woche – er kommt morgen früh um halb neun. Das haben wir Hatice zu verdanken.“

Doch wenn Niklas ein weiteres Lob erwartet hatte, dann wurde er enttäuscht. „Aber ich kann morgen früh nicht! Ich muss um spätestens acht Uhr im Präsidium sein.“

„Am Samstag?“

„Niklas … du weißt genau, was bei uns los ist im Moment! Wir haben heute Nachmittag eine vierte Leiche gefunden. Ich werde das ganze Wochenende durcharbeiten müssen!“

„Ach, und dann bleibt der ganze Scheiß wieder an mir hängen?“, begehrte ihr Sohn auf. „Ich hab echt keinen Bock, mich immer kümmern zu müssen! Das geht mir voll auf den Sack! Jetzt hab ich schon einen Handwerker organisiert, und es ist immer noch nicht genug!“

„Ihr müsst doch sowieso aufstehen! Der Dachdecker wird sich erst mal den Schaden an der Decke genau ansehen wollen, bevor er aufs Dach klettert“, gab Plasberg zurück. „Ich verstehe nicht, wo das Problem ist!“

„Das Problem ist, dass du immer die Sachen, für die du zuständig bist, auf mich ablädst", schnauzte ihr Sohn sie an. „Ich hole Ruth von der Schule ab, ich stelle die Mülleimer raus, ich hole die Brötchen für deine Verabredungen, ich gehe einkaufen –"

„Jetzt mach mal halblang, mein Lieber! Ich war erst am …" Für einen Moment ließ sie ihr Gedächtnis im Stich. Sie hätte schwören können, dass sie diese Woche einkaufen gewesen war. Oder war das letzte Woche gewesen?

„Ich war einkaufen!", sagte Niklas. „Gestern. Oder warum, glaubst du, ist unser Kühlschrank voll? Wenn wir uns auf dich verlassen hätten, dann hätte dein Freund heute Morgen keine Bärchenwurst gehabt, die er Ruth wegessen konnte!"

„Stumping ist nicht mein Freund!", protestierte Plasberg. „Und wenn dir das mit dem Termin morgen früh zu viel ist, dann ruf deinen Vater an! Er wohnt doch nur zwei Straßen weiter! Der kann sich auch mal um was kümmern, außerdem ist er gerade gut erholt von seinem Urlaub!"

„Prima! Werde ich tun. Im Gegensatz zu dir hat Papa wenigstens Zeit!"

„Ja, weil er Hausmann ist und seine Frau das Geld für seine Familie verdient! So wie ich für unsere!" Plasberg knallte die Tür zum Zimmer ihres Sohnes wütend hinter sich zu. Der Krach mit Niklas hatte ihr gerade noch gefehlt. Aus den Augenwinkeln bemerkte sie, wie die angelehnte Tür zu Ruths Kinderzimmer sachte ins Schloss fiel. Auch das noch – Ruth hatte den Streit mitbekommen. Sie rannte die Treppe hinunter und fühlte ein leichtes Ziehen, das sich in ihrem Hinterkopf festgesetzt hatte. Wenn sie jetzt auch noch eine ihrer Kopfschmerzattacken bekam, würde sie anfangen zu heulen.

Eine Zigarette! Sie brauchte jetzt dringend eine Zigarette, um sich abzuregen! Wo hatte sie ihre verdammte Handtasche hingestellt? Plasberg streifte ungeduldig durchs Wohnzimmer und warf einen Blick in die Küche. Nein. Irgendwo … hatte sie das Ding vielleicht im Auto …? Nein, im Flur. Sie hatte sie im Flur in die Ecke geworfen.

Plasberg hob die schwere Tasche vom Boden. Morgen würde sie eine andere nehmen. Die hier war einfach zu groß und zu unhandlich, den ganzen Tag hatte sie sich mit dem Ding abgeschleppt. Und der Jeansstoff war auch ziemlich unansehnlich, der Regen hatte ihm ganz schön zugesetzt. Ihre Hände kramten im Inneren der Tasche hektisch nach den Notfallzigaretten – Niklas war so ungerecht! Sie konnte sich doch nicht durch zwei teilen! – und blieben an etwas Sperrigem, Glattem hängen. Es fühlte sich an wie … Plasberg zerrte es an die Oberfläche und starrte auf eine schmale, rote DIN-A4-Plastikmappe. Sie hatte keine Ahnung, was das war oder wie es in ihre Handtasche gelangt war. Irgendjemand musste es ihr zugesteckt haben. Aber wann? Und wo?

Fieberhaft überlegte sie, wann sie ihre Tasche aus der Hand gelegt hatte. Auf der Pressekonferenz, ja. Aber da hatte die Tasche unter dem Pult zu ihren Füßen gelegen. Sie hätte bemerkt, wenn jemand unter dem Pult herumgekro… in Eikners Büro! Sie hatte die Tasche an die Garderobe gehängt und war dann zur Sitzecke gegangen, um mit ihrem Vorgesetzten und Kupka zu reden. Eikner war die ganze Zeit nicht in der Nähe der Garderobe gewesen … aber Kupka … Kupka war vor ihr gegangen. Plasberg runzelte die Stirn. Kupka hatte sich an der Garderobe zu schaffen gemacht, er hatte seinen Mantel angezogen … es musste Kupka gewesen sein! Er hatte die Möglichkeit gehabt, ihr unbemerkt eine schmale Akte in die Handtasche zu schmuggeln. Geistesabwesend ließ die Kommissarin ihre Handtasche zu Boden gleiten und schlug den schmalen Ordner auf. Sechs oder sieben eng bedruckte Din-A4-Blätter. Der Gedanke an eine Zigarette war vergessen. Sie wanderte ins Wohnzimmer und ließ sich auf die Couch fallen, während sie die erste Seite überflog. Vertraulicher Bericht zu Händen von Eberswalde? Facharzt für Psychotraumatologie? Was hatte ihr Kupka da zugespielt? Und warum? Je weiter sie sich in den Text vertiefte, desto größer wurden ihre Augen.

Als sie fertig war, ließ sie die Blätter mit zitternden Händen sinken. Wenn alles der Wahrheit entsprach, was in diesem Bericht stand, dann hatte das Präsidium einen Skandal erster Güte am Hals. Einen Skandal, der nicht nur potenziell zwei Kriminalkommissariate betraf, sondern auch den Polizeipräsidenten persönlich. Und ihn wahrscheinlich den Job kosten würde. Nein, nicht wahrscheinlich, sondern mit Sicherheit. Auch wenn sie keine Ahnung hatte, wie Kupka an das Dokument gelangt war – sie verstand jetzt zumindest, warum er ihr das Dokument zugespielt hatte. Es passte ganz prima zu Stumpings Vermutung, dass Kupka am Stuhl von Eberswalde sägte. Er benutzte sie, Maria Plasberg, um diesen Stuhl endgültig umzuwerfen. Und es war auch noch ihre Pflicht, ihm dabei zu helfen. Was für ein intrigantes Schwein … aber Eberswalde war selbst schuld, er hatte versucht, die Sache zu vertuschen. Verdammt! Verdammt!

Die Kommissarin wurde jäh aus ihren Überlegungen gerissen, als sie ihr Handy in der Handtasche im Flur klingeln hörte. Sie sprang auf, rannte aus dem Wohnzimmer und nahm das Gespräch an.

„Vogt! Wir müssen dringend –", begann sie, aber sie wurde von ihrem Kollegen hastig unterbrochen.

„Ich weiß, wen der Kerl als Nächstes umbringen will. Siener und ich haben eine Ermittlungsakte mit den Namen Schmidt-Werner und Webknecht im Archiv gefunden. Da steht alles drin und –"

„Haben Sie Brinkhoff schon erreicht?", schnitt ihm Plasberg das Wort ab.

Überraschtes Schweigen antwortete ihr. „Woher wissen Sie, dass –"

„Lange Geschichte. Kupka hat mir einen vertraulichen Bericht zugespielt, aus dem sich ableiten lässt, dass Markus Clement das letzte Opfer sein wird."

„Ja, ich weiß, aber –"

„Und ich weiß auch, wer unser Täter ist. Nur seinen richtigen Namen kenne ich noch nicht."

„Was?"

Plasberg schüttelte unwirsch den Kopf. „Haben Sie Brinkhoff und Clement schon erreicht?"

„Deshalb rufe ich ja an! Es geht niemand ans Telefon!"

„Aber ich hab doch heute Nachmittag noch –"

„Es geht niemand ans Telefon", wiederholte Vogt, und Plasberg konnte deutlich seine unterschwellige Panik heraushören. „Weder ans Festnetz noch ans Mobiltelefon."

„Dann ist Bartels schon da!", fluchte Plasberg. „Verdammt!"

„Wer?" Vogt klang völlig verwirrt.

„Erkläre ich Ihnen später. Wo sind Sie?"

„Mittlerweile im Führungsraum. Hallstetter und Kayser sind auch hierher unterwegs. Schmidt-Werners Eltern glauben, dass Webknecht der Täter sein könnte, und sie wollen überprüfen, ob er tatsächlich schon aus der Haft entlassen worden ist."

„Webknecht ist nicht der Täter."

„Aber –"

„Keine Zeit jetzt. Lenken Sie Hallstetter und Kayser um nach Deutz zum Gotenring, zur Wohnung von Brinkhoff und seinem Freund. Bestellen Sie Wentrop ebenfalls dahin. Finden Sie einen Kollegen, der im Führungsraum die Stellung hält. Was ist mit Dimitrov?"

„Keine Ahnung. Der müsste eigentlich längst fertig sein am Rheinufer."

„Dann finden Sie es raus und bestellen Sie ihn auch nach Deutz. Wir treffen uns dann alle am Gotenring, nehmen Sie Frau Siener auch mit. Und versuchen Sie weiter, Brinkhoff zu erreichen!"

Plasberg beendete das Gespräch, griff nach ihrer Handtasche und der roten Mappe und schrie kurz in den ersten Stock, dass sie wegmusste. Ohne auf eine Antwort ihrer Kinder zu warten, stürmte sie aus dem Haus. Wenn sie Markus Clement und damit Brinkhoff vor einem Mordanschlag bewahren wollten, mussten sie sich beeilen. Klaus Bartels, oder wie immer er mit richtigem Namen auch heißen mochte, hatte nichts mehr zu verlieren. Dafür hatte Hajo Webknecht in einer Frühlingsnacht im Jahr 2005 gesorgt, als er seine Freundin und seine Schwester erschoss.

Nachdem er einen kurzen Blick auf seinen noch immer schlafenden Freund geworfen hatte, war Markus Clement nur schnell zum Kiosk gelaufen, um Zigaretten zu holen. So lange konnten die Beruhigungstabletten eigentlich gar nicht wirken. Torstens Bedürfnis nach Schlaf ließ sich nur durch völlige Erschöpfung erklären, weniger körperlich als seelisch.

Clement machte sich Vorwürfe. Es war ein Fehler gewesen, Torsten in seiner Entscheidung zu unterstützen, wieder in den Polizeidienst zurückzukehren. Er hätte es wissen müssen. Torsten war für diese Arbeit nicht hart, nicht abgebrüht genug. Da brauchte es anscheinend Menschen wie Maria Plasberg. Die Depressionen im Winter, diese selbstzerfleischenden Vorwürfe ... das hatte nicht gut gehen können. Diesmal war er klüger. Plasberg konnte so viel drängeln, wie sie wollte. Notfalls würde er Torsten vor sich selbst schützen. Vor sich und seiner falsch verstandenen Loyalität der Kommissarin gegenüber. Erst einmal brauchte Torsten Distanz und Ruhe, um wieder zu sich selbst zu finden – und der erste Schritt dahin war das Abschalten der Telefone gewesen. Clement grinste schadenfroh. Er war sicher, dass die Kommissarin noch nicht aufgegeben hatte. Eines musste man ihr lassen: Sie war hartnäckig. Wahrscheinlich versuchte sie gerade in diesem Moment erneut, Torsten anzurufen, um ihn davon zu überzeugen, seinen Dienst nicht zu quittieren. Von ihm aus konnte sie sich die Finger wundwählen. Vielleicht sollte er Torsten ins Auto packen und mit ihm übers Wochenende irgendwo hinfahren? Irgendeine abgeschiedene Gegend, wo man mobil nicht zu erreichen war?

Clement riss die Packung auf, steckte sich eine Zigarette an und blieb an der Bürgersteigkante stehen, bis der Autoverkehr an der Ampel warten musste, dann überquerte er die Straße. In die Eifel vielleicht. Da gab es doch bestimmt Funklöcher. Und im Frühling war es dort wahrscheinlich ganz nett – sprießende Bäume, blühende Blumen ... Er selbst war zwar eher ein Stadtmensch, Natur vertrug er nur in kleinen, wohl dosierten Portionen, aber für ein Wochenende würde es schon gehen. Und wenn Torsten wieder halbwegs zu sich gekommen war, dann könnten sie vielleicht auch endlich mal wieder Sex haben ...

Clement suchte den Schlüsselbund aus seiner Hosentasche und schloss die Haustür auf, dabei blieb sein Blick an den Briefkästen draußen hängen. Aus seinem und Brinkhoffs Briefkastenschlitz ragte ein weißes Kuvert heraus. Merkwürdig – abends um acht? Wahrscheinlich einer der privaten Postanbieter. Deren Briefe wurden zu den komischsten Zeiten zugestellt. Er warf die halb aufgerauchte Zigarette weg, zerrte achtlos das Kuvert aus dem Briefkasten und nickte auf dem Weg nach oben einer Nachbarin zu, die ihm auf halber Strecke entgegenkam. Aus der Wohnung im zweiten Stock drangen lautstark türkische Stimmen. Wahrscheinlich hatten die Öcals mal wieder eine Familienfeier. Er wohnte jetzt schon vier Wochen mit Torsten zusammen und hatte immer noch nicht begriffen, wer jetzt alles zu dem Clan gehörte und wer nur zu Besuch kam. Immerhin waren sie nett und nicht schwulenfeindlich. Der eine Sohn hatte ihm und Torsten neulich im Treppenhaus zugezwinkert. Ob der auch …? Ach, Blödsinn, das war nur einer von diesen schwulen Wunschträumen.

Während er die Wohnungstür hinter sich zuzog, warf Clement einen Blick auf den Absender des Briefes und stutzte. Es gab keinen Absender und die Anschrift des Adressaten war ebenfalls mehr als dürftig. Nur sein Name war auf dem Kuvert zu lesen, ausgedruckt, nicht handschriftlich. Es gab kaum jemanden, der wusste, dass er jetzt bei Torsten wohnte. Er war noch nicht dazu gekommen, die Änderung seiner Postanschrift allen Freunden mitzuteilen. Und von denen, die es wussten, fiel Clement keiner ein, der vielleicht in der Nähe wohnte und eben schnell eine Nachricht für ihn in den Briefkasten geworfen hatte. Dann blieb nur noch der Vermieter.

Aber es war keine Nachricht vom Eigentümer des Hauses. Als Markus Clement das Kuvert aufriss und den einfachen, weißen Briefbogen herauszog, starrte er auf einen einzigen Satz.

Du wirst für deine Schuld bezahlen.

„Was soll denn die Scheiße jetzt?", murmelte er. Er fühlte, wie ihm das Blut in den Kopf rauschte. „Torsten?" Er lief ins Schlafzimmer und setzte sich auf die Bettkante. „Torsten, wach auf!" Bombadil, der zusammengerollt neben Brinkhoffs Kopfkissen gedöst hatte, streckte sich und warf ihm einen vorwurfsvollen Blick zu. Dann sprang er vom Bett.

Brinkhoff gähnte und öffnete die Augen einen Spalt weit. „W-Was ist denn? Ist was p-passiert?"

Clement hielt ihm wortlos den Brief unter die Nase. „Ist das von dir?"

Brinkhoff nahm den Bogen Papier und sah verschlafen auf die Nachricht. Als er begriffen hatte, was er da in der Hand hielt, war er schlagartig wach. „Wo ha-hast du das her?"

„Lag im Briefkasten."

„Wann? Jetzt gerade?"

Clement nickte. „Ich war gerade Kippen holen. Ich dachte, es wäre von dir. Irgendwie ein schlechter Scherz oder so."

Brinkhoff sprang auf, stürzte zum Fenster und starrte auf die Straße. Aber in der Dämmerung war nichts zu sehen außer dem üblichen Autoverkehr und ein paar Fußgängern: drei Jugendliche mit Kopfhörern im Ohr, die sich eine Flasche Bier teilten, eine junge Mutter, die ihren Kinderwagen über eine Bordsteinkante wuchtete, zwei ältere Frauen, die Einkaufstaschen trugen. Erleichtert atmete er auf.

„Also ist das hier nicht von dir?", fragte Clement.

„N-Natürlich nicht. Und es war an dich gerichtet?"

Clement zeigte ihm das Kuvert, auf dem sein Name zu lesen war.

„Scheiße", sagte Brinkhoff und ließ sich aufs Bett fallen. „Das ist ernst."

„Ich versteh das nicht." Clement fuhr sich über seine Glatze. „Ist das so 'ne Art Drohbrief oder was?"

„A-Allerdings. Das ist ein Drohbrief von dem Serienmörder, hinter dem wir zurzeit her sind."

Clement wurde blass. „Dieser ‚Killer von Köln'?"

„Genau der."

„Du meinst, dieser Irre hat sich als nächstes Opfer mich ausgesucht?"

Sein Freund nickte. „Ich versteh n-nur nicht ... ist das die erste Morddrohung, die du erhalten hast?"

„Sei nicht blöde!", fuhr Clement ihn an. „Natürlich ist sie das! Glaubst du, ich hätte dir nichts davon erzählt, wenn ich schon mehrere erhalten hätte?"

„T-Tut mir leid." Brinkhoff fuhr sich durch seine wirr abstehenden Haare. „Ich wollte damit nicht sagen –"

„Das kann doch nur ein Witz sein! Ich meine ... das ist doch absurd!" Die Tatsache, dass jemand die Absicht hegte, ihn umzubringen, kam ihm irgendwie irreal vor. Und trotzdem fühlte er, wie sich die Angst in ihm breitmachte, Angst und ein Gefühl der Ohnmacht.

„G-Glaub mir, das ist k-kein Witz! Wenn du die L-Leichen gesehen hättest, dann wüsstest du, dass der Kerl das b-bitter ernst meint. Hast du eine Ahnung, wer das gewesen ist?"

„Nein!“ Clement sprang auf und tigerte im Schlafzimmer hin und her. „Das ist doch Schwachsinn! Ich meine, ich hab nie irgendwas gemacht, was man … ich verstehe das nicht! Du meinst, hier kann jeden Moment irgendein Psychopath auftauchen und mich abknallen?“ Seine Stimme schwankte zwischen Unglauben und Panik. „So was passiert doch nur im Fernsehen!“

„Ich g-glaub nicht, dass du in unm-mittelbarer Gefahr schwebst“, sagte Brinkhoff. „Die Briefe sind wahrscheinlich immer ein paar Tage vorher verschickt worden … ich meine, bevor …“

„Na, großartig!“, fluchte Clement. „Dann brauche ich mir ja keine Sorgen zu machen!“

„Jetzt beruhig dich erst mal wieder. Ich rufe jetzt P-Plasberg an und als Erstes organisieren wir für dich Polizeischutz. D-Das sind gut ausgebildete Leute, die können für d-deine Sicherheit garantieren. Oder wir b-bringen dich an einen Ort, wo d-du sicher bist. Dir passiert nichts. Wo ist mein Handy?“

Clement warf es ihm zu. „Hier. Ich hab's vorhin ausgeschaltet, damit du Ruhe hast.“

Brinkhoff klappte es auf und gab seinen Pincode ein, während er angestrengt nachdachte. „M-Markus, überleg jetzt ganz in Ruhe – warst du mal in etwas verwickelt, was irgendein Verrückter vielleicht falsch interpretieren könnte? Ich meine, es kann schon ein paar Jahre zurückliegen … ach, Mist!“ Plötzlich bereute er zutiefst, sich krank gemeldet zu haben. Er war nicht auf dem Laufenden, was den Fortgang der Ermittlungen anging. Vielleicht hatten Plasberg und die anderen Kollegen im Zusammenhang mit der vierten Leiche Erkenntnisse gewonnen, die ihm jetzt fehlten.

„Ich weiß nicht, was du meinst“, sagte Clement.

„Das w-weiß ich ja selbst nicht. Denk nach!“ Brinkhoff starrte auf das Display und wartete, bis das Handy ein Netz gefunden hatte. „Ich meine, hast du mal was Kriminelles gemacht, oder –“

„Quatsch, natürlich nicht!“

„… oder warst du in irgendwelche polizeilichen Untersuchungen einbezogen?“

„Ja, sicher!“, schnauzte Clement ihn an. „Aber das weißt du doch auch!“ Er begriff nicht, wie Torsten so ruhig dasitzen konnte. „Als letztes Jahr die *Keksdose* in Flammen aufgegangen ist, in dem

Haus, in dem ich mit meinem Ex gewohnt habe. Plasberg und du, ihr habt doch ermittelt und mich und Edgar als Zeugen vernommen! Meinst du das?"

Brinkhoff sah ihn zögernd an. „Ja ... nein, aber so was in der Art vielleicht." In dem damaligen Fall hatte ein Mordanschlag fünf Tote gefordert, aber Markus und sein Ex waren nur unbeteiligte Zeugen gewesen, die das Pech gehabt hatten, im selben Haus wie die Opfer zu wohnen. Das konnte doch nicht die Ursache für die jetzige Mordserie sein, oder? Der Täter war nicht mehr am Leben. Und außerdem hatten die Leichen, die sie diese Woche gefunden hatten, nichts mit dem damaligen Fall zu tun. „Warte mal!", sagte er. „Sagen dir die N-Namen Ingrid K-Kirchner, Steffen Mertens und Ma-Manfred Opitz irgendwas?"

Clement starrte seinen Freund mit gerunzelter Stirn an. „Wie war das?"

„K-Kirchner, Mertens, Opitz. K-Kennst du die etwa?" Brinkhoff ließ sein Handy sinken.

„Ich ... Moment ... Kirchner sagt mir nichts. Aber Mertens, Steffen Mertens? Und Manfred Opitz? Sind das etwa die Namen der Menschen, die jetzt umgebracht worden sind?"

Brinkhoff nickte stumm.

„O Scheiße." Clement schluckte und war plötzlich weiß wie die Tapete hinter ihm.

„Was denn?", fragte Brinkhoff. „Jetzt sag schon!"

„2005 ...", flüsterte Clement. „Da war ich mal Zeuge, wie jemand zwei Frauen erschossen hat. In der ARAL-Tankstelle auf der Cäcilienstraße."

Brinkhoff fiel fast die Kinnlade herunter. „Wie bitte? W-Wieso hast du mir nie was davon erzählt?"

„Du hast mich nie danach gefragt! Und ... und ich ... ich komme besser damit klar, wenn ich das verdränge ... wenn ich nicht daran denken muss. Ich bin sechs Monate lang fast jede Nacht schreiend aufgewacht, weil ich sogar davon geträumt habe. Und dann der Prozess, der sich über Monate hinzog. Deine Pillen ..." Er deutete auf den Riegel Beruhigungstabletten, der noch immer neben Brinkhoffs Jeans auf dem Boden lag. „Daher kenne ich die. Ich hab sie selbst genommen damals. Sonst wäre ich verrückt geworden. Und der Therapeut, den ich dir empfohlen hab – was glaubst du, woher ich den kenne?"

„Aber …" Brinkhoff wusste nicht, worüber er mehr enttäuscht war: dass Markus zu wenig Vertrauen zu ihm gehabt hatte, ihm von diesem Erlebnis zu erzählen, oder dass die Polizei den Täter vielleicht schon längst gehabt hätte, wenn sie dieses Gespräch nur ein paar Tage früher geführt hätten. „Und wieso kennst du Mertens und Opitz?"

„Die waren genauso wie ich Zeugen in dem Prozess damals. Wir haben alle gegen den Täter ausgesagt. Hajo Webknecht, so ein junger Typ, Anfang zwanzig vielleicht."

„Das gibt's nicht!"

„Glaubst du mir etwa nicht?"

„Doch, ja … natürlich … es ist nur … das ist genau der Zusammenhang zwischen den einzelnen M-Morden, der uns bisher bei den Ermittlungen gefehlt hat. O Mann, wenn wir doch bloß früher …" Brinkhoff hatte für einen Moment fast vergessen, dass sein eigener Freund nun plötzlich in Gefahr schwebte. Endlich tippte er Plasbergs Nummer in sein Mobiltelefon, sie antwortete nach dem ersten Klingeln.

„Gott sie Dank, Brinkhoff, endlich! Vogt und ich versuchen schon seit einer halben Ewigkeit, Sie zu erreichen! Wieso ist Ihr Handy ausgeschaltet gewesen?"

„Markus hat es –" Doch weiter kam Brinkhoff nicht. An der Wohnungstür gab es plötzlich einen dumpfen Knall, das Schloss splitterte und die Tür wurde mit einem Fußtritt aufgestoßen. Ein Mann stürmte ins Schlafzimmer, die geladene Pistole mit einem Schalldämpferaufsatz auf einen schreckensstarren Clement gerichtet.

„Er ist hier", konnte Brinkhoff gerade noch ins Telefon flüstern. „Er ist hier."

„Wer ist …? Verdammt!"

Das Handy des Kommissars fiel zu Boden und Plasberg glaubte, ein überraschtes „D-Du? Aber das kann doch gar nicht … Nein! Nicht!" zu hören, dann brach die Verbindung abrupt ab.

Elf

„Brinkhoff? Sind Sie noch dran?" Zwecklos, das Gespräch war weg. Frustriert schlug sie mit der Faust gegen das Lenkrad. Zum Glück war sie gleich da, linker Hand tauchte schon die *Aurora*-Mühle am rechten Rheinufer auf. Von da aus waren es nur noch wenige Minuten bis zu Brinkhoffs Wohnung.

Es dämmerte langsam. Die Gewitterfront hatte sich endgültig verzogen, nur ein paar Wolkenfetzen waren übrig geblieben und trieben gemächlich Richtung Westen. Nur das nasse, junge Grün der Bäume und die tiefen Pfützen auf den Straßen erinnerten an den vorangegangenen Wolkenbruch.

Plasberg registrierte den Wetterumschwung kaum. Nach Brinkhoffs Anruf drückte sie das Gaspedal durch und raste die Siegburger Straße, die die Stadtteile Porz und Deutz parallel zum Rhein verband, in Rekordzeit entlang. Dabei telefonierte sie nonstop, hielt erneut Rücksprache mit Vogt und Kayser, versuchte vergeblich, Kupka an die Strippe zu bekommen, scherte sich nicht um Geschwindigkeitsbegrenzungen und überfuhr mehrere rote Ampeln mit quietschenden Reifen. Trotzdem kam sie zu spät. Als sie in Deutz eintraf, befanden sich Brinkhoff und Clement in der Gewalt des Täters. Das Handy ihres Kollegen blieb genauso tot wie vor dem einzigen Anruf, den er hatte machen können.

Plasberg war überrascht von der Schnelligkeit, mit der der Täter agierte, sie fühlte sich regelrecht überrumpelt. Der leise Funken Hoffnung, den sie nach dem Auffinden von Schmidt-Werners Leiche gehabt hatte, dass der Täter seine Mordserie beendet hatte, war zwar durch die Erkenntnisse aus dem Gutachten zerstört worden, aber sie war davon ausgegangen, zumindest noch mehr Zeit zu haben. Sie hatte geglaubt, Clement und Brinkhoff noch rechtzeitig warnen zu können. Warum diese Eile? Der Profiler hatte recht: Die Anschläge hinterließen einen Eindruck von Dringlichkeit, von Hast.

Die Kommissarin ließ ihren Wagen vor Brinkhoffs Mietshaus ausrollen und starrte ratlos zu den Fenstern im vierten Stock empor, hinter deren geschlossenen Gardinen man nichts erkennen konnte außer einem gedämpften Lichtschein. Jetzt, wo sie vor Ort war, wurde ihr bewusst, dass sie keinen Plan hatte. Waren Brinkhoff und Clement überhaupt noch am Leben?

Kurz nach ihr trafen Kayser und Hallstetter ein und sprangen aus dem Wagen, mit roten Flecken auf den Wangen; Hallstetter schnaufte wie ein Walross. Dann kamen Vogt und Siener zusammen mit Dimitrov, nur Wentrop fehlte noch. Sie alle parkten ihre Autos gegenüber dem Haus, gut sichtbar von Brinkhoffs Wohnung aus: Der Täter sollte ruhig zur Kenntnis nehmen, dass die Polizei ihm auf den Fersen war. Aber das war nichts mehr als eine leere Geste und die Kommissarin wusste es. Nachdem sie das Gutachten gelesen hatte, das Eberswalde in Auftrag gegeben hatte, war sie wie Dimitrov schon vorher zu der Überzeugung gelangt, dass der Täter gefunden werden *wollte*. Es machte ihm nichts aus, dass er in der Falle saß. Er hatte seinen Rachefeldzug anscheinend bis ins kleinste Detail ausgetüftelt und der Plan hatte funktioniert. Es war ihm wichtig gewesen, die Anschläge auf Mertens, Kirchner, Opitz und Schmidt-Werner ungestört durchzuführen, der Polizei dabei immer einen Schritt voraus zu sein. Wenn er jetzt Markus Clement umbrachte, hatte er seine Liste abgearbeitet. Es war ihm egal, ob er dabei selbst starb. Vielleicht war es ihm sogar recht. Die Kommissarin war sich nicht sicher, ob er Brinkhoffs Anwesenheit von Anfang an mit einkalkuliert hatte, aber sie war überzeugt, dass er den Tod ihres Kollegen billigend in Kauf nehmen würde. Brinkhoff wäre dann nur ein Kollateralschaden, bedauerlich, aber notwendig. So wie Clara Mertens. Wenn man es von der Warte des Täters aus betrachtete, ergab das alles einen perfiden Sinn. Andererseits, wenn er gestellt werden wollte, gab es vielleicht doch eine Chance, dass Brinkhoff und Clement noch am Leben waren. Plasberg zermarterte sich das Hirn, ob Brinkhoff seine Dienstwaffe mit nach Hause genommen hatte.

Die Kommissarin hatte von unterwegs auch Eikner informiert und Verstärkung angefordert. Ihr Chef hatte den Ernst der Lage sofort verstanden und einen Großeinsatz eingeleitet. Plasbergs Anweisungen folgend, wurde der viel befahrene Gotenring nun für den gesamten Verkehr gesperrt, auch die *KölnerVerkehrsBetriebe* mussten ihre Fahrten unterbrechen. Polizeikräfte evakuierten die Nachbarhäuser und sondierten die Lage im Haus selbst. Plasberg gab spezifische Anweisung, sich der Wohnung von Brinkhoff und Clement unter keinen Umständen zu nähern. Wenn die beiden noch am Leben waren, war es wichtig, den Täter nicht in die Enge zu treiben – wenigstens vorläufig. Sie wollte keine Kurzschlussreaktion provozieren und noch mehr Menschenleben gefährden. Außerdem war es für alle Unbeteiligten besser, wenn sie in Sicherheit waren. Der Mann mochte seine bisherigen Tatwaffen entsorgt haben – wenn er vorhatte, Clement zu töten, würde er das aber wohl kaum mit bloßen Händen machen … oder doch?

Am Rande der Absperrungen versammelten sich die ersten Schaulustigen. Einsatzwagen der Polizei blockierten alle Zufahrtswege, mehrere Notarztwagen standen in Bereitschaft. Blaulicht flackerte an allen Seiten. Normalerweise würde das weitere Vorgehen einer Eingreiftruppe von Spezialkräften anheimfallen, aber es war zu spät, eine entsprechende Einheit bereitzustellen. Es gab keine Zeit, die Leute zu instruieren. Plasberg und ihre Kollegen waren auf sich gestellt.

Endlich bog auch Wentrops mausgrauer Ford um die Ecke und rollte direkt neben ihrem Golf aus. „Ich verstehe das nicht", sagte er zur Begrüßung. „Wieso Brinkhoff?"

„Es geht nicht um Brinkhoff. Es geht um Markus Clement, seinen Lebensgefährten." Sie drückte ihrem Kollegen das Dossier von Eberswalde in die Hand. „Lesen Sie das Ding später. Wir haben jetzt keine Zeit für Einzelheiten. Wenn es stimmt, was in diesem Gutachten steht, dann wird der Täter Clement umbringen, egal, was Brinkhoff oder ihm selbst dabei passiert."

„Ja, aber … wer ist denn nun unser Täter?"

„Das", sagte Plasberg und tippte eine Nummer in ihr Handy, „werde ich hoffentlich mit diesem Anruf herausfinden. Und dann müssen wir da rein. Uns läuft die Zeit davon." Sie drückte die Wähltaste. Nach drei Klingeltönen wurde das Gespräch angenommen.

„Beerbaum hier", meldete sich der Leiter des KK 12. Im Hintergrund konnte Plasberg einen Fernseher hören. Der Kommissar schien sich einen gemütlichen Abend zu Hause zu machen.

„Wer zum Teufel ist Klaus Bartels?“, bellte sie ihren Kollegen ohne Vorwarnung an. „Was für ein Scheiß-Spiel haben Sie da mit Eberswalde ausgeheckt?“

„Klaus wer?“ Lutz Beerbaum klang ahnungslos, als wüsste er tatsächlich nicht, worum es ging. Plasberg kochte innerlich. Sie hatte Beerbaum immer geschätzt, die ruhige Hand bewundert, mit der er sein Kriminalkommissariat leitete – ganz anders als Eikner. Umso mehr traf es sie, dass er sich zu einem Komplizen des Polizeipräsidenten hatte machen lassen. Wenn es stimmte, was die Unterlagen hergaben, dann war Beerbaum von Anfang an in Eberswaldes dubiose Machenschaften eingeweiht gewesen, hatte ihn gedeckt – und damit den Tod von vier, wenn nicht sogar bald von fünf oder sechs Menschen heraufbeschworen.

„Klaus Bartels sitzt hier oben in der Wohnung des Kollegen Brinkhoff und hat ihn und seinen Lebensgefährten in seiner Gewalt. Er will Clement töten. Kommen Sie endlich aus der Deckung, Beerbaum!“, fuhr sie ihn an. „Sie haben das alles gewusst!“

„Was gewusst? Ich habe keine Ahnung, wovon Sie sprechen!“

Mit Mühe zwang sich Plasberg, ruhig zu bleiben, auch wenn ihr Blick immer wieder an Brinkhoffs Fenster wanderte. „Das Gutachten eines Psychologen aus dem Jahre 2005“, half sie Beerbaum auf die Sprünge. „Von Eberswalde angefordert, an Sie weitergeleitet. Es betrifft einen Mann mit dem Decknamen Klaus Bartels, der damals in Ihrem Kommissariat gearbeitet haben muss. Wer ist der Mann?“

Schockiertes Schweigen antwortete ihr. Dann brachte Beerbaum heraus: „Bartels? O mein Gott. Die Sache hatte ich völlig vergessen. Ist er etwa –?“

„Ja, der Serientäter!“, unterbrach Plasberg ungeduldig. „Er hat schon Kirchner, Opitz, Schmidt-Werner und Mertens auf dem Gewissen und –“

„O mein Gott“, wiederholte Beerbaum und Plasberg konnte förmlich durchs Telefon spüren, wie ihm das Herz in die Hose sackte. „Mertens, o Gott, natürlich! Und ich … ich dachte, er wäre mir nur wegen des Verdachts des Kindesmissbrauchs im Gedächtnis geblieben! Ich bin so ein Idiot! … Frau Plasberg, ehrlich, ich … dieses Gutachten habe ich nur ein einziges Mal gesehen. Der

Überfall auf die ARAL-Tankstelle, oder? Webknecht hieß der Täter, wenn ich mich richtig erinnere, stimmt's?"

„Hören Sie, ich habe keine Zeit, Ihr Gedächtnis weiter aufzufrischen. Ich brauche Informationen von Ihnen, und zwar schnell. Wer ist dieser Bartels?"

Beerbaum seufzte. „Ein ehemaliger Mitarbeiter meines Kriminalkommissariats."

„Großer Gott!" Plasberg hatte noch die leise, wenn auch irreale Hoffnung gehabt, dass sie vielleicht irgendetwas in dem Gutachten falsch verstanden hatte, doch Beerbaums Aussage ließ keine Zweifel mehr zu. Wenn Bartels ein ehemaliger Kollege war, dann war er ein formidabler Gegenspieler. Er kannte alle Tricks, die die Polizei in Situationen wie dieser anwendete, war mit den Strategien vertraut, die eingesetzt wurden. „Was noch?"

„Er ist nicht besonders groß, stämmige Figur, kam nach seiner Ausbildung in Düsseldorf direkt zur Sitte. Aber ich verstehe nicht …"

„Ich habe keine Zeit für Erklärungen! Sagen Sie mir einfach, was Sie wissen!"

„Also gut." Beerbaum schluckte. „Sympathischer Typ eigentlich, sehr kontaktfreudig, durchsetzungsstark, zielstrebig, teamfähig. Alles, was man in unserem Job so braucht. Hat zwei oder drei Jahre wirklich zufriedenstellend gearbeitet. Mit ein wenig Führung hätte er das Zeug zum Hauptkommissar gehabt … und dann kam das mit der ARAL-Tankstelle. Seine Freundin und seine Schwester sind dort von Webknecht getötet worden. Danach …. Na ja, Sie wissen doch, was so ein Schicksalsschlag mit einem Menschen machen kann. Er hat sich zurückgezogen, wurde zunehmend unberechenbar, introvertiert, schweigsam. Es gab Disziplinprobleme, Überreaktionen. Einmal hätte er um ein Haar einen Verdächtigen zusammengeschlagen, zwei Kollegen haben ihn gerade noch zurückhalten können. Ich habe Eberswalde irgendwann mal von meinem Problem mit ihm erzählt und der hat diesen Traumatologen von außen eingeschaltet. Weil Bartels sich geweigert hat, mit einem internen Psychologen zu reden." Plasbergs Kollege räusperte sich. „Nachdem ich das Gutachten gelesen habe, habe ich alle Hebel in Bewegung gesetzt, um Bartels aus dem Dienst entfernen zu lassen. Der Mann war eine tickende Zeitbombe – ich meine, haben Sie das Gutachten gelesen?“

„Allerdings“, schnaubte Plasberg. „‚Instabil und hochgradig gefährlich. Wie besessen von einem Rachegedanken‘“, zitierte sie auswendig eine Aussage des Gutachtens. „Wieso hat ihm dieser Gutachter überhaupt einen anderen Namen gegeben?“

„Das war die Idee des Polizeipräsidenten. Sie kennen doch Eberswaldes Paranoia, dass ihm jeder am Zeug flicken will. Er hat sich nämlich gegen meinen ausdrücklichen Wunsch und entgegen der Empfehlung des Gutachters dazu entschieden, Bartels zu behalten.“

„Wie bitte?“ Plasberg glaubte kaum, was sie da hörte.

„Er war der Meinung, es käme in der Presse schlecht an, wenn wir uns nicht um unsere Leute kümmern nach so einem Schicksalsschlag.“

„Und das haben Sie mitgemacht?“, herrschte sie Beerbaum an.

„Was hätte ich denn tun sollen?“, verteidigte er sich. „Sie wissen genauso gut wie ich, dass es nicht so einfach ist, einen Polizisten vom Dienst zu suspendieren. Immerhin hat Eberswalde ihn versetzt, hat ihm irgendeinen Schreibtischposten gegeben. Damit war der Fall für mich erledigt. Später habe ich dann gehört, dass er die Polizei verlassen hat. Ich habe nie wieder was von ihm gehört und die ganze Sache auch irgendwann vergessen … mein Gott, das Ganze ist Jahre her! Wer kann denn ahnen, dass –“

„Augenblick!“, fiel ihm Plasberg ins Wort. Dimitrov, der inzwischen auch einen Blick in das Gutachten geworfen hatte, tippte ihr aufgeregt auf die Schulter. „Was ist denn?“

„Ich weiß die Todesart, mit der Clement umgebracht werden soll. Steht alles hier drin. Sehen Sie? Mertens und Clement waren in der Tankstelle, als der Überfall passierte. Beide waren die einzigen direkten Augenzeugen, als Webknecht Frauen getötet hat.“

„Ja, und?“

„Hier …“, sagte Dimitrov und deutete hektisch auf mehrere Textstellen, „wie ich schon vorher vermutet habe: Die Todesarten sind eine symbolische Bestrafung für die ‚Schuld‘, die die Opfer am Tod der Frauen tragen. Andreas Schmidt-Werner war der Fahrer des Autos, mit dem Webknecht die Tankstelle angefahren hat – daher wurde er am Steuer des Wagens ertränkt. Opitz hat die Waffe gehört, die Schmidt-Werner und Webknecht in seinem Auto gefunden haben und womit Webknecht dann geschossen hat –, daher wurde ihm die Hand abgehackt. Kirchner war eine unbeteiligte Zeugin, die von Schmidt-Werner auf dem Weg zur Tankstelle angefahren wurde und sich mit Webknecht gestritten hat. Der Täter gibt ihr deshalb eine Mitschuld am Ausrasten von Webknecht."

„Er hat ihr die Zunge herausgeschnitten, weil sie sich mit Webknecht in die Wolle gekriegt hat?", fragte Wentrop ungläubig nach. Er hatte Dimitrovs Theorie ebenfalls interessiert zugehört. Auch Vogt, der mit Bettina Siener die Nachbarn aus Brinkhoffs Haus evakuiert hatte, stellte sich zu ihnen.

Plasberg nickte. „Für mich klingt das plausibel", sagte sie. „Wenn man die Maßstäbe eines kranken Hirns zugrunde legt. Er gibt allen, die Webknecht und Schmidt-Werner in der Mordnacht über den Weg gelaufen sind, eine Mitschuld am Tod seiner Freundin und seiner Schwester und bestraft sie jetzt dafür. Er ist Richter und Henker zugleich."

„Aber das ist doch … und was ist nun mit Mertens und Clement?"

„Beide hätten wahrscheinlich nach Meinung des Täters den Überfall verhindern können, weil sie direkt vor Ort waren", erklärte Dimitrov. „Aber Mertens war ein Feigling. Er hat sich versteckt hinter einer Tiefkühltruhe. Verstehen Sie? Tiefkühltruhe – Kühlhaus vom Schlachthof. Aufgehängt an einem Fleischerhaken – damit wird Mertens zur Schau gestellt: ‚Seht her, er hat den Tod von meiner Freundin und meiner Schwester nicht verhindert! Aber ich bestrafe ihn dafür!'"

Vogt versuchte, sein Grinsen zu verstecken. Als er Plasbergs Blick sah, entschuldigte er sich schnell. „Tut mir leid. Aber dass Mertens sich hinter einer Tiefkühltruhe versteckt und dann am Fleischerhaken endet … es hat auch was Groteskes, oder?"

„Ja, genau!", stimmte ihm der Profiler heftig nickend zu. „Und deshalb ist es geradezu brillant! Verstehen Sie nicht? Dadurch, dass der Täter Sie zum Lachen bringt, erhält Mertens nicht mal im Tod einen letzten Rest Würde. Ich … das ist genial!" Was er sagte, klang fast nach Bewunderung.

Die Kommissarin machte eine ungeduldige Handbewegung. Für sie hatte der Täter die Grenze zwischen Genie und Wahnsinn schon mit dem ersten Mordanschlag überschritten. „Was ist mit Clement?“

„Ah!“, machte Dimitrov. „In den Augen des Täters hat sich Clement des schlimmsten Verbrechens von allen schuldig gemacht: Er hat herbeigeführt den Tod von Freundin und Schwester.“

„Wie denn das?“, fragte Wentrop. „Die sind doch von Webknecht erschossen worden.“

„Aber im Gutachten steht, dass beim Prozess gegen Webknecht festgestellt wurde, dass Clement in einem unbeobachteten Augenblick durch die Fensterscheibe des Tankstellenshops gesprungen ist, um zu fliehen. Dadurch wurde eine Kurzschlussreaktion bei Webknecht ausgelöst und er hat beide Frauen erschossen.“

„Das heißt“, sagte Wentrop langsam, „er wird ihn …“

Dimitrov nickte. „Er wird ihn aus dem Fenster werfen.“

Schockiert sahen alle zum vierten Stock empor.

Dann fiel der Kommissarin wieder ein, dass sie noch Beerbaum in der Leitung hatte. „Sie haben mithören können?“, fragte sie.

„Ja“, antwortete ihr Kollege schwach. „Hören Sie, es tut mir leid, Frau Plasberg. Wenn ich gewusst hätte …“

„Ach, sparen Sie sich Ihre Entschuldigungen“, seufzte sie.

Mittlerweile war ihr klar, dass Beerbaum keine direkte Schuld traf. Er konnte nichts dafür, dass dieser Bartels ausgetickt oder von Eberswalde trotz des Gutachtens weiter als Polizist beschäftigt worden war. Beerbaum hatte Eberswalde auf das Fehlverhalten eines Mitarbeiters aufmerksam gemacht. Der Rest war Eberswaldes Sache gewesen. Die Frage war nur, ob man selbst dem Polizeipräsidenten aus seinem Verhalten einen Strick drehen konnte. Etwas störte Plasberg an der Art und Weise, wie Kupka ihr das Gutachten zugespielt hatte. Als ob da noch mehr hintersteckte. Irgendetwas fehlte noch. Irgendeine Information, die sie noch nicht besaß und die das Puzzle vervollständigen würde.

Die Kommissarin schüttelte unwillig den Kopf. Jetzt war nicht die Zeit, sich darüber Gedanken zu machen. „Eins würde ich aber noch ganz gerne wissen, Kollege Beerbaum: Eberswalde hat Sie in einer handschriftlichen Notiz, die dem Schreiben dieses Psychologen beigefügt war, gebeten, das Gutachten aus den Akten herauszuhalten. Haben Sie dieser Bitte entsprochen?"

„Natürlich nicht! Ich meine ... Sie haben es doch in der Akte gefunden, oder?"

„Wie denn, wenn ich noch nicht einmal den richtigen Namen weiß! Nein, ich nehme an, dass Kupka mir eine Kopie von Eberswalde zugespielt hat."

„Kupka? Was hat der denn damit zu tun?"

Plasberg schnalzte ungeduldig mit der Zunge. Beerbaum schien tatsächlich keine Ahnung zu haben. Damit blieb nur noch eine letzte Frage an den Leiter des KK 11. „Der Name von Bartels, Beerbaum. Wie heißt der Mann mit richtigem Namen!"

„Er heißt –"

„Achim? Achim F-Forsbach?" Brinkhoff traute seinen Augen nicht. „D-Du? Das ... das ist nicht m-möglich!" Seine Blicke sprangen ungläubig von Forsbach zur Mündung der Pistole, die auf ihn und Clement gerichtet war.

„Wirklich nicht?" Forsbach grinste. Trotz seines Übergewichts schien er nicht außer Atem zu sein. „Dann seid ihr mit euren Ermittlungen aber noch nicht sehr weit gekommen. Entweder sind Plasberg und du miserable Polizisten ... oder mein Plan war tatsächlich so gut, wie ich gehofft habe." Brinkhoffs ehemaliger Freund und Kollege wirkte seltsam ruhig, fast abgeklärt. Ohne seine Opfer aus den Augen zu lassen oder die Waffe zu senken, schnallte er den Rucksack ab, den er getragen hatte, und ließ ihn zu Boden fallen.

Wie lange schon hatte er im Treppenhaus auf einen günstigen Moment gewartet? Wie war er überhaupt hineingekommen? Brinkhoff sah Clement an ... natürlich! Die Zigaretten. Forsbach musste vor dem Haus gewartet haben und hatte sich hinter Markus hineingeschlichen.

„Dann ... die beiden Frauen, die b-bei dem Überfall auf die Tankstelle getötet wurden ..."

„Jessica, meine Schwester, und Martina, meine Freundin." Forsbachs Augen bekamen einen harten Glanz, als er die Namen aussprach.

Brinkhoff biss sich auf die Lippen. Jetzt bekam das alles einen Sinn. Ein Rachefeldzug, genau so, wie der Profiler es gesagt hatte.

„Ihr kennt euch?“ Das Entsetzen, das Clement bei Forsbachs Eindringen gelähmt hatte, schien langsam von ihm abzufallen. Mit wachsender Verblüffung hatte er den Wortwechsel der beiden verfolgt. „Wieso kennt ihr euch? Und wer sind Sie?“ Er sprach Forsbach direkt an und wagte sich einen Schritt auf Brinkhoff zu.

„Nicht doch“, machte Forsbach. „Ganz schlechte Idee!“ Ohne Vorwarnung zielte er mit der Pistole auf Clements rechtes Schienbein.

„Nein!“, brüllte Brinkhoff, aber es war zu spät. Forsbach hatte schon abgedrückt.

Die Kugel zerfetzte den Knochen und blieb im Fleisch stecken. Clement schrie gellend auf und stürzte zu Boden, krümmte sich zusammen. Der Schmerz durchfuhr ihn wie ein Blitzschlag und breitete sich in Sekundenschnelle wellenförmig in seinem ganzen Körper aus. Blut sickerte aus der Wunde, färbte sein Hosenbein dunkel und tropfte auf den Boden.

„O Gott“, stöhnte er mit zusammengebissenen Zähnen. „Aufhören, bitte!“

Forsbach sah Clement mitleidlos an. „Aufhören? Aber ich habe gerade erst angefangen! Du willst mir doch nicht den ganzen Spaß verderben!“ Er legte erneut an und zielte auf Clements linkes Schienbein. „Falls du noch Zweifel hast, frag deinen Freund, ob ich es ernst meine. Er kann dir erzählen, wie Mertens gestorben ist oder Kirchner. Oder Opitz. Ja, Torsten, fang mit Opitz an. Dann hat er einen kleinen Vorgeschmack auf das, was ihm noch bevorsteht.“ Er sah Brinkhoff fragend an, der wie in Schockstarre auf dem Bett saß. „Also, wird's bald oder soll ich noch mal abdrücken?“

„Opitz … er hat Opitz die rechte Hand abgehackt und ihn dann einfach l-liegenlassen“, stammelte Brinkhoff.

Clement sah ihn mit weit aufgerissenen Augen an.

„Und Kirchner? Was habe ich mit Ingrid Kirchner gemacht?“ Forsbach schien die Situation regelrecht zu genießen.

Der Kommissar erwiderte ohnmächtig den Blick seines Freundes. „Er hat … er hat ihr die Z-Zunge herausgeschnitten und sie ihr in … in den … Ra-Ra-Ra –“

„Gib dir gefälligst Mühe, Torsten!", schnauzte Forsbach ihn an.

„... Rachen gesteckt", brachte Brinkhoff angestrengt heraus. „Sie ist erstickt."

Clement stöhnte auf, vor Schmerz oder vor Angst, vielleicht vor beidem. Brinkhoff sah, wie sich die Hose seines Freundes jetzt auch vorne am Reißverschluss dunkel färbte. Tränen schossen ihm in die Augen.

Verzweifelt versuchte er, Ruhe zu bewahren. Wenn er jetzt in Panik verfiel, hatte Forsbach einen Trumpf mehr in der Hand. Er überlegte hektisch. Er hatte noch immer nicht begriffen, wieso ausgerechnet Forsbach der Täter war, den sie gesucht hatten. Aber wenn er Markus und sich retten wollte, musste er Forsbach ablenken und am Reden halten, er war sicher, dass Forsbach nicht mitbekommen hatte, dass er gerade noch mit Plasberg telefoniert hatte. Er musste der Kommissarin Zeit verschaffen. Markus war außer Gefecht gesetzt, er war auf sich gestellt.

Aber nachdem er seinen Opfern seine Überlegenheit demonstriert hatte, schien es Forsbach auch nicht eilig zu haben. „Hol einen Stuhl und stell ihn gegen die Wohnungstür", befahl er Brinkhoff. „Wir wollen doch nicht gestört werden. Wenn du abhaust, ist dein Freund tot. Kostet mich nur einen kleinen Druck mit dem Zeigefinger."

Der Kommissar warf Clement einen unsicheren Blick zu, dann ging er langsam in die Küche. Wieso hatte er bloß seine Dienstwaffe im Präsidium gelassen? Im Schreibtisch seines Büros half sie ihm gar nichts. Ein Messer? Konnte er ein Messer zurück ins Schlafzimmer schmuggeln? Aber Forsbach war nicht dumm, er würde damit rechnen. Außerdem war er ein ehemaliger Polizist. Bevor er, Brinkhoff, einen Messerstich platzieren konnte, hatte Forsbach schon seine Waffe abgefeuert. Und wo an seinem Körper sollte er ein Messer verstecken? Er trug nur ein T-Shirt und Boxershorts. Verzweifelt nahm Brinkhoff einen Stuhl und stellte ihn vor die Wohnungstür, die Lehne unter die Klinke geklemmt. Das Schloss war durch den gezielten Schuss zertrümmert worden, die Tür ließ sich nicht mehr schließen. War das ein kleiner Lichtblick? Er hatte keine Zeit, darüber nachzudenken. Forsbach sah ihm durch die geöffnete Schlafzimmertür zu, die

Waffe drohend auf Clement gerichtet. „Mach schon!", rief er ungeduldig.

Brinkhoff betrachtete seinen ehemaligen Kollegen aus den Augenwinkeln. Forsbach sah schlecht aus, weitaus schlechter als ... wann hatte er ihn getroffen? Vor drei Tagen? Es kam ihm so viel länger vor. Er hatte einen dichten Bartschatten, sein Gesicht wirkte aufgequollen, die Augen waren rot und voller geplatzter Äderchen. „Das war kein Zufall am Dienstag, oder?", wagte er zu fragen, als er ins Schlafzimmer zurückkehrte. „Du hast unser Treffen vor dem Brauhaus arrangiert."

Forsbach grinste. „Guter Junge. So langsam scheint der Groschen zu fallen. War dir peinlich, mich wieder zu sehen, nicht wahr?"

„Du hast dich nicht gerade z-zu deinem V-Vorteil verändert", murmelte Brinkhoff.

Forsbachs Grinsen verschwand genauso schnell, wie es gekommen war. „Mein ganzes Leben hat sich nicht zu meinem Vorteil verändert", erwiderte er bitter. „Wegen Menschen wie dem da." Er deutete auf Clement, der sich stöhnend am Boden wand.

Brinkhoff beugte sich über seinen Freund. „Halt durch", sagte er hilflos. „Wir schaffen das." Clement sah ihn gequält an.

„Wie rührend!", ließ sich Forsbach vernehmen. „Schwule Liebe. Genau wie bei *Gute Zeiten, schlechte Zeiten.*"

„Arschloch", flüsterte Clement.

Brinkhoff zuckte zusammen, aber Forsbach lachte nur. „Aber warum?", fragte der Kommissar. „Ich m-meine, was wolltest du von mir am Dienstag?"

„Zum einen wollte ich wissen, wer mein Gegenspieler ist. Es ist immer gut, wenn man weiß, mit wem man es zu tun hat. Ich hab erst gedacht, Ostrop würde die MK leiten."

„Ostrop? Woher weißt du, wer Ostrop ..." Brinkhoff sog zischend Luft zwischen seinen Zähnen ein. „Ich bin ein Idiot! Du hast mich angelogen. Du kennst Plasberg!"

„Ich hab unter Beerbaum gearbeitet, als ich in Köln anfing, genau wie du. Natürlich kenne ich Plasberg. Daher habe ich auch meinen Zeitplan geändert."

„Zeitplan? Was für einen Zeitplan?"

„Ostrop ist eine Niete“, erwiderte Forsbach abfällig. „Wenn er die Ermittlungen geleitet hätte, hätte ich Zeit gehabt, alles sorgfältiger auszuführen. Der wäre mir niemals auf die Schliche gekommen. Jede Woche einen, hatte ich mir vorgenommen. Bei Plasberg war ich mir nicht so sicher. Deshalb musste ich die anderen schnell töten. Bevor sie mir dazwischenfunkt.“

„Und zum anderen?“

„Zum anderen wollte ich wissen, wo Clement wohnt. Bis letztes Jahr wusste ich es, aber dann ist seine Wohnung abgebrannt und er ist umgezogen und ich habe nicht herausbekommen können, wohin.“

„Du verfolgst diesen P-Plan schon seit letztem Jahr?“ Brinkhoff war gegen seinen Willen fasziniert. „Das ist …“ Er schüttelte den Kopf.

„Ich verfolge diesen Plan seit 2005“, sagte Forsbach mit einem harten Zug um seine Mundwinkel. „Seit dem Tag, an dem Jessy und Martina von Webknecht umgebracht worden sind.“

„Ja, ganz richtig, von W-Webknecht!“, wagte Brinkhoff einzuwenden. „Was haben Markus und die anderen, die du abgeschlachtet hast, damit zu tun?“

„Was sie damit zu tun haben?“ Forsbach sprang auf ihn zu und hielt ihm die Pistole vor die Nase. Clement heulte panisch auf. „Sie alle hätten den Mord verhindern können! Ich hab während des Prozesses im Gerichtssaal gesessen und darauf gewartet, dass irgendjemand von denen seine Mitschuld gesteht, dass irgendjemand um Verzeihung bittet, dass jemand so etwas wie Gerechtigkeit walten lässt. Dass mir jemand erklärt, warum Jessy und Martina sterben mussten! Stattdessen habe ich mitangehört, wie sie sich alle aus der Verantwortung gestohlen haben …“

Brinkhoff sah seinem Gegenspieler in die Augen und erkannte das Flackern des Fanatismus in seinen Pupillen. Wieso war ihm das nicht schon am Dienstag aufgefallen? Forsbach war für rationale Argumente längst nicht mehr erreichbar. Was er wollte war keine Gerechtigkeit, es war Vergeltung. Mutlos hörte der Kommissar weiter zu.

„… Opitz, dieser Versager! Webknecht hätte die Waffe nie in die Finger bekommen, wenn er sie nicht besoffen im Auto vergessen hätte! Eine gottverdammte Bewährungsstrafe hat er bekommen – und er hat sich noch nicht einmal entschuldigt! Hat es als Kavaliersdelikt abgetan und dagegen protestiert, dass ihm der Waffenschein entzogen wurde! Kirchner hat Webknecht in der Tatnacht bis aufs Blut gereizt mit ihrer Selbstgerechtigkeit! Hat über die Schmerzen lamentiert, die ihr angeblich bei dem Unfall zugefügt wurden, und die Verrohung der Jugend! Schmidt-Werner hat den willfährigen Chauffeur gespielt und sich über die Beziehungen seines Vaters heraushauen lassen! Kein Wort des Bedauerns, kein Eingeständnis der Schuld, kein ‚Es tut mir leid'. Alles, was ich von dem Wicht während des Prozesses gesehen habe, war ein gesenkter Kopf! Und Mertens hat nicht einmal ein bisschen Mumm bewiesen. Wie eine Ratte hat er sich während des Überfalls in den hintersten Winkel der Tankstelle verzogen und die Arme über den Kopf gelegt, um ja nicht die Aufmerksamkeit auf sich zu lenken! Wenn sie alle sich anders verhalten hätten, wären meine Schwester und meine Freundin nicht gestorben. Ich wäre noch Polizist! Ich hätte noch ein Leben!"

Während seiner Tirade war Forsbach ganz nah an Brinkhoff herangekommen; Speicheltröpfchen trafen den Kommissar an Wange und Kinn. Angeekelt wandte er sein Gesicht ab.

„Und Markus?"

„Clement? Der wollte nur seine eigene Haut retten", zischte Forsbach hasserfüllt. „Er wollte abhauen, als Webknecht mit seiner Pistole herumgefuchtelt hat. Er hat eine Scheibe eingeworfen und dabei ist Webknecht in Panik geraten und hat abgedrückt."

„Ich habe die Scheibe nicht eingeworfen! Und ich hatte Angst!", protestierte Clement mit zusammengebissenen Zähnen. „Ist das so schwer zu verstehen?"

Brinkhoff ging schnell darüber hinweg. Begriff Markus nicht, dass man Forsbach nicht reizen durfte? „Aber dann war Webknecht der Täter!", versuchte er trotz allem, ruhig zu argumentieren. „Du kannst doch n-nicht jedem, der dem Mann an diesem Abend über den Weg gelaufen ist, eine Mitschuld geben! Opitz und Kirchner waren noch nicht mal am Tatort!"

„Was spielt denn das für eine Rolle!", schrie Forsbach ihn an. „Natürlich haben sie Schuld! Weißt du, wie das ist, wenn du nachts einen Telefonanruf bekommst und erfährst, dass innerhalb von wenigen Sekunden dein ganzes Leben zerstört worden ist? Wenn man nachts um vier in die Pathologie fahren muss, um seine Schwester und seine Freundin zu identifizieren, die beide auf einer Bahre liegen, jede mit ein paar Kugeln im Kopf? Jessy war das ganze Gesicht weggeschossen worden und Martina … Martina … o Gott …" Für einen Moment sah es so aus, als würde Forsbach die Fassung verlieren, während er die Ereignisse dieser verhängnisvollen Nacht nochmals durchlebte, und Brinkhoff witterte seine Chance, aber Forsbach fing sich schnell wieder. „Ich hab mir damals geschworen, jeden einzelnen zur Rechenschaft zu ziehen, jeden einzelnen von denen! An Hajo Webknecht bin ich nicht herangekommen, weil der noch im Knast sitzt, aber die anderen … die sollten dafür bezahlen, dass sie Jessy und Martina auf dem Gewissen haben!"

„Du bist verrückt!", flüsterte Brinkhoff. „K-Komplett verrückt!"

Forsbach zuckte mit den Schultern. „Und wenn schon, Torsten! Wen interessiert das? Ich habe erreicht, was ich wollte. Und weißt du, was? Es fühlt sich gut an. Ich werde heute Nacht das erste Mal seit Jahren wieder gut schlafen."

„Du wirst in einer Zelle schlafen!"

„Du begreifst es immer noch nicht, oder? Es ist mir egal! Mein Leben hat am 27. März 2005 aufgehört. Was mit mir passiert, wenn ich deinen Freund getötet habe, ist mir völlig gleichgültig." In Forsbachs Gesicht war beinahe so etwas wie Erleichterung zu erkennen. „So, und jetzt genug geplaudert." Er winkte Brinkhoffs Freund mit der Pistole zu sich. „Steh auf!" fuhr er ihn an. „Du wirst mir jetzt helfen!"

„Aber ich kann nicht!", stöhnte Clement und hielt sich das Bein. Schweißtropfen hatten sich auf seinem kahlen Kopf und seiner Stirn gebildet und er war mittlerweile kreidebleich. Der Schock und die Schusswunde zogen seinen Kreislauf in Mitleidenschaft.

Forsbach zielte wortlos auf das linke Schienbein. „Nein, nicht! Ich stehe auf!", schrie Clement. Mit schmerzverzerrter Miene zog er sich am Bett hoch, bis er halbwegs in einer aufrechten Position stand. Seine blutverschmierten Hände hinterließen rote Flecken auf der Bettwäsche.

Brinkhoff suchte fieberhaft nach einem Ausweg, aber wie er die Lage auch drehte und wendete, er fand keinen. Forsbach hatte klargemacht, dass er es ernst meinte. Wenn er sich jetzt auf ihn stürzte, würde er sterben. Und Markus hätte keine Zeit zu fliehen; mit der Kugel im Bein war es für Forsbach ein Kinderspiel, ihn einzuholen. Außerdem war der Fluchtweg durch den Stuhl vor der Wohnungstür versperrt. Er musste Forsbach weiter zum Reden verleiten. Sein ehemaliger Kollege schien die Ausführung seines irrwitzigen Plans zu genießen; es war das Einzige, was ihn in den letzten Jahren interessiert, was ihn aufrechterhalten hatte. Die Wahrscheinlichkeit, dass er weiter darüber sprechen würde, war groß. Aber der Kommissar bezweifelte, dass er Forsbach noch lange hinhalten konnte. Wo blieb Plasberg?

„W-Wie bist du eigentlich in die Wohnungen von K-Kirchner und Opitz gekommen?" Clement sah ihn an, als ob er nicht mehr alle Tassen im Schrank hätte, aber es war das Erste, was ihm durch den Kopf schoss. „Ich m-meine, du hattest doch bestimmt keinen Schlüssel, oder? Und aufgebrochen waren die Türen auch nicht."

Forsbach zuckte mit den Schultern. „Ganz einfach. Ich habe geklingelt. Bei Kirchner habe ich mich als Paketzusteller ausgegeben, der Ware für ihren Laden hat, bei der Privat- und Geschäftsadresse verwechselt worden waren. Und bei Opitz habe ich mich an der Sprechanlage als Polizist ausgegeben. Der Fall gegen Webknecht sei neu aufgerollt worden und es gebe berechtigte Zweifel an Opitz' Mitschuld – da hat er sofort aufgedrückt. Die beiden in ihrer Wohnung zu überwältigen, war dann eine Kleinigkeit."

„Und der Schlüssel zum Kühlhaus? W-Woher hattest du den?"

„Willst du mich verarschen, Torsten? Sag bloß, nicht mal das wisst ihr inzwischen?"

Brinkhoff schüttelte stumm den Kopf.

„Die Überwachungsanlage ist vor sechs Monaten von der Firma installiert worden, für die ich arbeite, du Idiot. Ich hatte tagelang ungehinderten Zutritt zu allen Räumen. Ich habe mir einen Schlüssel vom Haken genommen, als keiner der Mitarbeiter in der Nähe war." Er streckte den Arm aus und nahm Clement ins Visier, als wäre die Zeit für Plaudereien nun endgültig vorbei.

„Und Markus?“, fragte Brinkhoff hastig. „Wie hast du Markus ausfindig gemacht?“

Forsbach senkte die Pistole und Clement ließ sich stöhnend aufs Bett fallen. „*Facebook*“, sagte Forsbach und fing an zu lachen. „Es war wirklich so einfach!“

„Wie war das?“ Brinkhoff sah ihn verständnislos an. „Wieso *Facebook*?“

„Es war so ein Spontaneinfall. Ich hab dort seinen Namen eingegeben und sein Profil gefunden. Ihr seid miteinander ‚befreundet‘ und er hat groß und breit gepostet, dass ihr jetzt zusammenwohnt. Erst dadurch bin ich darauf gekommen, dass ihr was miteinander zu tun habt. Und als du am Dienstag vom Brauhaus weggegangen bist, bin ich dir einfach zu eurer Wohnung gefolgt.“

„Du hast das gepostet?“ Brinkhoff konnte nicht anders, er sah Markus fassungslos an.

„Ich … ich hab nur geschrieben, dass wir zusammenziehen und dass ich mich darüber freue“, brachte Clement angestrengt hervor. „Das war doch völlig harmlos! Ich konnte doch nicht ahnen, dass –“

„Achim Forsbach?“ Von der Straße ertönte eine männliche Stimme, deren Lautstärke durch ein Megafon verstärkt wurde. Brinkhoff glaubte Wentrop zu erkennen, vor Erleichterung hätte er beinahe aufgeschluchzt. „Hier spricht die Polizei. Kommen Sie mit erhobenen Händen aus der Wohnung und lassen Sie die Geiseln unversehrt zurück.“

Forsbach schob die Gardinen auf einer Seite des Fensters beiseite und spähte nach draußen. Er selbst blieb auf der anderen Fensterhälfte hinter der Gardine versteckt. „Großer Bahnhof“, sagte er gleichmütig. „Deine Frau Plasberg hat ganz schön was aufgefahren!“

Wenn das Eintreffen von Hilfe Brinkhoff neuen Mut gegeben hatte, dann ließ ihn Forsbachs Gelassenheit wieder verzweifeln. Es konnte nur bedeuten, dass Forsbach auf alles vorbereitet war. Es war ihm wirklich egal, ob er das hier überlebte.

„Achim“, sagte er, „b-bitte. Du darfst das n-nicht tun!“

Aber die Zeit, in der Forsbach zu Gesprächen bereit gewesen war, schien mit dem Auftauchen der Polizei tatsächlich vorbei zu sein. Ohne die Pistole aus der Hand zu legen, warf er Clement seinen Rucksack aufs Bett. „Da drin ist graues Paketklebeband“, sagte er. „Du wirst deinen Freund für mich fesseln. Erst die Füße, dann die Hände. Die Hände auf dem Rücken. Und mach es anständig. Sonst jage ich Torsten vor deinen Augen eine Kugel in den Kopf.“

Brinkhoffs und Clements Blicke trafen sich. Der Kommissar schloss die Augen und nickte kaum merklich. „Ist okay“, flüsterte er.

Stöhnend holte Clement das Klebeband aus dem Rucksack und wickelte es um Brinkhoffs Fußknöchel. „Straffer“, befahl Forsbach. Clement warf ihm einen hasserfüllten Blick zu. Dann drehte sich Brinkhoff mit dem Rücken zu ihm und ließ sich von seinem Freund an den Handgelenken fesseln. Für einen Moment fanden sich ihre Finger und drückten sich.

Forsbach kam zu ihnen ans Bett und überprüfte die Festigkeit des Klebebandes. Anscheinend war er zufrieden, denn er trat einen Schritt zurück. „Gut“, sagte er. „Und jetzt noch einen Klebestreifen über den Mund.“

„Nein!“, protestierte Clement. Forsbach holte ohne Vorwarnung aus und schlug ihm mit voller Wucht den Knauf der Waffe über den Schädel. Blut spritzte aus der Platzwunde und lief Clement übers Gesicht. Mit einem Grunzen sackte er benommen aufs Bett. Forsbach riss ihm wütend das Band aus der Hand und legte für einen Moment die Waffe beiseite.

„Jetzt, Markus!“, brüllte Brinkhoff und stieß mit dem Kopf nach oben in Forsbach Magengrube. Aber sein Freund hatte kaum noch Kraft. Mit dem linken Fuß holte er aus, doch er verfehlte seinen Gegner um wenige Zentimeter, bevor er halb ohnmächtig zurück aufs Bett fiel. Forsbach taumelte ein paar Schritte hinten.

„Guter Versuch, Torsten“, keuchte er, als er wieder nach der Waffe griff und sie außer Reichweite legte. „Aber nicht gut genug.“

„Achim, hör auf d-damit“, bettelte Brinkhoff. Vergeblich zerrte er an seinen Fesseln. Plötzlich waren alle Optionen verflogen. Forsbach würde das wirklich durchziehen, das wurde ihm jetzt erst klar. Ein Teil von ihm hatte es bisher nicht glauben wollen – die Erinnerung an ihre gemeinsame Zeit und das, was aus Forsbach geworden war, passten einfach nicht zusammen, um die Gefahr einer tödlichen Bedrohung real werden zu lassen. Er hatte gehofft, Forsbach davon überzeugen zu können, Markus und ihn am Leben zu lassen – wenn nicht mit Vernunft, dann durch einen Appell an ihre Vergangenheit. Aber Forsbach hatte seine Menschlichkeit eingebüßt in den langen Jahren, in denen er seine Vergeltung geplant hatte. Oder er hatte sie mit dem ersten Mord an Manfred Opitz verloren. Brinkhoff erinnerte sich an die brutalen Wunden, die fast alle Leichen aufgewiesen hatte, und daran, dass er den Mörder schon im Schlachthof, beim Auffinden von Steffen Mertens, für eine Bestie gehalten hatte.

Für einen Augenblick sah er Forsbach in die Augen, suchte nach etwas, das ihm Hoffnung geben könnte. „Bitte", wiederholte er flehentlich. „Bitte. Tu es ni –" Der Rest seines Stammelns verwandelte sich in ersticktes Brüllen. Forsbach hatte seinen Mund mit zwei Streifen Paketband zugeklebt.

Mit dem Mut der Verzweiflung versuchte er erneut, auf Forsbach loszugehen, aber die Fesseln an seinen Händen und Füßen erlaubten ihm nur, seinen Gegner anzurempeln. Forsbach ging einfach einen Schritt zur Seite und Brinkhoff schlug der Länge nach vor dem Bett auf den Boden. Clements Gegenwehr war ebenfalls nur noch schwach. Der Blutverlust durch die Schusswunde, die Schmerzen und der Schlag auf den Kopf hatten dazu geführt, dass er immer benommener wurde. Hilflos musste Brinkhoff mit ansehen, wie Forsbach seinen Freund ächzend vom Bett zerrte und Richtung Fenster schleifte. Dabei entwickelte er eine Kraft, die Brinkhoff nicht für möglich gehalten hatte. Clements Kopf sank auf seine Brust wie der einer Holzpuppe, deren Fäden von dem Spieler hinter dem Vorhang fallengelassen wurden. Er bekam kaum noch etwas mit, seine Augen flackerten für einen Moment auf und Brinkhoff konnte das Weiße der Augäpfel sehen.

Zuerst verstand er nicht, was Forsbach bezweckte. Erst als er sah, wie er Clement mit einer gewaltigen Kraftanstrengung auf die Fensterbank wuchtete und Clements Kopf gegen die Fensterscheibe schlug, begriff er, was Forsbach vorhatte. Ohnmächtig versuchte er, wieder auf die Beine zu kommen, dabei brüllte er wie am Spieß, doch alles, was unter dem Knebel zu hören war, waren gedämpfte, halb erstickte Schreie. Seine weit aufgerissenen Augen traten vor Entsetzen aus ihren Höhlen und jedes Mal, wenn er hektisch nach Atem rang, blähten sich seine Nasenflügel.

Dann geschahen mehrere Dinge gleichzeitig – und selbst später, mit dem Abstand mehrerer Wochen, gelang es ihm nicht, die Ereignisse in eine chronologische Reihenfolge zu bringen. Er hörte ein Krachen an der Wohnungstür, Schreie und Stimmengewirr. Wentrop? Plasberg? Vogt? Die Tür widerstand den ersten Versuchen seiner Kollegen einzudringen, dann gab es ein weiteres Krachen und Poltern und der zerborstene Küchenstuhl gab den Weg frei. Doch noch während der noch immer am Boden liegende Kommissar den Kopf zum Eingang wandte und die ersten Füße auf sich zurennen sah und Plasbergs Stimme vernahm, die „Hände hoch und weg vom Fenster!“ schrie, hörte er ein weitaus hässlicheres Geräusch. Das Geräusch einer zerberstenden Fensterscheibe und einen verzweifelten Hilferuf. Brinkhoff riss seinen Kopf herum und sah, wie sich Forsbach mit aller Gewalt und einer letzten Kraftanstrengung gegen Clement warf, dessen Körper gekrümmt und wehrlos auf dem Fensterbrett hing. Der Wucht des Aufpralls war die Fensterscheibe nicht gewachsen, mit einem ohrenbetäubenden Splittern ging sie zu Bruch und Clements Oberkörper senkte sich wie in Zeitlupe ins Freie. Überall regnete es Glasscherben. Für einen Moment öffnete sein Freund die Augen, begriff, was mit ihm geschah. Mit ausgestreckten Armen und Händen griff er in die Luft, suchte vergeblich nach Halt. Dann hörte Brinkhoff hinter sich mehrere Schüsse und sah, wie eine Kugel in Forsbachs Hinterkopf einschlug. Blut und Gehirnmasse spritzte in alle Richtungen, lief an der Tapete herunter, tropfte von der Decke und auf den Boden. Die Wucht der Kugel schleuderte Forsbach nach vorne, dabei prallte er ein letztes Mal auf Clement, und während Forsbach tot und mit starren Augen auf dem Boden vor der Heizung zusammenbrach, rutschte Clements Körper endgültig über den Rand und fiel mit einem lang gezogenen, klagenden Schrei ins Leere.

Brinkhoff schrie sich heiser, Tränen der Wut und der Verzweiflung liefen ihm über die Wangen. Jemand keuchte entsetzt auf, er hörte Schritte an sich vorbeihetzen – aber er wusste, dass es zu spät war. Markus war tot. Er glaubte, den Aufprall seines Freundes auf dem Asphalt der Straße zu hören, und schloss verzweifelt die Augen. Eine Stimme beugte sich an sein Ohr, redete hastig auf ihn ein, Brinkhoff verstand kein Wort. Seine Nase war verklebt vom Rotz, er bekam keine Luft mehr. Ihm wurde schwarz vor Augen und die letzten Bilder, die durch sein Gehirn flackerten, bevor tiefe, dunkle und willkommene Nacht sein Bewusstsein auslöschte, waren die grausamen Bilder der Leichen, die Forsbach auf seinem Vergeltungszug hinterlassen hatte, und nun auch Markus, sein Markus, hinausgestoßen aus einem Fenster im vierten Stock.

Fast erschien es ihm irrwitzig, dass einzig der wahre Täter, Hajo Webknecht, diesem Schicksal entronnen war.

Weder Hajo Webknecht noch Andreas Schmidt-Werner haben zu den folgenden Ereignissen Stellung bezogen. Durch die Aussagen der Zeugen Steffen Mertens, 39, und Markus Clement, 27, – Aussagen, auf die sich auch die Anklage im Prozess gegen Hajo Webknecht entscheidend gestützt hat –, lässt sich der Ablauf der Ereignisse an der ARAL-Tankstelle in der Nacht des 27. März 2005 jedoch weitgehend rekonstruieren. Beide Männer sind zufällig dort anwesend, als der gestohlene Wagen mit Andreas Schmidt-Werner am Steuer und Hajo Webknecht auf dem Beifahrersitz (und in Besitz der Waffe von Manfred Opitz) auf dem Areal der Tankstelle vorfährt.

Beide Zeugen sind Kunden. Mertens sagt aus, er sei auf der Rückkehr von einer verspäteten Dienstreise gewesen und habe vorgehabt, auf dem Nachhauseweg sein Auto zu betanken, da er am nächsten Morgen mit seiner Frau und seiner Tochter einen Ausflug ins Bergische Land unternehmen wollte. Clement war nach einem Clubbesuch ebenfalls auf dem Rückweg zu seiner Wohnung, die in unmittelbarer Nähe des Neumarkts liegt. Er hatte an der Tankstelle Zigaretten kaufen wollen. Zusammen mit diesen Zeugen befanden sich in dem Tankstellenshop die späteren Mordopfer: Jessica Bartels, 32, (Nachname geändert), die in dieser Nacht in dem Shop an der Kasse saß, und Martina Kempowsky, 31, eine Freundin, die mit Bartels' Bruder liiert war und seiner Schwester Gesellschaft leistete. Damit wird auch schon deutlich, wie sehr Klaus Bartels (Name geändert) – um dessen weitere Verwendung im Polizeidienst es hier ja vor allem geht – auch persönlich vom Tatgeschehen betroffen worden ist.

Als Webknecht den Tankstellenshop betrat, befanden sich beide Frauen nach Steffen Mertens' Aussage hinter der Kasse. „Die haben sich auf dem Handy Fotos angesehen, glaube ich. Jedenfalls haben sie die Köpfe zusammengesteckt und haben gelacht. Als ich mich hinter dem anderen (Clement) angestellt habe, hat die eine der beiden ihr Handy zur Seite gelegt. Ich meine mich zu erinnern, Karnevalsbilder auf dem Display erkannt zu haben." Clement und Mertens befanden sich dementsprechend vor der Kasse.

Keiner der vier hat die Ankunft Webknechts im ersten Moment wahrgenommen, abgesehen von einem Schlagen der Tür. „Die dunkelhaarige junge Frau (Martina Kempowsky) hat kurz den Kopf gehoben und die Stirn gerunzelt. Erst da hab ich mich umgedreht und Webknecht bemerkt. Der stand da gerade am Kühlregal vor den Bierdosen und war offensichtlich nicht mehr ganz nüchtern", so Clement. „Er hatte Schwierigkeiten, eines der Sixpacks aus dem Kühlregal zu ziehen, das sah alles ein bisschen unkoordiniert aus."

„Das ging alles so schnell", so Mertens über den weiteren Verlauf der Ereignisse. „Der Mann mit den Bierdosen (Webknecht) hat mich zur Seite geschubst und wollte sich dann auch an dem anderen Kunden vorbeidrängeln. ‚Mach Platz, Alda!', hat er gesagt. ‚Ich hab's eilig.' Also, der war schon ziemlich geladen ... aggressiv, meine ich." Beide überlebenden Zeugen bestätigen, dass Webknecht zu diesem Zeitpunkt schon einen Hunderteuroschein in der Hand hatte. Während Mertens Webknechts Verhalten toleriert und widerspruchslos Platz macht, weigert sich Clement jedoch, Webknecht vorzulassen. Seine barsche Replik: „Pass mal auf, Kleiner, ich bin vor dir dran!" hat wahrscheinlich Webknechts Aggressionen verstärkt. Clement hat weiter ausgesagt, dass auch Jessica Bartels Webknecht darauf hingewiesen habe, dass noch zwei Kunden vor ihm an der Kasse stünden, und sie der Reihe nach bedient würden. Er müsse sich also einen Moment gedulden. Mit einem Blick auf den Hunderteuroschein habe sie dann auf ein Schild neben der Kasse gedeutet und gesagt: „Nehmen wir sowieso nicht an. Scheine nur bis 50 Euro. Ansonsten EC- oder Kreditkarte."

Aus den Zeugenaussagen zum nachfolgenden Geschehen lässt sich rekonstruieren, dass Webknecht nach Bartels' Weigerung, sein Geld anzunehmen, plötzlich eine Waffe in der Hand hielt und auf sie zielte. „Ich weiß gar nicht, wo er die Pistole herhatte", gibt Clement zu Protokoll. „Die war auf einmal da und der fuchtelte wie wild damit in der Gegend herum. Zuerst hab ich gedacht, das sei ein blöder Witz, eine Spielzeugpistole oder so. Aber dann ... das Ding hat total echt ausgesehen. Ich hatte plötzlich tierisch Schiss."

Während Webknecht die beiden Frauen anbrüllt, stößt er Clement aus dem Weg und bedroht Jessica Bartels, indem er ihr die

Waffe direkt an die Stirn setzt. Der Zeuge Steffen Mertens verliert die Nerven und lässt sich neben der Eistruhe flach auf den Boden fallen, die Hände über dem Kopf verschränkt. Damit jedoch versperrt er allen anderen den Fluchtweg, denn der Gang, in dem er liegt, ist der einzige Weg zum Ausgang. Seine Aussagen sind ab diesem Zeitpunkt von untergeordneter Bedeutung, da er von dem Geschehen nur noch akustisch etwas mitbekommt.

„‚Du blöde Fotze', hat Webknecht die Frau angeschrien", so Clement. „‚Du nimmst jetzt sofort die Kohle oder ich knall dich ab!' Der war total am Durchdrehen." Nur am Rande muss in diesem Zusammenhang darauf hingewiesen werden, dass Webknecht darauf besteht zu bezahlen. Obwohl er eine Waffe in der Hand hält und sich damit sowieso schon außerhalb aller Normen bewegt, scheint er nicht auf die Idee zu kommen, einfach mit dem Bier den Shop zu verlassen. Dies mag der Reflex einer seit der Kindheit eingeübten sozialen Regel sein (für Waren muss bezahlt werden), allerdings steht dieser These Webknechts kriminelles Vorstrafenregister entgegen. Ich möchte es daher vor allem als ein weiteres Anzeichen seines inzwischen völlig irrationalen Verhaltens bewerten. Hätte Webknecht sich entschlossen, das Dosenbier einfach an sich zu nehmen und zu gehen, wäre es womöglich nicht zu dem Blutbad gekommen.

Nach Clements Aussage sind die beiden Frauen völlig verängstigt und reagieren nicht schnell genug auf Webknechts Forderung, was dessen Ungeduld und Wut nur noch verstärkt. „Die andere (Martina Kempowsky) hat noch versucht, beruhigend auf ihn einzureden. ‚Wir tun ja alles, was du sagst' oder so ähnlich. Die waren genauso verängstigt wie ich. So was sieht man ja sonst nur in irgendwelchen amerikanischen Krimis. Aber wenn es einem dann selbst passiert ... das ist schon ... man kann überhaupt nicht mehr klar denken, man will nur noch weg. Und dass es aufhört. Jedenfalls ging mir das so."

Da Clement vielleicht zwei Schritte abseits des Geschehens steht und sich nicht in direkter Schusslinie von Webknecht oder in seinem Blickfeld befindet, beschließt er, einen Fluchtversuch zu wagen. „Ich weiß, das war ein Fehler. Aber in dem Moment ... ich konnte nur noch denken: ‚Du musst raus hier, du musst raus hier.‘ Ich hätte mich ruhig verhalten müssen, dann wäre vielleicht alles ganz anders gekommen. Wenn ich es könnte, würde ich es ungeschehen machen … aber … na ja, geht eben nicht.“

Mit langsamen Schritten bewegt er sich rückwärts auf den Ausgang zu, ohne Webknecht aus den Augen zu lassen. Dabei stolpert er jedoch über den am Boden liegenden Steffen Mertens. Webknecht bemerkt, dass es hinter seinem Rücken Bewegung gibt, fühlt sich bedroht, dreht sich um, und fängt ohne Vorwarnung an zu schießen. Dabei schreit er: „Was soll die Scheiße! Ich mach euch alle, ihr Wichser!“, so später Steffen Mertens im Prozess. Die erste Kugel trifft die Fensterscheibe des Tankstellenshops, ein oder zwei Meter von Clements Kopf entfernt. Da er durch den Ausgang nicht fliehen kann und durch Webknechts Schuss unmittelbar sein Leben in Gefahr sieht, springt der Zeuge panisch durch die durch die Kugel ohnehin schon beschädigte Scheibe, um sich in Sicherheit zu bringen. Was dann geschieht, ist ein völliges Durchdrehen von Webknecht. Der Lärm der berstenden Fensterscheibe, die herumfliegenden Glassplitter, die abgefeuerte Kugel und natürlich die Angstschreie der beiden Frauen hinter der Kasse haben zur Folge, dass Webknecht endgültig die Kontrolle über die Situation und seine Handlungen verliert. Mutmaßlich, um die Frauen zum Schweigen zu bringen, richtet er die Waffe nun auf sie und drückt mehrmals und unkontrolliert ab. Eine Kugel trifft die Wand hinter der Kasse, die anderen Kugeln treffen die beiden Frauen in Kopf, Hals und Brust. Beide sind sofort tot.

Webknecht tritt unmittelbar darauf die Flucht an. Er lässt die Waffe fallen – sie wurde am Boden neben der Kasse gefunden –, springt über den noch immer am Boden kauernden Zeugen Steffen Mertens und rennt zum Auto zurück, in der Absicht, zusammen mit Schmidt-Werner den Tatort so schnell wie möglich zu verlassen.

Dazu kommt es jedoch nicht mehr. Anwohner hatten mittlerweile die Polizei herbeigerufen. Webknecht und Schmidt-Werner ließen sich widerstandslos festnehmen.

Laut Polizeiprotokoll wurde Klaus Bartels verständigt, sobald bei Jessica Bartels und Martina Kempowsky von einem Notarzt der Tod festgestellt worden war. Aus den Protokollen geht ebenfalls hervor, dass er nur zwanzig Minuten später am Tatort eintraf – was eine Verletzung der Vorschriften darstellt oder, um es weniger drastisch zu formulieren, eine sehr weite Auslegung der Vorschriften. Die Identifizierung von Angehörigen findet üblicherweise nicht am Tatort statt, sondern in der Gerichtsmedizin. Ich kann mir die abweichende Vorgehensweise nur damit erklären, dass Bartels – als Beamter im Polizeidienst – hier eine Sonderrolle zugesprochen wurde. Von den vor Ort ermittelnden Einsatzkräften wurde quasi „ein Auge zugedrückt", da es sich um einen Kollegen handelte.

Aus den mir zugänglichen Unterlagen ist herauszulesen, dass der Tod seiner Freundin und seiner Schwester für Bartels ein, verständlicherweise, schweres Trauma war. Doch darüber hinaus war der Tod verbunden mit einer besonderen Tragik – meines Erachtens der tiefere Grund für sein Fehlverhalten in den darauf folgenden Wochen.

In seiner Zeugenaussage hat Bartels angegeben, dass es laut seiner Schwester an den der Tat vorangegangenen Wochenenden mehrmals zu Problemen mit pöbelnden, alkoholisierten Jugendlichen an der Tankstelle gekommen war, insbesondere in den Nächten. Da sich seine Schwester daher Sorgen um ihre Sicherheit machte, hatte er ihr versprochen, ihr in der Tatnacht Gesellschaft zu leisten – zumindest in den Stunden von 1.00 Uhr bis 5.00 Uhr. Allerdings hatte er sich einen Tag zuvor eine schwere Erkältung zugezogen und sah sich außerstande, sein Versprechen einzulösen. Statt seiner hatte sich daher seine Freundin bereit erklärt, seiner Schwester zur Seite zu stehen. Verständlicherweise wurde Bartels nun von erheblichen Schuldgefühlen belastet, zusätzlich zur ohnehin vorhandenen Trauer und dem Schock über den Tod seiner Angehörigen. Zitat aus dem Polizeiprotokoll: „Zeuge ist kaum vernehmungsfähig. Spricht wiederholt davon, dass alles seine Schuld sei. Glaubt, dass seine Anwesenheit die Mordanschläge verhindert hätte." Dass Bartels sich in der „privilegierten" Position befand, den Tatort unmittelbar nach der Tat besichtigen zu können, hat meiner Meinung nach ebenfalls dazu beigetragen, das Trauma des Verlustes zu verstärken.

Den handschriftlichen Notizen in seiner Personalakte ist zu entnehmen, dass Bartels den ihm angebotenen Urlaub ausschlug und seinen Dienst bereits am Montag nach der Tat wieder aufnahm. In der Folgezeit häufen sich Auffälligkeiten. Bartels wird als zunehmend introvertiert und verschlossen beschrieben, es gibt Einträge über unvermittelte Wutausbrüche, unentschuldigte Fehlzeiten, psychische Labilität und zunehmende Isolierung im Kollegenkreis. Dort wird berichtet, dass er nur noch davon gesprochen habe, die „Verantwortlichen" zur Rechenschaft zu ziehen, wie besessen davon gewesen sei, „Gerechtigkeit" walten zu lassen. Diese negative Entwicklung scheint sich nach den Urteilssprüchen gegen Webknecht und Schmidt-Werner, die Bartels als zu milde ansieht, zu verstärken. Trotz einer Aufforderung seines direkten Vorgesetzten weigert sich Bartels, psychologische Hilfe in Anspruch zu nehmen. Es gibt einen aktenkundigen Zwischenfall, nach dem Bartels nur durch das Eingreifen zweier Polizeibeamter daran gehindert werden kann, eine von seiner Dienststelle zu einer Aussage bestellten und einer sexuellen Straftat verdächtigen Person zusammenzuschlagen.

In Anbetracht dieser Entwicklung und im Rückblick auf die oben geschilderten Ereignisse kann ich nur dringend davon abraten, Klaus Bartels im aktiven Polizeidienst zu belassen, solange er sich nicht einer psychologischen Konsultation und Behandlung unterzieht. Die Möglichkeit, dass sich seine psychische Verfassung ohne ärztliche Hilfe weiter verschlechtert, erscheint durchaus wahrscheinlich. Eine engmaschige psychologische Betreuung, die eine Verarbeitung des erlittenen Traumas und Verlustes ermöglicht, verspricht dagegen gute Therapieerfolge. Als Mindestmaßnahme empfehle ich in der Zwischenzeit eine Versetzung von Bartels auf einen psychisch weniger „aufreibenden" Posten.

Ich möchte jedoch noch einmal ausdrücklich darauf hinweisen, dass meine Beobachtungen und Schlussfolgerungen nur auf der Auswertung der Unterlagen basieren, die mir zur Verfügung gestellt wurden. Eine Entscheidungsfindung allein aufgrund dieses Gutachtens erscheint mir daher höchst fragwürdig und unzulässig.

gez. Dr. med. Jens Hartung, Facharzt für Psychotraumatologie, Köln

Zwölf

Jemand tätschelte eher unsanft seine Wangen und rief seinen Namen. Er wollte nicht wach werden. Das, was ihn jenseits der Dunkelheit erwartete, war zu schmerzlich. Besser, für alle Zeiten nichts mehr zu spüren.

„Brinkhoff! Kommen Sie schon! Oder muss ich Ihnen erst einen Eimer Wasser über den Kopf schütten?" Das war Plasbergs Stimme, eindeutig. Schroff und gefühllos wie immer. Er behielt die Augen weiter geschlossen.

„Wirklich, Frau Kollegin, so können Sie doch nicht mit ihm ... bei allem, was er durchgemacht hat!" Das war Eikners Stimme. Sie klang besorgt und nervös.

„Ach, Blödsinn! Natürlich kann ich. Brinkhoff ist das gewöhnt. Er kennt es nicht anders."

Mühsam öffnete der Kommissar die Augen, und die Gesichter vor ihm, erst verschwommen und undeutlich, bekamen schärfere Konturen. Seine Lippen und die Hautpartien darum fühlten sich wund an. Reflexartig fuhr seine Hand über den Mund. Das Klebeband war entfernt worden. Es war vorbei.

„M-Markus!", brachte er heraus. „Was ist m-mit Markus?" Aber er brauchte keine Antwort, Plasbergs und Eikners Gesichtsausdruck sagte alles, was er wissen musste. Tränen schossen ihm in die Augen. Er drehte seinen Kopf zur Seite und fing an zu schluchzen.

„Brinkhoff!" Plasberg rüttelte an seiner Schulter. „Hören Sie auf zu heulen. Ihrem Freund geht es den Umständen entsprechend gut."

Er starrte sie verständnislos an. „W-Was?"

„Clement lebt. Er hat eine Schussverletzung am Schienbein, eine Platzwunde am Kopf und wahrscheinlich eine heftige Gehirnerschütterung, aber ansonsten ... na ja, gut, er hat sich beim Sturz auch das linke Handgelenk gebrochen." So wie Plasberg das sagte, hörte es sich wie eine Lappalie an.

„Aber ... der St-St-St –"

„Der Sturz?" Seine Vorgesetzte brachte nur ein verkrampftes Lächeln zustande. Sein erster Eindruck hatte ihn getäuscht – auch an ihr waren die Ereignisse nicht spurlos vorbeigegangen. „Wir hatten ein Sprungtuch aufgespannt. Das haben wir Dimitrov zu verdanken. Er hat herausgefunden, wie Forsbach Ihren Freund umbringen wollte."

Brinkhoff verstand zwar nur die Hälfte von dem, was Plasberg sagte, aber das war egal. Erst jetzt bemerkte er, dass er auf seinem Bett lag. Er konnte sich nicht daran erinnern, wie er dahin gekommen war. Überall im Schlafzimmer und in seiner Wohnung waren Menschen. Mitarbeiter der Spurensicherung waren dabei, Fotos zu schießen, Streifenbeamte hatten im Flur Stellung bezogen, Dimitrov und Vogt hatten sich diskret ein Stück von seinem Bett entfernt, Bettina Siener versuchte, Bombadil unter dem Schrank hervorzulocken. Brinkhoff zog sich in eine sitzende Position und wischte seine Tränen ab. „W-Wo –?"

„Unten. Er wird gerade von einem Notarzt versorgt und dann ins nächste Krankenhaus gefahren."

Wie in Trance stand Brinkhoff auf, zuerst noch ein bisschen wackelig auf den Beinen, aber dann hastete er die Treppen nach unten, so schnell er konnte.

Der Gotenring war noch immer nicht freigegeben; an den Absperrungen hatten sich ganze Menschentrauben gebildet. Brinkhoff erkannte einige Nachbarn in vorderster Reihe, die ihn begafften, als säße er auf dem Affenfelsen im Zoo. Es war inzwischen völlig dunkel geworden, das grelle Blaulicht der Polizeiwagen mischte sich mit dem Schein der Straßenlaternen. Drei Feuerwehrleute waren damit beschäftigt, das Sprungtuch einzurollen. Der Kommissar lief an Wentrop vorbei, der von irgendwoher Kaffee organisiert hatte und die dampfenden Pappbecher mit Hallstetter und Kayser an die Einsatzkräfte verteilte. Am Bürgersteig gegenüber parkte ein Krankenwagen, die Hecktüren waren geöffnet. Brinkhoff begann zu rennen.

Clement lag auf einer Trage im Krankenwagen, ein Notverband um das Schienbein, ein weiterer um den Kopf, das gebrochene Handgelenk notdürftig ruhig gestellt – aber er war am Leben. Brinkhoff traute seinen Augen kaum. Er kletterte in den Krankenwagen und hätte Clement sofort in einer Umarmung erdrückt, wenn die Notärztin, eine blonde, überarbeitet wirkende Frau, ihn nicht zurückgehalten hätte.

„Sie können hier nicht einfach –"

„Das ist mein Mann", murmelte Clement, als er Brinkhoff sah. „Lassen Sie ihn rein." Man sah ihm an, was er in der letzten Stunde durchgemacht hatte, sein Gesicht war noch immer fahl und seine Augen hatten einen stumpfen Glanz.

Der Kommissar hielt Clements gesunde Hand und drückte sie an sich. „Ich …" Ihm versagte die Stimme endgültig und er fing an, Rotz und Wasser zu heulen. Die Notärztin reichte ihm diskret ein Taschentuch, während sie Clement an eine Infusion anschloss.

„Ich gebe Ihrem Freund ein Beruhigungsmittel", sagte sie. „Er muss jetzt ins Krankenhaus und operiert werden. Wenn Sie wollen, können Sie mitfahren."

Brinkhoff nickte geistesabwesend.

„O Mann." Clement versuchte den Kopf zu heben, aber die Ärztin warf ihm einen ermahnenden Blick zu. „Das ist verdammt anstrengend, mit dir zusammenzusein."

„W-Wieso? Forsbach war doch hinter dir her und n-nicht hinter m-mir."

„Ist er …? Ich meine, was …?" Clement stockte.

„Er ist t-tot. P-Plasberg hat ihn erschossen, als er dich aus dem F-Fenster gestoßen hat."

Sein Freund schwieg für einen Augenblick und Brinkhoff sah, dass seine Augenlider schwer wurden. „Ich dachte, ich würde sterben", sagte Markus dann plötzlich. „Und dann war der Aufprall gar nicht hart, sondern …"

„Ein Sprungtuch."

„Stimmt gar nicht, dass man … sein ganzes Leben an sich vorbeirauschen sieht in so einem Moment", nuschelte Markus. Er driftete langsam in den Schlaf.

„Ach, nein?"

Sein Freund bewegte den Kopf hin und her und verzog gleich darauf schmerzhaft das Gesicht.

„Still liegen bleiben!", befahl die Ärztin.

„Viel zu kurz", sagte Clement. „Hab nur gedacht: ‚Was für ein Arschloch!' Und dann war ich schon …"

„Unten", beendete Brinkhoff den Satz für seinen schlafenden Freund. Aufatmend legte er den Kopf an die kühle Fensterscheibe.

Die Notärztin schloss die Hecktüren und dann fuhr der Krankenwagen los.

Drei Tage später, am Montagmorgen, kam der Kommissar um kurz vor neun Uhr ins Präsidium. Es fühlte sich eigenartig an, dass hier alles in gewohnten Bahnen verlief, vertraut und doch fremd zugleich: der Pförtner im Eingangsbereich; Kollegen, die zum Dienst erschienen – einige in Zivil, die meisten in Polizeiuniform; andere, die schon seit mehreren Stunden arbeiteten und mit Aktenmappen bewaffnet durch die Flure eilten. War dieses Bild nur für ihn nicht mehr selbstverständlich? Beinahe hätten ihn seine Schritte wie die Woche zuvor in den Führungsraum gelenkt, doch dann schüttelte er erleichtert den Kopf und nahm den Fahrstuhl zu dem Büro, das er etliche Monate mit Maria Plasberg geteilt hatte. Gesine Keller fing ihn schon im Flur ab, als hätte sie hinter der Tür auf seine Ankunft gelauert.

„Ich bin so froh, dass Ihnen nichts passiert ist!" Die Sekretärin wischte sich die Augenwinkel und tätschelte ihm die Hand. „Einen Kaffee?" Sie sah ihn verschwörerisch an. „Ich hab die Kaffeemaschine aus dem Führungsraum requiriert. Bisher ist es noch niemandem aufgefallen."

Aber dem Kommissar war nicht nach Kaffee zumute. Er hatte etwas anderes zu erledigen. Tief Luft holend klopfte er an Plasbergs Bürotür und trat ein. „Morgen, Frau …"

Die Kommissarin hatte sich einmal mehr selbst übertroffen. Sie trug einen dunkelroten Petticoat mit großen, schwarzen Tupfen, schwarze Ballerinas und ein schwarzes, langärmeliges und eng anliegendes T-Shirt. Sie sah aus wie ein Marienkäfer. Ein Marienkäfer mit roten Haaren.

„Was?", sagte sie in Brinkhoffs Sprachlosigkeit hinein. „Es ist Frühling!"

Der Kommissar verkniff sich ein Lächeln und setzte sich auf den Stuhl vor ihrem Schreibtisch.

Plasberg registrierte seine Platzwahl mit einem missfallenden Gesichtsausdruck. Auf ihrem Schreibtisch stapelten sich die Unterlagen, die in der letzten Woche liegen geblieben oder übers Wochenende eingetrudelt waren. Sein eigener Schreibtisch dagegen war leer – wenn man von dem PC absah und ein paar persönlichen Habseligkeiten. Ein Foto von Markus Clement mit Bombadil auf dem Arm, eine Schneekugel mit dem Kölner Dom, ein paar Stifte, ein Terminkalender.

„Sie w-wissen also, weshalb ich hier bin", sagte er und deutete mit dem Kinn auf seinen Platz.

Plasberg schwieg und spielte mit dem Kuli in ihrer Hand. „In unserem letzten Telefonat haben Sie keinen Zweifel daran aufkommen lassen, dass Ihr Entschluss feststeht ... oder besser gesagt, Herr Clement hat das für Sie übernommen", sagte sie schließlich mit säuerlicher Miene. „Und nach der Sache mit Forsbach ..." Sie ließ den Satz unbeendet.

„Ja, M-Markus und ich haben am Wochenende noch mal lalange darüber gesprochen."

Sie nickte und Brinkhoff bemerkte erfreut, dass sie ihre Schultern ein wenig hängen ließ. „Ich verstehe." Plasberg kam hinter ihrem Schreibtisch hervor und streckte ihm förmlich zum Abschied die Hand entgegen, aber zu ihrer Überraschung schlug Brinkhoff nicht ein.

„N-Nein", sagte er. „Sie verstehen nicht." Dann konnte er sein breites Grinsen endgültig nicht mehr zurückhalten. „Ich bleibe."

„Sie bleiben?"

Endlich schien es ihm einmal gelungen zu sein, die Kommissarin aus der Fassung zu bringen. Am liebsten hätte er diesen Augenblick mit der Fotokamera festgehalten. „Ich b-bleibe", wiederholte er.

„Das ... oh ... ja, dann ..." Plasberg räusperte sich und kehrte auf ihren Platz zurück. Sie fixierte den Kommissar mit einem ausdruckslosen Blick und dann schob sie ihm mit einem maliziösen Lächeln die Hälfte der Unterlagen von ihrem Schreibtisch zu. „Die Autopsieberichte von Ingrid Kirchner und Andreas Schmidt-Werner sind übers Wochenende endlich eingetroffen", begann sie übergangslos. „Außerdem der ..." sie zögerte, während sich ihr Lächeln in Luft auflöste, „... der erste Bericht der Spurensicherung über die Durchsuchung in Forsbachs Haus draußen in Vogelsang. Wobei wir da noch lange nicht fertig sind."

Erneut hielt sie inne, die Eindrücke des Samstags noch lebhaft vor Augen, als sie mit einem großen Tross an Mitarbeitern in das Haus eingedrungen war, um Beweismaterial zu sichern. Weite Teile waren verwahrlost – die Küche eine einzige Müllhalde, übersät mit leeren Pizzakartons, dreckigem Geschirr und Plastiktüten voller Abfall. Das Bad mit Schmutzrändern verkrustet, das Waschbecken zersprungen und die Toilette einfach widerwärtig anzusehen. Doch am Schlimmsten war das Schlafzimmer gewesen – Plasberg hatte sich gefühlt, als beträte sie einen wahrgewordenen Albtraum, als stünde sie inmitten einer kranken Fantasie. Die Wände des Raums waren mit fast lebensgroßen Fotos von Jessica Forsbach und Martina Kempowsky beklebt, Fotos aus einer anderen, heilen Welt, die die Schwester und die Freundin des Mörders im Urlaub zeigten, leicht bekleidet im Bikini bei einem Strandspaziergang oder vor dem Hintergrund eines Bergmassivs mit Rucksack und Wanderschuhen; Jessica Forsbach lachend beim Nudelessen an einem festlich gedeckten Tisch; Martina Kempowsky, träumerisch von einer hölzernen Veranda auf einen Sonnenuntergang starrend.

Doch zwischen diesen Bildern hingen Dutzende Zeitungsausschnitte und Internetausdrucke, die sich mit dem Mord an den beiden Frauen beschäftigten, Schlagzeilen, die 2005 durch die Presse gegangen waren und von Achim Forsbach mit grellen, neonfarbenen Textmarkern angestrichen worden waren – als wollte er sich immer wieder daran erinnern, dass seine Welt ein blutiges Ende genommen hatte und nicht mehr existierte.

Und dann die Plasberg nur allzu vertrauten Drohungen: *Du wirst für deine Schuld bezahlen* und *Niemand kann seiner Strafe entkommen* – sie waren mit einem schwarzen Stift direkt auf die Tapete gekritzelt worden wie unheilvolle, beschwörende Mantras, in endlosen Wiederholungen, immer und immer wieder.

Um diese Schmierereien herum hatte Forsbach unzählige kleinere Fotos seiner späteren Opfer an die Wand gepinnt. Er musste sie über Wochen, wenn nicht Monate heimlich beobachtet und jeden ihrer Schritte verfolgt und ausspioniert haben: ein Schnappschuss von Steffen Mertens beim Einsteigen in seinen Wagen, ein weiterer beim Betreten der Bankfiliale in der Innenstadt; dann ein Foto, das Plasberg einen besonderen Schauer über den Rücken gejagt hatte, weil es vom Garten der Mertens' aus aufgenommen worden sein musste: Es zeigte einen fast voyeuristischen Blick in die Küche, in der Steffen Mertens mit seiner Frau und seiner Tochter zu Abend aß. Auf anderen Bildern war Ingrid Kirchner zu sehen: mit einem breitkrempigen schwarzen Hut beim Verlassen ihres Geschäfts und beim Verstauen von Einkäufen auf dem Parkplatz eines Supermarktes, bei einem Gespräch mit ihrer Angestellten Nicole Androsch; dann Bilder von Manfred Opitz und seiner Frau Helga, die im Rheinpark auf einer Bank saßen und Tauben fütterten, dann Opitz allein, wie er mit hochgeschlagenem Kragen einen Sexshop betrat; Fotos von Andreas Schmidt-Werner an einem Tisch einen Hamburger essend, durch das Fenster einer *McDonald's*-Filiale aufgenommen; in Kellnerlivree zusammen mit einem Kollegen bei einer Zigarettenpause vor dem Lieferanteneingang des *Dom Hotels*; und Markus Clement in Sportkleidung beim Joggen mit Brinkhoff, im Anzug mit einer Brötchentüte in der Hand, während er eine Bäckerei verließ. Fast allen diesen Fotos war eines gemein: Forsbach hatte die Gesichter seiner Opfer herausgekratzt – es war das Werk eines Besessenen. Das Werk von jemandem, der nur noch für eines gelebt hatte: Vergeltung.

Neben den Entdeckungen an den Wänden hatten Plasberg und die Mitarbeiter des Erkennungsdienstes noch mehr Beweismaterial gesichert, so viel, dass es mindestens eine Woche dauern würde, bis sie alles gesichtet, und noch Wochen mehr, bis sie das Material ausgewertet haben würden: die Kamera, mit der Forsbach die Aufnahmen gemacht hatte; Reste des grauen Paketklebebandes, mit dem er seine Opfer gefesselt hatte; Notizen über ihre Gewohnheiten und Tagesabläufe; das Chloroform, mit dem er Mertens betäubt hatte, um ihn zum Kühlhaus zu schaffen; ein Lageplan des Schlachthofs inklusive eines Schlüssels, der mutmaßlich zum Kühlhaus gehörte; die Akten mit den gerichtlichen Vorladungen und Dokumenten zum Webknecht-Prozess, die Forsbach bei Kirchner und Schmidt-Werner entwendet hatte, damit ihm Plasberg nicht auf die Spur kommen konnte; Schuhe, an denen noch Erdreste hafteten, die wahrscheinlich aus Mertens' Garten stammten, als Forsbach die Küche in die Luft gejagt hatte;

Forsbachs Handy, mit der gespeicherten Nummer von Mertens – es war alles da, kreuz und quer verteilt in der gesamten Wohnung.

„Frau Plasberg?“ Die Kommissarin schreckte aus ihren Gedanken. „Ist sonst noch was?“

Sie schüttelte den Kopf.

Brinkhoff hatte sich inzwischen an seinen Schreibtisch gesetzt. Enttäuscht hatte er ihr Schweigen dahingehend gedeutet, dass sie an den Beweggründen, die ihn zum Bleiben veranlasst hatten, nicht interessiert zu sein schien. Dann war es wohl besser, wenn er sich direkt in die Arbeit stürzte. Er blätterte durch die Unterlagen, die zuoberst lagen. Ein Bericht über die Informationen, die man aus Forsbachs SIM-Karte und dem Speicher seines Handys herausgeholt hatte.

„Er hat also Mertens tatsächlich am Tag der Entführung angerufen“, sagte er.

„Was? Oh … ja.“ Plasberg war noch immer weit weg. Auch wenn sie es sich gegenüber Brinkhoff nicht anmerken lassen wollte – sie fühlte sich müde und ausgelaugt. Nichts wäre ihr lieber, als den Fall Forsbach abzuschließen und zu den Akten zu legen, aber sie hatte das nagende Gefühl, dass ihr die Rückkehr zur Normalität auch dieses Mal nicht so leicht fallen würde. Mühsam drängte sie die Bilder aus Forsbachs Wohnung beiseite. „Er … er hat ihn unter einem Vorwand aus der Bank gelockt am späten Montagnachmittag. Ich habe am Wochenende noch mal mit Beerbaum gesprochen: Forsbach wusste von den damaligen Ermittlungen gegen Mertens wegen des Verdachts auf Kindesmissbrauch und Tötung im Fall der kleinen Tatjana Berger. Er hat doch auch bei der Sitte gearbeitet.“ Sie fuhr sich durch die Haare. „Beerbaum würde den Fall am liebsten noch mal aufrollen. Er glaubt fest daran, Mertens' Schuld beweisen zu können, wenn er nur lange genug sucht … zu schade, dass wir nicht gegen Tote ermitteln … jedenfalls … wo war ich?“

„Handy, Mertens, Forsbach“, lieferte ihr Brinkhoff die passenden Stichworte.

„Ah, ja. Jedenfalls … Beerbaum glaubt, sich erinnern zu können, mal mit Forsbach über den Fall gesprochen zu haben – so wie mit Ihnen. Es dürfte Forsbach danach nicht schwer gefallen sein, an die entsprechenden Informationen zu kommen. Er hätte nur ein bisschen in Beerbaums Privatarchiv kramen müssen. Gelegenheit hat er dazu bestimmt genug gehabt. Ich nehme an, Forsbach hat Mertens gegenüber am Telefon ein paar entsprechende Andeutungen gemacht … und schon war der bereit, sich mit ihm zu treffen. Wahrscheinlich hatte Mertens Angst, dass Forsbach ihn erpressen will."

„Und während des Treffens hat ihn Clara Mertens zusammen mit ihrem Vater gesehen."

„So sieht's aus. Ach …" Plasberg tippte sich an die Stirn. Sie war wirklich nicht bei der Sache. „Kurz bevor Sie hereingekommen sind, hat das Kinderkrankenhaus Amsterdamer Straße angerufen. Sie wollen versuchen, Clara im Laufe der Woche wieder aufzuwecken. Klangen ein bisschen zuversichtlicher als vor ein paar Tagen."

Für eine Weile herrschte erneut Schweigen. Plasberg klickte gedankenverloren mit der Maus ihres Computers und Brinkhoff mühte sich, den Anschein zu erwecken, dass er sich durch die Akten arbeitete. Doch auch seine Gedanken schweiften ab, zurück zu dem Freitagabend, als Forsbach in seine Wohnung eingedrungen war. Noch am Abend, während Markus operiert wurde, hatte er mit seiner Vorgesetzten mehrmals telefoniert und ihr dabei auch berichtet, dass er Forsbach noch aus seiner Ausbildungszeit kannte.

„Ich hätte nie gedacht, dass er zu so etwas fähig ist." Zuerst war ihm gar nicht bewusst, dass er laut gesprochen hatte. Erst als Plasberg ihn überrascht ansah, wurde er genauer. „Forsbach, meine ich. Ich hab ganz vergessen zu fragen … hat man … haben Sie … auch eins von diesen gelben Post-its an seiner Leiche gefunden?"

„Sie meinen das, was für Ihren Freund bestimmt war? Ja. Haben wir. Zusammen mit seinem Portemonnaie in der Hintertasche seiner Hose. Er hatte nur keine Zeit, es Ihrem Freund auf die Stirn zu kleben. Streichhölzer hatte er übrigens auch dabei. Fünf Stück. Abgebrannt." Sie hob eins der Papiere auf ihrem Schreibtisch hoch. „Dabei fällt mir ein: Wentrop war am Wochenende noch mal im *Dom Hotel*. Mit einem Foto von Forsbach. Zwei der Kellner haben ihn wieder erkannt. Er war der Mann, der den Streit mit

Schmidt-Werner im Restaurant hatte. Wir wissen allerdings noch immer nicht, wie er den Jungen nach Feierabend in seine Gewalt gebracht hat. Außerdem ist mir noch was aufgefallen … haben Sie irgendwo eine Kopie des Gutachtens?"

Brinkhoff suchte in dem Stapel vor sich und zog die Kopie schließlich hervor.

„Schauen Sie mal auf das Datum, wann Webknecht die beiden Frauen erschossen hat."

„27. März 2005", las er. Er sah Plasberg verständnislos an, dann dämmerte es ihm. „Forsbach hat seinen Rachefeldzug zum Jahrestag des Mordes an seiner Freundin und seiner Schwester begonnen."

„Genau."

„Und … die Waffe? Mit der er auf Markus geschossen hat? Wo hatte er die her? Ich weiß, dass er bei einer Sicherheitsfirma gearbeitet hat."

„Das", sagte Plasberg und stand erleichtert auf, „werde ich jetzt gleich klären." Es war sowieso zwecklos, weiter am Schreibtisch zu sitzen, sie würde nicht viel zustande bringen heute. „In einem Gespräch mit Eikner. Wir sind für halb zehn verabredet." Sie nahm ihre Handtasche vom Schreibtisch – genau wie ihr Petticoat rot mit schwarzen Punkten –, aber in der Tür drehte sie sich noch einmal um. „Nur aus reiner Neugier: Warum haben Sie sich dagegen entschieden, Ihren Dienst zu quittieren?"

Also doch! Brinkhoff empfand eine gewisse Genugtuung. „Weil ich hier am richtigen P-Platz bin", erwiderte er.

„Und was hat Ihren Meinungsumschwung bewirkt? Freitagnachmittag klang das noch ganz anders."

„Wenn ich nicht bei der Kripo gewesen wäre, dann würde Markus heute vielleicht nicht mehr leben."

Plasberg runzelte die Stirn. „Und ich dachte, *ich* hätte ihm das Leben gerettet."

„Haben Sie auch." Brinkhoff musste zugeben, dass die Sache komplizierter war, als er es ausdrücken konnte. Die letzten zwei Tage hatte er versucht, es Clement im Krankenhaus zu erklären, aber selbst da war es ihm nur unzureichend gelungen. Clement hatte schließlich zu allem Ja und Amen gesagt, nur um das Thema wechseln zu können. „Es ist aber einfach so“, nahm er Plasberg gegenüber einen neuen Anlauf, „wenn ich n-nicht P-Polizist geworden wäre, dann hätte ich Sie niemals kennengelernt und auch nie die M-Möglichkeit gehabt, im entscheidenden Moment Ihre Telefonnummer zu wählen.“

„Heißt das, Sie machen aus reiner Dankbarkeit weiter?“ Seine Vorgesetzte sah ihn zweifelnd an.

„Nein. N-Natürlich nicht. Ich weiß jetzt einfach, dass ich hierher gehöre.“

„Und Sie kriegen keine Depressionen mehr? Keine Selbstzweifel?“

Brinkhoff schüttelte den Kopf. „Und w-wenn doch, dann heule ich m-mich bei Ihnen aus.“

Plasberg murmelte etwas, das wie „Bloß nicht!“ klang. Für einen Moment verharrte sie unschlüssig im Türrahmen. „Ich weiß jetzt, wie Sie sich gefühlt haben“, sagte sie aus heiterem Himmel.

„B-Bitte?“

„Ich meine, seit Forsbach durch meine Waffe ... ach, nichts.“ Sie nickte ihrem Kollegen zu und machte sich auf den Weg zu Eikner.

Der Leiter des KK 11 wartete schon auf sie, auch wenn er so tat, als wäre das Gießen seines Gummibaums etwas, das seine ganze Aufmerksamkeit beanspruchte. Plasberg nahm unaufgefordert in einem der Ledersessel der Besucherecke Platz und schenkte sich Kaffee ein. Eikner stellte die Gießkanne auf der Fensterbank ab und suchte umständlich ein paar Unterlagen auf seinem Schreibtisch zusammen, bevor er ihr Gesellschaft leistete.

„Haben Sie heute Morgen schon die Zeitungen gelesen?“, fragte er und legte ihr die neuesten Ausgaben des *Express* und des *Kölner Stadt-Anzeiger* auf den Tisch.

Plasberg verneinte und warf einen Blick auf die Schlagzeilen. Beide Blätter hatten den gleichen Aufmacher, wenn auch in unterschiedlicher Seriosität: Dr. Helmut Eberswalde hatte am Wochenende seinen Rücktritt vom Posten des Polizeipräsidenten erklärt. Die Nachricht hatte im Präsidium wie eine Bombe eingeschlagen. Nur wenige waren wie sie und Eikner über die tatsächlichen Hintergründe informiert.

Plasberg schmunzelte, während sie den Artikel von Arnold Stumping im *Stadt-Anzeiger* überflog. „Nicht mal ein ehrenvoller Abgang ist ihm geblieben“, kommentierte sie Stumpings Enthüllungen. „Normalerweise zieht man sich doch aus gesundheitlichen Gründen zurück.“

„Nach so etwas?“ Eikners Finger, die rastlos seine Brille über die Nasenwurzel schoben, verhedderten sich im Gestell und die Brille fiel zu Boden. Täuschte sie sich, oder war ihr Vorgesetzter nervös? Aber vielleicht war er auch nur abgespannt. Genau wie sie hatte Eikner das ganze Wochenende gearbeitet.

„Er hat es nicht besser verdient!“, versuchte sie ihn zu beruhigen.

„Das weiß ich selber!“, fuhr Eikner auf. Hatte er jetzt etwa Angst vor der eigenen Courage? Dabei hatte er den Stein ins Rollen gebracht: Während eines hitzigen Telefonats mit Dietmar Ostrop auf Hawaii hatte der Leiter der MK 2 Eikner gestanden, auf Eberswaldes Anweisung hin gehandelt zu haben, danach hatte der Chef des KK 11 die Ereignisse Stück für Stück rekonstruieren können. „Kupka hat Eberswalde über Ihre Ermittlungen auf dem Laufenden gehalten. Natürlich hat er dabei auch die Namen der Opfer erwähnt: erst Mertens, dann Kirchner und Opitz. Und Eberswalde hat die Namen in einen richtigen Zusammenhang gesetzt. Nur Forsbach konnte ein Motiv haben, sie zu töten, und nur Eberswalde wusste das.“

„Aber Ostrop hat doch die Ermittlungen gegen Webknecht damals geleitet. Ihm hätte das doch auch bewusst sein müssen …“

Eikner schüttelte den Kopf. „Ostrop kannte keine Einzelheiten. Er wusste nur, dass Sie einen Serientäter verfolgen, er kannte die Namen der Opfer nicht. Und aufgrund Ihrer Rivalität …“, Plasberg schnaubte mehr verständnislos als belustigt auf, aber Eikner war noch nicht fertig. „… aufgrund Ihrer Rivalität hat er sich demonstrativ nicht dafür interessiert. Das ist auch schon alles, was man ihm vorwerfen kann. Erinnern Sie sich: Unsere letzte Besprechung mit van der Heyden und Ostrop war am Montag, einen Tag, bevor Mertens' Leiche gefunden wurde.“

„Trotzdem …“

„Machen Sie Beerbaum und Wentrop Vorhaltungen, weil sie den Zusammenhang zwischen den Fällen um Mertens und der kleinen Tatjana Berger oder Manfred Opitz wegen Vergehens gegen das Waffengesetz und Ihrem jetzigen Fall nicht gesehen haben?"

„Nein, natürlich nicht."

„Dann können Sie Ostrop auch nichts vorwerfen. Und selbst wenn sich Ostrop für Ihren Fall interessiert hätte – nur Eberswalde und Beerbaum kannten den Inhalt des Gutachtens, das auf Bartels bzw. Forsbach als Täter hindeutet. Nur dort wird darauf hingewiesen, dass der Mann Rachegedanken hegt, aus denen sich ein Mordmotiv konstruieren lässt. Ostrop hat dieses Gutachten nie zu Gesicht bekommen."

„Hat er nicht? Aber es war doch zusammen mit der Ermittlungsakte im Archiv abgeheftet!"

„Schon richtig. Trotzdem besaß einzig Eberswalde alle nötigen Informationen, um dieses Puzzle zusammenzusetzen. Denn das Gutachten ist von der Sekretärin des KK 12 in die Akte Webknecht abgeheftet worden."

„Von Astrid Lammisch?"

„So ist es. Nachdem Forsbach auf einen Schreibtischposten versetzt worden war, hatte Beerbaum keine weitere Verwendung für das Gutachten, also hat er Lammisch gebeten, es im Archiv in die zum Fall Webknecht gehörende Akte zu sortieren, die er allerdings nur vom Hörensagen kannte. Sie fiel ja nicht in seinen Zuständigkeitsbereich. Und genau das hat Frau Lammisch auch getan – unter uns gesagt: Ich habe schon immer vermutet, dass sich unsere Sekretärinnen weit besser im Archiv auskennen als wir. Jedenfalls hat Beerbaum nie die Akte Webknecht gesehen und Ostrop nie das Gutachten."

„Ich habe mich schon die ganze Zeit gefragt ..." Plasberg starrte ins Leere.

„Was?"

„Na ja ... Eberswalde hat Beerbaum doch in einer handschriftlichen Notiz aufgefordert, von dem Gutachten nichts in den Akten erscheinen zu lassen. Warum hat sich Beerbaum nicht an diese Anweisung gehalten?"

Eikner machte eine abfällige Geste. Es war das erste Mal, dass er seine persönliche Meinung über den Polizeipräsidenten zumindest andeutete. „Wenn Eberswalde sich ein bisschen mehr für seine Kommissariatsleiter interessiert hätte, dann hätte er gewusst, dass die Anweisung von Beerbaum nicht befolgt werden würde. Was Akten angeht, ist die Sammelleidenschaft des Kollegen doch legendär. Das Gutachten dem Schredder zu überantworten, hätte sozusagen gegen sein Naturell verstoßen. Immerhin hat er Eberswaldes Aufforderung insoweit entsprochen, als dass er es nicht in Forsbachs Personalakte abheften ließ." Er zwinkerte Plasberg zu. „Ich habe auch mit ihm telefoniert. Er hat sogar eine Kopie für sein ‚Privatarchiv' erstellt."

„Hm." Das erklärte zwar, wie das Gutachten über Forsbach ins Archiv gelangt war, eine ganze Reihe anderer Fragen aber waren für Plasberg noch immer unbeantwortet. „Warum hat Eberswalde seinem Spezi Ostrop überhaupt gesagt, er soll die Unterlagen verschwinden lassen?" Es ergab noch immer keinen Sinn. „Ich meine … und warum hat der Idiot Ostrop mitgemacht?" Sie warf die Hände in die Luft.

„Hat er ja gar nicht", berichtigte Eikner. „Jedenfalls nicht so, wie Eberswalde das geplant hatte."

„Verstehe ich nicht." Plasberg klapperte mit ihrer Tasse, ein Teil des Kaffees schwappte über und bildete einen dunklen Ring auf Eikners Tisch. Sie suchte ein Taschentuch aus ihrer Handtasche und wischte den Fleck auf.

„Der Kollege Ostrop konnte sich an die Einzelheiten im Fall Webknecht nur noch unzureichend erinnern, was man ihm nach so vielen Jahren kaum vorwerfen kann. Eberswalde hat das ausgenutzt und es so dargestellt, als wäre es Ostrops Schuld, dass niemand Sie auf den Zusammenhang mit Ihrer Mordserie aufmerksam gemacht hat. Natürlich hat er dann Panik bekommen", erwiderte Eikner. „Der Polizeipräsident –"

„Ehemalige Polizeipräsident!", unterbrach Plasberg.

„– hat ihn in die Ecke gedrängt … es hörte sich so an, als sollte er für Eberswalde das Bauernopfer spielen, wenn er die Ermittlungsakten nicht verschwinden lässt."

Plasberg hob die Augenbrauen. Also nicht sie und Eikner waren, wie Stumping vermutet hatte, zu Schachfiguren geworden, sondern es hatte den Kollegen Ostrop erwischt. Eberswalde hatte ihn fallenlassen, trotz der Familienbande.

„Vogts Vermutung war richtig", erklärte Eikner weiter. „Als er, Hallstetter und Kayser dem Kollegen Ostrop im Archiv begegnet sind, hatte Ostrop auch tatsächlich vor, die Ermittlungsakten beiseite zu schaffen, so wie mit Eberswalde abgesprochen – doch dann ist er über das Gutachten gestolpert und aus allen Wolken gefallen. Ihm ist klar geworden, dass man einzig und allein Eberswalde für Forsbachs Rachefeldzug verantwortlich machen würde und nicht ihn. Er begriff, dass Eberswalde ihn hintergehen wollte. Und da hat er beschlossen, es ihm mit gleicher Münze heimzuzahlen."

„Also war es keine Absicht, dass die Ermittlungsakte hinter das Regal gequetscht wurde?"

„Nein. Überlegen Sie mal: Wie hätte es in Ihren Augen ausgesehen, wenn Vogt zu Ihnen gekommen wäre und erzählt hätte, er habe Ostrop im Archiv über die Ermittlungsakte Webknecht gebeugt erwischt?"

Plasberg musste zugeben, dass sie das Schlechteste von Ostrop gedacht hätte. Dass er ihr absichtlich etwas vorenthalten wollte.

„Als er also von Vogt, Hallstetter und Kayser gestört wurde, hat er die Ermittlungsakte hastig nach hinten verstaut. Das Einzige, was er aus dem Archiv hat mitgehen lassen, war die schmale rote Mappe mit dem Gutachten des Psychologen. Und das hat er dann Kupka zugespielt. Anschließend hat er sich wie vorher mit Eberswalde besprochen nach Hawaii abgesetzt."

„Eine Art doppelter Betrug?"

Eikner nickte. „Ostrop hatte nichts mehr zu verlieren. Warum hätte er Eberswalde weiter schützen sollen? Was ich an der ganzen Sache allerdings noch nicht begreife, ist, warum Ostrop das Gutachten ausgerechnet Kupka gegeben hat."

„Er muss gewusst haben, dass Kupka die Seiten gewechselt hat." Plasberg berichtete Eikner von dem Gespräch, dass sie Freitagmorgen mit Stumping geführt hatte. „Kupka hat die Reisepläne für Eberswalde organisiert. Als Eberswaldes Seitensprung an die Presse durchgesickert ist, muss der Polizeipräsident seinen Büroleiter im Verdacht gehabt haben. Vielleicht hat er das Ostrop gegenüber erwähnt. Immerhin sind die beiden ja verwandt."

Die Kommissarin runzelte die Stirn. Eikners Einlassungen mochten Ostrops Rolle in diesem Verwirrspiel halbwegs verständlich machen und eine Erklärung liefern, auf welchem Weg Kupka an das Gutachten gekommen war, das er ihr heimlich in die Handtasche gesteckt hatte. Was ihr jedoch noch immer Kopfschmerzen bereitete, war Eberswalde. „Ich verstehe, dass der Polizeipräsident Informationen unterdrückt hat, die wertvoll für meine Ermittlungen gewesen wären", sagte sie. „Aber wozu? Ich meine, er muss doch gewusst haben, dass die Staatsanwaltschaft Kopien der Ermittlungsakten im Fall Webknecht/Schmidt-Werner hat. Es wäre nur eine Frage der Zeit gewesen, bis wir darauf gestoßen wären! Wozu das ganze Theater? Und selbst das Gutachten …"

„Sie meinen, dass man Eberswalde nicht wirklich einen Strick daraus drehen kann?"

„Nicht mal der Polizeipräsident hätte voraussehen können, dass Forsbach Jahre später seinen Rachefeldzug startet. Dazu hätte es hellseherischer Fähigkeiten bedurft."

Eikner war nicht ganz ihrer Meinung. „Er wusste immerhin, dass Forsbach labil war, zu Gewalttätigkeiten neigte und auf Rache erpicht war. Er hat ihn trotzdem nicht aus dem Polizeidienst entfernt, auch nicht, als Beerbaum darauf gedrängt hat."

„Er hat ihn auf einen Schreibtischposten versetzt und dann hat Forsbach den Dienst quittiert. Damit ist Eberswalde doch eigentlich aus dem Schneider."

„Ah! Ist er eben nicht." Es war das erste Mal, dass sich ein Lächeln auf Eikners Gesicht andeutete. „Der Herr Polizeipräsident hat nämlich noch etwas anderes getan." Er sah Plasberg an, als erwartete er von ihr einen Trommelwirbel. „Ich habe ein bisschen recherchiert. Forsbach hat seine Versetzung überhaupt nicht gefallen. Er war ausgesprochen unbeliebt bei seinen Kollegen und er hat ständig Ärger gemacht. Unentschuldigte Fehlzeiten, Alkoholprobleme. Als er daraufhin erneut abgeschoben werden sollte, hat Forsbach gedroht, an die Öffentlichkeit zu gehen und seine Sicht der Dinge zu schildern: wie die Polizei mit einem Beamten verfährt, der als trauernder Hinterbliebener zweier Mordopfer doch eigentlich die volle Unterstützung der Behörde gebraucht hätte. Das wäre eine überaus miserable PR für Eberswalde gewesen. Also hat Eberswalde ihn mithilfe einer ausgesprochen großzügigen Finanzspritze dazu gebracht, aus dem Dienst zu scheiden – nachdem er seinerseits Forsbach gedroht hat, ihm ansonsten das Leben als Beamter zur Hölle zu machen. Wir wissen noch nicht genau, um welche Summe es da geht, aber sie muss beträchtlich gewesen sein, wenn Forsbach seine Pensionsansprüche hat sausen lassen. Man stelle sich das einmal vor: ein Polizeipräsident, der staatliche Gelder veruntreut!" Eikner schüttelte den Kopf. „Oh", sagte er dann, „das Wichtigste hätte ich beinahe vergessen. Eberswalde größter Fehler war aber wohl, dass er Forsbach dann sogar noch einen neuen Job besorgt hat. Bei einer Sicherheitsfirma."

„Das hat Brinkhoff mir vorhin schon gesagt. Eberswalde hat also Forsbach den Job verschafft? Und daher hatte Forsbach auch die Waffe, mit der er Clement angeschossen hat?"

Eikner nickte. „Ein Polizeipräsident, der dafür mitverantwortlich ist, dass ein späterer Serienmörder Zugang zu einer Waffe hat. Das ist politisch nicht durchzuhalten. Deshalb ist Eberswalde zurückgetreten. Beziehungsweise zurückgetreten worden. Wie ich höre, soll der Innenminister des Landes mit ihm gestern ein langes Telefonat geführt haben." Der Leiter des KK 11 wühlte in dem Stapel Unterlagen, den er vor sich hatte. „Ich habe heute Morgen mit dem Chef dieses Sicherheitsdienstes telefoniert. Forsbach fehlt seit einer Woche unentschuldigt. Sie waren gerade dabei, seine Kündigung aufzusetzen."

Das passte zu dem, was sich Plasberg zusammengereimt hatte. Als ehemaliger Polizist hatte Forsbach vermutet, dass die Polizei noch immer Ermittlungsakten besaß, die alte Fälle betrafen. Ihm musste klar gewesen sein, dass es nur eine Frage der Zeit war, bis Plasberg auf die Akte Webknecht stoßen und er als Verdächtiger in ihr Visier geraten würde. Daher hatte er nur wenig Zeit gehabt, seine Mordpläne in die Tat umzusetzen. Er hatte gewusst, dass er schnell handeln musste.

Doch die Kommissarin beschäftigte noch etwas ganz anderes. „Und Kupka?", fragte sie.

Eikner runzelte die Stirn. „Bitte?"

„Was wird aus Kupka? Wenn Eberswalde zurückgetreten ist, kann er seinen Posten als Büroleiter auch vergessen.“

„Ich fürchte, wir werden Karl-Josef Kupka noch eine ganze Weile am Hals haben, Frau Kollegin. Er ist als nächster Polizeipräsident im Gespräch.“

„Aber er hängt doch da mit drin!“, protestierte Plasberg empört. „Die Art und Weise, wie er mir dieses Gutachten zugespielt hat – das spricht doch Bände! Er hat mich für seine Spielchen benutzt!“ Sie wollte nicht glauben, dass Kupka sein Ziel erreicht hatte.

Eikner zuckte mit den Schultern. „Er hat sich nichts zuschulden kommen lassen. So ist Politik nun mal.“

Beide Hände voller Tüten, kam die Kommissarin am frühen Abend nach Hause. Zwar waren die Aktenstapel auf ihrem Schreibtisch noch immer nicht kleiner geworden, aber jetzt, da sie sich Brinkhoffs Unterstützung wieder sicher sein konnte, hatte sie beschlossen, zeitig Feierabend zu machen. Der Bürokram konnte warten, sie hatte in den nächsten Wochen genug Zeit, alles abzuarbeiten.

„Ich bin zu Hause!“, rief sie und streifte die Ballerinas ab.

Niklas kam ihr in Jogginghosen aus der Küche entgegen. Erstaunt registrierte er die Einkaufstaschen. „Warst du etwa …?“

„Im Supermarkt. Genau“, erwiderte Plasberg etwas atemlos. „Hier, nimm mir das mal ab. Und außerdem gibt’s heute … Sushi für alle!“

„Bäh!“, drang Ruths Stimme aus der Küche. „Dann geh ich lieber hungrig ins Bett.“

„Keine Sorge“, sagte sie. „Für uns beide hab ich was von *McDonald’s* besorgt.“ Sie grinste ihren Sohn verschämt an. „Zufrieden?“

„Ist das so ’ne Art Entschuldigung?“, fragte Niklas. „Dafür, dass du nie Zeit hast?“

„Na ja, ich dachte, es wäre zumindest ein Anfang.“

„Ein Anfang. Mehr aber auch nicht.“ Als er den enttäuschten Gesichtsausdruck seiner Mutter sah, zuckten seine Mundwinkel verräterisch. „Gib schon her. Wir sterben vor Hunger.“

Danksagung

Wie immer ist dies der Platz, den Menschen zu danken, die zum Gelingen dieses Romans beigetragen haben.

Das Ministerium für Familie, Kinder, Jugend, Kultur und Sport des Landes Nordrhein-Westfalen hat mich mit einem Arbeitsstipendium unterstützt. Eine Anerkennung meiner Arbeit, über die ich mich sehr gefreut habe.

Susanne Bach, Norbert Friederichs, Ilona Bubeck, Nina Stressenreuter und vor allem Uli Zillgitt und Nicole Bruschkeit haben immer wieder Teile des Textes oder das gesamte Manuskript vorab gelesen und standen mir monatelang mit ihren unschätzbaren Tipps, Hinweisen und ihrer fachlichen Kritik zur Seite. Jörg Michaelis betreut seit Jahren meine Homepage. Auch dafür ein großes Dankeschön.

Corinna Waffender und Jim Baker waren wie immer für das Lektorat verantwortlich und haben große Geduld mit mir bewiesen.

Ein Kriminalroman ist immer nur eine Fiktion, niemals ein genaues Abbild der Realität. Manchmal habe ich mir die sprichwörtliche dichterische Freiheit genommen, Dinge so darzustellen, wie sie der Handlung des Romans angemessen erschienen. Sollten Unstimmigkeiten zur Arbeitsweise der Polizei auftauchen, so sind sie allein dramaturgischen Überlegungen geschuldet. Alle Charaktere sind frei erfunden.

Mehr zum Autor unter www.stressenreuter.de

Schade, dass der Krimi zu Ende ist?

Dann lesen Sie am besten gleich weiter:
Ein Auszug aus *Toter als tot*
von Christine Tapking.

Kapitel 1

„Fridolin!“ Ich pfiff so laut ich konnte. „Fridolin, komm da raus!“ Mein Atem bildete weißen Nebel. Rascheln und Scharren im Gebüsch.

„Fridolin, wenn du nicht sofort da rauskommst, gibt's Brathund!“ Frido beeindruckt diese Drohung nie besonders, aber ich spreche sie immer wieder gerne aus. Ich finde sie anarchistisch und freue mich jedes Mal über den hohen, sadistischen Berufskiller-Singsang, den ich dabei benutze. Solche Spielchen machen mir Spaß.

Ein feuchter Erdklumpen flog aus dem Gebüsch und traf meine Hose. Resigniert ob seiner Sturheit klopfte ich das sandige Hosenbein ab. Ich versuchte Autorität geltend zu machen. „Lass den Busch stehen und komm raus. Mir ist kalt. Ich will nach Hause!“

Der Hund kroch bellend aus dem Gebüsch, sprang an mir hoch, hinterließ ein matschiges Muster auf meinem Mantel und war eine Sekunde später wieder hinter den Blättern verschwunden. Fridolin kann es nicht leiden, wenn man ihm in seine Angelegenheiten redet. Ich auch nicht. Wir sind wie füreinander geschaffen.

„Ich hoffe, du hast da drin den Hope-Diamanten gefunden, Frido. Ich weiß nicht, womit du dein Verhalten sonst rechtfertigen willst ...“ Mit klammen Fingern schob ich die Blätter auseinander und spähte in das dunkle Gebüsch. Der Tote trug einen dreifarbigen Trainingsanzug, Stirnband und Laufschuhe. Ein Jogger. Um diese Spezies mache ich am liebsten einen großen Bogen. Sportliche Menschen kommen mit ihrem Leben immer so fabelhaft zurecht. Sie sind, wie man sein sollte. Ich mag sie nicht. Meistens fühle ich mich in ihrer Gegenwart wie ein obskures Element. Im Augenblick allerdings schien mir die Situation des Sportsmanns im Busch weitaus obskurer als meine eigene. Ich fragte mich, was ihn wohl zur Strecke gebracht hatte. Spuren von Gewaltanwendung konnte ich nicht erkennen, zumindest nicht aus meiner Position – ich steckte bereits bis zur Taille in den feuchten Blättern und wollte mich der Leiche nicht weiter nähern.

„Fridolin, komm mit, der Herr riecht bestimmt nicht gut.“

Frido sah die Leiche an und kläffte.

„Wo, sagst du, liegt der Mann?“ Hanne Harms, den diensthabenden Polizisten im Dorf, kenne ich schon seit der Grundschule. Wir sind in dieselbe Klasse gegangen und er ist immer noch mein bester Freund.

„Im Gebüsch an dem kleinen Trampelpfad hinter der Wiesenstraße. Frido hat ihn entdeckt.“

„Kennst du ihn?“

„Nein. Ich nehme an, er ist nicht von hier.“

„Sonst würdest du ihn kennen.“ Hier im Dorf kennen sich alle.

„Er hat einen Trainingsanzug an und so ein albernes Stirnband dazu. Sah aus, als ob er direkt vom Laufen käme.“

„Und ich dachte schon, dass hier nie was läuft.“ Hanne griff mit ungewohntem Enthusiasmus nach dem Autoschlüssel. „Dann bewegen wir uns mal an den Tatort.“

Kapitel 2

„Wie viel ist denn noch da von dem guten Sauvignon?“ Hanne kletterte aus dem Gebüsch und klopfte ein paar Blätter von seiner Polizeijacke.

„Vier volle Kisten. Falls du andeuten willst, dass ich halluziniere, kann ich dich beruhigen.“ Ich schlug den Fuß an einen Stein, um die feuchte Erde loszuwerden, die an meinem Schuh klebte, und um meine Verwirrung zu verbergen. Der Tote war verschwunden.

„Er war eben noch hier. Der Hund erkennt die Stelle auch wieder.“ Fridolin schnüffelte an den Blättern und wedelte freundlich mit dem Schwanz.

„Die Leiche scheint gut in Form gewesen zu sein. Ist wahrscheinlich nach Hause gelaufen und steht in dieser Minute unter der heißen Dusche.“ Genau das wünschte Hanne sich vermutlich auch. Wir hatten das ganze Gebüsch durchkämmt und langsam kroch die Kälte durch unsere Kleidung.

„Der Mann war tot. Tote duschen nicht.“

„Wie viele Tote sind dir denn in deinem Leben schon begegnet?“

„Drei, dieser ausgenommen.“

„Und sie bevorzugten alle Wannenbäder?“

„Dazu, Herr Oberhauptkommissar, kann ich keine verbindliche Auskunft geben.“

„Nun ja. Ich denke, ein Glas Sauvignon könnte mir helfen, über diesen Tatbestand hinwegzusehen.“

„Den Trainingsanzug kann ich genau beschreiben.“ Ich legte noch ein paar Holzscheite in den Kamin. „So ein scheußlicher aus Ballonseide. Mit lila, türkis und schwarz. Knistert, wenn man sich drin bewegt. Entstellt jeden. Man fragt sich, warum es so viele Menschen gibt, denen diese Hässlichkeit gar nicht auffällt. Vielleicht, weil sie selber so hässlich sind.“

„Achtung. Jetzt kommt der Menschenhass.“ Hanne grinste mich an und nahm noch einen Schluck Wein. Er kniff die Augen leicht zusammen und senkte die Stimme „Ich wette, du hast ihn erledigt, Schurke." Als John Wayne war Hanne großartig . „Und das nur, weil er den falschen Anzug trug. Gib's zu."

„Klar." Ich fuchtelte wild mit dem Schürhaken herum. „Ich erledige jeden, dessen Anzug mir nicht passt."

„70 Kilo bei 1,92. Wessen Anzug sollte dir auch passen?" Hanne beäugte skeptisch seinen eigenen Bauchansatz.

„Ich lasse maßschneidern. Falls du übrigens wissen willst, was ich mit den Leichenteilen mache, sieh einfach aus dem Fenster." Fridolin rannte mit wehenden Ohren über den Kopfsteinweg. In seinem Maul ein sauber abgenagter Knochen. „Und wie geht's jetzt weiter?"

„Ich trink noch was." Hanne hielt die Weinflasche hoch.

„Mit der Leiche, meine ich. Der Mörder kann sie ganz in Ruhe weggeschafft haben, während ich bei dir war."

„Stimmt. Aber bevor sie nicht wieder auftaucht oder irgendwo vermisst wird, kann die Polizei nichts unternehmen."

„Hanne?"

„Noch 'n Schluck?"

„Bitte." Ich dachte schon die ganze Zeit darüber nach. Aber ich wagte nicht, Hanne darauf anzusprechen. Er hält mich für einen Sicherheitsfanatiker. Ich ziehe vor jeder Reise die Stecker der Elektrogeräte heraus. Er zieht mich damit auf. Nun fragte ich mich, ob ich als derjenige, der die Leiche gefunden hatte, irgendwie in Gefahr war. Der Mörder könnte mich immerhin gesehen und erkannt haben. Ich starrte in den Kamin und trank.

Kapitel 3

Ich glaube, ich habe laut geschrien. Mein ganzer Körper war schweißnass. Mein Herz raste. Ich fühlte eine beängstigende Beklemmung in der Brust und bekam einen Moment lang keine Luft. Ein streng riechender Atem schlug mir ins Gesicht.

Frido war zuletzt als Welpe zu mir ins Bett gesprungen. Jetzt lastete das volle Gewicht des ausgewachsenen Hundes auf meinem Oberkörper. „Fridolin." Ich versuchte durchzuatmen. „Willst du mich umbringen? Geh runter." Frido bellte und rührte sich nicht von der Stelle. „Raus hier, Frido. Mach schon." Ich befreite einen Arm und schob den Hund aus dem Bett. Fridolin gab nicht auf. Aufgeregt bellend sprang er an mir hoch, als ich versuchte, mich aufzurichten.

„Also. Wo liegt das Problem?"

Der Hund lief zur Schlafzimmertür und wartete. Immer noch leicht benommen folgte ich ihm.

Beim Anblick der toten Ratte, die in der Küche zwischen den beiden Weinflaschen lag, die ich mit Hanne geleert hatte, drehte sich mir fast der Magen um. Ich bin hier aufgewachsen, hier im Dorf, in diesem Haus, aber ich konnte mich nicht erinnern, jemals eine Ratte auf dem Grundstück, geschweige denn drinnen gesehen zu haben. Ich schüttelte mich. Meinen Ekel vor Spinnen und Insekten im Allgemeinen habe ich inzwischen ganz gut im Griff. Als alleinlebender Landbewohner blieb mir auch nichts anderes übrig. Die meiste Zeit meines Erwachsenenlebens war niemand in Reichweite, der die beängstigenden Tiere für mich hätte entfernen können. Abgesehen davon ist ein Mann mit Spinnenphobie vermutlich nicht besonders attraktiv. Ich riss mich zusammen, griff nach Handfeger und Schaufel und beförderte die Ratte mit Hilfe der Kehrausrüstung und mit weit vom Körper gestreckten Armen zur Hintertür, die direkt von der Küche nach draußen führt. Sie war nur angelehnt. Irritiert betrachtete ich den Schlüssel, der von innen im Schloss steckte, und vergaß eine Sekunde die Ratte auf der Schaufel. Ich versäume nie, auch nach einer Flasche Wein nicht, vor dem Schlafengehen meine Türen abzuschließen. Schon gar nicht, wenn ich einen ganzen Abend lang darüber nachgedacht habe, ob mir möglicherweise jemand nach dem Leben trachtete.

Nachdem ich die Ratte samt Schaufel und Handfeger in die Mülltonne verfrachtet hatte und die Tür mit hundertprozentiger Sicherheit abgeschlossen war, ging ich zurück ins Bett. Ich konnte nicht einschlafen.

Mir fiel auf, dass ich mich vor der Ratte mehr geekelt hatte als vor der Leiche im Busch. Vielleicht, weil die menschliche Leiche nicht in meiner Küche lag. Vielleicht hatte sie auch einfach nicht so tot ausgesehen wie die tote Ratte. War der Mann tot gewesen? Ich war fest davon überzeugt. Warum sollte sich ein erwachsener Mann in einen Busch legen und sich kommentarlos von einem aufgeregten Hund beschnüffeln lassen?

CRIMINAL

DIE NEUE REIHE AUS DEM QUERVERLAG

Band VI – Aus Angst
Kriminalroman
Jan Stressenreuter
12,90 €, 978-3-89656-174-9

Ein Fall zwischen Hoffnungslosigkeit und Jugendkriminalität, Kommissarin Plasberg ermittelt wieder.

Band VII – Töten ist ein Kinderspiel
Kriminalroman
Corinna Waffender
12,90 €, 978-3-89656-179-4

Inge Nowaks zweiter Fall- Ein kaltblütiger Mord führt zu einem unaufgeklärten Verbrechen. Ein spannender Plot meisterhaft erzählt.

Band VIII – Schattengesicht
Kriminalroman
Antje Wagner
12,90 €, 978-3-89656-180-0

Zwei Frauen auf der Flucht vor einem Geheimnis. Eine packende Reise in die Tiefen der menschlichen Psyche.

Band IX – Tödliche Aussicht
Kriminalroman
Markus Dullin
12,90 €, 978-3-89656-181-2

Nach einem mysteriösen Tod am Grand Canyon ermittelt Kommissarin Seyfahrt in der Berliner Szene. Krimidebüt mit Spürsinn und Hochspannung.

Band X – Toter als tot
Kriminalroman
Christine Tapking
12,90 €, 978-3-89656-189-3

Als Friedrich mit seinem Hund Fridolin im Gebüsch eine Leiche findet, ahnt er nicht, dass er dem Mann am nächsten Morgen beim Einkaufen begegnet und noch einen Tag später unter Mordverdacht steht.

Unsere quer criminal-Reihe finden Sie auch als eBook u.a. im Apple iTunes-Store!